鲁迅著作分类全编

乙编四卷

日记全编

［上］

鲁迅 著

陈漱渝·王锡荣 肖振鸣 编

SPM 南方出版传媒·广东人民出版社

·广州·

图书在版编目（CIP）数据

日记全编：全 2 册 / 鲁迅著；陈漱渝，王锡荣，肖振鸣编． — 广州：广东人民出版社，2019.7
（鲁迅著作分类全编）
ISBN 978-7-218-13424-6

Ⅰ．①日… Ⅱ．①鲁… ②陈… ③王… ④肖… Ⅲ．①鲁迅日记—作品集 Ⅳ．① I210.7

中国版本图书馆 CIP 数据核字（2019）第 045133 号

RIJI QUANBIAN: QUAN 2 CE

日记全编：全 2 册

鲁迅 著　　陈漱渝 王锡荣 肖振鸣　编

出 版 人：肖风华

特邀策划：房向东
责任编辑：严耀峰　马妮璐
责任技编：周 杰　易志华
装帧设计：周伟伟

出版发行：广东人民出版社
地　　址：广东省广州市海珠区新港西路 204 号 2 号楼（邮政编码：510300）
电　　话：（020）85716809（总编室）
传　　真：（020）85716872
网　　址：http://www.gdpph.com
印　　刷：山东临沂新华印刷物流集团有限责任公司
开　　本：787mm×1092mm　1/16
印　　张：63　字　　数：756 千
版　　次：2019 年 7 月第 1 版　2019 年 7 月第 1 次印刷
定　　价：128.00 元（全二册）

如发现印装质量问题，影响阅读，请与出版社（020 - 85716808）联系调换。
售书热线：（020）85716826

导读

　　从周作人留下来的日记自 14 岁开始，可以推知，他所仿效的大哥鲁迅一定也是从少年时期就开始记日记了。可惜现在鲁迅早年的日记丢失了，我们无法证实。如果他也是从十四五岁开始记日记，那么丢失的早年日记应该有 15 年以上了。现存的日记是从 1912 年 5 月 5 日，也就是他 31 岁时，跟随教育部北迁北京，到达北京的那一天开始，一直到 1936 年 10 月 18 日他去世前一天为止，跨度总共 25 年。但其中 1922 年日记丢失了（仅存好友许寿裳摘录的一小部分），因此仅存 24 年 24 册。

　　鲁迅日记至少有以下几个特点。

　　一是字体工整、页面规整。鲁迅日记的笔迹工整，是很少见的。别人的日记本，难免在不同情况下有不同的面貌：有时字体不一，有时字迹潦草，涂改也在所难免。周作人的字迹还算工整的，但是也难免有时涂改、潦草，格式也乱。而鲁迅现存整个 24 年日记，天天一笔不苟。再怎么忙，再怎么身体不好，他都会工工整整写好每一个字。即使是病势沉重，艰于起座，他也会尽量把字写得工整。例如鲁迅逝世前一天的日记，虽然只写了"十八日　星期"五个字，但也是同样工整。虽然估计这是 17 日夜里写日记时写下的，但这时，距离病情最后爆发只有一两个小时了。同年 6 月 5 日后，因病情严重，日记停记了，6 月 30 日下午，病情稍稍好些，他即重新开始记日记。从字迹上看，丝毫看不出有任何病态。此外，在他前几次大病期间，日记都是照样工整，一点也看不出生病。还有，他外出旅行，无论旅途条件怎样困难，舟车转换，风雨交加，甚至炮火连天，他都会把日记写得工工整整。

页面也是十分整洁，几乎从不涂改。很多人的日记，因为是写给自己看，或者简直连自己也不打算再看的，故往往字迹潦草，格式混乱，涂抹删改更司空见惯；或用简化字、随手字、简称替代，难以辨认；或纸张大小不一，页面参差不齐。这些在一般人日记中几乎都难以避免，而鲁迅日记就像是为出版而认真抄写的一样，页面绝对干净，几乎从不修改。现在所能找到的修改痕迹，只有日记后面附录的《书帐》里有极少几处描笔。但也只是略微描了一下，没有出现墨团。此外，极个别写错的字，只是在字旁点两点，表示此字废了。在整部日记中，仅发现一两处。这样，就使整本日记绝对干净整洁。拿鲁迅的日记与别人的日记比较，最大的区别就在于干净。对一般人来说，每到深更半夜，头昏脑涨，写个把错字，根本不足为奇，但是在鲁迅笔下却见不到这种现象。

鲁迅是怎么做到的呢？显然，他从小养成做事严谨、一丝不苟的习惯。根据鲁迅在 1932 年"一·二八"战争中避难期间日记的相关资料，当时战火突起，鲁迅一家匆忙出走，"只携衣被数事"，根本没法带日记本和笔墨。我们知道他是先用另纸写下每天的事，等到回家后，重新再根据临时记录的另纸来补写日记的。据此推测，鲁迅每次外出旅行，应该也是采用此法的，在旅途中写字都有困难，自然无法写得像平时那样端正，回到家里，当然就没有这个问题了，所以我们见到的鲁迅日记字迹从来都是端端正正的。

二是言简意赅、简洁含蓄。鲁迅的日记记载了天气、星期、日常起居、社会活动、文娱活动、购书、购物、交往、银钱来往、看病等等，面很广，但每条字数不多，通常仅二三十字，多则100多字。最短的，除了日期、天气之外就只有"无事"二字。看似简略，实则内容丰富。比较重大的活动，例如参加女师大、"左联"、中国民权保障同盟等活动，记录比较多，但是极为简略，只说去了哪里。而参加中国济难会、中国自由运动大同盟以及会见李立三等这些政治色彩更浓的政治活动，则是采用隐语、借代、暗指的方式来记录，即使有人看到了，也不能对号入座证明就是某项政治活动，几乎可说春秋笔法。这说明，鲁迅已经意识到：他的日记有朝一日有可能被人看到。这有两种可能，一是由于他名声日隆，日后被仰慕者看到；二是因政治环境的恶劣，被怀有恶意的人看到。应该说在鲁迅的主观上以后者居多。

三是有详有略，立此存照。鲁迅写日记，似乎详略很不均匀。有时候只有寥寥几个字，有时候却相对详细，特别是银钱来往方面。银钱来往包括薪金收入、稿费、版税所得、借款、捐款、支付、汇划学费等。早年对薪金收入记载详细，到1920年前后各单位欠薪日渐严重，每次只发百分之几十、十几甚至百分之几，还有中交票等等的复杂情况，如不详细记录，根本闹不清发了多少，这些，似乎是以防备查的。稿费、版税是鲁迅晚年最大的经济来源，品种多元，来源多样，所以也非常有必要详细记录。借款方面，因要记着归还，更要清晰记载，以免忘记和差错。支付则包括看病支付医疗费用、房屋顶费、出版费、制版费等；但是房屋除了顶费，还要付月租费，他却不大记录。他邀请人吃饭、看电影等，却不记录用了多少钱。看病是记录比较全的，基本上每次都会记载，但较少提到医生用什么药，自己买的药则比较多一些。只有最后一年夏天，他多次记载医生用了一些外国药，写上了外语药名，但很难查明这些药的药理性能等详细情况。

记载最详细的是《书帐》。购书每笔必记，连价格都清清楚楚。鲁迅的习惯是每年日记后附一份当年所购书籍的清单。这份清单上有书名、册数、价格（或某人赠送）、购买（或赠送）日期。同一天有多种书的，只在第一种后写日期。在每个月最后一种书的最下端，是当月买书总价。在每年《书帐》末尾，都有一个统计，主要是两项数据：一是全年买书用款总数，二是每月平均数。但《书帐》中记下的，除了书，还有外文刊物和碑拓。早年是把碑拓都记入，晚年是把外文刊物、国外木刻记入。而中文报刊是不记入的。

此外看电影也记载较为详细，总是连片名都记下。购物则似乎有选择。主要是大宗生活用品，例如煤、茶叶、大米等，那都是写明价格的，但是却从没有买肉、油、菜的记载，看来这些不属于鲁迅管。许广平的购物活动，鲁迅都不记。

鲁迅日记的详略，有阶段性倾向。一段时间内，所记的内容有所侧重。早年刚到北京时对风景、社会百态都有较多记载，文字总体上较感性，顾忌较少；后期记载社会活动较少，更注重具体事务记载，更加客观。对事基本不发议论，显示有所顾忌。对人则极少数仍偶有议论，但也仅有对史济行、林庚白等一二例。1933年2月7日，鲁迅写下了《为了忘却的记念》以纪念柔石等"左联"烈士，当晚他在日记里也仅写"柔石于前年是夜遇害，作文以为记念"，只是客观记载而几乎不带感情色彩。还有些习以为常的活动也不记，例如早年到教育部上班、晚年去内山书店，都是开始时每次都记，后来因为基本上每天都在发生，就不入日记了。

鲁迅日记字数总体呈现两谷两峰走势。早年日记文字总量较多，1914年以后逐年减少，到1920年达到低谷，仅等于1913年的一半字数，以后又逐年增加。1928年到1931年为第二低谷。而晚年来往买书、写信、社会活动增多，这样就使日记文字总量增多。分析其成因，基本与生活节奏有关。1920年的情形是陷入经济窘境，家人多病，疲于奔命，心情较压抑，故多记"无事"，而使字数偏少。1928年则是刚到上海，忙于应付各方邀请演讲，调整生活节奏，而文学界论争爆发，心情不佳。

此外还有两个例外。一是1927年末附录了一份《西牖书钞》，抄录的是《随隐漫录》等四种古籍中五则幽默故事，总共不到1000字，似乎是偶然夹进去的。二是1935年末附录的《居帐》，就是友人住所地址录。共记录北平、南京、杭州、上海、苏州及日本东京、岛根等地48个单位和个人的地址。

这个《居帐》即通讯录，很值得注意。一旦曝光，所记人物就可能遭受危险。而这些人不少都是鲁迅密切的联络人，夹在日记里，说明鲁迅认为把通讯录放在日记本里还是比较安全的。从《居帐》的排列次序看，显然鲁迅是对以往的通讯录进行了一次整理抄录而不是逐渐积累的。与鲁迅通信的远不止这些人，很多偶然来信，他也回复了，但是却没有记录地址，可能是另有临时地址记录本，或者只是根据来信回复，根本没考虑留下地址。

鲁迅的日记看似简略，其实里面大有文章，奥妙多的是。从鲁迅的喜怒哀乐、情绪宣泄、饮食起居、生活方式、写作编辑、政治社会活动，到鲁迅对各种人的称呼讲究，特殊用语、隐语，"无事"中的大事等等，可以说是一部鲁迅学百科全书。对于鲁迅生平史料研究、鲁迅手稿研究，或是民国社会文化经济的研究来说，鲁迅日记都是很有价值的史料和文化研究资料。

目　录

001 · 壬子日记（1912 年）

　　壬子北行以后书帐

032 · 癸丑日记（1913 年）

　　癸丑书帐

076 · 甲寅日记（1914 年）

　　甲寅书帐

121 · 乙卯日记（1915 年）

　　乙卯书帐

167 · 丙辰日记（1916 年）

　　书帐

218 · 丁巳日记（1917 年）

　　书帐

253 · 戊午日记（1918 年）

　　书帐

288 · 己未日记（1919 年）

　　　书帐

316 · 日记第九（1920 年）

　　　书帐

339 · 日记第十（1921 年）

　　　书帐

367 · 日记十二（1923 年）

　　　书帐

399 · 日记十三（1924 年）

　　　书帐

436 · 日记十四（1925 年）

　　　书帐

476 · 日记十五（1926 年）

　　　书帐

壬子日记（1912年）

五月

五日　上午十一时舟抵天津。下午三时半车发，途中弥望黄土，间有草木，无可观览。约七时抵北京，宿长发店。夜至山会邑馆访许铭伯先生，得《越中先贤祠目》一册。

六日　上午移入山会邑馆。坐骡车赴教育部，即归。予二弟信。夜卧未半小时即见蟹虫三四十，乃卧卓上以避之。

七日　夜饮于广和居。长班为易床板，始得睡。

八日　致二弟信，凡三纸，恐或遗失，遂以快信去。下午得二弟信，二日发。夜饮于致美斋，国亲作主。

九日　夜小雨。微觉发热，似冒寒也。

十日　晨九时至下午四时半至教育部视事，枯坐终日，极无聊赖。国亲移去。

十一日　上午得二弟、信子、三弟信，五日发。午就胡梓方寓午餐。夕董恂士来，张协和亦至，食于广和居。董君宿于邑馆，以卓卧之。

十二日　星期休息。晨协和来。午前何燮侯来，午后去。下午与季茀、诗荃、协和至琉璃厂，历观古书肆，购傅氏《纂［籑］喜庐丛书》一部七本，五元八角。寄二弟信。

十三日　午阅报载绍兴于十日兵乱，十一犹未平。不测诚妄，愁绝，欲发电询之，终不果行。夕与季茀访燮和于海昌会馆。

十四日　晨以快信寄二弟，询越事诚妄。

十五日　上午得范爱农信，九日自杭州发。

十六日　下午蒯若木来。夕蔡国青来，饭后去。

十七日　大雨。宣武门左近积水没胫，行人极少，予与季市往返共一骡车。

十八日　晴。下午吴一斋来。董恂士、张协和来，与季市俱至广和居，蔡国亲已先在，遂共饭。夜恂士宿季市处。

十九日　与恂士、季市游万生园。又与季市同游陶然亭，其地有造象，刻梵文，寺僧云辽时物，不知诚否。苦望二弟信不得。夜得范爱农信，十三自杭州发。

二十日　晨得宋子佩信，十二自越发。上午得童鹏超信，十三自越发，谬极。

二十一日　上午顾石臣至部来访，谢不见。晚散步宣武门外，以铜元十枚得二花卉册，一梅，一夫渠，题云恽冰绘，恐假托也。

二十二日　晚顾石臣来，纠缠不已，良久始去。

二十三日　晨寄范爱农、宋子佩信。下午得二弟信，十四日发，云望日往申迎羽太兄弟。又得三弟信，云二弟妇于十六日下午七时二十分娩一男子，大小均极安好，可喜。其信十七日发。晚寄二弟信。

二十四日　梅君光羲贻佛教会第一、二次报告各一册。

二十五日　下午至琉璃厂购《李太白集》一部四册，二元；《观无量寿佛经》一册，三角一分二；《中国名画》第十五集一册，一元五角。

二十六日　星期休息。下午同季市、诗荃至观音寺街青云阁啜茗，又游琉璃厂书肆及西河沿劝工场。

二十七日　得二弟信，二十一日发。

二十八日　晨寄二弟及其夫人信。晚谷青来。

二十九日　无事。

卅日　得津帖六十元。晚游琉璃厂，购《史略》一部两册，八角；《李龙眠白描九歌图》一帖十二枚，六角四分；《罗两峰鬼趣图》一部两册，两元五角六分。

卅一日　下午寄二弟信。晚得二弟、三弟信，廿六日发。夕谷清招饮于广和居，季市亦在坐。

六月

一日　下午寄二弟、三弟信。晚同恂士、铭伯、季市饮于广和居。

二日　星期休息。午后铭伯、季市、诗荃同游万生园。张协和、游观庆来，不值。

三日　夜腹痛。收二十七、八日《民兴日报》各一分。

四日　得范爱农信，三十日杭州发。

五日　下午寄二弟信。晚雨有雷，少顷霁。

六日　下午雨。得二弟信，三十日发。夜补绘《於越三不朽图》

阙叶三枚。

七日　阴。得升叔信，二日九江发。收初一日《民兴日报》一分。得杜海生信。

八日　晚访杨莘士于吴兴会馆。国亲来。收五月卅一日《民兴报》一分。

九日　晨商生契衡来。上午至青云阁理发。午后赴琉璃厂购《四印斋校刻词三种》一部四册，一元；善化童氏刻本《沈下贤集》一部二册，二元五角；《畿辅丛书》本《李卫公会昌一品集》一部六本，二元。得二弟信，三日杭州发。收初二、三《民兴报》各一分。夜大雷雨。

十日　晨寄二弟信。寄杜海生信。上午得三弟信，初四日发。收四日《民兴日报》一分。午后与齐君宗颐赴天津，寓其族人家，夕赴广和楼考察新剧，则以天阴停演，遂至丹桂园观旧剧。

十一日　上午至日租界加藤洋行购领结一，六角五分；革履一，五元四角。午后赴天乐园观旧剧。夜仍至广和楼观新剧，仅一出，曰《江北水灾记》，勇可嘉而识与技均不足。余皆旧剧，以童子为之，观者仅一百卅余人。

十二日　晚自天津返北京。微雨。得二弟及信子信，并六日发。收五日《民兴报》一分。

十三日　晚小雨。饮于广和居，国亲为主，同席者铭伯、季市及俞英崖。收六、七日《民兴日报》各一分，有《童话研究》，起孟作也。

十四日　晨寄三弟及二弟妇信。午后与梅君光羲、吴［胡］君玉搢赴天坛及先农坛，审其地可作公园不。收八日《民兴报》一分。

十五日　午寄二弟信。下午得二弟及三弟信，并九日发。收九日

《民兴日报》一分。

十六日　星期休息。上午赴青云阁购袜子、日伞、牙粉等共二元六角。又赴琉璃厂购《龚半千画册》一本，八角；陈仁子《文选补遗》、阮刻《列女传》各一部，共六元。下午寄二弟及三弟信。晚协和、谷青来谈。

十七日　收十日、十一日《民兴报》各一分。大热。

十八日　晨头痛，与齐寿山闲话良久始愈。晚雷雨。

十九日　旧端午节。收十二日《民兴报》一分。夜铭伯、季市招我饮酒。

二十日　收十三日《民兴日报》一分。

二十一日　下午四时至五时赴夏期讲演会演说《美术略论》，听者约三十人，中途退去者五六人。收十四日《民兴日报》一分。收共和党事务所信。

二十二日　得二弟信，十五日绍兴发。又得升叔信，十六日九江发。收十五、十六日《民兴日报》各一分。蔡总长元培于昨日辞职。收共和党证及徽识。

二十三日　星期休息。上午寄三弟信，内附与二弟信一小函。下午董恂士来谈，晚饮于广和居，铭伯亦去，季市为主。收十七、十八日《民兴日报》各一分。

二十四日　无事。

二十五日　雨，傍午霁。午后视察国子监及学宫，见古铜器十事及石鼓，文多剥落，其一曾剜以为臼。中国人之于古物，大率尔尔。

二十六日　上午太学守者持来石鼓文拓本十枚，元潘迪《音训》二枚，是新拓者，我以银一元两角五分易之。下午得二弟信，二十一日杭州发，内附《童话研究》草稿四枚。收十九、二十日《民兴日报》各一分。收全浙公会信，内《全浙公会章程草案》四纸，发起者孙宝瑚、汪立元、王潜、李升培、王葵、王亮等，皆不相识，未知其人如何，拟置不报。

二十七日　下午假《庚子日记》二册读之，文不雅驯，又多讹夺，皆记拳匪事，其举止思想直无以异于斐、澳野人。齐君宗颐及其友某君云皆身历，几及于难，因为陈述，为之瞿然。某君不知其名氏，似是专门司司员也。收二十一日《民兴日报》一分。

二十八日　午后小雨，旋止。四时赴夏期讲演会述《美术略论》，至五时已。收三弟信，二十二日发。收二十二日《民兴报》一分。晚复雨，旋止。

二十九日　晨寄二弟信。又寄三弟信。收本月津帖六十元。下午至直隶官书局购《雅雨堂丛书》一部二十册，十五元；《京畿金石考》一部二册，八角。得二弟妇信，附芳子信一纸，二十三日发。收二十三日《民兴报》一分。夜饮少许酒。

三十日　星期休息。上午谢西园来，云居香炉营头条谢宅，商生契衡亦至，饭于广和居，午后并去。收二十四日《民兴报》一分。

七月

一日　部改上午七时半至十一时半为理事时间。得二弟信，六月二十六日杭州发。收六月二十五日《民兴日报》一分。

二日　蔡总长第二次辞职。收协和还金五元。收二十六日《民兴报》一分。

三日　下午与季市浴于观音寺街之升平园，甚适。至琉璃厂购明袁氏本《世说新语》一部四册，二元八角，尚不十分刓弊，惜纸劣耳。又《草堂诗余》一册，二角，似是《词学丛书》残本也。

四日　上午寄二弟信。午得陈子英信，二十七日绍兴发。又得三弟信并《近世地理》一册，二十八日绍兴发。收廿七、廿八日《民兴报》各一分。

五日　大雨。下午四时赴讲演会，讲员均乞假，听者亦无一人，遂返。寄三弟信，内附与二弟妇及芳子信一小函。得二弟信，三十日发。夜又大雷雨。

六日　雨。晨寄二弟信。午得三弟信，二十九日发。收二十九日《民兴日报》一分。晚与季市同饮于广和居。

七日　星期休息。晨得刘楫先信，初一日上虞发。午得二弟信，初一日发。收六月卅、七月一日《民兴日报》各一分。午后协和、谷青来。夜雨。

八日　雨。上午得上海通俗教育会信并《通俗教育研究录》一册。

九日　晴。下午收二日、三日《民兴日报》各一分。临时教育会议开始。夜小雨。

十日　晴，热。上午九时至十时诣夏期讲习会述《美术略论》，听者约二十余人。午前赴东交民巷日本邮局寄东京羽太家信并日银十圆。下午与季市访蔡子民于其寓，不值。夜小雨。

十一日　寄三弟信，内附与二弟信一小函，又与二弟妇笺一枚。收小包一，内 P.Gauguin：《Noa Noa》、W.Wundt：《Einführung in die Psychologie》各一册，六月二十七日绍兴发。夜读皋庚所著书，以为甚美；此外典籍之涉及印象宗者，亦渴欲见之。夜收初四日《民兴日报》一分。夜大雨。

十二日　晴。下午得二弟信，五日发。又得三弟信，六日发。晚收五日、六日《民兴日报》各一分。夜雨。闻临时教育会议竟删美育，此种豚犬，可怜可怜！

十三日　雨。无事。

十四日　晴。星期休息。晨寄二弟及三弟信。上午张协和、杨莘士来。收初七日《民兴日报》一分。下午偕铭伯、季市饮于广和居，甚醉。夜又收初八日《民兴日报》一分。

十五日　上午至教育会傍听少顷。下午部员为蔡总长开会送别，不赴。收初九日《民兴日报》一分。

十六日　晨收本月分津帖六十元。收初十日《民兴日报》一分。夜雨。

十七日　雨。教育部次长范源濂代理总长。上午九时至十时在夏期讲会述《美术略论》，初止一人，终乃得十人，是日讲毕。傍午晴。下午谢西园来谈，假去十圆。晚饮于季市之室。

十八日　上午收十一日《民兴日报》一分。下午大热，动雷。

十九日　晨得二弟信，十二日绍兴发，云范爱农以十日水死。悲夫悲夫，君子无终，越之不幸也，于是何几仲辈为群大蠹。午收十二、十三日《民兴日报》各一分。下午与季市访蔡子民不遇，遂至董恂士家，与钱稻孙谈至晚才返。

二十日　上午寄二弟信。又寄陈了英信。收十四日《民兴报》一分。下午赴青云阁购日用什物，又至瑠璃厂购《黄子久秋山无尽图卷》一册，五角；《梦窗词》一册，四角；《老学庵笔记》二册，八角。晚杨莘士、钱稻孙来，遂同饮于广和居，季市亦往。夜大雨。

二十一日　阴。星期休息。上午雨。胡孟乐来。杜海生来。下午大雨。蔡谷青来。晚得二弟及三弟信，十五日发。又收十五日《民兴报》一分。

二十二日　大雨，遂不赴部。晚饮于陈公猛家，为蔡子民饯别也，此外为蔡谷青、俞英厓、王叔眉、季市及余，肴膳皆素。夜作均言三章，哀范君也，录存于此：

风雨飘摇日，余怀范爱农。华颠萎寥落，白眼看鸡虫。
世味秋荼苦，人间直道穷。奈何三月别，竟尔失畸躬！
海草国门碧，多年老异乡。狐狸方去穴，桃偶已登场。
故里寒云恶，炎天凛夜长。独沈清泠水，能否涤愁肠？
把酒论当世，先生小酒人。大圜犹茗艼，微醉自沈沦。
此别成终古，从兹绝绪言。故人云散尽，我亦等轻尘！

二十三日　雨。天气颇寒。上午收十七日《民兴日报》一分。下午杜海生来。俞英厓以吴镇及王铎画山水见视。

二十四日　阴。上午得羽太家信，十七日东京发。收夏期讲演会车马费十元。收十六、十八日《民兴日报》各一分。午后微雨。

二十五日　阴。下午寄二弟信，内附与三弟笺一枚。钱稻孙来。

二十六日　晴。闻教育部总长为范源廉。下午谢西园来。得二弟信，二十日发。收二十日《民兴日报》一分。俞英厓、王叔眉两君来。

二十七日　上午寄二弟信。午得二弟及三弟信，二十一日发。收二十一日《民兴报》一分。晚与季市赴谷青寓，爕和亦在，少顷大雨，饭后归，道上积潦二寸许，而月已在天。

二十八日　星期休息。晨稻孙来，午饭于广和居，季茀、莘士在坐。饭后赴吴兴馆，夜又饭于便宜坊。收十九日《民兴日报》一分。雨。

二十九日　阴。无事。夜雨。闻董恂士为教育部次长。

三十日　晴。午后收二十二及二十三日《民兴日报》各一分。下午赴中国通俗教育研究会，傍晚乃散。此会即在教育部假地设之，虽称中国，实乃吴人所为，那有好事！晚恂士来，饭于季市之室。

三十一日　晴，午后雨。本部开谈话会，总、次长演说。下午收二十四、二十五日《民兴日报》各一分。傍晚晴。

八月

一日　午后稻孙来，在季茀之室，遂同往琉离厂，购《埤雅》一部四本，二元，似明刻也。晚饮于广和居，颇醉。

二日　午前得二弟信，二十七日发，有哀范爱农诗，云：天下无独行，举世成委靡。皓皓范夫子，生此叔季时。傲骨遭俗嫉，屡被蝼蚁欺。侘傺尽一世，毕生清水湄。今闻此人死，令我心伤悲。扰扰使君辈，长生亦尔为！收廿七日《民兴日报》一分。午后寄二弟信。录汪文台辑本《谢沈后汉书》一卷毕。又收廿六日《民兴报》一分。晚杨莘士招饮于广和居，同席者章演群、钱稻孙、许季黻。夜风，微雨。

三日　雨，上午晴。无事。

四日　晴。星期休息。上午收廿八日《民兴日报》一分。午后钱稻孙、杜海生来。晚蒯若木来。

五日　上午冯汉叔至部见访。午收二十九日《民兴日报》一分。下午赴部听教育会议员说各地教育状况，而到者止浙江二人。晚雨，有风。

六日　雨。伍博纯来劝入通俗教育研究会甚力，却之不得，遂允之。收卅日《民兴日报》一分。

七日　晴。上午冯汉叔至部见访。午归寓途中车仆堕地，左手右膝微伤。见北京报载初五日电云，绍兴分府卫兵毁越铎报馆。收七月卅一日、八月一日《民兴日报》各一分。晚得二弟所寄小包，内复氏《美术与国民教育》一册，福氏《美术论》一册，均德文，一日付邮。

八日　上午得二弟信，二日发。下午寄二弟信。钱稻孙来。

九日　晨得谢西园信并还银十圆。午后张燮和来，同季市饮酒少许。夜雨。

十日　阴，午后雨。晚小饮于季市之室。

十一日　雨。星期休息。午后杜海生来。下午杨莘士、钱稻孙来。晚收二弟所寄德文思氏《近世造形美术》一册，初五日付邮。

十二日　晴。数日前患咳，疑是气管病，上午就池田医院诊之，云无妨，惟神经衰弱所当理耳。与水药、粉药各二日分，价一元二角，又初诊费二元。下午得二弟及三弟信，初六日发。半夜后邻客以闽音高谈，猖狂如犬相啮，不得安睡。

十三日　阴。上午寄二弟及三弟信。

十四日　晴。上午至池田医院就诊。午后同季市至廊房头条劝工场饮茗，余又理发。复至土地祠神州国光社购《南雷余集》一册，《天游阁集》一册，共一元二角。夜饮于季市之室，食蒲陶、鲰鱼、杏仁。得二弟所寄小包二，内《域外小说集》第一、第二各五册，初八日付邮，余初二函索，将以贻人者也。

十五日　以《或外小说》贻董恂士、钱稻孙。午后张协和来。晚写汪文台辑本《谢承后汉书》八卷毕。阅赵蕤《长短经》，内引虞世南史论，录之。

十六日　阴。自本日起以上午九时至下午四时半为办公时间，此为部令破旧定规则者也。午大雨，下午晴。得二弟所寄 V.van Gogh：《Briefe》一册，十日付邮。夜饮于季市之室。

十七日　晴。上午往池田医院就诊，云已校可，且戒勿饮酒。假得《续谈助》二册阅之。

十八日　星期休息。午得二弟信，十二日发。下午寄二弟信。

十九日　下午谢西园来，未遇，见其留刺。旧历七夕，晚铭伯治酒招饮。

二十日　上午同司长并本部同事四人往图书馆阅敦煌石室所得唐人写经，又见宋元刻本不少。阅毕偕齐寿山游十刹海，饭于集贤楼，下午四时始回寓。

二十一日　午后蔡国青来。得冯汉叔名刺，知上午来访。

二十二日　晨见教育部任命名氏，余为佥事。上午寄蔡国青信。晚钱稻孙来，同季市饮于广和居，每人均出资一元。归时见月色甚美，骤游于街。

二十三日　得二弟信，十六日发。晚钱稻孙来，因同至琉璃〔厂〕购纸，又至神州国光社购《古学汇刊》第一编一部两册，价一元五分。夜胃痛。

二十四日　上午寄二弟信。午后赴钱稻孙寓。

二十五日　星期休息。上午许诗荃、商契衡来。午后钱稻孙来，同往琉璃厂，又赴十刹海饮茗，旁晚归寓。

二十六日　阴，雷，午后雨一陈即霁。晚寄二弟信。

二十七日　晴。下午往钱稻孙寓，又同至余寓，即去。晚协和来。夜半风雨，大雷。

二十八日　晴。与稻孙、季市同拟国徽告成，以交范总长，一为十二章，一为旗鉴，并简章二，共四图。下午得二弟信，内附二弟妇及三弟信，二十二日发。收二十一及二十二日《民兴日报》一分，盖停版以后至是始复出，余及启孟之哀范爱农诗皆在焉。晚稻孙来，大饮于季市之室。

二十九日　上午致伍博纯信。下午收二十三日《民兴报》一分。晚稻孙、协和来。

三十日　阴。下午收本月俸百二十五元，半俸也。夜半雨。

三十一日　晴。上午寄二弟及二弟妇并三弟信。下午收廿五日《民兴日报》一分。晚董恂士招饮于致美斋，同席者汤哲存、夏穗卿、何燮侯、张协和、钱稻孙、许季黻。

九月

一日　星期休息。晨得二弟信，二十六日发。收二十六日《民兴日报》一分。上午与季市就稻孙寓坐少顷，同至什刹海，已寥落无行人，盖已过阴历七月望矣。午饭于四牌楼之同和居，甚不可口。下午至青云阁购什物二三种，又赴琉离厂有正书局购《中国名画》第一至第十集共十册，计银十二圆，佐以一木匣，不计值也。

二日　雨。无事。夜书致东京信两通，翻画册一过，甚适。

三日　阴。上午至交民巷日本邮局寄羽太氏信并银二十圆，又寄相模屋信并银三十圆，季市附寄银十圆。下午晴。收二十七、八日《民兴报》各一分。以一小包寄家，内摩菰二十两，刺夹六具，狗皮膏六枚。

四日　上午以一小包寄家，内桃、杏、频果脯及蜜枣四种。晚稻孙来，遂同饮于广和居，铭伯、季市亦去。夜寄二弟及三弟信，而函后题初五日发。

五日　上午同司长及数同事赴国子监，历览一过后受午饭，饭后偕稻孙步至什刹海饮茗，又步至杨家园子买蒲陶，即在棚下啖之，迨回邑馆已五时三十分。收廿九及三十日《民兴日报》各一分。夜吴君秉成来。

六日　阴。上午赴本部职员会，仅有范总长演说，其词甚怪。午后赴大学专门课程讨论会，议美术学校课程。下午稻孙来，晚饮于季黻之室。收卅一日《民兴报》一分。

七日　雨。下午赴钱稻孙寓。晚见李梦周于季市处。

八日　阴。星期休息。上午同季市往留黎厂，在直隶官书局购《式训堂丛书》初二集一部三十二册，价六元五角。会微雨，遂归。收九月一日《民兴报》一分。午后晴。翻《式训堂丛书》，此书为会稽章氏所刻，而其版今归吴人朱记荣，此本即朱所重印，且取数种入其《槐庐丛书》，近复移易次第，称《校经山房丛书》，而章氏之名以没。记荣本书估，其厄古籍，正犹张元济之于新籍也。读《拜经楼题跋》，知所藏《秋思草堂集》即近时印行之《庄氏史案》，盖吴氏藏书有入商务印书馆者矣。下午雨一陈即霁。晚稻孙招饮于便宜坊，坐中有季市与汪曙霞及其兄。

九日　晴，下午风。得二弟信，二日发。收二日、三日《民兴报》各一分。

十日　晨寄二弟信。下午得二弟信，四日发。收四日《民兴日报》一分。

十一日　下午收八月廿四日《民兴报》一分。晚胡孟乐招饮于南味斋，盖举子之庆也，同席共九人，张、童、陶^{均不知其字}俞伯英、许季茀、陈公猛、杨莘士及我。

十二日　下午与同事杂谈清末琐事。晚收初五日《民兴日报》一分。制被一枚，银五元。

十三日　阴。晨寄二弟信。下午小雨。收六日、七日《民兴报》各一分。晚稻孙来，并招季市饮于广和居。风颇大。

十四日　晴。午收本月半俸百二十五元。浣旧被，工三百。

十五日　星期休息。上午往青云阁购日用什物共三元。又至留黎厂购《开元占经》一部二十四册，三元；《蒋南沙画册》一册，一元二角。得二弟信，附二弟妇及三弟笺，八日发。收八日《民兴报》一分。

十六日　上午得羽太家信，九日东京发。收九日《民兴报》一分。微不适，似是伤风。

十七日　上午寄二弟信，附与二弟妇并三弟信。收十日《民兴日报》一分。

十八日　上午寄羽太家信，附与福子笺一枚。上午得相模屋书店叶书。下午得二弟并三弟信，十二日发。收十一日《民兴日报》一分。晚寄二弟信。夜邻室有闽客大哗。

十九日　晚稻孙至，与铭伯、季市同饮于广和居。收十二日《民兴报》一分。

二十日　阴，下午雨。收二弟所寄《绥山画传》一册，十四日付邮。收十三、十四日《民兴报》各一分。夜雨不已。邻室又来闽客，至夜半犹大嗥如野犬，出而叱之，少戢。

二十一日　晴，风。晨寄二弟信。季市搜清殿试策，得先祖父卷，见归。晚寿洙邻、钱稻孙来。

二十二日　晴，风。星期休息。上午收十五日《民兴日报》一分。下午自《全唐诗》录出虞〔世〕南诗一卷。

二十三日　下午收十七、十八日《民兴日报》各一分。

二十四日　午后同稻孙至留黎厂购《述学》二册，八角；《拜经楼丛书》七种八册，三元。得二弟信，十六日发。收十六日《民兴日报》一分，又拾九日者又一分。晚袁文薮来。蒋抑卮来。

二十五日　阴历中秋也。下午钱稻孙来。收二十日《民兴日报》一分。晚铭伯、季市招饮，谈至十时返室，见圆月寒光皎然，如故乡焉，未知吾家仍以月饼祀之不。

二十六日　阴。晨寄二弟信。下午收廿一日《民兴报》一分。晚张协和来。七时三十分观月食约十分之一，人家多击铜盘以救之，此为南方所无，似较北人稍慧，然实非是，南人爱情漓尽，即月真为天狗所食，亦更不欲拯之，非妄信已涤尽也。

二十七日　晴。下午收二十二日《民兴报》一分。得二弟所寄小包，内全家写真一枚，又二弟妇抱丰丸写真一枚，我之旧写真三枚，袜子两双，德文《植物采集法》一册，十四日付邮。晚饮于劝业场上之小有天，董恂士、钱稻孙、许季黻在坐，肴皆闽式，不甚适口，有所谓红糟者亦不美也。

二十八日　下午风。得二弟信，二十三日发。晚钱稻孙来。宋汲仁来，宋名守荣，吴兴人，似是本部录事也。

二十九日　星期休息。上午张协和来即去。寄二弟及二弟妇信。下午钱稻孙来，又同游劝工陈列所一周，即就所中澄乐园饮茗而归。蒋抑卮来。收二十四日《民兴日报》一分。

三十日　上午致江叔海信，又致蒋抑卮信，为之介绍阅图书馆所藏秘笈也。收二十五日《民兴日报》一分。晚得宋紫佩信，廿五日发。

十月

一日　晨寄二弟信。又寄宋子佩信。前与稻孙往留黎厂，见小字本《艺文类聚》一部，稻孙争购去，今忽愿归我，因还原价九圆受之。此书虽刻版不佳，又多讹夺，然有何义门印，又是明板，亦尚可藏也。下午寄相模屋书店信。得二弟及三弟信，廿六日发。

二日　晚稻孙来，又同铭伯、季市饮于广和居。

三日　无事。

四日　风挟沙而昙，日光作桂黄色。下午钱稻孙来。季天复来，季字自求，起孟同学也。

五日　雨，冷，午后雨止而风，益冷。

六日　晴，风。星期休息。上午钱稻孙来，又同季市至骡马市小骨董店，见旧书数架，是徐树铭故物而其子所鬻者，予购得《经典释文考证》一部，价止二元，惜已着水。又见蔡子民呈徐白折，楷书，称受业，其面有评语云：牛鬼蛇神，虫书鸟篆。为季市以二角银易去。人事之迁变，不亦异哉！午后访季自求、寿洙邻。下午往留黎厂购笺纸并订印名刺，又购《敦煌石室真迹录》一部，银一两。晚寄二弟、二弟妇及三弟信。得二弟信，内有《童话研究》改定稿半篇，十月一日发。

七日　无事。以《或外小说集》两册赠戴螺舲，托张协和持去。晚邻闽又嗥。

八日　捐北通州兵祸救济金一元。

九日　午后风。无事。

十日　国庆日休息。上午同许铭伯、季市、诗荃、诗苓至留黎厂观共和纪念会，但有数彩坊，而人多如蚁子，不可久驻，遂出。予取名刺，并以二元购《前后汉纪》一部而归。晚饮于广和居，同席五人，如往留黎厂者。今日特冷。钞补《经典释文》两叶。

十一日　微雨即晴。晨得二弟信并《童话研究》半篇，五日发。上午寄二弟信。

十二日　晴。下午寄二弟信。晚得二弟所寄小包二，内《古小说拘沈》草稿、越人所著书草稿等十册，《支那繪画小史》一册，七日付邮。又得二弟信，附安兑然卮言二篇，七日发。钞补《史略》一叶。夜腹忽大痛良久，殊不知其何故。

十三日　阴。星期休息。腹仍微痛。终日订书，计成《史略》二册，《经典释文》六册。

十四日　雨。晚丁《经典释文》四册，全部成。夜大风。

十五日　晴，风。上午寄二弟小包两个：甲，《拜经楼丛书》八册，《草堂诗余》一册。乙，《齐物论释》、《梦窗词》、《南雷余集》、《天游阁诗集》、《实斋信摭》各一册，《实斋札记》二册。午后收本月半俸百二十五元。得二弟及三弟信，十日发。访游观庆于龙泉寺，不值。晚寿洙邻来，并招饮于广和居。

十六日　晴。晚补写《北堂书钞》一叶。

十七日　晨张协和代我购得狐腿裘料一袭，价卅元，自持来。上午寄二弟及三弟信。下午至劝工场理发。晚季自求来谈，以《或外小说集》第一、二册赠之。

十八日　阴。上午得相模屋书店邮片，十二日发。

十九日　晴。梅撷云赠《佛学丛报》第一号一册。晚许铭伯招饮于杏花春，同坐者有陈姓上虞人，忘其字，及俞月湖、胡孟乐、张协和、许季市。

二十日　风。星期休息。上午往留黎厂购《汗简笺正》一部，三元；《北梦琐言》一部，四角；《读画录、印人传》合刻一部，一元。午后昙。晚得二弟信，附《希腊拟曲》二篇，十五日发。

二十一日　昙。上午得阮立夫信，十六日九江发。下午微雪。晚书估持旧书来售，不成。

二十二日　昙。上午寄二弟信并银五十元。下午微雪。晚同许铭伯、季市、诗苓饮于广和居。

二十三日　晴。无事。

二十四日　雨。晚得二弟信，十九日发。收十九日《民兴日报》一分。捐贫儿院银一圆。

二十五日　晴。上午代季市寄相模屋信。戴螺舲见恽冰画，定为伪作。晚收二十日《民兴日报》一分。

二十六日　阴。上午寄二弟信。下午同季市、协和至小市，拟买皮衣不得，复赴大栅阑，亦不成，遂至青云阁饮茗，遇范亦陈，予购布三元。又至留黎厂购《郑板桥道情墨迹》一册，三角；《舒铁云手札》一册，四角；《中国名画》第十六集一册，一元五角。归寓已晚。收二十一日《民兴日报》一分。夜修钉《述学》两册，至一时方毕。

二十七　晴。星期休息。午后张协和来。下午钱稻孙来。本馆祀先贤，到者才十余人，祀毕食茶果。夜微风，已而稍大，窗前枣叶蕨蕨乱落如雨。

二十八日　风，昙，午后晴。收廿三日《民兴报》一分。

二十九日　晴。上午得俞乾三函，二十三日上虞发。晚收二十四日《民兴日报》一分。蔡国亲来。

三十日　阴，午后雨。得沈商耆信，二十五日上海发。得天觉报社信，二十四日绍兴发，内出版露布一枚，征文广告一枚，宋子佩列名。夜风，见月。

三十一日　晴。上午得二弟并三弟信，二十五日发。收二十五日《民兴日报》一分。下午收二十六日《民兴报》一分。

十一月

一日　晴。上午寄二弟及三弟信，附银圆及状面拟稿各一枚。

二日　上午得袁总统委任状。下午赴留黎厂购《秋波小影册子》一册，四角；《眉庵集》二册，八角；《济南田氏丛书》二十八册，四元；《说文释例》十册，三元；《邵亭诗钞》并《遗诗》二册，一元。又购粗本《雅雨堂丛书》一部二十八册，四元。晚钱稻孙来。收二十七、二十八日《民兴日报》各一分。

三日　星期休息。午后往青云阁买拭牙粉一盒。收二十九日《民兴日报》一分。下午至晚均补写《雅雨堂丛书》阙叶，凡得六枚，至十一时方止。夜风。收《平报》一分，是送阅者。

四日　晴，风。晚杨莘士介绍衣工吴姓者来，付裁令制，并先与银一元。得二弟信，三十日发。收本日《平报》一分。

五日　晴，大风，冷甚，水冻，入夜尤甚。

六日　上午寄二弟信。晚王伟人、钱稻孙来，并同季市饭于广和居。

七日　大风，甚冷。上午收补十月分俸银九十五元。晚陈仲书来。得陈子英信，一日发。收卅及卅一日《民兴报》各一分，二日《天觉报》第二号一分。

八日　阴。下午赴观音寺街购御寒衣冒等物共十五元。寄沈商耆上海信。是日易竹帘以布幔，又购一小白泥炉，炽炭少许置室中，时时看之，颇忘旅人之苦。夜风。

九日　晴。晨得二弟信，三日发。收三日《天觉》及《民报》各一分。上午复陈子英信，又复阮立夫函。下午往西升平园浴。赴留黎厂买纸，并托清秘阁买林琴南画册一叶，付银四元四角，约半月后取。晚邀铭伯、季市饮于广和居，买一鱼食之。收十月卅日及本月四日《民兴日报》各一分。夜作书两通，啖梨三枚，甚甘。夜半腹痛。

十日　星期休息。上午季自求、刘历青来。午后寄二弟信。又寄相模屋信。下午至夜补写《雅雨堂丛书》五叶。饮姜汁以治胃痛，竟小愈。

十一日　夏揖颜来，不遇。夜补写《雅雨堂丛书》两叶。

十二日　付温处水灾振捐二元，钱稻孙经手。晚收六日《天觉报》一分。夜补写《雅雨堂丛书》中《大戴礼》目录后语阙叶凡二枚，全书补完。

十三日　付上海共和女学校捐款一元，顾子言经手。常君赠《中国学报》第一期一册。晚得二弟信，并附二弟妇、芳子及三弟笺，八日发。收七日《天觉报》一分。夜风。

十四日　上午寄二弟《中国学报》第一期一册。午后清秘阁持林琴南画来，亦不甚佳。

十五日　上午寄二弟并二弟妇信，附与芳子及三弟笺各一枚。

十六日　午后收本月俸银二百二十元。往看夏司长，索其寓居不得。往留黎厂购《董香光山水册》一册，一元二角；《大涤子山水册》一册，一元；《石谷晚年拟古册》一册，八角。过敷家坑海昌会馆看张协和，不值。蒋百器来过，不值。晚得二弟并二弟妇信，十一日发（5）。收十、十一日《天觉报》各一分。

十七日　阴。星期休息。上午谢西园来。寄二弟信并银五十元

（五），以双挂号去。陈公侠来。钱稻孙来。许铭伯将赴天津，往别之。午后赴留黎厂神州国光社购《唐风图》《金冬心花果册》各一册，共银三元九角。又往文明书局购元《阎仲彬惠山复隐图》、《沈石田灵隐山图》、《文征明潇湘八景册》、《龚半千山水册》、《梅瞿山黄山胜迹图册》、《马扶曦花鸟草虫册》、《马江香花卉草虫册》、《戴文节仿古山水册》、《王小梅人物册》各一册，又倪云林山水、恽南田水仙、仇十洲麻姑、华秋岳鹦鹉画片各一枚，共银八元三角二分。晚钱稻孙又来。收十二日《天觉报》一分。

十八日　晴，风。上午得许季上信，十四日奉天发。

十九日　晚收十三、十四日《天觉报》各一分。

二十日　上午得齐寿山、戴芦舲、许季上自奉天来函，午后复之。

二十一日　午后赴打磨厂保商银行易日本币。赴东交民巷日本邮局寄羽太家信并日银五十元，又寄相模屋书店信并日银五十元，附季市书款十元。下午闻国亲疡生于髀，与季市同往看之。晚收十六日《天觉报》一分。

二十二日　下午收十七日《天觉报》一分。寄二弟信（六）。夜腹痛。

二十三日　午后商契衡来。下午腹痛，造姜汁饮服之。晚得二弟所寄书三包，计《小说拘沈》草稿一迭，J. Meier Graeve：《Vincent van Gogh》一册，《或外小说》第一、第二集各五册，并十八日发。夜风。院中南向二小舍，旧为闽客所居者，已虚，拟移居之，因令工糊壁，一日而竣，予工资三元五角。

二十四日　星期休息。上午得二弟信，十七日发（6）。收十八日《天觉报》一分。季市为购得《古学汇刊》第二编来，计二册，价一元又六分。午后曇，有雪意。下午以一小箧邮寄二弟，箧内计《中国名画》第一至第十三集共十三册，又《黄子久秋山无尽图卷》、王孤云《圣迹图》、《徐青藤水墨花卉卷》、《陈章侯人物册》、《龚半千细笔山水册》、《金冬心花果册》均一册，又《越中先贤祠目序例》一册，补写《北堂书钞》阙叶一叶。以挂号去，邮资八角。晚缝人持衬衫及罩袍来。收十九日《天觉报》一分。

二十五日　晴。以《或外小说集》第一、第二册赠夏穗卿先生。晚收二十日《天觉日报》一分。

二十六日　上午寄二弟信（七）。晚收二十一日《天觉报》一分。

二十七日　曇，午后晛。晚得二弟、二弟妇及三弟信，二十二日发。收二十二日《天觉报》一分。

二十八日　上午相模屋书屋寄来《国歌集》两册，价共二角九分，即交沈商耆。下午移入院中南向小舍。晚收二十三日《天觉报》一分。

二十九日　曇，冷。晚收二十四日《天觉报》一分。夜微雪。

三十日　曇，午后晴。下午赴劝业场为二弟觅复活祭日赠高医士之品，遂购景泰窑磁瓶一双，文采为双龙云物及花叶，皆中国古式，价银五元。自二十七日起修缮《埤雅》，至今日下午丁毕，凡四册。晚收二十五日《天觉报》一分。夜风。购木匣并布，纫作小包。

十二月

一日　风而日光甚美。星期休息。午寄二弟、二弟妇并三弟信（八）。张协和来。下午寄二弟一小包，内花瓶一双。至南通州会馆访季自求，以《或外小说》两册托其转遗刘霁青。而季自求则以《大隋开府仪同三司龙山公墓志铭》一枚，《大秦景教流行中国碑》暨碑额、碑侧共四枚见赠。晚得二弟信，二十六日发（8）。收二十六日《天觉报》一分。

二日　晴。上午得许季上奉天来信。晚王伟忱来。夜腹微痛。

三日　上午寄二弟信（九）。收《通俗教育研究录》第三期一册。晚收二十八日《天觉报》一分。

四日　午后收陈焕章著《孔教论》一本，上海寄。晚收二十九日《天觉报》一分。

五日　午后得相模屋书店两叶书，并二十九日发。赴池田医院乞药，云气管支及胃均有疾，馀良，付初诊费二元，药资一元二角。晚收三十日《天觉报》一分。是日始晚餐啜粥。

六日　昙，午后日光小见。觉胃痛渐平，但颇无力。晚得二弟信，初一日发（9）。夜大风。

七日　晴，风。上午得东京羽太家信，一日发。寄相模屋信。赴池田医院付药资一元二角。下午往留黎厂购《顾西眉画册》一册，八角；《说文古籀疏证》一部四册，一元五角。收初二日《天觉报》一分。

八日　星期休息。卧至十二时。午后寄二弟信（十），《古学汇刊》第一、二编共四册。收三日《天觉报》一分。

九日　无事。

十日　午前赴医院，而池田适出诊，因买原药归，资一元四角。

十一日　晚得二弟信，六日发（10）。午后二时服写利药十粒，至十时半验。

十二日　上午许季上、戴芦舲、齐寿山自奉天调核清宫古物归，携来目录十余册，皆磁、铜及书画之属。又摄景十二枚，内有李成《仙山楼阁图》，极工致。又有崔白刻丝《一路荣华图》，为鹭鸶及夫容，底本似佳，而写片不善。午后与许季上等访夏司长于兵部洼寓所，留约一小时。

十三日　上午寄二弟信（十一）。

十四日　午后收二年历书一册。下午赴留黎厂购《王无功集》一册，五角；《景德镇陶录》一部四册，乙元；《戴文节销寒画课》一帖十枚，六角四分；《费晓楼士女画册》一册，八角。收地学协会信。许季上来。游允白来，以《或外小说集》二册赠之。有人寄《女子师范风潮闻见记》一册来。

十五日　星期休息。上午常毅箴以书来招观剧，未赴。午后得二弟信，十一日发（11）。

十六日　上午豫支本月俸一百元。游允白索《或外小说》，更以二部赠之。

十七日　夜游允白来言乞假事。

十八日　上午寄二弟及三弟信，附家用百元，《函夏考文苑议》一小册（十二）。午后与数同事游小市。下午收十四日《越铎报》一分。晚蒯若木来。

十九日　大雪终日。午后同夏司长赴图书馆，途中冷甚。晚食山药作饭。

二十日　晴。下午往廊房头条劝业场理发。

二十一日　晨微雪即止。午后赴青云阁，购履一两，价二元二角。又往留黎厂，购问经堂本《商子》一本，二元；《梦溪笔谈》一部四册，二元。又觅得《晚笑堂画传》一部，甚恶，亦以七角银购致之，以供临习。下午得二弟信，十六日发（12），又二弟妇暨丰丸摄景一枚，同日发。收十六日《越铎》一分。晚烹两鸡〔蛋?〕并面食之，以为晚食。夜风。

二十二日　晴。星期休息。旧历冬至也，季市云。闻许铭伯昨自天津归，午后往看之。同季市赴贤良寺见章先生，坐少顷。往正蒙书局看陈仲书，不值。赴浴室。又赴瑞蚨祥买斗篷一袭，银十六元；手衣一具，银一元。晚回寓，知季天复午后见过，留字而去。收十七日《越铎日报》一分。

二十三日　上午寄二弟信（十三）。得相模屋书店葉书并审美书院出版书目一册，均十六日发。

二十四日　无事。

二十五日　下午得二弟信，二十日发，又邮片一枚，二十一日发（13）。收十五、十九、二十日《越铎报》一分。晚此间商务印书馆分馆忽送《新字典》一册至寓，殊莫测其用意。夜雨雪。

二十六日　积雪厚尺余，仍下不止。晨赴铁师子胡同总统府同教育部员见袁总统，见毕述关于教育之意见可百余语，少顷出。向午雪霁，有日光。

二十七日　晴。上午收支剩本月俸百二十元，假季市七十，协和二十。

二十八日　上午寄二弟信并《希腊拟曲》译稿一帖（十四）。午后招张协和、许季市同至瑞蚨祥购马卦一件，共银二十元八角。赴留黎厂购《中国学报》第二期一册，四角，报中殊无善文，但以其有《越缦日记》，故买存之。又购胡敬撰刻《南薰殿图象考、国朝院画录、西清札记》三种合刻一部四册，三元，闻此版已归书肆云。夜胃小痛。

二十九日　星期休息。午后收二十四、二十五日《越铎日报》各一分。夜风。

三十日　上午寄二弟《中国学报》第二期一册。夜铭伯以火腿一方见贻。

三十一日　午后同季市至观音寺街购齿磨一、镜一、宁蒙糖一，共银二元。又共啜茗于青云阁，食虾仁面合。晚铭伯招饮，季市及俞毓吴在坐，肴质而旨，有乡味也，谈良久归。

壬子北行以后书帐

齐物论释一册　〇·三〇　四月二十八日

鬼灶拓本一枚　〇·八〇

於越先贤象传二册　三·〇〇

高士传并图二册　三·〇〇

宋元本书目三种四册　二·〇〇　四月二十九日

百华诗笺谱二册　四·二〇

实斋信摭一册　〇·三六

实斋乙卯及丙辰札记二册　〇·七二

陈章侯人物册一册　〇·七二

中国名画第十一至十三集三册　三·六〇　　　　一八·七〇〇

於越先贤祠目序例一册　许铭伯先生所与

徐青藤水墨画卷一册　一·〇〇　五月八日

工孤云圣迹图一册　一·二〇

纂［籑］喜庐丛书七册　五·八〇　五月十二日

李太白集四册　二·〇〇　五月二十五日

观无量寿佛经图赞一册　〇·三一二

中国名画第十五集一册　一·五〇

仿宋本史略二册　〇·八〇　五月三十日

李龙眠九歌图十二枚　〇·六四

罗两峰鬼趣图二册　二·五六　　　　　　　　　　　一五·八一二

四印斋校刊词三种四册　一·〇〇　六月九日

沈下贤文集二册　二·五〇

会昌一品集六册　二·〇〇

龚半千细笔画册一册　〇·八〇　六月十六日

阮刻顾恺之画列女传四册　四·〇〇

陈仁子文选补遗十二册　二·〇〇

石鼓文并音训拓本十二枚　一·二五　六月二十六日

雅雨堂丛书二十册　一五·〇〇　六月二十九日

孙星衍京畿金石考二册　〇·八〇　　　　　　　　　二八·三五〇

明袁氏刻本世说新语四册　二·八〇　七月三日

草堂诗余一册　〇·二〇

老学庵笔记二册　〇·八〇　七月二十日

梦窗词一册　〇·四〇

黄子久秋山无尽图卷一册　〇·五〇　　　　　　　　四·七〇〇

埤雅四册　四·〇〇　八月一日

南雷余集一册　〇·六〇　八月十四日

天游阁诗集一册　〇·六〇

古学汇刊二册　一·〇五　八月二十三日　　　　　　六·二五〇

中国名画第一至第十集十册　一二·〇〇　九月一日

式训堂丛书初二集三十二册　六·五〇　九月八日

蒋南沙华鸟草虫册一册　一·二〇　九月十五日

大唐开元占经二十四册　三·〇〇

述学二册　〇·八〇　九月二十四日

拜经楼丛书七种八册　三·〇〇　　　　　　　二六·五〇〇

明刻小字本艺文类聚十册　九·〇〇　十月一日

敦煌石室真迹录二册　一·三五　十月六日

经典释文考证十册　二·〇〇

荀悦前汉纪袁宏后汉记合刻十六册　二·〇〇　十月十日

汗简笺正四册　三·〇〇　十月二十日

北梦琐言二册　〇·四〇

读画录印人传合刻二册　一·〇〇

郑板桥道情词墨迹一册　〇·三〇　十月二十六日

舒铁云王仲瞿往来手札墨迹一册　〇·四〇

中国名画第十六集一册　一·五〇　　　　　　二〇·九五〇

秋波小影册子一册　〇·四〇　十乙月二日

眉庵集二册　〇·八〇

济南田氏丛书二十八册　四·〇〇

说文释例十册　三·〇〇

郋亭诗钞并遗诗二册　一·〇〇

雅雨堂丛书二十八册　四·〇〇

中国学报第一期一册　常君国宪赠　十一月十三日

董香光山水册一册　一·二〇　十一月十六日

大涤子山水册一册　一·〇〇

王石谷晚年拟古册一册　〇·八〇

金冬心花果册一册　一·四〇　十一月十七日

唐风图一册　二·五〇

阎仲彬惠山复隐图一册　〇·二四

沈石田灵隐山图一册　一·一二

文征明潇湘八景册一册　〇·六四

龚半千山水册一册　〇·九六

梅瞿山黄山胜迹图册一册　一·四四

马扶曦花鸟草虫册一册　〇·九六

马江香花卉草虫册一册　〇·七二

戴文节仿古山水册一册　〇·九六

王小梅人物册一册　〇·九六

倪云林山水一枚　〇·〇八

恽南田水仙一枚　〇·〇八

仇十洲麻姑仙图一枚　〇·〇八

华秋岳鹦鹉图一枚　〇·〇八

古学汇刊第二编二册　一·〇六　十一月二十四日　　二九·四八〇

大隋开府仪同三司龙山公墓志铭拓本一枚 季君自求赠
十二月一日

大秦景教流行中国碑并碑额碑侧拓本共四枚　同上

顾西眉画册一册　〇·八〇　十二月七日

说文古籀疏证四册　一·五〇

王无功集一册　〇·五〇　十二月十四日

景德镇陶录四册　一·〇〇

戴文节销寒画课一帖十枚　〇·六四

费晓楼仕女册一册　〇·八〇

问经堂校刻本商子一册　二·〇〇　十二月二十一日

梦溪笔谈四册　二·〇〇

中国学报第二期一册　〇·四〇　十二月二十八日

南薰殿图象考院画录西清札记三种合刻四册　三·〇〇

一二·六四〇

总计一六四·三八二〇

审自五月至年莫，凡八月间而购书百六十余元，然无善本。京师视古籍为骨董，唯大力者能致之耳。今人处世不必读书，而我辈复无购书之力，尚复月掷二十余金，收拾破书数册以自怡说，亦可笑叹人也。华国元年十二月三十一日灯下记之。

癸丑日记（1913 年）

正月

一日　晴，暖。上午得二弟信，去年十二月二十六日发（14）。午后同季市游先农坛，但人多耳。回看杨仲和，未遇。夜以汪氏、孙氏两辑本《谢承书》相校，尽一卷。

二日　上午杨仲和来。午后寄二弟信（一）。同季市访协和于海昌馆，坐一小时。赴留黎厂循览书画骨董肆，无所获。常毅箴来过，未见。

三日　午后有周大封来访，自云居笋头山，父名庆榕，与我家为同族。晚铭伯来别，云明日晨复赴天津。夜风。

四日　上午赴部，有集会，设茗酒果食，董次长演说。午后得阮立夫九江来信。晚间得二弟所寄《事类赋》一部，去年十二月二十六日发。晚留黎厂肆持旧书来阅，并无佳本，有尤袤《全唐诗话》及孙涛《续编》一部，共八册，尚直翻捡［检］，因以五金买之。

五日　星期休息。午后协和来贷金二十，季市招出游，遂同赴前门内临记洋行购茶食二种，又合买饼饵果糖付协和，以贻其孺子。赴青云阁饮茗，将晚回邑馆。

六日　昙，甚冷。晚首重鼻窒似感冒，蒙被卧良久，顿愈，仍起阅书。

七日　昙。上午寄二弟信（二）。下午雨霰。晚得二弟信，去年十二月三十日发（15）。

八日　晴。天气转温。晚得二弟信，一月四日发（1）。

九日　晴，午后昙。步至小市看所列地摊，无所可买。

十日　上午寄二弟信（三）。夜风。

十一日　晴。下午许季上忽欲入清宫之门以望南海子，遂相约驰往，然终为守监所阻，不得进。季上乃往西长安街，予则至前门内西美居买饼饵一元而归。

十二日　晴，风。上午蔡国卿来。午后得二弟及三弟信，八日发（2）。往南通州馆访季天复，坐半小时。下午往官书局购《寒山诗》一本，一元；《樊南文集补编》一部四本，三元。又阅旧书肆，得《水经注汇校》一部十六本，刻甚草率，而价止一元。晚得二弟寄小包二，内德文《卢那画传》一册，珂纳柳思《有形美术要义》一册，日文《小供之画》一册，并六日发。

十三日　午后得江叔海信，即复之。收五日《越铎报》，有孙德卿写真，与徐伯荪、陶焕卿等遗象相杂厕，可笑，然近人之妄亦可怖也。

十四日　无事。

十五日　晨微雪如絮缀寒柯上，视之极美。上午晛。寄二弟并三弟信（四）。

十六日　晴。上午得羽太母信，十六日发。

十七日　上午寄羽太家信。寄二弟《开元占经》一部，分作两包。午后见游允白自汉寿县来信。下午得初六至初十日《越铎报》各一分。

十八日　午后往留黎厂书肆，见寄售敦煌石室所出唐人写经四卷，墨色如新，纸亦不甚渝敝，殆是罗叔蕴辈从学部窃出者。每卷索五十金，看毕还之。购《功顺堂丛书》一部二十四本，四元，书不甚佳，而内有《西清笔记》、《泾林杂记》、《广阳杂记》等可读。晚收十一、十二日《越铎报》各一分。

十九日　日曜休息。季市烹一鹜招我午饭，诗荃亦在。晚得二弟及二弟妇信（3），又叶书一，均十三日发。收十三至十五日《越铎》各一分。夜风。

二十日　昙，上午微雪即霁。寄二弟并二弟妇信（五）。

二十一日　昙，晨微雪即止。一日无事。

二十二日　晴，风。下午得二弟信，十七日发（4）。收十六至十八日《越铎》各一分。

二十三日　晴。晚夏揖颜来访，计不见已近十年。

二十四日　雪而时见日光。上午寄二弟信（六）。晚雪止，夜复降，已而月出。

二十五日　微雪。晨忽有人突入室中，自称姓吕，余姚人，意在乞资，严词拒之。午后雪止，有日光。收十九日《越铎报》一分。晚得二弟所寄写书纸五帖计五百枚，十九日付邮。

二十六日　晴。日曜休息。午后收二十及二十一日《越铎报》各一分。晚得二弟及三弟信并三弟所作《茶店闲话》四则，二十二日发（5）。收廿二日《越铎》一分，又廿一、廿二日《警铎》各一分。夜得二弟所寄《山越工作所標本目録》一册，二十二日发。

二十七日　午后收本月俸二百二十元。晚阮和孙来访，并偕一客姓曾，是寿洙邻亲戚云。

二十八日　晴，风。上午钱稻孙到部，云前日抵京，以石刻贯休作《十六应真象》相赠。石刻于清乾隆时，在圣因寺，今为朱瑞所毁。张稼庭至部来访。午后往西河沿交通银行以纸币易银元。协和返资二十，季市七十。夜大风。

二十九日　晴。上午寄二弟及三弟信，附家用五十元，书籍费二十元（七）。往交民巷日本邮局寄与相模屋信，托其购书，并银三十元，又季市书款十元。下午往烂缦胡同寿洙邻寓访阮和孙，坐少顷。收二十三至二十五日《越铎日报》各一分。

三十日　无事。

三十一日　晴，微风。上午寄陈子英信。

二月

一日　午后往留黎厂书肆购《十七史》不成。晚收廿六日《越铎》一分。

二日　星期休息。上午得二弟信，附《贺新年篇》一纸，为《天觉报》作者，二十七日发（6）。王君懋熔来谈，午刻去。午后许季上来，同往留黎厂阅书，购《尔雅翼》一部六册，一元。又购北邙所出明器五具，银六元，凡人一、豕一、羊一、鹜一，又独角人面兽身物一，有翼，不知何名。晚收廿七、廿八《越铎》各一分，又廿八日《警铎》一分。

三日　上午寄二弟信（八）。下午同季市、季上往留黎厂，又购明器二事：女子立象一，碓一，共一元半。

四日　昙。早上夏揖颜来访。下午收二十九日《越铎》一分。夜大风。

五日　晴，风。晨得二弟信，三十一日发（7）。午后同齐寿山往小市，因风无一地摊，遂归。过一骨董肆，见有胆瓶，作豇豆色，虽微瑕而尚可玩，云是道光窑，因以一元得之。范总长辞职而代以海军总长刘冠雄，下午到部演说少顷，不知所云。赴临记洋行购饼饵、饴糖共三元。晚收二弟所寄《无机化学》译稿三册，三十一日发，为诗荃所欲假观者，即交季市，托转赠之。收三十一日及一日《越铎》各一分，又三十日《越铎》及《警铎》各一分。收李鸿梁信。季市招饮，有蒸鹜、火腿。

六日　晴。旧历元旦也。午后即散部往琉璃厂，诸店悉闭，仅有玩具摊不少，买数事而归。

七日　上午寄二弟信（九）。午后风。下午寿洙邻、曾丽润、阮和孙来访，坐少顷，同赴南味斋夕餐。

八日　晴，风。上午赴部，车夫误蹴地上所置橡皮水管，有似巡警者及常服者三数人突来乱击之，季世人性都如野狗，可叹！午后赴留黎厂买得朱长文《墨池编》一部六册，附朱象贤《印典》二册，十元。又《陶庵梦忆》一部四册，一元，此为王文诰所编，刻于桂林，虽单行本，然疑与《粤雅堂丛书》本同也。下午往看季市，则惘惘如欲睡，即出。晚谷青来，假去二十元。

九日　晴。上午得二弟信并葉书一，均五日发（8）。收二日《越铎》一分。星期休息日也。午后赴琉璃厂，途中遇杨仲和，导余游花[火]神庙，列肆甚多，均售古玩，间有书画，然大抵新品及伪品耳，览一周别去。视旧书肆，至宏道堂买得《湖海楼丛书》一部二十二册，七元；《佩文斋书画谱》一部三十二册，二十元。其主人程姓，年已五十余，自云索价高者，总因欲多赢几文之故，亦诚言也。又云官局书颇备，此事利薄，侪辈多不愿为，而我为之。夜风。

十日　晴，风。夜季市贻火腿一块。

十一日　上午复李鸿梁信。

十二日　统一纪念日，休假。上午得陈子英信，五日发。收八日《越铎》一分。午后寄二弟信（十）。赴厂甸阅所陈书画。买《画征录》一部二册，三角；《神州大观》第一集一册，一元六角半，此即《神州国光集》所改，而楮墨较佳，册子亦较大。拟自此册起，联续买之。

十三日　昙。下午有美国人海端生者来部，与次长谈至六时方去，同坐甚倦。

十四日　晴。夕蔡谷青来。夜大风。胃小痛。

十五日　大风。上午得二弟并三弟信，九日发（9）。前乞戴芦舲画山水一幅，今日持来；又包蝶仙作山水一枚，乃转乞所得者，晴窗披览，方佛见故乡矣。午后同戴芦舲游厂甸及花［火］神庙。教育部简作读音统一会会员，下午有茗谈会，不赴。常毅箴欲得商务馆《新字典》，即以所有者贻之。晚收初九日《越铎日报》一分。

十六日　晴。星期休息。上午收十至十二日《越铎报》各一分。午后杜亚泉来。下午陈子英、张协和、季自求来。晚招子英、协和饮于广和居。收二弟所寄《或外小说集》第一、第二各五册，十二日付邮。

十七日　上午寄二弟及三弟信（十一）。午后同沈商耆赴图书馆访江叔海，问交代日期。

十八日　晨得夏揖颜信，云将南旋，赴部途中遇之，折回邑馆，赠以《或外小说》第一、二各二册。下午同沈商耆往夏司长寓，方饮酒，遂同饮少许；复游花［火］神庙，历览众肆，盘桓至晚方归。夕得相模屋书店葉書，十一日发。

十九日　上午常毅箴赠《中国学报》第三期一册。下午得二弟信，十四日发（10）。收十三至十五日《越铎日报》各一分。夜风。

二十日　晴，午后昙。退部赴劝业场理发，又买不倒翁两个，拟以贻二弟。赴花［火］神庙览一切摊肆，购得《欧［瓯］钵罗室书画过目考》一部四册，价一元。又至厂甸一游，寥落已甚。晚得相模屋书店葉書，十二日发。

二十一日　昙。大风。晚寄二弟《中国学报》第三期一册。

二十二日　晴，风。上午收十六日《越铎报》一分。寄二弟信（十二）。陈象明母丧，致奠仪一金。下午朱迪先、马幼舆、陈子英来谈，至晚幼舆先去，遂邀迪先、子英饭于广和居。

二十三日　晴。星期休息。午后收十七至十九日《越铎》各一分。午后季自求、刘立青来，立青为作山水一幅，是蜀中山，缭以烟云，历二时许始成，题云：十年不见起孟，作画一张寄之。晚同饭于广和居。得二弟信，十八日发（11）。

二十四日　午后得相模屋所寄小包二个，内《筆耕園》一册，三十五圆；《正倉院誌》一册，七十钱；《陈白阳花鸟真迹》一册，一圆，并十二日发。夜风。

二十五日　上午收王造周自开封来信，问子英寓处，即复之。午后寄相模屋信。夜风。

二十六日　晨子英之仆池叔钧来。午收到本月俸银二百四十元。午后收二十至二十三日《越铎报》各一分。收二弟所寄格子纸三帖共五百枚，二十日发。戴芦舲来看《筆耕園》，以为甚佳，晚同往广和居饮。夜胃小痛，多饮故也。

二十七日　晨杨仲和来。上午寄二弟信并本月家用五十元（三）。午后同徐［齐］寿山、许季上游小市。下午季市遣人来取去《或外小说集》第一、二各一册，云袁文薮欲之。

二十八日　晴，风。无事。

三月

一日　晴。晨得二弟信，二十三日发（12）。收二十三日《越铎》一分。午同戴芦舲、齐寿山饭于四海春。午后同季市赴升平园浴。往留黎厂购《六艺纲目》一部二册，八角；《法苑珠林》一部四十八册，十一元；《初学记》一部十六册，二元二角。晚季市宴友于玉楼春，为之作陪，同席者朱迪先、芷青、沈尹默、陈子英、王维忱、钱稻孙、戴芦舲、〚陈子英〛。协和、谷青各还款二十元。

二日　昙。星期休息。上午游允白来，云昨自沪返，以《姚惜抱尺牍》一部见赠。收二十四至二十六日《越铎日报》各一分。午后陈子英来。戴芦舲、朱遏先、沈尹默来。子英云已移居延寿寺街花枝胡同，晚同往视之，饮酒一巨碗而归。夜得二弟所寄德文《鬼怪奇觚图》一册，二十五日付邮。返子英旧欠款二百元。夜大饮茗，以饮酒多也，后当谨之。

三日　下午归途遇子英、遏先、幼舆，遂同至遏先寓小坐，并观其所买书。

四日　上午寄二弟信（十四）。下午子英来，晚并同季市饭于广和居，夜十时去。

五日　晴，大风。午后同戴芦龄往胡梓方家，观其所集书画，皆近人作也。下午得二弟并三弟信，二十八日发（13）。收廿七至一日《越铎报》各一分。夜大风。写谢承《后汉书》始。

六日　晴。上午季市往日本邮局，托其寄相模屋书店信并银二十圆。下午同沈商耆往夏司长家。晚子英来，即去。

七日　午后同沈商耆赴图书馆商交代事务。

八日　上午寄二弟及三弟信（十五）。午后往留黎厂买得《白华绛跗阁诗集》一部二册，价五角。晚得宋紫佩来信，一日绍兴发。收二日《越铎日报》一分。

九日　星期休息。上午得二弟信，三日发（14）。午后收三日、四日《越铎报》各一分。下午子英在季市处，往谈，见张卓卿来，晚同饭于广和居。收二弟所寄德文《近世画人传》二册，三日付邮。

十日　下午朱遏先、马幼舆来。

十一日　昙，午后晴。下午往留黎厂买《古学汇刊》第三期一部两册，一元五分。

十二日　晴。午后赴读音统一会，意在赞助以旧文为音符者，迨表决后竟得多数。下午得二弟信（15）并西冷［泠］印社书目一册，并六日发。收六至八日《越铎报》各一分。夜子英来，少坐而去。

十三日　昙。上午寄二弟信（十六）并《埤雅》一部四册，《尔雅翼》一部六册，缘三弟欲定中国植物之名，欲得参稽，以书来索，故付之也。晚李君来。

十四日　晴。午后林式言至部来访，并访协和。夜谷青来。

十五日　同戴芦舲至海天春午餐。午后收九日《越铎》一分。

十六日　星期休息。午后收十至十二日《越铎》各一分。得钱中季书，与季市合一函。下午整理书籍，已满两架，置此何事，殊自笑叹也。晚得二弟信，十一日发（16）。夜风。

十七日　昙。午后赴读音统一会，三时退。晚王惕如来谈，赠藏文历书一册。

十八日　昙。上午寄二弟信（十七）。晚子英在季市处，往谈。夜颇觉不适，似受凉。

十九日　昙，风。上午得二弟信，十五日发（17）。头痛身热，就池田诊，云但胃弱及神经亢奋耳，付诊及药资三元二角。午后同夏司长、戴芦舲往图书馆。收十三至十五日《越铎》各一分。夜大风。

二十日　晴，风。疾未愈，在寓养息。下午子英、稻孙皆见过视疾，孙稻［稻孙］夜方去。

二十一日　晴。病颇减，仍不往署。午后得稻孙函并贻卤瓜壹瓶。

二十二日　昙。疾大减，赴部。上午沈尹默、朱遏先见访，未遇。午往池田医院取药，付资一元二角。午后得何燮侯信。得相模屋书店叶书，十三日发。收十六日《越铎》一分。看月食。

二十三日　晴。星期休息。午前寄二弟信（十八）。收十七至十九日《越铎报》各一分。下午许季上来谈。得二弟并三弟信，十九日发（18）。

二十四日　晴，大风。懒不赴部。午后谢西园来。晚何燮侯招饮于厚德福，同席马幼舆、陈于盦、王幼山、王叔梅、蔡谷青、许季市，略涉麻溪坝事。

二十五日　晴，风。无事。

二十六日　上午赴池田医院。下午收本月俸二百四十元。同夏司长、胡绥之赴瑠琉［璃］厂买土偶不成，我自买小灶一枚，铜圆三十。游书肆，买《十七史》一部二十八函，三十元；《邵亭知见传本书目》一部十本，十四元。晚稻孙来，同季市饮于广和居。收廿

一、廿二日《越铎》各一分。

二十七日　昙。午后赴西河沿交通银行以纸币易银。又赴东交民巷日本邮局寄羽太家信并银二十五元，又寄相模屋书店信并银四十五元，又代季市寄十五元。夜风。写谢承《后汉书》毕，共六卷，约十余万字。

二十八日　晴。上午寄二弟及三弟信（十九），附本月家用五十元。夜写定谢沈《后汉书》一卷。

二十九日　晴，小风。上午赴池田医院诊并取药，付值一元二角。午后往前门内临记洋行买牙粉、肥皂及饼饵等。晚收二十三日《越铎》一分。夜写定虞预《晋书》集本。

三十日　昙。星期休息。上午王懋熔来访，尚卧未见。午后子英来。下午得二弟信，二十四日发（19）。收三〔二〕十四至二十六日《越铎报》各一分。收二弟所寄《小学答问》五册，《沈下贤集》抄本二册，乌丝阑纸三帖，并二十四日付邮。晚紫佩到京，至邑馆。

三十一日　上午得吕联元自新昌来信。收《通俗教育研究录》第六期一册。午后同夏司长及戴螺舲往全浙会馆，视其戏台及附近房屋可作儿童艺术展览会会场不。下午寄二弟信并买书钱五元（二十）。夜写虞预《晋书》毕，联目录十四纸也。

四月

一日　晴。午后同夏司长、齐寿山、戴芦舲赴前青厂观图书分馆新赁房屋，坐少顷出。又同齐、戴至青云〔阁〕饮茗。

二日　上午得二弟信，二十九日发（20）。下午收廿七、八《越铎》各一分。

三日　下午子英来。

四日　昙。上午得朱可铭信，南京发。午后雨。收《教育部月刊》第一卷第一、二册各一册。晚复可铭信。赠图书馆、夏司长、戴芦舲、许季上《小学答问》各一册。

五日　昙。午寄二弟及二弟妇信（二十一）。下午赴留黎厂，买得《旧五代史》、《旧唐书》各一部共八函四十八册，价银六元；又《秋浦双忠录》一部六册，三元。又索得《越中古刻九种》石印本一册，因是王氏止轩所集，聊复存之。晚收二十九日《越铎》一分。

六日　晴，风。上午收三十一日及本月一日、二日《越铎》各一分。午后许季上来。下午得二弟信，附所抄《意林》四叶，三十一日发（21）。王懋熔（字佐昌）来，赠《小学答问》一册。是日星期。

七日　昙，风。许季上赠《劝发菩提心文》一册，《等不等观杂录》一册。午后协和还十元。

八日　晴。国会开会，放假。午后往留黎厂闲步，购得《三辅黄图》一部二册，价二元，书是灵岩山馆本，后并入《经训堂丛书》中。又代张梓生购《养鸡学》一册，九角；《养鸡全书》一册，七角。访子英，不在，其使者叔钧出应，云晨八时即为许先生呼去。下午谷青来。

九日　昙。晨得二弟信，五日发（22）。上午寄二弟书一包，内《古学汇刊》第三期两册，《养鸡学》、《养鸡全书》各一册。午后得羽太家信，云祖母病亟，三日发。收四日《越铎》一分。

十日　晴。上午寄二弟信（二十二）。午后得相模屋书店叶书，三日发。得羽太家函，告祖母于四日八时逝去，四日发。下午昙。

十一日　昙，风。午后往日本邮局寄羽太家信，附银三十元。下午寄二弟及二弟妇信（二十三）。

十二日　晴。上午得羽太家信，又得相模屋葉书，并六日发。下午往留黎厂购得《陶山集》一部捌册，一元六角；《华阳国志》一部四册，二元；《后知不足斋丛书》一部三十五册，十一元。收六日《越铎》一分。

十三日　昙。星期休息。上午得二弟信，八日发（23）。得李霞卿信，九日南京发。午后子英来。下午往临记洋行购领结及饼饵。访遏先不遇，在协和处坐少顷。

十四日　晴。无事。夜风。

十五日　午前寄二弟信（二十四）。午后同夏司长及戴螺舲往图书馆。收七至九日《越铎》各一分。

十六日　上午谢西园来。得二弟及二弟妇信，十一日发。收十至十二日《越铎》各一分。下午得二弟所寄《Der Nackte Mensch in der Kunst》一册，十日付邮。

十七日　无事，惟闻参事与陈总长意不合，已辞职。

十八日　昙，下午雨。天气骤冷，归时受寒大嚏。

十九日　晴。上午钱允斌来，名聘珍，旧杭州师范博物科学生。收十三日《越铎》一分。下午至临记洋行买饼饵。至留离厂游步，又入书肆买得叶氏《观古堂汇刻书并所著书》一部，十元。又《赵似升长生册》一部二册，二角，此书本无足观，以是越人所作，聊复存之。晚朱遏先、马幼舆来。宋汲仁来。得二弟信，十六日发（25）。

二十日　星期。上午寄二弟信（二五）。得本部通知，云陈总长以中央学会事繁，星期亦如常视事，遂赴部，则无事，午后散出，不得车，步归。途中见书摊有《会稽王氏银管录》一册，以铜圆八枚买之。晚收十四至十六日《越铎日报》各一分。

二十一日　昙。午后复李霞青信。晚楼春舫来。

二十二日　微雨终日。闻董次长辞职。晚钱允斌来。夜月出。

二十三日　昙。下午收十九日《越铎》一分，晚又收十七及十八日报各一分。夜濯足。

二十四日　雨。无事。

二十五日　晴。上午寄二弟信（二十六）。寄钱允斌信。下午陈子英来，晚季市邀同饭于广和居。朱遏先、沈君默、马幼舆、钱稻孙来。寿洙邻来。

二十六日　上午得阮立夫绍兴来信。午后往寿洙邻寓，又同往财政部介于陈公猛。归途过临记洋行，买饼饵少许。往海昌会馆访戴芦舲，见沈君默、朱遏先，而马幼舆亦在。芦舲为取来本月俸二百四十元，即以四十还之。下午收二十日《越铎》一分。夜风。

二十七日　晴。星期休息。晚社会教育司同人公宴冀君贡泉于劝业场小有天饭馆，会者十人。得二弟信，二十一日发（26）。

二十八日　下午寄一小包与二弟，内储《筆耕園》一册，《白阳山人花鸟画册》一册，《罗两峰鬼趣图》二册，《雅雨堂丛书》十五册（粗本），《赵似升长生册》二册，镊子十枚。晚稻孙来，季市呼饮于广和居，小醉。夜风。

二十九日　上午子英来，云便将归去。午后得羽太家信，三月廿四日发。

三十日　上午得二弟信，二十六日发（27）。午前寄二弟信并月用五十元（二十七）。下午晦，雷，大风，微雨少顷止。晚食蒸山药、生白菜、鸡丝。

五月

一日　晴。上午寄二弟《雅雨堂丛书》一包十三册，此二十八日所寄之余。午后赴劝业场理发并饮茗。晚子英来，招之至广和居饮，子佩同去。夜齿大痛，不得眠。

二日　陈总长去。午后得羽太家寄来羊羹一匣，与同人分食太半。下午齿痛。往花枝胡同访子英，未遇，以其明日归越，托以一小包寄家，内《纂[籑]喜庐丛书》一部，《赵[李]龙眠白描九歌图》一帖，棉衣一袭。假子佩十元。

三日　午前与部中人十余同赴董次长家，速其至部视事。午后赴王府井牙医徐景文处治牙疾，约定补齿四枚，并买含嗽药一瓶，共价四十七元，付十元。过稻香村买饼干一元。

四日　星期休息。上午董恂士、钱稻孙来，饭于季市处，午后去。下午往留离厂旧书肆阅书，无所得而归。

五日　晨寄二弟信（二十八）。上午往徐景文处治牙。午同徐[齐]寿山、戴芦舲往海天春午餐。下午同许季市往崇效寺观牡丹，已颇阑珊，又见恶客纵酒，寺僧又时来周旋，皆极可厌。得二弟信，初一日发（28）。收三十日《越铎》一分。宋紫佩往天津。

六日　昙。下午收二日《越铎》一分。晚钱允斌来，索去十元，云学资匮也。夜风。

七日　晴。下午收三日《越铎》一分。晚稻孙以柬来招饮于广和居，赴之，唯不饮酒，同坐有朱遏先、沈君默、张稼庭、戴芦舲。夜小雨。

八日　晴。下午与齐寿山往戴芦舲寓，拟同游法源寺，不果。收四日《越铎》一分。晚阮和孙来。

九日　晴，风。下午得宋紫佩天津来信。收初五日《越铎日报》一分。

十日　晴。晨得二弟信，六日发（29）。寄二弟信（二十九）。午后以法源寺开释迦文佛降世二千九百四十年纪念大会，因往瞻礼，比至乃甚嚣尘上，不可驻足，便出归寓。收六日《越铎》一分。晚往徐景文处治齿，归途过临记买饼饵一元。得戴芦舲简。夜大风。

十一日　星期休息。赙邵伯迥一元。上午得戴芦舲简招往夏司长寓，至则饮酒，直至下午未已，因逃归。收七日《越铎》一分。晚往徐景明〔文〕寓补齿毕，付三十七元。

十二日　昙，上午收八日《越铎》一分。午后往琉璃厂买《古学汇刊》第四编一部二册，一元。商契衡来，并偕旧第五中校生三人，一王镜清，二人忘名。阮和孙来，并携二客，一邹、一张。夜小雨。

十三日　晴。上午寄二弟信（三十）。午后昙。下午收九日《越铎》一分。夜微雨，旋即月见。

十四日　晴，风。下午收十日《越铎》一分。谢西园来。晚沈衡山来。

十五日　晴。晨得二弟信，十一日发（30）。得杨莘士信，九日西安发。收十一日《越铎日报》一分。

十六日　上午收十二日《越铎》一分。午后同夏司长赴图书馆，又步什刹海半周而归。夜风。

十七日　午后赴西升平园浴。下午许诗荃偕童亚镇、韩寿晋来，均在大学，托为保证，并魏福绵、王镜清二人，许之，携印去。阮和孙于明日赴热河，来别。致何燮侯信。致宋紫佩信。夜收十三日《越铎》一分。

十八日　晴，风。星期休息。上午田多稼来，名刺上题"议员"，鄙倍可厌。收十四日《越铎》一分。午前寄二弟信（卅一）。午后往琉璃厂买《七家后汉书补逸》一部六册，一元；《赏奇轩四种》一部四册，四元；《乐府诗集》一部十式册，七元；《林和靖集》一部二册，一元。下午收二弟所寄德文《近世画人传》二册，十三日付邮。晚黄于协字元生来。夜王铁渔来谈。季市移去。

十九日　晴。晚得宋紫佩信，十八日发。收十五日《越铎》一分。

二十日　下午得二弟信，十六日发（31）。收十六日《越铎报》一分。

二十一日　上午寄二弟书两包，计《乐府诗集》十二册，《陶庵梦忆》四册，《白华绛跗阁诗集》二册，《古学汇刊》第四编二册。下午收十七日《越铎》一分。

二十二日　下午收十八日《越铎》一分。夜王铁如来谈。

二十三日　上午寄二弟信（三十二）。得二弟信，十九日发（32）。午后同夏司长、戴芦舲往前青厂图书分馆。下午得二弟所寄二弟妇及丰丸写真一枚，亦十九日发。夜收十九日《越铎》一分。

二十四日　午后赴劝工场，欲买皮篓，无当意者。过稻香村购饼饵、肴馔一元。下午收二十日《越铎》一分。得二弟所寄小包一，乃以转寄东京者，十四日发。

二十五日　晴。星期休息。午前雷，骤昙，雨一陈即霁。午后得二弟寄来残本《台州丛书》十八册，二十一日付邮。

二十六日　晴。上午收二十二日《越铎》一分。午后赴东交民巷日本邮局寄小包一。晚吴君秉成来。

二十七日　午后收本月俸二百四十元。下午王铁如来。收二十三日《越铎》一分。

二十八日　上午寄二弟信（三十三）并本月家用五十元。下午同许季上往观音寺街晋和祥饮加菲，食少许饼饵。得二弟信，二十四日发（33）。收二十四日《越铎》一分。

二十九日　午后同齐寿〔山〕、戴芦龄往图书馆，借得《绀珠集》四册、钞本残《说郛》五册归。下午得陈子英信，二十五日发。收廿五日《越铎》一分。童亚镇、韩寿晋来还印章。夜阅《说郛》，与刻本大异。

三十日　晴。下午得宋子佩天津来信，二十八日发。

三十一日　上午寄二弟信（收）。午后往观音〔寺〕街晋和祥买食物两元。下午收二十六、二十七日《越铎日报》各一分。晚商契衡、王镜清、魏福绵、陈忘其名，共四人来，要至广和居夕食，夜十时去。

六月

一日　晴。星期休息。上午收二十八日《越铎》一分。午后㬉，风，天气甚热。昨今两夜从《说郛》写出《云谷杂记》一卷，多为聚珍版本所无，惜颇有讹夺耳，内有辨上虞五夫村一则甚确。

二日　上午得二弟信，五月二十九日发（34）。收廿九日《越铎》一分。下午同夏司长、戴芦龄、胡梓方赴历史博物馆观所购明器土偶，约八十余事。途次过钟楼，停车游焉。

三日　下午收三十日《越铎》一分。夜小雨。补写《台州丛书》两叶。

四日　雨，晚霁。夜补写《台州丛书》阙叶四枚。

五日　小雨。上午寄二弟信（三十五）。午后寄宋紫佩信。赴夏司长家商量图书分馆事。下午收五月卅一日及六月一日《赴[越]铎》各一分。晚黄元生来，对坐良久，甚苦。夜补写《台州丛书》两叶。

六日　晴。上午得相模屋书店荣書，询子英所在。午后同关来卿先生往图书馆并还所假书，别借宋本《易林注》二册。晚商生契衡来，云将归去。夜写《易林注》。

七日　晴。晨许铭伯来访。得二弟信，三日发（35）。午后昙。往琉璃厂买四川刻本《梦溪笔谈》一部四本，三元。书肆又赠《红雪山房画品》一册。往晋和祥购饼饵一元五角。收初二日及初三日《越铎》各一分。晚宋紫佩自天津来。夜写《易林》。

八日　星期休息。终日大雨。终日写《易林》。夜大风。

九日　旧端午。上午小雨即止。复相模屋书店信。下午收四日、五日《越铎》各一分。夜写《易林》残本卷三、卷四一册毕。

十日　晴。上午得二弟信，附芳子笺一枚，六日发（36）。寄二弟信（卅六）。下午收六日《越铎日报》一分。晚得杨莘耜所寄玩具一匣，五月九日西安发。夜抄《易林》少许。

十一日　晨谢西园来，假去十元。下午往许季上及胡梓芳家。收七日《越铎》一分。夜录《易林》。

十二日　晴，午后昙。寄陈子英信。寄相模屋信，代许季上索杂志目录。下午关来卿先生来访。收八日《越铎》一分。夜抄《易林》卷第十三毕。

十三日　晴，燠。午后得羽太家信，福子所作，七日发。下午收九日《越铎》一分。夜抄《易林》。

十四日　上午寄二弟信，附答芳子笺一枚（三十七）。午后同沈商耆、戴芦林往齐寿山家看石竹。晚许诗荃来，又偕一范姓者，未问其字。夜抄《易林》。

十五日　小雨。星期休息。上午收十日及十一日《越铎》各一分。下午写《易林》卷第十四毕。买得旧皮箧一只，令作绽布套，共银五元。

十六日　晴。午同齐寿山、戴芦舲往海天春饭。下午得二弟信，十一日发（37）。晚季市来邀至其寓晚饭，夜归。收十二日《越铎》一分。宋汲仁来，即去。夜雨一陈。

十七日　晴。得卢润州信，十三日镇江发。得金剑英信，十二日开封发。午后同沈商耆赴夏司长家午饭，关来卿、戴芦舲亦在。下午收十三日《越铎》一分。作归计，制一箱夹，价一千，又买摩菰六斤，价十元，平果脯、桃脯四斤，价二元，拟持归者也。

十八日　上午寄二弟信（三十八）。复卢润州信。复金剑英信。下午赴劝业场理发。赴晋和祥买糖饵、齿磨、提包等，共四元。收十四日《越铎》一分。

十九日　上午收十五日《越铎》一分。午后理行李往前门外车驿，黄元生、宋紫佩来送。下午四点四十分发北京，七点二十分抵天津，寓泰安栈，食宿皆恶。

二十日　晴。上午十点二十分发天津。车过黄河涯，有孺子十余人拾石击人，中一客之额，血大出，众哗论逾时。夜抵兖州，有垂辫之兵时来窥窗，又有四五人登车，或四顾，或无端促卧人起，有一人则提予网篮而衡之，旋去。

二十一日　上午一时发兖州，下午一时抵明光。车役一人跃车不慎，仆于地，一足为轮所碾，膝已下皆断，一足趾碎。三时抵滁州，大雨，旋止。四时半顷抵浦口，又大雨，乘小轮舟渡长江，行李衣服尽湿，暂止第一楼，楼为扬州人所立，不甚善。往润昌公司买毛毡、烟卷等七元八角。夜往沪宁车站，十时半发南京，盖照旧日早半小时云。车中对坐者为一陈姓客，自云杭人，昔在杭州中学与杨莘士同事云云。

二十二日　昙。上午七时抵上海，止孟渊旅舍，尚整洁，惜太忙耳。令役人往车站取行李不得，自往取之。理事者云，以号数有误，故非自往认者不与。午后往中华书局交戴芦舲所寄物。往虹口日本饼饵店买饼饵二匣，一元八角。往归仁里西泠印社购景宋本《李翰林集》一部六册，又《渠阳诗注》一部一册，《宾退录》一部四册，《草莽私乘》《鸡窗闲［丛］话》《蕙櫋琐［杂］记》各一部，各一册，《董解元西厢记》《元九宫词谱》各一部，各二册，共价十元二角八分，后二书拟以赠人。下午在寓大睡至晚。夜出三马路买巴且实一房，计二十八斤，价一元半。

二十三日　昙。晨赴沪杭车站，七时三十分发上海。上午雨，少顷雾。午后十二时四十分抵南星。有兵六七人搜检行李，取纸包二三破之。雇轿渡钱江，水涨流急，舟甚鲜，行李迟三小时始至。遂由俞五房雇舟向绍兴，舟经萧山，买杨梅、桃实食之。夜雨一阵。

二十四日　晴。晨七时半到家。午后伍仲文来。

二十五日　上午陈子英来。午后子英以名刺邀至成章女学校。少顷伍仲文至，冯季铭、张月楼从焉，同览学校一周。夜招仲文饭。

二十六日　晨同三弟至大路浙东旅馆，偕伍仲文乘舟游兰亭，又游禹陵。归路经东郭门登陆，步归。仲文于晚八时去越云。夜小雨旋止。

二十七日　昙，夜雨。

二十八日　晴。上午同三弟往大街闲步，又往第五中学校访旧同事。出过故书肆，取《说铃》前集一部十册，以清旧款。午后刘楣先来。夜雨。

二十九日　雨。上午书贾持旧书来，绝少佳本，拣得已蠹原刻《后甲集》二册，不全明晋藩刻《唐文粹》十八册，以金六圆六角买之。

三十日　晴。上午钱锦江、周子和、章景鄂、叶谱人、经泰来、蒋庸生来。午后书贾王晴阳来，持有《质园集》一部，未买。宋紫佩之兄来，送茶叶、笋干等，报以摩菰一包。

七月

一日　晴。晨小舅父返安桥头。上午得伍仲文信，二十九日杭州发。书贾王晴阳来，持有童二如《画梅歌》诸家评本一部，共三册，有二如自题面，未买。午后同二弟往南街施医局看芳叔。又至成章女校看校长郭某，未询其字，云是蔡国卿之妻兄也。

二日　午前陈子英来。夜不能睡，坐至晓。

三日　丰丸伤风，往诊陆炳常。上午得戴芦舲函并银百五十元，二十七日发。

四日　雨。搭凉棚。午后延陆炳常来诊母亲、芳子、丰丸。

五日　昙。晨寄戴螺舲信。午后同二弟、三弟往大街明达书庄买会稽章氏刻本《绝妙好词笺》一部四册，五角六分。又在墨润堂买仿古《西厢十则》一部十本，四元八角。并购饼饵、玩具少许。由仓桥街归，道经蒋庸生家，往看之。下午小舅父至。夜大雨。

六日　小雨。午后陆炳常来诊。

七日　小雨，下午晛。

八日　昙。午前得宋子佩信，三日发。下午陆炳常来诊。

九日　雨。无事。

十日　昙。晨小舅父归安桥。午后车耕南来。晚小雨即止。补绘《於越三不朽图赞》三叶，属三弟录赞并跋一叶。

十一日　晴。晨车耕南来。下午朱可铭来。

十二日　晴，热。午后小舅父至。下午陆炳常来诊。

十三日　晴，热。下午往绍兴教育会，同二弟至奎元堂看旧书，买得《六十种曲》一部八十册，王祯《农书》一部十册，共银二十六元。归途经秋官第，为丰丸买碗四枚。

十四日　晴，下午大雨动雷，旋止。小舅父大病，三弟守视之，夜不睡，予亦同坐至三点钟。

十五日　晴，下午暴雨，小有雷，少顷止。小舅母来。

十六日　晴。晨得戴芦舲信，十一日北京发。上午宋知方来。下午陆炳常来诊。晚小雨。

十七日　小雨。上午李霞卿来。

十八日　昙，晚雨。无事。

十九日　晴，午雨。下午寄戴芦舲信。

二十日　雨。无事。

二十一日　晴。晨小舅父、小舅母归安桥。上午孙福源来。

二十二日　晴。城中有盗百余人，军士搜捕，城门皆阖，欲行未果。

二十三日　晴，热。城门仍未开。

二十四日　无事。下午寄戴芦舲信。

二十五日　城门悉启。

廿六日　晴，甚热。晨因丰丸发热，往诊陆炳常。夜不睡。

廿七日　丰丸热减。下午乘舟向西兴。以孑身居孤舟中，颇有寂聊之感。

廿八日　晨抵西兴，作小简令舟人持归与二弟。即由俞五房雇轿渡江至南星驿。午后车发，即至拱宸，登大东公司船向上海。

二十九日　晨抵嘉兴，遂绕朱家角，抵沪时下午五时。当舟至码头时，绝无客栈招待，舟人、车夫又朋比相欺，历问数客店，均以人满谢绝，遂以重值自雇二车至虹口松崎洋行投宿。夜以邮片一寄二弟，告途中景况。

三十日　昙。终日在旅店中。午后小雨即止。下午寄二弟一叶书。

三十一日　昙。仍终日枯坐旅馆中，购船票又不得，闷极。

八月

一日　雨，上午晴。旅店为购得向津房舱票一枚，价十元。舟名"塘沽"，明日四时发。

二日　晴。午后购日译都介纳夫著《烟》一册，银一元四角。二时登"塘沽"船，房甚秽陋，有徐翘字小梦者同居，云至青岛。寄二弟一邮片。四时舟发。

三日　晴。在舟中。夜十二时抵青岛。

四日　晴。在舟中。下午三时发青岛。

五日　晴。在舟中。下午三时抵大连。

六日　晴。在舟中。上午九时发大连。

七日　晴。上午八时半抵天津，寓富同栈。寄二弟邮片一枚。下午二时赴天津西站登车，二时半车发，六时半抵北京，七时到寓。得二弟三十日所发邮片，云丰丸热已渐退。朱焕奎来，又邀往便宜坊晚饭，并呼其弟来，字石甫。

八日　晴。晨寄二弟一葉书。赴部。收相模屋书店信，六月二十六日发，又小包一个，内德文《印象画派述》一册，日文《近代文学十讲》一册，《社会教育》一册，《罪と罚》前篇一册，七月二十六日发。午后许季上来假去《法苑珠林》三函。下午往季市寓，缴出沈寿彭托寄食物两种，协和亦在，晚饭后归。夜宋子佩来。收七月二十九至三十一日《越铎报》各一分。

九日　上午收一日《越铎》一分。以《元九宫词谱》赠沈商耆，《董解元西厢记》赠戴芦舲。收七月俸二百四十元，又六月俸余资七十四元，由芦舲交与。钱稻孙赠《史目表》一册，念敏先生作。又高士奇《元书画考》写本二册，是春间托朱遏先在浙江图书馆雇人写出者。下午寄二弟信（一）。以茶叶一匣、火腿一方馈黄元生。往神州国光社买《古学汇刊》第五编一部，一元五分；《神州大观》第二集一册，一元六角五分。又往晋和祥买糖饵两种，共一元。得二弟葉书，二日发。

十日　晴，热。星期休息。午后收二日《越铎》一分。

十一日　雨，上午风，小雨，午后止。宋子佩来。下午得二弟信，四日发（1）。夜季市来。

十二日　昙。晨寄二弟信（二）。上午往交民巷日本邮局寄羽太家信并银二十圆。又寄相模屋书店信并银五十元，又代子英五十元，代协和、季市各十元。午后同戴芦舲、许季上游雍和宫，次至历史博物馆。往晋和祥买食物二元。至升平园浴。收三日《越铎》一分。晚关来卿先生来访。

十三日　晴，热。上午寄陈子英信。

十四日　午后收六至八日《越铎》各一分。晚子佩来。续写宋残本《易林》起。

十五日　上午寄二弟信并七月分家用五十元（三）。午后昙，旁晚雨一阵。夜得二弟信，九日发（2）。夜半雨。

十六日　小雨，上午霁。午后往璃琉〔琉璃〕厂，在广文斋买古泉十八品，银一圆。

十七日　雨。星期休息。终日在馆写书。

十八日　昙，午后晛。收十日《越铎》一分。往琉璃厂广文斋买古泉二十一品，银二元六角。又赴直隶官书局买《古今泉略》一部十六册，十二元；《古金待访〔问〕录》一部一册，四角。晚何燮侯以柬招饮于广和居，同席者吴雷川、汤尔和、张稼庭、王维忱、稻孙、季市。

十九日　昙，午后晴。收十一日《越铎》一分。下午宋子佩来。晚季天复来，又同至其寓，小坐归。

二十日　晴，大热。上午寄二弟信（四）。下午得二弟信，十四日发（3）。晚大风，少顷雷雨，旋即止息。夜收十三、十四日《越铎》各一分。咳，似中寒也。

二十一日　晴。晨得二弟所寄E.W.Bredt：《Sittliche oder Unsittliche Kunst？》一册，十四日付邮。还稻孙代付《元〔书〕画考》传写费三元。午后访蔡谷清，病方愈。旁晚闲步宣武门大街，遇戴芦舲，同归谈少顷。

二十二日　晴。无事。夜半风，大雨。

二十叁日　雨。上午寄二弟《文学十讲》一册。午后晴。赴前门临记洋行买饼饵一元八角，又往观音寺街晋和祥买牛肉二罐，直八角。下午得车耕南信，十八日杭州发。

二十四日　晴。星期休息。晨得二弟信，十八日发（4）。上午寄二弟信（五）。下午往青云阁理发，次游琉璃厂，复至宣武门外，由大街步归，见地摊有"崇宁折五"钱一枚，乃以铜圆五枚易之。

二十五日　晴。夜续钞《易林》毕，计"卷七之十"四卷，合前钞共八卷。

二十六日　上午得相模屋书店信，十八日发。得羽太家信，十九日发。晚风，小雨。

二十七日　昙。上午寄二弟信（六）。收本月俸百七十元，余七十元为公债票，未发。午后小雨。补写《台州丛书》中之《石屏集》起。晚宋紫佩来还银十圆。

二十八日　昙。天气转凉。午后小雨旋止。得二弟信，二十二日发（5）。

二十九日　晴。上午同沈商耆往中国银行换取见银。复车耕南信。下午有名刺题陈治格者来，听其谈论，似是小舅父之婿。往吴兴会馆访杨莘士，未遇。夜风。

三十日　上午得杨莘士柬并玩具十二事，皆山陕所出，又唐塑印佛象一枚，云得之陕西。午后风。晚许季市来，十时半去。

三十一日　晴。星期休息。上午寄二弟信（七）并本月家用百元。晚访季自求于南通县馆。

九月

一日　晴。无事。

二日　上午得二弟信，八月二十二日发（6）。旧同学单新斋来谋生活无著，劝之归，送川资十元，托燮和、仲文持去。午同齐寿山出市，食欧洲饼饵及加非，又饮酒少许。晚马幼舆来，略坐即去。夜宋子佩来，十时半去。

三日　无事。天气转温，蚊子大出。

四日　昙。上午从稻孙索得《文始》一册，是照原稿石印者。午约王屏华、齐寿山、沈商耆饭于海天春，系每日四种，每人每月银五元。下午小雨，旋止。晚王惕如来谈。

五日　晴。上午得二弟信，八月三十日发（7）。寄二弟信（八）。杨莘士赠《诸葛武侯祠堂碑》拓本一枚。齐寿山赠《说戏》一册，其兄如山所作。午后步小市，买古泉三枚。夜写《石屏集》序目毕。王惕如来谈。

六日　午后游步小市。下午出部无车，缓缓步归。

七日　晴，风。星期休息。下午至青云阁，又赴留黎厂买古泉六种，共银二元。

八日　昙，午晛。下午得二弟信并古泉目录二纸，二日发（8）。晚黄元生来。夜小风。

九日　小雨。晨得寿洙邻柬招饮。上午寄二弟信（九）。下午霁。

十日　晴，风。晚寿洙邻来，同至醉琼林夕餐，同席八九人，大半忘其名姓。得二弟所寄旧小说译稿三本，又《童话略论》一篇，三日付邮。

十一日　上午以《教育部月刊》第一至四期寄与二弟。胡孟乐贻山东画像石刻拓本十枚。

十二日　下午得二弟信，五日发（9）。晚风。

十三日　大风。上午寄二弟信（十）。下午至留黎厂清秘阁买纸墨。得陈子英信，六日发。晚与黄元生信。关来卿先生来访。

十四日　晴。星期休息。晨黄元生来，未见。上午本立堂书贾来持去破书九种，属其修治，豫付工价银二元。晚王佐昌来。

十五日　晨关来卿先生来。上午总长汪大燮到部，往见之。下午得二弟信，八日发（10）。蔡谷卿以电话来要晚餐，遂至其寓，同坐者为其家属及王惕如、倪汉章。饭毕欲归无车，乃同王惕如步至宣武门外，始呼得之。途次小雨，比到大雨。今日是旧中秋也，遂亦无月。

十六日　晴，风。上午寄二弟书籍两卷，计《教育部月刊》第五至第七期共叁册，《劝发菩提心文》、《等不等观杂录》各一册，《说戏》一册，西藏文二年历书一册。下午昙，晚小雨〔一〕陈即止。夜影写《石屏诗集》卷第一毕，计二十七叶。

十七日　晴。上午寄二弟信（十一）。下午昙，夜雨。

十八日　雨。海天春肴膳日恶，午间遂不更往，沈商耆见返二元五角。下午霁。得二弟信，十二日发（11）。张协和馈煮栗一瓯，用以当饭，食之不尽。晚关来卿先生来访。

十九日　晴，风。上午本立堂书贾来。晚宋紫佩来。

二十日　晴，大风。无事。

二十一日　晴，风。星期休息。晨得宋子方信，十四日临海中学发。上午寄二弟信（十二）。寄陈子英信。午前许季上来谭。午后邑馆行秋祭，倪汉章、许季市、蔡谷清见过。

二十二日　午前往察院胡同伍仲文寓，饭后归。下午得二弟信，十六日发（12）。

二十三日　上午寄二弟信（十三）。下午往留黎厂搜《嵇中散集》不得，遂以托本立堂。复至文明书局买《南湖四美》一册，价九角，皆吴芝瑛所藏，画止四帧。晚关来卿先生来。朱遏先送《文始》一册。

二十四日　下午写《石屏集》卷第二毕，计二十二叶。

二十五日　上午寄宋知方信。下午忽昙忽睨［晛］，旁晚雨一陈。

二十六日　晴。下午收本月俸银一百七十元，其公债券七十元云于下月补发。得二弟信，弐拾日发（13）。晚许季市来，即去。宋紫佩来，十时去。

二十七日　上午寄二弟信（十四）。午后往观音寺街买什物。晚商契衡来，复送火腿一只。赴广和居，稻孙招饮也，同席燮侯、中季、稼庭、遏先、幼渔、莘士、君默、维忱，又一有［有一］人未问其名，季市不至。

二十八日　星期休息。又云是孔子生日也。昨汪总长令部员往国子监，且须跪拜，众已哗然。晨七时往视之，则至者仅三四十人，或跪或立，或旁立而笑，钱念敏又从旁大声而骂，顷刻间便草率了事，真一笑话。闻此举由夏穗卿主动，阴鸷可畏也。归途过齐寿山家小坐。路遇张协和方自季市寓出，复邀之同往，至午归。下午小睡。晚国子监送来牛肉一方。紫佩来，即去。

二十九日　午前稻孙持来中季书，索《或外小说》。午后往中国银行换取见银。

三十日　上午以《或外小说集》二册交稻孙，托以一册赠中季，一册赠黄季刚。

十月

一日　晴。上午寄二弟信并九月分家用百元（十五）。午后往图书馆寻王佐昌还《易林》，借《嵇康集》一册，是明吴匏庵丛书堂写本。下午得二弟信，二十四日发（14）。夜抄《石屏集》卷第三毕，计二十叶。写书时头眩手战，似神经又病矣，无日不处忧患中，可哀也。夜风。

二日　晨祁伯冈来。下午王镜清来，未遇。

三日　昙，上午大雨，下午霁，天气转凉。得二弟信，二十八日发（15）。

四日　晴。午后往留黎厂神州国光社买《神州大观》第三集一册，一元六角五分。又至观音〔寺〕街晋和祥买饼饵二元。晚许季市招饮于广和居，同席共十一人，皆教育部员。

五日　昙，冷。星期休息。上午晛。寄二弟信（十六），又寄饼饵一匣以与丰丸。午后昙，时时小雨。往留黎厂李竹齐观古泉，买得"齐小刀"二十枚，价一元；"平阳币"二枚，"安阳币"一枚，"夻戾"一枚，共一元；又史思明"得壹元宝"一枚，价二元。往本立堂问所订书，大半成就。见《嵊县志》一部，附《剡录》，共十四册，以银二元买之，令换面叶重订。下午魏福绵、王镜清来，又持茗一裹见赠。夜雨大降。车耕南来，云下午抵此，居中西旅馆。

六日　昙，上午晛，耕南移入邑馆，交来家所托带火腿一方，又赠茗一瓶，饼干一罐。

七日　晴。上午得二弟信，三日发（16）。得陈子英信，二日发。午邀张协和同往瑞蚨祥买狐腿衣料一袭，獭皮领一条，共三十六元。晚送季市、协和火腿各一方。

八日　昙。上午以昨所购裘作小裹寄越中。午后寄魏福绵信。晚宋子佩来。

九日　昙，冷。上午寄二弟信（十七）。下午商契衡来。夜钞《石屏集》卷四毕，计二十叶。夜半雨。

十日　雨。国庆日休假。上午雨止。寄许季上信，又自寄一信，以欲得今日特别纪念邮局印耳。午闻鸣炮，袁总统就任也。下午大雨，天候转冷，卧片时。得许季上所寄一邮片、一函。

十一日　晴。得昨所自寄书。午后游小市，自部步归。下午王镜清、韩寿谦来。夜写《石屏集》第五卷毕，计十一叶。

十二日　星期休息。上午得二弟信，八日发（17）。本立堂持所修书籍来，与工直六元讫。午前寄陈子英信。晚许季上来还《法苑珠林》三函，谈至夜去。

十三日　昙，午后大雨即霁。下午往日邮局寄东京羽太家信并银十五元。晚雨旋止。

十四日　晴，风。上午寄二弟信（十八）。午后雨，夜见月。

十五日　晴，风。无事。夜以丛书堂本《嵇康集》校《全三国文》，摘出佳字，将于暇日写之。

十六日　午后寄王镜清信。下午得二弟信，十二日发（18）。晚韩寿谦来。夜译日文论。

十七日　上午陶冶一至部来访。晚关来卿先生来，宋紫佩亦来，少顷偕去。夜译。

十八日　昙，午后霁。晚许季上来。夜译论毕，约六千字，题曰《儿童之好奇心》，上野阳一著也。

十九日　星期休息。上午关来卿先生来。张协和来。寄二弟信（十九）。午蔡谷青来。午后大风。韩寿谦、寿晋来。晚宋子佩米。夜续校《嵇康集》。

二十日　晴，风。夜校《嵇康集》毕，作短跋系之。续写《石屏集》第六卷。

二十一日　午后通俗图书馆开馆，赴之。以译文付《教育部月刊》。晚得二弟十七日发（19）信。

二十二日　晚至同丰堂就宴，诗荃订婚，季市代铭伯招也，同席约十余人。

二十三日　上午寄二弟书一卷，内《教育部月刊》第八期一册，《会稽王氏银管录》一册。晚许季上来。

二十四日　晴，大风。上午寄二弟信（二十）。晚宋子佩来。

二十五日　上午忆农伯至部见访。下午至青云阁理发，又买加非薄荷糖。往西河沿同升客寓访忆农伯，坐少顷，同至邑馆，晚往广和居，夕餐后别去。得二弟所寄《绍兴教育会月刊》五册，二十一日发。

二十六日　星期休息。上午董恂士来，午去。下午往留黎厂神州国光社购《国学汇刊》第六编一部二册，价一元五分，第一集竣矣。往前青厂图书分馆访关来卿先生，见之，子佩外出。晚得二弟信，二十二日发（20）。夜大冷。

二十七日　上午寄二弟《古学汇刊》第五、六编共四本。午后收本月俸银一百七十元，其公债券七十元仍未发。晚许季市来，贻以《绍兴教育会月刊》一本。

二十八日　上午寄二弟信（二十一）。以《绍兴教育会月刊》一册贻钱稻孙。午后戴芦舲往中国银行，托以支券换取纸币。夜风。写《石屏集》卷六毕，计四十六叶。发热，似中寒，服规那丸。

二十九日　晴，风。在部终日造三年度豫算及议改组京师图书馆事，头脑岑岑然。

三十日　晴。王仲猷将结婚，贺二元。下午往前青厂图书分馆交撤旧馆员回本馆函一件。得东京羽太家信，二十四日发。夜服规那丸一。

三十一日　下午得二弟信，二十七日发（21）。晚许季市来。宋紫佩来。夜著棉衣。写《石屏诗集》第七卷毕，计十八叶。服规那丸一。

十一月

一日　昙，上午晴。寄二弟信并十月家用百元（仁）。午后同夏司长往什刹海京师图书馆。下午往观音寺街升平园浴，又至稻香村买香肠、熏鱼。夜录《石屏集》卷八毕，计六叶。

二日　雨。星期休息。午后王仲猷在铁门安庆会馆结婚，往观，礼式以新式参回教仪式为之。

三日　晴。下午得二弟信，十月三十日发（22）。得忆农伯信，二日保定发。季市贻煮鸭一碗，用作夕肴。晚季市来。夜腹小痛，似食滞。

四日　午同钱稻孙饭于益锠，食牛肉、面包，略饮酒。下午得二弟所寄书一束，内《急就篇》一册，写本《岭表录异》及校勘各一册，又《文士传》及《诸家文章记录》缉稿共二册，十月三十一日付邮。

五日　昙，午后雨。夜车耕南、王铁如来谈。夜半大风。

六日　晴，风。上午寄二弟信（二十三）。午后同稻孙布置儿童艺术品。

七日　午同钱稻孙出市买饼饵、饮牛乳以代饭。夜写《石屏集》卷九毕，计二十五叶。

八日　上午得二弟信，四日发（23）。午后赴留黎厂有正书局买石印《傅青主自书诗稿》一册，三角半；《金冬心自书诗稿》一册，三角。又至稻香村买食物一元。晚商契衡来。季市来。

九日　晴，风。星期休息。午后宋子佩来。黄元生偕其一友来。张协和来。蔡谷青醉而来，睡至晚起去。夜季市来。

十日　无事。

十一日　上午寄二弟信（二十四）。得二弟信，七日发（24）。午同稻孙至小店饭。晚王佐昌来。

十二日　昙，大风。上午赴东交民巷日本邮局寄羽太家信并银四十五元，又寄相模屋书店信并银二十元。下午寄家一小包，内果脯五种。

十三日　晴，大风。上午寄二弟及弟妇信（二十五）。下午赴通俗图书馆。

十四日　晴。晚季市来。

十五日　上午关来卿先生来。下午得陈子英信，十一日发。晚伍仲文招饮，以饯张仲素赴长江一带视察法政校也，同席有王君直、钱稻孙、毛子龙。夜写《石屏集》卷十毕，计三十叶。

十六日　星期休息。上午得二弟邮片，十二日发（24A）。陶冶一来。朱遏先来，赠《南宋院画录》一部四册，过午去。午后赴留黎厂有正书局买宋陈居中绘《女史箴图》一册，二元四角。出青云阁至晋和祥饮牛乳买饴而归。许季上见过，不值。夜钞《石屏集》跋二叶毕，于是全书告成，凡十卷，序目一卷，总计二百七十二叶，历时八十日矣。

十七日　大风。下午季市贻番椒酱一器。晚季市来。夜得二弟信，十三日发（25）。

十八日　晴。上午寄二弟信（二十六）。晚得二弟所寄《绍教育会月刊》第二号五册，十四日付邮。

十九日　午后收三年历书一册，本部分送。晚季市来。

二十日　昙，午后晴。历史博物馆送藏品十三种至部，借德人米和伯持至利俾瑟雕刻展览会者也，以其珍重，当守护，回寓取毡二枚，宿于部中。夜许季上来谈，九时去。不眠至晓。

二十一日　上午米和伯来部取藏品去。午与稻孙、芦舲饭于益锠。下午回寓，得二弟信，十七日发（26）。晚季市来，与以《越教育会月刊》第二号一册。

二十二日　午后往留黎厂买《折疑论》一部二册，五角，又《郡斋读书志》一部十册，三元。次复往稻香村买食物而归。晚季市贻野禽一器，似竹鸡。夜商生契衡来。

二十三日　晴，风。星期休息。午前寄二弟信（二十七）。下午王生镜清来，又一许姓，是其同学。沈后青来，名鉴史，东浦人，子英相识者。晚宋子佩来。

二十四日　昙，冷。无事。

二十五日　晴。下午得王镜清、魏福绵二生函。

二十六日　黎明雨雪，积半寸，上午霁。许季上以《大唐西域记》一部相赠，计四本，常州新刻本也。午后收本月俸二百十六元，系九成。下午得二弟信，二十二日发（27）。

二十七日　晴。午后往第六邮局易汇兑券。下午得相模屋书店信，廿日发。晚季市来。夜风。

二十八日　上午寄二弟信并本月家用百元（二十八）。寄陈子英信。午后得羽太家信，二十二日发。晚王仲猷邀饮于华宾馆，席中皆同事。夜归见魏福绵留笺。始用炉火。

二十九日　下午陈仲篪为阮姓者募去银一元。蔡谷青将赴杭，与季市、协和共饯之，晚饮于广和居，同席又有王惕如、陈公猛、胡孟乐。散后季市、协和来谈，十时半去。

三十日　微雪。星期休息。午霁。

十二月

一日　晴。上午得二弟信，二十六日发（28）。夜风。

二日　晴，风。晚季市来。

三日　上午寄二弟信（二十九）。得二弟信，二十九日发（29）。晚宋子佩来。得季市笺。夜许铭伯先生来访，前日自天津归云。

四日　上午寄二弟信（三十）。寄东京羽太家信。晚雷志潜来，名渝，桂阳人，旧图书馆员也。商生契衡来言明年假与学费事。

五日　上午以《观古堂丛书》寄二弟，计三十二册，分作四包。

六日　昙，午后晛。赴留黎厂买书，无可者，以一元购《宝纶堂集》一部而归。又至临记洋行买饼饵、面包半元。晚往季市寓访铭伯先生，谈三小时。

七日　昙。星期休息。午后寄二弟书二包，内《式训堂丛书》一部三十二册。又小包一，内摩菰一斤，古泉二十四枚："齐小刀"十二，"明月泉"一，"小泉直一"一，"常平五铢"二，"五行大布"一，"周元厌胜泉"一，"顺天"、"得壹"各一，"建炎"、"咸淳"各一，"绍兴"二也。下午楼客来，忘其字。赴留黎厂，欲补《唐文粹》残本不得。买得《越缦堂骈体文》附《散文》一部四册，一元，板心题《虚霩居丛书》，其全书未见，当是未刻成，或已中辍矣。晚关来卿先生来访。

八日　昙，风。上午得二弟信，四日发（30）。午后寄二弟信（三十一）。顾养吾赠《统计一夕谈》一小本，稻孙绘面。晚许铭伯先生来访。

九日　晴。无事。

十日　无事。晚雷志潜来。

十一日　上午寄二弟信（卅二）。下午访铭伯先生，未遇。晚与协和、季市饮于广和居。

十二日　大风。上午许铭伯先生来。晚陶书臣自越来，交至二弟函，前月三十日写。陶云来应法官试验而不知次第，乃为作书，令持以询蔡国亲。少顷返云，托病不见，但予规则一册。

十三日　上午得二弟信，九日发（31）。午前陶书臣来部，为托沈商著作书介于徐企商，俾讯应试各事。下午赴临记洋行买饼饵、齿磨等。铭伯先生将赴黑龙江，晚在广和居饯之，并邀协和、季市，饭毕同至寓居，谈二小时而去。

十四日　星期休息。午后往留黎厂神州国光社买《黄石斋手写诗》一册，二角。又至有正书局买《释迦谱》一部四册，七角；《虞世南汝南公主墓志铭》一册，七角。又《东庙堂碑》一册，五角；《元明古德手迹》一册，三角。晚铭伯、季市招饮于寓所，赴之，席中有俞月湖、查姓忘其字、范云台、张协和及许诗苓，九时归。夜雪。

十五日　雪。上午寄二弟信（三十三）。晚协和饯许铭伯先生于玉楼春，亦赴其招，并有季市，夜归。

十六日　晴，风。晚宋紫佩来。

十七日　下午寄马幼舆书，索《艺文类聚》。

十八日　上午收《艺文类聚》三十二册。下午得二弟信，十四日发（32）。晚许季上来谭，饭后去。夜宋守荣送其自著书十余册来，欲令作序。

十九日　上午寄东京羽太家家信。下午留黎厂本立堂书估来取去旧书八部，令其缮治也。夜季市来，即去。续写《嵇中散集》。夜半微雪。

二十日　晴。上午寄二弟信（三十四）。午后往王府井大街徐景文医寓，令修正所补三齿。归途过临记洋行买饼干三匣，拟托宋子佩寄家。晚雷志潜来。

二十一日　星期休息。午后祁柏冈来招饮，谢去之。得陈子英信，十六日发。往徐景文医寓理齿讫，酬以二元。往留黎厂买《徐骑省集》一部八册，二元五角。夜宋紫佩来，假去二十元。夜半风起。

二十二日　午后陶望潮来函假十元，交陈墨涛转付。晚季市来。

二十三日　上午陶书臣留书辞行，晨已启行向越。得二弟信，十九日发（33）。晚齐寿山来。商契衡来。宋紫佩来。

二十四日　上午得二弟所寄《绍兴县教育会月刊》第三期五册，十九日发。紫佩昨云午后启行往越中，乃遣人携一书簏并一函托其寄家，簏内图籍二十七种一百四十三册，帖四种二十二枚，饼干三合，果脯二合，旧衣裤各一件。午自至益锠吃饭及点心。下午宋守荣忽遣人来索去其书。晚季市贻烹鸠一双。

二十五日　上午寄二弟信（三十五）并《萝庵游赏小志》一册。教育部令减去佥事、主事几半。相识者大抵未动，惟无齐寿山，下午闻改为视学云。

二十六日　午后收本月俸二百十六元，仍实发九成也。下午雷志潜来函，责不为王佐昌请发旅费，其言甚苛而奇。今之少年，不明事理，良足闵叹。晚又有部令，予与协和、稻孙均仍旧职，齐寿山为视学，而胡孟乐则竟免官，庄生所谓不胥时而落者是矣。

二十七日　午后往交通银行为社会教育司存款，遇季市、协和，遂同赴劝业场广福楼饮茗，将晚散出。沈后青于下午来访，未遇。得二弟信，二十三日发（34）。夜车耕南来谈。

二十八日　星期休息。午后往崇文门外草厂九条横胡同访沈后青，未遇。往观音寺街晋和祥买饼饵、饴糖、牛肉、科科等等共三元。往留黎厂神州国光社买钱谦益《投笔集笺注》一本，五角。又《神州大观》第四期一册，一元五角，邮费一角五分。又至清秘阁买信笺信封等共五角。下午祁柏冈来招饮，谢不赴。沈后青来。许季市、张协和来。夜大风。黄元生来，其论甚奇，可笑。

二十九日　晴，小风。上午寄二弟信并本月家用一百元（三十六）。晚留黎厂本立堂旧书店伙计持前所托装订旧书来，共一百本，付工资五元一角五分。惟《急就篇》装订未善，令持归重理之。夜大风。

三十日　晴。上午赠钱稻孙《绍教育会月刊》第三期一册。晚许季市来，即去，赠《绍教育会月刊》第三期一册。夜写《嵇康集》毕，计十卷，约四万字左右。

三十一日　上午寄陈子英信。雷志潜来部言王佐昌病卒于宝禅寺，部与恤金百元。午后赠通俗图书馆《绍兴教育会月刊》第一至第三期各一册。晚季市、协和各赠肴二品。头微痛，似中寒，服规那丸三粒。夜伍仲文馈肴一器，馒头一盘。

癸丑书帐

全唐诗话八册　五·〇〇　一月四日

水经注汇校十六册　一·〇〇　一月十二日

寒山诗集一册　一·〇〇

樊南文集补编四册　三·〇〇

功顺堂丛书二十四册　四·〇〇　一月十八日

贯休画十六应真象石刻十六枚　钱稻孙所赠　一月二十八日

　　　　　　　　　　　　　　　　一四·〇〇〇

尔雅翼六册　一·〇〇　二月二日

墨池编六册印典二册　一〇·〇〇　二月八日

陶庵梦忆四册　一·〇〇

佩文斋书画谱三十二册　二〇·〇〇　二月九日

湖海楼丛书二十二册　七·〇〇

画征录二册　〇·三〇　二月十二日

神州大观第一集一册　一·六五

中国学报第三期一册　常毅箴所贻　二月十九日

瓯钵罗室书画过目考四册　一·〇〇　二月二十日

筆耕園一册　三五·〇〇　二月二十四日

正倉院誌一册　〇·七〇

陈白阳花鸟真迹一册　一·〇〇

嘉泰会稽志并续志十册　二〇·〇〇　二月二十一日起孟在越买得

　　　　　　　　　　　　　　　　九八·六五〇

六艺纲目二册　〇·八〇　三月一日

法苑珠林四十八册　一一·〇〇

初学记十六册　二・二〇

姚惜抱尺牍四册　游允白所赠　二月二日

白华绛跗阁诗集二册　〇・五〇　二月八日

古学汇刊第三期二册　一・〇五〇　二月十一日

翻汲古阁本十七史一百七十四册　三〇・〇〇　二月二十六日

郘亭知见传本书目十册　一四・〇〇　　　　　六〇・〇〇〇

秋浦双忠录六册　三・〇〇　四月五日

翻聚珍本旧唐书旧五代史共四十八册　六・〇〇

越中古刻九种石印本一册　索得

劝发菩提心文一册　许季上赠　四月七日

等不等观杂录一册　同上

三辅黄图二册　二・〇〇　四月八日

陶山集捌册　一・六〇　四月十二日

华阳国志四册　二・〇〇

后知不足斋丛书三十五册　一一・〇〇

赵似升长生册二册　〇・二〇　四月十九日

观古堂汇刻书及所著书三十二册　一〇・〇〇

会稽王氏银管录一册　〇・〇八　四月二十日　　　三五・八八〇

古学汇刊第四编二册　一・〇〇　五月十二日

七家后汉书补逸六册　一・〇〇　五月十八日

赏奇轩四种四册　四・〇〇

乐府诗集十二册　七・〇〇

林和靖诗集二册　一・〇〇　　　　　　　一四・〇〇〇

成都刻本梦溪笔谈四册　三・〇〇　六月七日

红雪山房画品十二则一册　书肆贻

景宋本李翰林集六册　二·八〇　六月二十三［二］日

魏鹤山渠阳诗注一册　〇·七〇

宾退录四册　四·二〇

草莽私乘一册　〇·二一〇

蕙櫋杂记一册　〇·二一〇

鸡窗丛话一册　〇·二一〇

后甲集二册　〇·六〇　六月二十九日

残明晋藩本唐文粹十八册　六·〇〇　　　　　一七·九三〇

绝妙好词笺四册　〇·五六〇　七月五日

仿古西厢十则十册　四·八〇

汲古阁六十种曲八十册　二四·〇〇　七月十三日

王桢［祯］农书十册　二·〇〇　　　　　三一·三六〇

史目表一册　钱稻孙所与　八月九日

古学汇刊第五编二册　一·〇五

神州大观第二集一册　一·六五

古今泉略十六册　一二·〇〇　八月十八日

古金待问录一册　〇·四〇　　　　　一五·一〇〇

文始一册　从钱稻孙君索得　九月四日　后转赠子英

诸葛武侯祠堂碑拓本一枚　杨君莘士持赠　九月五日

武梁祠画像佚存石拓本十枚　胡君孟乐赠　九月十一日

南湖四美一册　〇·九〇　九月二十三日　　　　　〇〇·九〇〇

神州大观第三集一册　一·六五〇　十月四日

嵊县志附剡录十四册　二·〇〇　十月五日

国学汇刊第六编二册　一·〇五〇　十月二十六日　四·七〇〇

傅青主自写诗稿一册　〇·三五　十一月八日

金冬心自写诗稿一册　　〇·三〇

南宋院画录四册　朱逷先赠　十一月十六日

陈居中女史箴图一册　　二·四〇

折疑论二册　〇·五〇　十一月二十二日

郡斋读书志十册　　三·〇〇

大唐西域记四册　许季上所赠　十一月二十六日　　　六·五五〇

宝纶堂集八册　一·〇〇　十二月六日

越缦堂骈文附散文四册　一·〇〇　十二月七日

黄石斋手书诗卷一册　〇·二〇　十二月十四日

释迦谱四册　〇·七〇

虞世南汝南公主墓志铭一册　〇·七〇

初拓虞书东庙堂碑一册　〇·五〇

元明古德手迹一册　〇·三〇

徐骑省集八册　二·五〇　十二月二十一日

投笔集笺注一册　〇·五〇　十二月二十八日

神州大观第四期一册　一·七五　　　　　　　　九·一五〇

总计三一〇·二二〇

本年共购书三百十元又二角二分，每月平匀约二十五元八角五分，起孟及乔峰所买英文图籍尚不在内。去年每月可二十元五角五分，今年又加增五分之一矣。十二月卅一日灯下记。

甲寅日记（1914年）

正月

一日　晴，大风。例假。上午徐季孙、陶望潮、陈墨涛、朱焕奎来，未见。杨仲和馈食物，却之。午后季市来。往敫家胡同访张协和，未遇。遂至留黎厂游步，以半元买"货布"一枚，又开元泉一枚，背有"宣"字。下午宋守荣来，未见。晚得二弟信，去年十二月二十八日发（35）。

二日　晴，风。例假。上午郑阳和、雷志潜来，未见。午后得二弟所寄《叒社》杂志一册，去年十二月二十八日付邮。晚五时教育部社会教育司同人公宴于劝业场小有天，稻孙亦至，共十人，惟许季上、胡子方以事未至。

三日　晴。例假。午前寄二弟信（一）。午后童杭时来。下午至东铁匠胡同访许季上，未见。往留黎厂买《听桐庐残草》一本，一角，亦名《会稽王孝子遗诗》。又《陆放翁全集》一部，内文稿十二册，诗稿附《南唐书》二十四册，共三十六册，十六元，汲古阁刻本也。又以银二角买《纪元编》一册，以备翻检。

四日　晴。星期休息。午后许季上来。得二弟信，去年十二月三十一日发（36）。下午张协和来。戴芦舲来。晚商契衡来谈，言愿常借学费，允之，约年假百二十元，以三期付与，三月六十元，八月、十二月各三十元，今日适匮，先予十元。

五日　始理公事。上午九时部中开茶话会，有茶无话，饼饵坚如石子，略坐而散。午后汤尔和来部见访，似有贺年之意。下午陶望潮至部见访，归前借款十圆。夜风。

六日　晴，大风。晨教育部役人来云，热河文津阁书已至京，促赴部，遂赴部，议暂储大学校，遂往大学校，待久不至，询以德律风，则云已为内务部员运入文华殿，遂回部。下午得二弟所寄写书格子纸两帖，可千枚，二日付邮。

七日　晴，风。上午得二弟信，三日发（1）。午同人以去年公宴余资买饼饵共食之。

八日　晴。上午寄二弟信（二）。赙陈乐书银二元。

九日　无事。夜车耕南、俞伯英来谈。耕南索《绍兴教育会月刊》，以三册赠之。

十日　上午得二弟并二弟妇信，六日发（2）。午与齐寿山、徐吉轩、戴芦苓往益昌食面包、加非。过石驸马大街骨董店，选得宋、元泉十三枚，以银一元购之。下午往晋和祥买牛舌、甘蔗糖各一器，一元一角。

十一日　星期例假。午后往青云阁理发，又至留黎厂神州国光分社买《古学汇刊》第七期一部二册，一元五分。又至本立堂，见《急就章》已修讫，持以归。

十二日　上午寄二弟书〖书〗籍二包，计《宝纶堂集》一部八册，《越缦堂骈文》附散文一部四册，《听桐庐残草》一册，《教育部月刊》第十期一册。寄上海中华书局函并二弟译稿《劲草》一卷。夜季市来。

十三日　昙，上午睨［晛］。寄二弟并二弟妇信（三）。得东京羽太家信，六日发。得陈师曾室汪讣，与许季上、钱稻孙合制一挽送之，人出一元四角。晚风。得二弟所寄书籍四包，计《初学记》四册，《笠泽丛书》一册，《会稽掇英总集》四册，石印张皋文《墨经解》，蒋拙存书《续书谱》，竹垞抄《方泉诗》、《傅青主诗》各一册，《李商隐诗》二册，八日付邮。

十四日　晴，风。下午得二弟及二弟妇信，又明信片一，并十日发（3）。

十五日　晴，风。上午寄二弟及二弟妇信，又与宋紫佩笺一枚，属转寄（四）。下午得二弟所寄《西青散记》散叶一包，十日付邮。晚许季上来，同至广和居饭。作书夹五副。

十六日　昙。晚顾养吾招饮于醉琼林，以印二弟所译《炭画》事与文明书局总纂商榷也。其人为张景良，字师石，允代印，每册售去酬二成。同席又有钱稻孙，又一许姓，本部秘书，一董姓，大约是高等师范学堂教授也。得蔡谷清母讣。闻季市来过，未遇。夜得宋子佩信，十二日发。写《舆地纪胜》中《绍兴府碑目》四叶。

十七日　晴。晨寄二弟信（五）。上午得关来卿先生信，十三日杭州发。又寄二弟信（五甲）。午后往交通银行，又至临记洋行买食物。下午访许季上。蒯若木赴甘肃来别，未遇，留刺而去。晚季市来。

十八日　星期例假。上午得二弟信，十四日发（4）。午后往留黎厂有正书局买《六朝人手书左传》一册，四角；《林和靖手书诗稿》一册，四角；《祝枝山草书艳词》一册，三角；《吴谷人手书诗稿》一册，四角。又至神州国光社买唐人写本《唐均残卷》一册，一元，并为二弟购《江苏江宁乡土教科书》共三册，五角。下午昙，有雪意。晚得二弟所寄《百孝图》下册一本，会稽俞葆真辑，属访其全书，亦十四日付邮也。

十九日　晴，风。上午寄二弟《乡土教科书》三册。下午赒蔡谷青三元。

二十日　上午寄二弟信（六）。晚许季上来，饭后去。夜季市来。

二十一日　晚童杭时招饮，不赴。朱焕奎来并送食物二包，辞之不得，受之。季市来。

二十二日　张阆声、钱均夫到部来看。晚复关来卿先生函，又复宋子佩函。夜濯足。

二十三日　午后收本月俸银二百十六元。教育部欲买石桥别业为图书馆，同司长及同事数人往看之。下午得二弟信（5）并《绍兴教育会月刊》第四期五册，并十九日发。夜绍人沈稚香、陈东皋来，持有二弟书，十八日写。风。

二十四日　晴，大风，午后止。往前门临记洋行买饼饵五角。又至留黎厂买《元和姓纂》一部四册，一元；《春晖堂丛书》一部十二册，四元，内有《思适集》可读。

二十五日　晴。星期休息。上午寄二弟信（七）。午前丁葆园来。得黄于协信，又中华书局信，云寄回《劲草》一卷，未到。陈东皋及别一陈姓者来。季自求来，午后同至其寓，又游小市。沈后青来，未遇。祁柏冈来，贻食物二匣。许季上贻粽八枚，冻肉一皿。今是旧历十二月三十日也。夜耕男来谈。得二弟信，二十二日发（6）。

二十六日　晴。旧历元旦也。署中不办公事。卧至午后二时乃起。下午关来卿先生来。

二十七日　上午得中华书局寄回《劲草》译稿一卷。得二弟所寄英译显克微支作《生计》一册，又《或外小说》第一、第二各四册，并二十二日发。午后赴部，仅有王屏华在，他均散去。略止，即往游留黎厂，无可观者，但多人耳。入官书局买得《徐孝穆集笺注》一部三本，三元。

二十八日　上午童鹏超来。寄二弟信（八）。晚季市来，赠以《绍教育会月刊》第四期一册。

二十九日　上午得二弟信，二十五日发（7）。赠稻孙《绍月刊》四期一册。为徐吉轩保应试知事者曰计万全，湖北人，他二保人为吉轩及沈商耆。

三十日　许季上之女三周岁，治面邀赴其寓，午后往，同坐者戴芦舲、齐寿山及其子女四人。下午得二弟所寄旧文凭两枚，二十五日付邮。夜雪。

三十一日　昙。上午童鹏超送食物三事，令仆送还之。午后同徐吉轩游厂甸，遇朱逷先、钱中季、沈君默。下午魏福绵同一许姓名叔封者来，乞作保人，应知事试，允之，为签名而去。晚许季市来。夜邻室王某处忽来一人，高谈大呼，至鸡鸣不止，为之展转不得眠，眠亦屡醒，因出属发音稍低，而此人遽大漫骂，且以英语杂厕。人类差等之异，盖亦甚矣。后知此人姓吴，居松树胡同，盖非越中人也。

二月

一日　晴。星期休息。上午寄二弟信并正月家用百元（九）。午后访季市未见，因赴留黎厂，盘桓于火神庙及土地祠书摊间，价贵无一可买。遂又览十余书店，得影北宋本《二李唱和集》一册，一元；陈氏重刻《越中三不朽图赞》一册，五角，又别买一册，拟作副本，或以遗人；《百孝图》二册，一元；《平津馆丛书》（重刻本）四十八册，十四元。沈后青、童鹏超来访，未遇。晚季市贻烹鹜一皿。季市来。

二日　午后来雨生至部来访。晚季市来，赠以《三不朽图赞》一册。夜得二弟函，三十日发（8）。

三日　昙。上午来雨生至部来访，为保任惟贤、任陛两人，均萧山人。下午为徐吉轩保周琳、李缵文两人，均湖北人。晚童亚镇来。得季市函。夜宋芷生来访，持有子佩书。

四日　昙。上午同事凌煦来保去余瑞一人。午后童亚镇来保去杨凤梧一人，诸暨人也。下午宋芷生来部，为保之。晚季市来。

五日　晴，风。上午季市将其大儿世瑛来开学。午前为许季上保翟用章一人，山西人，为冀醴亭所介绍。下午为齐寿山保刘秉鉴一人，直隶人。王镜清来。夜得二弟及二弟妇信，二日发（9）。

六日　上午寄二弟信（十）。午后王镜清来部，为保徐思旦一人，上虞人。下午许季市来。许季上来，饭后去。

七日　大雪竟日。午后得胡孟乐函，即复之。夜得朱舜丞函并馅儿饼一盘。有一不知谁何者突来寓中，坚乞保结，告以印在教育部，不甚信，久久方去。

八日　晴。星期休息。午前朱遏先来谈，至午，食馅儿饼讫，同至留黎厂观旧书，价贵不可买，遇相识甚多。出观书店，买得新印《十万卷楼丛书》一部一百十二册，直十九元。其目虽似秘异，而实不耐观，今兹收得，但足以副旧来积想而已。童鹏超来，未见。下午沈后青来。许季上来，谈至晚。

九日　昙。午前得童鹏超函。午后奠王佐昌三元，寄参谋部第五局卢彤代收。晚许季市来，约明日晚餐。

十日　昙。午前寄二弟信（十一）。晚赴季市寓晚餐，见其仲兄仲南，方自邓县来。同坐者又有协和、诗苓。夜得二弟信，七日发（10）。

十一日　晴。无事。

十二日　晴。纪念日休息也。上午祁柏冈来，未见。夜得谦叔信，十日南京发。

十三日　无事。晚宋芷生来，谈至夜半去。

十四日　上午寄二弟及二弟妇信（十二）。夜得陈子英信，十一日发。

十五日　星期休息。午后略昙。宋守荣来，不之见。下午季自求来。晚车耕南来，云明日往浦口。夜得二弟信，十二日发（11）。写孙志祖谢氏《后汉补逸》起。

十六日　昙，下午雨，今年第一次雨也。晚宋紫佩自越至，持来二弟书，初五日写。

十七日　雨雪杂下，午后止。晚宋紫佩来。

十八日　雪，映午止。复伯抈叔信。赴图书分馆访关来卿先生，未见，返部遇之。

十九日　昙。午前寄二弟信（十三）。午后晲。下午得二弟信，十五日发（12）。晚宋子佩来。

二十日　晴。上午寄二弟信（十四）。夜车耕南来，云明日决往浦口。陈仲簾来。

二十一日　晴。汪大燮辞职，严修代之，未至部前以蔡儒楷署理。下午昙。许季市来。

二十二日　星期休息。午后小昙。下午季自求来。许季上来。晚马幼舆、朱遏先来。夜得二弟信并所译《儿童之绘画》三叶，十九发（13）。得沈养之信，十九日发。

二十三日　晴。下午商生契衡来。

二十四日　晴，小风。晚魏生福绵、王生镜清来。夜风。

二十五日　上午寄二弟信，附与蔡国亲笺一枚，令转寄（十五）。下午许季市来。晚子佩来。夜得伯扰叔信，二十二日南京发。紫佩还旧假款十元。

二十六日　下午收本月俸银二百十六元。晚宋守荣寄书来，多风话。

二十七日　下午得二弟及三弟信，又《儿童之艺术》译稿二叶，二十三日发（14）。得宋知方信，十九日台州发。夜许季市来。

二十八日　午后往通俗图书馆，又往稻香村买物。复宋知方信。晚宋子佩来。

三月

一日　晴。星期休息。午后寄二弟及三弟信（十六）。下午出骡马市闲步，次至留黎厂，买小币四枚，曰"梁邑"、"戈邑"、"长子"、"襄垣"，又"万国永通"一枚，共二元。夜风。

二日　昙。晨往郾中馆要徐吉轩同至国子监，以孔教会中人举行丁祭也，其举止颇荒陋可悼叹，遂至胡绥之处小坐而归，日已午矣。夜小雨即霁，见星。得二弟信并所译张百仑《儿童之绘画》三叶，全篇已毕，二十七日发（15）。

三日　晴。上午寄商契衡信，附致蔡谷青一函。晚许季上来谭，饭后去。

四日　无事。

五日　雨。午后取得国库券三枚，补去年八月至十月所折俸者也。晚风，仍雨。

六日　雨，大风。上午寄二弟信（十七）。寄文明书局张师石信，又英译显克微支小说一册。午后霁。得二弟所寄《绍兴教育会月刊》第五期五册，二月二十一日付邮，途中延阁至十四日，可谓异矣。晚寄二弟明信片一（十七甲）。夜雨。

七日　晴，大风。无事。

八日　晴。星期休息。上午得二弟及二弟妇信，四日发（16）。下午往看夏司长，不值。

九日　上午赵汉卿来，未遇。午后昙。往日本邮局寄羽太家信并月用等二十五元。又为许季上寄藏经书院五角买《续藏经目录》，为二弟寄丸善一元买本年《学燈》。下午同戴芦舲往夏司长寓，饭后归。夜风。得雷［来］雨生招饮柬。

十日　昙。无事。

十一日　昙。上午寄二弟及二弟妇信（十八）。复伯挍叔信。夜季市来。宋子佩来。

十二日　雨雪杂下。上午得张师石信，九日上海发。午后雪止而风，夜见月。

十三日　晴，风。下午得二弟及二弟妇信，九日发（17）。晚季市遗火腿一方。

十四日　晴。午后赴留黎厂游良久，无所买。下午关来卿先生来。傍晚写谢氏《后汉书补逸》毕，计五卷，约百三十叶，四万余字，历二十七日。夜风。

十五日　星期休息。午后赴留黎厂托本立堂订书，又至荣宝斋买纸笔共一元。又至文明书局买《宋元名人墨宝》一册，六角；《翁松禅书书谱》一册，四角；《梁闻山书阴符经》一册，一角五分。

十六日　上午寄二弟信（十九）。转寄李霞卿函于宋子佩。晚录《云谷杂记》起。

十七日　午与齐寿山、钱稻孙、戴螺舲至宣南第一楼午饭。下午得二弟函，附芳子笺，十三日发（18）。芳子于旧历二月四日与三弟结婚，即新历二月二十八日。晚紫佩来，并持来李霞卿信，八日所作。

十八日　小风。脱裘。午与钱稻孙、戴螺舲至宣南第一楼午食，齐寿山踵至，遂同饭。下午得三弟与芳子照相一枚，初七日付邮。

十九日　上午寄陈子英信。寄伯抍叔信。复李霞卿信。

二十日　下午蔡国青来，未遇。魏福绵、王镜清来言互汇用费，付二百元。夜风雨。

二十一日　昙。上午寄二弟信，附与芳子信（二十）。午后晴。赴劝业场理发，并买食物二种共八角。从王仲猷家分得板箧一具，付直七角。得经子渊母讣，赙二元。

二十二日　晴。星期休息。上午得二弟信，十八日发（19）。得伯抍叔信，十八日发。午前许季上来。杜海生来。下午季自求来。陈公侠来。晚楼春舫来。夜写张清源《云谷杂记》毕，总四十一叶，约一万四千余字。

二十三日　昙。晚宋子佩来还十元。夜风。

二十四日　风，雨雪，午前霁。下午得东京羽太家信，十七日发。往细瓦厂看蔡谷青、陈公侠，不值。

二十五日　晴，大风。上午得二弟信，二十一日发（20），云已收到魏生汇款二百元，是为本月及四月分月费。复伯抈叔函。下午与稻孙往宣南第一楼餐。晚童亚镇来。夜许诗荃来。

二十六日　晴。上午寄二弟信（二十一）。收本月俸二百十六元。午与稻孙至益锠午饭，又约定自下星期起，每日往午食，每六日银一元五角。下午许季上来。晚季自求、刘立青来。夜风。

二十七日　下午得东京羽太家信，转来藏经总会与许季上叶书一枚。得二弟所寄《绍兴教育会月刊》第六期五册，二十三日付邮。

二十八日　上午往东交民巷日邮局寄羽太家信并银十元，托买物。午同季市、协和往益锠饭。午后往留离厂本立堂取所丁旧书。下午蔡国青来。晚商契衡来取去学费五十元。

二十九日　星期休息。上午得二弟及二弟妇信，二十五日发（21）。午后往留黎厂买得《小万卷楼丛书》一部十六册，四元五角。祁柏冈来，未遇。下午昙，雷，风，雨。

三十日　晴。上午寄二弟及二弟妇信（二十二）。蒋抑卮来，未遇。下午许季市来。晚童亚镇、韩寿晋来取去学费三十元，云汇还家中。

三十一日　上午寄二弟信（二十三）。下午昙，风，夜雨。

四月

一日　晴。上午往长巷二条来远公司访蒋抑卮，见蒋孟平、蔡国青，往福全馆午饭后同游历史博物馆，回至来远公司小坐归寓。下午昙，风。晚魏福绵来。夜微雨成雪，积数分。

二日　昙。午午［?］寄大学豫科教务处信，送童亚镇、韩寿晋二生保结。

三日　昙。下午得二弟信，附三弟妇信，三十日发（22）。

四日　晴，风。午后往留黎厂神州国光社买《古学汇刊》第八期一部，一元五分，校印已渐劣矣。又至直隶官书局买《两浙金石志》一部十二册，二元四角。至前青厂图书分馆。夜季市来。

五日　晴，风。星期休息。午寄二弟信（二十四）。午后许季市来。下午往季市寓，坐少顷。魏福绵取知事试验保结去，已为作保而忘其名。晚关先生来。

六日　上午寄上海食旧廛旧书店函，向乞书目也，店在新北门外天主堂街四十三号。得戴芦舲天津来信，昨发。向齐寿山借得二十元。汤聘之持来雨生绍介信来属为作保，以适无印章，转托沈商耆保之。夜坐无事，聊写《沈下贤文集》目录五纸。

七日　晴，大风。无事。夜写《沈下贤集》一卷。

八日　上午得二弟信，四日发（23）。得宋知方信，二日台州发。晚魏福绵来保去一人徐思庄，五日所保者冯步青云。夜季市来。

九日　上午得羽太重久叶书，二日发，已入市川炮兵第十六联队第四中队。晚季市遗青椒酱一器。夜写《沈下贤集》第二卷了。

十日　昙。上午寄二弟信，附与三弟妇笺一枚（二十五）。晚紫佩来。夜小雨。

十一日　昙。上午得羽太重久信，三日发。下午杜海生来，十一时去。夜写《沈下贤文集》第三卷毕。

十二日　昙。星期休息。上午得二弟信，八日发（24）。下午晴。写毕《沈集》卷第四。季自求来。晚得上海食旧廛寄来书目一册。

十三日　晴。上午得羽太家信，六日发。

十四日　晴，大风。上午赴交通银行以百元券易五元小券。赴日本邮局寄羽太家信并银十五元，为重久营中之用，又寄相模屋书店信并银二十元，又代张协和寄五元。下午邓国贤来属保知事，未持印，转托齐寿山代之。晚宋紫佩来，为保宋芷生去，又携一人曰徐益三者来，亦为保之。

十五日　晴，大风。上午寄二弟信（二十六）。下午至孔社观所列字画书籍一过。晚王屏华来，保去一人谢晋，萧山人。许季上来。朱舜丞及其弟来，邀往便宜坊饭。

十六日　晴。傍晚写《沈下贤集》卷五毕。夜风。

十七日　晴，风。下午得二弟信，十三日发（25）。晚季市遗火腿烹鸡一器。夜大风。写《沈下贤文集》卷第六毕。

十八日　晴。下午往有正书局买《选佛谱》一部，《三教平心论》、《法句经》、《释迦如来应化事迹》、《阅藏知津》各一部，共银三元四角七分二厘。

十九日　晴。星期休息。午后往有正书局买《华严经合论》三十册，《决疑论》二册，《维摩诘所说经注》二册，《宝藏论》一册，共银六元四角又九厘。晚宋子佩来。夜小风。写《沈下贤文集》卷七毕。

二十日　上午寄二弟信（二十七）。夜裘君善元来谭。

二十一日　上午得二弟信，十七日发（26）。午后一时全国儿童艺术展览会开会。下午得羽太重久叶书，十四日发。

二十二日　昙。夜裘君善元来谭。

二十三日　晴。晚访许季市，无可谭而归。夜写《沈下贤文集》卷第八毕。

二十四日　无事。晚许季上来，夜去。

二十五日　昙。上午寄二弟信（二十八）。晚风。

二十六日　晴。星期。上午仍至教育部理儿童艺术展览会事，下午五时始归寓。得二弟信，二十二日发（27）。夜裘君来谭。

二十七日　小雨，上午霁。收本月俸二百十六元。得相模屋书店叶书，二十日发。午后稻孙持来文明书局所印《炭画》三十本，即以六本赠，校印纸墨俱不佳。夜写《沈下贤文集》卷第九毕。

二十八日　晴。上午赠通俗图书馆《炭画》一册，又张阆声一册。下午得二弟信，云已收童生亚镇家汇款一百七十元，二十四日发（28）。夜寄二弟小包二个，其一《炭画》十册，其一《百孝图》二册、《释迦如来应化事迹》三册。

二十九日　上午寄二弟信（二十九）。晚宋子佩来。

三十日　下午得东京羽太家信，二十三日发。晚徐吉轩招饮于其寓，同席者齐寿山、王屏华、常毅箴、钱稻孙、戴螺舲、许季上。晚得二弟所寄《绍兴教育会月刊》第七期五册，二十六日付邮。夜裘善元君来谈。

五月

一日　晴。《约法》发表。下午童生亚镇来取去汇款一百四十元讫。晚访季市。

二日　上午代社会教育司寄日本京都藏经书院信。

三日　星期。上午得陈子英信，廿八日发。得二弟信并论文一篇，廿九日发（29）。访季自求，坐少顷。访许季上，未遇。午后仍赴展览会理事至晚。夜俞雨苍来，自云魏福绵之友，住本馆中。

四日　晴，风。晨寄二弟信（三十）。上午教育总长汤化龙到部。晚陈公侠来。

五日　上午赠季市《炭画》二册，托以其一转赠铭伯。晚裘君同董仿都来，名敩江，某校长。

六日　无事。

七日　无事。晚许诗荃来假去《无机质学》一册。

八日　昙。下午得二弟信，四日发（30）。夜季市来。大风，朗月。

九日　晴。上午寄二弟信（三十一）。晚夏司长治酒肴在部招饮，同坐有齐寿山、钱稻〔孙〕、戴螺舲、许季上，八时回寓。

十日　星期。上午仍至展览会办事，晚六时归寓。得伯扙叔信，七日发。魏生福绵来假去十五元。

十一日　晴，风。无事。

十二日　昙。上午次长梁善济到部，山西人，不了了。午后小雨即霁。下午大发热，急归卧，并服鸡那丸两粒，夜半大汗，热稍解。

十三日　昙，风。热未退尽，服规那丸四粒。午后会议。下午得二弟信，又文稿两篇，并是初九日发（31）。夜许季市来。

十四日　晴。晨寄二弟信（三十二）。服规那丸一粒。赴西长安街同记理发。上午至石驸马大街池田医院拟就诊，而池田他出，遂至其邻北京医院，医士为侯希民，云热已退，仍与药两瓶，一饮一嗽，资一元三角，又诊资一元。晚戴螺舲在其寓招饮，别有齐寿山、钱稻孙、徐吉轩、常毅箴、王屏华、许季上六人，出示其曾祖文节公画册并王奉常、王椒畦仿古册，皆佳品，夜九时归寓。夜风。

十五日　晨至丞相胡同第一女子小学答访董仿都，未遇留刺。往观音寺街买草冒一顶，一元八角。往留黎厂文明书局买《般若灯论》

一部三册,《中观释论》一部二册,《法界无差别论疏》一部一册,《十住毗婆沙论》一部三册,总计一元九角一分一厘也。下午服规那丸二粒。晚宋紫佩来。许季市来。裘善元来。

十六日　上午得羽太重久叶书,三日日本千叶发。晚间季市遗肴一皿。夜风。

十七日　星期。上午仍至展览会治事,下午六时归寓。关卓然来过,未遇。晚大风。夜写《沈下贤文集》第十卷毕。送裘善元《炭画》译本一册。

十八日　雨,上午住。得二弟信,十四日发(32)。

十九日　晴。上午寄二弟信并补本月家用三十元(三十三)。下午赴留黎厂国光社买《神州大观》第五期一册,一元六角五分。晚小风。

二十日　下午四时半儿童艺术展览会闭会,会员合摄一影。晚童亚镇来假去银五元。许季市来,十一时去。

二十一日　午后会议。夜圈点《劲草》译本。

二十二日　上午往察院胡同访胡绥之,未遇。午后昙。晚雨一阵,动雷。夜大风,星见。

二十三日　晴,风。上午开儿童艺术审查会。午后赴留黎厂有正书局买《中国名画》第十七集一册,一元五角。又《华严三种》一册,一角四厘。赴青云阁买牙皂、手巾等一元。晚许季上来,饭后去。得二弟及三弟信,十九日发(33)。

二十四日　星期休息。上午寄二弟及三弟信(三十四)。寄钱稻孙信。写《沈下贤文集》第十一卷毕。午后大风。裘子元来谈。夜写《沈下贤文集》第十二卷并跋毕,全书成。

二十五日　上午得钱稻孙信。下午大风,入夜益烈。

二十六日　昙。上午得二弟信并《希腊牧歌》一篇，绎希腊小说二篇，二十二日发（34）。午前动雷。午后收本月俸二百十六元。下午大风。季市来寓，赠以《绍兴教育会月刊》第六、七期各一册。寄钱稻孙信。

二十七日　晴。下午得二弟所寄《绍兴教育会月刊》第八期五册，二十三日付邮。

二十八日　上午寄二弟信（三十五）。寄伯执叔信。午后昙，大风。晚朱舜臣来，持赠卷烟两匣，烧鸡两只，角黍一包。以角黍之半转馈裘子元，半之又半与仆人。夜小雨。

二十九日　晴，风。旧历端午，休假。晨常毅箴来，未见。上午裘子元来。午季市贻烹鹜、盐鱼各一器。下午许季市来，赠以《绍兴教育会月刊》第八期一册。许季上来，并赠莓一包，分一半与季市。

三十日　晨许季市来。往日本邮局寄相模屋信，并代子英汇书资三十元，合日本币二十七圆。午后寄袁文数《炭画》一册。下午同陈仲谦往图书分馆，又同关来卿先生至豫章学堂看屋。晚常毅箴招饮其寓，同席徐吉轩、齐寿山、许季上、戴芦舲、祁柏冈、朱舜丞，九时归邑馆。夜风。

三十一日　雨。星期休息。晨寄陈子英信。上午得二弟信，二十七日发（35）。午后雨住风起，天气甚凉。往有正书局买《思益梵天所问经》一册，《金刚经六译》一册，《金刚经、心经略疏》一册，《金刚经智者疏、心经靖迈疏》合一册，《八宗纲要》一册，共银八角一分。晚晴。

六月

一日　晴。上午寄二弟信（三十六）。下午雨，晚晴。许诗荃来。夜许季市来，并还旧欠三十六元五角，诸有出入讫，九时去。裘子元来，夜半方去。

二日　微雨，上午晴。与陈师曾就展览会诸品物选出可赴巴那马者饰之，尽一日。下午雨。

三日　晴。上午得二弟信，五月三十日发（36）。下午往有正书局买佛经论及护法著述等共十三部二十三册，价三元四角八分三厘，目具书帐。夜裘子元来。许季市来。写《异域文谭》讫，约四千字。

四日　上午得钱稻孙信。寄许季市信并《异或文谈》稿子一卷，托转寄庸言报馆人。晚季市来。夜寄稻孙信。

五日　无事。夜裘子元来。

六日　晴。上午寄二弟信（三十七）。午后往西升平园浴。往留黎厂李竹泉家买圆足布一枚，文曰"安邑化金"；平足布三枚，文曰"戈邑"，背有"鸟"字，曰"兹氏"，曰"闵"；又"垍"字圆币二枚，共三元五角。往清秘阁买信纸信封五角。往有正书局买《心经金刚经注》等五种六册，《贤首国师别传》一册，《佛教初学课本》一册，共计银九角九分三厘。下午昙，大风，夜雨。

七日　晴。星期休息。上午得二弟及三弟信，又丰丸画一枚，三日发（37）。午后风。祁柏冈来。下午魏福绵、王镜清二生来，魏还银十五元。

八日　上午得王造周函。

九日　晴，风。上午寄二弟书籍一包，内《释迦谱》四本，《贤首国师别传》一本，《选佛谱》二本，《佛教初学课本》一本。午后陈师曾贻三叶虫僵石一枚，从泰山得来。夜许季市及诗荃来谈，十一时半去。

十日　上午寄二弟信（卅八），并古泉拓片三枚。得相模屋书店叶书，四日发。下午发明信片一枚答王造周，寄杭州。晚宋紫佩来。夜许季市来。

十一日　晴，午后昙。下午小雨即霁。

十二日　上午得二弟信，八日发（38）。

十三日　下午同王维忱往看钱稻孙病，已愈，坐少顷出。至沈君默斋中，见其弟及马幼舆，少顷钱中季亦至，语至晚归。风。

十四日　小雨。星期休息。将午霁。午后往观音寺街晋和祥买饼饵一元。下午商生契衡来。晚许季上来，饭后去。

十五日　晴，热。上午寄二弟信（三十九）。

十六日　上午得二弟信，十二日发（39）。晚大雨一陈即霁。

十七日　晴。下午寄马幼舆书，向假《四明六志》。夜胃小痛。

十八日　大热。无事。晚马幼舆令人送《四明六志》来，劳以铜元二十枚也。

十九日　无事。晚大风，小雨。

二十日　晴。上午寄二弟信（四十）。午后雨一陈，下午大风。晚许季市来赠写真一枚，在团城金时栝树卜照也，又贻笋干一包。夜王惕如来。

二十一日　晴。星期休息。晨蔡垕卿来，未见。上午得二弟信，十七日发（40）。下午访许季上，以季市之笋干少许赠之。又欲访季自求，未果。

二十二日　晚车耕南来。魏福绵、王镜清二生来，将回越，托汇银百五十元，为本月及七月费用，又僵石一枚与三弟。季市来。

二十三日　晴。上午寄二弟信（四十一）。下午大雷雨，向晚稍霁，俄顷又雨终夜。

二十四日　小雨。上午得三弟信，十九日发。下午晴。晚韩寿晋、童亚镇二生来，假去二十元，寄存讲义一包，考毕欲回越也。

二十五日　昙。上午赴交民巷日邮局易为替券五十圆。下午晴。

二十六日　晴。上午收本月俸二百十六元。下午昙。得二弟信并旧日本邮券一帖，二十二日发（41）。晚小雨。夜宋紫佩来。

二十七日　晴。下午访董恂士，不值。晚韩生寿谦来假去十五元。夜小雨。

二十八日　晴。星期休息。上午黄元生来，未见。午寄二弟信并银六十元，合前托王镜清汇越者共二百一十元，内百元为本月家用，百十元还李赋堂，又为替券一枚五十元，令转寄东京，又附与三弟笺一枚，文明书局印行黄［？］《炭画》约言一分（四十二）。下午张协和来。季自求来，赠以《炭画》一册。

二十九日　昙，上午小雨，午霁。与稻孙出买馒头食之。

三十日　晴，午后昙。下午得二弟信并所录《会稽记》、《云溪杂记》各一帖，二十六日发（42）。晚小风雨，夜大雨。

七月

一日　晴。自本日起部中以上午八至十一时半为办公时间。上午寄二弟信（四十三）。午后理发。下午小睡，起写《典录》至夜。

二日　昙。午同齐寿山至益锠，饭已往许季上寓，约之同游畿辅先哲祠。下午得二弟所寄《绍兴教育会月刊》第九期五册，六月二十八日付邮。

三日　晴。午同陈师曾往钱稻孙寓看画帖。夜许季市来。

四日　昙。上午得二弟信并丰丸画一枚，六月三十日发（43）。午后赴留黎厂买《四十二章经等三种》一册，《贤愚因缘经》一部四册，共七角二分〔一〕厘，又买《国学汇刊》第九期一部二册，一元五分。下午雨。许季上来。

五日　小雨。星期休息。午后寄二弟书一包，计《起信论》两本，僧肇《宝藏论》一本，护教诸书七本，共十本也。下午晴。晚宋紫佩来。

六日　晴。上午寄二弟信（四十四）。

七日　昙，午小雨，下午大雨，顿凉。

八日　雨。上午得重久叶书，言已退队，一日东京发。午后晴。下午许季上来。

九日　晴。无事。晚雨。夜邻室博簺扰睡。

十日　小雨。上午得二弟信并日本邮券一帖，五日发（44）。又得二弟信，言弟妇于五日下午十一时生一女，又附《会稽旧记》二叶，六日发（45）。得钱稻孙信。下午霁。晚许诗荃来。夜小雨。

十一日　昙。上午寄二弟信（四十五）。午后赴晋和祥买糖二瓶。又往有正书局买阿含部经典十一种共五册，六角四分；《唐高僧传》十册，一元九角五分。

十二日　晴，大热。星期休息。下午访董恂士。夜裘子元来。

十三日　晴，午后大雷雨，下午霁。无事。夜又大雨。

十四日　雨，午后霁。夜裘子元来。又雨。

十五日　昙，上午晴。得二弟信并所录《会稽先贤传》一纸，十一日发（46）。

十六日　小雨，上午晴。寄二弟信（四十六）。下午盛热。夜雷电，大雨。

十七日　昙，上午晴，盛热，下午风。往升平园浴，又至晋和祥买食物一元。晚小雨，夜雷电，大雨一陈，热亦不解。

十八日　昙，风。午大雨一陈，午后霁。晚细雨，夜大雨。

十九日　昙，午前许季上来。午后小雨。裘子元来。今日星期休息也。

二十日　昙，上午得二弟信并邮券一帖，十六日发（47）。晚宋子佩来。

二十一日　晴。上午寄二弟信（四十七）。午前同沈商耆往看筹边学校房屋可作图书馆不。夜许季市来，赠以《绍兴教育会月刊》第九期一册。

二十二日　晴，热。下午往留黎厂买古泉不成，购《曹集铨评》二册归，价一元。

二十三日　大热，晚大风，下少许雨。腹写。

二十四日　雨，午后晴，下午又雨一陈。

二十五日　雨。上午得二弟信，二十一日发（48）。夜大雨。

二十六日　晴。星期休息。上午寄二弟信（四十八）。午往季市寓，晚归。

二十七日　昙。上午收本月俸二百四十元。捐入佛教经典流通处二十元，交许季上。午雨一陈即晴。下午许季市来。晚雷，大风雨，少顷霁。

二十八日　晴。上午朱舜丞来。下午得许季市笺并《大方广佛华严经著述集要》一夹十二册，《十二门论宗致义记》一部，《中论》一部，《肇论略注》一部，各二册，从留黎厂代买来，共直三元二角二厘。

二十九日　上午寄二弟书籍三包：一，《贤愚因缘经》四本，《肇论略注》二本；二，《大唐西域记》四本，《玄奘三藏传》三本；三，《续高僧传》十本。托许季上寄金陵刻经处银五十元，拟刻《百喻经》。午前同钱稻孙至观音寺街晋和祥午饭。又至有正书局买《瑜伽师地论》一部五本，二元六角；《镡津文集》一部四本，七角八分；梁译、唐译《起信论》二册，一角五分六厘。夜邻室大赌博，后又大诤，至黎明诤已散去，始得睡。

三十日　晨得二弟信，言重久已到上海，二十六日发（49）。

三十一日　上午寄二弟信并本月家用一百元（四十九）。下午宋守荣来，其名刺忽又改名宋迈而字洁纯云。访许季市还买经钱，并借《高僧传》一部归。晚杜海生来。夜雷电，大风雨，良久止。

八月

一日　晴。下午往晋和祥及稻香村，共买食物二元。夜小风。

二日　晴。星期休息。王书衡寄其父讣，赙二元。上午访季自求于南通馆，贻以日本邮券十余枚。游留黎厂书肆，大热，便归。下午小雨。

三日　昙，上午晴。无事。

四日　晴。晨得二弟信，言重久已入越，七月三十一日发（50）。下午刘历青来，晚同至广和居饭，以柬招季自求，未至。夜雨少许。

五日　晴。上午寄二弟信（五十）。

六日　晴，下午昙。无事。夜胃痛。

七日　雨，下午晴。访许季市还《高僧传》，借《弘明集》。胃痛。

八日　昙，上午晴，下午复昙。往有正书局买〔唐〕、宋、明《高僧传》各一部十册，《续原教论》一册，共银一元九角三分七厘。又至观音寺街买食物五角。

九日　晴，风。星期休息。上午得二弟信并虞世南文一叶，五日发（51）。下午许季上来。寿洙邻来。得二弟所寄《越中文献辑存》书四本，又日译显克微支《理想乡》一本，均三日付邮。夜九时季上去。

十日　上午寄二弟信（五十一）。晚又寄一邮片，告以书籍已至。夜雨。

十一日　雨，上午晴。得重久邮片，七月二十七日上海所发，今日始达，共阅十六日。佣剃去辫发，与银一元令买冒。午季市遗食物二品，取鹜还梅糕，以胃方病也。下午得朱遏先信，问启孟愿至太学教英文学不。夜大风雨。

十二日　晴。午后一时至三时有行政方针讨论会，自本日起为社会教育司也。下午寄许季上信。晚复朱遏先信。夜宋子佩来。齿痛。

十三日　晴，大热。上午寄伯㧑叔信南京。夜范芸台、许诗荃来。

十四日　晴，大热。上午得二弟信，十日发（52）。下午风雨一阵。

十五日　上午寄二弟信（五十二）。午后昙，雨大降，旁晚少霁。

十六日　昙。星期休息。上午晴。午前季自求来，下午同至宣武门外大街闲步。晚往观音寺街买食物二元。夜宋子佩来。风，大雷雨。

十七日　晴。下午钱稻孙来。

十八日　午前见策令，进叙四等。理发。下午同徐吉轩至通俗图书馆小坐，次长亦至。夜雷，大风雨。写《志林》四叶。

十九日　昙。下午得二弟信，十五日发（53）。许季上来。晚得朱舜丞信。夜许季市来，即去。

二十日　晴。上午寄二弟信（五十三）。答朱舜丞信。部令给四等奉。晚沈生应麟来，旧绍府校生，名刺云字仁俊，假去银二十元。夜陶书臣来谭。

二十一日　昙。上午得伯抾叔信，十八日南京发。午后小雨。

二十二日　昙。上午得二弟信，十八日发（54）。午后许季市来，同至钱粮胡同谒章师，朱遏先亦在，坐至旁晚归。雨。

二十三日　晴，风。星期休息。上午寄二弟信（五十四）。午后往留黎厂有正书局买《老子翼》四册，《阴符道德冲虚南华四经发隐》合一册，又石印《释迦佛坐象》、《华严法会图》各一枚，《观音象》四枚，共银一元八分。

二十四日　晴。午后行政方针研究会讫。观象台送月刊《气象》一册。始食蒲陶。下午杜海生来，晚同至广和居饭。

二十五日　下午季市来。

二十六日　上午收本月奉银二百八十元。夜季市来。

二十七日　晨得二弟信，二十三日发（55）。上午裱糊居室，工三元。午后赴邮政局，又至临记及稻香村共买食物一元。下午往升平园浴。往留黎厂直隶官书局买《墨子闲诂》一部八册，三元；《汪龙庄遗书》一部六册，二元；《驴背集》一部二册，六角。

二十八日　上午寄二弟信并本月家用百元（五十五）。下午常毅箴来保去投考知事者一名，王檄，山阴人。晚朱逷先来。

二十九日　昙。午前至图书分馆借《资治通鉴考异》一部十册。下午往留黎厂买栗壳色纸二枚，锥一具。又至观音寺街买牛肉、火腿各四两。夜子佩来。

三十日　晴。星期休息。上午得二弟信并儿童学书目录二纸，二十六日发（56）。午后访许季市，与以书目，在客室坐少顷归。晚大风，又雷电而雨，良久止也。

三十一日　晴。上午寄二弟信并《闺情》译文一篇，新希腊人蔼氏作，其所旧译，云将入《爨社杂志》，故还之（五十六）。夜许诗荃来。

九月

一日　晴。自本日起教育部以上午十时至下午四时半为办公时间。午同齐寿山至益锠饭。下午陈仲骞赠《泛梗集》一部，吴之章著，排印本。

二日　昙。上午得二弟信，八月二十九日发（57）。颇燠，夜有雷。

三日　昙。午前得相模屋书店邮片，八月二十八日发。夜小雨。

四日　昙。晨至交通银行换钱券，又至交民巷日邮局寄东京羽太家信并月用钱二十元，又寄相模屋书店信并书籍费四十元，一·二七换，共需七十六圆八角。上午齐寿山赠深州桃一枚。午同陈师曾至益昌饭。夜子佩来。旧七月十五日也，孺子多迎灯。月食。

五日　昙。上午寄二弟信（五十七）。下午直睡至晚。童亚镇、王式乾、徐宗伟来，童贻茗二罐，又还旧所假二十五元。夜雨一陈，俄又大雨。

六日　晴。星期休息。上午许季市来。午后至琉璃厂买《十二因缘》等四经同本一册，《起信论直解》一册，《林间录》二册，共五角五分二厘。又买明南藏本《大方广泥洹经》、《般涅槃经》、《入阿毗〔达〕磨论》各一部，各二册，共一元五角；严氏《诗缉》一部十二册，一元五角。下午访季市，还《宏明集》，借《文选》。晚大风，雷，小雨。

七日　雨，上午晴。得二弟信，三日发（58）。下午同许季上至琉璃厂保古斋买得《阿育王经》一部，阙第二、三两卷，又《付法藏因缘经》一部，阙第一卷，共十册，价二元。晚陶望潮来。

八日　昙。晚童亚镇来。夜寄陈公侠信。以《大方等泥洹经》二册赠季上。

九日　昙，大风。晨童亚镇、王式乾、徐宗伟来，各贻以《炭画》一册，又同至工业专门学校为作入学保人，计王、徐二人，又徐元一人。午后晴。

十日　风。上午寄二弟信（五十八）。午后游小市，无所买。下午得陈公侠信。

十一日　晴。午往许季上寓。下午韩寿晋来并还银十五元，其兄寿谦所假也。

十二日　晨得二弟信，七日发（59）。上午寄陶望潮信，附介绍于陈公侠之函一封。寄二弟书籍两包，一：《过去见在因果经》一，《镡津文集》四，《老子翼》四，《阴符等四经发隐》一，共十本。一：《宋高僧传》八，《明高僧传》二，《林间录》二，《续原教论》一，共十三本。午后至有正书局买憨山《老子注》二册，又《庄子内篇注》

二册，共五角九分。又至保古斋买《备急灸方附针灸择日》共二册，二角。次至稻香村买食物三品，五角也。下午与宋紫佩信，还《通鉴考异》，借《两汉书辨疑》及《三国志注补》，共十七册。晚紫佩来。

十三日　昙。星期休息。上午许季上来。午前雨一陈即晴。下午往图书分馆还昨所借两书，又至临记洋行买饼饵一元。途中又遇大雨一陈，又即晴。夜风，雷电又雨，少顷复霁。从季上借得《出三藏记集》残本，录之，起第二卷。

十四日　晴。上午许季上赠木刻印《释迦立像》一枚，梵书"唵"字一枚。午后以去年所得九、十两月国库券二枚买内国公债一百八十元。下午昙，夜大雷雨。

十五日　晴。上午寄二弟信（五十九）。下午昙。晚商契衡、王镜清来。

十六日　晴。以总统生日休假一日。晨得二弟信，十二日发（60）。下午往琉璃厂买《长阿含经》一部六本，《般若心经五家注》一本，《龙舒净土文》一本，《善女人传》一本，共银一元五角三分四厘。得许季上信，借去《付法藏因缘经》五本，《金刚经六译》及众家注论共八本。

十七日　昙。上午得相模屋书店邮片，十日发。午后许季上自常州天宁寺邮购内典来，分得《金刚经论》一本，《十八空百广百论合刻》一本，《辨正论》一部三本，《集古今佛道论衡》一部两本，《广弘明集》一部十本。晚朱舜丞来，即去。夜季市来，索去《或外小说集》第一、第二各一册。

十八日　大雷雨，上午稍止。晚风，夜顿凉，著两夹衣。

十九日　昙。上午寄二弟信（六十）。从许季上分得《菩提资粮论》一册。下午晴。商契衡来，付与学资六十元，本年所助讫。夜食蟹。陶书臣来谭。

二十日　晴。星期休息。上午得二弟信，十六日发（61）。午后陶望潮来。

二十一日　上午寄二弟信（六十一）。

二十二日　晴，风。下午往图书分馆借《晋书辑本》等九册。晚沈衡山来。

二十三日　上午还许季上经钱三元。下午收到文官甄别合格证书一枚。夜许季市来。宋子佩来。风。

二十四日　晴。上午得东京羽太家信，十九日发。夜风。

二十五日　晴。晨得二弟信，二十一日发（62）。

二十六日　昙。晨寄二弟信（六十二）。上午收本月俸钱二百八十元。下午晴。同许季上往有正书局买佛经，得《大安般守意经》一部一册，《中阿含经》一部十二册，《阿毗达磨杂集论》一部三册，《肇论》一册，《一切经音义》一部四册，共银四元二角六分二厘。又至晋和祥行买帽一，价二元七角。

二十七日　昙。星期休息。上午得沈尹默、戡士、钱中季、马幼渔、朱遏先函招午饭于瑞记饭店，正午赴之，又有黄季刚、康性夫、曾不知字，共九人。下午在书摊买《说文发疑》一部三本，铜元六十枚。写《出三藏记集》至卷第五竟，拟暂休止。

二十八日　晴。无事。

二十九日　昙，午后小雨即晴。下午往西什库第四中学，其开校纪念日也，小立便返。

三十日　晴。上午得二弟信，二十六日发（63）。得陈子英信，二十五日发。晚得朱舜丞来函假去四元。不甚愉，似伤风，夜服金鸡那小丸两粒。

十月

一日　晴。上午寄二弟信并九月家用百元（六十三）。寄日本东京乡土研究社银三元。午后走小市一遍。晚服规那丸二粒。夜许季市来。

二日　昙，午后风。本部开会，为作文以与新闻事也。晚服规那丸二粒。

三日　昙。午至益锠饭。午后又开会　仍是昨事。下午雨。夜服规那丸三粒。

四日　雨。星期，又旧历中秋也，休息。午后阅《华严经》竟。下午霁。许季上来。许季市贻烹鹜一器。晚服规那丸二粒。

五日　昙。上午得二弟信，一日发（64）。下午又开会，仍是前日事也。夜服丸二粒。宋紫佩来。夜半雨，大雷电，一辟历。

六日　晴。上午寄二弟信（六十四）。得二弟所寄《出三藏记集》一本，二日付邮。下午本司集会，讨论诸规程事起。晚王屏华来，假去十元。服规那丸二粒。

七日　晴，风。午后寄南京刻经处印《百喻经》费十元。晚服规那丸二粒。夜齿痛。

八日　晴。上午得二弟信，四日发（65）。午后理发。

九日　午后游小市。下午至留黎厂买纸笔，又买《中心经》等十四经同本一册，《五苦章句经》等十经同本一册，《文殊所说善恶宿曜经》一册，共银三角八分八厘。

十日　昙。国庆日休息。下午晴。至留黎厂宝华堂买《丽楼丛书》一部七册，《双梅景闇丛书》一部四册，《唐人小说六种》一部二册，《三教源流搜神大全》一部二册，共银七元。夜审《会稽典录》

辑本。

十一日　晴。星期休息。上午寄二弟信（六十五）。高等师范附属小学开二周年纪念会，下午赴观，遇戴螺舲，至晚回寓。

十二日　昙，午后晴。下午得二弟信，八日发（66）。得陶望潮信，即复之。

十三日　晴。改作皮袍，工三元。

十四日　昙。无事。晚宋紫佩来。

十五日　晴。上午寄二弟信（六十六）。与宋紫佩简并还前所借图书馆《晋纪辑本》等九册。得二弟所寄《绍县小学成绩展览会报告》四册，四日付邮。下午出律师保结二：冀贡泉、郭德修，并山西人。

十六日　晴。上午得二弟信，十二日发（67）。

十七日　晨赴日邮局寄羽太家信并银三十五元，托制儿衣。下午收观象台所送民国四年历书一本。晚寄陈子英信。

十八日　昙，风。星期休息。上午得宋知方信，十一日台州发。午小雨。寄二弟信（六七）。本馆秋祭，许仲南、季市见过。下午季自求来，见雨大降，逸去。夜风。

十九日　晴，大风。季自求昨遗落一烟管，晨往还之。

二十日　晴，风。无事。夜甚冷。

二十一日　晴。上午得二弟信，十七日发（68）。

二十二日　上午寄二弟信（六十八）。寄宋子方信台州。

二十三日　午后同常毅箴游小市，又至戴芦舲寓。

二十四日　昙，午晴。同钱稻孙至小店饭。下午与许仲南、季市游武英殿古物陈列所，殆如骨董店耳。晚张协和来。

二十五日　晴。星期休息。上午得二弟信，廿一日发（69）。得青年会函。午后至留黎厂直隶官书局买陈昌治本《说文解字附通检》一部十册，是扫叶山房翻本，板甚劣，价二元。又至有正书局买《大萨遮尼乾子受记经》一部二册，《天人感通录》、《释迦成道记注》各一册，《法海观澜》一部二册，《居士传》一部四册，共银一元六角七分二厘。又石印《谢宣城集》一本，二角五分。下午陶望潮来。晚往许季市寓。夜胃小痛。

二十六日　晴。上午寄二弟书籍一包，内《宿曜经》一，《释迦成道记注》、《三宝感通录》、《龙舒净土文》、《善女人传》各一，《佛道论衡实录》二，《辨正论》二〔三〕共十册。收本月俸钱二百八十元，即买公债百元，抵以旧有之国库券，不足，与见钱。王屏华还十元。齐寿山与药饼三十枚，是治呼吸器病者也。晚陶书臣属作保人。

二十七日　雨。上午寄二弟信（六十九）。赠钱稻孙《绍教育会月刊》六至十共五册。

二十八日　晴。无事。夜杜海生来。

二十九日　雨。上午得二弟信，二十五日发（70）。午后晴，夜雨。

三十日　晴。晚宋紫佩来。

三十一日　昙。上午寄二弟信并本月家用一百元（七十）。午后雨。

十一月

一日　雨。星期休息。夜风。

二日　雨。晨得二弟信，上月廿九日发（71）。晚风。

三日　晴，大风。午与张仲素、齐寿山、钱稻孙就小店饭。

四日　晴，大冷有冰。上午寄二弟书一包：《丽楼丛书》七册，《唐人小说六种》二册，《三教〖教〗搜神大全》二册，《驴背集》二册，共十三册也。晚始持火炉入卧室。陶书臣来。

五日　上午寄二弟信（七十一），又《功顺堂丛书》一部二十四册，作一包。午后同齐寿山、常毅箴、黄芷涧游小市，买"大泉五十"两枚，"直百五铢"、"半两"各一枚，直一百五十文。

六日　晴，大风。上午得二弟信，二日发（72）。午后同齐寿山、常毅箴游小市。乞桂百铸画山水一小帧。《之江日报》自送来。夜胃小痛。

七日　晴。午后至小饭店午膳。同去者有齐寿山、许季上、钱稻孙，主人张仲素。下午同许季上往留黎厂买《复古编》一部三本，银八角。又《古学汇刊》第十编一部二册，银一元五分。

八日　昙。星期休息。上午寄二弟信并刻书条例一纸（七十二）。晚诗荃来借《化学》。

九日　晴，风。午后与钱稻孙游小市。晚童亚镇来假去银三十元。

十日　晴。上午寄二弟书籍二包，计《古学汇刊》第七至第十编八册共一包，《居士传》四册、《复古篇〖编〗》三册、《会稽郡故书杂集》草本三册共一包。下午昙。晚宋紫佩来。夜雨雪。

十一日　昙。午后得二弟信，七日发（73）。又得陶念卿先生信，亦七日发。

十二日　昙。上午寄二弟信（七十三），又书籍一包，计憨山《道德经注》二册，《庄子内篇注》二册，《天人感通录》一册，《会稽郡故书杂集》初稿三册。

十三日　昙，午后晴。下午自部至许季上家小坐。得宋紫佩来信。

十四日　晴，大风。午后往城南医院访毛漱泉。

十五日　晴。星期休息。下午往留黎厂，途遇季自求方来，因同往，至宝华堂买《说文校议》一部五册，《说文段注订补》一部八册，共价四元。归过南通馆坐少顷，持麻糕一包而归。夜得二弟信，十二日发（74）。

十六日　晴，午同齐寿山之市饭。

十七日　上午寄二弟信（七十四）。午后同常毅箴、黄芷涧之小市。夜雨。

十八日　晴。午后游小市。夜得二弟信，十五日发（75）。

十九日　昙，上午晴。午后同齐寿山之市饭。

二十日　晴。午后之小市买古泉七枚，直铜元三十，有"端平折三"一枚佳。晚季市送肴一器。

二十一日　晴。上午寄二弟信（七十五）。午后之小市。夜韩寿晋来假去二十元。

二十二日　晴。星期休息。上午得陈子英信，十八日发。午后刘立青来，捉令作画。季自求来。许季上来，借《阅藏知津》去。魏福绵来。晚至广和居餐，同坐有程伯高、许永康、季自求，而立青为主。

二十三日　晴，风。上午得二弟信并柳恽诗二叶，十九日发（76）。午后之小市，因大风地摊绝少。晚宋紫佩来。

二十四日　晴。无事。

二十五日　午后得羽太福子函，十六日发。夜许季市来。

二十六日　昙。上午寄二弟信（七十六）。答陶念钦先生信。得二弟所寄书籍两束，计《小学答问》二部二册，《文史通义》一部六册，《慈闱琐记》一册，二十二日付邮。午后至东交民巷寄相模屋书店信，代子英汇书款日金三十圆，需中银至四十元。下午得妇来书，二十二日从丁家弄朱宅发，颇谬。晚童亚镇来，言已汇款百元于家，因即付之，复除下前所借之三十元，与之七十。

二十七日　晴。上午得二弟信，二十三日发（77）。夜译《儿童观念界之研究》讫。

二十八日　昙。上午寄陈子英信。下午至有正局买汤注陶诗石印本一册，银二角。又封套一束，五分。晚魏福绵来取去银百元，云便令家汇与二弟也。夜毛漱泉来，赠以《炭画》一册。

二十九日　昙。星期休息。午晴。午后往南通县馆访季自求，以《文史通义》赠之。至青云阁买牙粉一合，六角。至文明书局买仇十州绘文徵明书《飞燕外传》一册，一元六角。《黄瘿瓢人物册》一册，九角六分。夜风。

三十日　昙。上午得二弟明信片，云由童亚镇家汇款百元已到，二十六日发。夜微风。

十二月

一日　晴，上午昙。寄二弟信（七十七）。午后风。晚季市来。

二日　晴。上午得二弟信，前月二十八日发（78）。

三日　昙。上午收十一月俸银二百八十元。午后从王仲猷买得新华银行储蓄票一枚，价十元，第六十万二千四百七十五号。

四日　晴。上午与季市函。

五日　午后同常毅箴之小市，买古泉二枚，正书"唐国通宝"一枚，"洪化通宝"一枚，共五铜元。下午往流黎厂买《支那本大小乘论》残本七册，价二元。夜胃痛。

六日　晴。星期休息。上午寄二弟信（七十八）。商契衡来。下午往留黎厂买南宋泉五枚"庆元折三"背"五"、"六"各一枚，"绍定折二"背"元"字一枚，"咸淳平泉"背"三"字一枚，又一 价五角。又买《神州大观》第六集一册，一元七角五分；《三论玄义》一册，一角零四厘。夜服姜饮。得二弟信，三日发（79）。风。

七日　晴，风。午后同齐寿山出饮加非。以支那本藏经"情"字二册赠许季上。寄商契衡信托借《类说》，不得。童亚镇来贻茗二合，假去二十元。晚子佩来。

八日　上午寄朱遏先函。午后同齐寿山、戴螺舲、许季上至益锠饮加非。得相模屋书店明信片，二日东京发。

九日　晨至交民巷日邮局寄羽太家信，附与福子笺一枚，银二十五圆，内十五元为年末之用也。午后同夏司长往留黎厂买书，自买《楷帖四十种》一部四册，《续楷帖三十种》一部四册，分装两匣，价共十六元八角五分。

十日　上午寄二弟信（七十九）。午后往留黎厂代部买书。陈师曾为作山水四小帧，又允为作花卉也。

十一日　昙。午后同齐寿山之小市。下午风。

十二日　晴。上午得二弟信，附芳子信又书目二纸，八日发（80）。午后邀仲素、寿山、芦舲、季上至益昌饭。得朱遏先信，本日发。晚访季市。商契衡来。

十三日　星期休息。午后季市来，又同至马幼渔寓，见君默、叔士、遏先、中季，晚归寓，还幼渔《四明六志》一部。夜宋紫佩来。季市来。服药治胃。

十四日　昙，下午风。买益昌饼饵两种。

十五日　晴。上午寄二弟信，附答芳子笺（八十）。送程伯高《小学答问》一册。下午风。晚季市送蒸鸭火腿一器。夜毛漱泉来。得陈子英信，十二日发。十二时顷小舅父自越中来，谭至二时顷。其行李在天津，借与被褥。

十六日　无事。夜大风。

十七日　昙。上午得二弟信，十三日发（81）。夜风一陈。

十八日　晴。午后至同记理发。晚绕小市归。

十九日　午同稻孙至益昌饭，又买饼饵一合，一元二角。午后同季市至劝业场。

二十日　星期休息。上午寄二弟信（八十一）。午前许季上来谈。下午至留黎厂买《尔雅正义》一部十本，一元。又石印汉碑四种四册，一元二角五分。又买古竟一面，一元，四乳有四灵文。小舅父交来家托寄鱼干一合，又送牛肉两小合。

二十一日　昙。午后与齐寿山至小市。夜风。得二弟信，十八日发（82）。

二十二日　晨雪积半寸，上午霁。毛漱泉将返越，来别，假银二十元。午后同徐吉轩、许季上至通俗图书馆检阅小说。

二十三日　冬至。休息。午后季市来，即同至马幼渔寓，晚归。伤风。

二十四日　晴。午后同齐寿山至小市。夜季市来。

二十五日　上午稻孙来，以《哀史》二册见借。寄二弟信（八十二）。同馆朱姓者尚无棉衣，赠五元，托陈仲篪转授。晚许诗荃来。夜风。

二十六日　午后得二弟所寄印书格子纸十枚，十九日发。晚童亚镇、王镜清来。

二十七日　晴，风。星期休息。午后至有正书局买《黄石斋夫人手书孝经》一册，三角；《明拓汉隶四种》、《刘熊碑》、《黄初修孔子庙碑》、《匋斋藏瘗鹤铭》、《水前拓本瘗鹤铭》各一册，共价二元五角五分。下午得二弟信，附三弟妇笺，二十三日发（83）。得重久信，同日发。晚童亚镇来假去银三十元。

二十八日　上午得本月俸二百八十元，托齐寿山存二百元，颁当差者八元。

二十九日　昙。午后同齐寿山至益昌饭。

三十日　昙。上午寄二弟信，附与芳子笺（八十三）。寄陈子英信。得羽太家信，二十日发。午后至留黎厂文明书局买《文衡山手书离骚》一册，又《诗稿》一册，《王觉斯自书诗》一册，《王良常楷书论书賸语》一册，《王梦楼自书快雨堂诗稿》一册，《沈石田移竹图》一册，共价银壹元四角三分五厘。又至有正书局买《张樗寮手书华严经墨迹》一册，参角五分；《黄小松〔所〕藏汉碑五种》一部五册，一元二角。下午助湖北赈捐二元，收观剧券一枚。买清秘阁纸八十枚，笔二支，价二元。晚舅父来谈，假去十元。季市来。夜风。

三十一日　晴。上午往马幼渔寓，见朱逷先、沈尹默、臥士、钱中季、汪旭初、吴〔胡〕仰曾、许季市，午饭后归。得陈师曾明信片。晚本部社会教育司同人公宴于西珠市口金谷春，同坐为徐吉轩、黄芷涧、许季上、戴芦舲、常毅箴、齐寿山、祁柏冈、林松坚、吴文瑄、王仲猷，共十一人。夜黄元生来。张协和送肴饵，受肴返饵。

甲寅书帐

听桐庐残草一册　〇・一〇　一月三日

陆放翁全集三十六册　一六・〇〇

古学汇刊第七期二册　一・〇五　一月十一日

六朝人手书左氏传一册　〇・四〇　一月十八日

林和靖手书诗稿一册　〇・四〇

祝枝山手书艳词一册　〇・三〇

吴谷人手书有正味斋续集之九一册　〇・四〇

唐人写本唐均残卷一册　一・〇〇

元和姓纂四册　一・〇〇　一月二十四日

春晖堂丛书十二册　四・〇〇

徐孝穆集笺注三册　三・〇〇　一月二十七日　二七・六五〇

影北宋本二李唱和集一册　一・〇〇　二月一日

陈氏重刻越中三不朽图赞一册　〇・五〇

百孝图二册　一・〇〇

朱氏重刻平津馆丛书四十八册　一四・〇〇

十万卷楼丛书一百十二册　一九・〇〇　二月八日三五・五〇〇

梁闻山书阴符经一册　〇・一五　三月十五日

翁松禅书书谱一册　〇・四〇

宋元名人墨宝一册　〇・六〇

小万卷楼丛书十六册　四・五〇　三月二十九日　五・六五〇

古学汇刊第八期二册　一・〇五　四月四日

两浙金石志十二册　二・四〇

法句经一册　〇・一三　四月十八日

三教平心论一册　〇·一三

阅藏知津十册　二·〇〇

选佛谱二册　〇·三一二

释迦如来应化事迹三册　〇·九〇

华严经合论三十册　五·七二　四月十九日

华严决疑论二册　〇·二八六

维摩诘所说经注二册　〇·三五一

宝藏论一册　〇·〇五二　　　　　　　　　　　一三·三三一

般若灯论三册　〇·六五　五月十五日

大乘中观释论二册　〇·三九

大乘法界无差别论疏一册　〇·一四三

十住毗婆沙论三册　〇·七二八

神州大观第五期一册　一·六五　五月十九日

中国名画第十七集一册　一·五〇　五月二十三日

华严眷属三种一册　〇·一〇四

思益梵天所问经一册　〇·二〇八　五月三十一日

金刚般若经六种译一册　〇·一九五

金刚经心经略疏一册　〇·一三六

金刚经智者疏心经靖迈疏合一册　〇·一四三

八宗纲要一册　〇·一二八　　　　　　　　　　五·九七四

大乘起信论梁译一册　〇·〇七八　六月三日

大乘起信论唐译一册　〇·〇七八

大乘起信论义记二册　〇·四一六

释摩诃衍论四册　〇·五九八

发菩提心论一册　〇·〇七八

显扬圣教论四册　〇·七八〇

破邪论一册　〇·一一七

护法论一册　〇·〇七一

折疑论二册　〇·二〇八

一乘决疑论一册　〇·〇七一

慈恩寺三藏法师传三册　〇·五二〇

三宝感通录一册　〇·二三四

清重刻龙藏汇记一册　〇·二三四

贤首国师别传一册　〇·〇五　六月六日

心经金刚经宗泐注一册　〇·一一四

心经直说金刚决疑一册　〇·一五〇

心经释要金刚破空论一册　〇·一五〇

心经二种译^{实相}_{文殊}般若经合一册　〇·〇八五

金刚经宗通二册　〇·一八〇

佛教初学课本一册　〇·一三六　　　　　　　　四·四七六

四十二章经等三种合本一册　〇·〇四五　七月四日

贤愚因缘经四册　〇·六七六

国学汇刊第九期二册　一·〇五〇

过去现在因果经一册　〇·二三四　七月十一日

楼炭经二册　〇·二四七

四谛等七经同本一册　〇·〇七一

阿难问事佛等二经同本一册　〇·〇五二

唐高僧传十册　一·九五〇

曹集铨评二册　一·〇〇　七月二十二日

中论二册　〇·三七二　七月二十八日

116

十二门论宗致义记二册　〇·二四一

大方广华严著述集要十二册　二·二六二

肇论略注二册　〇·三二七

瑜伽师地论五册　二·六〇〇　七月二十九日

镡津文集四册　〇·七八〇

起信论二种译二册　〇·一五六　　　　　　　　　一三·〇一八

续原教论一册　〇·一〇四　八月八日

宋高僧传八册　一·五六〇

明高僧传二册　〇·二七三

老子翼四册　〇·六五　八月二十三日

阴符等四经发隐一册　〇·一八二

定本墨子闲诂八册　三·〇〇　八月二十七日

汪龙庄遗书六册　二·〇〇

驴背集二册　〇·六〇　　　　　　　　　　　　八·三七〇

泛梗集二册　陈仲骞赠　九月一日

十二因缘四经同本一册　〇·〇五八　九月六日

起信论直解一册　〇·二〇八

林间录二册　〇·二八六

佛说般泥洹经二册　〇·五〇

佛说大方广泥洹经二册　〇·五〇　九月八日持赠许季上

入阿毗达磨论二册　〇·五〇

严氏诗缉十二册　一·五〇

付法藏因缘经五册　一·〇〇　九月七日

阿育王经五册　一·〇〇

憨山道德经解二册　〇·二八　九月十二日

憨山庄子内篇注二册　〇·三一〇

备急灸方附针灸择日编集二册　〇·二〇

长阿含经六册　一·〇一四　九月十六日

般若心经五家注一册　〇·一一七

龙舒净土文一册　〇·二四七

善女人传一册　〇·一五六

金刚般若密经论一册　〇·一八七　九月十七日

辨正论三册　〇·三七四

十八空百广百论合刻一册　〇·一五四

古今佛道论衡录二册　〇·二四二

广弘明集十册　一·七六

菩提资粮论一册　〇·一五四　九月十九日

大安般守意经一册　〇·〇八四　九月二十六日

中阿含经十二册　二·五二〇

阿毗昙杂集论三册　〇·五二八

肇论一册　〇·一三〇

一切经音义四册　一·〇〇

说文发疑三册　〇·四六〇　九月二十七日　　　一五·一七八

中心经等十四经同本一册　〇·一二　十月九日

五苦章句经等十经同本一册　〇·一六八

文殊所说善恶宿曜经一册　〇·一〇〇

丽楼丛刻七册　三·〇〇　十月十日

双梅景闇丛书四册　二·〇〇

唐人小说六种二册　一·〇〇

绘图三教源流搜神大全二册　一·〇〇

大萨遮尼乾子授记经二册　〇·三三六　十月二十五日

释迦成道记注一册　〇·一〇〇

天人感通录一册　〇·〇六〇

法海观澜二册　〇·三三六

居士传四册　〇·八四〇

陈氏本说文解字附通检十册　二·〇〇

谢宣城集一册　〇·二五〇　　　　　　　　　　　一一·三一〇

复古编三册　〇·八〇　十一月七日

古学汇刊第十编二册　一·〇五

说文校议五册　二·〇〇　十一月十五日

说文段注订补八册　二·〇〇

陶靖节诗集汤注一册　〇·二〇　十一月二十八日

仇十州飞燕外传图一册　一·六〇　十一月二十九日

黄瘿瓢人物册一册　〇·九六〇　　　　　　　　　八·六一〇

支那本大小乘论静至逸字共七册　二·〇〇 十二月五日
情字二册于七日赠许季上

三论玄义一册　〇·一〇四
十二月六日

神州大观第六集一册　一·七五〇

晋唐楷帖四十种四册　一〇·一五　十二月九日

续楷帖三十种四册　六·七〇

尔雅正义十册　一·〇〇　十二月二十日

泰山秦篆二十九字一册　〇·二五

汉石经残字一册　〇·二〇

东海庙残碑一册　〇·四〇

天发神谶碑一册　〇·四〇

明拓汉隶四种一册　〇·六〇　十二月二十七日

汉刘熊碑一册　〇・三〇

魏黄初修孔子庙碑一册　〇・二五

匋斋藏瘗鹤铭二种一册　一・〇〇

水前拓本瘗鹤铭一册　〇・四〇

黄石斋夫人手书孝经定本一册　〇・三〇

文衡山书离骚真迹一册　〇・三五　十二月三十日

文衡山自书诗稿一册　〇・二一

王觉斯诗册一册　〇・一四五

王良常论书賸语一册　〇・一四

王梦楼自书诗稿一册　〇・一四

沈石田移竹图一册　〇・三五

张樗寮华严经墨迹一册　〇・三五

黄小松臧汉碑五种五册　一・二〇　　　　　　　　　二八・七八九

总计一七七・八三四，较去年约减五分之二也。十二月卅一日夜记。

乙卯日记（1915 年）

正月

一日　昙。例假。午后晴。季市送二肴，转送舅父。下午得齐寿山明信片。得二弟信，去年十二月二十八日发（84）。狄桂山来访。晚季上来，饭后同至第一舞台观剧，十二时归。

二日　晴。例假。上午钱稻孙来。张协和来。午后宋紫佩来。往留黎厂直隶官书局买《说文解字系传》一部八册，二元；《广雅疏证》一部八册，二元五角六分。下午王式乾、徐宗伟来，假去二十元。刘立青、季自求来，晚至广和居饭。

三日　晴，风。星期例假。午后寄二弟书籍两包：《放翁文集》一部十二册一包，《诗集》八册一包。下午车耕南来。陶书臣来。晚得二弟信，十二月卅日发（85）。

四日　晴。上午寄二弟信（一）。赴部办事，十一时茶话会。午后同汪书堂、钱稻孙至益昌饭。下午寄二弟书籍一包，内《阅藏知津》一部十本，《后甲集》一部二本。又发明信片一枚。夜风。

五日　晴。午前全部人员摄景。下午赴交通银行取公款。

六日　昙。上午得二弟信，二日发（1）。寄二弟《剑南诗稿》十六本，分作二包。寄西泠印社信并银九元，豫约景宋本《陶渊明集》二部四元，景宋本《坡门酬唱集》一部三元，《桃花扇》一部一元二角，邮费八角。午后雨雪，至夜积半寸。

七日　晴。上午寄二弟信（二）。得二弟信，三日发（2）。下午刘济舟至部见访。晚刘升持来醉枣一升，取一半，与百文。宋紫佩来。

八日　微雪。午后至日本邮局取《乡土研究》二十册。晚魏福绵来。

九日　微雪。上午寄二弟《乡土研究》一包。

十日　晴。星期休息。午前寄二弟信（三）。午后往南柳巷访刘济舟，未遇。至文明书局买《因明论疏》一部二册，四角三分；石印宋本《陶渊明诗》一册，五角。访季自求，不值。下午舅父及陈中簏移住绒线胡同板桥土地庙。晚风。

十一日　昙，大风。上午得二弟信，七日发（3）。《百喻经》刻印成，午后寄来卅册，分贻许季上十册，季市四册，夏司长、戴芦舲各一册。收拾历来所购石印名人手书及石刻小册，属工汇订之，共得三十本也。夜商生契衡来取去学费三十元。

十二日　晴，大风，烈寒。午后赠稻孙《百喻经》一本。

十三日　晴，风，甚冷。上午寄二弟《百喻经》六本一包。午后同齐寿山至益昌饭。下午得二弟所寄《烾社丛刊》第二期一册，去年十二月二十七日付邮。

十四日　昙，冷。上午许季上来。寄二弟信（四）。

十五日　晴。午后同常毅箴游小市。下午韩生寿谦来。又赠稻孙《百喻经》二册，汪书堂一册。夜宋子佩来。

十六日　晴，风。午后同齐寿山饭于益昌。下午至留黎厂官书局买仿苏写《陶渊明集》一部三册，直四元。得二弟信，十二日发（4）。晚约伍仲文、毛子龙、谭君陆、张协和五人共宴刘济舟于劝业场玉楼春饭店。

十七日　晴。星期休息。午后季自求来，以《南通方言疏证》、《墨经正文解义》相假，赠以《百喻经》一本。往留黎厂买《观自得斋丛书》一部二十四册，直五元。晚书工来，令订《法苑珠林》及佗杂书，付资二元。

十八日　晴。午后同汪书堂、齐寿山、钱稻孙饭于益昌。

十九日　昙。上午寄二弟信（五）。得二弟信，十五日发（5）。赠陈师曾《百喻经》一册。

二十日　雨雪。上午得羽太家叶书，十四日发。夜雪止，风。

二十一日　昙。午后同稻孙之益昌饭。晚蒋抑之来，赠以《百喻经》、《炭画》各一册。

二十二日　晴。上午寄二弟信（六）。夜最写邓氏《墨经解》，殊不佳。雨雪。

二十三日　雨雪。午后同齐寿山至益昌食茗饵。徐吉轩举子弥月，公贺之，人出一元。下午往留黎厂。

二十四日　晴。星期休息。上午得二弟信，二十日发（6）。夜雨雪。蒋抑之来。

二十五日　微雪，上午晴，下午昙。

二十六日　微雪。上午杨莘士自陕中归，见赠大秦景教流行中国碑额拓本一枚。下午往许季上家，乞得金鸡纳丸八粒。晚季市赠肴一皿。

二十七日　晴，大风。上午寄二弟信（七），又《教育公报》七本一包。午后收本月俸银二百八十元。夜胃痛，起服重炭酸素特一匕。

二十八日　晴。午后游小市，买"折二嘉熙通宝"一枚。夜杨莘士赠古泉六枚，又小铜器一枚，似是残蚀弩机。大风。

二十九日　晴，大风。上午得二弟信，二十五日发（7）。得伯挚叔信，由南京托一便人携来。捐与湖北水灾振捐银二元。午后同稻孙至益昌饭。

三十日　晴。午后与稻孙、寿山至益昌饭，饭后游小市。下午至留黎厂买《说文系传校录》一部二册，一元；《随轩金石文字》一部四册，二元四角。晚徐吉轩招饮于便宜坊，共十三人，皆社会教育司员。

三十一日　晴。星期休息。上午寄二弟信并本月费百元（八）。午前同季市往章先生寓，晚归。杜海生来。夜大风。

二月

一日　晴。午后同季市至益昌饭。夜风，微雪。

二日　雨雪。上午得二弟信，正月二十九日发（8）。得毛漱泉信，二十九日余姚发。午后陈师曾为作冬华四帧持来。夜王生镜清来。

三日　晴，午后昙。会议学礼。晚风。

四日　晴，大风。午后同齐寿山之小市。晚季市来。

五日　晴，风。上午寄二弟信（九）。杨莘士赠《陕西碑林目录》一册。午后同张仲素、齐寿山、许季上至益昌饭。下午往留黎厂。晚季市送青椒酱一器。

六日　昙，风。午后往交通行以豫约券易公债正券。至留黎厂买《吉金所见录》一部四本，二元；《汇刻书目》一部二十本，三元。杨莘士赠《颜鲁公象》拓一枚，又《刘丑奴等造象》拓一枚，不全。夜宋紫佩来。胃痛。

七日　晴，星期休息。上午许季上来。午后昙。得二弟信，三日发（9）。

八日　晴，大风。午后同齐寿山之益昌饭。下午得二弟所寄《经律异相因果录》一册，正月九日付邮，历时一阅月乃至也。书工丁旧书讫，给直二元。

九日　晴。午后至小市。得朱迪先函并《说类［类说］》十册。戴螺舲赠肴一器。

十日　晴。上午寄二弟信（十）。夜车耕南来。陈仲篪来，先在窗外窃听良久始入，又与耕南大诤，乃面斥之，始已。

十一日　晴，风。午后同齐寿山至小市。夜季市来。

十二日　上午得二弟信，附《会稽郡故书杂集》样本二叶，八日发（10）。得工业专门学校函，索所保诸生学费，即函童亚镇，令转催之。午后饭于益昌，稻孙出资，别有书堂、维忱、阆声、寿山四人，又同至小市。夜伍仲文送肴饵两种，取其一半。

十三日　晴，大风。令木工作书夹板七副，直一元四角。午后至新帘子胡同访小舅父，坐约半时出。晚工生镜清来。祁柏冈送饼干一合，卷烟两合。

十四日　晴。旧历乙卯元旦。星期休息。上午季市来，交与银三百元。午前往章师寓，君默、中季、遏先、幼舆、季市、彝初皆至，夜归。季自求、童亚镇并来过，未遇。得钱中季信。

十五日　晴。补春假休息。午寄二弟信，又还《会稽书集》样本二叶（十）。午后往厂甸，人众不可止，便归。在摊上买《说文统系第一图》拓本，泉二百；宋、元泉四枚，泉四百五十。下午往季市寓还旧借书三册。夜宋紫佩来。周友芝来，又送雨前一合。

十六日　昙。午后同黄芷涧往小市，尚无地摊。下午得二弟信，十二日发（11）。夜季自求来。

十七日　昙。下午同陈师曾往访俞师，未遇。

十八日　晴。上午得童亚镇信，昨发。午后昙。往益昌饭。

十九日　昙。上午寄二弟信（十二）。午后往益昌饭，稻孙亦至。夜大风。

二十日　晴，大风。午后同钱稻孙、汪书堂至益昌饭。下午往留黎厂及火神庙，书籍价昂甚不可买，循览而出。别看书肆，买《说文句读》一部十四册，价四元。晚王生镜清来言愿代汇本月月费，先付四十元。

二十一日　晴。星期休息。上午舅父来假去十五元。许季上来。午后至季自求寓还《墨经正义》及《南通方言疏证》，又同至厂甸，以铜元二十枚买"壮泉四十"一枚，系伪造品。又买《纫斋画剩》一部四册，三元。至书肆买《毛诗稽古编》一部八册，景宋王叔和《脉经》一部四本，袖珍本《陶渊明集》一部二本，共银十元。夜车耕南来谈。

二十二日　晴。午后同齐寿山饭于益昌。晚助人五百文。

二十三日　晴，风。受五等嘉禾章。午后同汪书堂、钱稻孙之益昌饭。下午同稻孙、季市游厂甸，买"大布黄千"二枚，其直半元。夜得二弟信，十七日发（12）。

二十四日　昙。上午寄二弟信（十三）。夜雨雪。

二十五日　雨雪。午后季市还银五十元。夜月见。

二十六日　昙。上午得二弟信，二十二日发（13）。午后收本月奉银二百八十元。夜风。

二十七日　大风，霾。午后同汪书堂、钱稻孙之益昌饭。晚韩寿晋、徐宗伟、王式乾来，徐还前假银二十元。夜风定月出。

二十八日　晴。星期休息。上午小风。午后往厂甸买十二辰竟一枚，有铭，鼻损，价银二元。又唐端午竟一枚，一元。又入骨董肆，买"直百"小泉一枚，似铁品；又"大平百金"鹅眼泉一枚，"百金"二字传形；又"汉元通宝"平泉一枚，共价一元。往劝业场买牙粉、肥皂，稻香村买肴饵，共一元二角。下午王镜清来，付银六十元。

三月

一日　晴。上午寄二弟信（十四）。季市还银五十元。午后同齐寿山往益锠午饭。晚童亚镇来还前假银五十元。夜季自求来，赠鼫鼠蒲桃镜一枚，叶上有小圈，内楷书一"马"字，言得之地摊，九时去，赠以《小学答问》一册。十时得二弟及三弟信，言三弟妇于二月二十五日丑时生男，旧历为正月十二日也，信二十六日发（14）。

二日　晴。上午寄西泠印社信并银六元。午后同王维忱、汪书堂往新帘子胡同看屋，又饭于益昌。下午开教育设施要目讨论会。晚宋子佩来。

三日　晴。上午寄二弟及三弟信（十五）。午后同齐寿山、钱稻孙饭于益昌，钱均夫后至。往日本邮政局寄羽太家信并银二十元，又福子学费八元，三月至六月分。往中国银行以豫约券换公债票。夜大风撼屋，几不得睡。

四日　大风，霾。午后寄朱遏先信并还《类说》十本。

五日　晴。午后同汪书堂、杨莘士、钱稻孙饭于益昌。夜宋子佩来借五十元。得谦叔函，三日南京发。

六日　昙。得吴雷川之兄讣文，上午赙二元。午后同汪书堂、钱稻孙、齐寿山饭于益昌。下午往留黎厂买《金石契》附《石鼓文释存》一部五本，《长安获古编》一部二本，共银七元。夜宋子佩来。买版箱弍。

七日　昙，大风。星期休息。上午得二弟信，三日发（15）。

八日　晴。上午寄二弟信（十六）。复谦叔函。寄朱遏先函。寄钱中季函。午后同陈师曾、钱稻孙至益昌饭，汪书堂亦至。饭毕同游小市。下午昙，风。

九日　晴。午后理发。下午得西泠印社复信。陶望潮来。

十日　晴，午后昙。赴孔庙演礼，下午毕，同稻孙觅一小店晚餐已归寓。晚车耕南来。季自求来，云十二日赴四川。

十一日　昙。上午得二弟信并南齐造象拓本一枚，七日发（16）。得西泠印社所寄《越画见闻》一部三册，《列仙酒牌》一册，《续汇刻书目》一部十册。午后同常毅箴游小市，买三古泉共铜元八枚。晚子佩来。

十二日　昙。上午寄二弟信（十七）。晚得钱〔中〕季信，即复之。夜车耕南来，言明日往山东，假去银十元。

十三日　晴，风。午后同齐寿山、钱均夫至益昌饭，又游小市。子佩明日归越中，下午往图书分馆托寄二弟信一函，摩菰一匣约一斤半，古泉一匣五十三枚，书籍一篓一百七十五册，附石刻拓本十四叶。往留黎厂官书局买残本《积学斋丛书》十九册，阙《冕服考》第

三、第四卷一册，价银三元。晚商契衡来。夜得宋知方信，七日台州发。

十四日　晴。星期休息。午后许季上来。下午陈公猛、毛漱泉来，季市来，傍晚并去。夜得二弟信，十一日发（17）。

十五日　晴，午后昙。赴孔庙演礼。

十六日　晴。上午寄二弟信（十八）。夜往国子监西厢宿。

十七日　晴。黎明丁祭，在崇圣祠执事，八时毕归寓。上午得二弟所寄《跳山摩厓》石刻拓本四枚，《妙相寺造像》拓本二枚，十三日付邮。息一日。

十八日　晴。上午赠陈师曾《建初摩厓》、《永明造象》拓本各一分。午后得福子信，十二日发。下午风。

十九日　晴。上午得二弟信，十五日发（18）。午后游小市。下午从稻孙借得《秦汉瓦当文字》一卷二册，拟景写之。赴清秘阁买纸一元。

二十日　晴。午后往新帘子胡同看小舅父。许季上与潼关酱芜菁二支。

二十一日　昙。星期休息。上午童亚镇来假五元。寄二弟信（十九）。午后晴。往直隶官书局买《咫进斋丛书》一部二十四册，六元四角。陈伯寅于十七日病故，赙五元。下午往许季市寓，贻以《建初摩厓》、《永明造象》拓本各一分。

二十二日　晴，风。无事。

二十三日　晴。午后同汪书堂往小市。下午寄陈公猛《百喻经》一册。夜得二弟明信片，二十日发。

二十四日　霾。上午得二弟信，二十日发（19）。夜风。徐耨仙来，持有陈子英函。

二十五日　晴，风。无事。

二十六日　晴。上午得宋子佩信，二十二日绍兴发。寄二弟信（二十）。午后同汪书堂、齐寿山于益昌饭，又游小市。夜季市来。

二十七日　雨雪。午后同齐寿山至益昌饭。下午王镜清来托保投考知事人一名，张骅，嵊人。夜月出。

二十八日　晴，风。星期休息。上午得二弟信，二十四日发（20）。午后罗扬伯来。毛漱泉来。下午胡绥之来并赠《龙门山造象题记》二十三枚，去赠以《跳山建初摩厓》拓本一枚。

二十九日　晴。上午得王式乾信，昨发。得二弟所寄《汇刻书目》二十册，二十五日付邮。午后同汪书堂至小市。赠汤总长、梁次长《百喻经》各一册。夜景写《秦汉瓦当文字》一卷之上讫，自始迄今计十日。

三十日　晴。午后至小市。下午王镜清来托保去万方、陈继昌二人，万，上虞，陈，新昌。夜宋芷生来。

三十一日　晴。上午寄二弟信（二十一）。午后至益昌饭，共八人，朱炎之主。又往小市。下午收本月奉泉二百八十元。夜周友芷交来车耕南信。

四月

一日　晴。上午得二弟信，二十八日发（21）。下午王式乾来，付与银百元，由剡中汇还家中，为三月份家用。夜风又小雨。

二日　晴。上午寄二弟《教育公报》第八、第九期各一册。午后之小市。夜魏福绵来托保去投考知事者四人：楼启元，萧山人；朱兆祥、俞韫、赵松祥，并诸暨人。

三日　昙。上午保投考知事者二人：景万禄、白尔玉，并山西人，由许季上介绍。午后往留黎厂买瓷质小羊一枚，银三角，估云宋瓷，出彰德土中。又买《古学汇刊》第十一集二册，银一元五分。下午商契衡来，交与学资三十元，又保四人：何晋荣、董尔陶，新昌人；赵秉忠、杜俊培，诸暨人。

四日　晴，风。星期休息。上午寄二弟信（二十二）。寄西泠印社信并银八元。寄西安吴葆仁信并银五元，托买帖，杨莘士作札。下午之街闲步。

五日　晴，大风。下午蔡谷青忽遣人送火腿一只。

六日　晴，大风。上午得二弟信又一明信片，并二日发（22）。赠陈寅恪《域外小说》第一、第二集，《炭画》各一册，齐寿山《炭画》一册。

七日　晴，风。午后得福子信，一日发。

八日　晴。上午寄二弟书籍一包，内《会稽掇英总集》四本，《金石契》四本，《石鼓文释存》一本。托陈师曾写《会稽郡故书杂集》书衣一叶。午后至小市。下午蔡谷青来，未遇。夜风。

九日　晴，风。上午寄二弟信并师曾所写书衣一叶（二十三）。夜胃小痛。

十日　晴。上午得二弟信附《永明造象记》二枚，六日发（23）。得钱中季信并《会稽故书杂集》书面一叶。得西泠印社明信片。赠张阆声《永明造象》拓片一枚。午后访俞恪士师，未遇。至清秘阁买纸笔，合一元。晚写《秦汉瓦当文字》一卷之下讫，计十二日。夜王铁如来。毛漱泉来。

十一日　晴。星期休息。上午得宋子佩信，五日绍兴发。午后访俞恪士师，略坐出。至留黎厂买《文字蒙求》一册，《吴越三子集》一部八册，银六角。又买马曹拓片一枚，二角。磁碗一枚，一元。下午韩寿晋来还银二十元。西泠印社寄来《遯庵古镜存》二册，《秦汉瓦当存》二册，《敦交集》一册。

十二日　昙，风。无事。

十三日　晴。上午寄二弟信（二十四）。得二弟所寄《建初摩厓》、《永明造象》拓本各二分，九日付邮。午前龚未生到部来访。晚许季上来，饭后去。夜得二弟信，附芳子笺，十日发（24）。胃痛颇甚。

十四日　晴，风。上午寄西泠印社信。寄胡绥之信并《永明造象》拓片一枚。夜风。

十五日　晴。上午龚未生来部。午后寄羽太家信，附与福子笺二枚，又银七元，为冲买衣。晚寿洙邻暨其戚来。夜得胡绥之信。

十六日　晴。上午寄二弟信，附与芳子笺（二十五）。又寄《遯庵瓦当存》二本，《古镜存》二本，《二李倡和集》一本，《敦交集》一本，《教育公报》第十期一本，《儿童艺术展览会纪要》二本，分两包。午后张阆声赠所藏古陶文字拓片一枚。

十七日　昙。午后往图书分馆还《秦汉瓦当文字》，并托丁书。访季上不值，留火腿二方，一转赠寿山。访毛漱泉，略坐，买胃药八角归。

十八日　昙。星期休息。午后至劝业场访《文始》，得之，买一册，银一元五角。又至图书分馆取所丁书。夜得二弟信，十五日发（25）。

十九日　昙。午后同陈师曾之小市，以银一元买残本《一切经音义》及《金石萃编》一束。

二十日　雨。上午收西泠印社所寄《补寰宇访碑录》四册。夜得二弟信，十七日发（26）。

二十一日　晴，风。上午寄二弟信（二十六）。寄陈子英信。下午赴留黎厂神州国光社买《神州大观》第七集一册，一元六角五分。又至直隶官书局买《金石续编》一部十二本，二元五角；《越中金石记》一部八册，二十元。

二十二日　晴，风。午后同陈师曾至小市。

二十三日　晴，风。无事。夜得二弟并三弟信，二十日发（27）。

二十四日　晴，风。午后往图书分馆，又往留黎厂。夜宋紫佩从越中至，持来笋干一包，茗一包。

二十五日　晴。星期休息。午后风。访许季上、祁柏冈，各送笋干一包。往留黎厂买《射阳石门画像》等五纸，二元；《曹望憘造象》拓本二枚，四角。下午往稻香村买食物。

二十六日　小雨，上午寄二弟信（二十七）。

二十七日　昙。上午得二弟信，二十四日发（28）。收西泠印社所寄仿宋《陶渊明集》一部四册。午后至小市。收本月奉银二百八十元。下午又至小市。夜雨。

二十八日　晴。上午寄二弟书籍一包：《笠泽丛书》二册，《越画见闻》三册，《列仙酒牌》一册，并有木夹。午后至邮局寄上海伊文思图书公司信并银五十元，为三弟买书。又寄西泠印社信并银十三元，自买书。下午宋紫佩还银三十元，便偿笋干价三元。从图书分馆假得《小蓬莱阁金石文字》，景写家所藏本阙叶一枚。

二十九日　晴。上午与伍仲文信并笋干一包。下午季市遗鹜一器。

三十日　晴，风。上午寄二弟及三弟信并本月家用百元（二十八）。

五月

一日　晴。上午得二弟信，四月二十七日发（29）。午后往留黎厂买《黾池五瑞图》连《西狭颂》二枚，二元；杂汉画象四枚，一元；武梁祠画象并题记等五十一枚，八元。下午许季上来。魏福绵来假去二十元。夜毛漱泉来。

二日　晴。星期休息。上午小舅父来。午后昙，大风。往图书分馆托丁书。往留黎厂买《张思文造象题记》拓本等六种十枚，银二元。往观音寺街买牙粉、袜、饼干、牛肉等共四元。车夫衣敝，与一元。

三日　晴。上午寄二弟信（二十九）。下午同钱稻孙、许季上往图书分馆。

四日　晴。午后理发。夜得二弟信，一日发（30）。得西泠社明信片，一日发。

五日　晴，午后昙，风。无事。夜大雨。

六日　晴。上午得西泠印社所寄《两汉金石记》六册，《丛书举要》四十四册，《罗鄂州小集》两册，景宋刻《京本通俗小说》二册，分三包。寄二弟信（三十）。寄西泠印社信并补邮费二角，以券代之。夜韩寿晋来。雷雨一阵。

七日　昙。无事。夜雨。

八日　晴。午后同齐寿山、汪书堂往小市。下午往直隶官书局买《金石萃编》一部五十册，银十四元。晚商契衡来。

九日　晴。星期休息。上午得二弟信，五日发（31）。下午往留黎厂买汉石刻小品三枚，画象一枚，造象三枚，共银三元。又造象四种共七枚，银二元二角。得季自求信，四月三十日渝城发。晚得季市笺并假关中、中州《金石记》四册。夜半邻室诸人聚而高谈，为不得眠埶。

十日　晴，风。晨五时起。上午寄二弟信（三十一）。午后杨莘耜交来向西安所买帖，内有季上、季市者，便各分与，自得十种，直约二元。

十一日　晴，晚大风。夜季市来。得二弟信，八日发（32）。

十二日　晴。上午得车耕南信并还银十元，十日济南发。

十三日　昙。午前寄二弟信（三十二）。晚小雨。罗扬伯来。

十四日　昙。午前令部役往邮局取耕南寄款，局不肯付。下午雨。夜风。

十五日　晴。午后从邮局取得耕南款十元。夜得二弟信，十二日发（33）。

十六日　昙。星期休息。午后至留黎厂买《文叔阳食堂画象》一枚，武氏祠新出土画象一枚，又不知名画象一枚，共银二元。又买纸一元。下午晴。访许季上不值，至益昌买食物一元归。夜雨。

十七日　昙。上午寄二弟信（三十三）。下午雨。往许季上寓。晚魏福绵来。

十八日　晴。晨许季上来。下午陶念卿先生自越中至。晚往许季市寓还中州及关中《金石记》，并以景宋本《陶渊明集》赠之。

十九日　晴。午后之小市。夜得二弟信，十六日发（34）。

二十日　晴。下午小舅父来。夜小雨。得二弟明信片，十七日发。

二十一日　晴。上午寄二弟信（三十四）。午后同钱稻孙至小市。晚季市致一肴也。

二十二日　晴。下午许季上来并赠酱莴苣四枚。王镜清来。

二十三日　晴。星期休息。上午得二弟信，十九日发（35）。午后毛漱泉来。下午往留黎厂买济宁州画象一枚，银一元。晚买薄荷酒等一元。

二十四日　昙。午后同稻孙、师曾往小市。下午得舅父信。

二十五日　晴。下午往舅父寓。

二十六日　晴。上午寄二弟信（三十五）。下午紫佩来还二十元。晚小雨一陈即止。魏福绵来。夜得二弟信，二十三日发（36）。

二十七日　晴。无事。

二十八日　晴。无事。

二十九日　晴。上午寄西泠印社信并银八元。收本月奉银二百八十元。午后至小市。下午同许季市往章师寓，归过稻香村买食物一元。晚王镜清来，付百元汇作本月家用。魏福绵来，饭后去。夜交陶念卿先生六十元。重订小本《陶渊明集》四本。

三十日　昙。星期休息。上午寄二弟信（三十六）。许季市来。午后得二弟所寄《汉碑篆额》一部三本，二十六日付邮。龚未生来。下午往留黎厂买《张敬造象》六枚，一元五角。又《李夫人灵第画鹿》一枚，一元；《鲁孝王石刻》一枚，五角，疑翻刻也。夜得二弟信，二十七日发（37）。

三十一日　晴。无事。

六月

一日　晴。上午寄二弟信（三十七）。午后昙。往国子监南学。晚雨。

二日　晴，下午昙，雨一陈复霁，夜雨。

三日　晴。托紫佩觅工制单马褂一件，共银五元四角。

四日　晴，下午雷雨一陈。晚钱稻孙来，同至广和居饭，邀季市不至。

五日　晴。上午得二弟信，一日发（38）。寄二弟书籍一包：小本《陶渊明集》一部二本，《广弘明集》一部十本。下午得蒋抑卮书并钞文澜阁本《嵇中散集》一部二册。夜修补《汉碑篆额》讫。

六日　晴，风。上午徐宗伟、徐元来。陈公猛来。许季上来。寄二弟信（三十八）。下午至留黎厂买《群臣上寿刻石》等拓本三种四枚，共银二元四角。又至稻香村买食物一元。夜许季市来，假去五十元。

七日　晴。上午西泠印社寄至《百汉研碑》一册，《求古精舍金石图》四册，共一包。

八日　晴，下午大风。无事。夜修丁《金石萃编》讫。

九日　昙，风。上午得二弟信，五日发（39）。晚许季市来。

十日　晴。上午寄二弟信（三十九），又书籍一包，计《百汉研碑》一册，景宋《通俗小说》二册，《鄂州小集》二册，《教育公报》第十一、十二期各一册。杨莘士从西安代买石刻拓本来，计《梵汉合文经幢》一枚，《摩利支天等经》一枚，《田僧敬造象记》共二枚，《夏侯纯陀造象记》共二枚，《钳耳神猛造象记》共四枚，共直银一元。

十一日　晴。午后昙。先后令书工修书二十四本，付工直一元。夜得二弟信，八日发（40）。

十二日　晴。下午得小舅父明信片，昨发。

十三日　晴。星期休息。上午往小舅父寓，已集行李，云明日归。祁柏冈送茗四包。午后昙，风。往李铁拐斜街，欲卖公债票充用，不得。往留黎厂买《赵阿欢造象》等五枚，三角。又缩刻古碑拓本共二十四枚，一元，帖店称晏如居缩刻，云出何子贞，俟考。买《古学汇刊》第十二期二册，一元五分。下午许季上来。晚雷雨一陈即霁。夜齿痛失眠。

十四日　雨。师曾遗小铜印一枚，文曰"周"。晚晴，星见。

十五日　晴，风。上午寄二弟信（四十）。向稻孙假银五十元。夜得二弟信并《魏黄初十三字残碑》拓本一枚，十二日发（41）。

十六日　雨。上午寄蒋抑之信。寄羽太家信并月用十五元，九月讫，又信子买衣物费十五元，福子学费六元。铭伯先生自黑龙江归，下午往访之。晚令工往稻香村买食物一元。夜铭伯先生来。

十七日　晴。旧端午，夏假。上午得二弟所寄桃华纸百枚，十二日付邮，许季上托买。寄二弟信并与二弟妇笺（四十一）。下午许季市来，并持来章师书一幅，自所写与；又《齐物论释》一册，是新刻本，龚未生赠也；又烹鹜一器，乃令人持来者。夜雨。

十八日　昙，午后晴。至小市。夜雨。

十九日　晴。午后同徐吉轩、戴螺舲至学校成绩品陈列室。往留黎厂买《孟广宗碑》一枚，北齐至后唐造象十二种十四枚，共值四元。许季上借《北史》二函，送与之。得二弟所寄《会稽郡故书杂集》二十册，十五日付邮，便赠念卿、子佩各一册，图书分馆一册。夜访季市，赠《杂集》一册，又铭伯先生一册。

二十日　晴。星期休息。上午得二弟信，十六日发（42）。寄二弟《越中金石记》八本，《汉碑篆额》三本，均有木夹，又《龙门造象二十品》二十三枚，分作二包。午后许季市来。下午许季上来，取去《会稽杂集》二册。往留黎厂官书局买《筠清馆金文》一部五本，四元；《望堂金石》八本，六元。晚朱遏先、钱中季来，各遗《会稽杂〔集〕》一册，又以三册托分致沈尹默、臥士、马幼渔。

二十一日　晴。上午寄二弟信（四十二）。赠陈师曾《会稽故书杂集》一册。下午同戴螺舲往南学。晚访胡绥之。夜雨。

二十二日　晴。上午从齐寿山假三十元。午后理发。下午樊朝荣名铺，董恂士介绍来。夜风。得二弟信并"马卫将作"砖拓本二枚，十九日发（43）。

二十三日　晴，下午雨。无事。

二十四日　晴。上午寄二弟信（四十三）。寄钱中季信并《永明造象》拓本一枚。寄朱遏先信并《建初买地》、《永明造象》拓本各一枚。送朱孝荃《建初买地记》一枚。夜商契衡来，交与《会稽郡故书杂集》一册，属转赠剡中图书馆。

二十五日　晴。上午寄商契衡《儿童艺术展览会报告》一册。

二十六日　晴。上午收本月奉银二百二十七元八角。自此至十月末，当扣四年度公责共二百八十元。还稻孙五十元，还齐寿山十元。午后往留黎厂代稻孙买《缪篆分均》一部，二元。下午得二弟信，二十二日发（44）。晚铭伯先生来。魏福绵来，付五十元属汇家，又赠以《会稽郡故书杂集》一册。夜得季自求信，十三日成都发。

二十七日　晴。星期休息。上午致念卿先生银六十元。午后往留黎厂买《会稽掇英总集》一部四本，《魏稼孙全集》一部十四本，共八元。下午许季上送还《北史》二函。晚大风雨。

二十八日　晴。上午得三弟所寄《亨达氏生物学》译稿上卷一册，二十四日付邮。寄二弟《求古精舍金石图》四本，《文始》一本，作一包。晚许诗荃来。夜王镜清来。

二十九日　晴。上午寄二弟信（四十四）。

三十日　晴。上午得二弟信，二十六日发（45）。下午徐宗伟来，假与二十元。

七月

一日　晴。改辦公时间为上午八时半至十二时。午后眠二小时。下午往留黎厂买《李显族造象碑颂》、《潞州舍利塔下铭》各一枚，共一元。又借《寰宇贞石图》六本。得福子信，六月廿五日发。晚许诗荃来。

二日　昙。上午得二弟所寄《千甓亭古专图释》四本，廿七日付邮。午后晴。下午往观音寺街买履一两，一元六角，饼干一匣，一元四角。浴。

三日　小雨。上午寄二弟信（四十五）。午后往留黎厂买《常岳造象》及残幢等共四枚，又《凝禅寺三级浮图碑》一枚，共银二元。还《寰宇贞石图》。

四日　雨。星期休息。上午得二弟信，六月卅日发（46）；又西泠印社书目及《学镫》各一册，前一日发。旁午晴。午后往留黎厂买《杨孟文石门颂》一枚，阙额，银二元；又《北齐等慈寺残碑》及杂造象等七枚，四元；又《北魏石渠造象》等十一种十五枚，并岳琪所藏，共八元。往季市寓。晚邀铭伯先生、季市及季市［？］至广和居饭。

五日　晴。无事。

六日　晴。午后得二弟信，二日发（47）。晚往黄子涧寓饭。

七日　晴。上午寄二弟信（四十六）。午后会议。下午敦古谊帖店持拓本来，买《同州舍利塔额》一枚，《青州舍利塔下铭》并额二枚，共价银一元五角。

八日　晴。午后得二弟所寄《汉碑篆额》三本，童话六篇，四日付邮。下午沈康伯来。晚许季上来。

九日　晴。下午往许季上寓。得二弟信并《古学汇刊》散叶一包，五日发（48）。

十日　晴。上午寄二弟信（四十七）。下午往留黎厂敦古谊买《张荣千［迁］造象记》三枚，《刘碑》《马天祥造象记》各一枚，《岐州舍利塔下铭》一枚，共三元三角。

十一日　晴。星期休息。上午得二弟所寄《古学汇刊》散叶一包，七日付邮。下午访许季上，归过益昌买食物一元。夜大雨。

十二日　雨，上午晴。午后会议。夜风。

十三日　晴。上午得二弟信，九日发（49）。下午往季市寓。夜铭伯先生来。

十四日　昙，午后疾雨一陈，下午晴。

十五日　雨。上午寄二弟信（四十八）。午后大雨。下午得蒋抑卮信并明刻《嵇中散集》一卷，由蒋孟频令人持来，便校一过。许季上来。晚铭伯先生来。

十六日　昙。上午复抑卮信并还《嵇中散集》，仍托蒋孟频。下午晴。往中国银行取三年公责利子八元四角。晚刘历青来还经三册，往广和居饭已而去。夜得二弟信，十三日发（50）。

十七日　昙。上午还稻孙《哀史》二册。下午往留黎厂买《高伏德等造象》三枚_{北魏景明四年，石在涿州}直五角；《居士廉富等造象》二种四枚_{东魏兴和二年一枚，又武定八年一枚，并河南新出土}直三元。晚小雨，夜大雨。

十八日　晴。星期休息。上午往季市寓。午后雨，下午晴。季市送一看来。晚陈仲篪作函借泉，而署其夫人名，妄极，便复却。夜刘历青来。

十九日　晴。上午寄二弟信（四十九）。午往许季上寓，其次女周岁，食面。午后访戴芦舲。下午乔君曾劬来。许季市来，并贻笋煮豆一合。刘历青来。夜写《百专考》一卷毕，二十四叶，约七千字。夜雷雨。

二十日　晴。上午访胡绥之，未遇。得二弟明信片，十六日发。向紫佩假十元。下午往图书分馆。夜以高丽本《百喻经》校刻本一过。

二十一日　晴。午后会议。晚铭伯先生来。夜雷雨。

二十二日　雨。午后得二弟信，十九日上海发（51）。晚晴。

二十三日　晴。上午寄二弟信（五十）。下午许季上来。晚雷雨一陈。

二十四日　晴。午后往徐景文寓疗龋齿。得沈康伯信。夜往季市寓。

二十五日　晴。星期休息。上午访许季上。访胡绥之，未遇。午访季自求，得《鹤山文钞》一部。下午王铁如以入川来别。晚昙，雷。写《出三藏记集》第一卷讫，据日本翻高丽本。夜雨。

二十六日　昙。上午收本月奉泉二百二十六元九角。午后往徐景文寓疗齿，付资十元。访胡绥之。下午得二弟信，廿二日越中发（52）。夜雨。

二十七日　晴。上午得二弟寄来书籍一包，计《再续寰宇访碑录》二册，《读碑小笺》一册，《眼学偶得》一册，《唐风楼金石文字跋尾》一册，《风雨楼藏石》拓本六枚，又蟫隐庐书目一本，二十三日付邮。寄二弟信（五一）。

二十八日　晴。晨得二弟信并"河平"专、"甘露"专文拓本各一枚，廿四日发（53）。上午寄二弟订定《古学汇刊》一部二十四册，两包。寄上海西泠印社信并银六元。季市还银五十元。

二十九日　晴。上午寄二弟信并本月家用百元（五十二），又

《脉经》四本,《汉碑篆额》三本,《千甓亭专图》四本,《续汇刻书目》十本,分作两包。午后骤雨一陈即霁,下午又大风雨一陈。

三十日　晴,下午大雨,顷霁。访许季上。

三十一日　晴。上午往日邮局寄相模屋函并银三十元,二弟买书直也。又代协和寄十元,季上寄二元。还齐寿山二十元。午后往徐景文寓治齿,往临记洋行买牙粉、牙刷等一元。下午往留黎厂买"三字齐刀"三枚,直二元。买《垣周等修塔像记》拓本一枚,五角。下午许季上来。晚季自求来,赠以《会稽郡故书杂集》一册也。

八月

一日　晴。上午得二弟信并专目乙本,前月二十七日发(54),又《交阯都尉沈君阙》拓本一枚,同日付邮。下午往留黎厂买《丘始光造象》等拓本十种共大小十四枚,直七元。大雨一陈。晚寄二弟信(五十三)。

二日　昙,夜雨。

三日　晴。上午得福子信,七月廿七日发。下午敦古谊帖店送来石印《寰宇贞石图》散叶一分五十七枚,直六元。

四日　晴。午后开会。得二弟信,七月三十一日发(55)。

五日　晴。上午寄二弟信(五十四)。寄魏福绵信。得重久信,七月二十八日东京发。季上母六旬生日送礼,午与同事往贺,既面而归。下午得西泠印社寄来《艺风堂考藏金石目》八册,《阮盦笔记》二册,《香东漫笔》一册,二日付邮。小雨即霁。晚理发。刘历青来。

六日　昙。午后往徐景文寓疗齿。往留黎厂买古专拓本四枚,善业堙拓本二枚，共五角。下午得西泠印社明信片，三日发。晚冀育堂招饮于泰丰楼，同席十人。夜雨。

七日　昙，午后晴。师曾为代买寿山印章三方，共直五元，季上分去一块。下午小雨。寄二弟信（五十五）。寄西泠印社信。前代宋子佩乞吴雷川作族谱序，雷川又以托白振民，文成，酬二十元，并不受，约以宴饮尽之，晚乃会于中央公园，就闽菜馆夕餐，又约季市、稻孙、维忱，共六人。

八日　昙。星期休息。上午得二弟信，四日发（56）。午前往高升店访冀育堂，已行。往留黎厂。陶书臣来。下午访许季上未遇，遂游小市，又至通俗图书馆访王仲猷，假书数册而归。张协和来，未遇。

九日　晴。午后会议，下午往张协和寓。

十日　晴。上午寄二弟《秦汉瓦当文字》二册，《百专考》一册，古砖拓本五枚，共一包。

十一日　晴。上午寄二弟信（五十六）。助广东水灾振一元。师曾为二弟刻名印一，放专文，酬二元。午后得二弟信，七日发（57）。西泠印社寄书目来，九日发。夜小雨。

十二日　晴。上午往日邮局寄羽太信并银六元。寄二弟信（五十七）。下午毛漱泉来。敦古谊送造象拓本来，买三种五枚，二元三角。

十三日　晴。午后往徐景文寓补齿，付三元讫。归过稻香村买中山松醪两罌，牛肉半斤。下午得二弟信，附建宁专、长生未央瓦拓片各一，初九日发（58）。得西泠印社信，十日发。夜雷雨。

十四日　雨。上午寄二弟信（五十八）。师曾代购印章三块，直四元五角。

十五日　晴。星期休息。上午访陈师曾。访许季上。下午往留黎厂买《张龙伯造象记》、《道冲修塔记》各一枚，共直银八角。晚雨。

十六日　晴。上午得二弟信，十二日发（59）。下午许季上来。

十七日　晴。上午寄二弟信（五十九）。得三弟所译《生物学》中、下卷稿子二册，又芳子及冲摄景一枚，十三日付邮。下午雷雨。

十八日　昙。上午得相模屋书店信，十日发。

十九日　晴。午后在通俗教育研究会。夜雷雨。

二十日　晴。晨得二弟信，十六日发（60）。午后往方家胡同图书馆。

二十一日　晴。上午寄二弟信（六十）。午后往留黎厂。下午复往留黎厂买晋《王明造象》拓本四枚，隋比丘僧智道玩等造象四枚，共直银四元。晚颇热，赴西升平园浴。夜大风，雷，小雨。

二十二日　晴。星期休息。午后陈公猛来。下午胡绥之来。寿洙邻来。

二十三日　晴。上午得二弟信并泉、竟等拓片三枚，十九日发（61）。午后往留黎厂商务书馆买《贾子次诂》一部二册，一元。又《曲阜碑碣考》一册，二角，排印本也，不善。晚许季上来。

二十四日　晴。上午寄二弟信（六十一）。

二十五日　晴，〖无〗上午雨。无事。晚晴，风。得二弟信，廿一日发（62）。

二十六日　晴。上午得二弟寄来女谧摄景一枚，二十二日付邮。午后季市来。下午大风雨一陈，俄顷霁矣。

二十七日　晴，风。上午寄二弟信（六十二）。午后得李霞卿函，廿二日越中发。

二十八日　晴，午后雨一陈。下午许季上来。

二十九日　昙。星期休息。晚小雨。

三十日　晴。上午得二弟信，二十六日发（63）。收本月奉泉二百八十元。

三十一日　昙。晨阮久荪来。上午寄二弟信并本月家用一百元（六十三）。寄蟫隐庐〔信〕并银二十二元，买书。王屏华中风落职归，助三元。午后约久荪来谈，晚至广和居饭。雨。夜胃痛。

九月

一日　雨。自此日起教育部全日理公事。午后同戴芦舲往内务部协议移交《四库全书》办法。下午晴。敦古谊送汉画象拓本来，未买。

二日　晴，大风。上午得重久信，浅草发。午邀白振民、吴雷川、王维忱、钱稻孙、许季市至益昌饭，仍用作宋氏谱叙款。

三日　晴。上午得二弟及三弟信，三十日发（64）。托师曾刻印，报以十银。

四口　昙。上午寄二弟并三弟信（六十四）。访陈公猛，未遇。往日邮局寄重久信并银十元。午后寄陈公猛信。得重久东京来信，又一葉书，廿八、廿九两日发。下午小雨。命仆买膏药、蜜饯等共七元。

五日　晴。星期休息。上午许季上来。午后得二弟信，一日发（65）。往留黎厂买"至正"泉二枚，箭镞三枚，唐造象拓本一枚，共一元。买明刻本《陆士龙集》一部，《鲍明远集》一部，每四本，共五元。买《封三公山碑》、《封龙山颂》、《报德象碑》拓本各一枚，共四元八角。

六日　晴。晨陆润青来访。得蟫隐庐信，三日发。寄二弟信（六十五）并小包二，内膏药十二枚，五月五日竟一枚，蒲桃竟一枚，宋、元泉三枚，印章三方，蜜果三种六斤。午后往通俗教育研究会。夜李霞卿自越中至，交来二弟函，并"马卫将作"专一块，干菜一合。又已置五十元在家中，便先付与二十五元。

七日　晴。上午寄蟫隐庐信并银八元。午后同师曾往小市。许季上赠《金刚经嘉祥义疏》一部二本，李正刚排印本。晚李霞青来。

八日　晴。上午寄二弟信（六十六）。李霞卿来，同往大学为之作保。午后寄陈公猛信。陈师曾刻收藏印成，文六，曰"会稽周氏收藏"。

九日　晴。上午得二弟信，五日发（66）。以"马卫将〔作〕"专贻汪书堂。以《域外小说集》二册贻张春霆。夜大风，前有测候所天气豫报，云日内有暴风，此傥是邪？阅《复堂日记》。

十日　晴，风。晨得二弟明信片，六日发（67）。晚齐寿山邀至其家食蟹，有张仲素、徐吉轩、戴芦舲、许季上，大饮啖，剧谭，夜归。

十一日　晴。上午寄二弟信（六十七）。午后赴文庙演礼。晚王式乾、徐宗伟来，徐还银二十元，又童亚镇所假者五元。

十二日　晴。星期休息。上午许铭伯先生来。午后蒋抑卮来。下午得二弟所寄来小包一，内《秦金石刻辞》一册，《蒿里遗珍》一册。得上海蟫隐庐所寄来书籍一包，内《流沙队简》三册，《权衡度量实验考》一册，《四朝宝钞图录》一册，《金石萃编校字记》一册，《万邑西南〔山〕石刻记》一册，三日付邮。晚访陶念卿先生，夜就国子监宿。

十三日　晴。黎明祭孔，在崇圣祠执事，八时讫归寓。上午得二弟信并《贾道贵造象》拓本一枚，铜镜拓本二枚，九日发（67）。下午风。紫佩从李霞卿处持水笔十支来，亦二弟所寄。

十四日　晴。上午寄二弟信（六十八）。下午西泠印社寄来《说文古籀拾遗》一部二册。晚许季上来看《流沙坠简》。商契衡来。

十五日　昙。上午得二弟信并竟拓三枚，十一日发（68）。得蟫隐庐信［明］信片。得西泠印社明信片。大雨。得重久叶书二枚，九日发。午后往通俗教育研究会小说股第一次会。下午得李霞卿信，本日发。

十六日　晴。休假。上午寄二弟信（六十九）。复李霞卿信。复西泠社信。午前往留黎厂买古矢镞二十枚，银三元。下午得二弟所寄写书格子纸一千二百枚，《三老讳字忌日记》拓本一枚，十二日付邮。

十七日　晴。上午得二弟信，十三日发（69）。

十八日　昙，上午晴。午后得二弟所寄《绍兴教育杂志》四至九期共六册，十二日付邮。得宋知方信，十二日台州发。晚季市来，赠玫瑰蒲陶二房，又向之假得银十五元。夜寄西泠印社信并银三元，又附吴雷川先生买书帐一枚，信一函。小雨。

十九日　晴。星期休息。上午寄二弟信（七十）。得龚未生夫人讣，章师长女，有所撰《事略》。下午得蟫隐庐所寄《秦汉瓦当文字》二册，《郑厂所藏泥封［封泥］》一册，书目一册，八日付邮，又别买《通俗编》八册，已寄越中。夜商契衡来，付学资四十元，又托交李霞卿银二十三元二角，所汇款清讫。风。紫佩、霞卿来，赠《会稽故书》一册。

二十日　晴。晚协和为其弟定婚宴媒人，邀作陪，同坐十人。

二十一日　晴。下午得二弟信，十七日发（70）。又《符牌图录》一册，《往生碑》拓本四枚，共一包，同日寄。得重久信，十四日发。

周友之来。晚韩寿谦来，为作书致大学为寿晋请假。夜得沈康伯信，本日发。小雨。

二十二日　昙。上午寄二弟信（七十一）。答沈康伯信。午后赴研究会。雨。

二十三日　昙，风。旧历中秋也，休假。下午许铭伯先生来看《永慕园丛书》。晚季市致鹜一器，与工四百文。夜月出。

二十四日　昙。向季上假十元。午后雨。

二十五日　晴。上午得二弟信，二十一日发（71）。

二十六日　晴。星期休息。上午寄二弟信（七十二）。复宋知方信。往钱粮胡同吊龚未生夫人，赙二元。下午徐仲荪来。

二十七日　晴。上午得西泠印社信，廿四日发。收本月奉泉二百八十元，还季市十五元，季上十元。晚许季上来。

二十八日　晴。上午西泠印社寄来《文馆词林汇刊》一部五本，廿四日付邮。

二十九日　晴。午后赴通俗教育会。得羽太家信，二十四日发。晚高阆仙招饮于同和居，同席十二人，有齐如山、陈孝庄，馀并同事。得二弟信，附芳子信，二十五日发（72）。陈师曾为刻名印成。中寒不适。

三十日　昙。上午寄二弟信，附杂文稿四篇（七十三），又本月家用一百元，又寄小包一，内《秦金石刻辞》一册，《秦汉瓦当文字》二册，《流沙队简》并《补遗》三册，《权衡度量实验考》一册，《蒿里遗珍》一册，汉石刻拓本共十一枚，"大泉五十"一枚，"至元通宝"二枚。寄上海蟫隐庐函并银十三元。送张阆声《往生碑》拓本一枚。午后同汪书堂游小市，买得《石鼓文音释》二枚，直六铜元，拟赠季市。晚雨。夜服规那丸三枚。

十月

一日　晴。午后理发。晚虞叔昭招饮于京华春，共九人，皆同事。夜有甘润生来访，名元灏，云是寿师时同学。临卧服规那二丸，觉冷。

二日　晨小雨一陈。午后同师曾、书堂游小市。下午许季上来。王、魏二生来。夜得二弟信，九月廿九日发（73）。临卧服规那丸二粒。

三日　昙。星期休息。下午往留黎厂买《樊敏碑》复刻拓本一枚，一元。雨一陈。

四日　晴。上午富华阁送来杂汉画象拓本一百卅七枚，皆散在嘉祥、汶上、金乡者，拓不佳，以十四元购之。上午寄二弟信，附与芳子笺一（七十四）。祁柏冈丁父忧，下午赙二元。

五日　晴。晨祁柏冈来。下午得李霞卿笺。夜服规那丸二。

六日　晴。午后赴通俗教育研究会。

七日　晴。上午寄二弟书二包：《长安获古编》二册，《郑厂所臧泥封〔封泥〕》一册，《万邑西南山石刻记》一册，《阮庵笔记》二册，《香东漫笔》一册，《随轩金石文字》四册，《双梅景闇丛书》四册附《杨守进自订年谱》一册，《教育公报》三册，丸善《学鐙》一册。午仍以宋氏谱序润笔延客，共九人。朱孝荃诒麻菌一合，云惟浏阳某处二十里地有之。下午得二弟信，三日发（74）。得蟫隐庐明信片，三日发。常毅箴生子弥月，贺一元。

八日　晴。上午寄二弟信（七十五）。寄宋紫佩信，托呼工制衣并交材工钱十元。午后同师曾游小市。张协和之弟于十日娶妇，贺四元。

九日　晴，风。补国庆假。上午念钦先生来，午同至广和居饭。晚常毅箴招饮于安庆会馆。夜许季上来。雨。

十日　雨。星期休息。午后往张协和寓，观礼毕，归。

十一日　晴。上午得二弟信，七日发（75）。

十二日　晴。上午寄二弟信（七十六）。郭令之赠《急就章草法考》二册，《偏旁表》一册，石印大本。午后往通俗教育研究会。

十三日　晴。午后赴通俗教育研究会。晚许季市来。

十四日　晴。午后赴日邮局寄羽太家信并冬季月用及学费二十一元，年末用十元。夜得二弟信，十一日发（76）。

十五日　晴。上午得二弟所寄《越中三子诗》、《兰言述略》、《邵亭行述》各一册，共一包，十日付邮。下午许季上来。晚许诗荃来，还《化学》一册。

十六日　晴。上午寄二弟信〔（七十七）〕。下午往留黎厂买《元宁造象记》二枚，《张神洛买田券》拓本一枚，共直一元。

十七日　晴。星期休息。下午徐元来。晚蟫隐庐寄来《云窗丛刻》一部拾册，《碑别字补》一册，又《严州图经》、《景定严州续志》、《严陵集》各一部，部二册，用外国劣纸印之，并成恶书。

十八日　昙，大风。上午寄蟫隐庐〔信〕并邮券五角六分。夜补书。

十九日　晴，大风。换棉衣。赴通俗教育研究会。得二弟信，十五日发（77）。

二十日　晴。上午寄二弟信（七十八）。午后至小市。

二十一日　晴。上午得二弟所寄《会稽郡故书杂集》十册，十七日付邮。

二十二日　晴。上午寄马彝初《会稽故书集》一册。午后至小市。夜得二弟信，十九日发（78）。

二十三日　昙。上午寄二弟信（七十九）。得福子信，十七日发。下午往图书分馆。往留黎厂买《爨龙颜碑》、《端州石室记》拓本各一枚，共值四元。

二十四日　小雨。星期休息。上午蟫隐庐寄来甲寅年《国学丛刊》八册。许季上来。晚韩寿晋来。

二十五日　晴。上午得二弟信，二十一日发（79）。下午龚未生到部访。

二十六日　晴。上午寄二弟信并《张神洛买地券》拓本一枚（八十）。收本月奉泉二百八十元，假季上百元。午后龚未生来，以《洪氏碑目》返之。医学专门学校三年记念，下午往观，不得入，仍回部。陆续属工订书共三十余册，晚具成持来，与资一元。

二十七日　晴，大风。上午往日邮局寄福子信并银廿圆，合华银廿五元。午后赴通俗教育研究会。师曾赠"后子孙吉"专拓本二枚，贵筑姚华所藏。

二十八日　晴。下午通俗教育研究大会。晚季市贻青椒酱一器。

二十九日　昙。上午得二弟信，二十五日发（80），言妇于二十四日夜十时生一女。下午张总长招见。晚同陈师曾至留黎厂游。夜风。

三十日　晴，风。上午寄二弟信（八十一），又《吴越三子集》八册，《越中三子诗》三册，"后宜子孙"专拓本二枚，《教育公报》二册，共一包。午后同寿山、书堂、稻孙游小市。下午往留黎厂买《郭氏石室画象》十枚，《感孝颂》一枚，并题名及杂题记等九枚，共银五元。又沂州画象共十四枚，银三元。又《食斋祀园画象》、《孔子见老子画象》各一枚，并旧拓，孔象略损，共二元。又《纸坊集画象》、不知名画象各一枚，共六角。又造象拓本十二种十四枚，共四元。晚念钦先生来，紫佩招至广和居共饭，李霞〔卿〕亦至也。

三十一日　晴。星期休息。午许铭伯先生邀饭，赴之，季市、诗荃、世英、范伯昂、云台同坐，午后归。下午昙。夜邵明之自杭州来，谈至十一时去，寓于中西旅馆云。

十一月

一日　昙，午后晴。无事。

二日　晴。上午寄二弟小包一，内《云窗丛刻》一部，浏阳麻菌两束，古镞二包，四神鉴一枚，陕西玩具十余事。晚许铭伯先生及季市邀明之饭，约往共话，协和亦来，十时半回寓。

三日　晴。无事。

四日　晴。上午得二弟信，三十日发（81）。寄二弟信（八十二）。上午同许季上赴孙冠华家吊。下午出江西振捐一元。夜大风。

五日　晴，风。晚许季上来。

六日　昙。午后往留黎厂买"白人"、"甘丹"刀等五枚，二元；"正光"砖拓本一枚，一元；《薛甗姬造象》拓本等五种，二元；《山右石刻丛编》一部廿四册，六元。

七日　晴。星期休息。下午商契衡来。

八日　晴，大风。上午得二弟信，四日发（82）。午后得羽太家信，附福子笺，二日发。

九日　晴。上午寄二弟信（八十三）。夜风。

十日　晴，晚风。寄二弟明信片一枚，问书目。夜大冷，用火炉。雨雪。

十一日　晨起见积雪可三分高。天晴。无事。

十二日　昙，下午晴。得二弟及三弟信，八日发（83）。

十三日　晴。上午寄二弟信（八十四）。下午往留黎厂买货布四枚，布泉一枚，又方足小币五枚，"大中折十"泉一枚，共三元。遇孙伯恒，遂至商务馆坐少顷，观土俑及杂拓本并唐人写经。

十四日　昙。星期休息。下午魏福绵来。

十五日　雨。上午得二弟信，十一日发（84）。向齐寿山假十元。下午许季上还百元。

十六日　晴，风。上午寄二弟信（八十五）。午后诒季市货布二枚。晚陈师曾来看汉画象拓本。

十七日　晴，大风。午后开通俗教育研究会。夜孙奠胥字瀚臣者来。

十八日　晴。无事。夜大风。

十九日　晴。上午得二弟信，十五日发〔（85）〕。午后同陈师曾、何沧苇往小市。认北京冬季施粥捐三元，总长所募。

二十日　晴。上午寄二弟信（八十六）。午后至清秘阁买纸三元。在敦古谊买《爨宝子碑》等拓本三种，三元。又磁州出土六朝墓志六种，三元。沈康伯将赴吉林，晚与伍仲文、张协和公饯于韩家潭杏花春，坐中又有范逸丞、稚和兄弟及顾石臣。赠朱孝荃《会稽郡故书集》一册。

二十一日　晴。星期休息。上午得二弟信并"永和"专拓本一枚，十七日发（86），又《欧米文学研究手引》一册，十五日寄。云和魏兰字石生来，有未生介绍函。午范逸丞、顾石臣招饮于陕西巷中华饭庄，坐中一如昨夕。下午从协和假五元，往留黎厂买《王绍墓志》拓本一枚，银五角。

二十二日　晴。上午寄二弟信（八十七）。还齐寿山十元，张协和五元，伍仲文二元二角。

二十三日　晴。无事。

二十四日　晴。午后赴通俗教育研究会。下午往通俗图书馆假《顺天通志》二册。晚师古斋持拓本来，选取匋斋臧汉画象残石一枚，银一元，《臧石记》未载。又《许始造象》四枚，二元。夜得二弟信并梁专拓本二枚，廿一日发（87）。

二十五日　晴。午同师曾至小市。夜风。

二十六日　晴。上午寄二弟信（八十八）。收本月奉泉二百八十元。午后同陈师曾至小市。晚许季上来。夜大风。

二十七日　晴，风。上午杨莘耜赠《周天成造象》拓本一枚。午后往青云阁买毡履一两，银二元二角。往留黎厂式古斋视拓本，得《薛山俱、薛季训、薛景、乡宿二百他人等造象》拓本四枚，云是日本人寄售，原石已出中国，索价颇昂，终以六元得之。又至别肆买《刘平周造象》三枚，《陈叔度墓志》一枚，银二元。晚商生契衡来，付与学资四十元。

二十八日　晴。星期休息。午后往敦古谊买《白石神君碑》二枚，《郑道忠墓志》等六枚，造象二种八枚，共十三元。下午小舅父来，并交茗一合。

二十九日　晴。上午得二弟信，二十五日发（88）。晚往敦古谊帖店。夜季市来。

三十日　晴。上午寄二弟信，附寓中见有书目一枚（八十九）。晚韩寿谦来。

十二月

一日　晴。无事。

二日　昙。上午蟫隐庐寄来书目一本。夜风。

三日　晴。上午得二弟信，十一月廿九日发（89）。宋紫佩之族人回越，托携回书籍一包，计《神州大观》七册、《历代钞币图录》一册、《莫郘亭行述》一册、《兰言略述》一册与二弟，又德文《植物标本制作法》一册与三弟。得寿师母讣，以呢幛子一送洙邻寓。午后同师曾游小市。

四日　晴。上午寄二弟信（九十）。午后至琉璃厂买重纸十五枚，五角。又买《杜文雅造象》二枚，《苍颉庙碑》并阴、侧共四枚，二元六角；又《延光残碑》、《郑能进修邓艾祠碑》各一枚，三元。晚许季上来。夜齿痛。

五日　晴。星期休息。寿洙邻设奠于三圣庵，上午赴吊。午后裘子元结婚，往贺，馈二元。下午往留黎厂买高庆、高贞、高盛碑，《关胜颂德碑》，《比丘道瑶造象记》拓本各一枚，共三元；又专拓片共十六枚，二元。添得《履和纯残碑》一枚，似摹刻。

六日　昙。午后听青年会中人余日章演说。晚季市遗看一器。夜大风。

七日　晴，冷。午后由师曾持去《往生碑》拓本一枚与梁君。夜雨雪。

八日　晴。上午得二弟信，三日发（90），又一信，四日发（91）。

九日　昙。上午寄二弟信（九十一）。

十日　微雪。无事。

十一日　晴。午后至留黎厂买王僧、李超墓志共三枚，三元五角；又《无极山碑》一枚，《陈君残碑》并阴二枚，《青州默曹残碑》三枚，《孝宣公高翻碑》一枚，《标异乡慈惠石柱颂》共大小十一枚，《孙宝憘造象》等共六枚，《仲思那造桥记》一枚，共银八元六角。晚得徐宗伟信，八日发。

十二日　昙。星期休息。上午得二弟信，八日发（92）。下午铭伯先生来。

十三日　晴，大风。上午寄二弟信（九十二）。复徐生宗伟信。

十四日　晴。晚得徐生宗伟信，本日发。

十五日　晴。无事。

十六日　昙。下午本部为黄炎培开茶话会，趣令同坐良久。晚大风。

十七日　晴，风。上午得二弟信，十三日发（93）。季上匄人洒扫圣安寺，助资二元。

十八日　晴。上午寄二弟信（九十三）。午师曾赠《爨龙颜碑》拓本一枚。午后往留黎厂买《高肃碑》一枚，《贺若谊碑》全拓一枚，《司马景和妻孟墓志》一枚，共银三元五角。晚王生镜清来。夜齿大痛，失睡至曙。

十九日　晴。星期休息。午后至瑞蚨祥买绸六尺，二元。至徐景文处疗齿，取含嗽药一瓶。下午至流离厂买《华阴残碑》、《报德玉象七佛颂》各一枚，银二元。又《爨龙颜碑》并阴全拓二枚，于纂、时珍、李谋墓志各一枚，共十二元。念卿先生来，未遇。晚往季市寓，饭后归。

二十日　晴。上午得二弟信，十六日发（94）。午后往小市。夜大风。

二十一日　晴，风。上午寄二弟信（九十四），又《教育公报》

二册，五年历书一册。许季上长男弥月，以绸为贺。

二十二日　晴。午后开通俗教育研究会，集者止四人，辍会。

二十三日　晴。冬至例假。上午陶望潮来。

二十四日　下午代小舅父收由越汇款五百元。晚至徐景文寓疗龋齿。

二十五日　晴。上午收本月奉泉二百八十元。午后为小舅父往中国银行取汇款，转存交通银行。赴留黎厂买《西门豹祠堂碑》并阴二枚，一元五角；《曹恪碑》一枚，二元；《宋买造象》、《张法乐造象》各一枚，一元；杂造象五枚，一元。晚得二弟信，廿一日发（95）。许铭伯先生来。

二十六日　晴。星期休息。上午寄二弟信（九十伍）。午周友芝来。下午往大栅阑买熏鱼、豆腐干等，共五角。往徐景文寓疗齿。晚范云台、许诗荃来，各遗以《会稽郡故书杂集》一册。

二十七日　晴。上午得二弟信，二十三日发（96）。晚李霞卿来假卅元。

二十八日　晴。上午王式乾、徐宗伟、徐元来，共支八十元。晚寄二弟信（九十六）。夜王镜清来假去四十元。

二十九日　晴。午后理发。

三十日　昙。上午得二弟信，廿六日发（97）。得李霞卿信，昨发。

三十一日　昙。上午寄二弟信（九十七）。答李霞卿信。下午往留黎厂买《孟显达碑》拓本一枚，一元；《神州大观》第八集一册，一元六角五分。往徐景文寓治齿。晚张协和馈肴一合，与仆泉四百。季市遗肴一器，与仆泉二百。

乙卯书帐

说文解字系传八册　二·〇〇　一月二日

广雅疏证八册　二·五六

景宋本陶渊明集四册　二·〇〇　一月六日

景宋本坡门酬唱集六册　三·〇〇

桃华扇传奇二册　一·二〇

因明入正理论疏二册　〇·四〇三　一月十日

石印宋本陶渊明诗一册　〇·五〇

仿苏写本陶渊明集三册　四·〇〇　一月十六日

观自得斋丛书二十四册　五·〇〇　一月十七日

大秦景教流行中国碑额拓本一枚　杨莘士赠　一月二十六日

说文系传校录二册　一·〇〇　一月三十日

随轩金石文字四册　二·四〇　　　　　　　二五·〇六三

颜鲁公画象拓本一枚　杨莘士赠　二月六日

吉金所见录四册　二·〇〇

朱氏汇刻书目二十册　三·〇〇

说文统系第一图拓本一枚　〇·二〇　二月十五日

说文句读十四册　四·〇〇　二月二十日

纫斋画腾四册　三·〇〇　二月二十一日

毛诗稽古编八册　七·〇〇

景宋王叔和脉诀四册　二·五〇

袖珍本陶渊明集二册　〇·五〇　　　　　　二二·二〇〇

金石契四册附石鼓文释存一册　四·〇〇　三月六日

长安获古编二册　三·〇〇

越画见闻三册　二·一〇　三月十一日

列仙酒牌一册　〇·七〇

续汇刻书目十册　三·〇〇

残本积学斋丛书十九册　三·〇〇　三月十三日

咫进斋丛书二十四册　六·四〇　三月二十一日

龙门造象题记拓片二十三枚　胡绥之赠　三月二十八日　二二·二〇〇

古学汇刊第十一集二册　一·〇五〇　四月三日

文字蒙求一册　〇·二〇　四月十一日

吴越三子集八册　〇·四〇

汉马曹拓片一枚　〇·二〇

遯庵秦汉瓦当存二册　三·二〇

遯庵瓦当［古镜］存二册　三·二〇

敦交集一册　〇·七〇

文始一册　一·五〇　四月十八日

补寰宇访碑录四册　〇·七〇　四月二十日

神州大观第七集一册　一·六五　四月二十一日

金石续编十二册　二·五〇

越中金石记八册　二〇·〇〇

射阳石门画象拓本等五种七枚　二·〇〇　四月二十五日

曹望憘造象拓本二枚　〇·四〇　　　　　　　三七·七〇〇

武氏祠堂画象并题记拓本五十一枚　八·〇〇　五月一日

黾池五瑞图并西狭颂二枚　二·〇〇

杂汉画象四枚　一·〇〇

两汉金石记六册　六·〇〇　五月六日

丛书举要四十四册　六·〇〇

景宋京本通俗小说二册　一·二〇

罗鄂州小集二册　〇·三〇

金石萃编五十册　一四·〇〇　五月八日

汉石刻小品拓本三枚　一·〇〇　五月九日

汉永建五年食堂画象一枚　〇·五〇

宋敬业造象拓本等三种三枚　一·五〇

田胜晖造象拓本等三种六枚　一·二〇

佛象巨碑拓本一枚　一·〇〇

西安所买杂帖十种二十枚　二·〇〇　五月十日

文叔阳食堂画象等三枚　二·〇〇　五月十六日

济宁州画象一枚　一·〇〇　五月二十三日

张敬造象六枚　一·五〇　五月三十日

李夫人灵第画鹿一枚　一·〇〇

五凤二年石刻一枚　〇·五〇　　　　　　　五一·七〇〇

群臣上寿刻石拓本一枚　〇·六〇　六月六日

裴岑纪功碑拓本一枚　〇·八〇

道兴造象并古验方二枚　一·〇〇

百汉研碑一册　三·〇〇　六月七日

求古精舍金石图四册　五·〇〇

梵汉合文经幢等五种十枚　一·〇〇　六月十日

赵阿欢造象等五枚　〇·三〇　六月十三日

晏如居缩刻古碑二十四枚　一·〇〇

古学汇刊第十二期二册　一·〇五〇

齐物论释一册　龚未生交季市持来　六月十七日

孟广宗碑一枚　二·〇〇　六月十九日

齐至后唐造象十二种十四枚　二·〇〇

筠清馆金文五册　四·〇〇　六月二十日

望堂金石八册　六·〇〇

会稽掇英总集四册　四·〇〇　六月二十七日

魏稼孙全集十四册　四·〇〇　　　　　　　三五·七五〇

李显族造象碑颂一枚　〇·八〇　七月一日

潞州舍利塔下铭一枚　〇·二〇

常岳造象等四种四枚　一·〇〇　七月三日

凝禅寺三级浮图碑一枚　一·〇〇

杨孟文石门颂一枚　阙额　二·〇〇　七月四日

北齐等慈寺残碑及杂造象等九枚　四·〇〇

岳琪所藏造象十一种十五枚　八·〇〇

同州舍利塔额一枚　〇·五〇　七月七日

青州舍利塔下铭并额二枚　一·〇〇

张荣迁造象记三枚　一·〇〇　七月十日

刘碑造象铭一枚　一·〇〇

马天祥等造象记一枚　〇·八〇

岐州舍利塔下铭一枚　〇·五〇

高伏德等造象三枚　〇·五〇　七月十七日

居士廉富等造象二种四枚　三·〇〇

鹤山文钞十二册　季自求贻　七月二十五日

垣周修塔象记拓本一枚　〇·五〇　七月三十一日二五·八〇〇

丘世光造象等十种十四枚　七·〇〇　八月一日

寰宇贞石图散叶五十七枚　六·〇〇　八月三日

艺风堂考藏金石目八册　三·七〇〇　八月五日

162

阮盦笔记五种二册　〇·八〇

香东漫笔一册　〇·三〇

古专拓本四枚　〇·二〇　八月六日

善业塑拓本二枚　〇·三〇

齐杨就造象拓本等三种五枚　二·三〇　八月十二日

张龙伯造象记等拓本二种二枚　〇·八〇　八月十五日

王明造象拓本四种四枚　二·〇〇　八月二十一日

比丘僧智道玩等造象拓本四枚　二·〇〇

贾子次诂二册　一·〇〇　八月二十三日　　　二六·四〇〇

永初三公山碑拓本一枚　三·〇〇　九月五日

元氏封龙山颂拓本一枚　〇·八〇

李清造报德象碑拓本一枚　一·〇〇

霍大娘造象拓本一枚　〇·一〇

陆士龙集四册　二·五〇

鲍明远集四册　二·五〇

金刚经嘉祥义疏二册　许季上赠　九月七日

流沙坠简三册　一三·八〇　九月十二日

权衡度量实验考一册　三·〇〇

四朝宝钞图录一册　五·二〇

金石萃编校字记一册　〇·五〇

万邑西南山石刻记一册　〇·四〇

说文古籀拾遗二册　一·二〇　九月十四日

通俗编八册　二·六〇　九月十九日

秦汉瓦当文字二册　五·四〇

郑厂所臧泥封［封泥］一册　〇·三〇

文馆词林汇刊五册　三·〇〇　九月二十八日　　四八·三〇〇

樊敏碑朱拓本一枚　一·〇〇　十月三日

嘉祥苓散汉画象拓本一百卅七枚　一四·〇〇　十月四日

玉烟堂本急就章草法考二册偏旁表一册　郭令之诒　十月十二日

元宁造象记张神洛买田券拓本共三枚　一·〇〇　十月十六日

云窗丛刻十册　八·〇〇　十月十七日

碑别字补一册　〇·六〇

严州图经二册　〇·五〇

景定严州续志二册　〇·四五

严陵集二册　〇·五〇

爨龙颜碑拓本一枚　三·二〇　十月二十三日

端州石室记拓本一枚　〇·八〇

甲寅年国学丛刊八册　四·三五　十月二十四日

后子孙吉专拓本二枚　陈师曾诒　十月二十七日

郭氏石室画象并感孝颂等二十枚　五·〇〇　十月三十日

沂州杂画象十四枚　三·〇〇

食斋祠园画象一枚　一·〇〇

孔子见老子画象一枚　一·〇〇

济宁杂画象二枚　〇·六〇

杂造象十二种十四枚　四·〇〇　　　　　　四九·〇〇〇

正光二年砖拓本一枚　一·〇〇　十一月六日

薛彧姬造象拓本等五种七枚　二·〇〇

山右石刻丛编二十四册　六·〇〇

爨宝子碑拓本一枚　〇·八〇　十一月二十日

程哲碑拓本一枚　〇·八〇

宝梁经拓本一枚　一·四〇

磁州出土六朝墓志并盖拓本十二枚　三·〇〇

王绍墓志拓本一枚　〇·五〇　十一月二十一日

汉画象残石拓本一枚　一·〇〇　十一月二十四日

许始等造象拓本四枚　二·〇〇

周天成造象拓本一枚　杨莘耜赠　十一月二十七日

薛山俱二百人等造象拓本四枚　六·〇〇

刘平周等残造象拓本三枚　一·八〇

陈叔度墓志一枚　〇·二〇

白石神君碑并阴二枚　一·〇〇　十一月二十八日

郑道忠墓志一枚　五·〇〇

淳于俭墓志等五枚　二·〇〇

杜文雅等造象四枚　二·五〇

杜照贤等造象四枚　二·五〇　　　　　　　　　三九·五〇〇

苍颉庙碑并阴侧共四枚　二·〇〇　十二月四日

延光残碑一枚　一·五〇

郑能进修邓艾祠碑一枚　一·五〇

杜文雅等造象二枚　〇·六〇

光州刺史高庆碑一枚　〇·六〇　十二月五日

营州刺史高贞碑一枚　〇·六〇

侍中高盛碑一枚　〇·六〇

冀州刺史关胜颂德碑一枚　〇·六〇

比丘道瑶造象记一枚　〇·六〇

杂古专拓片十六枚　二·〇〇

王僧墓志并盖二枚　二·〇〇　十二月十一日

李超墓志一枚　一·五〇

标异义乡慈惠石柱颂十一枚　三·〇〇

青州駜曹残碑三枚　一·五〇

无极山碑一枚　一·〇〇　案此三公山神碑也目误　十八日注

孝宣公高翻碑一枚　〇·七〇

陈君残碑并阴二枚　一·〇〇

杂造象六枚　一·〇〇

仲思那造桥碑一枚　〔〇〕·四〇

兰陵王高肃碑一枚　一·〇〇　十二月十八日

贺若谊碑一枚　一·五〇

司马景和妻孟墓志一枚　一·〇〇

华岳庙残碑一枚　一·〇〇　十二月十九日

报德玉象七佛颂一枚　一·〇〇

爨龙颜碑并阴全拓二枚　九·〇〇

李谋墓志一枚　〇·六〇

时珍墓志一枚　〇·四〇　，

于纂墓志一枚　二·〇〇

西门豹祠堂碑并阴二枚　一·五〇　十二月二十五日

曹恪碑一枚　二·〇〇

宋买造象并侧一枚　〇·五〇

张法乐造象一枚　〇·五〇

杂造象并舍利塔铭五枚　一·〇〇

孟显达碑一枚　一·〇〇　十二月卅一日

神州大观第八集一册　一·六五　　　　　　　　四八·三五〇

总计四三二·九六三〇　十二月卅一日灯下记。

166

丙辰日记（1916年）

正月

一日　晴。例假。晨富华阁持拓本来。午后陶书臣来。许季上来。

二日　微雪。例假。上午往徐景文寓疗齿。往观音寺街买绒裤二要，三元。往留黎厂买历日一本，泉五十。买《吴谷朗碑》拓本一枚，五角。又魏《李璧墓志》并阴共二枚，银乙元五角。下午童亚镇来函假资用，即答谢之。夜整理《寰〔宇〕贞石图》一过。录碑。

三日　晴。例假。上午得二弟信，附三弟上小舅父笺一枚，十二月三十日发（98）。晚李霞卿、尹宗益来。夜风。

四日　昙。休假。午寄二弟信（一）。午后晴。下午往留黎厂买《古志石华》一部八本，值二元。买《赵郡宣恭王毓墓志》并盖二枚，《杨轨志》一枚，《张盈志》并盖二枚，《刘珍志》并阴二枚，《豆卢实志》一枚，《开皇残志》一枚，《护泽公寇君志》盖一枚，《李琼志》一枚，阙侧，共银五元。买《宕昌公晖福寺碑》并阴共二枚，银六元。夜补写《尔雅补郭》一叶。

五日　雨雪。赴部办事，午后茶话会并摄景。夜同人公宴王叔钧于又一村。

六日　微雪。晚宋子佩将来《晋祠铭》并复刻本，又《铁弥勒象颂》各一枚，芷生所贻。

七日　雨雪。午后往小市，无地摊。下午往交通银行取民国四年下半年公责利子八元四角。往徐景文寓疗齿。

八日　晴。上午得二弟信，三日发（1）。午后往羊圈胡同沈家访小舅父，则已居旃檀寺后身教场路西十九号陈宅，踪往见之，交银三百元汇去年十月至十二月家用，又从铭伯先生家转汇款二百元，又越中代汇出款五百元，共一千元，并三弟来信一枚。晚寄二弟信（二）。夜风。

九日　晴，大风。星期休息。沈商耆父七十生日，上午往贺，并与同事合送寿屏。午后到留黎厂买信纸信封等共五角。买《郙君开道记》旧拓本一枚，"钜鹿"二字未泐，值二元。

十日　晴。午后审知《郙君开道记》为重开后拓，持往还之，别易较旧者一枚，"巨鹿"二字微可辨，直减五角。买《唐邕写经碑》、《首山舍利塔碑》、《宁赞碑》各一枚，共二元五角。晚王式乾来还二十元。

十一日　晴。午后游小市。

十二日　晴。上午得二弟信，八日发（2）。汪书堂代买山东金石保存所藏石拓本全分来，计百十七枚，共直银十元，即还讫，细目在书帐中。

十三日　晴。上午得二弟所寄《校碑随笔》六本，《绍兴教育杂志》第十期一本，八日付邮。寄二弟信（三），又蜜果二合作一包。午后与汪书堂、陈师曾游小市，买《吴葛祚碑》额拓本一枚，铜币四。下午开通俗教育会员新年茶话会，摄景而散。代小舅父收沈宅函，即转寄讫。

十四日　晴。午后游小市。下午往徐景文寓补齿一枚，并药资共银八元。

十五日　晴。上午往交民巷日邮局寄羽太家信并银三十六圆，附与福子笺一枚。午后游于小市。下午往留黎厂以山东金石保存所藏石拓本之陋者付敦古谊，托卖去。买《杨叔恭残碑》并阴、侧共三枚，一元五角；《张奢碑》一枚，一元五角；《高肃碑》并阴二枚，二元；《王迁墓志》一枚，四角。河南存古阁藏石拓本全分卅种四十六枚，四元。原卅二种四十九枚，价五元，今除已有者得上数，目在书帐中。

十六日　晴。星期休息。上午得小舅父信，昨发。得二弟信，十二日发（3）。商契衡来。许季上来。午前小舅父来。

十七日　晴。上午寄二弟信（四）。参观医学专门学校。午后往小市。

十八日　晴。午后往小市。得蒋竹庄父、兄讣，与同人合送幛子，分一元五角。

十九日　晴。上午得二弟信并《咸通专造象》拓本一枚，十五日发（4）。午后杨千里赠《饮流斋说瓷》二本。晚徐宗伟来取十五元。

二十日　昙。上午往日邮局寄羽太家信并银十元，托买什物。午后往小市买瓷印色合一个，铜元四十二枚。吴鍊百嫁女，送贺礼一元。

二十一日　昙。上午寄二弟信（五）。从齐寿山假二十元。午后晴，大风。

二十二日　晴，大风。上午陈师曾与印泥可半合。午后往留黎厂买《响堂山刻经造象》拓本一分，共六十四枚，十六元。又晋立《太公吕望表》一枚，五角；东魏立《太公吕望表》并阴二枚，一元。晚因肩痛而饮五加皮酒。

二十三日　晴。星期休息。午往陈仲骞家饭，有松花江白鱼，同坐九人。下午铭伯先生来。晚许季市来。

二十四日　晴。上午得二弟信，廿日发（5）。祝荫庭丧母，赙一元。午后往小市。

二十五日　晴。上午寄二弟信（六）。午后往小市，买嵩岳石人顶上"马"字拓本三枚，共五铜元，分赠师曾一枚。

二十六日　晴。上午祁柏冈送磁州所出墓志拓片六枚。午后往小市。下午收本月奉泉二百八十元，便还协和十元，季市、寿山各二十元。寄徐宗伟信。晚子佩来，还李霞卿旧假款三十元。夜得二弟信并《永明造象》拓本四枚，廿三日发（6）。

二十七日　晴。午后往小市。晚徐宗伟来，交与四十五元，并前付共百元，汇越中作本月家用。徐元来，交与四十元。

二十八日　晴。黄芷涧丧妇，上午赴吊，又与同人合送绸幛，分一元。托朱孝荃买《维摩诘所说经》等共十册，合银一元三角二分。午后往小市。

二十九日　晴。上午寄二弟信并银百元，作二月家用（七）；又寄《教育公报》二册，附磁州所出墓志六枚，拟赠朱渭侠。转小舅父函一。赠张阆声《会稽故书杂集》一。赠陈师曾《唐邕写经碑》拓本一，以得鼓山全拓而縢出也。午后往小市。下午往留黎厂买《无量义经、观普贤行法经》合刻一册，八分。买《衡方碑》一枚，二元；《宋永贵墓志》并盖二枚，五角；买《张怦墓志》并盖二枚，一元。

三十日　晴，风。上午得二弟信，廿六日发（7）；又得竹纸千二百枚，砖拓片四种，《绍兴教育杂志》第十一期一册，同日付邮。裘子元来。午后往留黎厂买《三公山碑》、《校官碑》、《竹叶碑》、《王基残碑》、《韩君碣》、大小字《定国寺碑》、《造龙华寺碑》拓本各一枚，共银十一元。本日星期休息。

三十一日　晴。午后往小市。

二月

一日　晴。上午寄二弟信（八）。午后往小市。

二日　晴。午后往小市。旧除夕也，伍仲文贻肴一器、馒首廿。

三日　晴。旧历丙辰元旦，休假。午后昙。无事。

四日　昙。休假。上午得二弟信，三十日发（8）。午后季市来。

五日　昙。休假。上午寄二弟信（九）。许季上来。午后晴，游厂甸。下午访季市不值，见铭伯先生，谈良久归。晚饮酒。

六日　晴。星期休息。午后昙。无事。

七日　晴，大风。上午得羽太家信，二十九日发。得重久信，卅日发。

八日　晴，风。上午得二弟信，附《永明造象》拓片一枚，四日发（9）。以《永明造象》与何鬯威一枚，朱孝荃一枚。从许季上乞得磁州墓志拓片六枚。

九日　晴，风。上午寄二弟信（十）。肆古斋送拓片来阅，买得元演、元祐、穆胤墓志各一枚，共九元。又《寇文约修孔子庙碑》、《郭显邕造象》、《维摩诘经残石》共五枚，共三元。晚往季上家。

十日　晴。上午得二弟信并"永和"专拓本一枚，六日发（10）。

夜大风。

十一日　晴。上午寄二弟信（十一）。寄念卿先生信。晚季上来。夜风。

十二日　晴。上午得二弟所寄专拓片三枚，八日付邮。午后往留黎厂买《武平造象》、《武定残碑》拓本各一枚，共一元。又《李宪墓志》拓本一枚，一元。

十三日　晴，风。星期休息。上午念卿先生来，同往广和居午饭。

十四日　晴。上午得二弟信并专拓一枚，十日发（11）。晚季上过访。夜大风。

十五日　晴。上午寄二弟信（十二）。

十六日　晴。晚魏福绵、王镜清来。

十七日　晴，下午大风。晚宋子佩来。

十八日　晴。上午得二弟信，十四日发（12）。

十九日　晴。上午宜古斋送拓本来，拣留《武平七年道俗百余人造象》一枚，五角；《王怜妻赵氏墓志》一枚，疑摹刻，五角；《讳易墓志》一枚，二元。寄二弟信（十三）。下午寄王镜清信。晚往季市寓并假银二十元。

二十日　晴。星期休息。上午许铭伯、季市、世英同来，即往西华门内游传心殿，观历代帝王象，又有绘书及绣少许。午后往留黎厂买《爨宝子碑》一枚，《文安县主墓志》一枚，各一元。又《兖州刺史残墓志》一枚，五角。买"宅阳"及"匋易"方足小币共五枚，一元。又日光大明镜一枚，一元。夜雨雪。

二十一日　雨雪。无事。

二十二日　昙。上午得二弟信，十八日发（13）。得重久信，

172

十六日发。下午雨雪。

二十三日　昙。午前寄二弟信（十四）。

二十四日　晴，大风。下午韩寿谦来。赙杨月如一元。

二十五日　昙，风。午后游小市，地摊尚甚少。

二十六日　晴。上午收本月奉泉二百八十八元，还季市二十元。吴雷川创景教书籍阅览所，捐四元。晚商契衡来。夜铭伯先生来。

二十七日　昙。星期休息。晨图书分馆开馆，有茶话会，赴之。午前往留黎厂买《魏郱珍碑》一枚，阙侧，银一元五角。又《高肃碑》阳换《隽脩罗碑》并阴二枚。得二弟信并专拓片二枚，二十三日发（14）。下午徐元来，付与银五十元，合前付共百卅元，汇作家用。

二十八日　晴，风。上午得二弟所寄抱丰丸立照照象一枚，二十四日付邮。午前寄二弟信（十五）。晚商契衡来，付与学资四十元，合前陆续所假，共银三百元，至今日所约履行讫。

二十九日　晴。虞叔昭结婚，公送缎幛，分一元。下午往夏先生寓。

三月

一日　晴。晨至交民巷寄重久信并银五元。

二日　晴。上午得二弟信，二月二十七日发（15）。

三日　晴，大风。上午寄二弟信（十六）。夜写《法显传》起。濯足。

四日　晴，大风。午后至沈宅访小舅父，云在陈宅，复往迹得之，交银二百四十二元一角，内除旧欠及越中帖水诸费实三百元，诸

173

汇款事并清讫。

五日　晴，大风。星期休息。午后往留黎厂买《松滋公元袤温泉颂》一枚，《诸葛子恒平陈颂》一枚，《洺州澧水石桥碑》一枚，共二元五角。

六日　晴，风。上午得二弟信，二日发（16）。寄王镜清信。董恂士五日卒，下午讣来，乃赴之。

七日　晴。上午寄二弟信（十七）。午后往小市。晚王镜清来。

八日　晴。夜子佩来谭。

九日　晴。上午得龚未生信。晚王叔钧招饮于又一村，同席共十人。

十日　晴。上午得二弟信，六日发（17）。得李霞卿信，昨发。致念卿先生函。

十一日　雨雪，积寸许，上午晴。寄二弟信（十八）。得念卿先生信。午后昙。往留黎厂买得孔庙中六朝、唐、宋石刻拓本共十四枚，价四元。又《武德于府君义桥石象碑》并碑阴、两侧拓本共四枚，一元，《萃编》所录无侧；又在敦古谊买《宇文长碑》一枚，《龙藏寺碑》并阴、侧共三枚，《建安公构尼寺碑》一枚，此碑据《金石分域编》阴、侧当有题名，缪氏《金石目》无，当别访之，三种共直三元。

十二日　晴，风。星期休息。上午得二弟信，八日发（18）。得宋知方信，七日台州中学发。午后往留黎厂直隶官书局买《五代史平话》一部二册，三元六角；汪刻《六朝廿一家集》中零本五种五册，五元四角。遇朱逖先，谈少顷。往宜古斋置孔庙汉碑拓本一分十九枚，三元；《赵芬残碑》二枚，《正解寺残碑》四枚，各一元。

十三日　晴。上午寄龚未生信。寄韩寿谦信。寄念卿先生信。午

174

前寄蔡谷青信，季茀同署。晚寄二弟信（十九）。夜拔去破牙一枚。

十四日　昙。上午寄宋知方信。下午得念卿先生信。夜风。

十五日　晴。上午寄二弟《教育公报》第十至十二期各一本，又磁州所出墓志六种六枚，《李璧墓志》二枚，《李谋墓志》一枚。寄王镜清信。午后大风。晚往季市寓，饭后归。是日专门学校成绩展览会开会。

十六日　晴，风。上午得二弟信，十二日发（19）。下午韩寿谦来，付与银百，汇家用。夜写《法显传》讫，都一万二千九百余字，十三日毕。

十七日　晴，风。上午寄二弟信（廿）。午后理发。

十八日　晴。午后往徐景文寓治齿，付一元讫。下午小舅父来。

十九日　晴，星期休息。午后往留黎厂买《嵩高灵庙碑》并阴二枚，《嵩阳寺碑》一枚，共二元。又《安喜公李使君碑》，造象残碑，李琮、寇奉叔墓志，《法懃禅师塔铭》各一枚，共三元五角。下午赴展览会场，见铭伯先生一家俱在，同至益昌食茗饵讫便归。

二十日　昙。舒伯勤丧妇讣来，赙四元，与伍仲文合寄之。午后同陈师曾游小市。下午往留黎厂。得二弟所寄《绍兴教育会杂志》第十二期一册，十六付邮。晚阮和孙来。夜风。

二十一日　晴，风。下午赙董恂士家十元。晚和孙来。

二十二日　晴，大风。上午寄二弟信（廿一）。得二弟信，十八日发（20）。晚宜古斋送拓本来，选得《谭菜墓志》一枚，《杜乾绪造象》一枚，共银二元。

二十三日　晴，风。无事。

二十四日　晴，风。上午和孙来。晚约和孙往广和居饭，夜别去，明日赴繁峙也。

二十五日　晴。午后收本月奉泉三百。下午往留黎厂买《麃孝禹碑》一枚，银四元。又济宁州学所藏汉、魏石刻拓本一分大小共十七枚，银四元；鲁王墓前二石人题字二枚，银五角。

二十六日　昙。星期休息。上午得二弟信，廿二日发（21）。赴吊董恂士。午后晴，风。铭伯先生来。下午魏福绵来。夜宋子佩来。

二十七日　晴。上午寄二弟信（廿二）。董恂士出殡，部员路祭。午后往小市。

二十八日　晴，夜风。无事。

二十九日　晴，午后风。无事。

三十日　昙。上午得二弟信，廿六日发（22）。得朝叔信，廿四日发。寄二弟《说文校议》一部五册，《湖海楼丛书》一部二十二册，分作三包。晚修订《咫进斋丛书》一部讫，凡廿四册，费工三日。

三十一日　晴。上午寄二弟信（廿三）。得福子信，二十五日发。午后往东交民巷寄羽太家信并银卅五元，八月分止。下午风。

四月

一日　昙。午后往留黎厂买《张迁碑》并阴共二枚，一元；《刘曜残碑》一枚，五角。下午张协和来，晚同至季市寓，饭后归。夜雨雪，积半寸。

二日　晴。星期休息。上午得二弟信，三月二十九日发（23）。午后往留黎厂买《韩仁铭》一枚，《尹宙碑》一枚，二元五角。又《受禅表》、《孙夫人碑》、《根法师碑》各一枚，二元。往学校成绩展览会，少住即还。

三日　晴。上午寄二弟信，附答朝叔笺一枚（廿四）。午后大风。

四日　晴，大风。晚仪古斋来，买得《洛州老人造象碑》、《王善来墓志》，共直二元。

五日　晴。晚徐元来。夜紫佩来。

六日　晴。午后紫佩回越，托寄二弟信一函，又书籍两箧，共二十八部二百六十四册。下午得二弟信，二日发（24）。晚商契衡来。

七日　昙。上午寄二弟信（廿五）。得李霞卿信，即复。午后往小市。晚徐涵生来访。

八日　昙。午后往留黎厂买《苏慈志》一枚，一元。又拓本付衬二十一枚成，共工直六元。夜李霞卿来假银十元，遗茗一合。

九日　晴，大风。星期休息。无事。

十日　晴，风。夜腹写。

十一日　晴。上午得二弟信，七日发（25）。

十二日　晴。上午寄二弟信（廿六）。午后往小市。晚季市来。

十三日　晴。上午得宋子佩信，十日沪上发。下午往耀文堂观帖，买《邹县佳城堡画象》六枚，三元；姚贵昉藏石拓片十二枚，四元，似多伪刻。又得《莱子侯刻石》、《李家楼画象》、《张奢碑》、《鞠彦云墓志》并盖、《淳于俭墓志》、《诸葛子恒平陈颂》阴、《杜文庆造象》各一枚，共银五元。晚裴子元来。魏福绵、王镜清来。

十四日　晴。上午托紫佩在上海所购河南安阳新出土墓志七种寄至，计七枚，共直十元，十日付邮。午食甚闷闷。下午王式乾、徐宗伟来。晚往许季市寓，饭后乃归。夜裴子元来谈。

十五日　小雨即晴。午后往神州国［光］社买《神州大观》第九集一册，一元六角。又往青云阁步云斋买履一两，亦一元六角。下午昙。得重久信。

十六日　晴。星期休息。上午得铭伯先生柬，午后同游农事试验场，晚归。

十七日　晴。上午寄二弟信（二十七）。得福子信。夜雨。

十八日　昙。上午得二弟信，十二日发（26）。午后晴。

十九日　雨。上午得二弟所寄邮片，十四日午发（27）。晚晴。韩寿晋来。

二十日　晴。上午得宋子佩信，十五日杭发。晚裘子元来。

二十一日　昙。上午寄二弟信（廿八）。晚周友芝来。钱均夫来。

二十二日　雨。下午许季上来假《艺文类聚》。

二十三日　晴。星期休息。上午得二弟笺，十七日发（28）。午后往留黎厂买《嵩山三阙》拓本一分，大小十一枚，二元；《曹植碑》一枚，一元；又买黄石厓造象五种四枚，二元；《张角残碑》一枚，一元。下午裘子元来。许季市来。

二十四日　昙。午后往留黎厂震古斋买《元氏法义卅五人造象》拓本一枚，石已佚；又《仲思那造硚碑》一枚，共二元。晚雨。

二十五日　昙。上午得宋子佩信，廿日越发。寄二弟信（二十九）。午后往小市。

二十六日　晴。上午寄宋子佩信。寄韩寿晋信。陈师曾赠印一枚，"周树所藏"四字。午后收本月奉泉三百元。下午同师曾往留黎厂看拓本，买得《造交龙象残碑》一枚；《邑义六十人造象颂》一枚，又二枚，似两侧；又塔颂一枚，安阳万佛沟石刻之一，共与银乙元。

二十七日　晴。午后往小市。下午寄王式乾信。晚许季上来。

二十八日　晴，风。上午得二弟明信片，廿一日发（29），又信，廿三日发（30）。晚王式乾来，假与银四十元，约后汇越中。

二十九日　昙。上午得二弟信，廿四日发（31）。寄二弟信

（三十）。午后寄蔡谷青信。往留黎厂买《石墙村刻石》一枚，《居摄坟坛刻石》二枚，《王偃墓志》并盖［阴］二枚，灵寿祁林院北齐造象五枚，《贾思业造象》一枚，《纪僧诺造象》一枚，刘思琬等残造象一枚，共银四元。夜风。

三十日　昙。星期休息。上午甘君来。午后游留黎厂，历数帖店，无所可得。馆举秋祭，下午许铭伯先生、季市、寿洙邻均因便来谭，少顷去。晚魏福绵、王镜清来。

五月

一日　昙。午后往小市。午后雨即止而风。

二日　晴，下午大风。无事。夜得二弟明信片，廿八日发（32）。

三日　晴。上午寄二弟信（卅一）。下午风。寄王镜清信。

四日　晴，下午大风。无事。夜濯足。

五日　晴，风。无事。

六日　晴。上午得二弟信，一日发（33）。午后大风。往留黎厂买《刘曜残碑》一枚，一元；画象一枚，有题字，又二枚无字，二元；《郑道昭登百峰山五言诗石刻》一枚，二元；黄石厓魏造象六枚，二元；驼山唐造象一百二十枚，四元；仰天山宋造象十七枚，一元。下午以避喧移入补树书屋住。

七日　晴。星期休息。上午寄二弟信（三十二）。午后往留黎厂以拓片付表。又买《吹角坝摩厓》一枚，二元；《朱鲔室画象》十五枚；杂山东残画象四枚，五元；杂六朝小造象十六枚，三元；又添《白云堂解易老》拓本一枚。甘君来。李霞卿来并还银十元。周友芝来，多发谬论而去。下午裘子元来。王镜清来。

八日　晴。午后赠师曾家藏专拓一帖。蟫隐庐寄书目来。夜魏〔福〕绵来。

九日　晴。上午富华阁持拓片来。寄二弟信（三十三）。下午得二弟信，四日发（34）。

十日　晴。下午往震古斋买六朝造象四种七枚，二元。徐元来。晚铭伯先生来。送朱造五《百喻经》一册。

十一日　晴。无事。晚许季市来。夜风。

十二日　晴。上午寄二弟信（三十四）。得蔡谷青信，九日苏州发。

十三日　雨。上午得二弟信，七日发（35），又明信片一枚，八日发（36）。下午往留黎厂买《鞫彦云墓志》并盖二枚，三元；《源磨耶圹志》一枚，二元；王俱等造四面象四枚，二元；泰安徂徕山磨厓二分各七枚，共五元；别有《杨显叔造象》一枚添入。表拓片三十四枚，工五元。晚晴，风。

十四日　晴。星期休息。上午富华阁帖店来。寄二弟信（三十五）。审昨所买《鞫彦云志》为翻刻，午后往留黎厂易《郭休碑》并阴二枚。又买旧拓《淳于俭墓志》一枚，一元五角；《大业始建县界碑》二枚，五角。以上在震古阁。往官书局代吴雷川买《敦艮斋遗书》一部五本，二元。往富华阁买冯焕、李业、杨发、贾夜宇阙各一枚，三元；《司马长元石门题字》二枚，一元；《魏三体石经》残字一枚，三元。下午商契衡来。

十五日　晴。上午以徂徕山摩厓一分赠师曾。下午昙。夜雨。

十六日　昙。午后往小市。下午晴。寄蔡谷青信。

十七日　晴。晨铭伯先生来。得宋子佩信，九日越中发。下午自

180

部归，券夹落车中，车夫以还，与之一元。晚潘君企莘自越来，交起孟函并茶叶一合去，假二十元券与之，俾留见金。夜裘子元来。雷雨。

十八日　昙。上午寄二弟信（三十六）。从张阆声假二十元。下午晴。往留黎厂。

十九日　昙。上午得二弟信，十三日发（37）。下午晴，风。送王宅、杨宅奠金四元。

二十日　晴。午后往留黎厂买《武班碑》并阴二枚，《天监井阑题字》一枚，《高进臣买地券》一枚，安阳残石四种六枚，共六元。晚往铭伯先生寓，饭后归。夜魏福绵来。

二十一日　晴。上午得二弟信，十六日发（38）。寄二弟信，附《高进臣买地券》拓本一枚（三十七）。往留黎厂买《李孟初神祠碑》一枚，二元；《封龙山颂》一枚，一元；《姜篆造象》旧拓本一枚，一元五角。下午李霞卿来，假与五元。晚风。星期也，休息。

二十二日　晴。午后往杨仲和家吊。得徐元信，廿日发。夜雨。腹写。

二十三日　昙。上午寄二弟信片（三十八）。赴王维白家吊。下午雷雨。晚晴。

二十四日　晴。晚潘企莘来。

二十五日　晴。午后潘企莘至部属保。下午商契衡属保其友三人。

二十六日　晴，大风。上午得二弟明信片，二十日发（39）。得宋子佩明信片，二十三日沪上发。下午往王维忱寓。晚寄二弟明信片（三十九）。

二十七日　晴，下午大风。得二弟妇信，二十二日发。夜烈风。

二十八日　晴，大风。星期休息。上午得李霞卿信，昨发。寄二弟及弟妇信（四十）。午许季上来。赴长椿寺吊范吉陆母丧，同人合送幛子，分一元。下午往留黎厂买旧拓《武荣碑》一枚，值六元，其内二元以售去之《爨龙颜碑》款抵之。又买《帅僧达造象》一枚，五角。尹宗益来。晚甘君来。王镜清来。夜雨。背痛。

二十九日　晴。上午收本月奉泉三百元。寄王镜清信。寄徐元信。还阎声二十元。下午得二弟明信片，廿四日发（40）。晚寄二弟信（四十一）。韩寿谦来假去十元。许铭伯先生来。

三十日　晴。选拓本八种，下午赴敦古谊令表托。徐宗伟、徐元来假去银五十元。王维忱来。夜王镜清来代魏福绵假去三十元。背痛未除，涂碘醇。

三十一日　晴。上午陈师曾示《曹真残碑》并阴初出土拓本二枚，"诸葛亮"三字未凿，云仿古斋物，以十元收之。又江宁梁碑全拓一分，内缺《天监井床铭》，计十六枚，是稍旧拓本，是梁君物，欲售去，亦收之，直十六元。下午理发。师范校寄杂志一册。夜潘企莘率一谁何来。

六月

一日　晴。无事。

二日　晴。上午得二弟明信片，五月廿八日发（41）。

三日　晴，热。上午寄二弟明信片（四十二）。下午往留黎厂买《元鸷墓志》一枚，《元鸷妃公孙氏墓志》一枚，共银三元。又取表成帖片十枚，工一元六角。

四日　晴。星期休息。上午吴方侯来，名祖藩。下午昙，雷雨。

五日　晴。旧历端午也，休息。上午得二弟明信片，五月卅一日发（42）。商契衡来。往季市寓午饭，下午归。夜蒋抑之来。

六日　昙。上午得李霞卿函。得羽太家信，附信子笺，五月卅日发。午晴。夜寄二弟信片（四十三）。寄李霞卿信片。

七日　晴。午后同师曾往小市，地摊绝少。晚商契衡来。宋子佩自越中至，交来二弟函并干菜一合，又送笋干一合，新茗二包。

八日　晴。夜铭伯先生来。

九日　晴。上午得二弟妇信，四日发。下午得二弟信，三日发（43），经绍卫戍司令部检过，迟到。得李霞卿信。晚商契衡来。许季上来。

十日　晴。上午寄二弟信，附与弟妇笺一枚（四十四）。得二弟信，五日发（44）。午后风。往留黎厂买汉中石刻拓本一份，除《鄐君开道记》，共十二枚，直六元。又买《高湛墓志》一枚，二元。晚韩寿晋来。甘润生来。

十一日　晴，风。星期休息。上午祝宏猷_{庆安}、尹翰周_{德松}来。午后昙。往留黎厂属表拓本可九十种。下午小雨即止。洙邻兄来。

十二日　晴。上午寄二弟明信片（四十五）。

十叁日　小雨。上午得二弟信并《〈蜕龛印存〉序》一叶，七日发（45）。

十四日　小雨。上午朱孝荃贻青椒酱一器。下午大雷雨。向虞叔昭借衣。

十五日　晴。晨寄二弟明信片（四十六）。上午部派赴总统府吊祭，共五人。午后往许季上寓。下午风。

十六日　晴。晨尹翰周来。下午得二弟明信片，十日发（46）。得阮久孙信片,十二日繁峙发。还虞叔昭衣。卢闰州来。晚宜古斋持拓片来,撰留隋《暴永墓志》并盖二枚,直二元,云山西新出土,未详何县。

十七日　晴。上午寄阮久荪信片。午后往留黎厂取所表拓片,共工泉十元。下午西泠印社寄书目一册至。夜许诗荃来。风雨。

十八日　晴。星期休息。上午往留黎厂买《平等寺碑》一枚,《道兴造象》并治疾方大小三枚,《正解寺残碑》四枚、阴二枚,共四元。又至青云阁买草冒、袜、履,共四元。午后洙邻来。下午雨一陈即晴。晚寄二弟信片(四十七)。

十九日　晴。下午李霞卿来,假与银三十元。得二弟所寄《爇社杂志》第三期一册,十四日付邮。晚雨。

二十日　晴。下午得二弟信,十四日发(47)。王式乾、徐宗伟来。晚昙,雷。

二十一日　晴。上午寄二弟信,附改定《印存序》一篇(四十八)。晚铭伯先生来。

二十二日　晴,风。晨得二弟信,十六发(48),又信片,十八日发(49)。上午铭伯先生来属觅人书寿联,携至部捕陈师曾写讫送去。潘企莘来别,云明日归。晚有帖估以无行失业,持拓本求售,悲其艰窘,以一元购《皇甫驎墓志》一枚。夜雷雨。

二十三日　昙,上午晴。寄二弟信片(四十九)。下午帖估来,不买。

二十四日　晴。午后往留黎厂付表拓本三十二枚。晚李估来,买造象三种,二元。

二十五日　昙。星期休息。上午尹翰周来,午后始去。得李霞卿信,晨发。得朝叔信,二十日太仓发。下午小雨。晚吴祖藩来。

二十六日　昙。上午得二弟信，二十一日发（50）。下午雨。

二十七日　晴。上午寄二弟信片（五十）。午雨一陈即霁，下午风。

二十八日　晴，风。袁项城出殡，停止办事。午后往留黎厂。夜雷雨。

二十九日　晴。上午得二弟信，二十五日发（51）。下午宜古斋来，置《暴永墓志》并盖二枚而去。仿古斋来，师曾所介绍也。夜濯足。大雷雨。

三十日　昙。上午寄二弟信（五十一）。下午往留黎厂。

七月

一日　晴。部改上半日办事。上午收六月奉泉三百。午后往留黎厂宜古斋买《仓龙庚午残碑》一枚，初拓本《嵩高灵庙碑》并阴、侧三枚，精拓本《白实造中兴寺碑》一枚，《栖岩寺舍利塔碑》一枚，阙额，共直五元。下午访古斋来，买《百人造象》、《明范上造象》各一枚，共一元。

二日　晴，风。星期休息。午后往季市寓。往留黎厂。

三日　晴。晨得二弟信，六月廿九日发（52）。午陶念钦先生来。晚许季上来。

四日　晴。上午寄二弟信（五十二）。晚尹翰周又来。夜风。

五日　晴。上午寄二弟及弟妇合信（五十三）。午往留黎厂取所表拓本，付工直五元。又买《萧宏西阙》一枚，有莫友芝监拓图记，《菀贵造象》一枚，共银一元。夜大雷雨。

六日　昙，下午雷雨。无事。

七日　晴。买二木箧盛拓本，直一元五角。晚铭伯先生来。甘润生来。周友芝来。夜得二弟信，附小造象拓片一枚，三日发（53）。

八日　晴。上午寄二弟信（五十四）。寄朱渭侠信。下午往留黎厂。往升平园浴。往铭伯先生寓。晚陶望潮招宴，赴辞。微雨。夜大雷雨。

九日　晴。星期休息。上午季市来。齐寿山来，同至季市寓，午后归。小雨。

十日　昙。下午访古斋来。晚潘企莘来。感寒发热，服规那丸二枚卧。

十一日　晴。午后往访古斋视拓本，得石刻十三枚，砖十枚，无一佳品，而其直七元，当戒。夜蒋抑之来。得二弟明信片，八日发（54）。

十二日　昙。腹写甚。下午得蒋抑卮信。夜服撒酸铋重曹达。

十三日　晴。上午寄二弟信（五十五）。往日邮局寄相模屋书店函并银三十圆。下午往留黎厂买《尔雅音图》、《汉隶字原》各一部，共六元。

十四日　晴。上午寄西泠印社函并银八圆买书，午后又补寄邮券三角。

十五日　晴。上午得二弟信，十一日发（55）。下午大风，雷雨一陈霁。

十六日　晴。星期休息。上午寄二弟信，附刘立青、林纾画各一枚（五十六）。甘润生来。午后往留黎厂买《大云寺石刻》拓本一分，大小十枚，又《淄州凤皇画象题字》二枚，共银二元。

十七日　晴。午后同陈师曾至其寓斋。

十八日　晴。上午得二弟信，十四日发（56）。得羽太家信，十一日发。午后往京师图书馆。晚尹宗益来。作札半夜，可闵！

十九日　晴。上午寄潮叔函并《司法例规续编》一册。寄羽太家信。寄二弟及弟妇函，附与三弟及东京寄来各笺〔（五十七）〕。下午潘企莘来。晚季市馈鹜一器。

二十日　晴。午后得李霞卿笺。午后往季市寓。晚季上来。

二十一日　昙。上午得西泠印社函并《古泉丛话》一册，《艺风堂读书记》二册，《恒农冢墓遗文》一册，《汉晋石刻墨影》一册，作一包，十九日付邮。午与徐吉轩、齐寿山、许季上共宴冀育堂于益昌。下午潘企莘来。晚铭伯先生来。夜下血。

二十二日　晴。上午得二弟信，告冲十八日上午殇，其口发（57）。午后往留黎厂取所表拓本四十九枚，付工伍元。下午寄二弟信（五十八）。夜大风。

二十三日　晴。星期休息。午后往留黎厂买石印杜堇《水浒图赞》一册，铜元廿。

二十四日　晴。晨得二弟信，二十日发（58）。夜下血。

二十五日　晴。上午寄二弟信（五十九）。下午往留黎厂买杂汉画象二枚，《贾思伯碑》并阴三枚，《刘怀民墓志》一枚，共七元。

二十六日　晴，午后风。下午得二弟信，廿二日发（59）。

二十七日　晴。下午张燮和来。

二十八日　晴。上午得二弟信，廿四日发（60）。得二弟妇信，廿五日发。下午昙。寄二弟及弟妇信（六十）。往留黎厂买端氏臧石拓本一包，计汉、魏、六朝碑碣十四种十七枚，六朝墓志二十一种廿七枚，六朝造象四十种四十一种〔枚〕，总七十五种八十五枚，共直二十五元五角。又《张景略墓志》一枚，五角。往西升平园理发并

187

浴。晚子佩来，假去十元。夜小雨。

二十九日　雨，午后止。下午许季上来。夜复雨。

三十日　昙。星期休息。上午得二弟信，廿六日发（61）。午后晴。往留黎厂买《沈君阙》侧画象二枚，一元。下午陈公孟来。

三十一日　晴。上午寄二弟信（六十一）。下午往季市寓。晚风。

八月

一日　晴。上午寄李霞卿信。夜雨。

二日　昙。上午得二弟信，七月廿九日发（62）。

三日　晴。上午寄二弟信（六十二）。得羽太家信，七月廿六日发。晚德古斋来。

四日　晴。上〔午〕收七月分奉泉三百元。午后往小市。下午往留黎厂买《群臣上寿刻石》一枚，《沈君阙》二枚，共三元；《郙阁颂》一枚，二元；杂造象五种五枚，一元。得三弟信，有二弟附言并张普先砖拓三枚，《侯海志》拓一枚，七月卅一日发（63）。施万慧师居天竺费银十元，交季上。夜子佩假去十元。

五日　晴。上午寄羽太家信。下午商契衡来。晚雷。

六日　晴。星期休息。上午寄二弟及三弟信（六十三），又寄《汉晋石刻墨影》、《历代符牌图录》、《水浒图赞》共三册一包。得二弟信，二日发（64）。寄韩士泓信。祁柏冈来。下午寿洙邻来。雷。

七日　昙。午后往北海。晚雷雨一陈霁。

八日　昙。上午寄二弟信（六十四）。午后晴。下午德古斋来，续收端氏所藏造象拓本三十二种卅五枚，七元。又拓本表成卅枚，工三元。

九日　晴。下午雷雨一陈霁。得二弟信，五日发（65）。晚又小雨。

十日　晴。上午寄二弟信（六十五）。下午赴留黎厂买《郝氏志》并盖二枚，一元。

十一日　晴，下午雨。得二弟信，七日发（66）。得吴方侯信，子佩交来。

十二日　晴。午后寄韩士泓信。下午往留黎厂，续收端氏所臧石刻小品拓片二十二种二十五枚，六元。又专拓片十一枚，一元。得二弟信，八日发（67）。裘子元来。晚寄二弟信（六十六）。全日酷热，蝉夜鸣。夜半雨。

十三日　雨。星期休息。上午风，晴。午后复雨。许季上来。下午杜海生来。

十四日　大雨。午后寄二弟信（六十七）。

十五日　昙。午后大雨，下午晴。得二弟信，十一日发（68）。

十六日　晴。上午寄二弟信（六十八）。寄吴方侯信。下午得吴方侯信。

十七日　昙。午前得朝叔信，十三日发。下午晴，旋雨。许季上来。晚子佩来，假去银四十元，代邵。

十八日　晴。下午得二弟信，十四日发（69）。晚铭伯先生来。

十九日　晴。上午往日邮局寄羽太家信并银二十八圆。午后往留黎厂德古斋买六朝小造象十壹种十二枚，共一元。

二十日　晴。星期休息。上午寄二弟信（六十九）。午后往季上寓。往留黎厂买白佛山造象题名大小共三十二枚，银四元，内二枚有开皇年号。往稻香村买食物四角。下午陈公孟来。

二十一日　晴。下午得二弟信，十七日发（70）。晚寄二弟信（七十）。

二十二日　晴。上午得李霞卿笺，子佩交来。

二十三日　晴。无事。

二十四日　晴。午汪书堂约赴四川饭馆午餐。晚往铭伯先生寓，夜归。

二十五日　晴。上午得二弟信，廿一日发（71）。午后得羽太家信，十九日发。晚寄二弟信（七十一）。夜子佩来还泉二十元。大雨。

二十六日　大雨，上午晴。得吴方侯信。下午得韩士鸿信。念卿先生来。

二十七日　雨。星期休息。上午王子馀来。下午宋芷生寄《山右金石记》一部。

二十八日　晴。无事。

二十九日　昙。上午得羽太家信，廿三日发。下午得二弟信，廿五日发（72）。

三十日　晴。晨寄二弟信（七十二）。转寄小舅父信。上午寄韩士鸿信。寄蔡谷青信。午后同汪书堂之小市。下午往留黎厂。

三十一日　晴。上午得二弟信，廿七日发（73）。得西泠印社明信片，又《东洲草堂金石跋》一部四册，三元。午后昙，风。

九月

一日　晴。上午寄二弟信（七十三）。答西泠印社明信片。

二日　昙。上午得吴方侯信，廿九日发。子佩还邵款卅元。季上假廿元。下午风。往留黎厂看拓本，无所取。别买《中国名画》第十八集一册归，价一元五角。夜雨。

三日　大雨。星期休息。表糊房舍，以三弟欲来。下午晴。季上来谭。

四日　晴。上午得二弟信，八月卅一日发（74）。夜季市来。

五日　晴。上午寄二弟信（七十四）。夜三弟同霞卿到，收二弟信。

六日　晴。上午震古斋帖店来，买薛甝姬、公孙兴造象各一枚，共银一元。霞卿交来火腿二只、茗二包。夜齐寿山来，取去火腿一只、茗一包。

七日　晴。上午得二弟信，三日发（75）。午后往留黎厂。

八日　昙。上午寄二弟信，附三弟笺（七十五）。表拓本三十枚成，工五元。下午震古斋来售云峰太基山摩厓刻旧拓不全本，卅一种卅三枚，值十五元。

九日　昙，午后晴。往留黎厂买《白驹谷题刻》二枚，齐造象二枚，共二元。晚小雨。

十日　晴，风。星期休息。上午得二弟信，附三弟妇笺，六日发（76）。午前铭伯先生来。庆云堂持拓片来，买取汉残石一枚，有"孝廉司隶从口"字，价一元。同三弟往益昌，俟子佩，饭后同赴中央公园，又游武英殿，晚归。

十一日　晴。上午寄二弟信，附三弟笺（七十六）。下午收八月分奉泉三百。

十二日　晴。旧历中秋，休息。上午得二弟信，八日发（77）。午前童萱甫来。午后同三弟出游，遇张协和，俱至青云阁饮茗，坐良久，从留黎厂归。晚又同往铭伯先生寓饭。

十三日　晴。下午寄二弟信（七十七）。晚铭伯先生来。夜商契衡来。

十四日　昙。上午得二弟信（78），又拓本一束三种十四枚，并十日发。

十五日　晴。下午得阮久孙函，十日繁峙发。

十六日　晴。上午寄二弟信，附三弟笺（七十八）。复阮久孙信。午后得曾根信，八日发。下午赴汤宅吊，公送幛二，分二元。往留黎厂买《王遗女墓志》一枚，一元。得吴祖藩信，九日严州发。晚许季上来。

十七日　昙。星期休息。上午徐元、宗伟、王式乾来。得二弟信，十三日发（79）。赙纪宅四元。午后往洪宅祝，同人公送屏一具，分二元。同三弟游万生园。下午微雨。晚买蒲陶二斤归。

十八日　晴。上午庆云堂帖店来，买取元倪、叔孙固、穆子岩墓志各一枚，又造象一种四枚，共直八元。午后往交民巷邮局。得蔡谷卿信，十五日杭州发。得宋知方信，九日台州发。夜潘企莘来假银二十元。

十九日　昙。上午寄二弟信，附三弟笺（七十九）。寄吴方侯信。寄宋知方信。下午陈师曾赠古专拓片一束十八枚。

二十日　昙。上午得二弟信，附三弟妇笺，十六日发（80）。寄蔡谷青信。晚雨。

二十一日　晴，风。上午寄二弟信（八十）。晚邀张仲苏、齐寿山、戴芦舲、许季上、许铭伯、季市在邑馆饭。

二十二日　晴。上午得二弟明信片，十八日发（81）。夜商契衡来。

二十三日　晴。午后往留黎厂买《师旷墓画象》四枚，王法现、陈神忻、高岭以东诸村造象各一枚，《郑道昭题刻》小种二枚，共直三元。

二十四日　晴。星期休息。上午许季上来。同三弟往升平园理发并浴。至南味斋午餐。又至季上寓，同往西长安街观影戏，至晚归寓。

二十五日　晴。上午得二弟信，廿一日发（82）。

二十六日　晴。上午寄二弟信（八十一）并《古泉丛话》一册，《艺风堂读书记》二册，六年历书一册，作一包。晚往季市寓饭，同坐十人。夜风。

二十七日　晴。午后寄二弟明信片（八十二）。晚帖估来，买晋阙、魏志各一，共二元五角。

二十八日　昙，冷。上午托稻孙买书，交银十元。晚帖估来，买造象二种，共乙元。

二十九日　昙。上午得二弟信，廿五日发（83）。午后同师曾至小市。夜雨。

三十日　晴。上午寄二弟信（八十三）。得福子信，二十四日发。下午往留黎厂。晚帖贾来，买取王曜、□显、崔暹墓志共四枚，《廉富造象》四枚，《吕升欢造象》二枚，杂造象四枚，《胡长仁神道碑》额一枚，共五元。夜同三弟往大栅阑观影戏，十一时归寓。

十月

一日　晴。星期休息。午后同三弟往青云阁饮茗。下午至长安街观影戏。

二日　晴。上午陶念钦先生来。

三日　晴。上午得二弟信，九月廿九日发（84）。得阮和荪信，五台发。得吴方侯信。

四日　晴。上午车耕南来。寄二弟信（八十四）。寄和孙信。

五日　晴。上午得二弟信并专拓片三纸，一日发（85）。午后托子佩往兴业银行汇银三十元至家，并寄二弟一函（八十五）。陈仲骞母寿往贺，同人共送寿屏，分二元。晚邀子佩及三弟往广和居饭。

六日　昙，风。下午章介眉先生来。

七日　昙。上午寄二弟信（八十六）。得曾根信，二日发。下午雨。

八日　雨。星期休息。上午季市来。得二弟信，四日发（86）。下午晴。

九日　晴。上午得二弟明信片，五日发（87）。寄二弟信（八十七）。寄阮和荪信。

十日　晴。国庆日，休息。上午铭伯先生来。午后往留黎厂买《神州大观》第十集一册，一元五角。又晋《太公吕望表》并碑阴题名共二枚，《廉富造象》碑阴并侧共三枚，合一元。往大荔会馆访章介眉先生，不值。晚许铭伯、季市在广和居饯三弟行，诗荃、诗英亦至。

十一日　晴。休息。午后同三弟至青云阁饮茗并买饼食。晚许季上来。

十二日　晴。清晨三弟启行归里，子佩送至车驿，寄回《恒农冢墓遗文》一册，《神州大观》第九、第十，《中国名画集》第十八各一册，章先生书一幅。上午得二弟信，八日发（88）。晚风，小雷雨。夜大风。

194

十三日　晴，冷。上午寄二弟信（八十八）。

十四日　晴。上午得二弟信，十日发（89）。午后昙。往留黎厂买王显、羊定墓志各一枚，二元。晚得和孙信，九日发。

十五日　晴，风。星期休息。上午韩寿晋来。往留黎厂以拓片付表，又买《天柱山东堪石室铭》一枚，《岁在壬申建》一枚，《白云堂中解易老也》一枚，共银二元。午后得九孙明信片，十二日发。晚寄和孙信。庆云堂帖店来，买《邓太尉祠碑》并阴二枚，二元五角；《圣母寺造象》四枚，一元五角。

十六日　晴。上午得宋知方信，十三日杭州发。寄二弟及三弟信（八十九）。

十七日　晴。上午得二弟信，十三日发（90）。得三弟明信片，十四日上海发。

十八日　晴。晚往季市寓。

十九日　晴。休假。上午往许季上寓。午后往留黎厂豫约《金石苑》一部，付券十一元。夜寄二弟信（九十）。

二十日　晴。上午得三弟信，十六日家发。

二十一日　晴，下午昙。无事。

二十二日　晴。上午得二弟信，十八日发（91）。往张协和寓吊其祖母丧，并赙四元。午后往留黎厂，买《陆希道墓志》盖一枚，一元。杂造象三种五枚，毗上残石一枚，共二元。

二十三日　昙。上午寄二弟及三弟信（九十一）。徐班侯生日赴祝之，同人公送幛子，分二元。晚敦古谊帖店来，付表拓片。王式乾来。

二十四日　晴，大风。上午铭伯先生来。收九月分奉泉三百。晚往留黎厂。

二十五日　晴。上午得二弟信附丰丸习字一枚，廿一日发（92）。晚商契衡来。

二十六日　晴。寄二弟信（九十二）。得三弟及三弟妇信，廿二日发。

二十七日　昙。上午寄实业之日本社银二元三角，定杂志。午后往浙江兴业银行汇本月家用百。得李霞卿信，晚以明信片复。

二十八日　昙。上午寄二弟及三弟、三弟妇信（九十三）。

二十九日　晴。星期休息。上午得二弟信，廿五日发（93）。得和荪信，廿五日发。午后往留黎厂买端氏臧石拓本二十七种三十三枚，又别一枚（戴氏画象），共直八元。往观音寺街买衣二枚，五元。午后李霞卿来假去银十元，赠以《说文系统图》拓本一枚。

三十日　昙。上午得久孙信，廿四日发。午后往警署。晚又往警署。久孙到寓。

三十一日　晴。午前寄二弟信（九十四）。寄和孙信。得钱稻孙信，廿五日东京发。下午久孙病颇恶，至夜愈甚，急延池田医士诊视，付资五元。旋雇车送之入池田医院，并别雇工一人守视。

十一月

一日　晴。下午赴池田医院。子佩代霞卿还银五元。夜铭伯先生来。

二日　昙。上午得二弟及三弟信，十月廿九日发（94）。得宋知方信，十月廿八日上虞发。

三日　昙。午前赴池田医院。寄二弟信（九十五）。得三弟寄来

《上海指南》一册，十月廿九日发。晚往池田医院。

四日　昙。晨铭伯先生来。从季市假银百。下午雨。寄钱稻〔孙〕信。晚往池田医院。夜寄和荪信。

五日　雨。星期休息。祁柏冈葬母设奠，午前赴吊。晚往池田医院付诸费用泉，又为买药足一月服，共银三十三圆。夜风。呼工蓝德来。

六日　雨。黎明起，赴池田医院将久孙往车驿，并令蓝德送之南归。给蓝德川资五十元，工泉十元，又附一函。上午寄二弟信（九十六）。下午得二弟信，附芳子笺，二日发（95）。夜风。

七日　昙，风，大冷。下午得二弟信，三日发（96）。晚韩寿晋来。

八日　晴。上午寄二弟信（九十七）。寄和荪信。午后寄丸善书店银二元，为二弟买书。晚往留黎厂取所表拓本，付工泉五元。夜帖贾来，购取《仙人唐公房碑》并阴二枚，二元。

九日　晴。上午得二弟信，五日发（97）。晚许季上来。裘子元来。夜罗扬伯来。

十日　晴。上午得和荪信，四日发。往浙兴业银行汇还久荪泉百，由家转，并致二弟信（九十八）。

十一日　晴。下午得稻孙叶書，即答讫。

十二日　晴，风。星期休息。上午得二弟及三弟信，八日发（98）。寄二弟及三弟信（九十九）。午前往留黎厂买《章仇禹生造象》并阴二枚，《仲思那造桥碑》一枚，杂造象五枚，共二元。又端氏臧石拓本四种四枚，一元。下午念钦先生来。

十三日　晴。上午寄和孙信。得吴方侯信。得王铎中信。

十四日　晴。上午得久孙信，九日越中发。蓝德自越还，持来梦庚函，复与工泉十元，从季上假之。下午得稻孙明信片，八日东京发。齐寿山赠《李宝臣纪功碑》拓本一枚。

十五日　晴。上午得二弟信，十一日发（99）。寄阮梦庚信。复王文灏信。下午得和孙信，十日发。夜复和森信。

十六日　晴。上午寄二弟信（百）。得稻孙信，十日发。晚季市遗辣酱一器。

十七日　晴。下午沈仲久来部访。得和荪信，十三日发。

十八日　晴。上午得二弟、三弟信，十四日发（100）。夜铭伯先生来。

十九日　晴。星期休息。上午寄二弟、三弟信（一百一）。往金台旅馆访罗扬伯。午后往孝顺胡同鞋店。下午往留黎厂买《上尊号奏》、《受禅表》共三枚，三元；蜡补《马鸣寺碑》一枚，一元。晚寄二弟信（一百二）又碑目一卷。

二十日　晴。上午稻孙寄来《岩石学》一部二册，价八元三角，为三弟买。午后理发。收十月分奉泉三百，中券三、交券七。

廿一日　晴。上午还季上泉十，季市泉五十。

廿二日　晴。下午得二弟信，十八日发（101）。得三弟信，同口发。

廿三日　昙。上午寄二弟、三弟信（一百三）。往日邮局，以祭日休息。

廿四日　昙。上午往日邮局，寄羽太家信并泉四十。得稻孙明信片，十八日发。下午往留黎厂表拓本，又买汉残碑拓本，未详其名，云出河南者一枚，又《讳彻墓志》一枚，《元氏墓志》并盖二枚，端氏臧石拓片三种四枚，共泉四元，添《阳三老食堂》拓片二枚。晚子佩招饮于广和居。李霞卿来。

二十五日　昙，风。上午得吴方侯信，廿日发。夜子佩还霞卿款五元。

二十六日　昙，风。星期休息。上午得二弟信，廿二日发（102）。得和孙信，廿一日发。午后往留黎厂买石刻拓本，凡安阳残石四种，阙一枚，今共五枚，四元；足拓《禅国山碑》一枚，四元；隋石经残石一枚，《段怀穆造塔残石》一枚，《六十人造象》一枚，各一元；杂造象四枚，五角；《李崧残石》一枚，五角；《襄阳张氏墓志》十种十六枚，一元。下午季自求、卢闰州来，未遇。晚寄二弟碑目一卷。

二十七日　晴，风。上午访季自求于南通馆。寄二弟信（百四）。晚至医校访汤尔和，读碑，乞方。得二弟信，二十三日发（103）。

二十八日　晴。上午往劝业场，又至孝顺胡同鞋店。

二十九日　晴。上午寄二弟信（百五）。寄和孙信。下午从齐寿山假二十元。寄念钦先生信。得二弟信，廿五日发（104）。夜得季市信。商契衡来。

三十日　晴。上午陈师曾贻印章一方，文曰"俟堂"。午后往施家胡同浙江兴业银行汇家十一月、十二月零用泉二百，又母亲生日用泉六十，汇泉六元五角，估谩去一元。晚往留黎厂取所表拓片，付工三元。至耀文堂内震古斋买杂六朝造象四种四枚，泉四角。又《王礜虎造象》一枚，帖估拓送，云从山东买来，已有天津丁姓客定购矣；又文殊般若碑侧题名一枚，似新拓，《校碑随笔》谓旧始有，殊不然也。

十二月

　　一日　晴。休暇。上午铭伯先生来。季上来。张协和来，遗糖二合。午后潘企莘来。祁伯冈来，遗饼饵二合，即以一合转遗季上。寿洙邻来。下午往留黎厂，又至劝业场买鞋一两八元，盥洗杂物一元。晚卢润州来，季自求旋至，同往广和居饭，邀刘历青，适出。

　　二日　晴。上午得二弟信，十一月廿八日发（105）。又得信子信，同日下午发（106）。寄二弟信（百六）。午后许铭伯、季市、季上、齐寿山、朱孝荃贻杯盘各二事。托齐寿山买果脯、摩菰十四元。晚至孝顺胡同为芳子买革履一两，十四元。魏福绵、王镜清来。季市来。潘企莘来。夜祝庆安来。李慎斋来，贻摩菰四合。甘润生来。陶望潮来。

　　三日　晴。归省发程，晨八时半至前门车驿登车南行。

　　四日　晴。夜九时到上海，住中西旅馆。

　　五日　晴。上午往神州国光社买风雨楼所藏吉金拓本十二种十二枚，三元六角；《唐人写法华经》残卷一本，五角。至商务印书馆买《涵芬楼秘笈》第一集八册，二元四角；英文游记一册，七角四分。至中华书局买《艺术丛编》第一至第三各一册，八元四角。至爱兰百利公司买检温计二枚，二元六角。午后往宁沪车驿取行李。往虹口李宅为许季上送函并佛象、摩菰。往乍浦路梅月买饼饵四合，四元；别购玩具五种，一元。往西泠印社买《刘熊残碑》阴并侧拓本二枚，一元四角；《高昌壁画精华》一册，六元五角；印泥一两，连合三元。往东京制药会社为久孙买药三种，量杯一具，五元。

　　六日　晴。晨至沪杭车驿乘车，午后抵南星驿，渡江雇舟向越城。

七日　晴。晨到家。夜雨。

八日　昙。午后同二弟至中学校访章鲁瞻、刘楫先。至元泰访心梅叔。至墨润堂买玉烟堂本《山海经》二册,《中州金石记》二册,《汉西域传补注》一册，共直三元。

九日　昙。午后寄季市信。寄季上信。

十日　昙。星期。无事。

十一日　昙。午后客至甚众。

十二日　晴。下午唱"花调"，夜唱"隔壁戏"及作小幻术。雨。

十三日　晴。旧历十一月十九日，为母亲六十生辰。上午祀神，午祭祖。夜唱"平湖调"。

十四日　晴。晚邵明之来，饭后去。得福子信。

十五日　晴。客渐渐散去。上午三弟妇大病，延医来。

十六日　晴。中学校开会追悼朱渭侠，致挽联一副。

十七日　晴。星期。无事。

十八日　晴。上午得季上信，十四日发。下午雨。寄龚未生信。晚张伯焘来访。

十九日　雨。无事。

二十日　晴。上午寄季市信并《林中之宝》一篇，威尔士作，二弟译。寄宋子佩信并《或外小说》第二集一册。

二十一日　晴。午前张伯焘来。夜三弟妇以大病卧哭，五时始睡。

二十二日　雾。上午张伯焘来约至东浦访陈子英，晚同入城，至大路别。

二十三日　晴。上午得吴方侯信，十八日发。

二十四日　晴。星期。上午得宋子佩信，二十日发。得久孙信，廿一日发。夜雨。

二十五日　雨。上午得吴方侯信，二十日发。夜大风，冷。

二十六日　晴。上午寄许季上信。寄宋子佩信。

二十七日　晴。下午寄宋成华信。

二十八日　昙。上午得季上信，廿四日发。宋知方、蒋庸生来。午后寄宋成华信。宋知方贻火腿二。下午往朱宅。晚雨雪。夜陈子英来。

二十九日　雨雪。午后寄许季上信。

三十日　雨雪。上午得季市信，廿六日发。得宋子佩信，附转宋知方信，同日发。

三十一日　雨。无事。

书帐

吴谷朗碑拓本一枚　〇·五〇　正月二日

李璧墓志并阴拓本二枚　一·五〇

古志石华八册　二·〇〇　正月四日

六朝墓志等七种十枚　五·〇〇

宕昌公晖福寺碑并阴二枚　六·〇〇

晋祠铭一枚　宋芝生寄来　正月六日

晋祠铭翻刻本一枚　同上

铁弥勒象颂一枚　同上

鄐君开褒余道记一枚　二·〇〇　正月九日　次日还讫

鄐君开褒余道记一枚　一·五〇　正月十日

唐邕写经碑一枚　一·〇〇　二十九日赠陈师曾以鼓山全拓中亦有之也

栖岩寺舍利塔碑一枚　一·〇〇

正议大夫宁赞碑一枚　〇·五〇

山东金石保存所藏石拓本一百十九枚　一〇·〇〇　正月十二日

　　汉永和封墓刻石一纸跋一纸

　　汉梧台里社碑额并阴二纸跋一纸

　　汉建初残专一纸

　　汉画象十纸跋一纸

　　嘉祥画象十纸跋一纸

　　汉画象残石二纸

　　汉作虎函题刻一纸

　　梁陶迁造象并阴侧四纸

　　魏李璧墓志并阴二纸　三月十五日与二弟

　　魏李谋墓志一纸　同上

　　魏张道果造象三纸跋一纸

　　魏崔承宗造象一纸

　　魏鹿光熊造象一纸

　　齐世业寺造象二纸

　　隋开皇残造象二纸

　　唐天宝造老君象并阴侧四纸

　　唐李拟官造象一纸

　　周颜上人经幢八纸

　　石鼓旧本摹存一纸

　　说文统系图一纸

佛遗教经十纸　　下午赠许季上

复刻法华寺碑十纸　　已下五种于十五日付敦古谊出售

竹山连句十纸

岳侯送北伐诗一纸

陆继之摹褉帖一纸

朱氏集帖二十八纸

衡阳太守葛祚碑额一枚　　〇·〇三　　正月十三日

杨叔恭残碑并阴侧三枚　　一·五〇　　正月十五日

河南存古阁臧石拓本全分卅种四十六枚　　原卅二种四十九枚今除已
有者二种三枚　　四·〇〇

姚景郭度哲卅人等造象一枚　　天统三年十月

王惠略等五十人造象一［枚］　　武平五年七月

王亮等造象一枚　　年月缺

邓州舍利塔下铭一枚　　仁寿二年四月

寇遵考墓志并盖二枚　　开皇三年十月

寇奉叔墓志并盖二枚　　同前

张波墓志并盖二枚　　大业三年十一月

羊□墓志–枚　　大业六年九月

姜明墓志一枚　　大业九年二月

张盈墓志并盖二枚　　大业九年三月　　已有未收

张盈妻萧墓志并盖二枚　　同上

豆卢实墓志并盖二枚　　大业九年十月　　铭还

任轨墓志并盖二枚　　仁寿四年二月

薄夫人墓志并盖二枚　　贞观十五年五月

齐夫人墓志并盖二枚　　贞观廿年五月

李护墓志并盖二枚　贞观廿年六月

张通墓志一枚　贞观廿二年七月

王宽墓志并盖二枚　永徽五年五月

王朗墓志并盖二枚　龙朔元年四月

竹氏墓志并盖二枚　龙朔元年九月

宋夫人墓志并盖二枚　龙朔三年二月

爨君墓志一枚　龙朔九年十月

袁弘毅墓志一枚　麟德元年十一月

王和墓志并盖二枚　乾封二年十月

张朗墓志一枚　乾封二年闰十二月

康磨伽墓志并盖二枚　永淳元年四月

康皙买墓志一枚　永淳元年十月

刘松墓志一枚　天圣二年十月

刘元超墓志并盖二枚　开元六年十一月

严氏墓志盖一枚

篆楷二体孝经残石一枚

未知名碑一枚

勃海太守张奢碑一枚　一·五〇

兰陵王高肃碑并阴二枚　二·〇〇

王迁墓志一枚　〇·四〇

响堂山造象刻经拓本六十四枚　一六·〇〇　正月二十二日

晋刻太公吕望表一枚　〇·五〇

东魏刻太公吕望表并阴二枚　一·〇〇

嵩山石人冠上马字拓本三枚　〇·〇五　正月二十五日
即日分与师曾一枚

205

磁州所出墓志拓本六种六枚　祁伯冈赠　正月二十六日
廿九日寄越赠朱渭侠

维摩诘所说经一本　〇·一三二　正月二十八日

胜鬘经宋唐二译一本　〇·〇九

弥勒菩萨三经一本　〇·〇五四

净土经论十四种四本　〇·六二四

妙法莲华经三本　〇·四二

无量义观普贤行法二经一本　〇·〇八〇　正月二十九日

衡方碑拓本一枚　二·〇〇

宋永贵墓志并盖二枚　〇·五〇

张怦墓志并盖二枚　一·〇〇

校官碑一枚　一·〇〇　正月三十日

祀三公山碑一枚　一·〇〇

竹叶碑一枚　一·五〇

王基残碑一枚　四·〇〇

骠骑将军韩君墓碣一枚　〇·五〇

高叡修寺颂一枚　一·〇〇

高叡造象碑一枚　一·〇〇

造龙华寺碑一枚　一·〇〇　　　　　　　　　　七一·五二〇

磁州所出墓志拓片六枚　从许季上索来　二月八日
三月十五日与二弟

元祐墓志一枚　三·〇〇　二月九日

元演墓志一枚　三·〇〇

穆胤墓志一枚　三·〇〇

寇文约修孔子庙碑一枚　一·〇〇

郭显邕造象一枚　〇·五〇

维摩诘经残石三枚　一·五〇

武定残碑一枚　〇·五〇　二月十二日

邑师道略三百人等造象一枚　〇·五〇

李宪墓志一枚　一·〇〇

道俗百余人造象一枚　〇·五〇　二月十九日

王怜妻赵夫人墓志一枚　〇·五〇

讳墮墓志一枚　二·〇〇

爨宝子碑一枚　一·〇〇　二月二十日

兗州刺史残墓志一枚　〇·五〇

文安县主墓志一枚　一·〇〇

隽脩罗碑并阴二枚　以高肃碑阳换来　二月二十七日

郭珍碑一枚无侧　一·五〇　　　　　　　　二一·〇〇〇

元苌温泉颂一枚　一·〇〇　三月五日

诸葛子恒平陈颂一枚　一·〇〇

洺州澧水石桥碑一枚　〇·五〇

孔庙六朝唐宋碑拓本十四枚　四·〇〇　三月十一日

　　宗圣侯孔羡碑一枚　黄初元年

　　鲁郡太守张猛龙清颂碑并阴二枚　正光三年

　　李仲璇修孔子庙碑一枚　兴和三年　阴侧有题名此阙

　　郑述祖夫子庙碑一枚　乾明元年

　　陈叔毅修孔子庙碑一枚　大业七年

孔颜赞残碑并阴二枚　开元十一年　阴政和六年 侧有孔昭薰题记此阙

　　兗公颂碑一枚　天宝元年　侧有宋人题名此阙

　　文宣王庙门记一枚　大历八年　有阴侧此阙

　　新修庙记一枚　咸通十一年　侧有题名此阙

　　孔勗祖庙祝文一枚　天圣八年

祖庙祝文一枚　景祐二年

孔子手植桧赞一枚　无年月

宇文长碑一枚　〇·八〇

于府君义桥石像碑并阴侧四枚　一·〇〇

龙藏寺碑并阴侧三枚　一·二〇

建安公构尼寺铭［碑］一枚　一·〇〇

汪刻廿一家集中零本五种五册　五·四〇　三月十二日

五代史平话二册　三·六〇

曲阜孔庙汉碑拓本十三［二］种十九枚　三·〇〇

鲁孝王刻石并题记二枚

乙瑛碑一枚

谒庙残碑一枚

孔谦碣一枚

孔君碣一枚

礼器碑并阴侧共四枚

孔宙碑并阴二枚

史晨前碑一枚后碑一枚

孔彪碑并阴二枚

熹平残碑一枚

孔褒碑一枚

汝南周君碑并题记二枚

赵芬残碑二枚　一·〇〇

造正解寺残碑四枚　一·〇〇

嵩高灵庙碑并阴二枚　一·五〇　三月十九日

嵩阳寺碑一枚　〇·五〇

安喜公李使君碑一枚　一・五〇

造交龙像残碑一枚　〇・五〇

李琮墓志并侧一枚　〇・五〇

法懃禅师塔铭一枚　〇・五〇

寇奉叔墓志一枚　〇・五〇

谭棻墓志一枚　一・五〇　三月二十二日

杜乾绪造象一枚　〇・五〇

廘孝禹碑一枚　四・〇〇　三月二十五日

济宁州学汉碑拓本一分共十七枚　四・〇〇

　　　永建食堂画象一枚

　　　北海相景君铭并阴二枚

　　　郎中郑固碑一枚残石一枚

　　　司隶校尉鲁峻碑并阴二枚

　　　执金吾丞武荣碑一枚

　　　尉氏令郑季宣碑并阴二枚两侧近人题刻二枚

　　　朱君长题名一枚

　　　孔子见老子画象一枚

　　　胶东令王君庙门碑一枚

　　　庐江太守范式碑并阴二枚

鲁王墓前二石人题字二枚　〇・五〇　　　　　　　　　四〇・五〇〇

张迁碑并阴二枚　一・〇〇　四月一日

刘曜残碑一枚　〇・五〇

韩仁铭一枚　一・〇〇　四月二日

尹宙铭一枚　一・五〇

受禅表一枚　〇・八〇

孙夫人碑一枚　○·八○

根法师碑一枚　○·四○

洛州乡城老人佛碑一枚　○·五○　四月四日

王善来墓志一枚　一·五○

苏慈墓志一枚　一·五［○］○　四月八日

勃海太守张奢碑一枚　○·八○　四月十三日

邹县焦城堡画像六枚　三·○○

济宁李家楼画象一枚　○·二○

姚贵昉臧石拓片十二枚　四·○○

鞠彦云墓志并阴拓本二枚　一·五○

诸葛子恒平陈颂碑阴一枚　一·○○

淳于俭墓志一枚　一·○○

杜文庆造象一枚　○·二○

莱子侯刻石一枚　○·三○

神州大观第九集一册　一·六○　四月十五日

安阳新出墓志拓片七枚　一○·○○　四月十四日

嵩山三阙十一枚　二·○○　四月二十三日

张角残碑一枚　一·○○

黄石厓造象五种四枚　二·○○

曹子建碑一枚　一·○○

元氏法义卅五人造象一枚　一·○○　四月二十四日

仲思那造桥碑一枚　一·○○

造交龙象碑残石一枚　○·六○　四月二十六日

杂造象等拓本四枚　○·四○

隶韵六册　三·五○　四月二十九日

石墙村刻石一枚　〇·五〇

居摄坟坛刻石二枚　〇·五〇

王偃墓志并阴二枚　一·〇〇

杂造像记八枚　二·〇〇　　　　　　　　　四八·六〇〇

刘曜残碑一枚　一·〇〇　五月六日

汉画象三枚　二·〇〇

登百峰山诗一枚　二·〇〇

黄石厓魏造象六种五枚　二·〇〇

驼山唐造象百二十枚　四·〇〇

仰天山宋造象十七枚　一·〇〇

吹角坝摩厓一枚　二·〇〇　五月七日

朱鲔石室画象十五枚　四·〇〇

杂汉画象四枚　一·〇〇

杂六朝造象十六枚　三·〇〇

杂六朝造象四种七枚　二·〇〇　五月十日

鞠彦云墓志并盖二枚　三·〇〇　审为复刻次日还讫　五月
十三日

源磨耶圹志一枚　二·〇〇

徂徕山摩崖七枚　二分共五·〇〇　五月十五日赠师曾一分

开皇年王俱造四面象四枚　二·〇〇

杨显叔造象一枚　添入

郭休碑并阴二枚　三·〇〇　五月十四日

淳于俭墓志一枚　一·五〇

始建县界碑二枚　〇·五〇

李业杨发贾夜宇阙共三枚　二·〇〇

冯焕阙一枚　一·〇〇

司马长元石门题字二枚　一·〇〇

魏三体石经残字一枚　三·〇〇

安阳残碑四种六枚　三·〇〇　五月二十日

武班碑并阴二枚　〇·六〇

天监井阑题字一枚　〇·六〇

安喜公李君碑一枚　一·五〇

高进臣买坟地券一枚　〇·三〇

封龙山颂一枚　一·〇〇　五月二十一日

李孟初神祠碑一枚　二·〇〇

旧拓姜纂造象一枚　一·五〇

武荣碑一枚　六·〇〇　五月二十八日

帅僧达造象一枚　〇·五〇

旧拓曹真碑并阴二枚　一〇·〇〇　五月三十一日

萧梁石刻拓本一分十六枚　一六·〇〇

　　　建陵阙二枚　萧秀东碑额一枚　萧秀西碑额一枚　萧秀西碑

　　　阴一枚　萧秀西阙一枚　萧憺碑额一枚　萧憺碑一枚　萧宏

　　　阙二枚　萧绩阙二枚　萧正立阙二枚　萧景西阙一枚　萧暎

　　　西阙一枚　次日申出萧宏东阙重　　　　　　　七九·〇〇〇
　　　　　　　　　出一枚西阙缺一枚

华山王元鸷墓志一枚　二·〇〇　六月三日

元鸷妃公孙氏墓志一枚　一·〇〇

汉中石刻十二枚　六·〇〇　六月十日

高湛墓志一枚　二·〇〇

暴永墓志并盖二枚　二·〇〇　六月十六日

皇甫驎墓志一枚　一·〇〇　六月二十二日

212

杂造象三种三枚　二·〇〇　六月二十四日　　　一六·〇〇〇

仓龙庚午残碑一枚　一·〇〇　七月一日

嵩高灵庙碑并阴侧三枚　二·五〇

白实造中兴寺碑一枚　〇·五〇

栖岩寺舍利塔碑一枚　一·〇〇

一百人造象一枚　〇·六〇

明范上造象一枚　〇·四〇

萧宏西阙一枚　〇·八〇　七月五日

菀贵造象一枚　〇·二〇

作虎函题刻一枚　〇·五〇　七月十一日

汉画象一枚　〇·五〇

首山舍利塔碑并阴大小四枚　一·五〇

王偃墓志并盖二枚　一·〇〇

杂造象七枚　三·〇〇

杂古专拓片十枚　〇·五〇

尔雅音图三册　三·〇〇　七月十三日

汉隶字原六册　三·〇〇

淄州朋望画象二枚　〇·五〇　七月十六日

大云寺碑拓一分十枚　一·五〇

艺风堂读书记二册　〇·九〇　七月二十一日

古泉丛话一册　〇·五〇

恒农冢墓遗文一册　二·三〇

汉晋石刻墨景一册　二·三〇

杂汉画象二枚　乙·〇〇　七月二十五日

贾思伯碑并阴三枚　一·〇〇

刘怀民墓志一枚　五·〇〇

匋斋藏石拓本七十五种八十五枚　二五·五〇　七月廿八日

张景略墓志一枚　〇·五〇

沈君阙侧画象二枚　一·〇〇　七月卅日　　　　　六二·〇〇〇

群臣上寿刻石一枚　一·〇〇　八月四日

沈君左右阙二枚　二·〇〇

析里桥郙阁颂一枚　二·〇〇

杂造象五种五枚　一·〇〇

端氏所藏造象卅二种卅五枚　七·〇〇　八月八日

郝夫人墓志并盖二枚　一·〇〇　八月十日

匋斋臧石小品拓片二十二种二十五枚　六·〇〇　八月十二日

匋斋臧专拓片十一枚　一·〇〇

杂造象十一种十二枚　一·〇〇　八月十九日

白佛山造象题名大小卅二枚　四·〇〇　八月二十日

山右金石记十册　宋芷生寄来　三·〇〇　八月二十七日

东洲草堂金石跋　三·〇〇　八月三十一日　　　　　三二·〇〇〇

中国名画集第十八乙册　一·五〇　九月二日

薛戢婳及公孙兴诰象各一枚　一·〇〇　九月六日

荥阳郑公摩厓诸刻卅一种卅三枚　一五·〇〇　九月八日

白驹谷题刻二枚　一·〇〇　九月九日

北齐造象二种二枚　一·〇〇

司隶从□残碑一枚　一·〇〇　九月十日

王遗女墓志一枚　一·〇〇　九月十六日

元倪墓志一枚　二·五〇　九月十八日

叔孙固墓志一枚　二·五〇

穆子岩墓志一枚　二·五〇

吴羊造象四枚　〇·五〇

王法现造象等三种三枚　一·八〇　九月廿三日

云峰山题刻另种二枚　〇·四〇

师旷墓画象四枚　〇·八〇

晋赵府君墓道二枚　一·五〇　九月廿七日

崔君墓志一枚　一·〇〇

六朝造象二种二枚　一·〇〇·九月廿八日

廉富造象四枚　一·〇〇　九月卅日

吕升欢造象二枚　一·〇〇

天保造象二种二枚　〇·四〇

造象残石二枚　〇·三〇

胡陇东王神道一枚　〇·三〇

□显墓志一枚　〇·六〇

王曜墓志并盖二枚　〇·八〇

崔暹墓志一枚　〇·六〇　　　　　　　　　三九·〇〇〇

神州大观弟十集一册　一·五〇　十月十日

晋太公吕望表并阴二枚　〇·五〇

廉富造象碑阴并侧三枚　〇·五〇

王显墓志一枚　一·〇〇　十月十四日

羊定墓志一枚　一·〇〇

天柱山东堪石室铭一枚　一·五〇　十月十五日

白云堂中解易老也一枚　〇·二〇

岁在壬申建一枚　〇·三〇

修邓太尉祠碑并阴二枚　二·五〇

圣母寺造象四枚　一·五〇

金石苑六册　壹一·〇〇　十月十九日

陆希道墓志盖一枚　一·〇〇　十月二十二日

杂造象三种五枚　一·五〇

毗上残石一枚　〇·五〇

端氏臧石拓本二十七种三十三枚　八·〇〇　十月二十九日

三二·五〇〇

仙人唐公房碑并阴二枚　二·〇〇　十一月八日

仲思那造桥碑一枚　〇·五〇　十一月十二日

章仇禹生造象并阴二枚　一·〇〇

杂造象五枚　〇·五〇

端氏臧石小品四种四枚　一·〇〇

受禅表一枚　一·五〇　十一月十九日

公卿将军上尊号奏二枚　一·五〇

补本马鸣寺碑一枚　一·〇〇

河南未知名汉残碑一枚　一·〇〇　十一月二十四日

讳彻墓志一枚　一·〇〇

元买得墓志并盖二枚　一·〇〇

端氏石拓片三种四枚　一·〇〇

安阳残石四种五枚　四·〇〇　十一月二十六日

足拓禅国山碑一枚　四·〇〇

恭川李恭残石一枚　〇·五〇

六十人造象一枚　一·〇〇

隋佛经残石一枚　一·〇〇

隋段怀穆造塔残石一枚　一·〇〇

杂造象四种四枚　〇·五〇

襄阳张氏墓志十种十六枚　一·〇〇

杂魏齐造象三枚　〇·三〇　十一月三十日

隋造象一枚　〇·一〇

王磐虎造象一枚　震古斋贻

文殊般若碑侧一枚　同上　　　　　　　　　　二六·四〇〇

风雨楼藏吉金拓片十二枚　三·六〇　十二月五日

唐人写经石印本一册　〇·五〇

涵芬楼秘笈第一集八册　二·六〇

艺术丛编第一至第三集三册　八·四〇

汉刘熊残碑阴并侧拓本二枚　一·四〇

高昌壁画精华一册　六·五〇

山海经二册　二·〇〇　十二月八日

中州金石记二册　〇·六〇

汉书西域传补注一册　〇·四〇　　　　　　　二八·〇〇〇

总计四九六·五二〇

丁巳日记（1917年）

正月

一日　雨。上午阮立夫来。下午雨雪。

二日　昙。无事。

三日　晴。上午得羽太内贺年信。夜雇舟向西兴，至柯桥大风，泊良久。

四日　晴，风。午后至西兴，渡江住钱江旅馆。晚入城至兴业银行访蔡谷青，又遇寿拜耕，饭后归寓。夜寄二弟、三弟信（一）。

五日　晴。拂晓乘车，午后抵上海，止周昌记客店。往蟫隐庐买乙卯年《国学丛刊》十二册，价六元。下午往兴业银行访蒋抑之，坐少顷同至其家，以唐《杜山感兄弟造象》拓本一枚见赠，云是蒋孟苹臧石，去年购自陕西，价数千金也。晚归寓。夜寄二弟、三弟信（二）。

六日　昙。拂晓至沪宁车驿乘车向北京。午后渡扬子江换车。

七日　星期。晴。晚至天津换车，夜抵北京正阳门，即雇人力车至邑馆。

八日　昙。上午往季上寓，收五年十一月分奉泉三百，还齐寿山二十。到部。寄二弟信（三）。以火腿一贻季市，一贻季上。夜大风。

九日　晴，风。上午铭伯先生来。午后往留黎厂直隶官书局取《金石苑》一部六册，去年预约。在德古斋买《安丰王妃冯氏墓志》一枚，《讳珉墓志》一枚，共一元五角。夜李霞卿来。商契衡来。

十日　晴。上午托子佩至浙兴业银行汇家泉百十还旅费等，并与二弟函一（四）。晚韩寿晋来。夜潘企莘来。访蔡先生。

十一日　晴。上午得二弟信，七日发（1）。张春霆赠《丰乐七帝二寺邑义等造象》二枚，《高归彦造象》、《七帝寺主惠郁等造象》各一枚，并定州近时出土。夜许铭伯先生、马孝先先生来。

十二日　晴。上午寄二弟信（五）。贻同事土物。夜往季市寓并还泉五十。

十三日　晴。上午得三弟信，八日发。夜大风。

十四日　晴。星期休息。上午往留黎厂买杂造象四种十枚，二元。又《美原神泉诗》并阴二枚，一元五角。下午徐元来。祁柏冈来。

十五日　晴。上午得二弟信，十一日发（2）。齐寿山贻馒首一包。

十六日　晴。上午寄二弟信（六）。得吴方侯信，十一日发。

十七日　晴，大风。沈商耆父没，设奠于长椿寺，下午同齐寿山、许季上赴吊，并赙二元。夜魏福绵来。

十八日　晴。无事。夜得蔡先生函，便往其寓。夜风。

十九日　晴。上午寄二弟《教育公报》二本，《青年杂志》十本，作一包〔（七）〕。得二弟信，十五日发（3）。晚帖估来，购取《□朝侯之小子残碑》一枚，《唐该及妻苏合葬墓志》并盖二枚，《滕王长子

219

厉墓志》一枚，共泉三元五角。夜风。

二十日　晴。上午寄二弟信（八）。收去年十二月奉泉三百，又潘企莘还二十。晚大风。夜常毅葳来。

二十一日　晴。星期休息。上午许季市来。午后裘子元来。下午游留黎厂帖店，买《郑文公上碑》一枚，二元；《巩宾墓志》、《龙山公墓志》各一枚，二元；《豆卢通等造象记》一枚，五角。夜商契衡来。

二十二日　晴。春假。上午伍仲文、许季市各致食品。午前车耕南来。下午风。晚许季上来，并贻食品。旧历除夕也，夜独坐录碑，殊无换岁之感。

二十三日　晴。旧历元旦，休假。上午得二弟信，十九日发（4）。晚范云台、许诗荃来。

二十四日　晴。休假。午后王子馀来，赠以《会稽郡故书杂集》一册。寄二弟信（九）。寄吴方侯信。

二十五日　晴。上午得二弟信，廿一日发（5）。得重久信，十七日发。得蔡先生信，即答。

二十六日　晴。上午赴京师图书馆开馆式。师曾赠自作画一枚。

二十七日　昙。沈衡山子汝兼结婚柬至，贺银二元。晚常毅葳来。

二十八日　晴。星期休息。上午沈仲久、甘闻生来。午后往留黎厂游一遍，在书肆买《籀膏述林》一部四册，《殷商贞卜文字考》一册，《历代画象传》一部四册，共银四元。

二十九日　晴。上午寄二弟信（十）。午后理发。

三十日　昙。上午得二弟信，二十六日发（6）。午后至浙兴业银行汇本月家用百元。朱孝荃假银十元。夜子佩来谭。

三十一日　雨雪。上午寄丸善书店银九圆。下午晴。寄重久信并银五圆。

二月

一日　晴。上午得吴方侯信，正月廿九日杭发。

二日　晴。上午复吴方侯信。

三日　晴。上午寄二弟信（十一）。夜濯足。

四日　晴。星期休息。上午得二弟信，正月卅一日发（7）。得宋知方信，同日上虞发。午后往季市寓，即出。往通俗教育研究会茶话会，观所列字画。下午游留黎厂，买《中国名画》第十九集一册，一元五角。晚吴一斋来。夜商契衡来。

五日　晴。午往中央公园，饭已赴午门阅屋宇，谓将作图书馆也，同行者部员共六人。王叔钧持赠《李业阙》拓本一枚，《高颐阙》四枚，画象二十五枚，檐首字二十四小方，《贾公阙》一枚，云是当地刘履阶_{念祖}所予。

六日　晴，风。上午寄乡土研究社银二圆十二钱。晚往季市寓饭，同坐共九人。

七日　晴。上午得吴方侯信，二日越中发。

八日　晴。上午寄二弟信（十二）。寄宋知方信。寄王叔钧信。晚得二弟及三弟信，四日发（8）。

九日　晴。无事。

十日　昙。无事。夜雨雪。

十一日　昙，大风。星期休息。午后寄二弟及三弟信（十三）。

十二日　晴。统一纪念日，休假。上午得二弟信，八日发（9）。得吴方侯信，七日发。午后往留黎厂，以拓片付表，又买初拓本《张贵男墓志》一枚，交通券十元。

十三日　晴。上午寄二弟信并附师曾画一枚（十四）。丸善寄来《统系矿物学》一册。

十四日　晴。上午得三弟信，九日发。寄三弟《矿物学》一册。寄吴一斋信。

十五日　晴。上午得二弟信并《永明造象》拓本一枚，十一日发（10）。寄蔡先生信。得丸善书店信，九日发。夜商契衡来。

十六日　昙。上午寄二弟及三弟信，附汇券十圆，又邮券廿钱（十五）。下午朱孝荃还泉十。收正月奉泉三百。夜风。

十七日　昙，风。无事。

十八日　晴。星期休息。上午得蔡先生信。洙邻兄来。午后高师校送来《校友会杂志》一本。往震古斋买《张寿残碑》一枚，《南武阳阙题字》二枚，杂汉画象五枚，共二元；《高柳村比丘惠辅一百午十人等造象》一枚，一元；《曹望憘造象》四枚，十二元；稍旧拓《朱岱林墓志》一枚，五元。

十九日　晴，风。无事。丸善又寄《系统矿物学》一册至，盖错误。

二十日　晴。上午得二弟信，十六日发（11）。午前观文华殿、文渊阁诸地。

二十一日　晴。上午寄二弟信（十六）。寄蒋抑卮信。得丸善书店信，午后以《系统矿物学》一册付邮寄还。

二十二日　晴。午后赴孔庙演礼。晚得吴方侯信，十八日杭发。

二十三日　晴。上午得二弟信，十九日发（12）。夜至平安公司观景戏，后赴国子监宿。

二十四日　晴。晨丁祭，在崇圣祠执事。上午寄二弟信（十七）。得三弟信，二十一日发。夜从常毅箴假《中国学报汇编》五册。

二十五日　晴。星期休息。上午得二弟信，二十一日发（13）。下午昙。往留黎厂取所表拓本，计二十四种，工直四元。

二十六日　昙。上午得宋知方信，廿三日杭发。下午晴。

二十七日　晴。上午往交民巷易日币。午后往浙兴业银行汇本月家用泉百。

二十八日　晴，风。上午得二弟信，廿四日发（14）。寄二弟及三弟信附泉廿（十八）。夜潘企莘来。

三月

一日　晴。上午得蒋抑之信，二月廿五日沪发。夜铭伯先生来。

二日　晴。午后收二月奉泉三百。

三日　晴，风。午后得福子信，二月廿五日发。夜商契衡来。

四日　晴。星期休息。上午得二弟信，二月廿八日发（15）。午后风。往留黎厂买《衡方碑》并阴二枚，《谷朗碑》一枚，"灵崇"二大字一枚，《王谟题名并诗刻》一枚，《庾公德政颂》一枚，共银五元。下午马孝先来，贻以《会稽故书集》一册。

五日　晴。上午得宋知方信，二日杭州发。寄二弟信（十九）。寄羽太宅信，附致芳子、福子笺并泉五十四。晚得李霞卿明信片。

六日　晴。上午得二弟信，二日发（16）。午后往兴业银行购汇券泉九十。夜车耕南来。甘润生来，托保应文官考试人章炜。

七日　昙。上午寄二弟信，附旅费六十，季市买书泉卅（廿）。

八日　晴。上午得二弟信，四日发（17）。夜寄蔡先生信。大风。

九日　晴，风。晚徐宗伟来假泉三十。

十日　晴。上午得二弟及三弟信，六日发（18）。晚得丸善信。得王式乾信。潘企莘明日归越，以德文典四本托持寄三弟。

十一日　晴。星期休息。午后寄二弟及三弟信（廿一）。寄王式乾信。午后往留黎厂买《僧惠等造象》并阴、侧拓本四枚，直二元。归审阴、侧是别一碑，下午复持往还之，别买《江阳王次妃石氏墓志》、《孙龙伯造象》各一，共六元。

十二日　昙。无事。夜微雪。

十三日　晴。上午得二弟信，九日发（19）。得芳子信，七日东京发。夜风。

十四日　晴。上午寄二弟信（廿二）。

十五日　晴。上午谢西园来。

十六日　晴。上午得二弟信，十二日发（20）。得芳子信，十日发。

十七日　晴。上午寄二弟信（廿三）。下午得吴方侯信，十三日杭发。夜商契衡来。

十八日　晴。星期休息。午后往留黎厂买洛阳龙门题刻全拓一分，大小约一千三百二十枚，直卅三元。又取表成拓本十枚，付工三元。

十九日　晴。上午得二弟信，十五日发（21）。午后寄羽太家信，附四五月分用泉十四，又附与芳子函乙。夜风。

二十日　晴。上午寄二弟信（二十四）。晚季市来，并持来代买河朔隋以前未著录石刻拓本卅种共四十八枚，顾鼎梅信云直见金廿元。

二十一日　昙。上午敦古谊持来《刘懿墓志》稍旧拓本一枚，以银五元收之。寄宋知方信。寄虞含章信并泉廿，付顾鼎梅拓本之直。

二十二日　微雪即霁。下午昙。谢西园来，未遇。

二十三日　晴。无事。

二十四日　晴。上午得二弟信，二十日发（22）。夜李霞卿来。商契衡来。

二十五日　晴。星期休息。上午陶念钦先生来。得三弟信，廿一日发。许季上来。午后往留黎厂买画象拓本一枚，杂专拓本二十一枚，共银二元。下午往季市寓。

二十六日　昙。上午得二弟信，廿二日发（23）。夜小雨。

二十七日　昙。午后理发。

二十八日　晴。上午得二弟信，廿四日发（24）。寄三弟信（乙）。夜濯足。

廿九日　晴。托师曾从同古堂刻木印二枚成，颇佳。晚韩寿谦来。

三十日　晴。上午得二弟信，廿六日发（25）。晚徐宗伟、王式乾来，付与泉五十，合前付卅共八十，汇作本月家用。

卅一日　晴。上午铭伯先生来。得芳子、福子信，廿五日发。晚季市赠火腿一器。

四月

一日　晴。午后往图书分馆访子佩。往留黎厂付表拓本，并买

《泰山秦篆残石》一枚、《李氏像碑颂》一枚、《成公夫人墓志》一枚，共银二元。晚范云台、许诗荃来。夜二弟自越至，携来《艺术丛编》四至六集各一册、《古竟图录》一册、《西夏译莲华经考释》一册、《西夏国书略说》一册，均过沪所购，共泉十七元四角。翻书谈说至夜分方睡。

二日　晴。请假。午后同二弟至益昌午饭。下午霞卿来。夜商契衡来。

三日　晴。无事。

四日　昙，风。上午得羽太家信，附芳子、福子笺，三月卅一日发。得潘企莘信，三月卅日发。

五日　昙。上午蔡先生来。午后寄芳子蜜枣一合。夜魏福绵来。

六日　晴，风。午后寄芳子信并泉廿。下午往留黎厂买房周陀、燕孝礼墓志各一枚，共银二元五角。

七日　晴。上午得三弟信，二日发。下午同二弟游留黎厂，以《爨龙颜碑》易得《刁遵墓志》并阴二枚。夜许季上来。

八日　昙。星期休息。上午二弟之学生从余姚寄来《三老讳字忌日记》拓本二枚。午后寄三弟信（三）。访铭伯先生。下午徐元来。夜风。

九日　晴。下午收三月奉泉三百。夜同二弟往铭伯先生寓。

十日　晴。上午赠师曾《三老碑》一枚。下午得王式乾信。寄潘企莘信。

十一日　昙。午后往留黎厂买旧拓《白石神君碑》并阴二枚，银六元。

十二日　晴。无事。

十三日　晴。上午得三弟信，九日发（二）。

十四日　晴。夜马孝先来，赠以重出之墓志拓本五枚。

十五日　晴，风。星期休息。上午同二弟至留黎厂买《阎立本帝王图》一册，直一元二角。又至青云阁饮茗归。下午铭伯先生来。

十六日　晴。上午寄三弟信并家用泉五十，附与信子笺一（六）。下午师曾赠《强独乐为文王造象》一枚，新拓本。

十七日　霾。上午得三弟信，十三日发（四）。

十八日　晴，大风。午后往午门。

十九日　晴。晚季市来。

二十日　晴。上午得芳子及福子信，十四日发。买印泥一合，三元。

二十一日　晴。无事。

二十二日　晴。星期休息。上午得季市信。午同二弟往广和居饭，又至留黎厂买《神州大观》第十一集一册，一元六角五分。又取所表拓本十八枚，工二元四角。下午蒋抑之来，未遇。潘企莘、李霞卿来。晚范云台、许诗荃来。夜风。

二十三日　晴。上午寄丸善银十六圆五角，辰文社银三圆五角。晚同二弟往许季上寓饭，同席共七人。夜蒋抑之来。

二十四日　晴。上午丸善寄来不列颠博物馆所藏《土俗品图录》一册。访协和。

二十五日　晴。上午得三弟信，廿一日发（六）。

二十六日　晴。上午寄三弟信（九）。得丸善书店信。夜风。

二十七日　晴，大风。上午得信子信，二十三日发。得沈衡山母讣，午后邮寄赙银二元至其寓。

二十八日　晴，风。上午敦古谊帖店来，购取《赞三宝福业碑》并额二枚，价乙元。芳子寄来煎饼二合。晚戴螺舲招饮，同二弟至其寓，合坐共七人。

二十九日　晴，风。星期休息。午后往留黎厂德古斋，得《熹平元年黄肠石题字》一枚、《皇女残石》一枚、《高建墓志》、《建妻王氏墓志》、《高百年墓志》、《百年妻斛律氏墓志》各一枚，价六元五角，以大吉刻石、窆石残字等易取之。晚许季上来。

三十日　昙。上午寄芳子信并泉十。午后往浙兴业银行汇本月家用泉百并函。下午小雨立晴。

五月

一日　晴。无事。

二日　晴。上午得信子笺，四月廿八日发。下午昙。晚雨。

三日　雨，午后晴。无事。

四日　昙，晚小雨。无事。

五日　昙。上午昙。得三弟信，一日发。午后小雨，下午晴。徐宗伟来假泉廿。

六日　晴。星期休息。上午同二弟往留黎厂，买《隶释》《隶续》附汪本《隶释刊误》共八册，银十二元；《元显魏墓志》一枚，三元；六朝杂造象十一种二十八枚，共七元。午同往昌益［益昌］饭。午后风。夜得铭伯先生信片。

七日　晴，大风。上午丸善寄来《波兰说苑》一册。得辰文社信。

八日　晴，风。上午寄辰文社信。得意农伯信，七日磁州发。得丸善书店信。晚铭伯先生招饮于新丰楼，因诗荃聘礼也。同坐共九人。

九日　晴，风。下午寄丸善信。晚季自求来。商契衡来。

十日　昙。得吴雷川夫人讣，致赙二元。晚小雨。

十一日　小雨。上午得信子信，七日发。午后往浙江兴业银行。

十二日　晴。上午二弟就首善医院。得芳子信，五日发。下午韩寿晋来。晚致季市信并假泉卅。

十三日　晴。星期休息。上午得二弟妇并三弟信，九日发，又《或外小说集》十册。齐寿山来。许季上来。下午王铁如来。二弟延Dr.Grimm诊，云是瘖子，齐寿山译。得钱玄同信，即复。夜寄鹤顾先生信，为二弟告假。

十四日　晴，风。自告假。晨寄三弟并二弟妇信（十三）。上午季市来。得二弟妇信，十日发。午后潘企莘来。

十五日　晴，风。自告假。晨寄三弟及二弟妇信（十四）。晚许季上来。

十六日　晴。上午得杨莘耜信并鱼山书院所臧汉画象拓本一枚，十一日山东滋阳发。顾鼎梅送《琬琰新录》一本，石印《元显魏墓志》一枚，季市交来。午后自请假。下午延Dr.Diper为二弟诊，齐寿山来译。

十七日　晴。晨寄三弟及二弟妇信（十五）。潘企莘来。

十八日　晴。上午往日邮局寄三弟妇信并泉百五十。得杨莘士信，十六日曲阜发。收四月奉泉三百。午后往留黎厂买《孙辽浮图铭》、《吴严墓志》、《李则墓志》各一分共五枚，八元。下午买藤椅二件，五元二角。李霞卿来。

十九日　昙。上午寄三弟及二弟妇信并本月家用泉百。还季市泉卅。午后往留黎厂买稍旧拓《太公吕望表》一枚，三元；《张安姬墓志》一枚，一元；六朝造象四种十三枚，六元。下午风，小雨。晚徐宗伟来还泉廿。夜商契衡来。夜大风。

二十日　晴。星期休息。上午得二弟妇信，十六日发。午后理发。

二十一日　晴。上午得杨莘士所寄汉画拓本一束，十六日曲阜发。晚季市以菜汤一器遗二弟。夜得蔡先生函并《赞三宝福业碑》、《高归彦造象》、《丰乐七帝二寺邑义等造象》、《苏轼等访象老题记》拓本各二分。

二十二日　晴。上午得丸善书店信，十五日发。寄蔡先生信。寄二弟妇信。寄忆农伯信。下午家寄来干菜一合，八日付邮。

二十三日　晴。晨得三弟及二弟妇信，十九日发（十二）。胡绥之嫁女，送银一元。

二十四日　晴。晨得三弟及二弟妇信，二十日发（十三）。上午寄三弟及二弟妇信（十七）。寄徐元信。代二弟寄孙福源、宋孔显信。午季市遗鱼一器。

二十五日　晴。上午得二弟妇信，言小舅父于廿日逝去，廿一日发（十四）。晚徐元来，付与泉五十汇作本月家用。

二十六日　晴。上午得三弟妇信，廿一日发。午后季市持药来。

二十七日　晴。星期休息。晨得三弟信，廿三日发（十五）。寄三弟及二弟妇信（十八）。上午往留黎厂买《天统四年残碑》一枚，隋《王君墓志》盖一枚，共一元。景宋写本《薛氏钟鼎款识》一部四册，三元。夜得李霞卿信。

二十八日　晴，风。上午得三弟信并碑签一束，二十四日发（十六）。寄李霞卿信。西泠印社寄来书目一册。季市遗看一器。午后得丸善所寄小说二册一包。

二十九日　晴。晚韩寿谦来。

三十日　昙。午后微雨，大风。夜季自求来。

三十一日　小雨。上午得二弟妇信，廿七日发（十七）。得三弟妇信，廿四日发。得羽太家信，廿五日发。杨莘士寄拓本一束，凡汉画象十枚，《于纂墓志》翻本一枚，造象四枚，专三枚，皆济南金石保存所藏石，卅日发。夜潘企莘来。宋子佩来。

六月

一日　晴。上午得杨莘士信，廿九日济南发。午昙。

二日　晴。上午得谢西园明信片，三十日苏州发。夜商契衡来。

三日　晴。星期休息。上午得三弟及二弟妇信，卅日发（十八）。夜魏福绵来。

四日　晴。晚季市遗肴一器。

五日　晴。晨得家信一日发（十九）。下午得三弟妇信，五月卅日发。

六日　昙，午后晴。无事。

七日　晴，风。上午得三弟妇信，一日发。

八日　晴，风。无事。

九日　晴。上午得汤尔和信并《东游日记》一册。收五月奉泉三百。

十日　晴。星期休息。上午得家信，六日发（二十）。寄家信（二十一）。许季上来。午前风，小雨。和孙来，留午餐。下午同二弟往升平园浴。往青云阁买履一两。过留黎厂买《小说月报》一册归。

十一日　晴。无事。

十二日　晴。无事。

十三日　昙，热。午后寄实业之日本社银四元，东京堂二元。

十四日　晴。晨得家信，十日发（廿一）。上午往浙江兴业银行汇家用泉五十，又二弟买书泉廿，并信（廿二）。午后发热，至夜不解。

十五日　晴。病假。上午致戴芦舲、朱孝荃信。

十六日　晴。上午就池田医院诊，云是中暑。下午病假。

十七日　昙。星期休息。上午季市来。午后风，晴。往留黎厂买侯夫人、王克宽、讳直墓志各一枚，二元；六朝造象七种十三枚，四元五角。又买《函芬楼秘笈》第二集八册，二元五角。

十八日　昙，午后雨。无事。

十九日　大雨。上午得家信，十五日发（廿二）。午后晴。夜得蔡先生信。

二十日　晴。午后和荪来。夜寄和荪信。

二十一日　晴。下午徐元、徐宗伟来，假泉廿。

二十二日　晴。上午魏福绵来。午后李霞卿来。夜王镜清来。

二十三日　雨。阴历端午，休假。午季市遗肴二品。以饮麦酒，睡至下午。许季上来。

二十四日　昙。星期休息。午后晴。许诗荃来。马孝先来。夜商契衡来。

二十五日　昙。上午得芳子及重久明信片，廿一日沪发。得福子信，十六日发。得石川文荣堂函，内书帐结讫。午后念钦先生来。

二十六日　晴。无事。

二十七日　晴。晨得三弟信，廿三日发。上午得重久信，同日越中发。午后得东京堂书店明信片，廿日发。夜风。

二十八日　晴，风。晚徐元、徐宗伟来，付泉九十，合前假泉汇作本月家用。

二十九日　晴。上午得家信，廿五日发（廿四）。晚企莘来。

三十日　晴。上午得东京堂所寄《露国现代之思潮及文学》一册。

七月

一日　昙。星期休息。上午往留黎厂买《刘平周造象》一分共四枚，直式元，添入逢略、罗宝奴造象各一枚。少顷遭雨便归。下午晴。铭伯先生来。季市遗鱼干一器。

二日　晴。上午收六月奉泉三百。钱均甫代买江苏碑拓十八枚，直九元。

三日　雨。上午赴部与侪辈别。午晴。齐寿山来。

四日　晴。上午铭伯先生来。下午戴螺舲、许季上来。晚协和来。

五日　晴。上午念钦先生来。潘企莘遗茗一包。下午访铭伯先生。

六日　晴。午后季上来。夜大风，雷电且雨。

七日　晴，热。上午见飞机。午齐寿山电招，同二弟移寓东城船板胡同新华旅馆，相识者甚多。

八日　阴，晚雨。

九日　阴。下午发电告家平安。夜闻枪声。

十日　晴。旁晚雷雨。

十一日　晴。下午紫佩来。

十二日　晴。晨四时半闻战声甚烈，午后二时许止。事平，但多谣言耳。觅食甚难。晚同王华祝、张仲苏及二弟往义兴局觅齐寿山，得一餐。

十三日　晴。上午同二弟访许铭伯、季市，餐后回寓小句留。潘企莘来访。下午仍回新华旅馆宿。得宋知方信。

十四日　晴。时局小定。与二弟俱还邑馆。

十五日　星期。雨。下午王铁如来。许季上来。

十六日　昙。上午赴部。得丸善及东京堂函。午后同二弟至升平园理发并浴。又自至留黎厂取所表拓本，计二十枚，付工二元。会小雨，便归。夜大雨。

十七日　晴。下午得三弟信，十三日发。

十八日　晴。上午丸善寄来《支那土偶考》第一卷一册。夜雨。

十九日　昙，午晴，夜雨。

二十日　昙。寄宋知方信。午晴。下午昙。往留黎厂，逢雨归寓，复霁。夜潘企莘来。大雨。

二十一日　雨。无事。

二十二日　晴，风。星期休息。午后同二弟往中央公园。

二十三日　昙。下午雷雨彻夜。

二十四日　晴。午同张仲素、齐寿山往聚贤堂饭。夜雨。

二十五日　雨。上午往浙兴业银行汇家用泉二百。

二十六日　雨，下午晴，风，夜小雨。无事。

二十七日　昙，下午雨。无事。

二十八日　雨，午晴。无事。

二十九日　昙。星期休息。上午潘企莘来，午并二弟同至广和居饭，又游留黎厂已，别去。自与二弟往青云阁啜茗，出观音市［寺］

街买饼干、糖各一合归。夜雨。

三十日　雨，上午霁。无事。

三十一日　晴。下午同齐寿山、许季上往大学访蔡先生，晚归。夜陈师曾来。

八月

一日　晴。无事。夜大雷雨，屋多漏。

二日　晴，下午昙。寄徐元信，由上虞南城胡荣昌转交。

三日　晴。上午寄家信（卅五）。午后收七月奉泉三百。晚雷雨杂雹子。

四日　晴。下午得三弟信并帖签一束，极草率，七月卅日发。

五日　晴。星期休息。上午铭伯先生来。寄蔡先生信。寄三弟信。午前同二弟往留黎厂买"家之基迈"等字残石拓本一枚，五角；又造象残石拓本一枚，无题字，象刻画甚精细，似唐时物，云其石已入日本，故拓本价一元五角也。又至青云阁饮茗并午饭。出观音寺街买饼干一合归。下午洙邻兄来。季上携第二女来。

六日　昙，时复小雨。无事。

七日　晴。上午得羽太家信，一日发。寄蔡先生信并所拟大学徽章。

八日　晴。无事。

九日　晴，大热。下午钱中季来谈，至夜分去。

十日　晴，热。晚商契衡来。

十一日　晴。无事。

十二日　昙。星期休息。上午蒋抑之来。

十三日　晴，风。上午得东京堂信并《日本一之画噺》一合五册。下午得家信，九日发（三十三）。夜得三弟所寄空白帖签一包，亦九日发。

十四日　晴。夜蒋抑之来。

十五日　晴。下午得蔡先生信。

十六日　晴。下午李霞卿来。晚子佩来并赠茗一包。

十七日　晴。午后得丸善书店信。晚钱中季来。

十八日　昙。上午得丸善所寄英文书目四册。下午往留黎厂付表拓本，并买《王基断碑》一枚，五角。

十九日　晴。星期休息。上午同二弟往西升平园浴已由留黎厂归。下午得李霞卿信，即答。封德三来。风。

二十日　昙。上午得东京堂所寄书三册。得徐元信，十四日上虞发。晚小雨。

二十一日　晨小雨。公园内图书阅览所开始，乃往视之。上午霁。晚潘企莘来。杜海生来。

二十二日　雨。午后寄杜海生信。得洙邻兄信。

二十三日　昙。家寄茗二包，午后令人往邮局取得。下午大雨。

二十四日　晴。下午往留黎厂取所表拓本，凡三十枚，付工四元。

二十五日　晴。上午朱遏先来。

二十六日　昙。星期休息。上午虞叔昭来。午后端木善孚来。得吴方侯来［信］。晚许诗荃来。夜雨。

二十七日　晴。晚钱中季来。夜大风雨。

二十八日　昙。午后大雨一陈。晚寄沈商耆信。夜子佩来，还与茗直泉券十二枚。大雨。

二十九日　晴。上午封德三来。

三十日　晴。上午寄丸善书店泉廿，买书券。

三十一日　晴。下午往留黎厂取所表拓本。晚季自求来。商契衡来。

九月

一日　昙。午后大雨一陈，晴。晚封德三招饭于香厂澄园，与二弟同往，坐中又有季自求、姚祝卿。夜雨。下午寄家八月用泉五十，从子佩假。

二日　星期休息。雨。下午封德三来。

三日　小雨。上午丸善寄至英文小说二册。

四日　晴。上午陶念钦先生来。得丸善书店信。

五日　小雨。无事。

六日　晴，风。上午寄东京堂银六圆。

七日　晴。上午寄东京堂信。

八日　晴。午后收八月奉泉三百。晚敦古谊持拓本来，无可得，自捡拓片二十九种付表。夜子佩来。潘企莘来。

九日　昙。星期休息。上午同二弟访季市不遇，遂至铭伯先生家，见范云台正从汴来，见赠安阳宝山石刻拓本一分，计魏至隋刻十九种、唐刻三十三种、宋刻一种，共八十二枚。午后张协和来。商契衡来。封德三来。下午许季上来。

十日　昙。夜季市来。

十一日　晴，风。下午往留黎厂。晚访季市，不值。

十二日　晴。夜李遐卿、宋子佩来。

十三日　晴。午后往浙江兴业银行寄家泉五十，补八月分。得宋知方信，九日发自杭州。夜许季市来。

十四日　昙。上午得丸善信，六日发。晚雨。

十五日　晴。午后理发。

十六日　晴。星期休息。上午王式乾来。季市来。夜雨。

十七日　雨。上午得徐元信，绍发。得吴方侯信，严州发。

十八日　雨。上午丸善寄来书籍二册。午后晴。晚往季市寓。

十九日　昙。上午得丸善所寄书券二枚并函。夜子佩来。

二十日　晴。晚许季上来。

二十一日　晴。午后往留黎厂买《曹真碑》并阴二枚，一元；《方法师等岩窟记》并刻经二枚，二元。得黄子涧之兄讣，赙一元。下午得封德三信，十八日上海发。夜季市来。

二十二日　晴。午后往图书分馆借《涅槃经》，复往留黎厂。夜商契衡来。得忆农伯信，十六日磁州发。雨。

二十三日　晴，风。星期休息。午后访铭伯先生不值，以书券二枚置其家，为诗荃贺礼。访季市不值。下午蒋抑之来。夜季市来。

二十四日　晴。上午铭伯先生来。得福子信，十八日发。夜钱中季来。

二十五日　晴。午后丸善寄来契诃夫小说英译一册。

二十六日　晴。上午得丸善信。夜商契衡来。寄季市信。

二十七日　昙。午后雨。寄商契衡信。捐顺直水灾银二元。

二十八日　雨。上午寄意农伯信。寄钱中季信。寄宋知方信。

二十九日　晴。下午收本月奉泉三百。至图书分馆访朱孝荃。访季市不值。得钱玄同信。夜商契衡来。

三十日　晴。星期休息。上午杜海生来。季市来。潘企莘来。下午得封德三信，廿三日申发。洙邻兄来。朱蓬仙、钱玄同来。张协和来。旧中秋也，烹鹜沽酒作夕餐，玄同饭后去。月色极佳。铭伯、季市各致肴二品。

十月

一日　晴。补秋假。上午铭伯先生来。午后子佩来。

二日　晴。上午东京堂寄来陀氏小说三本，高木氏童话二本，共一包。

三日　晴。午后寄福子信。

四日　晴。晨富华阁持拓本来。下午宋迈来笺并《藤阴杂记》二部，每部二册。夜常毅葳来。

五日　昙。午后访杜海生，交泉百，下午至浙江兴业银行付泉五十五，并汇作九月家用。至留黎厂买《章武王太妃卢墓志》、《临淮王墓志》各一枚，《敦达墓志》并盖二枚，《元倪妻造象》一枚，共泉六元。季市持来专拓片一枚，"龙凤"二字，云是仲书先生所赠，审为东魏物，字刻而非印，以泉百二十元得之也。夜复宋迈信。

六日　昙。上午寄季市信，午后得复。

七日　晴。星期休息。上午同二弟至王府井街食饼饵已游故宫殿，并观文华殿所列书画，复游公园饮茗归。李遐卿来过，未遇，留笺并还泉二十，赠茗二合去。下午铭伯先生及季市来。

八日　晴。晚子佩来。钱玄同来。

九日　雨。无事。

十日　晴。国庆日休假。午后往观音寺街买饼干二合，又往留黎厂买《陶贵墓志》一枚，即南陵徐氏臧石，或以为翻本者，价二元。又高建及妻王、高百年及斛律墓志盖，共四枚，价一元。晚雷鸣，并小风雨。

十一日　晴，风。休假。午后商契衡来。

十二日　晴。午后同齐寿山访季上。得二弟妇信，二日发。晚寄季市信。

十三日　晴。晚钱玄同来。

十四日　晴。星期休息。上午许诗荃来。午后往留黎厂买魏《安乐王元诠墓志》一枚，十二元；魏《关中侯苏君神道》一枚，一元。夜子佩来。

十五日　晴。上午寄丸善泉廿。得潘企莘信，九日越中发。午后昙，夜雷雨。

十六日　晴。上午寄季市信。丸善寄来《古普林说选》一册。

十七日　晴。上午得丸善信。夜商契衡来。

十八日　晴。上午寄商契衡信。晚许诗荃来并赠《元钦墓志》一枚。子佩来。夜季市来。商契衡来。

十九日　晴。午后往问许季上疾。晚铭伯先生来，假泉二百。夜濯足。

二十日　晴。上午季市来，并同二弟游农事试验场。午后得东京羽太家〔家〕信，十二日发。下午往留黎厂买《荀岳墓志》一枚，《五百余人造象记》并阴二枚，寇凭、臻、演墓志各一枚，共泉十五元，内五元以重出拓本付与抵当讫，见付十元。又取所表拓本大小二十二枚，付工五元。

二十一日　昙。星期休息。午后李遐卿来。晚至铭伯先生家饭，二弟同往也。

二十二日　晴。午后往浙江兴业银行汇还子英泉百五十，子佩泉五十。晚在协和家饭，二弟亦至。夜蒋抑之来，未遇。

二十三日　晴。午后同齐寿山游小市。

二十四日　雨。午后往视许季上病。晚得李遐卿信，即复。夜蒋抑之来。

二十五日　雨。晚子佩来。

二十六日　雨。上午寄季市《饮流斋说瓷》二册，还《少年兵团》一册。下午收本月奉泉三百。振直隶水灾十一元。晚得李遐卿信并帖签四枚。得伯扲叔信，二十二日南京发。

二十七日　昙。午访季上并交所代领泉。晚雨。

二十八日　晴，大风。星期休息。上午李遐卿来。杜海生来。午后往留黎厂付表拓本，又买晋《冯恭墓志》、《杨范墓志》各一枚，共四元；又《姚纂墓志》一枚，极漫漶，云出曲阳，一元。又取《柽禁图》一枚，端氏木刻本也。

二十九日　晴。午后同齐寿山游小市。

三十日　晴。无事。

三十一日　晴。午后同齐寿山游小市。晚季市来。夜往视季上病。

十一月

一日　晴。午后往视季上病。托齐寿山买外衣一，泉廿。

二日　晴。上午买窒扶斯豫防药一瓶，一元。得东京堂信并《文芸思潮論》一册。

三日　昙。午前同齐寿山往中央公园。下午买羊皮褂料一袭，泉廿。晚大风。

四日　晴，风。星期休息。午后往留黎厂买《张敬造象》一分六枚，五元；吴兴姚氏所藏六朝造象十种十三枚，六元；《贺长植墓志》一枚，二元。往大册阑买卫生衣二套，十元，饼饵等三元。晚庄铁炉一具，九元。夜子佩来。冰。

五日　晴。午后往视许季上病。直隶振券开采，得烟卷四合。

六日　晴。上午命部役往邮局取得家所寄茗一包。

七日　昙。上午修缮屋顶。午后微雪。寄蔡先生信，代季上辞校课，寿山同署。

八日　晴。上午往视季上病。

九日　晴，大风。无事。

十日　晴，风。休假。午前同二弟往图书分馆访子佩。往瑞蚨祥买御冬衣冒、被褥，用泉券百廿。午后在青云阁饮啖。往留黎厂德古斋买汉画象拓本二种，一元，拓活洛氏旧藏，近买与欧人，有字，伪刻。又买《寇治墓志》拓本一枚，三元。

十一日　晴。星期休息。上午往杜海生寓交泉百，合前由二弟所交百泉，均汇越中，作上月及本月家用。视季上病，渐愈。季白求、刘历青来。下午往铭伯先生寓。潘企莘来。夜得三弟信，言芳子于六日午生一女。

十二日　晴。午后往高等师范学校听校唱国歌。晚铭伯先生来，还银百五十，作券二百。夜钱玄同来。

十三日　晴。上午往浙兴业行存泉。

十四日　晴。下午寄许骏甫信。晚风。

十五日　晴。上午复伯执叔信。复吴方侯信。

十六日　晴。午同齐寿山、戴螺舲至店饭。下午理发。晚子佩来。

十七日　晴。上午丸善寄书三本来。午同朱孝荃、齐寿山往视许季上病，已稍愈。夜商契衡来。风。

十八日　昙。星期休息。上午风，晴。韩寿晋来。午同二弟往观音寺街买食饵，又至青云阁玉壶春饮茗，食春卷。又在小店买北魏杂造象六枚，北周《张法师碑》一枚，共三元。出留黎厂至德古斋买《萧玚墓志》并盖二枚，二元五角；《宋买造象》四枚，一元。又至敦古谊取所表拓片三十枚，工五元。

十九日　晴。阮和孙来，未遇，留名刺去。夜风。

二十日　晴。下午往留黎厂付表拓本。

二十一日　晴。午后游小市。晚和孙来，交家所寄笋菜干一合。

二十二日　晴。午后往视季上病。

二十三日　晴。上午丸善寄来《矿物学》一册。夜风。

二十四日　昙。上午以《矿物学》寄三弟。丸善来信。夜风。

二十五日　晴。星期休息。午前同二弟往留黎厂买张阿素、耿氏墓志各一枚，三元。又《魏宣武嫔司马氏墓志》一枚，以重出拓本五种十四枚易得，作直四元。午在青云阁中食。出观音寺街买肴食一元，胃药四元。午后二弟妇寄与绒袜一两并笺，十日付邮。下午潘企莘来。

二十六日　晴，风。午胃药一合寄家。晚得二弟妇信，廿三日发。

二十七日　晴。上午东京堂来叶书。下午寄二弟妇信，附二弟函去。和荪来，未见已去。夜子佩来。

二十八日　晴。上午得李遐卿信。

二十九日　晴。上午假遐卿泉十元，二弟将去。

三十日　晴。无事。

十二月

一日　晴。上午寄中西屋信。午后往视季上病。晚蔡谷青来。

二日　晴，大风。星期休息。午后洙邻兄来。下午谷清来。蔡先生来。

三日　晴。上午得二弟妇笺，廿九日发。东京堂寄来书籍四本，即以一本寄越中。

四日　晴。午后往浙江兴业银行汇上月家用泉百并附函。晚谷清来。

五日　晴。夜子佩来。风。

六日　晴。上午得二弟妇信，二日发。午后往视许季上病。

七日　昙，风。午后微雪即霁。无事。

八日　晴。上午得李遐卿信。午后往留黎厂取所表拓本，工三元。又买《食斋祠园画象》一枚，宫内司杨氏、乐陵王元彦墓志各一枚，《尹景穆造象》并阴二枚，佛经残石二枚，共直六元；又添《永元三年梁和买地铅券》、《延兴三年王君□专墓志》拓本各一枚，盖并伪作。夜商契衡来。风。

九日　晴，大风。星期休息。上午许诗荃来。夜潘企莘来。

十日　晴。无事。

十一日　昙，晚微雪即止。齿小痛。

十二日　晴。上午得三弟及三弟妇信，八日发。得宋知方信，九日杭州发。下午得宋迈信。晚蒋抑之来。

十三日　雨雪积寸余。午后丸善来信。晚铭伯先生遗肴二品。夜风。

十四日　晴，大风。上午中西屋来信。丸善寄来《德文学之精神》一册，英文，二弟买。下午收十一月奉泉三百，银一券九。往季上家视其病，并交代领之泉。晚宋子佩来。

十五日　晴。无事。

十六日　晴。星期休息。从李匡辅分得红煤半顿，券五枚。下午往留黎厂买《祀三公山碑》阴一枚，《石门铭后题记》一枚，《范思彦墓铭》一枚，《临淮王象碑》一枚，共六元。又至大册阑买食物归。夜杜海生来。

十七日　晴，风。午后视午门图书馆。夜韩寿晋来。

十八日　晴。汪书堂母寿，贺二元。张仁辅父故，赙一元。夜豸来。

十九日　晴。上午东京堂来信。下午复往午门图书馆。

二十日　晴。无事。

二十一日　晴。午后寄羽太家信并泉卅，明年正至三月分。夜王式乾来，付泉廿五。

二十二日　晴。冬节休息。上午铭伯先生来。

二十三日　晴。星期休息。上午同二弟往留黎厂以拓本付表，并买孔庙杂汉碑七枚，《校官碑释文》一枚，《赵法现造象》二枚，共五元；又魏人墓志六枚，十五元；又齐、魏人墓志五枚，云是浙江王氏藏石，直十元。遂至青云阁饮茗并午食讫，买饼饵少许而归。晚钱玄同来谈。

二十四日　晴。上午寄家蜜枣、芥末共一合。得季市信，十九日发。霞卿还泉十。

二十五日　晴，大风。纪念日休假。晚戴螺舲、齐寿山先后至，同往圣安寺，许季上夫人逝后三日在此作法事也。礼讫步归，已夜。

二十六日　晴。午后捐南开中学水灾振四元。夜风。

二十七日　晴。上午得二弟妇信。夜魏福绵来。夜风。

二十八日　晴，大风。上午得东京堂书籍三册。午同齐寿山及二弟在和记饭。

二十九日　晴。午后同朱孝荃、齐寿山往视许季上病。下午以齿痛往陈顺龙寓，拔去龋齿，付泉三元。归后仍未愈，盖犹有龋者。

三十日　晴。星期休息。午前同二弟至青云阁富晋书庄买《古明器图录》一册，《齐鲁封泥集存》一册，《历代符牌后录》一册，共券十九元。复至陈顺龙寓拔去龋齿一枚，付三元。出留黎厂在德古斋小坐，购得周库汗安洛造象石一躯，券二十四元，端匋斋故物也。文字不佳，象完善。下午昙。

三十一日　昙。上午寄家信并本月用泉五十，附与二弟三弟妇笺各一枚，又寄《广陵潮》第七集一册。晚收奉泉券三百。收答诸贺年信函。夜濯足。

书帐

乙卯年国学丛刊十二册　六·〇〇　正月五日

唐杜山感兄弟造象拓本一枚　蒋抑之赠

魏安丰王妃冯氏墓志一枚　一·〇〇　正月九日

隋讳珉墓志一枚　〇·五〇

丰乐七帝二寺邑义造象二枚　张春霆赠　正月十一日

高归彦造象一枚　同上

七帝寺主惠郁等造象一枚　同上

杂造象四种十枚　二·〇〇　正月十四日

美原神泉诗并阴二枚　一·五〇

□朝侯之小子残碑一枚　二·〇〇　正月十九日

唐该墓志并盖二枚　一·〇〇

滕王长子厉墓志一枚　〇·五〇

郑文公上碑一枚　二·〇〇　正月二十一日

巩宾墓志一枚　一·〇〇

龙山公墓志一枚　一·〇〇

豆卢通等造象记一枚　〇·五〇

籀高述林四册　一·六〇　正月廿八日

殷商贞卜文字考一册　〇·四〇

历代画象传四册　二·〇〇　　　　　　　　二三·〇〇〇

中国名画第十九集一册　一·五〇　二月四日

李业阙一枚　王叔钧赠　二月五日

高颐阙大小五十三枚　同上

贾公阙一枚　同上

张贵男墓志一枚　一〇·〇〇　二月十二日

张寿残碑一枚　〇·五〇　二月十八日

平邑皇圣乡阙题字二枚　〇·五〇

杂汉画象五枚　一·〇〇

高柳村比丘惠辅等造象一枚　一·〇〇

曹望憘造象四枚　一二·〇〇

朱岱林墓志一枚　五·〇〇　　　　　　　　　　三一·五〇〇

衡方碑并阴二枚　二·〇〇　三月四日

谷朗碑一枚　一·〇〇

灵崇二大字　〇·五〇

王谟题名并诗刻一枚　〇·五〇

庾公德政颂一枚　一·〇〇

江阳王次妃石氏墓志一枚　六·〇〇　三月十一日

孙龙伯造象一枚　添入

龙门全拓大小乙千三百二十枚　三三·〇〇　三月十八日

河朔石刻卅种四十八枚　二〇·〇〇　三月二十日

刘懿墓志一枚　五·〇〇　三月廿一日

汉画象一枚　〇·五〇　三月廿五日

杂专拓片〔二〕十一枚　一·五〇　　　　　　　七一·〇〇〇

泰山秦篆残石一枚　〇·五〇　四月一日

李氏象碑颂一枚　〇·五〇

成公夫人墓志一枚　一·〇〇

房周陀墓志一枚　一·五〇　四月六日

燕孝礼墓志一枚　一·〇〇

刁遵墓志并阴二枚　三·〇〇　四月七日

白石神君碑并阴二枚　六·〇〇　四月十一日

阎立本帝王图一册　一·二〇　四月十五日

强独乐造象一枚　陈师曾赠　四月十六日

神州大观第十一集一册　一·六五　四月廿二日

赞三宝福业碑并额二枚　一·〇〇　四月廿八日

熹平元年黄肠石题字一枚　〇·五〇　四月廿九日

字皇女残石一枚　二·〇〇

高建墓志一枚　一·〇〇

高建妻王氏墓志一枚　一·〇〇

高百年墓志一枚　一·〇〇

高百年妻斛律氏墓志一枚　一·〇〇　　　　　　二三·八五〇

隶释隶续八册　一二·〇〇　五月六日

元显魏墓志一枚　三·〇〇

六朝造象十一种廿八枚　七·〇〇

鱼山书院汉画象一枚　杨莘士寄　五月十六日

孙辽浮图铭一枚　二·〇〇　五月十八日

吴严墓志并盖二枚　三·〇〇

李则墓志并盖二枚　三·〇〇

齐太公吕望表一枚　三·〇〇　五月十九日

张安姬墓志一枚　一·〇〇

六朝造象四种十三枚　六·〇〇

天统残碑一枚　〇·八〇　五月二十七日

隋王君墓志盖一枚　〇·二〇

景宋薛氏钟鼎款识四册　三·〇〇

汉画象十枚　杨莘士寄　五月卅一日

翻本于纂墓志一枚　同上

杂造象四种五枚　同上

杂专文三枚　同上　　　　　　四四·〇〇〇

侯夫人墓志一枚　一·〇〇　六月十七日

王克宽墓志一枚　〇·五〇

讳直墓志一枚　〇・五〇

意瑗法义造佛国碑四枚　一・五〇

潘景晖等造象三枚　一・〇〇

杂造象六枚　二・〇〇

涵芬楼秘笈第二集八册　二・五〇　　　　　　　　　　九・〇〇〇

刘平周造象四枚　二・〇〇　七月一日

杂造象二枚　添入

江苏梁碑十五枚　五・〇〇　七月二日　　九月以抵表工估六元

禅国山碑一枚　二・〇〇

萧宏碑画象一枚　一・〇〇

墓阙残字九枚　一・〇〇　　　　　　　　　一一・〇〇〇

家之基迈残石一枚　〇・五〇　八月五日

唐刻佛象拓本一枚　一・五〇

王基断碑一枚　〇・五〇　八月十八日　　　　　二・五〇〇

安阳宝山石刻拓本六十二种八十二枚　范云台赠　九月九日

曹真残碑并阴二枚　一・〇〇　九月二十一日

方法师等造石窟记并经二枚　二・〇〇　　　　　三・〇〇〇

藤阴杂记一部四册　宋洁纯赠　十月四日

龙凤专拓本一枚　陈仲书先生赠　十月五日

卢太妃墓志一枚　二・五〇

临淮王墓志一枚　二・五〇

郭达墓志并盖二枚　〇・八〇

元倪妻买造象铭一枚　〇・二〇

高建墓志盖等四枚　一・〇〇　十月十日

陶贵墓志一枚　二・〇〇

安乐王元诠墓志一枚　一二·〇〇　十月十四日

关中侯苏君神道一枚　一·〇〇

元钦墓志一枚　许诗荃赠　十月十八日

荀岳墓志一枚　二·五〇　十月二十日

包义五百余人造象并阴二枚　五·〇〇

寇凭墓志一枚　二·五〇

寇演墓志一枚　二·五〇

寇臻墓志一枚　二·五〇

冯恭墓志一枚　二·〇〇　十月廿八日

杨范墓志一枚　二·〇〇

姚纂墓志一枚　一·〇〇　　　　　　　　　　四二·〇〇〇

张敬造石柱佛象六枚　五·〇〇　十一月四日

姚氏臧杂造象十种十三枚　六·〇〇

贺长植墓志一枚　二·〇〇

汉画象残石二枚　一·〇〇　十一月十日

寇治墓志一枚　三·〇〇

北魏杂造象六枚　二·〇〇　十一月十八日

张法师碑一枚　一·〇〇

萧玚墓志并盖二枚　二·五〇

宋买造象四枚　一·〇〇

耿氏墓志一枚　一·五〇　十一月二十五日

张阿素墓志一枚　一·五〇

魏宣武嫔司马墓志一枚　四·〇〇　　　　　三〇·五〇〇

食斋祠园画象一枚　一·〇〇　十二月八日

官内司杨氏墓志一枚　一·〇〇

元彦墓志一枚　二·〇〇

尹景穆造象并阴二枚　一·五〇

造佛经残石二枚　〇·五〇

三公山神碑阴一枚　一·〇〇　十二月十六日

石门铭后题记一枚　一·〇〇

范思彦墓铭一枚　一·〇〇

临淮王象碑一枚　三·〇〇

孔庙杂汉碑六种七枚　三·五〇　十二月二十五［三］日

校官碑释文一枚　〇·五〇

赵法现等造象二枚　一·〇〇

魏墓志六种六枚　一五·〇〇

　　　东安王太妃陆　文献王元湛　文献王妃冯

　　　文献王妃王　　元均　　　　元显

魏齐墓志五种五枚　一〇·〇〇

　　　窦泰　窦泰妻娄　元悰

　　　元宝建　石信

古明器图录一册　一〇·〇〇　十二月三十日

齐鲁封泥集存一册　六·〇〇

历代符牌后录一册　三·〇〇　　　　　　　　六一·〇〇〇

总计三六二·四五〇　十二月卅一日灯下记之。

戊午日记（1918年）

正月

一日　晴，风。休假。上午范云台、许诗荃、诗英来。洙邻兄来。午后往铭伯先生寓。下午潘企莘来。

二日　晴。休假。午后往留黎厂买《元固墓志》一枚，四元。季市宅遗肴二品。

三日　晴。休假。上午子佩来。午后得家信，有丰所作字。得和苏信，潞安发。得宋知方信。夜风。

四日　晴。上午赴部茶话会。二弟往富晋书庄购得《殷虚书契考释》一册，《殷虚书契待问编》一册，《唐三藏取经诗话》一册，共泉券十一元。晚徐宗伟来。王式乾来，交与泉七十五，合前款汇越中作十二月家用。黄厶来属保应考法官。

五日　晴。上午寄和苏信。寄季市信并讲义一卷。丸善寄来日历一帖。

六日　晴，风。星期休息。午后龙荫桐来。

七日　晴。上午得许伯琴片，三日武昌发。得羽太家信，十二月卅日发。得丸善书店信片并书目四册。夜风。

八日　晴。午后同齐寿山往视许季上。

九日　晴。下午往留黎厂付表拓本，并取已表者，工五元。寄李霞卿信。

十日　昙。午后同齐寿山之小市。赙李厶一元。

十一日　昙。上午两弟妇来信，七日发。晚霞卿来。夜子佩来。

十二日　晴，风。午后得李遐卿信，十日发。

十三日　晴。星期休息。午后同二弟至留黎厂德古斋，偶检得《上尊号碑》额并他种专、石杂拓片共六枚，付泉一元。又至北京大学访遐卿，并赴浙江第五中学同学会，有照相、茶话等，六时归寓。

十四日　晴。无事。

十五日　晴。夜景写《曲成图谱》毕，共卅二叶。风。

十六日　晴。上午寄家信，附造冢费用泉五十，又本月家用泉五十。

十七日　晴。无事。夜风。

十八日　晴，大风。上午丸善来信并书三册。东京堂来信。

十九日　晴，风。午后同朱孝荃访许季上。柯世五之弟娶妇，送二元。

二十日　晴。星期休息。午后往留黎厂震古斋买《校官碑》一枚，二元；《李琮墓志》连侧一枚，一元五角。复往敦古谊取所表拓本二十枚，付工三元。又买魏法兴等造象一枚，五角。

二十一日　昙，午风，晴。无事。

二十二日　晴。无事。

二十三日　微雪。午二弟来部，并邀陈师曾、齐寿山往和记饭。午后寄季市《新青年》一册，赠通俗图书馆、齐寿山、钱均夫各一册。夜韩寿谦来。

二十四日　晴。夜宋紫佩来。

二十五日　雨雪。午后理发。寄本月家用泉百，托协和从中国银行汇。

二十六日　晴。午后同齐寿山访许季上，又游小市。胃痛服药。

二十七日　晴。星期休息。午后往留黎厂买《张寿残碑》一枚，《冯晖宾造象》四枚，佛教画象二枚，出河南，共券五元。下午陶念钦先生来。三弟来信，言升叔殁于南京。

二十八日　晴。上午刘历青来。午后同齐寿山、戴螺舲之小市。晚许骏甫来。

二十九日　晴，风。无事。

卅日　晴。胃大痛。夜子佩来。

卅一日　晴。无事。

二月

一日　晴。午二弟来部，复同齐寿山往和记饭讫阅小市。寄许季上信。

二日　晴。上午寄宋子佩信并一包。夜补钞《颐志斋感旧诗》一叶。

三日　昙。星期休息。午后同二弟往留黎厂买《瘗鹤铭》一枚，泉五元。至傍晚往洙邻兄寓饭，坐中有曾侣人、杜海生，夜归。

四日　雨雪。上午洙邻兄送食物四种。午后寄三弟信。收一月分奉泉三百，内银六十。夜子佩来，言明日归越中。得徐元信。

五日　晴。上午得绍兴修志采访处信。

六日　晴。裴子元之弟在迪化，托其打碑，上午寄纸三十番，墨一条。下午往留黎厂代宋芷生买《元遗山诗注》一部六本，又自买《醉醒石》一部二本，各券六元。徐宗伟来假去银十元。

七日　昙。午后以《元遗山诗注》寄宋芷生太原。晚许俊甫来。

八日　昙。晚许俊甫来。夜风。

九日　晴，风。下午代齐寿山寄许俊甫函并泉廿。许铭伯先生来。张协和遗板鸭一只。晚钱玄同来。

十日　晴。星期休息。午后往留黎厂买《曹续生铭》、《马廿四娘买地券》拓本各一枚，二元。又至富晋书庄买《殷文存》一册，七元。下午范乐山先生_{宗镐}来。许铭伯先生送肴二器。晚刘半农来。

十一日　晴。春节休假。午后同二弟览厂甸一遍。下午蔡谷青来。

十二日　晴。休假。下午往铭伯先生寓谈。

十三日　晴。休假。午后同二弟览厂甸，又至青云阁饮茗。寄马幼渔信。

十四日　晴。上午得丸善书店信三。

十五日　晴。下午得马叔平信。夜钱玄同来。

十六日　晴。晚商契衡来。夜风。

十七日　晴，风。星期休息。午后同二弟游厂甸及火神庙，买《神州大观》第十二集一册，券三元；又《写礼庼遗著》一部四本，三元；《江宁金石记》一部二本，二元。又买高师附属小学手工成绩品二事，铜元廿八枚。

十八日　晴。上午东京堂来信。夜改装《写礼庼遗著》四本作二本讫。

十九日　晴，风。上午东京堂寄来《口語法》一本，代钱玄同

256

买。得二弟妇信。

二十日　晴。午后令工往日邮局取丸善所寄兑孚理斯《物种变化论》一册。

二十一日　昙，大风。午后寄子佩信。

二十二日　晴。上午丸善寄来英文三册并信。寄三弟《物种变化论》一册并函，附与二弟妇笺，又泉八十，本月家用，又泉廿，托子佩买书，附函。

二十三日　晴。上午得二弟妇信。晚铭伯先生来，赠以《青新［新青］年》一册。钱玄同来。

二十四日　晴。星期休息。午马叔平来。午后游厂甸，在德古斋买《元纂墓志》、《兰夫人墓志》各一枚，券七元。在富晋书庄买《碑别字》一部二本，二元。又在高师附中学手工成绩售品处买铁椎一具，铜元五十四枚。

二十五日　昙。上午得子佩信，十三日越中发。午后往日邮局寄丸善银十三元。

二十六日　晴。午后寄羽太家信并泉十五。收本月奉泉三百。

二十七日　晴。上午得季巿信，二十二日南昌发。下午由部回寓取券。

二十八日　晴。托齐寿山换泉，共券六百，得银元三百五十四。夜钱玄同来。

三月

一日　晴。下午往通俗图书馆。夜商契衡来。

二日　晴。午后寄家用泉百,二月分。夜钱玄同来。

三日　昙。星期休息。上午得二、三弟妇信,二月廿七日发。午后往留黎厂买《张僧妙碑》、姚伯多、锜双胡、苏丰国造象记各一分,共大小十一枚,券八元。下午往铭伯先生寓。晚蔡国青及其夫人来。

四日　晴。上午得三弟信,二月廿八日发。得宋芷生信并拓片一包,廿八日太原发。

五日　昙。无事。夜商契衡来。

六日　晴。午后寄丸善银六元。夜濯足。

七日　晴。上午寄三弟《互助论》一册。下午寄宋芷生信。

八日　昙。上午寄阮和森信。夜雨即已。

九日　昙,大风。昨子佩自越至,今日下午送来所买《艺术丛编》第二年分六册,《说文古籀补》二册,《字说》一册,《名原》一册,共银廿三元,合券三十八枚。又家所寄糟鸡一合,自所买火腿一只,又贻冬笋九枚。

十日　晴,大风。星期休息。午后子佩来。

十一日　晴。上午分送图书分馆、钱均夫、齐寿山《新青年》各一册。又寄季市一册并函。赠戴螺舲笋三枚。下午得徐宗伟函,即复。陈师曾与好大王陵专拓本一枚。又同往留黎厂买杂拓片三枚,一元。又《曹全碑》并阴二枚,二元。

十二日　晴。无事。

十三日　晴。晚王铁如来。

十四日　晴。下午得丸善书店信。

十五日　晴。上午得宋芷生明信片,十一日发。午二弟至部,并邀齐寿山往和记饭。晚游小市。

十六日　晴。上午师曾赠古垞景印本四纸。夜子佩来。

十七日　昙。星期休息。上午许骏甫来。午后往留黎厂买十二辰镜一枚，券十元。《元显魏墓志》盖一枚，二元。又在青云阁买《隋唐以来官印集存》一册，六元。下午铭伯先生来。

十八日　昙。下午同陈师曾往留黎厂买西纸五十枚归。夜钱玄同来。

十九日　晴。上午丸善寄来书籍一包，即分寄越。午后往孔庙演礼。

二十日　晴。午后寄羽太家信并泉卅，又东京堂泉三。夜往国子监宿。

二十一日　晴。晨祀孔执事毕归寓卧。午后复往部少留。

二十二日　晴。上午得丸善信，即复之。晚杜海生来，交与泉百，汇越中用。夜得和荪信，十九日发。

二十三日　昙。上午陶念钦先生来。晚同二弟往洙邻家饮。夜雨。

二十四日　雨。星期休息。下午风。无事。

二十五日　晴，风。午后往留黎厂买未央东阁瓦拓片一枚，券一元。又买青羊竟一枚，"日有憙"竟一枚，合券十一元。夜子佩来。

二十六日　昙。上午寄和孙信。午后理发。收本月奉泉三百。

二十七日　昙。午后同师曾至其寓借书。寄家本月用泉百，海生汇款。

二十八日　昙。午后同戴螺舲游小市。下午小雨。夜钱玄同来。

二十九日　晴。上午得宋知方信，二十四日发。午后往留黎厂买得《更封残画象》一枚，《翟蛮造象》一枚，共二元。晚小雨。

三十日　晴，风。上午寄马叔平信。寄三弟《自然史》一册。得封德三信。午后游小市。夜潘企莘来。

三十一日　晴。星期休息。午后往留黎厂买《石门画象》并阴二枚,《李洪演造象》一枚,《建崇寺造象》并阴二枚,《杨显叔造象》一枚,《张神龙息□茂墓记》一枚,共泉八元。

四月

一日　晴。上午寄季市《新青年》并二弟讲义共一卷。得丸善明信片。午后游小市。赙李梦周二元。得马叔平信。

二日　晴。午后自至小市游。

三日　晴。上午得东京堂寄书籍二册并信。得丸善信。

四日　昙。上午寄东京堂及丸善信各一。午后寄常毅箴信并书二册。

五日　昙。晚钱玄同、刘半农来。夜风。

六日　晴。上午得福子信,三月卅一日发。午后游小市。晚王式乾来。夜李霞卿来。宋子佩来。

七日　晴。星期休息。上午同二弟游留黎厂,又至公园饮茗,晚归。

八日　昙。休假。上午得三弟及芳子信,四日发。下午铭伯先生来。

九日　昙。上午得福子照象一枚。得丸善信。夜诗荃来。

十日　昙。上午得二弟妇信,六日发。得许诗荃信。夜常毅箴抱其孺子来,并交券十五元,买《殷文存》及《古明器图录》去。

十一日　昙。上午赠陈师曾《张奢碑》一枚。午后往中国银行汇家用泉七十,上月分。下午同陈师曾往留黎厂同古堂代季市刻印,又自购木印五枚，买印石一枚，共六元。往德古斋买《□朝侯小子残碑》阴一枚，二元。又《杜霅等造象》四枚，三元。晚寄许诗荃信。

十二日　晴。午后东京羽太家寄来煎饼二合。

十三日　晴，大风。无事。

十四日　晴，大风。星期休息。上午往圣安寺吊许季上夫人。午后往留黎厂，以重出拓片就德古斋易他本，作券廿，先取残画象一枚，作券四元。又买北齐翟煞鬼墓记石一方，券廿，云是福山王氏旧物，后归浭阳端氏，今复散出也。下午马幼渔来。李霞卿来。

十五日　晴，午后风。无事。

十六日　晴。下午自游小市。

十七日　晴。上午东京堂来信并书一包。下午风。

十八日　晴。夜宋子佩来。

十九日　晴。上午得丸善信。午二弟来部，同至和记饭，并邀齐寿山。晚往留黎厂取季市印及所表字联，又取自刻木印五枚，工五元，所表拓本二十枚，工三元。

二十日　晴。上午得二弟妇信，十六日发。午后游小市。晚往铭伯先生寓，病未见，交出季市印及对联于其工人，属转送。

二十一日　昙。星期休息。午后往留黎厂德古斋，得画象砖拓片五枚，言是大吉山房所臧，又孙世明等造象五枚，共券四元，仍以重出拓本直推算，又取《姚保显造石塔记》一枚，无直。夜钱玄同来。

二十二日　晴，晚风。无事。

二十三日　昙。夜蒋抑之来。

二十四日　晴。上午得二弟妇信。得丸善书二本。下午游小市。晚小雨。

二十五日　晴。夜李霞卿来。风。

二十六日　晴。下午收本月奉泉三百。晚钱玄同来。

二十七日　晴，下午风。无事。

二十八日　晴。星期休息。午前往留黎厂买专拓九枚，二元，重本直易讫。又买韩显宗及赵氏墓志各一枚，共五元；造象三种四枚，共六元。午后铭伯先生来。下午鹤顾先生来。风。

二十九日　晴。午后往中国银行汇泉九十，本月家用。戴芦舲贻腊肉一包。夜魏福绵来。雨。

三十日　雨。上午为二弟寄小包一于家。午后晴。

五月

一日　晴。无事。

二日　昙。下午往铭伯先生寓。晚玄同来。夜小雨。

三日　昙。午后往留黎厂，得玉函山隋唐造象大小卅五枚，《郗景哲等残造象》一枚，作直四元，以重出拓本易之。又得周《王通墓志》一枚，一元。晚得李霞卿信。夜潘企莘来。

四日　晴。无事。

五日　昙。星期休息。上午韩寿晋来。下午王式乾来，付与泉七十，并前徐宗伟所假泉十共八十，汇作四月家用。晚风。

六日　晴。上午寄季市《新青年》第四本乙本。午后游小市。夜蒋抑之来。

七日　晴。夜宋子佩来。

八日　晴。夜宋子佩来。

九日　晴。午后得东京堂明信片。往留黎厂买杂伪拓片六枚，二元。又取所表拓本廿一枚，工三元。晚澄云堂人来，选买端氏藏石拓片六种十八枚，五元。

十日　昙。午二弟来部，同齐寿山至和记饭。下午雨。寄伍仲文信。

十一日　雨。晚以师曾函往朱氏买专拓片，并见泉二，复云拓片未整理，泉收也。

十二日　晴。星期休息。下午昙，雷。得沈尹默信。夜钱玄同来。

十三日　晴。上午师曾交朱氏所卖专拓片来，凡六十枚，云皆王树枏所藏，拓甚恶，无一可取者。下午往留黎厂买《文士渊造象》二枚，题名残石一枚，杂专拓片七枚，各一元。晚铭伯先生携诗英来，云季市眷明日行。

十四日　晴。晚宋子佩来。夜失眠。

十五日　晴。下午昙。无事。

十六日　晴。令图书分馆庖人治晚肴，月泉五元五。

十七日　昙。午后往留黎厂付表拓本。寄李遐卿信。

十八日　昙。上午徐以孙来。东京堂寄来书籍一包。晚往铭伯先生寓。

十九日　昙，大风。星期休息。小疾。

二十日　晴。头及四支痛。

二十一日　晴。许季上赠《梦东禅师遗集》一本。家寄来茗一合。晚服规那。

二十二日　晴。午后理发。晚寄子佩信。夜钱玄同来。失眠。

二十三日　昙。午后往图书分馆。往留黎厂德古斋买得恒农墓专拓片大小百枚，内重出二枚，二十四元。《江阿欢造象》一枚，《讳德墓志》一枚，各二元。夜雨。

二十四日　雨。上午得伍仲文信，廿日发。得三弟妇信。晚假于紫佩券廿。

廿五日　雨。下午得李霞卿信并帖签廿四枚。

廿六日　昙。星期休息。午后晴。铭伯先生来。晚得宋子佩信并为代购书箱四，连架二，共值券二十三元，付讫。夜失睡。

廿七日　晴。午后收本月奉泉三百。往留黎厂买马祠伯、殷双和造象各一枚，六角。往大栅阑买草冒一枚，二元。晚小雨。夜钱玄同来。

廿八日　晴。午后往中国银行汇家用泉百。晚寄铭伯先生信。子佩来。

廿九日　晴。上午孙伯康来，持有郦藕人信。得许季市信，廿三日发，午后复之。师曾持《黄初残石》拓片来，凡三石，云是梁问楼物，欲售去，因收之，直券廿。下午往留黎厂收《武猛从事□□造象坐》拓片二枚，一元四角。夜雷雨。

卅日　晴。上午得铭伯先生信。晚雷雨。

卅一日　晴，风。上午东京堂寄来《新进作家丛书》五册。午后二弟来部，同至东升平园浴，又至大栅阑内联升为丰定制革履。又由留黎厂德古斋假《嵩山三阙》全拓一卷而归。

六月

一日　晴。上午同二弟往大学校访蔡先生及徐以孙，阅《支那美术史彫塑篇》。午在第一春饭。午后游公园，遇小风雨，急归已霁。

寄铭伯先生信。

二日　晴，风。星期休息。午后得徐以孙信并《吕超墓志》拓片一枚，及家藏金石小品拓片二十一枚，昨发。

三日　晴。上午得徐以孙信并转寄顾鼎梅所赠残石拓片九枚。二弟往邮局寄家用泉百，上月分。

四日　晴。上午得东京堂信。午后往留黎厂德古斋买《嵩山三阙画象》拓本一分计大小三十四枚，券三十六元。又晋残石并阴合一枚，一元。又至震古斋买《朱博残石》一枚，四元；《刘汉作师子铭》一枚，五角；《密长盛造桥碑》并阴二枚，一元；《千佛山造象》十二枚，二元；《云门山造象》十枚，一元。晚德古斋人来，为拓《库汗安洛象》及《翟煞鬼记》各六枚。风。

五日　晴。上午赠徐以孙《库汗安洛造象》、《翟煞鬼记》拓本各一枚，二弟持去。

六日　晴。上午得杨莘士信。晚李遐卿来。帖估来，买《仓龙庚午石》一枚，一元。

七日　晴。无事。

八日　晴。晚宋紫佩来。铭伯先生来。夜钱玄同来。

九日　昙。星期休息。下午洙邻兄来。

十日　晴。午后往留黎厂买《里社残碑》并阴二枚，似晋刻，又《元思和墓志》一枚，共券十二元，其内六元以售去之重出拓本抵消讫。

十一日　晴。上午寄杨莘士信。夜风，又雷雨。作《吕超墓志》跋。

十二日　昙。上午寄以孙先生信。晚得铭伯先生信并肴二品。夜雷雨。

十三日　晴。夏节休假。无事。

十四日　晴。上午收东京堂所寄书籍一包。

十五日　晴。晚宋紫佩来。商契衡来。

十六日　晴。星期休息。上午铭伯先生来。午后寄常毅葳信并还与《中国学报汇编》五本。

十七日　晴。上午寄季市《新青年》及二弟讲义共一卷。寄二、三弟妇信。

十八日　晴，热。托齐寿山买羔皮五件，计直共券百，午后作二包寄家。

十九日　晴。上午钱稻孙赠《示朴斋骈文》一册。午后寄季市信。晚宋紫佩来。夜李霞卿来。雷雨。

二十日　晴。晨二弟发向越中。晚得钱玄同信。夜雷雨。

二十一日　雨。上午寄沈尹默信。

二十二日　晴。上午寄羽太家信并泉卅，七月至九月分。午后往留黎厂德古斋买《郎邪台刻石》拓本一枚，又汉画象一枚，有字，伪刻，共券六元。又在神州国光社买《神州大观》第十三集一册，石印《古泉精选拓本》二册，亦共券六元。下午得和孙信，十八日潞城发。晚小风雨。得沈尹默信。夜钱玄同来。

二十三日　晴。星期休息。上午子佩来。午后往铭伯先生寓。下午得以粊先生信，附介绍函二封。

二十四日　晴。上午得中西屋明信片。得伊文思书馆寄二弟信。代二弟寄大学文科教务处信，内试卷也。寄二弟信，附钱玄同笺（七四）。寄和孙信。夜李遐卿来。得三弟妇及丰、晨合照象一枚，廿日寄。

二十五日　晴。上午得二弟明信片，廿二日沪发。午雨一陈。晚衡山先生来。

二十六日　雨。上午得三弟信，十八日发（三二），又一函，廿二日发（三三）。得二弟明信片，廿一日南京发。寄二弟信，附与二弟及三弟妇笺，又以孙先生介绍拓专函二封。下午收本月奉泉三百。晚晴。

二十七日　晴。上午往中国银行汇本月家用泉百并函（不列号）。代二弟寄实业之日本社银三円六十钱，定《妇人世界》，从七月起。午后往留黎厂商务馆预约《愙斋集古录》一部，付半价，合券十三元五角。又买古币四枚，一元；《马氏墓志》一枚，一元。晚钱玄同来。夜子佩来还泉廿，又交宋孔显还二弟泉廿，赠以白玫瑰酒一罂。

二十八日　晴，大热。下午得浙江旅津公学函。晚雨。

二十九日　晴。上午得二弟信，廿五日越中发（卅四）。下午得中西屋寄二弟书一包，又丸善者一包，似误。访洙邻兄寓不得，因寄一函。夜孙伯康来别，言明日晨归。

三十日　昙。星期休息。晚钱玄同来。

七月

一日　晴。上午寄二弟信（七十六），并书二本一包。得丸善信并书一包，又中西屋书一包，各一本，皆二弟所定。得家所寄茗二合。

二日　晴。上午寄二弟书二本一包。午同齐寿山至公园，下午从留黎厂归。

三日　晴。上午得丸善信并书二本一包。晚李遐卿来。

四日　昙。晨得二弟信，六月廿八日发（三八），又一函，卅日发（三九）。上午寄二弟信，附试卷一本（川）。晚雷雨。

五日　晴。上午寄徐以孙先生信。下午得钱玄同信，夜复之。王式乾来假中券卅。

六日　晴。上午得丸善信并书一本。患咳，就池田医院诊，云是气管炎也，与药二种。夜小雨。

七日　昙。星期休息。下午晴。铭伯先生来。

八日　晴。上午往池田医院诊。午得二弟信，四日发（四十）。

九日　晴，风。上午得二弟信，内《不自然淘汰》译稿一篇，五日发（四十一）。得孙伯康明信片，五日杭州发。寄二弟信（七八）。寄丸善信。午后往留黎厂德古斋买《汉黄肠石题刻》大小六十二枚，券十三元；晋《张朗墓碑》并阴二枚，云是日本人臧石，券五元。夜录二弟译稿竟。

十日　晴。无事。

十一日　晴。上午寄钱玄同信。

十二日　晴。休假。上午得二弟信，八日发（四二）。得钱玄同信。午后往留黎厂。又往西升平园理发并浴。夜钱玄同来。

十三日　晴。上午得三弟信，附重久笺，八日发。寄二弟信并六月家用泉百（七九）。午得二弟所寄专拓片一包，九日发。夜轻雷。粘专拓。

十四日　晴。星期休息。上午得二弟信片，十日发。得玄同信。晚冯克书来，字德峻，旧越师范生，今在高师。夜范云台、许诗荃来谈。小雷雨。拓大同专二分。失眠。

十五日　晴。上午寄二弟信，附与三弟及重久笺各一（八〇）。得二弟信，十一日发（四三）。得李遐卿信。晚钱玄同来并交代领二弟六月上半薪水泉百廿。得刘半农信。

十六日　晴。上午寄刘半农信。晚刘历青来。夜雨。

十七日　昙。上午得二弟信，十三日发（四四），又专拓一包，同日付邮。寄二弟《希腊文学研究》一册。午晴。往池田医院诊。夜雷雨。

十八日　晴。上午得二弟信并译文一篇，十四日发（四五）。寄二弟信（八一）。晚小雨一陈。

十九日　晴。上午得羽太家信，十日发。午后往留黎厂买《比丘惠晖等造象记》并象后刻经共三枚，一元。大学送二弟六月下半月薪水百廿至，代收之。夜雨。

二十日　晴。上午得二弟信并译稿一篇，十六日发（四六）。寄钱玄同信。午后齐寿山遣工来，付与泉二百。下午小雨即止。得二弟所寄书籍一包，十六日付邮。晚宋子佩来。夜钱玄同来，交与二弟十四日所寄译文一篇，并自所作文一篇。

二十一日　晴。星期休息。上午得刘半农信。下午寄二弟信（八二）。往铭伯〖伯〗先生寓。晚王式乾来假泉十。李遐卿来。夜大雨。

二十二日　雨。上午寄铭伯先生信。

二十三日　昙。上午得二弟信，十九日发（四七）。寄东京堂书店泉廿。

二十四日　晴。下午杜海生来。夜雷雨。

二十五日　晴。晨得二弟信，廿一日发（四八）。得丸善信二函。上午寄沈尹默信。寄二弟信（八三）。

二十六日　晴。上午收本月奉泉三百。午往杜海生寓交见泉百汇家，取据归。得二弟所寄书籍一本，译稿一篇，专拓四枚，廿二日付邮。晚得沈尹默信并诗。夜宋子佩来。

二十七日　晴。上午得二弟信，廿三日发（四九）。

二十八日　晴。星期休息。下午寄沈尹默信。李遐卿来。夜王式乾来还券卅，见泉十。盛热，失眠。

二十九日　晴。上午寄二弟信，附海生汇款据一枚（八四），又别寄《实用口語法》一册。往中国银行汇本月家用泉百。得二弟信，附《吴郡郑蔓镜》拓片二纸，廿五日发（五十）。夜钱玄同来并持来《伊勃生号》十册。

三十日　昙，上午大雨。汤尔和赠《蝎尾毒腺之组织学的研究报告》一册，稻孙持来。午后晴。

三十一日　晴。上午寄二弟信（八五）并《伊孛生》一册。送《伊孛生》于铭伯先生一册，又寄季市一册。往日邮局以券二十三枚引换《殷虚卜辞》一册，阅之，甚劣。午后往留黎厂买《会仙友题刻》及《司马遵业墓志》各一枚，共券五元。下午刘半农来。夜雨。

八月

一日　小雨。上午得二弟信，廿八日发（五一）。寄家师范校简章四本。夜李遐卿来。

二日　雨。上午寄二弟信（八六）。晚晴。夜雨。

三日　雨。上午得二弟信并竟拓三枚，卅日发（五二）。

四日　昙。星期休息。下午铭伯先生来。晚晴。

五日　晴。上午得季市信，七月卅日发。寄二弟信（八七）。午后往留黎厂同古堂取所刻印章二枚，石及工价共券五元。下午得李遐卿信，附《大学日刊》一枚。夜钱玄同来并交二弟七月上半月薪水泉百廿。

六日　晴。上午得二弟信，二日发（五三）。得孙伯康信片，一日发，即答讫。下午刘半农、钱玄同来。许诗荃及其弟来。

七日　晴。下午洙邻来。夜子佩来。

八日　晴。上午得二弟信，四日发（五四）。寄二弟信（八八）。午后往留黎厂买"小泉直一"一枚，"布泉"二枚，小铜造象二坐，无字，共券六元。往青云阁买信笺一合，履一两，共券三元。下午得刘半农信。往铭伯先生寓还书，并交竟拓一枚，托转寄汴。夜雨。

九日　晴。上午赠师曾竟拓一枚。下午以银一元得小铜造象一区，沈氏物。夜潘企莘来。

十日　晴。上午得二弟信，六日发（五五）。得东京堂信片。寄蔡先生信。下午寄东京堂信。寄沈尹默信。夜雨。

十一日　雨。星期休息。晨寄二弟信（八九）。午后晴。游留黎厂，出青云阁至升平园理发并浴。晚复雨。

十二日　晴。休假。上午得二弟信，八日发（五六），即答（九十）。下午得沈尹默信，即答。收胡适之与二弟信。晚轻雷。

十三日　晴。上午收东京堂寄杂志六本，又别封一本。往浙江兴业银行写沪取汇券一枚。夜校碑。

十四日　晴。晨得二弟信并专拓一枚，十日发（五七）。上午寄二弟信，附胡适之笺及汇券，计旅费及买书泉共白（九一）。寄徐以孙先生信并专拓片一束，"龟鹤齐寿"泉、吕超墓竟拓各一枚。

十五日　昙。上午得二弟函，内译稿一篇，十一日发（五八）。得钱玄同信，午后复之。夜紫佩来。

十六日　晴。上午得福子信，十日发。夜玄同来并交二弟薪水百廿，七月下半。

十七日　晴。上午得二弟信并《维卫象记》拓片一枚，十三日发
（五九），又书一包，附文稿一篇，同日付邮。寄二弟信，附与二弟妇
笺一枚（九二）。午后往留黎厂买杂汉画象六枚,《白驹谷题字》二枚，
共券六元。下午得李遐卿信。夜刘半农来。

十八日　晴。星期休息。上午得二弟明信片，十四日发。下午往
铭伯先生寓。晚大雷雨一陈。少顷月出。

十九日　晴。上午寄二弟信（九三）。

二十日　晴。午后得徐以愻先生信。得二弟信，附二弟妇笺，又
镜拓片四枚，十六日发（六十）。

二十一日　晴。上午得二弟信，十七日发（六一）。寄二弟信，
附与二弟妇笺（九四）。寄季黻信。午后铭伯先生送肴二器。夜李遐
卿来。

二十二日　晴。上午寄徐以孙先生信。午后往留黎厂。

二十三日　昙。上午得二弟信，十九日发（六二）。午晴。晚杜
海生来。夜子佩来。

二十四日　拂晓雨，晨霁。上午寄二弟信（九五）。下午又雨。

二十五日　昙。星期休息。上午得二弟信并译文二篇，廿一日发
（六三），午寄复信（九六）。寄钱玄同信。下午铭伯先生来。夜雨。

二十六日　雨。上午得蔡谷青函并通知书一件，廿二日发。收奉
泉三百。

二十七日　小雨。上午寄蔡谷青信。下午得孙伯康明信片，
二十一日东京发。夜钱玄同来。伤风发热。

二十八日　晴。上午得二弟信并译稿一篇，廿四日发（六四），
即复（九七）。午后寄蔡先生信。令刘升往中国银行汇本月家用泉百。

晚铭伯先生来。夜得李遐卿信。

二十九日　晴。上午寄宋子佩信并还书。得汤尔和信。午后往留黎厂买《杨宣碑》一枚,《广业寺造象碑》一枚,共券四元。下午刘半农来,交与二弟所译小说二篇、《随感录》一篇。夜得蔡先生信。

三十日　晴。上午得宋知方信,廿六日杭州发。寄二弟及三弟信(九八)。寄汤尔和信。午后往杜海生寓交泉百,取汇据一枚。下午得刘半农信,即复。夜子佩来。服规那丸四。

三十一日　晴。上午得丸善信并《法国文学》一册。得孙伯康信,廿五日发。午得[?]往齐寿山家饭,同坐张仲苏、王画初、顾石君、许季上、朱孝荃、戴螺舲,共八人。晚往铭伯先生寓。夜李遐卿来假去见泉十五。

九月

一日　晴。星期休息。上午得二弟信,附专拓二枚,廿八日发(六五)。

二日　晴。上午寄三弟信,附汇据一枚,计泉百,上月及本月家用,又附通知书一函(九九)。午后得东京堂信,即复。寄孙伯康信又规程一束。

三日　晴。上午得二弟信,卅日发(六六)。下午雨。

四日　晴。上午寄刘半农信并文一篇,杂志八本。下午得玄同来信。晚往铭伯先生寓。王式乾来假去券卌。

五日　晴。上午寄钱玄同信。晚宋子佩来。

六日　晴。上午得二弟信,二日发(六七)。寄宋知方信。

七日　晴。上午托朱孝荃买《大乘法苑义林章记》一部七本，券三元。午后往留黎厂买汉专拓片三枚，杂造象拓片十枚，共券五元。

八日　晴。星期休息。李匡辅母故，设奠于广惠寺，上午赴吊并赙四元。夜发热，服规那丸二。

九日　昙。上午得二弟信片，六日上海发。下午往午门，出公园归寓已晚。夜铭伯先生来。服规那丸四粒。

十日　晴。上午胡君博厚来托为入学证人。午后小雨。往大学作证讫，访尹默，又遇幼渔，谈少顷出。晴。夜二弟到京，持来茗一大合，干菜一筐，又由上海购来书籍六种十三册，合券十二元，目在书帐。子佩、遐卿由驿同来，少坐去。谈至夜分睡。风。

十一日　晴。上午见三弟信，二弟持至。夜钱玄同来。

十二日　昙，午后晴。晚铭伯先生来。夜买慈善救济券二条。

十三日　晴。晚往铭伯先生寓。夜食蟹二枚。

十四日　晴，风。上午许季上赠天竺佛迹影片十一枚。

十五日　晴。星期休息。下午食蟹二枚。

十六日　昙。上午得羽太家信，七日发。得孙伯康信片，八日发。晚寄铭伯先生信。夜小风雨。

十七日　晴。上午寄羽太家信。午后寄玄同信。晚雨一陈霁。夜复寄玄同信。寄鸡声堂信，二弟写。

十八日　晴，风。上午寄家果饵一合。午后往留黎厂买北周《华岳颂》并唐刻后碑共二枚，券二元。下午支本月奉泉百五十。晚杜海生来。夜濯足。

十九日　晴，风。阴历中秋，休假。午后洙邻兄来。下午小雨即晴。刘半农来。许季上来。晚铭伯先生送食物二器。

二十日　晴。下午同戴芦舲游小市。

二十一日　晴。下午往留黎厂买《殷虚书契精华》一册，券三元；《涵芬楼秘笈》第三至第五集共二十四册，券十二元。托刘半农卖去《殷虚卜辞》，得日金券廿元。晚赵鹤年君来。夜铭伯先生来。

二十二日　晴。星期休息。无事。夜录《唐风楼金石跋尾》起。

二十三日　晴。无事。

二十四日　昙。上午校《鲍氏集》。夜宋子佩来。

二十五日　昙。午后寄赵绍仙信。下午校《鲍集》讫。季市夫人讣至，赙银四元，托协和汇寄。得王式乾信。晚赵绍仙来。夜风。

二十六日　晴。上午寄王式乾信。下午收本月奉泉百五十。晚杜海生来，交与泉二元，曾吕仁母寿屏资也。夜宋子佩来。作《随感录》一篇，四叶。

二十七日　晴。下午寄羽太家信并泉廿。往留黎厂买专拓片二十枚，券二元。夜大风，小雷雨，杂少许雹。

二十八日　晴。午后往留黎厂买瓦当拓片卅枚，币六元。又《中国名画》廿集一册，三元。

二十九日　晴，风。下午王式乾来，付与泉七十八元，合前假券卅，折见泉百，汇家用。夜得李遐卿信。钱玄同来。

三十日　晴，风。下午收蟫隐庐书目一册。

十月

一日　晴。休假。下午铭伯先生来。

二日　晴。上午寄家信并泉七十，上月家用。午后理发。

三日　昙。上午寄李遐卿信。午雨。下午寄还丸善英文书一册。

晚晴，又雨。

四日　晴。午后往留黎厂。

五日　晴，大风。无事。

六日　晴，风。星期休息。下午钱玄同来。二弟发热卧，似流行感冒。

七日　晴。自发热。上午与潘企莘信，属请假。得二弟妇信，三日发。晚寄刘半农信。夜潘企莘来。服规那丸五。

八日　晴。续病假。上午得李遐卿信。服规那丸四。

九日　大风，小雨。续病假。下午得刘半农信。服规那丸四。

十日　晴。休假。上午许季上来。午后李遐卿来。晚刘半农、宋子佩来。

十一日　晴。续病假。午后齐寿山来。下午戴芦舲来。托子佩买绒裤二要，券八元；兜安氏补肺药四合，券五元，与二弟分服。

十二日　晴，风。上午寄三弟信。寄丸善书店信。夜子佩来。

十三日　晴，风。星期休息。无事。

十四日　晴。上午二弟往日邮局取《仏教之美術及歷史》一册来，价日金五円六角，合券七元。夜钞《唐风楼金石文字跋尾》讫，连日录共六十四叶。

十五日　晴，风。无事。夜写《淮阴金石仅存录》起。

十六日　晴。上午得徐宝谦信。午后往留黎厂定刻印，计"周氏"二字连石值券二元。买《三公山碑》并侧二枚，汉画象二枚，共券四元；魏、齐造象三种九枚，六元；《韩木兰墓铭》一枚，一元。

十七日　昙。午后游小市。雷、雹一阵霁，大风。得邵仲威、胡芬舟讣，各赙二元。

十八日　晴。上午得杜海生信。

十九日　晴。上午得二弟妇及三弟妇信。午后访杜海生，交泉六十。取印。

二十日　晴。星期休息。上午寄二、三弟妇信。午敦古谊帖店来，留造象三种，未议价。下午铭伯先生来。夜得李遐卿信，取同学会帐目，属二弟明日与之。大风。

二十一日　晴。上午收三弟所寄德文书四本，十七日付邮。得东京羽太家信，五日发。午后往留黎厂敦古谊帖店买定造象二种八枚，券五元；卖与禹陵窆石拓本一枚，作券二元，添付券三元讫。

二十二日　晴。无事。

二十三日　晴。无事。

二十四日　晴。上午得三弟信。寄家信并本月用泉百，由海生汇。

二十五日　晴。夜宋子佩来。

二十六日　晴。上午收本月奉泉三百。下午访杜海生，补交泉四十。

二十七日　晴。星期休息。上午铭伯先生来。午后同二弟往留黎厂买《薛广造象》一枚，《合村长幼造象》四枚，各券三元。又《卢文机墓志》一枚，券一元。复至观音寺街青云阁饮茶，傍晚步归。寄东京堂书店信。

二十八日　昙，风。下午得李遐卿信。

二十九日　晴。上午寄王式乾信。

三十日　晴。上午寄季市《新青年》五之一、二各一本，《部令汇编》一本。

三十一日　晴。下午得王式乾信。

十一月

一日　昙。上午得钱玄同信，午后复。小雨即止。夜作《随感录》二则。

二日　晴，风。上午寄家信并泉九十，上月分。晚子佩来。

三日　晴。星期休息。夜钞《淮阴金石仅存录》并讫，总计八十九叶。雨。

四日　雨不止歇。无事。

五日　晴。无事。

六日　晴，风，始冰。午后寄钱玄同信，附二弟信。

七日　晴。无事。夜得钱玄同信。

八日　晴。午后得潘企莘信。买靴一两券三元。夜濯足。

九日　晴，风。上午得三弟信。午后服燕氏补丸四粒。晚泻三次。

十日　晴。星期休息。徐吉轩祝其父寿，午往并出屏资三元。范吉六嫁女，出幛资二元。午后李遐卿来。铭伯先生来。

十一日　晴。午后往观音寺街买绒衣一件，手衣一双，共券五元，又买食品少许。

十二日　晴。上午寄王式乾信。下午朱孝荃赠麻菌二束，晚铭伯先生来，分赠一束。

十三日　晴。上午得东京堂信片，二日发。午后二弟来部，同至留黎厂，在德古斋买《陆绍墓志》一枚，《永平残造象》一枚，《比丘道琔造象记》并侧三枚，共券四元。又由青云阁出至升平园浴。晚钱玄同来。夜风。

十四日　晴。上午得李遐卿信。午后寄铭伯先生信。夜宋子佩来。

十五日　晴。无事。

十六日　微雪即止。无事。

十七日　晴。星期休息。上午许季上来。晚得钱玄同信。

十八日　晴。下午寄钱玄同信。夜得王式乾信。

十九日　晴。午后往瑞蚨祥买手衣二具，围巾二条，共券十八元，与二弟分用。又至信昌药房买碘钾二盎斯，苦味丁几五十格伦，共券二元二角。夜蒋抑之来。

二十日　晴。上午得二弟妇信。午后师曾持梁文楼所藏拓本数种来，言欲售，因选留《贾公阙》一枚，元公、姬氏墓志残石拓本各一枚，共券十六元。买鸡那霜丸一瓶，燕医生除痰药一瓶，共券七元。

二十一日　昙。上午东京堂寄到书籍五本。午后往中国银行汇本月家用泉百并信。夜大风。

二十二日　晴，风。无事。

二十三日　晴。夜季自求来。

二十四日　晴。星期休息。无事。

二十五日　晴。无事。

二十六日　晴。下午收本月奉泉三百。捐于欧战协济会卅。

二十七日　晴。下午往留黎厂商务印书馆取《愙斋集古录》一部二十六册，付足预约后半价券十八元。

二十八日　晴。休息。下午铭伯先生来。晚刘半农、钱玄同来。

二十九日　昙。休假。下午雨雪。许季上来。夜风。

三十日　晴，风。晚得王式乾信。

十二月

一日　晴。星期休息。无事。

二日　晴。上午寄家信并泉七十又五，前月分。下午往留黎厂买《攀古楼汉石纪存》一册，券一元。晚铭伯先生送肴二种。

三日　晴。午后理发。又买 Pepana 一合，券六元。

四日　晴。晚钱玄同来。

五日　晴。无事。

六日　晴，风。上午寄家小包一。午二弟至部，邀齐寿山同至和记饭。夜宋子佩来。得李遐卿信。

七日　晴，风。无事。

八日　晴。星期休息。午后李遐卿来还泉十五，合券卅二元。潘企莘来。张协和来。

九日　晴。午后假与协和泉百。

十日　昙。午从齐寿山假泉百，转假协和。午后晴。得丸善信片。

十一日　晴。晚钱玄同、刘半农来。

十二日　晴。无事。

十三日　晴，晚风。无事。

十四日　晴。午后往留黎厂买《皆公寺尼道仕造象》一枚，《郭始孙造象》四枚，共券三元。

十五日　晴。星期休息。午后铭伯先生来。

十六日　晴。上午东京堂寄来书籍两本。晚宋子佩来。

十七日　晴。晚铭伯先生来。夜刘半农、钱玄同来。

十八日　晴。下午寄羽太家信并泉卌。

十九日　雨雪。无事。

二十日　雨雪。上午寄三弟信。

二十一日　晴，下午昙。无事。

二十二日　晴，风。星期休息。刘半农邀饮于东安市场中兴茶楼，晚与二弟同往，同席徐悲鸿、钱秣陵、沈士远、君默、钱玄同，十时归。

二十三日　晴。休假。午后铭伯先生来。

二十四日　晴。上午寄许季市《新青年》二本，又三弟一本并书二册一包。

二十五日　晴。休假。下午得二弟妇信。晚洙邻兄来。

二十六日　晴。上午寄二弟妇信。收本月奉泉三百。晚往东板桥马幼渔寓，吴稚晖、钱玄同及二弟俱先在，陈百年、刘半农亦至，饭后归。

二十七日　晴。午后往留黎厂买"安邑"币二枚，券三元。又《西狭颂》、《五瑞图》一分三枚，六元；残石二枚，二元；无名画象一枚，二元。晚王式乾来。夜得李遐卿信。

二十八日　晴。上午寄家信并泉百。午二弟至部，邀齐寿山同往和记饭。夜宋子佩来。

二十九日　晴。星期休息。午后许诗荃、诗荀来。铭伯先生来。下午陈百年、刘半农、钱玄同来。得三弟信，二十五日发。

三十日　晴。还齐寿山泉百。夜寄李遐卿信。

三十一日　昙。上午寄家信并泉七十，又代寿山制衣泉三十。东京堂寄来书籍二本。夜铭伯先生贻看二器。夜大风。

书帐

元固墓志一枚　四·〇〇　一月二日

殷虚书契考释一册　七·〇〇　一月四日

殷虚书契待问编一册　二·五〇

唐三藏取经诗话一册　一·五〇

校官碑一枚　二·〇〇　一月二十日

李琮墓志连侧一枚　一·五〇

魏法兴等造象一枚　〇·五〇

张寿残碑一枚　〇·五〇　一月廿七日

冯晖宾造象四枚　一·五〇

释教画象二枚　三·〇〇　　　　　　　　　　二四·〇〇〇

瘗崔铭拓本一枚　五·〇〇　二月三日

醉醒石二本　六·〇〇　二月六日

曹续生铭记一枚　一·〇〇　二月十日

马廿四娘买地券一枚　一·〇〇

殷文存一册　七·〇〇　四月售出

神州大观第十二集一册　三·〇〇　二月十七日

写礼庼遗著四册　三·〇〇

江宁金石记二册　二·〇〇

元纂墓志一枚　五·〇〇　二月二十四日

兰夫人墓志一枚　二·〇〇

碑别字二册　二·〇〇　　　　　　　　　　　三七·〇〇〇

张僧妙碑一枚　二·〇〇　三月三日

姚伯多等造象四枚　二·五〇

锜双胡等造象四枚　二·五〇

苏丰国等造象二枚　一·〇〇

合邑卅人等造象一枚　宋芷生寄　三月四日

陈氏合宗造象四枚　同上

艺术丛编第二年分六册　三四·〇〇　三月九日

说文古籀补二册　二·二〇

字说一册　〇·八〇

名原一册　一·〇〇

好大王专一枚　师曾赠　三月十一日

杂拓片三枚　一·〇〇

曹全碑并阴二枚　二·〇〇

元显魏墓志盖一枚　二·〇〇　三月十七日

隋唐以来官印集存一册　六·〇〇

未央东阁瓦拓一枚　一·〇〇　三月二十五日

更封残石一枚　一·〇〇　三月二十九日

翟蛮造象一枚　一·〇〇

石门画象并阴二枚　二·五〇　三月卅一日

李洪演造象一枚　二·五〇

建崇寺造象二枚　二·〇〇

杨显叔造象一枚　〇·五〇

张神龙息墓记一枚　〇·五〇　　　　　　六八·〇〇〇

□朝侯小子残碑阴一枚　二·〇〇　四月十一日

杜霆等造象四枚　三·〇〇

残画象一枚　四·〇〇　四月十四日

孙世明等造象五枚　二·〇〇　四月廿一日

画象砖五枚　二·〇〇

画象砖九枚　二·〇〇　四月二十八日

韩显宗墓志一枚　四·〇〇

赵氏墓志一枚　一·〇〇

安鹿交村造象一枚　一·〇〇

僧晕造象一枚　三·〇〇

范国仁造象二枚　二·〇〇　　　　　　　　　二六·〇〇〇

玉函山隋唐造象卅五枚　四·〇〇　五月三日

郗景哲等造象残石一枚

王通墓志一枚　一·〇〇

杂伪拓片六枚　二·〇〇　五月九日

端氏臧石拓片六种十八枚　五·〇〇

王氏臧专拓片六十枚　三·〇〇　五月十一日

文士渊等造象并阴二枚　一·〇〇　五月十三日

题名残石一枚　一·〇〇

专拓片七枚　一·〇〇

梦东禅师集一册　许季上赠　五月二十一日

恒农墓专拓本百枚　二四·〇〇　五月二十三日

江阿欢造象一枚　二·〇〇

讳德墓志一枚　二·〇〇

北齐造象二种二枚　〇·六〇　五月二十七日

黄初残石三枚　二〇·〇〇　五月二十九日

武猛从事□□造象坐二枚　一·四〇　　　　　六八·〇〇〇

吕超墓志拓一枚　徐以斝先生寄　六月二日

金石小品拓片廿一枚　同上

残石拓片九枚　顾鼎梅赠　六月三日

嵩山三阙画象大小卅四枚　三六·〇〇　六月四日

晋残石并阴合一枚　一·〇〇

朱博残石一枚　四·〇〇

刘汉作师子铭一枚　〇·五〇

密长盛造桥碑并阴二枚　一·〇〇

千佛山造象十二枚　二·〇〇

云门山造象十枚　一·〇〇

仓龙庚午残石一枚　一·〇〇　六月六日

里社残碑并阴二枚　八·〇〇　六月十日

元思和墓志一枚　四·〇〇

示朴斋骈文一册　钱稻孙赠　六月十九日

郎邪台刻石一枚　五·〇〇　六月二十二日

汉画象一枚　一·〇〇

神州大观第十三集一册　二·七〇

古泉拓选印本二册　三·三〇

愙斋集古录预约　一三·五〇　六月廿七日

马氏墓志一枚　一·〇〇　　　　　　　　　　八五·〇〇〇

汉黄肠石拓片六十二枚　一三·〇〇　七月九日

张朗墓碑并阴二枚　五·〇〇

惠晖造象并刻经三枚　一·〇〇　七月十九日

殷虚卜辞一册　二三·〇〇　七月三十一日

会仙友题刻一枚　一·〇〇

司马遵业墓志一枚　四·〇〇　　　　　　　　四七·〇〇〇

杂汉画象六枚　四·〇〇　八月十七日

白驹谷题刻二枚　二·〇〇

杨宣碑一枚　二·〇〇　八月廿九日

广业寺造象碑一枚　二·〇〇　　　　　　　一〇·〇〇〇

大乘法苑义林章记七册　三·〇〇　九月七日

汉专拓片三枚　一·〇〇

杂造象拓片十枚　四·〇〇

冕服考二册　二·〇〇　九月十日

选适园丛书四种五册　五·〇〇

闲渔闲闲录一册　一·〇〇

古兵符考略残稿一册　一·〇〇

铁云臧龟之余一册　二·〇〇

面城精舍杂文一册　一·〇〇

周华岳颂并唐后碑二枚　二·〇〇　九月十八日

殷虚书契精华一册　三·〇〇　九月二十一日

涵芬楼秘笈三至五集廿四册　一二·〇〇

杂砖拓片二十枚　二·〇〇　九月二十七日

瓦当拓片四十枚　六·〇〇　九月二十八日

中国名画第廿集一册　三·〇〇　　　　　　四八·〇〇〇

三公山碑并侧二枚　二·〇〇　十月十六日

汉画象二枚　二·〇〇

洛音村人造象四枚　二·五〇

李僧造象四枚　二·五〇

牛景悦等造象一枚　一·〇〇

韩木兰墓铭一枚　一·〇〇

李元海等造象四枚　三·〇〇　十月二十一日

合邑人等造象四枚　二·〇〇

东莞令薛广造象一枚　三·〇〇　十月二十七日

合村长幼造象四枚　三·〇〇

卢文机墓志一枚　一·〇〇　　　　　　　　　　二三·〇〇〇

陆绍墓志一枚　二·五〇　十一月十三日

永平残造象一枚　〇·五〇

道瑄造象并侧三枚　一·〇〇

蜀贾公阙一枚　六·〇〇　十一月二十日

元公墓志一枚　五·〇〇

姬氏墓志一枚　五·〇〇

愙斋集古录廿六册　一八·〇〇　十一月廿七日　三八·〇〇〇

攀古楼汉石纪存一册　一·〇〇　十二月二日

皆公寺造象一枚　一·〇〇　十二月十四日

郭始孙造象四枚　二·〇〇

汉残石并阴一枚　一·〇〇　〔十二月二十七日〕

残石一枚　一·〇〇

西狭颂并前题二枚　三·〇〇

五瑞图连记一枚　三·〇〇

六朝画象一枚　二·〇〇　　　　　　　　　　一四·〇〇〇

总计券四八八·〇〇〇元，约合见泉三百元。

己未日记（1919 年）

一月

一日　晴，风。休假。下午潘企莘来。

二日　晴。休假。午后同二弟往铭伯先生寓。夜濯足。

三日　晴，风。休假。下午沈士远来。

四日　晴。上午得许季市信。陈师曾为刻一印，文曰"会稽周氏"。

五日　晴。星期休息。上午得刘半农信。

六日　晴。上午丸善寄来手帐一册。

七日　晴。无事。夜刘半农、钱玄同来。

八日　晴。上午丸善寄来日历一帖。

九日　晴。下午得三弟妇信。晚往铭伯先生寓。宋子佩来。

十日　昙。无事。晚得重久信。夜雨雪。

十一日　昙，午后晴。无事。

十二日　晴。星期休息。下午刘半农来。晚钱玄同来。

十三日　大雪。无事。

十四日　晴。无事。

十五日　雨雪，大冷。上午寄铭伯先生信。寄三弟信。

十六日　昙。上午寄家信并泉六十，为齐寿山作衣费及年莫杂用。寄王式乾信。寄许季市信并《新潮》一册。寄张梓生《新潮》一册，代二弟发。夜雨霰。

十七日　昙。上午得李遐卿信。下午齐寿山还制衣泉五十五元。夜风。

十八日　昙，夜风。无事。

十九日　晴。星期休息。下午铭伯先生来。夜宋子佩来。

二十日　晴。得俞恪士先生讣，下午送幛子一。晚帖贾来，购取《高洛周造象》并阴、侧四枚，《天平残造象》三枚，共券二元。

二十一日　晴。下午二弟从大学购来《甲骨契文拓本》一部四册，纸、墨及拓工费共券十六元。夜钱玄同来。

二十二日　晴，下午昙。无事。

二十三日　晴。午后寄李遐卿信。下午往留黎厂买元文、元晫墓志各一枚，《元玗墓志》并盖二枚，《尔朱氏墓志》前后二石合拓一枚，共券十四元。张协和赠板鸭一个。夜寄铭伯先生信并赠羊羹一合。

二十四日　晴。晚李遐卿来。刘半农来。

二十五日　晴。上午帖店来，选购《南武阳阙画象》九枚，不全本一束，价券六元。又残造象二枚，券一元。午后往大同馆理发。

二十六日　晴。星期休息。下午得三弟信，廿二日发。

二十七日　晴。上午收本月奉泉三百。

二十八日　晴。上午寄三弟《新青年》一本。晚钱玄同来。

二十九日　昙。无事。

三十日　晴。午后寄东京堂泉十。寄钱玄同信片。

三十一日　晴。下午休息。许季上来。晚铭伯先生送看二器，角黍、年糕二事至。夜得钱玄同信。背部痛，涂碘酒。

二月

一日　晴。春节休假。无事。夜服规那丸三粒。

二日　晴。星期休息。上午寄铭伯先生及戴螺舲信，并各送北京大学游艺会入场券一枚。午后同二弟往大学游艺会，晚归。许季上来。

三日　晴。休假。无事。

四日　晴。上午寄钱玄同信。寄季市《新青年》《新潮》各一册。晚刘半农来。夜得钱玄同信。

五日　晴。无事。

六日　晴。戴螺舲存丸善日金十又二元，因画入二弟帐内，交与银八元，并代发函通知丸善书店，午后发。夜宋子佩来。

七日　晴，下午昙。无事。

八日　晴。无事。

九日　晴，风。星期休息。无事。

十日　晴。上午寄季市《新青年》一本，又寄三弟书四本。晚钱玄同来。

十一日　晴。午后同齐寿山往报子街看屋，已售。

十二日　晴。休假。午后往图书分馆，俟二弟至，同游厂甸，在德古斋买端氏藏专拓片一包，计汉墓专三百八十，杂专十一，六朝墓专廿五，唐、宋、元墓专七，总四百廿三枚，券五十元。又隋残碑一枚，券一元。向晚同往欧美同学会，系多人为陶孟和赴欧洲饯行，有三席，二十余人。夜归。

十三日　晴。上午得东京堂信。午后同齐寿山往铁匠胡同看屋，不合用。

十四日　晴。晚往德成以银三百十二换日金券五百。

十五日　晴。无事。

十六日　晴。星期休息。上午寄钱玄同信。许诗荃来。午后同二弟至前门外京汉车站食堂午膳，又至留黎厂火神庙游，在德古斋买端氏所藏瓦当拓片卅二枚，券二元。

十七日　晴。无事。

十八日　昙，大风。晚得钱玄同信。

十九日　晴。无事。

二十日　晴。上午寄钱玄同信。寄孙庆林月刊二册。晚宋子佩来。

二十一日　晴。午后往留黎厂买延熹土圭拓本一枚，券三元。

二十二日　晴。上午从戴螺舲借券十。曹式如故，赙二元。王维白夫人故，赙一元。

二十三日　昙，风。星期休息。午后往铭伯先生寓。晚刘半农来。

二十四日　晴。午后看屋。

二十五日　晴。上午寄张梓生及三弟《周评》各一束。

二十六日　昙。上午东京堂寄到书籍一包三册。下午收本月奉泉三百。还戴螺舲十元。振河南水灾四元。

二十七日　晴。上午往林鲁生家，同去看屋二处。

二十八日　晴。晨往铭伯先生寓视疾。

三月

一日　晴。上午往铭伯先生寓。午后同林鲁生看屋数处。下午大风。晚钱玄同来。

二日　晴。星期休息。晚杜海生来。

三日　晴。上午得东京堂明信片。午后往留黎厂，在德古斋买得端氏所藏瓦当拓片与二月十六日所收无复緟者二百六十枚，价券十四元。

四日　昙。晨往铭伯先生寓。午后赴孔庙演礼。

五日　昙。无事。

六日　晴。晨五时往孔庙为丁祭执事，九时毕，在寓休息。下午昙。李遐卿来。夜风。

七日　昙。无事。晚小雨。钱玄同来。

八日　昙。午后邀张协和看屋。夜雨雪。

九日　晴。星期休息。无事。

十日　晴。录文稿一篇讫，约四千余字，寄高一涵并函，由二弟持去。夜风。

十一日　晴。午后同林鲁生看屋。下午往铭伯先生寓。

十二日　晴。午后看屋，又往留黎厂。夜宋紫佩来。

十三日　昙。上午寄季市杂志一卷，又寄张梓生一卷。得张梓生信，即复。下午得宋知方信。

十四日　晴。午后看屋。下午复出，且邀协和俱。

十五日　晴，风。上午收东京堂所寄书一包。晚往铭伯先生寓。

十六日　晴。星期休息。无事。

十七日　晴。上午寄宋子佩信并还书。

十八日　晴，风。上午代二弟寄哲学史〔一〕册与张梓生。夜钱玄同来。

十九日　晴。上午东京堂寄来小说一册并明信片。午同朱孝荃、张协和至广宁伯街看屋后在协和家午饭。晚宋子佩来。

二十日　晴。午后往留黎厂。

二十一日　晴。晚为三弟写文论。

二十二日　晴。上午寄羽太家信并泉卅。

二十三日　晴。星期休息。午后往铭伯先生寓。晚潘企莘来。

二十四日　晴，大风。无事。

二十五日　晴，风。无事。

二十六日　昙。齐寿山从河南归，午后至其寓谈，以《蔡氏造老子象记》、《张□奴等造象残题名》各一枚，洛阳《龙门侍佛画象》六枚见赠，傍晚归。夜宋子佩来。风。

二十七日　雨雪。无事。

二十八日　晴。上午寄安定门内千佛寺北京贫儿院明信片，认年捐叁元。三弟寄来茶叶一合，下午取得。

二十九日　晴，风。上午往浙江兴业银行汇泉于沪。寄铭伯先生信。晚二弟来部，同往留黎厂，在德古斋买《刘平国开道刻石》二枚，又《元徽墓志》一枚，共券八元。次至前门外西车站饭，同坐陈百年、刘叔雅、朱遏先、沈士远、尹默、刘半农、钱玄同、马幼渔，共十人也。

三十日　晴，风。星期休息。上午得李遐卿信。许诗荃来。晚许诗苓、诗荃在广和居招饮，与二弟同往，席中又有戴君一人。夜李遐卿来，假泉五去。

三十一日　晴。黎明二弟往前门驿，于其处会宋子佩、李遐卿，同发向越中。晚风。

四月

一日　晴。晚王式乾来。牙痛，就陈顺龙医生治之。

二日　昙。上午得三弟信，三月廿八日发（廿五）。午后理发。

三日　晴。晨寄二弟及三弟信（卅九）。下午往疗齿。晚孙福源君来。

四日　晴。上午鸡声堂寄到《仏像新集》二本，代金引换计券五元。晚往铭伯先生寓。夜钱玄同来。

五日　晴。上午得二弟信，二日上海发，即复（册）。午后收三月奉泉三百。

六日　晴。星期休息。午后铭伯先生来。

七日　晴，大风。上午得三弟信，三日发（廿六）。下午寄孤儿院函。往陈顺龙医生寓治牙。买《涵芬楼秘笈》第六集一部八本，券三元五角。

八日　昙。休假。午付贫儿院年捐三元。下午寄李守常信。夜大风。

九日　晴，大风。上午得二弟明信片，五日绍兴发。午后寄二弟及三弟信（四一）。东京堂寄来《新潮》三月号一册。

十日　晴。下午往陈医生寓治牙。至留黎厂，以王树枏专拓片易得《崔宣华墓志》，作券三元。又买《元珍墓志》一枚，券五元。得刘半农信。

十一日　昙。下午收《新村》一本。

十二日　晴。上午得二弟信，八日发（二七）。代交齐寿山捐款三元于贫儿院。

十三日　晴。星期休息。下午刘半农来。洙邻兄来，顷之同往鲍家街看屋。收二弟所寄书一包五本，八日绍兴发。

十四日　晴。上午寄张梓生及三弟《周评》各一份。午同齐寿山往饭馆馆［饭］，戴螺舲亦至。下午往陈医生寓，值外出未遇。晚寄三弟信（四十二）。

十五日　晴。午后往陈顺龙医生寓补齿讫，计见泉五元，又索药少许来。至留黎厂有正书局买《中国名画》第二十一集一册，纪念六折，计券一元五角。下午得三弟所寄书二包共三本，十日付邮。夜风。

十六日　晴，大风。上午得钱玄同信，附李守常信。下午得傅孟真信，半农转。

十七日　晴。上午得二弟及三弟信，十三日发（二八）。寄傅孟真信。寄玄同信。

十八日　晴。上午得二弟信并译稿一篇，又书一包两本，皆十四日发（二九）。得铭伯先生信，午后复。至日邮局取书一包七册，金卅圆引换之，二弟所买。

十九日　晴。上午得二弟信，十五日发（三十）。往日邮局取书一包六册，日金廿円，亦丸善寄与二弟者。

二十日　雨。星期休息。无事。

二十一日　昙。上午得二弟明信片，十七日上海发。午后寄二弟及二弟妇信于东京。下午大风。

二十二日　晴。上午得三弟信，十八日发（卅一）。夜钱玄同来。李遐卿从越中至，交到《艺术丛编》三册，合券十五元，增刊一册，合券一元五角。又赠茗一合。

二十三日　晴。下午寄钱玄同信。李遐卿来。夜寄三弟信（四三）。

二十四日　晴，风。晚访铭伯先生，未回。

二十五日　晴，风。上午得铭伯先生信。夜成小说一篇，约三千字，抄讫。

二十六日　晴。上午得李遐卿信。得二弟明信片，二十日长崎发。夜濯足。

二十七日　晴。星期休息。上午李遐卿来还泉五。许季上来。得三弟信，廿三日发（三十二）。许诗芹来。下午风。往铭伯先生寓谈。

二十八日　晴。上午寄三弟信（四四）并《周评》二期。得李遐卿信。下午昙。访蔡先生。寄钱玄同信并稿一篇。收本月奉泉三百。协和还见泉百。夜小雨。寄沈尹默信。寄李遐卿信。

二十九日　晴。收东京堂寄杂志一本。午后大风。往浙江兴业银〔行〕存泉。往留黎厂买《定国寺碑》一枚，有额，券一元五角；又《王氏残石》一枚，杂专拓片八枚，共券二元。得二弟信，二十三日东京发。

三十日　晴。上午得三弟信并文稿半篇，廿六日发（三三）。下午昙，风。丸善寄到书籍一包二本。得钱玄同信，晚复。

五月

一日　雨。午后大风。往日邮局寄泉百并与二弟妇信。晚晴。得沈尹默信。

二日　晴。午后寄尹默信。下午同寿山至辟才胡同看地。

三日　晴。上午得二弟信，廿七日发。午后往前门外换钱。下午得三弟信并文稿半篇，三十日发（卅四）。得钱玄同信。晚孙福源君来。夜寄三弟信（四十五）。风。

四日　昙。星期休息。徐吉轩为父设奠，上午赴吊并赙三元。下午孙福源君来。刘半农来，交与书籍二册，是丸善寄来者。

五日　晴。午后寄三弟信（四十六）。得二弟信，卅日发。夜蒋抑之来。

六日　晴，下午昙，风。晚蔡谷青来。

七日　晴。下午董世乾来，旧中校生。晚铭伯先生贻肴二种。风一陈。

八日　昙。上午得三弟信，四日发（三十五）。下午往留黎厂。晚微雨。

九日　雨。晚铭伯先生招饮于新丰楼。夜得玄同信并杂志十册。

十日　昙。上午寄李遐卿信。午后寄三弟信（四七）。得二弟信，四日发。晚孙福源君来。李遐卿来并代购杂志六册。

十一日　昙。星期休息。上午许季上来。午后往铭伯先生寓。

十二日　昙。上午得三弟信，八日发（三十六）。寄沈尹默信。寄张梓生、许季市及三弟杂志各一卷。

十三日　晴。上午得三弟信，九日发（卅七）。晚寄三弟信（四八）。夜子佩至自越中，持来《弘农冢墓遗文》一册，衣四件，皆二弟托寄。又贻笋干一包，茗一囊。

十四日　晴。上午得二弟信，七日发。背痛。

十五日　晴。晚钱玄同来。

十六日　晴，风。上午得铭伯先生信。午后往留黎厂买《映佛岩摩崖》八枚，《南子俊造象》二枚，《长孙夫人罗氏墓志》一枚，共券十元。背至肩俱剧痛，夜服安知必林三分格阑之一。

十七日　晴。上午得三弟信，十三日发（卅八）。下午寄铭伯先生信。得二弟信，十日发。晚大学遣人送二弟脩金来，三、四两月共泉四百八十，附郑阳和信一封。

十八日　昙。星期休息。上午刘半农来。午后小雨。二弟从东京至，持来书籍一箱。夜赠朱孝荃笋干一包并信。

十九日　雨。上午寄三弟信（四九）。

二十日　晴。晨得三弟信，言芳子于十五日午后五时生一男子，并属命名，十五日发（卅九）。上午寄临潼知事阮翱伯信并拓片四枚。午后往留黎厂买残墓志一枚，《陈世宝造象》一枚，各券一元。晚雨一阵。夜宋子佩来。

二十一日　晴。午后寄郑阳和信。晚孙福源君来，赠以《小学答问》一册。

二十二日　晴。上午得三弟信，十八日发（四十）。得李遐卿信。

二十三日　晴。上午寄李遐卿信。下午往大学，得《马叔平所藏甲骨文拓本》一册，工值券四元。夜胡适之招饮于东兴楼，同坐十人。

二十四日　晴。上午得李遐卿信。夜风。

二十五日　昙。星期休息。下午铭伯先生来。洙邻来。玄同来。夜雨。

二十六日　晴。上午收奉泉三百。张协和还泉百。午后往戴螺舲寓问疾。

二十七日　晴。上午得三弟信，廿三日发（四一）。午后往施家胡同浙江兴业银行存泉。下午得李遐卿信。晚宋子佩来。

二十八日　晴。午后往前门大街，又至留黎厂。

二十九日　晴。上午得虞叔昭信，午后复之。下午与徐吉轩至蒋街口看屋。晚钱玄同来。

三十日　晴。午后昙，风。往大同馆理发。

三十一日　晴。上午得三弟信，廿七日发（四二）。得宋知方信，廿八日杭发。晚宋紫佩来。夜王式乾来。

六月

一日　昙。星期休息。上午敦古谊帖店人来，选购《忠州石阙画象》六枚，世称《丁房阙》，实唐刻也，又《杨公阙》一枚，共券十元。午后寄齐寿山信。下午往铭伯先生寓。晚子佩招饮于颐香斋，与二弟同往。

二日　晴。旧历端午，休假。上午铭伯先生赠肴二皿。晚钱玄同来。

三日　晴，下午昙。同徐吉轩往护国寺一带看屋。晚大风一陈后小雨。

四日　晴。晚洙邻兄来。孙福源来。

五日　晴。午后往留黎厂买《吕超墓志》一枚，券四元。夜得忆农伯信。

六日　晴。午后往留黎厂买《朱鲔石室画象》残拓十四枚，券三元。下午许诗荀来。晚二弟购来达古斋所藏铜器拓片百枚，券九元，合见泉五元四角。宋子佩来。

七日　晴。上午得阮翱伯所寄魏造象拓本三种十一枚并信。夜风。

八日　昙。星期休息。午后晴。下午刘历青来。

九日　雨，午后晴。往小市。下午得三弟信，五日发。得李遐卿信。

十日　晴。夜濯足。

十一日　昙，下午小雨。晚刘半农、钱玄同来。

十二日　晴。晨许诗荀来。晚往铭伯先生寓。夜子佩来。

十三日　晴，夜小雨。

十四日　晴。下午得李遐卿信。晚孙福源君来。夜雨。

十五日　晴。星期休息。下午李遐卿来。

十六日　晴。上午寄张梓生《新潮》二册。午后往留黎厂买金文拓片五枚，《孙成买地铅券》拓片一枚，共券三元。

十七日　晴。晚孙伏园、宋紫佩来。

十八日　晴，下午昙。无事。

十九日　晴，下午昙。晚与二弟同至第一舞台观学生演剧，计《终身大事》一幕，胡适之作；《新村正》四幕，南开学校本也。夜半归。

廿日　昙。上午孙伏园来。下午雨。

廿一日　晴。上午寄忆农伯信。午后往留黎厂买尖足小币五枚，券五元。取《刘丑輨造象》拓本一枚，无直。

廿二日　晴。星期休息。无事。

廿三日　晴。无事。

廿四日　晴，热。夜许骏甫来。

廿五日　昙，风。夜得钱玄同信。

廿六日　晴，大热。上午收本月奉泉三百。赙贺君二元。

廿七日　晴。午后赙徐宅二元。

廿八日　晴。上午出国货制造所资本见泉十。下午往留黎厂买较旧拓《西门豹祠堂〔碑〕》并阴二枚，直隶所出造象三种三枚，《大信行禅师塔铭碑》一枚，共券六元。寄子佩信并还《金石荝》一本。

廿九日　昙。星期休息。晚钱玄同来。夜雨。

三十日　小雨。午后晴。晚李遐卿来。夜大雨。

七月

一日　昙。午前罗志希、孙伏园来。下午大雷雨。

二日　雨，晨二弟启行向东京。午后晴。下午许世瑾来。王式乾来。

三日　晴。休假。下午往铭伯先生寓。

四日　晴。上午寄三弟信（五八）。下午得玄同信。晚雨。

五日　晴。上午寄钱玄同信。午后往前门外换泉。往留黎厂买《南石窟寺碑》一枚，券五元；《王阿妃砖志》一枚，券一元。下午孙伏园来。得陶书臣信。晚刘半农来。夜雷雨。

六日　晴。星期休息。上午蒋抑之来。

七日　晴。午后赴升平园理发并浴。往青云阁买鞋一双，券二元。又买《新疆访古录》一本，券一元。夜许诗荃来。

八日　晴。上午往东交民巷日邮局寄二弟信并泉四百。午后昙。下午许季上来。晚钱玄同来，夜去，托其寄交罗志希信并稿一篇，又还书一本。又赠李退卿杂志一册。交李守常文一篇，二弟译。

九日　昙。上午得三弟信，四日发（五十）。下午寄三弟信（五九）并寄《新青年》一册，《周评》三张，其二转张梓生。大学送来二弟《欧洲文学史》余利八元一角四分。晚孙伏园来。陶书臣来。夜得罗志希信并《新潮》稿纸四十枚。

十日　小雨。上午寄罗志希信。午后晴。约徐吉轩往八道弯看屋。夜刘半农、钱玄同来，即托其带去孔德学校捐款见泉十元。

十一日　晴。晚宋子佩来。许季上来。

十二日　晴。上午得三弟信，八日发（五一）。得二弟信，六日鹿儿岛吉松发。晚小雨。得王倬汉信，言李退卿入医院。

十三日　昃。星期休息。下午雨一陈。晚往铭伯先生寓。夜雨。

十四日　晴。上午得三弟信，十日发（五二）。寄二弟信。寄三弟信（六十）。午后得李遐卿信。访孙伏园。访徐吉轩。下午往留黎厂买《神州大观》第十四集一册，计券三元。夜雷雨。

十五日　晴。上午寄三弟《周评》一包。午后往八道弯量屋作图。

十六日　昃，晚雨。无事。

十七日　大雨。上午寄二弟信。为方叔买膏药二枚，寄三弟转交。下午许季上来假去泉卅。晚铭伯先生送肴二品。

十八日　昃。上午得二弟信，十一日高城发。午后大雷雨，室内浸水半寸。

十九日　雨。上午得三弟信，十五日发（五三）。得李霞卿信。午后晴。孙伏园来。寄三弟信（六一）。夜答李霞卿信。

二十日　晴。星期休息。上午收三弟所寄帐子一顶，茶叶一合。往妙光阁吊徐翼夫人丧。下午得李遐卿信。晚得钱玄同信。

二十一日　晴。上午寄二弟信。大学送来二弟之六月上半月奉泉百廿元。

二十二日　晴。上午寄三弟《周评》二张。得二弟信，十五日滨松发。下午孙伏园来。夜许诗荃来。

二十三日　晴。上午得三弟信，十九日发（五四）。午后拟买八道弯罗姓屋，同原主赴警察总厅报告。往中央公园观监狱出品展览会，买蓝格毛巾一打，券三元。下午寄朱孝荃信。寄许诗荃信。晚钱玄同来。

二十四日　晴。上午寄三弟信（六二）。寄李遐卿信。

二十五日　晴。午得李遐卿信。夜孙伏园来。

二十六日　雨。上午寄二弟信。收本月奉泉三百。许季上还泉卅。得二弟信，廿一日东京发。为二弟及眷属租定间壁王氏房四大

302

间，付泉卅三元。

二十七日　雨。星期休息。下午晴。孙伏园来。罗志希来。得李遐卿信。

二十八日　昙，下午晴。无事。

二十九日　晴。上午寄三弟《周评》二张。下午得三弟信，廿四日发（五五）。

三十日　晴。上午寄三弟信（六三）。午后同戴螺舲往看徐吉轩病。

三十一日　晴。上午得二弟信，二十四日发。寄钱玄同信并文稿八枚。午后往护国寺理房屋杂务。晚宋紫佩来。夜雨。

八月

一日　晴，下午昙。孙伏园来。

二日　晴。上午得三弟信，廿九日发（五六）。辰文馆寄来《俚谣》一册。大学遣工送二弟之六月下半月薪水百廿。午后往西直门内横桥巡警分驻所问屋事。晚子佩来谈。开译《或ル青年ノ夢》。

三日　晴。星期休息。晚子佩来。钱玄同来。

四日　晴。上午得二弟信，廿六日发。寄三弟信（六四）并《周平》二张。午后托子佩买家具十九件，见泉四十。子佩、企莘、遐卿又合送倚子四个。下午得李遐卿信。

五日　晴。午后李遐卿来。下午许季上来。

六日　晴。上午得三弟信，二日发（五七）。得二弟信，七月廿八日发，又《访新村记》稿十三枚，卅一日发。

七日　晴。上午得三弟信，三日发（五八）。得李遐卿信。得二弟信，七月卅一日发。寄季市《新青年》、《新潮》各一册。寄钱玄同信。下午敦古谊帖店持来《嵩顯寺碑记》一枚，购以券五元。晚宋子佩来。孙伏园来。夜寄朱孝荃信并规那丸十粒。

八日　晴，风。上午寄三弟信（六五）。

九日　晴，午后小雨一陈。寄许季上信。下午寿洙邻来。许骏甫来。

十日　昙。星期休息。午后二弟、二弟妇、丰、谧、蒙及重久君自东京来，寓间壁王宅内。晚宋子佩来。

十一日　晴。上午三弟寄来洋纱大衫二件。午后雨一陈。

十二日　晴。上午寄钱玄同信。下午得钱玄同信。晚小雨。

十三日　晴，大热。上午得钱玄同信，即复。

十四日　晴，热。无事。

十五日　雨，午后晴。下午钱玄同来。

十六日　晴。无事。

十七日　晴。星期休息。午后铭伯先生、诗荃、诗苟来。

十八日　晴。午后往市政公所验契。得三弟信，十四日发（六十）。

十九日　晴。上午往浙江兴业银行取泉。买罗氏屋成，晚在广和居收契并先付见泉一千七百五十元，又中保泉一百七十五元。

二十日　晴。上午寄张梓生及三弟《周评》各二张。

二十一日　小雨，午后晴。往留黎厂买《刘雄头等造象》并侧三枚，券一元。往观音寺街买Pepana一瓶，盐一瓶，泉三元。访汤尔和。

二十二日　晴。下午寄三弟信。

二十三日　晴。下午罗志希、孙伏园来。夜风又雷雨。

二十四日　晴。星期休息。下午李遐卿来。

二十五日　晴。下午得李遐卿信并报纸二枚。夜许骏甫来。

二十六日　晴。上午收本月奉泉三百。

二十七日　晴。上午理发。午后雨一陈。

二十八日　晴。上午得三弟信，廿四日发。午后大雨。

二十九日　晴。无事。

三十日　晴。上午往浙江兴业银行存泉。往留黎厂买《元雯墓志》一枚，《元略墓志》一枚，共券七元。

三十一日　晴。星期休息。上午得陶书臣信并藤倚二个，付券十元。下午许诗荃来并交《吕超墓志》连跋一册，范寿铭先生赠。

九月

一日　晴。无事。

二日　晴。无事。

三日　晴。下午得三弟信并汇券千，上月廿九日发。

四日　晴。午后往中国银行取泉千转存于浙江兴业银行。往留黎厂。

五日　晴。上午寄三弟信。晚宋子佩来。得陶书臣信并藤倚二，价券十一元。

六日　晴。午后二弟领得买屋冯单来。

七日　雨。星期休息。无事。

八日　昙。无事。

九日　晴。无事。

十日　晴。无事。

十一日　晴。上午得李霞卿信。

十二日　晴。无事。

十三日　雨。午后寄李遐卿信。下午钱玄同来。晚潘企莘来。夜得李遐卿信。风。

十四日　晴，风。星期休息。午后访铭伯先生。晚陶书臣来并赠铁制什器五件。得李遐卿信。

十五日　晴。下午得三弟信，十一日发。

十六日　晴。夜宋子佩来并赠茶一包。

十七日　晴，风。夜濯足。

十八日　晴。上午寄许季市、张梓生及三弟杂志各一卷。午后同齐寿山、徐吉轩及张木匠往八道弯看屋工。下午得李遐卿信。

十九日　晴。无事。夜得三弟信并泉六百。

二十日　晴。晨徐某打门扰嚷，旋去。午后往留黎厂。夜陶书臣来。

二十一日　晴。星期休息。午后陶书臣来，为保考试者四人。

二十二日　晴，午后昙。同陈仲骞、徐森玉、徐吉轩往市政公所议公园中图书馆事。

二十三日　晴。无事。

二十四日　晴。无事。

二十五日　晴。无事。

二十六日　晴。午后往中国银行取泉。下午收本月奉泉三百。捐湖北水灾赈款六元。晚小雨。

二十七日　晴。无事。

二十八日　雨。星期休息。午后罗及李来，为屋事。

二十九日　晴。上午得宋知方信。

三十日　晴。午后往孔庙演礼。

十月

一日　晴，午后小雨。无事。

二日　晴。晨二时往孔庙执事，五时半毕归。午后许诗堇来并持交《或外小说》二本。晚宋子佩偕沈君来。夜雷雨。

三日　雨，下午晴。无事。

四日　昙。上午往兴业银行取泉，又买除痰药二合。下午晴。

五日　晴。星期休息。上午得沈尹默信并诗。午后往徐吉轩寓招之同往八道弯，收房九间，交泉四百。下午小雨。

六日　昙。午后往警察厅报修理房屋事。

七日　晴。无事。

八日　晴。旧历中秋，休假。上午孙伏园来。晚铭伯先生送肴二品。夜得李遐卿信。

九日　晴。无事。

十日　晴。休假。上午往八道弯视修理房屋。

十一日　昙。午后往洪桥警察分驻所验契。下午雨。

十二日　晴。星期休息。午洙邻兄来。午后同重君及丰往西升平园浴，并至街买什物。

十三日　晴。无事。

十四日　晴。午后往瑞蚨祥买布匹之类。夜齿痛。

十五日　晴。上午寄李遐卿信。午后服规那丸三粒。

十六日　晴。下午往八道弯宅。

十七日　晴。午后往留黎厂买张俊妻墓专三枚，《王僧男墓志》并盖二枚，《刘猛进墓志》前后二枚，《彭城寺碑》并阴及碑坐画象总三枚，共券十二元。下午付木工见泉五十。得李遐卿信。

十八日　晴，午后雨，晚复晴，大风。无事。

十九日　晴。星期休息。上午同重君、二弟、二弟妇及丰、谧、蒙乘马车同游农事试验场，至下午归，并顺道视八道弯宅。

二十日　昙。休假。午后访铭伯先生。下午风，晚晴。

二十一日　晴。无事。

二十二日　晴。无事。

二十三日　晴。下午往八道弯宅。

二十四日　晴。下午往大册阑买衣服杂物。

二十五日　晴，夜风。无事。

二十六日　晴。星期休息。无事。

二十七日　晴。上午收本月奉泉三百。付木工见泉五十。下午往自来水西分局，并视八道弯宅。

二十八日　晴。无事。

二十九日　晴。晨至自来水西局约人同往八道弯量地。夜大风。

三十日　晴，冷。晚宋子佩来。

三十一日　晴。午后理发。

十一月

一日　晴。下午往八道弯宅。

二日　晴。星期休息。上午李霞卿来。下午往留黎厂买《吕光□墓记》一枚，《李子恭造象》一枚，共券一元。往大册阑。

三日　晴。午后往浙江兴业银行取泉。

四日　晴。下午同徐吉轩往八道弯会罗姓并中人等，交与泉一千三百五十，收房屋讫。晚得李遐卿信。

五日　晴。无事。

六日　晴。无事。

七日　昙，风，午晴。下午往八道弯宅。

八日　晴。下午付木工泉五十。

九日　晴。星期休息。上午孙伏园、春台来。下午许诗荃来。

十日　昙。午后往八道弯。晚小雨。夜刘半农来。

十一日　晴。无事。

十二日　昙。上午往八道弯。

十三日　晴。上午托齐寿山假他人泉五百，息一分三厘，期三月。在八道弯宅置水道，付工值银八十元一角。水管经陈姓宅，被索去假道之费三十元，又居间者索去五元。下午在部会议。晚宋子佩来。

十四日　晴。午后往八道弯宅，置水道已成。付木工泉五十。晚潘企莘来。夜风。收拾书籍入箱。

十五日　晴。上午得李遐卿信，晚自至。夜收拾什物及书籍。

十六日　昙。星期休息。上午蒋抑卮来。午后寄遐卿信。下午许诗荃来并致铭伯先生及季市所送迁居贺泉共廿。夜收拾什物在会馆者讫。风。

十七日　晴，夜风。濯足。

十八日　晴。午后往八道弯宅。得李遐卿信。

十九日　晴。午后得晨报馆信。

二十日　晴。上午往铭伯先生寓。午后得蒋抑之信。晚孙伏园来。宋子佩来。

二十一日　晴。上午与二弟眷属俱移入八道弯宅。

二十二日　晴。上午寄晨报馆信。午后往留黎厂买嵩显寺及南石窟寺碑阴各一枚，佛经残石四枚，共券五元。往陈顺龙牙医生寓，属拔去一齿，与泉二。过观音寺街买物。夜风甚大。

二十三日　晴，风。星期休息。下午陈百年、朱遏先、沈尹默、钱稻孙、刘半农、马幼渔来。

二十四日　晴。下午寄晨报馆信。往历史博物馆。

二十五日　晴。午后得罗志希信。

二十六日　昙。上午收本月奉泉之半，计券一百五十。午后寄罗志希信。上书请归省。付木工泉五十。重校《青年之梦》第一幕讫。

二十七日　晴。午后补领本月奉泉百五十。

二十八日　晴。午后往前门外。

二十九日　晴。午后付木工泉百七十五，波黎泉四十。凡修缮房屋之事略备具。

三十日　晴，风。星期休息。午后朱遏先来。下午宋子佩来，又李遐卿来。

十二月

一日　晴。晨至前门乘京奉车，午抵天津换津浦车。

二日　晴。午后到浦口，渡扬子江换宁沪车，夜抵上海。车中遇朱云卿君，同寓上海旅馆。

三日　雨。晨乘沪杭车，午抵杭州，寓清泰第二旅馆。午后至中国银行访蔡谷清。下午至捷运公司询事。夜往谷清寓饭。

四日　雨。上午渡钱江，乘越安轮，晚抵绍兴城，即乘轿回家。

五日　昙。下午传梅叔来。

六日　晴。午后车耕南来。郦藕人来。

七日　昙。星期。上午阮久孙来。午得蔡谷清信。

八日　晴。收理书籍。

九日　晴。上午得二弟信，五日发。下午心梅叔来。

十日　晴。无事。

十一日　雨。上午得二弟信并《新青年》七之一一册，七日发。午后似发热，小睡。夜服规那丸一粒。

十二日　昙。上午寄二弟信。

十三日　晴。午后寄陈子英信。下午得许季上信。晚郦藕人来。

十四日　晴。星期。下午寄许季上信。寄蔡谷青信。买专一枚，上端及左侧有字，下端二字曰"虞凯"，馀泐，泉五角。

十五日　晴。午后得潘企莘信。

十六日　晴。上午得蔡谷青信。得二弟信，十二日发。

十七日　晴。上午陈子英来。晚张伯焘来。夜方叔出殡。

十八日　晴。无事。估人又取"虞凯"专去，言不欲售，遂返之。

十九日　晴。上午得朱可铭信。午后郦藕人来。晚传叔祖母治馔饯行，随母往，三弟亦偕。夜雨。

二十日　雨。午后寄潘企莘信。赗徐贻孙银一元。晚霁。

二十一日　晴。星期。上午得二弟信，十七日发。午后寄蔡谷青信。寄捷运公司信。晚心梅叔来。夜理行李粗毕。

二十二日　晴。晨寄徐吉轩信。寄朱可铭信。寄二弟信。与三弟等同至消摇溇扫墓，晚归。

二十三日　雨。上午得蔡谷青信并任阜长画一幅。午后画售屋押。

二十四日　晴。下午以舟二艘奉母偕三弟及眷属携行李发绍兴，蒋玉田叔来送。夜灯笼焚，以手按灭之，伤指。

二十五日　晴。晨抵西兴，由俞五房经理渡钱塘江，止钱江旅馆。谷青属孙君来助理。午后以行李之应运者付捷运公司。入城访谷青，还任阜长画。

二十六日　晴。晨乘杭沪车发江干。至南站前路轨损，遂停车，止上海楼旅馆，甚恶。夜半乘夜快车发上海。

二十七日　昙。晨抵南京，止中西旅馆。上午雨。午渡扬子江，风雪忽作，大苦辛，乃登车，得卧车，稍纾。下午发浦口。晚霁。

二十八日　晴。晚抵天津，止大安旅馆。

二十九日　晴。晨发天津，午抵前门站。重君、二弟及徐坤在驿相迓，徐吉轩亦令刘升、孙成至，从容出站，下午俱到家。

三十日　晴。上午赴部，送铭伯先生火腿一只，笋干一篓；徐吉轩两当二件，龙眼一篓；戴螺舲笋干一篓。午后理发。下午收本月奉泉三百。

三十一日　晴。上午送齐寿山龙眼一篓。午后往留黎厂买孔神通、李弘枰墓志各一枚，券四元。得墓志专四块，一曰“大原平陶郝厥”，一曰“丧安雍州刘武妻”，一曰“李臣妻”，一曰“□阿奴”，共见泉廿。又明器二事，一犬一鸳，出唐人墓中，共见泉二。专出定州，器出洛阳也。下午寄蔡谷青信。寄朱可铭信。

书帐

高洛周造象四枚　一·五〇　一月廿日

天平残造象三枚　〇·五〇

大学所藏契文拓本四册　一六·〇〇　一月廿一日

元文墓志一枚　二·〇〇　一月廿三日

元晫墓志一枚　五·〇〇

元玕墓志并盖二枚　三·〇〇

尔朱氏墓志二石合一枚　四·〇〇

南武阳阙画象九枚　六·〇〇　一月廿五日

残造象二枚　一·〇〇　　　　　　　　　三九·〇〇〇

端氏藏专拓片四百廿三枚　五〇·〇〇　二月十二日

开皇十三年残碑一枚　一·〇〇

端氏藏瓦当拓片卅二枚　二·〇〇　二月十六日

延熹土圭拓本一枚　三·〇〇　二月廿一日　　　五六·〇〇〇

端氏藏瓦当拓片二百六十枚　一四·〇〇　三月三日

蔡氏造老子象记一枚　齐寿山赠　三月二十六日

张□奴等残造象一枚　同上

龙门侍佛画象六枚　同上

刘平国开道刻石二枚　六·〇〇　三月二十九日

元徽墓志一枚　二·〇〇　　　　　　　　　二二·〇〇〇

仏像新集二册　五·〇〇　四月四日

涵芬楼秘笈第六集八册　三·五〇　四月七日

崔宣华墓志一枚　易得　四月十日

元珍墓志一枚　五·〇〇

中国名画第廿一集一册　一·五〇　四月十五日

艺术丛编三册　一五·〇〇　四月二十二日

艺术丛编增刊一册　一·五〇

定国寺碑并额二枚　一·五〇　四月廿九日

王氏残石一枚　一·〇〇

杂专拓片八枚　一·〇〇　　　　　　　　三五·〇〇〇

映佛岩磨崖八枚　八·〇〇　五月十六日

南子俊造象二枚　一·〇〇

长孙夫人墓志一枚　一·〇〇

残墓志一枚　一·〇〇　五月二十日

陈世宝造象一枚　一·〇〇

马叔平所藏契文一册　四·〇〇　五月二十三日　一六·〇〇〇

丁房阙画象六枚　八·〇〇　六月一日

杨公阙一枚　二·〇〇

吕超墓志一枚　四·〇〇　六月五日

不全本朱鲔墓画象十四枚　三·〇〇　六月六日

达古斋所藏铜器拓片百枚　九·〇〇

合邑二百廿人造象四枚　阮翱伯寄赠　六月七日

邑子七十人等造象四枚　同上

七十人造象三枚　同上

杂金文拓片六枚　三·〇〇　六月十六日

西门豹祠〔堂〕碑并阴二枚　二·〇〇　六月廿八日

刘黑等造象一枚　〇·五〇

僧慧炬造象一枚　〇·五〇

鲁叔□等造象一枚　一·〇〇

大信行禅师塔碑一枚　二·〇〇　　　　　　　　三五·〇〇〇

南石窟寺碑一枚　五·〇〇　七月五日

王阿妃墓志一枚　一·〇〇

新置访古录一册　一·〇〇　七月七日

神州大观第十四集一册　三·〇〇　七月十四日　一〇·〇〇〇

嵩显寺记一枚　五·〇〇　八月七日

刘雄头等造象并侧三枚　一·〇〇　八月二十一日

元雯墓志一枚　三·五〇　八月卅日

元略墓志一枚　三·五〇

吕超墓志一枚跋一册　范先生赠　八月三十一日　一三·〇〇〇

张俊妻刘墓专三枚　二·〇〇　十月十七日

王僧男墓志并盖二枚　二·〇〇

刘猛进墓志二枚　五·〇〇

彭城寺碑并阴、坐三枚　三·〇〇　　　　　　　　一二·〇〇〇

吕光□墓记一枚　〇·五〇　十一月二日

李子恭造象一枚　〇·五〇

嵩显寺碑阴一枚　一·〇〇　十一月二十二日

南石窟寺碑阴一枚　二·〇〇

佛经残石四枚　二·〇〇　　　　　　　　　　　　六·〇〇〇

孔神通墓志一枚　二·〇〇　十二月卅一日

李弘枰墓志一枚　二·〇〇　　　　　　　　　　　四·〇〇〇

一年共用券二百四十八元。

日记第九（1920年）

一月

一日　晴。休假。午后潘企莘来。

二日　昙。休假。下午风。无事。

三日　晴。休假。下午陶书臣来。夜得铭伯先生信。

四日　晴。星期休息。下午钱玄同来。

五日　晴。上午寄张伯焘《国乐谱》二本。午后昙。往大册阑买被。又往留黎厂，因疑"郝厥"专是伪作，议易"赵向妻郭"专。

六日　昙。午后往本司胡同税务处税房契，计见泉百八十。晚骨董肆人来易专去，今一块文曰"京上村赵向妻郭"。夜风。

七日　昙。午后游小市。添买木器。

八日　晴。午后游小市，买磁玩具一。往历史博物馆。

九日　晴。午后寄铭伯先生信并杂志二本。

十日　晴。下午往池田医院为沛取药，并问李明澈君疾。晚本司同事九人赠时钟一、灯二、茶具一副。

十一日　昙。星期休息。上午微雪，夜风。无事。

十二日　晴，大风。上午得车耕南信。午后往池田医院延医诊沛，晚复往取药。晚背痛。

十三日　晴。午后赙季自求夫人券五元，与二弟同具。下午得阮和〔苏〕信，又别寄《程哲碑》、《宝泰寺碑》拓本各一枚，夜到。

十四日　晴。背痛，休假，涂松节油。

十五日　晴。午后游小市。

十六日　晴。午后往池田医院为沛取药。买家具。以重出之《吕超志》拓本在留黎厂易得晋郑舒夫人及隋尉娘墓志各一枚，作券四元。

十七日　晴。上午同僚送桃、梅花八盆。

十八日　晴。星期休息。上午蒋抑之来。午后孙伏园来。夜风。《或ル青年ノ夢》全部译讫。

十九日　晴。上午在越所运书籍等至京，晚取到。夜小风。

二十日　晴。午后往留黎厂同古堂买墨合、铜尺各二，为三弟。至德古斋买《王谋〔诵〕墓志》一枚，券三元。至浙江兴业银行访蒋抑之，不值，留笺并《嵇中散集》写本一册。夜风。

二十一日　晴。无事。

二十二日　晴。无事。

二十三日　晴。午后往历史博物馆。

二十四日　晴。午后往小市买《道俗七十八人等造象》、《昙陵昙初等造象》拓本各一枚，共券半元。腹写，夜服药二丸。

二十五日　晴。星期休息。午后李遐卿、赵之远来。许诗荃来。

二十六日　晴。下午赴国歌研究会。

二十七日　晴。下午会议。

二十八日　昙。午后得羽太母信，廿一日发。

二十九日　昙。无事。

三十日　雨雪。无事。

三十一日　雨雪。上午得车耕南信。下午得李遐卿信并文三篇。夜风甚大。

二月

一日　昙，大风。星期休息。无事。

二日　晴。下午会议。

三日　晴。午后寄季市杂志一本。

四日　晴。下午得铭伯先生信。夜风。

五日　晴。午后寄铭伯先生信。

六日　昙。夜濯足。

七日　昙，午后晴。无事。

八日　晴。星期休息。上午张协和来。夜风。

九日　晴。上午赴京师图书分馆。午后往留黎厂买元延明、元钻远、元瑰、元维、于景、王诵妻元氏墓志各一枚，《于景志》盖一枚，《太平寺残摩厓》一枚，《开化寺邑义造象》四枚，共券廿元。下午收一月上半月奉泉百五十。还齐寿山所代假泉二百，息泉十一元七角。寄新潮社信并李宗武稿一篇。

十日　晴。上午得宋知方信。寄阮和苏信。寄李遐卿信。

十一日　晴。午后访章子青，不值。下午得李遐卿信。

十二日　晴。休假。无事。

十三日　昙。无事。

十四日　微雪。无事。

十五日　晴。星期休息。下午整理书籍。

十六日　晴。上午得朱可铭信。收一月分后半月奉泉百五十。还齐寿山所代假百元。午后往徐吉轩寓。游小市。

十七日　雨雪。下午支本月奉泉二百四十。还齐寿山所代假泉二百，利泉八。

十八日　微雪。上午得金宅信。午后访铭伯先生，未见。

十九日　晴。休假。旧历除夕也，晚祭祖先。夜添菜饮酒，放花爆。徐吉轩送广柑、苹果各一包。

二十日　晴。休假。午后铭伯先生及诗荃来。

二十一日　昙。休假。无事。

二十二日　雨雪。星期休息。下午宋子佩来。夜风。

二十三日　晴，风。无事。

二十四日　晴。下午寄宋紫佩信借书。

二十五日　晴。午后往通俗图书馆借书。晚得宋紫佩信。

二十六日　大雪。病假。

二十七日　昙，下午晴。无事。

二十八日　昙。午后往留黎厂买元思、元文、李媛华墓志各一枚，残石一枚，有“祥光”等字，云出云南，共券八元。又石蝎一坐，泉三元。晚微雪。

二十九日　昙。星期休息。修理旧书。夜风。

三月

一日　晴。午后游厂甸，买齐《高厶残碑》并阴共二枚，券二元。又取伪作《鲁普墓志》一枚,不计值。

二日　晴。午后理发。

三日　晴。无事。

四日　晴。午后从齐寿山假泉五十。

五日　晴。午后至图书分馆访宋子佩。游厂甸,买元寿妃魏、宁陵公主、元羽墓志各一枚,共券十元。

六日　晴。午后至图书分馆访宋子佩。游厂甸,买《孔丛子》四本,《古今注》一本,《中兴间气集》二本,《白氏讽谏》一本,共券六元。

七日　晴。星期休息。午后蒯若木来。晚得宋紫佩信。

八日　晴。无事。

九日　昙。上午发邀客帖子。下午雨。

十日　晴。午后往前门外买药及吸入器,直共三元。

十一日　晴。无事。

十二日　晴。无事。

十三日　晴。午前裴子元持来拓片四种,前托其弟在新疆拓得者,一为《金刚经残刻》,一为《魏斌造寺碑》,一为《魏斌芝造寺界至记》,似即前碑之阴,一为《张怀寂墓志》。自选较善者各一种。

十四日　昙。星期休息。午宴同乡同事之于买宅时赠物者,共二席,十五人。得蒯若木函。

十五日　晴。无事。

十六日　晴。午赴西车站,蒯若木招饮,遇蒋抑之。下午得张伯焘函。

十七日　晴。孙冠华嫁妹,送礼一元。

十八日　晴。午后往孔庙演礼。

十九日　昙。夜小雨又风。无事。

二十日　晴。向晨赴孔庙，晨执事讫归睡，午后起。

二十一日　星期休息。下午蒋抑之来并还《嵇康集》一本。晚小雨，夜风。

二十二日　昙。午后往留黎厂。

二十三日　晴。晚许诗荀来。

二十四日　晴。无事。

二十五日　晴。午后往历史博物馆。

二十六日　晴。无事。

二十七日　昙，夜小雨。无事。

二十八日　昙。星期休息。无事。

二十九日　小雨。无事。

三十日　晴。午后从戴螺舲假泉百。

三十一日　晴。甚疲，请假。

四月

一日　昙。续假。晚许季上来。夜极小雨下。

二日　晴。下午寄宋子佩信。谢仁冰嫁妹，送礼泉一。

三日　晴，大风。午后往留黎厂，买元遥及妻梁墓志各一枚，《唐耀墓志》一枚，共见泉五元。

四日　晴。星期休息。无事。

五日　晴。无事。

六日　晴。下午游护国寺。

七日　晴。午后会议。

八日　晴。休假。下午收到许季市所寄《嵩山三阙》拓本五枚，《嵩阳寺碑》并阴、侧合二枚，《董洪达造像》并阴、侧合二枚。

九日　晴。无事。

十日　昙。上午收三月上半月奉泉百廿。还戴芦舲百。高阆仙母生日，送公份三元。午后同钱稻孙游小市。夜风。

十一日　昙。星期休息。下午微雨即霁。

十二日　昙，风。无事。

十三日　晴。无事。

十四日　晴。午后何燮侯来访。

十五日　晴。上午得陈公侠信。得铭伯先生信。

十六日　晴。午后往铭伯先生寓。下午往江西会馆，赴国乐研究会。晚庭前植丁香二株。

十七日　晴。午后往午门。

十八日　晴。星期休息。上午得未生信。下午马叔平、幼渔、朱遏先、沈士远来，赠叔平以新疆石刻拓片三种。

十九日　晴。午后游中央公园。下午至午门。

二十日　晴，风。午后游中央公园。下午至午门。理发。

二十一日　晴。上午收上月所余奉泉百八十。还齐寿山五十。午后寄陈公侠信。

二十二日　晴。午后至午门。

二十三日　晴。下午二弟购来《涵芬楼秘笈》第七、第八两集，共泉四元四角。晚钱稻孙钱沈尹默行，招饮，同席共九人。夜风。

二十四日　晴。午后往留黎厂买《剪灯新话》及《余话》共二册，泉五元。下午往午门。得朱可铭信。得马叔平信。寄宋紫佩信还书。

二十五日　晴。星期休息。午后同母亲、二弟及丰游三贝子园。晚赴高阆仙招饮于江西会馆。浴。

二十六日　晴。无事。

二十七日　晴。午后往午门。晚钱稻孙来。得宋知方信。

二十八日　晴。午后往留黎厂买《刘华仁墓志》一枚，泉一元。又至青云阁买鞋一两，泉一元四角。下午往午门。夜风。

二十九日　昙，午后晴。无事。

三十日　晴。下午往午门。

五月

一日　晴。午后往午门。

二日　晴。星期休息。上午以高阆仙母八十寿辰，往江西会馆祝，观剧二出而归。得陈公侠信。

三日　晴。午后往午门。

四日　晴。下午寄朱可铭信。寄宋知方信。晚许骏甫来。

五日　昙，晚极小雨。无事。

六日　晴。下午往午门。

七日　晴。无事。

八日　晴。下午往午门。

九日　晴。星期休息。无事。

十日　昙。午后往留黎厂。

十一日　晴。上午齐寿山赠《元绪墓志》一枚。下午往午门。晚至中央公园俟二弟至，饮茗。

十二日　晴。午后往午门。夜濯足。

十三日　昙。小疾休息。

十四日　晴。下午收四月份半俸泉百五十。

十五日　昙，下午小雨。无事。

十六日　昙。星期休息。沛周岁，下午食面饮酒。小雨。

十七日　晴。新潮社送《科学方法论》一册。

十八日　晴。无事。

十九日　晴。沛大病，夜延医不眠。

二十日　晴。黎明送沛入同仁病院，芳子、重久同往，医云肺炎。午归，三弟往。下午作书问三弟以沛状，晚得答，言似佳。

二十一日　晴。上午往病院。

二十二日　晴。在病院。托二弟从齐寿山假泉百。

二十三日　晴，大风。星期休息。在病院，上午一归，晚复往。

二十四日　晴。在病院，沛病甚剧。下午往大册阑购物。

二十五日　昙。在病院，晚归。夜半重久来，言沛病革，急复驰赴病院。

二十六日　晴。沛转安。上午往部。夜在病院。

二十七日　晴。上午往部。夜在病院。

二十八日　晴。上午往部。夜在病院。

二十九日　昙。上午往部。午后访汤尔和。往留黎厂买元谠、元恩、元顼、李元姜墓志各一枚，计泉五元。下午往病院，晚归家。雷雨一阵。

三十日　雨。星期休息。上午濯足。午后晴。晚往病院。

三十一日　晴。上午往部。夜在病院。

六月

一日　晴。上午往部，午回家。得宋子佩信。夜在病院。

二日　昙。上午往部。午后理发。夜在病院。雷雨。

三日　晴。上午往部。还子佩书一册。午回家。夜在病院。雷雨。

四日　晴。上午往部。夜在病院。

五日　晴。上午往部。夜在病院。

六日　晴。星期休息。上午母亲与丰至病院视沛，乃同回家。晚小雨。许诗荀来。

七日　晴。午往病院。下午赴国歌研究会。夜在病院。

八日　晴。上午往部。下午往病院，晚归家。

九日　晴。上午往部。夜在病院。大雨。

十日　昙。上午往部。午晴，归家。夜在病院。

十一日　晴。上午往部。从戴螺舲假泉五十。夜在病院。

十二日　晴。上午在部。午往通俗图书馆。夜在病院。大雨。

十三日　雨。星期休息。在病院。下午得钱稻孙信。

十四日　昙。上午在部。夜在病院。

十五日　晴。上午往部。下午收四月下半月奉泉百五十。还戴螺舲五十。保俞物恒留学美国。夜雨，回家。

十六日　晴。无事。

十七日　晴。午后往同仁病院略视。下午得李霞卿信。

十八日　晴，大风。晚许诗荀来。

十九日　晴。午后往同仁病院视沛。

二十日　晴。星期，又旧端午，休息。

二十一日　晴。休假。无事。

二十二日　晴。上午收五月上半月奉泉百五十。午后往同仁病院视沛。下午得刘半农信片，五月三日英国发。

二十三日　晴。无事。

二十四日　晴。午后往同仁病院。往历史博物馆。夜风。

二十五日　小雨，午后晴。二弟买来《神州大观》第十五集一册，泉一元五角。

二十六日　晴。午后往同仁医院视沛，二弟亦至，因同至店饮冰加非，又至大学。夜风。

二十七日　晴。星期休息。晚大风，雷，小雨，夕复晴。

二十八日　晴。午后往留黎厂买《元容墓志》一枚，泉乙。

二十九日　晴。无事。

三十日　晴。午后往同仁病院。下午得朱可铭信。

七月

一日　晴。午后往同仁病院。

二日　昙，上午小雨。

三日　晴。休假。无事。

四日　晴。星期休息。晚大雨。无事。

五日　晴。上午部开茶话会。午后往同仁病院视沛。晚李遐卿来。夜小雨。

六日　晴。休假。母亲病，夜延山本医士诊。

七日　晴。无事。

326

八日　晴。无事。

九日　晴。上午德三至部来访。午后往齐寿山家，饭后乃至同仁病院视沛。下午得尹默信。

十日　晴。上午收五月奉泉卅。又从齐寿山假泉四十。

十一日　晴。星期休息。无事。

十二日　晴。上午往山本病院。下午雨。

十三日　晴。上午往同仁医院。下午沛退院回家。从齐寿山假泉卅。晚罗志希、孙伏园来。夜雷雨。

十四日　晴。无事。

十五日　小雨，午晴。下午沛腹写，延山本医生诊。夜雨。

十六日　晴。晨沛复入同仁病院。上午从本部支五月余奉百廿。

十七日　昙。下午宋子佩来。钱玄同来。

十八日　晴。星期休息。消息甚急。夜送母亲以下妇孺至东城同仁医院暂避。

十九日　晴。上午母亲以下诸人回家。

二十日　晴。午至山本医院取药。

二十一日　晴。下午理发。

二十二日　晴。午前往山本医院取药。

二十三日　晴。无事。

二十四日　晴。午前往山本医院取药。买书架六。下午整理书籍。

二十五日　晴。星期休息。理书。

二十六日　晴。无事。

二十七日　大雨。上午从齐寿山假泉十。

二十八日　晴。无事。

二十九日　晴。无事。从齐寿山假泉廿。

三十日　晴，大热。无事。

三十一日　无事。

八月

一日　晴。星期休息。无事。

二日　晴。上午得车耕南信。午后从徐吉轩假泉十五。从戴芦舲假泉廿。

三日　晴。无事。

四日　昙，下午雨。无事。

五日　晴。午前往山本医院取药。小说一篇至夜写讫。

六日　晴。晚马幼渔来送大学聘书。得李遐卿信。

七日　晴。上午寄陈仲甫说一篇。午前往铭伯先生寓。

八日　晴。星期休息。无事。

九日　晴。无事。

十日　昙。夜写《苏鲁支序言》讫，计二十枚。

十一日　晴。无事。

十二日　晴。无事。

十三日　晴。午前访章子青先生，取泉卅，由心梅叔汇来。

十四日　晴。上〔午〕还徐吉轩泉十五。下午昙。

十五日　晴。星期休息。无事。

十六日　晴。晨访蔡先生，未遇。晚寄汤尔和信。

十七日　晴。上午寄蔡先生信。

十八日　晴，下午昙，风。无事。

十九日　小雨。无事。

二十日　晴。上午从齐寿山假泉十。下午雨。晚得蔡先生信。

二十一日　昙。下午宋子佩来。寄蔡先生信。晚李遐卿来并送平水新茗一包。

二十二日　昙。星期休息。午后晴。无事。

二十三日　晴。午后寄李遐卿信，假泉十二。夜雨。

二十四日　晴。上午从齐寿山假泉十。得李遐卿信。寄朱孝荃信。

二十五日　晴。无事。

二十六日　晴。午后得李遐卿信，即复，并假来泉八。傍晚雨一阵。得高等师范学校信。夜寄毛子龙信。

二十七日　晴，下午雨一阵，夜大雨。无事。

二十八日　昙，午后晴。无事。

二十九日　晴。星期休息。午后整理书籍。

三十日　晴。午后往留黎厂。又至青云阁买鞋一双。

三十一日　晴。无事。

九月

一日　昙。下午得高师校信。夜雨。

二日　晴。上午寄大学信。寄高师校信。

三日　晴。无事。

四日　晴。上午寄女子师范学校信。

五日　　昙。星期休息。夜小雨。无事。

六日　　晴，夜风。无事。

七日　　晴。无事。

八日　　昙。上午得宋知方信。得高师校信。

九日　　昙。无事。

十日　　晴。午后访宋子佩。下午得高师校信。

十一日　　昙。午后访宋子佩，假泉六十。夜雨。

十二日　　雨。星期休息。无事。

十三日　　雨。休息。无事。

十四日　　昙。无事。

十五日　　晴。午后理发。

十六日　　昙，风。无事。

十七日　　晴。无事。

十八日　　晴。无事。

十九日　　晴。星期休息。晨得高师校信。得时事新报馆信。

二十日　　昙。无事。夜雨。

二十一日　　晴。无事。

二十二日　　小雨，上午晴。得封德三信。下午得高师校信。得朱可铭信。

二十三日　　晴，夜雨。无事。

二十四日　　昙。下午收六月上半月奉泉百五十。还戴螺舲泉廿。

二十五日　　晴。下午孙伏园来谈丛书事。晚齐寿山至自西山，并赠梨实、核桃各一包。

二十六日　　晴。星期，又旧历中秋，休息。晚微雨。无事。

二十七日　　昙。补中秋假。上午朱可铭来。晚雨。

二十八日　昙。上午还齐寿山泉廿。夜濯足。

二十九日　晴。午后寄时事新报馆文一篇。夜雨。

三十日　晴。无事。

十月

一日　昙。上午复高师校信。下午小雨。

二日　昙，夜雨。无事。

三日　晴。星期休息。下午子佩来。夜风。

四日　晴。无事。

五日　晴。无事。

六日　晴，夜大风。

七日　晴。无事。

八日　晴。孔诞休息。上午马幼渔来。

九日　晴。无事。

十日　晴。星期休息。上午得陈百年明信片。午后往美术学校国歌研究会听演唱。下午得钱玄同明信片。

十一日　昙。补昨双十节假。上午齐寿山来。晚雷雨一陈。

十二日　晴。无事。

十三日　晴。夜得封德三信。

十四日　晴。午后寄封德三信。

十五日　晴。夜得李霞卿信。

十六日　昙。晚朱可铭往许州去。

十七日　晴。星期休息。无事。

十八日　晴。上午收六月下半月奉泉百五十。还李遐卿泉廿。午后同徐吉轩往中央公园顺直赈灾会。

十九日　晴。夜得宋子佩信片。

二十日　晴，夜小风。无事。

二十一日　晴。无事。

二十二日　晴。夜得北京大学信。译《工人绥惠略夫》了，共百廿四枚。

二十三日　晴。上午复大学信。

二十四日　晴。星期休息。上午许季上来。

二十五日　晴。上午得封德三信。

二十六日　晴。无事。

二十七日　晴。上午从齐寿山假泉二百。夜月食。

二十八日　昙。午后游小市。

二十九日　晴。无事。

三十日　晴。无事。

三十一日　晴。星期休息。无事。

十一月

一日　晴。无事。

二日　晴。午后往留黎厂，在中华书局豫约《簠室殷契类纂》一部，先付半价见泉二元。

三日　昙。午后往许季上寓，又引其子至山本病院诊。下午大风。封德三来部，假与泉五元。夜微霰即止。

四日　晴。无事。

五日　晴。夜濯足。

六日　晴。无事。

七日　晴。星期休息。夜小雨。无事。

八日　昙。无事。

九日　晴。午后得封德三信。下午理发。寄仲甫说一篇。

十日　晴。无事。

十一日　晴。午后封德三来部，假与泉十五。

十二日　晴。午往图书分馆访子佩，借《文苑英华》六本。

十三日　晴。无事。

十四日　晴。星期休息。上午得李遐卿信。

十五日　晴。无事。

十六日　晴。上午收七月分奉泉三百。还齐寿山二百。

十七日　晴。无事。

十八日　昙。午后往图书分馆。夜小雨。

十九日　晴。午后往午门。

二十日　晴，风。晚马幼渔来，赠以重出之《会稽掇英集》一部。

二十一日　晴。星期休息。无事。

二十二日　晴。下午得李遐卿信。

二十三日　晴。发热，休息。上午服蓖麻子油一勺，写二次。

二十四日　晴。午李遐卿持来《小說ノ作リ方》一本，其弟宗武见赠者。午后得宋紫佩信并订成之书二十六本，工泉千。

二十五日　晴。病，休息。夜服规那十厘。

二十六日　晴。病，休息。夜服规那十厘。

二十七日　晴。上午从齐寿山假泉十。下午得青木正儿信，由胡适之转来。

二十八日　晴。星期休息。订旧书。午后昙。

二十九日　晴。疲劳，休息。

三十日　晴。无事。

十二月

一日　晴。上午从李遐卿假泉卅。

二日　昙。上午收八月上半月奉泉百五十。还齐寿山泉十。午后往留黎厂买汉残碑阴一枚，《田迈造象》并侧三枚，《惠究道通造象》〔一〕枚，杂造象五种六枚，共泉四元。夜风。

三日　昙。无事。

四日　昙，夜雨雪。无事。

五日　雨雪。星期休息。晚朱遏先、马幼渔来。

六日　晴。无事。

七日　微雪。休假。午后同母亲至八宝胡同伊东牙医院疗齿。

八日　晴。午后游小市。

九日　昙。上午寄大学信，晚得答。

十日　晴。无事。

十一日　晴。夜濯足。

十二日　晴。星期休息。夜大风。无事。

十三日　晴。午后往张阆声寓借《说郛》两本。

十四日　晴。无事。

十五日　晴。上午从齐寿山假泉五十。寄青木正儿信。

十六日　晴。午后往图书分馆还子佩代付之修书泉一千文。往留黎厂。夜地震约一分时止。

十七日　晴。下午得高等师范学校信。

十八日　昙。午前许骏夫来。午后大风。

十九日　晴。星期休息。无事。

二十日　晴。午后寄张阆声信并书二种七本。

二十一日　晴。无事。

二十二日　晴。冬至，休假。

二十三日　晴。得许季上信，星加坡发。

二十四日　晴。午许季市来。午后往大学讲。

二十五日　晴。休假。下午钱玄同来并代马叔平还《孝堂山石刻》。

二十六日　晴。星期休息。下午许季市来并送南丰桔一合。夜风。

二十七日　晴。无事。

二十八日　晴。上午从齐寿山假泉廿。

二十九日　昙，午后晴。午后从朱孝荃假泉五十。

三十日　雨雪。无事。

三十一日　晴，午后微雪。往留黎厂买《三体石经残石》一枚，杂造象四种五枚，一元。晚收八月下半月及九月分奉泉四百五十。还齐寿山百七十，朱孝荃五十。

书帐

程哲碑一枚　和荪兄赠　一月十三日

宝泰寺碑一枚　同上

郑舒夫人残墓志一枚　以吕超志易得　一月十六日

尉富娘残墓志一枚　同上

王诵墓志一枚　三·〇〇　一月二十日

昙陵昙初等造象一枚　〇·二〇　一月二十四日

道俗七十八人等造象一枚　〇·三〇　　　　　　　三·五〇〇

元延明墓志一枚　四·〇〇　二月九日

元钻远墓志一枚　二·〇〇

于景墓志并盖二枚　三·〇〇

元瑰墓志一枚　二·〇〇

元维墓志一枚　二·〇〇

王诵妻元氏墓志一枚　四·〇〇

太平寺残摩厓一枚　一·〇〇

开化寺造象四枚　二·〇〇

元思墓志一枚　二·〇〇　二月二十八日

李媛华墓志一枚　四·〇〇

元文墓志一枚　二·〇〇

祥光残碑一枚　二·〇〇　　　　　　　　　　　三〇·〇〇〇

高厶残碑并阴二枚　二·〇〇　三月一日

宁陵公主墓志一枚　四·〇〇　三月五日

元羽墓志一枚　三·〇〇

元寿妃麴墓志一枚　三·〇〇

孔丛子四册　一·〇〇　三月六日

崔豹古今注一册　二·〇〇

中兴间气集一册　二·〇〇

白氏讽谏一册　一·〇〇

金刚经残石一枚　裘君从新疆拓寄

麴斌造寺碑一枚　同上

麴斌芝造寺界至记一枚　同上

张怀寂墓志一枚　同上　　　　　　　　　　　　　　一八·〇〇〇

元遥墓志一枚　见泉二·〇〇　四月三日

元遥妻梁墓志一枚　二·〇〇

唐耀墓志一枚　一·〇〇

嵩山三阙五枚　许季市寄来　四月八日

嵩阳寺碑二枚　同上

董洪达造象二枚　同上

涵芬楼秘笈第七集八册　二·二〇　四月二十三日

涵芬楼秘笈第八集八册　二·二〇

剪灯新话及余话二册　五·〇〇　四月廿四日

刘华仁墓志一枚　一·〇〇　四月二十八日　见泉一五·四〇〇

元绪墓志一枚　齐寿山赠　五月十一日

元谳墓志一枚　二·〇〇　五月廿九日

元恩墓志一枚　一·〇〇

元项墓志一枚　一·〇〇

李元姜墓志一枚　一·〇〇　　　　　　　　　　　　五·〇〇〇

神州大观第十五集一册　一·五〇　六月廿五日

元容墓志一枚　一·〇〇　六月廿八日　　　　　　　二·五〇〇

汉碑阴残石一枚　〇·五〇　十二月二日

田迈造象并侧三枚　一·〇〇

惠究道通造象一枚　〇·五〇

杂造象五种六枚　二·〇〇

三体石经残石一枚　一·〇〇　十二月卅一日　　　六·〇〇

杂造象四种五枚　一·〇〇

总计用券五一·五元，六折合见泉三〇·九元，又见泉二八·九元，总合用泉五一·八元。

日记第十（1921年）

一月

一日　晴，大风。休假。无事。

二日　晴。休假。星期。上午得张伯焘信。下午孙伏园来。

三日　晴。休假。午后得胡适之信，即复。

四日　晴。休假。上午洙邻兄来。下午宋子佩来。

五日　晴。午后往留黎厂买王世宗等造象二枚，杂造象五种六枚，共三元；杂专拓片七枚，一元；《豆卢恩碑》一枚，一元。又以《李璧墓志》、龙门廿品、磁州六种换得《元景造象》、《霍扬碑》各一枚。

六日　晴。午同季市至益昌饭。下午代二弟寄羔皮一件丁陈兴模南京。

七日　晴。午后寄马叔平信并还怡安堂振券价泉五元。

八日　晴。无事。

九日　晴。星期休息。无事。

十日　晴。午后从陈师曾索得画一帧。夜风。

十一日　晴。无事。

十二日　昙。午后往高师校讲。

十三日　晴。无事。

十四日　晴。午后往大学讲。

十五日　晴。午后寄高师校信并名簿。

十六日　晴。星期休息。晚得宋子佩信。

十七日　晴。午后理发。

十八日　昙。夜濯足。

十九日　晴。上午得玄同信。午后往高师校讲。

二十日　晴。上午寄李守常信。下午还图书分馆书。

二十一日　晴。午后往北京大学讲。寄高等师范学校讲义稿并信。夜风。

二十二日　晴。下午宋紫佩来。

二十三日　晴。星期休息。无事。

二十四日　晴。无事。

二十五日　晴。午后寄张伯焘信并《国乐谱》一枚。下午同徐吉轩至护国寺视市集。夜得胡适之信。

二十六日　晴。上午得啸嗷阮宅信，言姨母于阴历十二月十三日丑时逝世。午后往高等师范学校讲。在德古斋买得《元飏墓志》，《元详墓志》各一枚，共二元。又杂专拓片三枚，《李苞题名》残刻一枚，各五角。在利远斋买梨膏一瓶，糖果六十个。以胡适之信转寄钱玄同。

二十七日　雨雪。上午寄朱可铭信。夜风。

二十八日　晴。午后往大学讲。下午往留黎厂取得《簠室殷契类纂》一部四册，合前豫约所付共泉四元。寄高师校讲稿。

二十九日　晴。无事。

三十日　晴。星期休息。无事。

三十一日　晴。无事。

二月

一日　晴，夜风。无事。

二日　晴。午后往蒯若木家吊其夫人。往师校讲。

三日　晴。午后收去年十月份奉泉三百。付振捐十五。还齐寿山百元。寄日本京都其中堂信并泉四元四十钱购书。

四日　晴。上午收去年十一月上半俸泉百五十。还李遐卿泉卅。午后往大学讲，复在新潮社小坐。寄蟫隐庐信并泉四元四角购书。下午在学界急振会。晚收大学九月、十月薪水共泉卅六。

五日　晴。上午寄阮宅信并奠仪三元。午后往留黎厂买《霍君神道》一枚，段济、郭达、李盛墓志各一枚，《段模墓志》并盖二枚，梁瑰、孔神通墓志盖各一枚，《樊敬贤造象》并阴二枚，共泉六元。买商务书馆所印宋人小说五种七册，共泉二元。下午同徐吉轩至护国寺集买得条卓一个，泉二元。

六日　晴。星期休息。午后往留黎厂买《元鸾墓志》一枚，壹元。又头商务馆印宋人小说十五种共二十二册，六元。

七日　晴。午后至山本医院为徐吉轩译。夜得胡适之信。

八日　晴。春节休假。上午寄新青年社说稿一篇。

九日　晴。休假。无事。

十日　昙。休假。上午张仲苏来。

十一日　晴。无事。

十二日　昙。休假。校《嵇康集》一过。

十三日　晴。星期休息。无事。

十四日　晴。午后至浙江兴业银行购汇券五十。略看留黎厂。在商务印书馆买《涑水纪闻》一部二册，《说苑》一部四册，共一元二角。夜钱玄同送来《汉宋奇书》一部二十本。

十五日　晴。上午寄宋紫佩信并汇券泉五十。晚风。

十六日　晴，大风。上午其中堂寄来《水浒画谱》二册，《忠义水浒传》前十回五册，书目一册。午后往高等师范校讲。

十七日　晴。午后游厂甸。

十八日　晴，风。午后往大学讲。

十九日　晴。上午得其中堂书店信。午后寄李遐卿信。寄蟫隐庐信。

二十日　晴。星期休息。上午得李遐卿信。

二十一日　晴。午后寄大学讲稿，三弟持去。晚得钱玄同信并代买《新话宣和遗事》四本，价泉四元。

二十二日　晴。上午得阮宅信。得蟫隐庐信片并《拾遗记》二本，甚劣，价八角。

二十三日　晴。上午寄蟫隐庐信。午后往高师校讲。过留黎厂，买《铁桥漫稿》一部四本，洋三元。

二十四日　晴。夜得李守常信。得大学信。

二十五日　昙。上午在途中捐急赈一元。下午往美术学校。得和孙信。

二十六日　晴，大风。上午得宋紫佩信，廿一日绍兴发。夜濯足。

二十七日　晴。星期休息。午后同重君、三弟及丰游公园，又登午门，在楼上遇李遐卿，又同游各殿，饮茗归。

二十八日　昙。从张阆声假得《青琐高议》残本一册，托三弟写之。夜风。

三月

一日　昙，大风。无事。

二日　昙，风。午后往高师讲。买《邑义五十四人造象》一枚，云出山西大同，又《敬善寺石象铭》一枚，共泉一元。以明刻六卷本《嵇中散集》校文澜阁本。

三日　晴。无事。

四日　晴，风。午后往大学讲。

五日　晴。无事。

六日　晴，风。星期休息。无事。

七日　晴。午后往徐吉轩寓，代为延医诊视。晚得李君宗武信。

八日　昙。午后往徐吉轩寓。下午校《嵇中散集》毕。

九日　晴。午后往高师校讲。往图书分馆访子佩，尚未到。

十日　晴。下午访徐吉轩。晚子佩来并持来托购之宋人说部书四种七册，《艺术丛编》九册，共二十六元二角四分，又赠茶叶一袋，板鸭一个，笔四支。夜风。

十一日　晴，风。午后往大学讲。

十二日　晴，风。午后往孔庙演礼。

十三日　晴。星期休息。下午风。无事。

十四日　晴。午后访徐吉轩。李君宗武为买得《北斋水浒画传》一本，价一元二角，由遐卿交来。夜写《青琐高议》讫。

十五日　未明赴孔庙执事。昙。

十六日　晴。上午寄马幼渔信。收去年十一下半月奉泉百五十。付振捐廿七，煤泉廿八。下午至图书分馆补还紫佩泉六元二角四分，合前汇买书余泉，共还泉卅。往留黎厂。寄邵次公以《域外小说集》一本。

十七日　晴。午后蟫隐庐寄来《拾遗记》一本，又《搜神记》二本，不全。

十八日　晴。上午寄蟫隐庐信并还《搜神记》。

十九日　昙，夜风。无事。

二十日　晴。星期休息。下午理发。夜校《嵇康集》，用赵味沧校本。

二十一日　晴。无事。

二十二日　晴。无事。

二十三日　昙。午后往留黎厂买云峰山题刻零种三种四枚，杂专拓片三枚，共泉二元五角。又为历史博物馆买瓦当二个，三元。夜微雪。

二十四日　微雪。无事。

二十五日　昙。无事。

二十六日　雨雪。无事。

二十七日　晴。星期休息。上午得马叔平信。夜落门齿一枚。

二十八日　晴。无事。

二十九日　晴。上午得李鸿梁信。从齐寿山假泉五十。下午二弟进山本医院。

三十日　晴。午后往山本医院。

三十一日　昙。午后往留黎厂买《陃赤齐造象》三枚，《孙昕卅人等造象》三枚，共二元；《宋仲墓志》一枚，五角。晚孙伏园来。

四月

一日　晴。上午得俞物恒信。午后从许季市假泉百。

二日　昙。午后往山本医院视二弟，取回《佛本行经》二本。夜濯足。

三日　昙。星期休息。午后李遐卿、王倬汉来。

四日　晴，风。上午得蟫隐庐明信片。

五日　晴。上午从齐寿山假泉五十。午后往山本医院视二弟。下午蟫隐庐寄来《毛诗草木鸟兽虫鱼疏》、《永嘉郡记》辑本、《汉书艺文志举例》各一本，共泉一元四角。夜风。

六日　昙，大风。上午寄蟫隐庐信。下午往山本医院。夜小不适。

七日　晴。上午卖去所藏《六十种曲》一部，得泉四十，午后往新华银行取之。

八日　晴。休假。下午孙伏园来。

九日　晴。上午寄蔡谷青信。下午往山本医院。

十日　昙。星期休息。下午孙伏园来。

十一日　昙。晚得伏园信，附沈雁冰、郑振铎笺。夜得玄同等五人信，问二弟病。译《沉默之塔》讫，约四千字也。

十二日　昙。上午寄孙伏园信并稿二篇。寄玄同等五人信。午后往山本医院视二弟，带回《出曜经》一部六本。下午托齐寿山从义兴局借泉二百，息分半。寄沈甄士信。

十三日　昙。上午寄沈雁冰信。午后大风，霾。晚得孙伏园信。

十四日　昙，大风。休息。午后晴。得沈兼士信。

十五日　昙。上午寄孙伏园信并《俗谚论》一本。下午小雨。

十六日　晴，风。上午寄沈兼士信。寄李遐卿信。三弟往留黎厂，托买来《青箱杂记》一本，《投辖录》一本，共泉五角。

十七日　晴。星期休息。午后孙伏园来。夜得遐卿信，言谷青病故。

十八日　晴。上午以《工人绥惠略夫》译稿一部寄沈雁冰。下午得沈兼士信。得钱玄同信。夜风。得沈雁冰信。

十九日　晴，风。午后寄李守常信。

二十日　晴。午后往留黎厂买得《严㧑君刻石》二枚，二元；《张起墓志》一枚，杂造象二枚，一元。下午风。

二十一日　晴。上午寄沈雁冰信。夜风。

二十二日　晴。上午蟫隐庐寄来《楚州金石录》一本，《五馀读书廛随笔》一本，共泉一元五角。午后往山本医院视二弟。

二十三日　昙，风。无事。

二十四日　晴。星期休息。午后陶望潮来。孙伏园来。

二十五日　小雨。无事。

二十六日　昙。午后从齐寿山假泉廿。夜李遐卿与其弟宗武来。小雨。

二十七日　晴。午后收九年十二月上半月奉泉百五十。还齐寿山泉廿。下午往山本医院视二弟，持回《起世经》二本，《四阿含暮抄解》一本。

二十八日　昙。张仲苏母寿辰，在中央公园设宴，午间与齐寿山、戴芦舲同往。下午得小说月报社信并汇单一张。得沈兼士信。风。

二十九日　晴。上午许季上来。午后往高师校取二月、三月薪水泉三十四元。往图书分馆还子佩泉廿。下午雨一陈。夜得沈雁冰信。

三十日　微雨，上午霁。寄其中堂信并泉三圆四十钱。午后往山本病院视二弟，持回《楼炭经》一部。下午小雨。晚寄沈雁冰信并译稿一篇，约九千字。寄沈兼士信。

五月

一日　晴。星期休息。下午寄孙伏园信，内二弟诗三篇。夜风。

二日　晴。午后寄李遐卿信并书泉三元四角。下午得遐卿信，晚复。

三日　雨。午后寄孙伏园信并稿一篇。还齐寿山泉百。

四日　晴。午后往留黎厂商务印书馆取《工人绥惠略夫》译稿泉百廿。买《涵芬楼秘笈》第九集一部八册，二元二角。

五日　晴。上午随母亲往山本医院诊。下午得李遐卿信。寄孙伏园信。

六日　晴。上午得沈雁冰信。

七日　昙。下午往山本医院视二弟。雨，晚晴，夜风。

八日　晴。星期休息。上午得沈兼士信。许季上来。张仲苏来。午后寄沈雁冰信。

九日　晴。晚以书架一个还朱遏先。

十日　晴。午后往山本医院视二弟，持回《当来变经》等一册。晚小雨。

十一日　晴。午后赙蔡谷青家银四元。

十二日　昙。午后寄沈兼士信。下午风。

十三日　晴。上午寄孙伏园信并三弟文稿。晚理发。夜得沈雁冰信。

十四日　昙。下午往山本医院视二弟。

十五日　晴。星期休息。午后寄沈雁冰信并三弟译稿一篇。下午昙，风。夜濯足。

十六日　昙。上午得朱可铭信。下午得郑振铎信。晚小雨。

十七日　雨。上午其中堂寄来《李长吉歌诗》三册，《竹谱详录》二册，共泉四元四角。夜风。得沈兼士信。

十八日　晴。午后往山本医院视二弟。得仲甫信。

十九日　晴。上午寄郑振铎信。寄李守常信。寄钱玄同信。

二十日　昙。上午收去年十二月下半月奉泉百五十。夜得沈雁冰信。雨。

二十一日　昙。午后往山本医院。

二十二日　晴。星期休息。无事。

二十三日　晴。无事。

二十四日　晴。上午齐寿山来，同往香山碧云寺，下午回。浴。

二十五日　晴。午后寄沈雁冰信。寄孙伏园信。午后往视二弟。得李守常信。

二十六日　晴。午后往山本医院视二弟。

二十七日　晴。清晨携工往西山碧云寺为二弟整理所租屋，午后回，经海甸停饮，大醉。夜得孙伏园信。

二十八日　昙。午后访宋子佩。下午至山本医院视二弟。夜寄沈雁冰信，内三弟译稿一篇。

二十九日　晴。星期休息。下午孙伏园来。晚雷雨一陈。

三十日　晴。上午得宋子佩信并见假泉五十。下午从李遐卿假泉四十。

三十一日　晴。上午寄沈兼士信。校《人间的生活》讫，寄还李遐卿。午二弟出山本医院回家。午后往留黎厂买《寇侃墓志》并盖二枚，《邸珍碑》并阴二枚，《陈氏合宗造像》四面并坐五枚，共泉四元。又《杨君则墓铭》一枚，一元。

六月

一日　晴。下午得宋子佩信，晚复。

二日　晴。下午送二弟往碧云寺，三弟、丰一俱去，晚归。夜雨。

三日　雨。无事。

四日　雨。下午从齐寿山假泉五十。得沈雁冰信。夜得孙伏园信。

五日　昙。星期休息。下午孙伏园来。得二弟信，昨发。

六日　晴。上午得李遐卿信。午后往图书分馆还宋子佩泉五十。往留黎厂买《比丘法朗造象》并阴共二枚，一元。下午寄刘同恺信。还齐寿山泉五十。

七日　昙，夜雨。无事。

八日　晴，下午小雨。无事。

九日　晴。午后寄李遐卿信并文一篇。寄沈雁冰信。晚孙伏园来。

十日　晴。旧端午，休假。上午寄大学注册部信。

十一日　晴。上午寄孙伏园译稿一篇。收一月、二月分奉泉六百。付直隶水灾振十五，煤泉廿七，还义兴局二百，息泉六。

十二日　晴。星期休息。晨往西山碧云寺视二弟，晚归。

十三日　昙。上午寄汪静之信。寄李霞卿信。下午雨，晚晴。

十四日　晴。上午寄大学注册部以试卷十七本。下午往卧佛寺购佛书三种，二弟所要。夜得李遐卿信。夜濯足。

十五日　晴。无事。

十六日　昙。下午得沈雁冰信。

十七日　昙。午后往留黎厂及青云阁买杂物。

十八日　晴。上午得孙伏园信。下午至卧佛寺为二弟购佛经三种，又自购楞伽经论等四种共八册，《嘉兴藏目录》一册，共泉一元七角五分。

十九日　昙。星期休息。晨往西山碧云寺视二弟，晚归。

二十日　昙。无事。

二十一日　晴。无事。

二十二日　昙。上午往山本医院为潘企莘译。往卧佛寺为二弟购《梵网经疏》、《立世阿毘昙论》各一部。午后得孙伏园信，即复。夜得二弟信。

二十三日　雨。上午寄沈雁冰信。

二十四日　晴。午后往留黎厂电话总局及师范学校。在德古斋买《冊丘俭平高句骊残碑》并碑阴题记共二枚，泉一元五角。

二十五日　昙。午后往山本医院。下午小雨即霁。晚孙伏园来。

二十六日　晴。星期休息。晨往香山碧云寺。下午小雨即霁。

二十七日　晴，风。午后往山本医院。晚得二弟信并《大乘论》二部。

二十八日　晴，夜风雨。无事。

二十九日　晴。下午浴。晚得二弟信。

三十日　晴。午后寄二弟信。下午得汪静之信。

七月

一日　晴。午后得沈雁冰信。晚得二弟信。

二日　晴。铭伯先生于昨亥刻病故，午前赴吊。晚得二弟信并佛书四部。寄仲甫信并文稿一篇，由李季收转。

三日　昙。星期休息。上午理发。蒋抑之来。午后孙伏园来。

四日　晴。休假。晨母亲往香山。下午得二弟信，晚复。

五日　晴。无事。

六日　昙，午晴。晚得二弟信。大风，雷雨一陈。

七日　晴。上午寄沈雁冰信。寄孙伏园信。寄大学编辑部印花一千枚〔枚〕并函，代二弟发。往卧佛寺为二弟购佛书五种，又自购《大乘起信论海东疏》、《心胜宗十句义论》、《金七十论》各一部，共五本，价九角。

八日　晴。上午大学仍将印花退回。午后雨一陈。晚得二弟信并《人间的生活》序一篇，即附笺转寄李退卿。

九日　晴。下午得李退卿信。孙伏园来。

十日　晴。星期休息。晨往香山碧云寺视二弟。下午季市亦来游，傍晚与母亲及丰乘其汽车回家。

十一日　晴。夜寄孙伏园译稿一篇。

十二日　晴。无事。

十三日　晴。下午得二弟信，夜复。

十四日　晴。晨得孙伏园信。下午昙。

十五日　晴。下午浴。

十六日　昙。午后得沈雁冰信。

十七日　昙。星期休息。晨寄二弟信。下午得孙伏园信。晚得二弟信。小雨。

十八日　雨。上午收三月分奉泉三百。付直隶旱振十五，所得税二·七，碧云寺房租五十。夜寄李季子信退回。

十九日　晴。上午还许季市泉百。托三弟买《涵芬楼秘笈》第十集一部八册，二元一角。夜仍寄陈仲甫信并稿一篇。寄沈雁冰稿一封，代二弟发。

二十日　晴。无事。

廿一日　晴。晨沛以下痢入山本医院。上午得王式乾信。

二十二日　晴。晚得二弟信。

二十三日　大雨。下午寄汪静之信。寄章锡琛信，代二弟发。

二十四日　昙。星期休息。晨往西山碧云寺视二弟。侵雨。

二十五日　雨，午后晴。下午孙伏园来。

二十六日　晴。下午得二弟信。晚寄沈雁冰信，附二弟文稿一篇。

二十七日　昙。下午浴。

二十八日　昙。上午往裴子元寓，以方自巨鹿归，为购宋磁枕一个，已破碎而缀好者，价三元五角，因往取之。又见赠一碟，其足有一"宋"字，并一押。午后得李退卿信，即复。晚得二弟信并译稿。

夜雨。

二十九日　大雨。项痛，午后往山本医院诊，并视沛。

三十日　雨。午代二弟寄宫竹心信并《欧洲文学史》、《或外小说集》各一册。下午得李宗武信，二十日千叶发。

三十一日　昙。星期休息。上午得遐卿信。得二弟信，下午复。晴。

八月

一日　晴。晨寄孙伏园译稿二篇，二弟作。下午宋子佩来。

二日　昙。午得沈雁冰信。

三日　大雨。下午得二弟信。

四日　微雨，上午晴。寄二弟信，晚得复，并译稿二篇，佛书四种。

五日　晴。无事。夜雨。

六日　晴。上午从许季市假泉百。下午得二弟信。

七日　晴。星期休息。晨寄二弟信。下午得宫竹心信。夜得二弟回信。

八日　雨。小病休息。午后代二弟寄何作霖译稿一篇。

九日　晴。仍休息。午后寄沈雁冰信附二弟译稿两篇，半农译稿一篇。

十日　晴。午后从子佩借泉百，由三弟取来。午后浴。高福林博士来。

十一日　晴。上午赙许宅五元。下午沛退院回家。晚得二弟信。

十二日　晴。午后往图书分馆访子佩，借泉五十。晚得二弟信并译稿一篇，《文艺旬刊》一帖。夜李遐卿来。

十三日　雨。休息。午以昨稿寄东方杂志社。复沈雁冰信。

十四日　晴。星期休假。午后赴长椿寺吊铭伯先生。晚得二弟信。夜得沈雁冰信。

十五日　晴。上午收三〔四〕月上半月俸泉百五十。

十六日　晴。无事。

十七日　雨。上午寄沈雁冰信。寄宫竹心信。得子佩信并《新青年》一册。午晴。晚得二弟信并译稿一篇。

十八日　晴。晨寄二弟信。寄子佩信。晚得宫竹心信。

十九日　晴。晚得二弟信。夜遐卿来并赠《新教育》一本，苹果十六枚。

二十日　晴，热。下午浴。夜得沈雁冰信。

二十一日　晴。星期休息。晨往香山视二弟，晚归。

二十二日　晴。下午子佩来。晚尹默在中央公园招饭，并晤士远、玄同、幼渔、兼士及张君凤举，名黄。夜风。

二十三日　雨。上午往南昌馆访张凤举。

二十四日　昙。午寄沈雁冰信。寄宫竹心信。夜雨。

二十五日　小雨。下午得二弟信。夜得宫竹心信。

二十六日　晴。上午得季市信，即复。晚得二弟文稿一篇。

二十七日　晴。下午寄沈雁冰信并校正稿一帖。

二十八日　晴。星期休息。下午得二弟信。晚寄马幼渔信。代二弟发寄李守常信。

二十九日　晴。下午张凤举来，赠以《或外小说集》一册。晚三弟回自西山，得二弟信并稿一篇，说目一枚，夜复。寄沈尹默《新村》七册，代二弟发。

三十日　晴。上午李宗武寄来《夜アケ前ノ歌》一册。下午寄陈仲甫信并二弟文一篇，半农文二篇。寄沈雁冰信并文二篇，又二弟文二篇。

三十一日　晴。晨得沈雁冰信。上午寄宫竹心信。收四月下半月份奉泉百五十。寄二弟信，下午得复。得张梓生信。晚李遐卿来。

九月

一日　晴。下午往图书分馆还子佩泉百。往留黎厂。晚马幼渔招饭于宴宾楼，同席张凤举、萧友梅、钱玄同、沈士远、尹默、兼士。

二日　晴。上午得孙伏园信。下午三弟启行往上海。得二弟信。晚得宫竹心信。

三日　晴。上午往卧佛寺买《净土十要》一部，一元二角。午后齐寿山往西山，托寄二弟《净土十要》一部，笔三支并信。寄宫竹心信。

四日　晴。星期休息。午后寄张梓生信。夜得二弟信并稿一篇。

五日　昙。上午往大学代二弟取薪水。寄李季谷信并小为替三圆五十钱。晚得二弟信并稿一篇。寄潘垂统《小说月报》八号一册，又乚号一册。

六日　晴。上午寄李季谷信。寄宫竹心信并《说报》八号一册。下午得沈雁冰信两封并校稿一帖。得二弟信。

七日　晴。午后代二弟寄大学信。下午孙伏园来。得二弟信。晚寄沈雁冰信并史稿一篇，校稿一帖。

八日　晴。午后往留黎厂买专拓片二十六枚，三元；《甘泉山刻石》未剜本二枚，二元五角；《上庸长刻石》一枚，一元；《王盛碑》一枚，一元五角；杂造象八种十二枚，二元五角。晚得阮久孙信。得沈雁冰信。夜濯足。

九日　晴。上午寄二弟信。寄三弟信。午后往大学补课。晚得二弟信。

十日　晴。上午寄沈雁冰信并稿一篇。寄陈仲甫稿二篇，又郑振铎书一本，皆代二弟发。下午寄孙伏园稿二篇，一潘垂统，一宫竹心。

十一日　晴。星期。未明赴孔庙执事。

十二日　晴。晨朱六琴及可铭来。上午寄二弟信，晚得复。

十三日　晴。上午寄伏园信并稿。得三弟信。寄宋子佩信。寄高等女师校信，又章士英信，皆代二弟发。得沈雁冰信。下午高阆仙赠《吕氏春秋点勘》一部三本。

十四日　晴。午后往高师校授课。买《李太妃墓志》一枚，二元。

十五日　晴。上午寄还李遐卿《日文要诀》一册。

十六日　昙。旧历中秋，休息。下午程叔文来。夜雨。

十七日　昙。上午得三弟信，下午复。寄二弟信。寄宫竹心信。收五月分奉泉三百。付碧云寺房泉五十。夜腹痛。

十八日　晴。星期休息。下午孙伏园来。服补写丸二粒。夜雨。

十九日　晴，风。晚得二弟信并稿三篇。

二十日　晴，风。上午得宫竹心信。午后往大学取薪水。

二十一日　晴。上午得李宗武信。午后往高师讲。往图书分馆还子佩泉五十。晚得二弟信。夜二弟自西山归。得沈雁冰信。

二十二日　晴。上午寄沈雁冰信。下午得羽太父信。得李遐卿信。得孙伏园信。

二十三日　昙。午后雨一陈。赴大学讲。

二十四日　晴，下午大雨一陈即霁。无事。

二十五日　晴。星期休息。上午得三弟信片。得陈仲甫信。夜得宫竹心信。

二十六日　晴。上午寄宫竹心信。寄三弟信并李虞琴稿一篇。寄陈仲甫信并二弟、三弟稿及自译稿各一篇。下午孙伏园来。

二十七日　晴。上午得李宗武信片。寄高师校信。夜得孙伏园信。

二十八日　晴。休假。下午宫竹心来。

二十九日　晴。无事。

三十日　昙。上午得三弟信，廿七日发。季市赠《越缦堂日记》一部五十一册。午后往大学讲。赙裘子元之祖母丧二元。

十月

一日　昙。上午寄孙伏园信。许璇苏来。

二日　昙。星期休息。上午马幼渔、朱逷先来。冀君贡泉送汾酒一瓶。下午得孙伏园信。章士英来，字骶斋，心梅叔之婿。

三日　晴。午后寄李遐卿信。傅增湘之父寿辰，其徒敛钱制屏，与一元。

四日　晴。上午得三弟信。夜得李遐卿信。

五日　晴。午后往高师讲。往浙江兴业银行取泉十四。下午寄李遐卿信。寄许羡苏信。夜钞《青琐高议》。

六日　晴。无事。

七日　晴。上午得遐卿笺。午后往大学讲。下午服补写丸二粒。高阆仙赠吴氏平点《淮南子》一部三本。寄遐卿、子佩、伏园信约饮。晚伏园来。

八日　昙。下午至女高师校邀许羡苏，同至高师校为作保人。

九日　昙。星期休息。午后晴。李季谷寄来英文书一本，共日金一圆三十钱，是二弟托买者。下午复昙。自订书两本。晚孙伏园、宋子佩、李遐卿先后至，饭后散去。夜半小雨。

十日　昙，大风。休假。为李宗武校译本。

十一日　晴。夜得章士英信。寄马幼渔信。濯足。

十二日　晴。下午校李宗武译本毕，即封致李霞卿并附一笺。

十三日　晴。上午得李遐卿复。午后往留黎厂买《石鲜墓志》连阴、侧一枚，《鞠遵墓志》、《孙节墓志》各一枚，《杨何真造象》一枚，杂专拓片七枚，共银六元五角。晚孙伏园来。

十四日　晴。夜得宫竹心信并译稿二篇。

十五日　昙。午前寄宫竹心信。下午得三弟信，十一日发。晚服规那丸三粒。

十六日　昙。星期休息。上午得三弟信片。午寄三弟信。下午宫竹心来。

十七日　昙。上午寄伏园信。得三弟信，十三日发。

十八日　微雨。午后往大学讲。晚寄三弟信。

十九日　微雨。午后往高师校讲，收九月薪水十八元。在德古斋买萧氏碑侧并碑坐画象六枚，耿道渊等造象四枚，共泉二元五角。寄孙伏园稿一篇。还二弟买书泉六元。

二十日　晴。午后往留黎厂。

二十一日　晴。无事。

二十二日　昙。上午寄沈士远信。午蒋子奇至部来访。吴复斋病困，下午赠以泉五元，托雷川先生持去。晚孙伏园来。

二十三日　晴。星期休息。上午得三弟信。下午蒋子奇来，送茶叶、风肉。

二十四日　晴。午后游小市，买笔筒一，水盂一，共泉五角。下午往午门索薪水。

二十五日　晴。午后往大学讲。下午同戴螺舲、徐思贻游小市，买陶器二事，五角。

二十六日　晴。午后往高师校讲。

二十七日　晴。上午教育部复暂还前所扣振捐泉六十。寄三弟译稿乙篇。下午往小市买白磁花瓶一，泉五百五十文。得宫竹心信。

二十八日　晴。上午得三弟信，廿五日发，少顷又寄到《周金文存》卷五、卷六共四册，泉六元；又《专门名家》二集一册，二元，误买重出；又王辟之《渑水燕谈录》一册，五角也。下午略阅护国寺市。

二十九日　晴。下午寄三弟信。

三十日　晴。星期休息。晚孙伏园来。蒋子奇来。

三十一日　晴。无事。

十一月

一日　微雪。午后往大学讲。

二日　晴。午后往高师讲。吴又陵寄赠自著《文录》一本。

三日　晴。晚从齐寿山借泉卅。夜得宫竹心信。

四日　晴。上午得胡愈之信。午后往图书分馆访宋子佩。往留黎厂买《清内府所藏唐宋元名迹》景印本一册，一元二角。下午复宫竹心信。

五日　晴。上午寄胡愈之信。午往许季市寓，假泉五十。午后游小市。赙蔡松冈家一圆。夜寄西泠印社信。风。

六日　昙，风。星期休息。下午孙伏园来。

七日　晴，风。无事。

八日　晴。午后往大学讲。

九日　晴。午后往高师讲。下午从大同号假泉二百，月息一分。还齐寿山卅。

十日　晴。无事。

十一日　晴。上午孙伏园来。

十二日　晴。上午西泠印社寄来书目一册。夜往教育部会议。

十三日　晴。星期休息。无事。

十四日　晴。无事。

十五日　晴。上午得三弟信并《广仓专录》一册，直二元。午后往大学讲。下午寄三弟信并译稿一篇。得章士英信。

十六日　昙，风。午后往高师讲。得三弟信。

十七日　晴。无事。

十八日　晴。下午寄三弟信。

十九日　晴。休息。无事。

二十日　昙。星期休息。下午孙伏园来。夜濯足。风。

二十一日　晴。午后宋子佩来。晚寄宫竹心信。寄章士英信。

二十二日　晴。午后往大学讲。

二十三日　昙。午后往高师讲。晚得孙伏园信。夜大风。

二十四日　晴。上午得三弟信。

二十五日　晴。晚孙伏园来。宫竹心来。

二十六日　休息。无事。

二十七日　昙。星期休息。午李遐卿来。晚孙伏园来。

二十八日　晴。上午得沈雁冰信并校正稿，晚复之，并寄阿尔志跋绥夫小象一枚。寄许季市信。

二十九日　晴。上午三弟寄来《现代》杂志一本。午后往大学讲。

三十日　晴。上午得胡愈之信。午后往高师讲。

十二月

一日　晴。夜得沈雁冰信并爱罗先珂文稿一束。

二日　晴。无事。

三日　晴。休息。上午得孙伏园信。午后寄沈雁冰信并爱罗先珂文稿及译文各一帖，又附复胡愈之笺一纸。晚孙伏园来。

四日　晴。星期休息。无事。

五日　晴。无事。

六日　晴。午后往大学讲。

七日　晴。上午得许羡苏信。午后往高师讲。

八日　昙。休息。午后寄孙伏园信，内文稿。下午许羡苏来。

九日　昙。上午得沈雁冰信，下午复。夜风。

十日　晴。休息。午后理发。

十一日　晴。星期休息。无事。

十二日　晴。无事。

十三日　晴。上午得胡愈之信片。午后往大学讲。

十四日　晴。午后往高师讲。

十五日　昙。休息。晚孙伏园来。

十六日　晴。上午得沈雁冰信并阿尔志跋绥夫象一枚。许季市来，赠以《湖唐林馆骈文》一册。午后得龚未生信并《浙江图书馆报告》一本。夜大风。

十七日　晴。下午复沈雁冰信。夜风。

十八日　晴，风。星期休息。

十九日　晴。无事。

二十日　晴。午后往大学讲。夜校《一个青年之梦》讫，即寄沈雁冰。

二十一日　晴。午后往高师讲。在德古斋买《伯望刻石》共四枚，五元。又《广武将军碑》并阴、侧、额共五枚，六元。

二十二日　晴，冷。休息。下午寄沈雁冰信。

二十三日　晴。无事。

二十四日　晴。上午得宋子佩信，午后复。夜濯足。

二十五日　晴。星期休息。晨乔大壮来，未见。下午寄心梅叔信。寄宋子佩信。

二十六日　昙。上午得胡愈之信，又《最後之嘆息》一册，爱罗先珂赠。

二十七日　晴。晨寄胡愈之信并译稿一篇。午后往大学讲。

二十八日　晴。午后往高师讲。

二十九日　晴。晨往齐耀珊寓。得沈雁冰信。

三十日　晴。上午得三弟信，二十七日发。午后得李季谷所寄赠《现代八大思想家》一册。下午买玩具十余事分与诸儿。

三十一日　晴。上午寄李宗武信。寄三弟信并《现代》杂志一册。午后往留黎厂，德古斋赠专拓片三种，皆端氏物。下午收六月分奉泉三成九十元。

书帐

王世宗等造象二枚　一・〇〇　一月五日

豆卢恩碑一枚　一・〇〇

杂造象五种六枚　二・〇〇

杂专拓片七枚　一・〇〇

元景造象一枚　换来

霍扬碑一枚　同上

李苞题名一枚　〇・五〇　一月二十六日

元绪墓志一枚　一・〇〇

元详墓志一枚　一・〇〇

杂专拓片三枚　〇・五〇

籀室殷契类纂四本　四・〇〇　一月二十八日　　一二・〇〇〇

霍君神道一枚　〇・五〇　二月五日

段济墓志一枚　〇・五〇

段模墓志并盖二枚　〇・五〇

郭达墓志一枚　〇・五〇

李盛墓志一枚　一・〇〇

梁瑰墓志盖一枚　〇·三〇

孔神通墓志盖一枚　〇·三〇

樊敬贤等造象并阴二枚　一·四〇

商务馆印宋人小说五种七册　二·〇〇

元鸾墓志一枚　一·〇〇　二月六日

商务馆印宋人小说十五种廿二册　六·〇〇

涑水纪闻二册　〇·八〇　二月十四日

说苑四册　〇·四〇

柳川重信水浒传画譜二册　二·三〇　二月十六日

忠义水浒传前十回五册　一·〇〇

新话宣和遗事四册　四·〇〇　二月廿一日

铁桥漫稿四本　三·〇〇　二月廿三日　　　　二五·五〇〇

邑义五十四人造象一枚　〇·六〇　三月二日

敬善寺石象铭一枚　〇·四〇

宋人说部书四种七册　一·七六〇　三月十日

八年分艺术丛编六册　一六·三二〇

九年分艺术丛编三册　八·一六〇

北斋水浒画伝一册　一·二〇　三月十四日

拾遗记一册　〇·四〇　三月十七日

云峰山石刻零种四枚　一·五〇　三月二十三日

杂砖拓片三枚　一·〇〇

陕赤齐造象三枚　一·〇〇　三月三十一日

孙旿造象三枚　一·〇〇

宋仲墓志一枚　〇·五〇　　　　　　　　三二·二四〇〇

毛诗草木疏新校正本一本　〇·八〇　四月五日

364

永嘉郡记辑本一本　〇·一〇

汉书艺文志举例一本　〇·五〇

宋人说部二种二本　〇·五〇　四月十六日

严掾君刻石二枚　二·〇〇　四月二十日

张起墓志一枚　〇·六〇

杂造象二种二枚　〇·四〇

楚州金石录一册　一·〇〇　四月二十二日

五馀读书廛随笔一册　〇·五〇　　　　　　　　　　六·三〇〇

涵芬楼秘笈第九集八册　二·二〇　五月四日

李长吉歌诗三册　二·七〇　五月十七日

竹谱详录二册　一·六〇

寇侃墓志并盖二枚　一·〇〇　五月三十一日

邸珍碑并阴侧共二枚　二·〇〇

陈氏造象并阴、侧坐共五枚　一·〇〇　　　　　　一〇·五〇〇

法朗造象并阴、侧共二枚　一·〇〇　六月六日

楞伽经三种译本共七册　一·三〇　六月十八日

入楞伽心玄义一册　〇·一〇

嘉兴藏目录一册　〇·三五〇

毌丘俭残碑并题记二枚　一·五〇　六月二十四日　四·二五〇

大乘起信论海东疏一册　〇·三七〇　七月七日

心胜宗十句义〖义〗论二册　〇·三二〇

金七十论一册　〇·二一〇

涵芬楼秘笈第十集八册　二·一〇　七月十九日　三·〇〇〇

净土十要四册　一·二〇　九月三日

城专拓片六枚　一·五〇　九月八日

杂专拓片二十枚　一·五〇

甘泉山刻石二枚　二·五〇

上庸长刻石一枚　一·〇〇

王盛碑一枚　一·五〇

杂造象八种十二枚　二·五〇

李太妃墓志一枚　二·〇〇　九月十四日

越缦堂日记五十一册　许季黻赠　九月三十日　一三·七〇〇

石鲜墓志并阴、侧共二枚　二·〇〇　十月十三日

麹遵墓志一枚　二·〇〇

孙节墓志一枚　〇·五〇

杨何真造象一枚　〇·八〇

杂专拓本七枚　一·二〇

萧氏碑侧并座上画象六枚　二·〇〇　十月十九日

耿道渊等造象四枚　〇·五〇

周金文存卷五二册　三·〇〇　十月二十八日

周金文存卷六二册　三·〇〇

专门名家二集一册　二·〇〇

渑水燕谈录一册　〇·五〇　　　　　　　　　　一五·五〇〇

清内府藏唐宋元名迹一册　一·二〇　十一月四日

广仓专录一册　二·〇〇　十一月十五日　　　三·二〇〇

宋伯望刻石四枚　五·〇〇　十二月二十一日

广武将军碑并阴、侧五枚　六·〇〇

专拓片三种三枚　德古斋赠　十二月三十一日　一一·〇〇〇

本年除互易者外，共用买书钱百三十七元一角九分。

日记十二（1923 年）

一月

一日　晴。休假。邀徐耀辰、张凤举、沈士远、尹默、孙伏园午餐。风。

二日　晴。休假。午后理发。

三日　晴。休假。晚寄孙伏园译稿一篇。

四日　晴。赠秦君以汉玉一事。

五日　晴。上午收三弟所寄书一包，内《月河所闻集》一本，《两山墨谈》四本，《类林杂说》二本，共泉二元三角。往高师讲。买景印《中原音韵》一部二本，泉三元二角。晚访季市。永持德一君招饮于陶园，赴之，同席共几人，全十时归。

六日　昙。午后寄胡适之信。寄三弟信。其中堂寄到书目一本。

七日　昙。星期休息。午后井原、藤冢、永持、贺四君来，各赠以《会稽郡故书杂集》一部，别赠藤冢君以唐石经拓片一分。下午丸山君来，并绍介一记者桔君名朴。

八日　晴。午后步于小市。

九日　晴。上午往大学讲。寄蔡先生信，附拓片三枚。寄其中堂泉三元。

十日　晴。午后寄章菊绅信。游小市，以泉二角买《好逑传》一部四本。晚朱逷先、张凤举、马幼渔、沈士远、尹默、臤士来，赠逷先以自藏专拓片一分。

十一日　晴。下午寄孙伏园信。

十二日　晴。上午往高师校讲。夜得章菊绅信，即复。

十三日　晴。晚寄上海医学书局信并泉十二元八角，预约《士礼居丛书》及《唐诗纪事》。伏园来。

十四日　雨雪。星期休息。午霁。下午得三弟信，十一日发。晚得章厥生信片。夜风。寄伏园稿一篇斥魏建功。

十五日　晴。下午许钦文君持伏园信来。

十六日　晴。上午往大学讲。

十七日　晴。无事。

十八日　晴。午后寄三弟信。

十九日　昙。上午往高师校讲。午后往牙医陈顺龙寓，切开上腭一痈，去其血。又至琉璃厂，在德古斋买魏张澈、元寿安、元海、元琎妻穆夫人、隋郭休墓志打本各一分，又山东商河出土之《龙泉井志铭》一分，共泉八元。复至高师校听爱罗先珂君演说。晚收去年九月下半月分奉泉百五十元。同僚张绂君病故，赙五元。

二十日　昙。下午医学书局寄来缩印《士礼居丛书》一部三十本，排印《唐诗纪事》一部十本。晚爱罗先珂君与二弟招饮今村、井上、清水、丸山四君及我，省三亦来。

二十一日　昙。星期休息。晚寄医学书局信，索补《唐诗纪事》阙叶。

二十二日　昙。午后寄马幼渔信。

二十三日　晴。上午往大学讲。

二十四日　晴。无事。

二十五日　晴。下午大学送来《国学季刊》一本。

二十六日　晴。上午往高师校讲。午后往商务馆买《天籁阁旧臧宋人画册》一本，三元。下午以E君在高师演说稿寄孙伏园。其中堂寄来《五杂组》八册，《麈馀》二册，共泉四元六角。

二十七日　晴。午后游小市。下午得三弟信，廿三日发。代E君寄稿一篇。

二十八日　晴。星期休息。午后子佩来。晚伏园来。夜重装《麈馀》二本。

二十九日　晴。上午得镜吾先生信。得医学书局信。

三十日　晴。上午往大学校讲。午后往留黎厂买《为孝文皇帝造九级浮屠碑》并阴共二枚，价泉一元。往高师校取讲义稿。下午得宋子佩信，即复。寄高阆仙信。

三十一日　晴。夜重装《五杂组》八本。

二月

一日　晴。无事。

二日　晴，风。午后往留黎厂买景元本《本草衍义》一部二册，二元八角。

三日　晴，风。上午寄马幼渔信。直隶官书局送来《石林遗书》一部十二本，四元五角；《授堂遗书》一部十六本，七元。午后往富晋书庄买书，不得。下午收去年十月上半月分奉泉百五十。买大柜两个，二十三元。

四日　晴。星期休息。下午补钞《唐诗纪事》一叶。

五日　晴。下午钱稻孙赠《道光十八年登科录》一册。胡适之寄《读书杂志》数枚。

六日　晴。下午同徐吉轩、裘子元游小市。夜省三寄来书一本。

七日　晴。午后自游小市。晚得其中堂寄来之左暄《三余偶笔》八册，《巾箱小品》四册，共泉三元二角。二弟亦从芸草堂购得佳书数种。

八日　昙。困顿，不赴部。订书数本。

九日　晴，风。午后游小市，买《太平广记》残本四册，每册五十文。寄镜吾先生信。

十日　昙。夜制书帙二枚。

十一日　晴。星期休息。上午制书帙二枚。下午贺慈章君引今关天彭君来谈，并赠《北京ノ顧亭林祠》一册。夜其中堂寄来《世说逸》一册，五角。

十二日　晴。休假。重装《金石存》四本，制书帙二枚，费一日。

十三日　晴。无事。

十四日　晴。上午收去年十月下半月分奉泉百五十。午后往留黎厂买《元珽墓志》并盖二枚，二元；《唐土名胜图会》六册，五元；《长安志》五册，二元五角。买陶水滴二枚二元，其一赠二弟。下午收去年十一月上半月分奉泉百五十。

十五日　晴。下午游小市。旧除夕也，夜爆竹大作，失眠。

十六日　晴。休假。无事。

十七日　晴。休假。午二弟邀郁达夫、张凤举、徐耀辰、沈士远、尹默、矼士饭，马幼渔、朱逷先亦至。谈至下午。

十八日　晴。星期休假。无事。

十九日　微雪即止。休假。无事。

二十日　晴。下午同裘子元往松云阁买土偶三枚，共泉五元。收去年十一月下半月分奉泉百五十。

二十一日　晴。午后游留黎厂，买汉画象拓本三枚，一元五角。又至松云阁买土寓人八枚，共泉十四元。又在小摊上得《明僮敫录》一本，价一角。

二十二日　晴。午后游留黎厂，买《丁柱造象》拓片一枚，有翁大年题，值二元五角。

二十三日　晴。午前张凤举邀午饭，同席十人。

二十四日　晴。上午得张俊杰信。

二十五日　晴，风。星期休息。下午得三弟信。

二十六日　晴，风。午后游厂甸，买《缓曹造象》及《毛叉造象》共四枚，计泉二元。下午其中堂书店寄到《巢氏诸病源候论》一部十册，值亦二元。夜得郁达夫柬招饮。王叔钧之长公子结婚，送礼四元。

二十七日　晴。上午往大学讲。午后胡适之至部，晚同至东安市场一行，又往东兴楼应郁达夫招饮，酒半即归。

二十八日　晴。午后游厂甸，买杂小说数种。至庆云堂观簠斋臧专拓片，价贵而似新拓也。买《曹全碑》并阴二枚，皆整张，一元五角；王稚子阙残字及画象各一枚，题记二枚，三元。又石门画象二枚，六元，其一为阴，有“建宁四年”云云题字二榜，乃伪刻。夜得郁达夫信。

三月

一日　昙，午后晴。无事。夜大风。

二日　晴，风。上午往高师讲。游厂甸，买《张盛墓碣》拓本一枚，一元。

三日　晴。上午寄三弟信。复张俊杰信。

四日　晴。星期休息。改装旧书二本。

五日　晴。无事。

六日　晴。上午往大学讲。晚得沈兼士信。

七日　昙，晚雨。无事。夜大风。

八日　昙，大风。项背痛，休息。傍晚风定。

九日　晴。上午往高师校讲。

十日　雨雪。无事。

十一日　昙。星期休息。下午子佩来。夜风。

十二日　晴。无事。

十三日　昙。上午往大学讲。下午风，晴，夜微雨。

十四日　昙。午后得胡适之信并还教育部之《大名县志》。

十五日　昙。午后理发。得郁达夫信。下午收去年十二月分上半月奉泉百五十。夜小雨。

十六日　昙。上午往师校讲。晚晴。收泰东书局所寄《创造》一册。夜濯足。

十七日　晴。下午同徐吉轩、裘子元游小市，买《读书杂释》四本，价一元。

十八日　晴。星期休息。午后寄胡适之信。下午李又观君来。晚丸山君来，为作书一通致孙北海，引观图书馆。

十九日　晴。无事。

二十日　晴。上午往大学讲。午后往留黎厂买影印《焦氏易林》一部十六册，四元。夜寄马幼渔信。

二十一日　晴。下午孙伏园携其子惠迪来。

二十二日　晴。晚得丸山信。得李遐卿信。

二十三日　晴。上午往高师校讲。至直隶书局买石印《夷坚志》及《聊斋志异》各一部，各一元八角。下午往孔庙演丁祭礼。

二十四日　晴。下午略观护国寺集会。

二十五日　晴。星期。黎明往孔庙执事，归涂坠车落二齿。

二十六日　小雨。休息。晚霁。

二十七日　昙。休息。上午协和来。晚雨。三弟寄来《弥洒》一本。

二十八日　晴。休息。上午季市来，赠以《小说史》讲义四十一叶。

二十九日　晴。新潮社赠《风狂心理》一本。

三十日　晴。上午往师校讲。买《藕香零拾》一部三十二本，八元四角。

三十一日　昙，晚雨。无事。

四月

一日　晴。星期休息。无事。

二日　昙，风。午后大学送《太平广记》八十册又别本九册来，属校正。

三日　昙。上午往大学讲。下午游小市，买石刻《孔子及弟子象赞》拓本共十五枚，泉四角。晚得蔡先生信并还汉画象拓本三枚。夜雨。

四日　昙。无事。

五日　晴。无事。

六日　昙。清明，休假。无事。

七日　昙，风。下午小雨即止。无事。

八日　晴。星期休息。上午丸山、细井二君来，摄一景而去。下午伏园携惠迪来，因并同二弟及丰一往公园，又遇李小峰、章矛尘，同饮茗良久，傍晚归。

九日　晴。休假。补钞《青琐高议》阙卷。下午雷川先生来。

十日　晴。上午往大学讲。闻王仲仁以夜三时没于法国病院，黯然。午后往留黎厂托直隶书局订书。下午小说月报社寄来《小说月报》一号一本。

十一日　晴，大风。夜寄马幼渔信。

十二日　晴。下午伏园来。夜风。

十三日　晴。上午得李遐卿信，得何植三等信。往高师校讲。在德古斋买《王智明等造象》二［？］枚，《陈神姜等造象》四枚，《严寿等修塔记》一枚，《法真等造象记》四枚，共泉三元。在云松［松云］阁买唐佛象塈一枚，一元，陕西出。午后寄孙伏园信。游小市，买《汉律考》一部四本，一元。

十四日　晴，风。午后寄师校讲义稿。得丸山信。

十五日　晴，风。星期休息。上午寄周嘉谟君信。午丸山招饮，与爱罗及二弟同往中央饭店，同席又有藤冢、竹田、耀辰、凤举，共八人。下午同耀辰、凤举及二弟赴学生所集之文学会。夜伏园、小峰并惠迪来。

十六日　昙，午后雨。晚张凤举招饮于广和居，同席为泽村助教黎君、马叔平、沈君默、坚士、徐耀辰。爱罗先珂君回国去。

十七日　雨。上午往大学讲。下午晴，风。得周嘉谟君信并剧稿一卷。胡适之赠《西游记考证》一本。夜补抄《青琐高议》前集毕。

十八日　晴，风。下午同裴子元往松云阁买土偶人四枚，共泉五元。

十九日　晴。午后寄季市《小说史》讲义印本一卷。

二十日　晴。无事。

二十一日　晴。上午子佩赠火腿一只，茗一合。夜译 E 君稿一篇讫。

二十二日　晴。星期休息。护国寺集会，午后游一过。下午子佩来。

二十三日　昙。无事。

二十四日　晴。上午往大学讲。午后游小市，以钱五百买《觉世真经阐化编》一部八本。下午同徐吉轩、裴子元往松云阁，以其方有人自洛来也，因以泉五元买六朝小土寓人二枚，宋磁小玩物六枚。夜大学寄《国学季刊》一册。

二十五日　晴。无事。

二十六日　晴。无事。

二十七日　晴。上午往高师校讲。往直隶书局买《铜人腧穴针灸图经》一部二本，一元四角。又石印《圣谕象解》一部十本，一元。往松云阁买土寓人二枚［枚］，鸡、豚各一枚，五元。下午同戴螺舲阅小市，以泉一元一角买磁小花盆一枚，磁大粗盘二枚。夜风。

二十八日　晴。下午寄胡愈之译文一篇。夜濯足。

二十九日　晴。星期休息。下午寄胡愈之信。装书六本讫。晚伏园来。

三十日　晴。上午收郑振铎信并版税泉五十四元。下午收去年十二月下半月奉泉百五十。夜三弟归，赠我烟卷两合。

五月

一日　晴，风。午后往图书分馆访子佩，不值。往商务印书馆取版税泉五十四元，买《玉篇》三本，《广均》五本，《法言》一本，《毗陵集》四本，共泉三元四角。往松云阁买土偶人五枚，七元。三弟以外氅一袭见让，还其原价十四元。夜复郑振铎信。

二日　晴，风。无事。

三日　昙，下午小雨。收正月上半月奉泉百五十。

四日　小雨，下午晴。丸山君来部，为作一函致孙北海，绍介竹田、小西、胁水三君参观图书馆。王君统照来。

五日　晴。无事。

六日　晴。星期休息。午孙伏园来。

七日　昙，夜大风。无事。

八日　昙，风。上午往大学讲。见丸山及石川半山二君。晚丸山君招饮于大陆饭店，同坐又有石川及藤原镰兄二人。

九日　晴。无事。

十日　晴。有人醵泉为秦汾制屏幛，给以一元。省三将出京，以五元赠行。晚与二弟小治肴酒共饮三弟，并邀伏园。

十一日　晴。上午往师校讲。

十二日　晴。上午得省三信。夜得赵子厚信。

十三日　晴。星期休息。午后与二弟应春光社约谈话。下午至中央公园会三弟及丰丸同饮茶。晚伏园来。夜重装《颜氏家训》二本。

十四日　晴。晨三弟往上海，托以《最後之溜〔嘆〕息》一册转赠梓生。晚与裘子元往西吉庆饭，复至大学第二院听田边尚雄讲说《中国古乐之价值》。

十五日　昙。上午往大学讲。午后高阆仙为代买得《王右丞集笺注》一部，泉五元。晚雨一陈。夜重装《石林遗书》十二本讫。

十六日　晴。夜濯足。

十七日　晴。夜修补旧书。

十八日　雨。上午往高师校讲。至达古斋买《浩宗买地券》一枚，二元；《寇胤哲墓志》并盖一枚，残石二种二枚，共二元。往图书分馆查书，又致子佩泉十元贺其移居。下午晴。

十九日　小雨。下午遐卿来并赠《近代八大思想家》一册，太平天国坏印本二枚。夜得三弟信，十六日上海发。重装旧书三部，共十二本讫。饮酒。

二十日　昙。星期休息。下午子佩来。伏园来，赠华盛顿牌纸烟一合，别有《浪花》二册，乃李小峰所赠托转交者，夜去，付以小说集《呐喊》稿一卷，并印资二百。

二十一日　昙。下午晴。寄三弟信并书一册。寄周嘉谟君信并剧稿。游小市，买《朝市丛谈》一部八本，泉二角。

二十二日　晴。上午往大学讲并还《太平广记》。三弟寄来《草隶存》一部二本，直三元二角。

二十三日　晴。下午泽村君及张凤举来。晚寄郑振铎信。夜大风。

二十四日　晴，风。午后以《北京胜景》一册寄赠季巿。晚伏园来。

二十五日　昙。上午往高师校讲。往德古斋为泽村君买《孝堂山画象》一分，泉三元五角。下午得伏园信并代印名刺百枚。历史博物馆赠摹利玛窦本地图影片一分三枚。夜补书十六叶。雨。

二十六日　晴。上午得三弟信，廿三日发。下午风。晚二弟治酒邀客，到者泽村、丸山、耀辰、凤举、士远、幼渔及我辈共八人。

二十七日　晴，风。星期休息。午后得久巽信。得三弟信。理发。

二十八日　晴。上午得三弟信，廿五日发。午后往帝王庙观阿博洛展览会绘画。下午收正月分奉泉三成九十。观小巿。夜复三弟信。

二十九日　晴。上午往大学讲。下午往德古斋买黄肠石名二枚，杂造象七种十枚，墓名三种三枚，共泉十二元。

三十日　晴。无事。

三十一日　晴，晚风。无事。

六月

一日　晴。上午得三弟信，廿八日发，晚复。

二日　晴。痔发多卧。

三日　晴。星期休息。上午徐耀辰、张凤举、沈士远、尹默来。夜濯足。

四日　晴，热。无事。

五日　小雨。上午往大学讲。晚霁。

六日　晴。上午得伏园信。午后寄季市《小说史》三篇。晚浴。从上午至夜半共补钞《王右丞集笺注》四叶。风。

七日　晴。午后往世界语学校筹款游艺会。夜补《王右丞集》二叶。

八日　晴。上午往高师校讲。寄还郭耀宗君小说稿。往德古斋买《吕超静墓志》一枚，一元；六朝造象七种十二枚，二元。夜雷雨。补钞《王右丞集》三叶。

九日　晴。上午钞《王右丞集》一叶，全书补讫。夜阅大学试卷四十六本。

十日　晴。星期休息。上午得三弟信，七日发。午后小雨，晚霁。伏园来。夜装钉《王右丞集》八本。阅高师校试卷二十七本。

十一日　晴。无事。

十二日　晴。下午往师校。得福冈君信。晚寄伏园信。

十三日　昙。下午伏园来。小雨即止。

十四日　晴。下午得缪金源信并《江苏清议》三枚，《枡角公道话》二枚。

十五日　晴。下午往戴芦舲寓。往高师校取薪水。夜风。

十六日　晴，热。午齿痛，下午服舍利盐一帖，至晚泻二次，渐愈。

十七日　昙，风。星期休息。上午复缪金源信。寄三弟信。伏园携惠迪来，并持交春台自法国来信。晚晴。

十八日　晴。旧端午也，休假。午邀孙伏园饭，惠迪亦来。连日重装《授堂遗书》，至夜半穿线讫，计十六本，分为两函。

十九日　晴。下午收奉泉五十一元，正月分之一成七也。晚齿又小痛。

二十日　晴。上午至伊东医士寓治齿，先拔去二枚。

二十一日　晴。下午收特别流通券百十六元，二月分奉泉之三成三也。

二十二日　昙，风。下午往伊东寓疗齿，拔去二枚。

二十三日　晴。下午往留黎厂买土偶人一枚，小磁犬一枚，共泉二元。

二十四日　晴。星期休息。午后风。晚伏园来。

二十五日　晴，风。晚浴。夜雷雨。

二十六日　晴。上午往伊东寓拔去一齿。往禄米仓访凤举、曜辰，并见士远、尹默，二弟已先到，同饭，谈至傍晚始出。至东安市场，见有蒋氏刻本《札朴》，买一部八本，直二元四角。得三弟信，二十三日发。得冯省三信。夜小雨。

二十七日　昙。上午赙遐卿五元。黄中垲嫁女，与一元。

二十八日　昙。上午往伊东寓补龋齿一。午后伏园来。下午雨。

二十九日　晴。上午往留黎厂。往青云阁买鞋一两。往大学新潮社，旋与李小峰、孙伏园及二弟往第二院食堂午餐，伏园主。晚得三弟信。

三十日　晴。上午往伊东寓补龋齿二。下午子佩来并赠茗两包。

七月

一日　晴。星期休息。晚风。无事。

二日　晴。无事。

三日　昙。休假。寄三弟信。与二弟至东安市场，又至东交民巷书店，又至山本照相馆买云冈石窟佛像写真十四枚，又正定木佛像写真三枚，共泉六元八角。下午伏园来，并持交锡马一匹，是春台之所赠。

四日　晴。上午凤举、士远、尹默来。

五日　晴。无事。

六日　晴，午后昙，晚小风雨。浴。

七日　晴。午后得伏园信。得师校信，即复。得马幼渔信并残本《三国志演义》十六本，下午复。晚小风雨。

八日　晴。星期休息。下午伏园来。晚雷，夜微雨。

九日　昙。劳顿，休息。无事。

十日　晴，下午雨一陈即霁。无事。

十一日　晴，下午大风雨一陈。无事。

十二日　晴。上午得三弟信，九日发。下午收商务印书馆所寄三色爱罗先珂君画像一千枚，代新潮社购置。得马幼渔信。

十三日　晴。晚浴。

十四日　晴。午后得三弟信。作大学文艺季刊稿一篇成。晚伏园来即去。是夜始改在自室吃饭，自具一肴，此可记也。

十五日　昙。星期休息。下午空三来。李遐卿携其长郎来，并赠越中所出笔十支。晚雨。

十六日　雨。下午寄二弟信。

十七日　昙。上午戴昌霆君交来三弟所托寄之竹篓一个，布一包。收商务印书馆制板所所寄爱罗君画像铜板三块。下午雨。

十八日　昙。午得久巽信。晚微雨。

十九日　昙。上午启孟自持信来，后邀欲问之，不至。下午雨。

二十日　晴。午后寄马幼渔信并还《列女传》、《唐国史补》、残本《三国志演义》。下午伏园来。夜省三、声树来。夜半大雷雨。

二十一日　晴。下午理发。

二十二日　晴。星期休息。无事。

二十三日　晴。上午以大镜一枚赠历史博物馆。得三弟信，廿日发，夜复。

二十四日　晴。下午声树来。

二十五日　晴。上午往伊东寓治齿。寄声树信。

二十六日　晴。上午往砖塔胡同看屋。下午收拾书籍入箱。

二十七日　晴。上午得伏园信。下午紫佩挈其子侄来，并赠笋干、新茶各一包，贻其孩子玩具二事。

二十八日　晴。上午往伊东寓治齿。下午孙伏园持《桃色之云》二十册来，即以一册赠之，并托转赠李小峰一册。夜寄三弟信。

二十九日　晴。星期休息。终日收书册入箱，夜毕。雨。

三十日　昙。上午以书籍、法帖等大小十二箱寄存教育部。寄马幼渔信并还《唐国史补》及《青琐高议》。赠戴芦舲、冯省三以《桃色之云》各一本。午雨一阵。得三弟信，廿六日发，夜复。

三十一日　晴。上午访裴子元，同去看屋。寄许季市信并还《文选》一部，送《桃色之云》一册。下午收拾行李。

八月

一日　昙。上午往伊东寓治齿，遇清水安三君，同至加非馆小坐。午后收拾行李。下午得冯省三信。晚小雨。寄三弟信。

二日　雨，午后霁。下午携妇迁居砖塔胡同六十一号。

三日　晴。下午赠许羡苏、俞芬《桃色之云》各一册。

四日　晴。上午以《桃色之云》各一册寄赠福冈、津曲二君。寄冯省三信。晚潘企莘来。

五日　昙。星期休息。晨母亲来视。得三弟信，七月卅一日发。晚孙伏园来并持示春台里昂来信。小雨。

六日　晴。上午得三弟信，二日发，即复。

七日　晴。无事。

八日　昙。上午往伊东寓治齿并补齿毕，共资泉五十。伏园来，交爱罗君画像印资二十八元六角。陈百年君母故，赙二元。下午常维钧来并赠《歌谣》周刊一本。子佩来。小雨。

九日　昙，午晴。无事。

十日　昙。上午冯省三来。往伊东寓修正所补齿。下午孙伏园来。夜雨。

十一日　雨。无事。

十二日　昙。星期休息。午雨。得伏园信，即复。下午晴。章矛尘、孙伏园来。夜校订《山野掇拾》一过。

十三日　晴。上午得三弟信，九日发。母亲来视，交来三太太笺，假十元，如数给之，其五元从母亲转借。夜校订《山野掇拾》毕。

十四日　昙。上午寄伏园信并还《山野掇拾》槁本，又附寄春台笺。寄三弟信。寄李茂如信。午晴。得季市信。

十五日　昙。上午得三太太信。午后雨一阵。

十六日　晴。上午寄季市信。寄三弟信。午后李茂如、崔月川来，即同往菠萝仓一带看屋，比毕回至西四牌楼饮冷加非而归。

十七日　晴。无事。

383

十八日　晴。上午收二月分奉泉四元，即付工役作夏赏。

十九日　晴。星期休息。上午母亲来。得福冈君信片，十二日发。午得伏园信。

二十日　小雨。午后与李姓者往四近看屋。下午大雨。

二十一日　晴。上午收二月分奉泉四元。午后母亲往八道弯宅。

二十二日　晴。上午得三弟信并泉十五元。下午与秦姓者往西城看屋两处。晚伏园持《呐喊》二十册来。

二十三日　晴。得罗膺中结婚通告，贺以一元。以《呐喊》各一册分赠戴螺舲、徐耀辰、张凤举、沈士远、尹默、冯省三、许羡苏、俞芬、泽村。夜小雨。

二十四日　晴。上午得三弟所代买书四本，共泉二元伍角。以《呐喊》各一册赠钱玄同、许季市。而省三移去，昨寄者退回，夜与声树同来，复取去。

二十五日　晴。上午往伊东寓修正补齿。得朱可铭信，四日发。下午约王仲猷来寓，同往贵人关看屋。晚许钦文、孙伏园来。

二十六日　晴。星期休息。上午母亲遣潘妈来给桃实七枚，三弟之款即令将去交三太太收。下午许钦文来。李遐卿来。夜濯足。

二十七日　晴。午后寄三弟信。

二十八日　昙。午后同杨仲和往西单南一带看屋。下午小雨即霁。夜又小雨且雷。

二十九日　晴。上午母亲来，交三太太信并所还泉五元，所赠沙丁鱼二合，即以泉还母亲，以一合鱼转送俞芬小姐。

三十日　昙。下午得沈士远信。雨。

三十一日　晴。上午母亲往新街口八道湾宅去。下午同杨仲和看屋三处，皆不当意。

九月

一日　昙。上午崔月川来引至街西看屋。下午以《呐喊》各一册寄丸山及胡适之。

二日　晴。星期休息。下午昙。声树来。潘企莘来。

三日　晴。上午阮和森来，留午饭，饭既去。午后得丸山信。夜雨。

四日　晴。下午往图书分馆访紫佩并查书，借《甲申朝事小记》一部而归。

五日　雨。下午收二月分半月奉泉百五十。夜大雨。

六日　昙。无事。

七日　晴。午后游小市。

八日　晴。晨母亲来。上午往留黎厂取高师薪水，买《庄子集解》一部三册，一元八角。又买方木二合，分送俞宅二孩子。下午得潘企莘信，夜复。

九日　昙。星期休息。无事。

十日　晴。师曾母夫人讣至，赙二元。彭允彝之父作生日，有人集资，出一元。

十一日　晴。午后往大学取四月分薪水泉九。下午寄常维钧信。于佩来，贻火腿一块，赠以《桃色之云》、《呐喊》各一册。李小峰、孙伏园来，各赠以《呐喊》一册，又别以一册托转赠章矛尘。夜小雨。

十二日　晴。上午同母亲往山本医院诊。午后往中校为俞芬小姐作保证。雨一陈。

十三日　昙。上午和孙来。下午同李慎斋往宣武门附近看屋。夜濯足。

十四日　晴。上午往师校取薪水二月分者二元，三月分者四元。买《管子》一部四本，《荀子》一部六本，共三元。往山本医院取药。寄丸山信。午后往东单牌楼信义洋行买怀炉灰［炭］，又买五得一具。访丸山，不直。马幼渔来，不直。晚风，小雨即止。

十五日　晴。下午往裴子元寓，复同至都城隍庙街看屋。

十六日　晴。星期休息。上午许钦文来。往山本医院取药。下午昙。三太太以信来问母亲疾。雷雨一陈即止。夜散步于四牌楼。得和森信。

十七日　晴。上午得伏园信。午后往世界语专门学校讲。

十八日　昙。上午同母亲往山本医院诊。午后晴。母亲往八道湾宅。夕风。

十九日　晴。下午寄三弟信并钱稻孙译稿一本。晚省三来取讲义稿子。夜半雷雨，不寐饮酒。

二十日　昙。下午潘企莘来，同至西直门内访林月波君看屋。

二十一日　晴。午后访孙伏园，赠我《梦》一本。晚林月波君来。

二十二日　昙。上午往西北城看屋。得晨报馆征文信。午后小雨。下午往表背胡同访齐寿山，假得泉二百。

二十三日　昙。星期休息。晨和森来，尚卧未晤。下午往世界语专门学校交笺，请明日假。秦姓者来，同至石老娘胡同，拟看屋，不果。

二十四日　昙。欲买前桃园屋，约李慎斋同访林月波，以议写契次序不合而散，回至南草厂又看屋两处。下午访齐寿山，还以泉二百。咳嗽，似中寒。

二十五日　晴。秋节休假。午后李茂如来言屋事。往四牌楼买月饼三合，又阿思匹林饼一筒。夜服药三粒取汗。

二十六日　晴。午后得季市信，即以电话复之。收三月分奉泉五十六元，一月之一成七。

二十七日　晴。晨母亲来。晚李茂如来。

二十八日　小雨，午后晴。下午往鼎香村买勒鲞、茶叶。

二十九日　晴。上午往师范校取薪水十四元，三月分讫。往商务印书馆买《孟子》一部三本，《说苑》一部六本，共泉二元八角。下午和森来。

三十日　晴。星期休息。午李茂如来。夜得世界语校信并九月薪水泉十。

十月

一日　昙，大风。上午李茂如来，同出看屋数处。午后往世界语校讲。得三弟明信片，九月廿七日发。夜李小峰、孙伏园来。大发热，以阿思匹林取汗，又写四次。

二日　晴。上午往山本医院诊。得李茂如信。

三日　晴。泻利加剧，午后仍仕山本医院诊，浣肠，夜半稍差。

四日　晴。午后往山本医院诊。晚始食米汁、鱼汤。

五日　晴。晚李慎斋来。

六日　晴。午后寄三弟信。往山本医院诊。

七日　昙。星期休息。下午子佩来。伏园来。晚风。

八日　晴，风。午后往世界语校讲。下午往山本医院诊。以《中国小说史略》稿上卷寄孙伏园，托其付印。夜得季市信。

九日　晴。午后寄马幼渔信。季市来部，假我泉四百，即托寿山暂储。

十日　晴。休假。上午得夏葵如信，即复。午后得章菊绅信，即复。母亲往八道湾宅。访李慎斋，同出看屋数处。

十一日　晴。午后往山本医院诊。下午和森来，未遇。

十二日　晴。午后往半壁街看屋。

十三日　晴。晨往女子师校讲。上午得三弟信，十日发，午后复。下午昙。寄钱稻孙信。晚诗荃来，赠以《桃色之云》、《呐喊》各一册。夜风。

十四日　晴，风。星期休息。午后往德胜门内看屋。晚孙伏园来。

十五日　晴。上午钱稻孙来，赠以《桃色之云》、《呐喊》各一册。午后往世界语校讲。下午往山本医院诊。寄三弟信。寄章菊绅信。

十六日　晴。午后往针尖胡同看屋。

十七日　晴。午后李慎斋来，同往四近看屋。晚服燕医生补丸二粒。

十八日　昙。下午收教育部补足正月分奉泉十。晚李小峰、孙伏园来。

十九日　雨。上午往高师校讲。午后大风。往大学讲。收大学四月下半及五月全月薪水共二十七元。下午得孙伏园信，即复。和森来访，不相值。

二十日　晴。晨往女子师范校讲。上午母亲来。下午许钦文来。

二十一日　晴。星期休息。晚孙伏园来并持示春台信。

二十二日　晴，午后风。往世界语校讲。下午寄许诗荃信。得三弟信，十九日发，附卖稿契约一纸，即以转寄钱稻孙。往通俗图书馆还书、借书。托孙伏园买《呐喊》五本，晚令人送来，其直二元五角。夜大风。

二十三日　晴，风。午后李慎斋来。寄孙伏园《小说史》稿一束。寄三弟信。下午得伏园信，晚复。风定。夜得伏园信。

二十四日　晴。上午得孙伏园信，午后复。午后李慎斋来，同至阜成门内看屋。

二十五日　晴。午后得沈士远祖母夫人讣，赙二元。

二十六日　昙。上午往师校讲。午后往大学讲。往京师图书馆阅书，晚归。得钱稻孙信。

二十七日　晴。晨寄钱稻孙信。寄三弟信。往女子师校讲。上午得钱稻孙信片。午后杨仲和、李慎斋来，同至达子庙看屋。

二十八日　昙。星期休息。晚访李慎斋。许钦文、孙伏园来，同至孙德兴饭店夜饭后往新民大戏院观戏剧专门学校学生演剧二幕。

二十九日　晴。午后往世界语校讲。寄大学讲义。寄常维钧信。得三弟信，二十七日发，夜复。理发。

三十日　晴。午后杨仲和、李慎斋来，同至阜成门内三条胡同看屋，因买定第廿一号门牌旧屋六间，议价八百，当点装修并丈量讫，付定泉十元。

三十一日　雨，上午晴。和森自山西来，赠糟鸭卵一篓，汾酒一瓶。下午往骡马市买白鲞二尾，茗一斤。寄王仲猷信。夜绘屋图三枚。世界语校送来本月薪水泉十五元。雨。

十一月

一日　晴。午后托王仲猷往警署报转移房屋事。

二日　晴。上午往师范校讲。午后往大学讲。得三弟信，十月廿九日发。

三日　晴。上午母亲往八道湾宅。午后昙。

四日　昙。星期休息。上午母亲令人持来书二部，鸭肝一碗，花生一合。午后寄朱可铭信。寄三弟信。下午微雨。夜濯足。

五日　雨。午后往世界语校讲。

六日　昙，下午晴，风。三弟邮来卫生衣一包，即取得并转送于母亲。

七日　晴，大风。午后往图书阅览所查书，无所得。买馒头十二枚而归。晚风定。

八日　晴。午后装火炉，用泉三。陈援庵赠《元西域人华化考》稿本一部二册，由罗膺中携来。夜饮汾酒，始废粥进饭，距始病时三十九日矣。

九日　晴。上午往师校讲。午往世界书局，见所售皆恶书，无所得而出。午后回寓，母亲已来，因同往山本医院诊，云是感冒。得春台自巴黎来信并鸟羽二枚，铁塔画信片一枚，均由伏园转寄而至。晚始生火炉。

十日　晴。晨往女子师校讲。午后得三弟信，六日发。下午得丸山信。李小峰、孙伏园来，并交俞平伯所赠小影，为孩提时象，曲园先生携之。

十一日　晴。星期休 [息]。上午往山本医院取药。午后买煤一顿半，泉十五元九角，车泉一元。

十二日　昙，大风。上午得丸山信。午后往世界语学校讲。下午得宫野入博爱信。得三弟信，八日发。晚和森来，饭后去。

十三日　晴。午后访李慎斋。寄伏园信。寄三弟信。往山本医院取药。下午紫佩来。

十四日　昙。上午得孙伏园信。丸山来［来］并持交藤冢教授所赠《通俗忠义水浒传》并《拾遗》一部八十本，《標注训訳水滸伝》一部十五本。晚伏园来。

十五日　晴。午后郁达夫来。往山本医院取药。

十六日　晴。晨往高师校讲。午后往大学校讲。下午往内右四区第二路分驻所，又至西四［三］条胡同二十一号。又使吕二连［送］信于连海。晚李慎斋来。

十七日　晴。上午往女子师范校讲。往山本医院取药。

十八日　晴。星期休息。上午和森来。邀李慎斋同往西三条胡同连海家，约其家人赴内右四区第二路分驻所验看房契。夜风。

十九日　晴，风。上午得伏园信。午后往世界语校讲。寄伏园信并小说史一篇。

二十日　晴。午后访子佩于图书分馆并还书。往高师校取薪水泉十二元，即在书肆买《耳食录》一部八册，《池上草堂笔记》一部亦八册，共一元六角也。

二十一日　昙。午后往山本医院取药。

二十二日　晴。下午收奉泉二月分者三十一，又三月分者百。郁达夫赠《茑萝集》一册。

二十三日　昙，大风。午后往大学讲。下午收三月分奉泉百五十。

二十四日　晴，大风，午后风定。往山本医院取药。

二十五日　晴。星期休息。上午击煤碎之，伤拇指。午后往留黎厂买《魏三体石经》残石拓片六枚,《比丘尼慈庆墓志》拓片一枚,共泉六元。

二十六日　晴。午后往世界语校讲。下午紫佩来,不直,留笺而去。

二十七日　晴。下午许钦文来。夜风。

二十八日　晴。无事。

二十九日　晴。午后往留黎厂。得吴月川信。

三十日　晴。上午得子佩信。午后往大学讲。得三弟信,廿七日发。晚伏园来。世界语学校送来本月薪金十五元。寄常维钧信。

十二月

一日　晴。上午母亲往八道湾宅,由吕二送去。齐寿山交来季市之泉四百。得寿坽之妇赴,赙一元。伏园来,示《小说史》印成草本。

二日　晴。星期休息。上午寄三弟信。午在西长安街龙海轩成立买房契约,当付泉五百,收取旧契并新契讫,同用饭,坐中为伊立布、连海、吴月川、李慎斋、杨仲和及我共六人,饭毕又同吴月川至内右四区第二分驻所验新契。空三来,不值,夜复来谈。

三日　晴。午后访李慎斋。往世界语校讲。晚同慎斋往警区接洽契价事。

四日　昙。上午得张凤举信并泽村教授所赠自摄大同石窟诸佛影象一册。夜空三来。

五日　昙。无事。

六日　昙。午后得三弟信，三日发，附郦荔臣笺。晚雪。

七日　晴。晨往师校讲，收四月分薪水三成五，又五月分者二成，共泉十元。午后往大学讲。下午寄三弟信。赠齐寿山、杨仲和以《桃色之云》、《呐喊》各一册。得陈蓉镜夫人赴，赙以一元。晚服阿思匹林丸一粒。

八日　晴。晨往女子师校讲。往通俗图书馆查书。午后往鼎香村买茶叶二斤，二元二角。往留黎厂买《情史》一部十六本，二元。又杂小说三种，二元弱。

九日　晴。星期休息。下午子佩来。

十日　晴。上午母亲寄来花生一合。午后往世界语校讲。

十一日　晴。上午往西三条派出所取警厅通知书，午后又往总厅交手续费一元九角五分。下午寄季市信并讲义一帖。孙伏园寄来《小说史略》印本二百册，即以四十五册寄女子师范校，托诗荃代付寄售处，又自持往世界语校百又五册。

十二日　大雪，上午霁。收晨报社稿费十五元。陈师曾赴来，赙二元。下午伏园来部。赠螺龄、维钧、季市、俞棻小姐、丸山以《小说史》各一本，李慎斋以《呐喊》一本。夜风。

十三日　晴。齐寿山将续娶，贺以泉二。

十四日　晴。晨往高师校讲。午后往大学讲。下午得三弟信，十一日发。

十五日　晴。晨往女子师校讲。上午往通俗图书馆借书。午后往总布胡同燕寿堂观齐寿山结婚礼式，留午饭。赠企莘、吉轩以《小说史》各一册。

十六日　晴，风。星期休息。午后子佩来。何君来。下午李慎斋、王仲猷来，同至四牌楼呼木匠往西三条估修屋价值。

十七日　晴。上午母亲来。午后往世界语校讲。

十八日　晴。昨夜半以两佣妪大声口角惊起失眠，颇惫，因休息一日。

十九日　晴。无事。

二十日　晴。午后邀王仲猷、李慎斋同往西四牌楼呼木工，令估修理西三条胡同破屋价目。夜草《中国小说史》下卷毕。风。

二十一日　晴，风。上午往师校讲并收五月分薪水五元。午后往北京大学校讲并收六月分薪金十八元。下午得许诗荃信。寄三弟信。得孙伏园信。

二十二日　晴。晨往女子师校讲。午后往市政公所验契。伏园至部来访。下午得季市信并《越缦堂骈文》一部。赠玄同、幼渔、矛尘、适之《小说史略》一部，吉轩《呐喊》一部。春台寄赠 Styka 作托尔斯多画象邮片二种。

二十三日　晴。星期休息。下午李慎斋来。宋子佩来。

二十四日　晴。休假。上午得王仲猷信。午后往世界语校讲。下午访许诗荃，不值。访季市还《越缦堂骈文》。得章矛尘信。夜风。

二十五日　晴。午后寿洙邻、阮和森来。李慎斋来。下午李小峰、孙伏园及惠迪来。

二十六日　晴。上午郁达夫来并持赠《创造周报》半年汇刊一册，赠以《小说史略》一册。午后往市政公所补印，因廿二日验契时一纸失印也。往通俗图书馆还书并借书。夜往徐吉轩宅小坐。往女子师校文艺会讲演，半小时毕，送《文艺会刊》四本。同诗荃往季市寓饭，十时归。

二十七日　晴，风。无事。

二十八日　晴，大风，严冷。上午往师校讲。午后往大学讲。得胡适之笺。还常维钧前所见借小说二种。夜风定。

二十九日　晴。上午往女子师校讲。寄胡适之信。午后往通俗图书馆换书。

三十日　晴。星期休息。下午李慎斋来。李小峰、章矛尘、许钦文、孙伏园及惠迪来，赠钦文《小说史略》一册。得宋子佩信。

三十一日　晴。午买阿思匹林片二合，服二片以治要胁痛。午后往世界语校讲。收本部三月馀奉及四月奉泉二成，共百三十二元。付工役节奖十二元。赙范吉六夫人之丧一元。

书帐

月河所闻集一册　〇・二〇　一月五日

两山墨谈四册　一・三〇

类林杂说二册　〇・八〇

景元本中原音韵二册　三・二〇

张澈墓志一枚　一・五〇　一月十九日

元斑妻穆墓志并盖二枚　一・五〇

元寿安墓志一枚　一・五〇

元诲墓志一枚　二・〇〇

郭休墓志一枚　一・〇〇

龙泉井志铭一枚　〇・五〇

景印士礼居丛书二十册　八・六〇　一月廿日

排印唐诗纪事十册　四・二〇

天籁阁宋人画册一册　三・〇〇　一月廿六日

五杂组八册　三·六〇

麈余二册　一·〇〇

为孝文造九级碑并阴二枚　一·〇〇　一月三十日三四·九〇〇

本草衍义二册　二·八〇　二月二日

石林遗书十二册　四·五〇　二月三日

授堂遗书十六册　七·〇〇

道光十八年登科录一册　钱稻孙赠　二月五日

三余偶笔八册　二·二〇　二月七日

巾箱小品四册　一·〇〇

世说逸一册　〇·五〇　二月十一日

元琰墓志并盖二枚　二·〇〇　二月十四日

唐土名胜图会六册　五·〇〇

长安志五册　二·五〇

汉画象三枚　一·五〇　〔二月二十一日〕

丁柱造象一枚　二·五〇　二月二十二日

缓曹造象二枚　一·〇〇　二月二十六日

毛乂造象二枚　一·〇〇

巢氏诸病源候论十册　二·〇〇

曹全碑并阴二枚　一·五〇　二月二十八日

王稚子阙残字并题记四枚　三·〇〇

石门画象并阴二枚　六·〇〇　　　　　　　　　　　　四六·〇〇〇

张盛墓碣一枚　一·〇〇　三月二日

读书杂释四册　一·〇〇　三月十七日

易林十六册　四·〇〇　三月二十日

藕香零拾三十二册　八·四〇　三月三十日　　　一四·四〇〇

孔子弟子象赞十五枚　〇·四〇　四月三日

王智明等造象四［？］枚　〇·五〇　四月十三日

陈神姜十三人等造象四枚　一·五〇

严寿等修故塔记一枚　添

檀泉寺比丘法真等造象四枚　一·〇〇

汉律考四册　一·〇〇

铜人针灸图经二册　一·四〇　四月二十七日

石印圣谕像解十册　一·〇〇　　　　　　　　　　　六·八〇〇

玉篇三册　〇·九〇　五月一日

广韵五册　一·四〇

扬子法言一册　〇·三〇

毗陵集四册　一·〇〇

王右丞集笺注八册　五·〇〇　五月十五日

浩宗买地券一枚　二·〇〇　五月十八日

寇胤哲墓志并盖一枚　一·〇〇

残石拓本二种二枚　一·〇〇

朝市丛谈八册　〇·二〇　五月二十一日

草隶存二册　三·二〇　五月二十二日

黄肠石铭二枚　一·〇〇　五月二十九日

杂造象七种十枚　五·〇〇

字安宁墓志一枚　五·〇〇

孟敞墓名一枚　〇·五〇

成公志盖一枚　〇·五〇　　　　　　　　　　　　二八·〇〇〇

吕超静墓志一枚　一·〇〇　六月八日

六朝造象七种十二枚　二·〇〇

札朴八册　二·四〇　六月二十六日　　　　　　　　五·四〇〇

云议友议一册　〇·七〇　八月二十四日

山右金石录一册　〇·六〇

循园金石跋尾一册　〇·七〇

越讴一册　〇·五〇　　　　　　　　　　　　　　　二·五〇〇

庄子集解三册　一·八〇　九月八日

管子四册　一·二〇　九月十四日

荀子六册　一·八〇

孟子三册　一·〇〇　九月二十九日

说苑六册　一·八〇　　　　　　　　　　　　　　七·六〇〇

元西域人华化考稿本二册　陈援庵赠　十一月八日

通俗忠义水浒传八十册　藤冢赠　十一月十四日

標注訓訳水浒伝十五册　同上

耳食录八册　〇·八〇　十一月二十日

池上草堂笔记八册　〇·八〇

魏三体石经残石六枚　四·〇〇　十一月二十五日

比丘尼慈庆墓志一枚　二·〇〇　　　　　　　　七·六〇〇

大同石窟佛象摄影一册　泽村教授赠　十二月四日

情史十六册　二·〇〇　十二月八日

总计一四九·二〇〇，每月平匀一二·四三三元。

日记十三（1924 年）

一月

一日　晴。休假。上午得胡适之信并文稿一篇。许钦文、孙伏园来，留午饭。下午宋子佩携舒来。晚服阿思匹林片一。

二日　晴。下午李慎斋来，同至西三条胡同接收所买屋，交余款三百元讫。

三日　晴。休假。无事。

四日　晴。上午往高师讲，收薪水九元，五月分讫。午后往大学讲。

五日　晴。上午往女子师校讲。往通俗图书馆借书。收其中堂所寄书目一本。下午寄胡适之信并文稿一篇，《西游补》两本。夜服补泻丸二粒。

六日　晴，风。星期休息。下午空三来。服补泻丸二粒。夜濯足。

七日　晴，风。午后寄伏园信。往世界语校讲。夜服阿思匹林片一枚，小汗。

八日　晴。下午孙伏园来部交《呐喊》赢泉二百六十并王剑三信，即付五元豫约《山野掇拾》、《纺轮故事》各五部。往女师校以泉廿付许羡苏君，内十三元为三弟款。

九日　晴。无事。夜向培良来。

十日　晴。午后往市政公所取得买屋凭单并图合粘一枚，付用费一元。夜空三来。

十一日　晴。上午往高等师范学校讲。午后往北京大学讲。下午得孙伏园信。晚空三及声树来。

十二日　晴。晨寄孙伏园信，附答王剑三笺。往女师校讲。午后同李慎斋往本司胡同税务处纳屋税，作七百五十元论，付税泉四十五元，回至龙海轩午餐。

十三日　晴。星期休息。午后子佩来。下午小峰、钦文、矛尘、伏园及惠迭来。夜风。

十四日　晴。午后寄孙伏园信。从齐寿山假泉二百。得丸善书店信片。

十五日　晴。午后得和苏信，十二日太原发。与瓦匠李德海约定修改西三条旧房，工直计泉千廿。下午寄丸善书店泉五。晚李慎斋来。陈声树来。

十六日　晴。下午寄丸善书店信。晚李慎斋来。付李瓦匠泉百。

十七日　晴。午后寄三弟信。下午往师大附中校校友会讲演。往鼎香村买茶叶二斤，每斤一元。访孙伏园于晨报社，许钦文亦在，遂同往宾宴楼晚饭，买糖包子十四枚而归。得丸善明信片。

十八日　晴。上午往师大讲。午后往北大讲。晚付李瓦匠泉二百。

十九日　晴，风。上午往女师校讲。买什物五元。下午从齐寿山假泉二百。

二十日　晴。星期休息。午前李慎斋来，同至西三条看瓦、木料，并付李瓦匠泉百。午后子佩来，未遇。下午丸山来。晚理发。

二十一日　晴。上午冯省三来。宋子佩来。下午寄胡适之信并《边雪鸿泥记》稿本一部十二册。晚付李瓦匠泉百。得小说月报社征文信，即复绝。

二十二日　晴。午后往通俗图书馆还书。游小市。

二十三日　昙。午后子佩来。寄孙伏园信。晚付李瓦匠泉二百。夜微雪。

二十四日　昙。无事。夜风。

二十五日　晴，大风。午后往北大讲。下午得三弟信，二十二日发。

二十六日　晴。上午往女师校讲。午后寄三弟信。寄师大补考卷一本。

二十七日　晴。星期休息。上午李慎斋来，饭后同至西三条胡同看卸灰。下午昙。夜向培良来。

二十八日　晴。晨得冯省三信。上午李慎斋来，同至西三条胡同看卸灰，合昨所卸共得八车，约万五千斤。王仲猷代为至警署报告建筑。午后得孙伏园信。

二十九日　晴。上午李秉中来，字庸倩。午后寄马幼渔信。

三十日　晴。晚李慎斋来。

三十一日　晴，风。上午往警区验契。

二月

一日　晴。上午李慎斋来，同至西三条胡同看卸灰。下午得三弟信，一月二十九日发。

二日　晴。上午得三太太信。午后得郑振铎信并板权税五十六元。赠乔大壮以《中国小说史》一册。还李慎斋代付之石灰泉十八元。晚同裘子元往李竹泉店观唐人墨书墓志。往商务印书馆买《淮南鸿烈集解》一部六册，三元。

三日　晴。星期休息。上午郑振铎寄赠《灰色马》一本，顾一樵寄赠《芝兰与末利》一本。午后李慎斋来。晚许钦文、章矛尘来。

四日　晴。上午寄三弟信，附致郑振铎笺。午世界语校送来去年十二月分薪水泉十五元。午后往大学取去年七月分薪水十八元，又八月分者八元。下午同裘子元游小市。收去年四月分奉泉百八十。买酒及饼饵共四元。夜世界语校送来《小说史》九十七本之值二十三元二角八分。旧历除夕也，饮酒特多。

五日　昙。休假。上午晴。午李遐卿携其郎来，留之午饭。

六日　雨雪。休假。下午许钦文来。夜失眠，尽酒一瓶。

七日　晴。休假。午风。无事。

八日　昙。上午 H 君来。张国淦招午饭，同席吴雷川、柯世五、陈次方、徐吉轩、甘某等。下午商务馆寄来《妇女杂志》十年记念号一本。得丸善书店信。

九日　雪。下午寄胡适之信。

十日　昙。星期休息。午晴。下午游厂甸，买《快心编》一部十二本，一元四角。夜雨雪。

十一日　昙。午后晴，风。转寄俞芬小姐信两封。晚得胡适之信。

十二日　晴。休假。下午女子师校送来九月、十月分薪水共二十七元。

十三日　晴。晨母亲往八道弯宅去。午后得张凤举信，即复。转寄俞芬小姐信一。

十四日　晴，大风。午后母亲寄来花生一合。访季市。得三弟信，九日发。

十五日　晴，风。午王倬汉、潘企莘来。下午寄三弟信。

十六日　晴。午后丸善书店寄来德文《东亚墨画集》一本，其直五元，已先寄之。晚寄胡适之信并百卅〔卄〕回本《水浒传》一部。

十七日　晴。星期休息。上午李庸倩与其友来。李慎斋来。母亲来，午饭后去。下午宋子佩来。许钦文来。H君来。蔡察字省三者来，不晤。

十八日　晴。上午李慎斋来，同至西三条屋巡视。往巡警分驻所取建筑执照，付手续费二元七角七分五厘。晚空三来，不晤。夜成小说一篇。

十九日　昙。午后晴。晚寄母亲汤圆十枚。夜风。

二十日　晴。午后寄女师校附属中学信。下午俞芬小姐自上海来，赠薄荷酒两瓶，水果两种。晚空三来。夜月食，风。

二十一日　晴，风。晚付李瓦匠泉百。

二十二日　晴，大风。上午往高师校讲并收六月分薪水泉十八元。午后往大学讲。往本司胡同税务处取官契纸。晚买糖两合食之。

二十三日　晴，风。上午往女师校讲。买茗一斤，一元。下午得三弟信，二十日发。

二十四日　晴。星期休息。下午许钦文来。

二十五日　晴。午后往世界语校讲。由校医邓梦仙种痘三点，又乞其诊胁痛处，云是轻症肋膜炎，即处方一。下午寄三弟信并小说稿一篇。夜 H 君来。

二十六日　晴。晚往世界语校取药，不得。得李秉中信，即复。寄胡适之信。夜风。

二十七日　昙。夜李庸倩与其友人来。

二十八日　晴。上午母亲来，下午往八道弯。往山本医院诊，云是神经痛而非肋膜炎也，付诊费及药泉四元六角。夜空三及邓梦仙来，赠以《桃色之云》一册。

二十九日　晴。上午往师大讲。午后往北大讲。同常维钧往北河沿国学专门研究所小憩。下午得秦锡铭君之父赴，赙以一元。

三月

一日　晴。晨往女子师校讲。赠夏浮筠《小说史》一本。午后往山本医院诊。下午得三弟信并书籍提单一纸，二月二十七日发。

二日　晴。星期休息。下午罗膺阶，李慎斋来。王有德字叔邻来。

三日　晴。午后往世界语校讲。下午得季市信，晚往访之。

四日　微雪。上午 H 君来。午后往山本医院诊。夜校《小说史》下卷讫。

五日　昙。无事。夜风。

六日　昙。下午往山本医院诊。得三弟信，三日发。夜校定师大附中讲稿一篇讫。

七日　晴。上午往师校讲。以讲稿交徐名鸿君。午后往北大讲。下午孙伏园来部，示以春台所作之《大西洋之滨》。夜世界语〖送〗校送来一月上半及二月下半之薪水泉共十五元。读春台所作《大西洋之滨》讫。

八日　晴。晨往女师校讲。上午往山本医院。三太太携马理子来。下午往山本医院诊。夜 H 君来。寄孙伏园《大西洋之滨》及《中国小说史》下卷稿。

九日　晴，风。星期休息。下午伏园来。子佩来。钦文来。夜得朱可铭信，东阳发。

十日　晴。上午母亲来，午后去。往世界语校讲。得丸善明信片。夜濯足。

十一日　晴。午后往山本医院诊。下午寄丸善信并泉一元六角。寄三弟信。夜李庸倩来。微风。

十二日　晴，风。无事。

十三日　晴，风。午后往山本医院诊。

十四日　晴。上午往高师校讲。午后往北京大学讲。下午得张梓生信。晚伏园来并交前新潮社所借泉百。夜向培良来。

十五日　晴。晨往女子师校讲。上午往山本医院诊。旧存张梓生家之书籍运来，计一箱，检之无一佳本。下午寄常维钧《歌谣》周刊封面图案二枚。

十六日　晴。星期休息。下午空三来。晚李慎斋来。付李瓦匠泉百。

十七日　晴。上午李慎斋来。午后往世界语校讲。寄三弟信，附小说稿及复张梓生信。

十八日　晴。午后郁达夫赠《创造》一本。往山本医院诊。下午得许诗荀结婚通知，贺以二元。寄师大注册部信。

　　十九日　晴。晚得孙伏园信。

　　二十日　昙。午后往山本医院诊。得三弟信，十七日发。夜H君来。

　　二十一日　昙。上午往师大讲。午后往北大讲。下午雨一阵。

　　二十二日　晴。晨母亲来。往女子师范校讲。下午寄三弟信。往山本医院诊。夜风。

　　二十三日　晴，风。星期休息。下午钦文来。晚伏园来。夜甚惫，似疲劳，早卧。

　　二十四日　晴，下午昙。得三弟信，廿一日发。寄伏园小说稿一篇。夜风。身热不快。断烟。

　　二十五日　晴。午后往山本医院诊，云是感冒。夜H君来。得师大信，极谬。

　　二十六日　晴。终日偃息。

　　二十七日　晴。晨寄师大信辞讲师。寄北大、女师信请假。午后往山本病院诊。下午许钦文来。晚李慎斋来。

　　二十八日　昙。下午伏园来并赠小菜四包。钦文来。

　　二十九日　晴，风。午后往山本医院诊。下午子佩来。寄三弟信。顾世明、汪震、卢自然、傅岩四君来，皆师大生。夜得三弟信，二十六日发。得玄同信。自二十五日至此日皆休假，闲居养病，虽间欲作文，亦不就。

　　三十日　晴。星期休息。上午杨遇夫来。午后理发。李庸倩及其友来。吕生等来，皆世界语校生。晚因观白塔寺集，遂〔往〕西三条宅一视。夜李慎斋来。

　　三十一日　晴。午后寄钱玄同信。往山本医院诊。下午从李慎斋假泉五十，付李瓦匠泉百。寄孙伏园信。

四月

一日　昙，晚小雨。买茗一斤，一元。夜校《小说史》三十叶。

二日　昙，风。下午寄伏园《小说史》稿校本。钱稻孙嫁女，送泉一元。

三日　昙，大风。午后省三来。

四日　晴。上午往高师校讲并支薪水十八元。午后往大学讲。常维钧赠《歌谣》周刊纪念刊二本。下午商务印书馆寄来《东方杂志》纪念刊上、下二册。丸善书店寄来《比亚兹来传》一本。晚孙伏园来并交泉百，乃前借与新潮社者，于是清讫。买饼饵一元五角。

五日　晴。清明，休假。午后视三条胡同屋。晚省三来假去泉二元。夜风。

六日　晴，风。星期休息。午后许钦文来。下午李宗武携其侄来。

七日　晴。午后往世界语校讲而无课，遂至顺城街访陈空三。下午收奉泉百零二，去年四月分之三成一也。还李慎斋泉五十。

八日　晴。休假。午后大风。往北大取薪水十元，八月分讫。往崇文门内信义药房买杂药品。往东亚公司买《文学原論》、《苦悶の象徵》、《真実はかく偽る》各一部，共五元五角。往中央公园小步，买火腿包子卅枚而归。

九日　晴。午后李生来。大学赠《歌谣》增刊五本，即赠季市二本，寿山一本。

十日　晴。上午得李庸倩信。

十一日　晴。上午往师大讲。午后往北大讲。夜校《小说史略》。

十二日　昙。晨往女子师校讲。午后往北大取九月分薪水泉十二。往一五一公司买木工用小器一副，二元。往平安电影公司看《萨罗美》。世界语校学生来，未遇，留函而去。得胡适之信并书泉四十五元。晚许钦文来，交以《小说史》校稿，托其转交伏园也。夜得三弟信并商务馆稿费四十元。至夜半钞小说一篇讫。

十三日　晴。星期休息。上午至中央公园四宜轩。遇玄同，遂茗谈至晚归。

十四日　晴。上午声树来。午后往世界语校讲。下午以书钱四十五元交齐寿山，托转付。

十五日　昙。上午钱稻孙来，见借《中央美术》四本。下午得和森信，十二日并州发。寄三弟信并小说稿一篇，又许钦文者二篇。晚H君来。

十六日　晴。晚往女师校文艺研究会，遇顾竹侯、沈尹默。

十七日　晴，下午风。往西三条宅。付李瓦匠泉卅。

十八日　晴。上午往高师校讲，并支薪水泉廿六。午后往北大讲。下午大风。

十九日　晴。晨往女师校讲。午后往开明戏园观非洲探险影片。寄季市以《小说史略》讲义印本一束，全分俱毕。北大寄来《国学季刊》第三期一本。夜空三来。得李庸倩信。

二十日　晴，大风。星期休息。下午杨遇夫来。许钦文来。

二十一日　晴。午后往世界语校讲。寄李仲侃信。寄和森信。

二十二日　昙，风。下午往西三条胡同宅。得伏园信并校稿，即复。

二十三日　晴。午后往世界语校听小坂狷二君演说。

二十四日　晴。上午李仲侃来，未见。午后昙，大风。下午得三弟信，二十一日发。

二十五日　晴。上午往师大讲。午后在月中桂买上海竞马采票一张，十一元。往北大讲。下午从齐寿山借泉百。收去年四月分奉泉卅。收孙〔伏〕园寄校稿。

二十六日　晴。晨往女师校讲。上午往留黎厂买什物。午后往视西三条胡同宅。下午寄三弟信并竞马券一枚。寄还伏园校稿。

二十七日　晴。星期休息。午后昙，风。无事。

二十八日　昙。午后往世界语校讲。下午小雨。晨报社送来稿费十五元。

二十九日　晴。午后母亲往八道弯宅去。下午寄三弟信。夜濯足。

三十日　晴。午后郁达夫来。往西三条胡同视所修葺之屋。付李瓦匠泉廿。还齐寿山泉五十。夜风。

五月

一日　晴。上午李慎斋来，同至四牌楼买玻黎十四片，十八元五角，又同至西三条胡同宅。下午夏穗卿先生讣来，赙二元。得谢仁冰母夫人讣，赙一元。晚李庸倩来。

二日　晴。上午往师大讲。午后往北大讲。下午往中央公园饮茗，并观中日绘画展览会。

三日　晴。晨寄胡适之信。寄张永善信。寄张目寒信。往女师校讲。上午往留黎厂买《师曾遗墨》第一、第二集各一册，共泉三元二角。午后李慎斋来。

四日　晴。星期休息。下午孙伏园来并交春台寄赠之印画四枚。

五日　晴。上午 H 君来，付以泉十二。午后往世界语校讲。得三弟信，二日发，即寄以《全国中学所在地名表》一本。夜得李庸倩信。

六日　晴。晨母亲来，午后往八道弯宅。下午寄三弟信。高阆仙赠《论衡举正》一部二本。收三弟所寄回许钦文稿一篇。晚买茗一斤，一元；酒酿一盆，一角。李小峰、章矛尘、孙伏园来。季市欲雇车夫，令张三往见。

七日　昙。下午清水安三君来，不值。

八日　昙。午后往集成国际语言学校讲。下午往吊夏穗卿先生丧。晚孙伏园来部，即同至中央公园饮茗，逮夕八时往协和学校礼堂观新月社祝泰戈尔氏六十四岁生日演《契忒罗》剧本二幕，归已夜半也。

九日　晴，大风。上午往师大讲。午后往北大讲。往公园饮食。晚得春台信。

十日　晴。晨往女师校讲。上午往李慎斋寓。午后李慎斋来，同至西三条胡同宅，并呼漆匠、表糊匠估工。下午收去年四月分俸泉卅。寄孙伏园信并校正稿。

十一日　昙。星期休息。午后往广慧寺吊谢仁冰母夫人丧。往晨报馆访孙伏园，坐至下午，同往公园啜茗，遇邓以蛰、李宗武诸君，谈良久，逮夜乃归。

十二日　晴。李瓦匠完工，付泉卅九元五角讫。午后往世界语校讲。

十三日　昙。上午子佩来并见借泉二百。下午得三弟信，十日发。往西三条胡同看屋加油饰。托俞小姐乞画于袁匋盦先生，得绢地山水四帧。夜孙伏园持《纺轮故事》五本至，即赠俞、袁两公各一本。风。

十四日　晴，大风。午后往商务印书馆买《邓析子》《申鉴》《中论》、《大唐西域记》、《文心雕龙》各一部，共二元八角。又棉连纸印《太平乐府》一部二本，四元。得三弟所寄荔丞画一帧。下午寄三弟信。

十五日　晴，午后风。往集成学校讲。下午访常维钧，以其将于十八日结婚，致《太平乐府》一部为贺。得郑振铎信并版税泉五十五元。晚寄伏园信。

十六日　晴。上午往师大讲，并取薪水泉二十三元，为九月分之六成三。午后往北大讲并取薪水泉十一元，为九月分之余及十月分之少许。往中央公园饮茗，食馒首。下午寄郑振铎信。

十七日　晴。晨往女师校讲。午后风。

十八日　晴。星期休息。午后大风。许钦文来。下午孙伏园来。

十九日　昙，风。午后往世界语校讲。以《纺轮故事》一册赠季市。

二十日　晴。晨母亲来，午后仍往八道弯宅。访李慎斋，邀之同出买铺板三床，泉九元。收奉泉六十六元，去年四月分之余及五月分之少许。还齐寿山泉五十。寄孙伏园校稿并信。得三弟信，十六日发，属以泉十交芳子太太。晚往山本医院视芳子疾，并致泉十，又自致十。夜风。

二十一日　晴。午后寄三弟信。往三条胡同宅视。付漆匠泉廿一，表糊匠泉十二。晚以女师校风潮学生柬邀调解，与罗膺中、潘企莘同往，而续至者仅郑介石一人耳。H君来。夜雷电而雨。

二十二日　昙。午后往集成学校讲。下午骤雨一陈。寄孙伏园校稿。

二十叁日　晴，风。晨诗荃来。上午往师大讲。午后往北大讲。买《中古文学史》、《词余讲义》、《文字学形义篇》及《音篇》各一本，共泉一元。往中央公园饮茗并食馒首。晚孙伏园来。得吴家镇母夫人讣，赙泉一。夜诗荃来。

二十四日　晴。晨往女师校讲。上午往图书分馆访子佩不值，下午复访之，还以泉百。付漆工泉廿。夜收拾行李。

二十五日　星期。晴。晨移居西三条胡同新屋。下午钦文来，赠以《纺轮故事》一本。风。

二十六日　晴。上午季市见访并赠花瓶一事，茶具一副六事。午后往世界语校讲。下午往山本医院看三太太。晚得李庸倩信。

二十七日　晴，风。下午寄李庸倩信，附与胡适之函。晚赴撷英居，应诗荃之邀。

二十八日　晴。上午母亲来。午后子佩来。下午随母亲往山本医院诊病。

二十九日　晴。午后往集成校讲。下午得和森信，廿七日发。得三弟信，廿六日发。收去年五月分奉泉五十。晚伏园来，并与钦文合馈火腿一只。夜往山本医院。

三十日　晴，热。上午往师大讲并取去年九月分薪水泉七元。午后往北大讲。假李庸倩以泉五十。遇许钦文，邀之至中央公园饮茗。夜风。

三十一日　昙。晨往女子师范校讲。上午买旧卓倚共五件，泉七元。午访孙伏园于晨报社，在社午饭。下午往鼎香村买茗二斤，二元。往商务印书馆买《新语》、《新书》、《嵇中散集》、《谢宣城诗集》、

《元次山集》各一部，共七本，泉二元二角。以粗本《雅雨堂丛书》卖与高阆仙，得泉四元。夜濯足。

六月

一日　晴。星期休息。下午子佩来。晚往山本医院。夜校《嵇康集》一卷。

二日　晴。午后往世界〔语〕校讲。下午寄三弟信。得伏园信。夜得胡适之信并赠《五十年来之世界哲学》及《中国文学》各一本，还《说库》二本。有雨点。

三日　昙。上午李慎斋来。午后理发。下午大雨一陈。夜校《嵇康集》一卷。

四日　晴。上午小金阮宅寄来干菜一篓。下午寄孙伏园校稿。报建筑工竣。

五日　晴。午后往集成校讲。访胡适之不见。下午收去年五月分奉泉百，六月分者六十九。买威士忌酒、蒲陶干。夜 H 君来。往山本医院。

六日　晴。旧历端午，休假。终日校《嵇康集》。晚李人灿君来并示小说稿二本。

七日　昙。上午往女子师校讲。午访孙伏园。寄胡适之信。下午得三弟信，三日发。夜风。校《嵇康集》至第九卷之半。雨。

八日　昙。星期休息。晨母亲来。上午得三弟信，五日发。下午矛尘、钦文、伏园来。王、许、三俞小姐等五人来。夜校《嵇康集》了。

九日　晴。午后往世界语校讲。往山本医院。下午巡警来丈量。李人灿君来。

十日　晴。上午寄三弟信。午后往右四区分署验契。下午风。夜撰校正《嵇康集》序。

十一日　晴，风。晨得杨［陈］翔鹤君信。上午寄郑振铎信。寄阮和森信。往山本医院为母亲取药。寄伏园校稿。下午往八道湾宅取书及什器，比进西厢，启孟及其妻突出骂詈殴打，又以电话招重久及张凤举、徐耀辰来，其妻向之述我罪状，多秽语，凡捏造未圆处，则启孟救正之，然终取书、器而出。夜得姚梦生信并小说稿一篇。

十二日　晴。午后至集成校讲。晚伏园来。李庸倩来。

十三日　晴。上午往师范大学考。在商务馆买《潜夫论》、《蔡中郎集》、《陶渊明集》、《六臣注文注［选］》各一部，共三十六本，泉十元四角。收师大九月分俸泉陆元，十月分者十九元。

十四日　晴。上午往女子师校讲。午访孙伏园交校稿。下午昙，晚大风一陈。

十五日　晴。星期休息。上午郁达夫来。晚雷雨一陈。

十六日　小雨。上午复陈翔鹤信。复姚梦生信。午暴雨，遂不赴世界语校讲。下午霁，整顿书籍至夜。月极佳。

十七日　晴。下午孙伏园持校稿来，即校讫，并作正误表一叶。晚李庸倩来。

十八日　晴。午往山本医院。下午李仲侃来。得伏园信。晚声树来。

十九日　小雨。上午寄集成学校信请假。午往山本医院取药。夜H君来，假泉十。

二十日　晴。下午得久孙信，十二日发。晚孙伏园来并持到《中国小说史略》下卷一百本，即以一本赠之，又赠矛尘、钦文各一托转交，又付女师校五十本亦托携去。

二十一日　晴。上午往女师校讲。赠夏浮云、戴螺舲、潘企莘、郑介石、李仲侃、宗武、徐吉轩、向培良、许季市以《中国小说史》下卷各一本。下午得陈翔鹤信。晚张〔李〕人灿来。出访季市不值，以携赠之干菜一包、《小说史略》下卷一本交诗英。至滨来香食冰酪并买蒲陶干，又购饼六枚持至山本医院赠孩子食之。

二十二日　晴。星期休息。下午许钦文来。晚伏园来。李小峰、章矛尘来。

二十三日　昙。上午同母亲往山本医院诊。午后小雨即止。晚俞小姐来，赠以《中国小说史略》下卷一本，又以一本托转赠袁小姐。夜雨。阅女子师范试卷讫。

二十四日　晴。上午得集成学校信，即复。寄久巽信。寄女师校试卷四十三本，分数单两张。赠齐寿山《小说史略》上、下各一本。裘子元赠永元十一年断砖拓片一枚，花砖拓片十枚，河南信阳州出，历史博物馆藏。下午子佩来。晚李庸倩来。

二十五日　晴。午往山本医院取药。夜阅师校试卷。

二十六日　晴。上午得子佩信并北大招生广告，即以广告转寄俞小姐。午后往国际语言学校讲。赠胡适之《小说史略》下一本。下午得李仲侃信。收久巽所寄干菜一篓。夜阅师校试卷讫。

二十七日　晴，热。上午寄师校试卷二十本。寄钱玄同《小说史》下卷一本。晚李仲侃招饮丁颐乡斋，赴之，同席为王云衢、潘企莘、宋子佩及其子舒、仲侃及其子。

二十八日　晴。午后赴北京大学监考。下午访李庸倩。至晨报社访孙伏园，而王聘卿亦在，遂至先农〔坛〕赴西北大学办事人之宴，约往陕作夏期讲演也，同席可八九人。大风，旋止。买四尺竹床一，泉十二元。子佩送榆木几二。

二十九日　晴。星期休息。下午伏园来。晚向培良来。空三来。

三十日　晴。午访孙伏园，遇玄同，遂同至广和居午餐。下午同伏园至门匡胡同衣店，定做大衫二件，一夏布一羽纱，价十五元八角，又至劝业场一游。得傅佩青信，王品青转来。夜风。

七月

一日　昙。上午访季市。午伏园来部，同至西吉庆午餐，又同至女师附中校观游艺会一小时许。晚许钦文来。

二日　昙，午雨。得向培良信。晚晴。

三日　昙。休假。午后访郁达夫，赠以《小说史》下卷一本。访孙伏园，下午同至劝业场买行旅用杂物。寄三弟信。寄幼渔信，附向培良笺。晚雨一陈旋止。夜郁达夫偕陈翔鹤、陈厶君来谈。

四日　昙，午雨。往季市寓午餐。午后往市政公所验契。晚伏园、小峰、矛尘来，从伏园假泉八十六元。王捷三来约赴陕之期。

五日　晴。上午从季市假泉廿。寿山赠阿思匹林三筒。寄北大考卷十九本。寄马幼渔、常维钧《小说史》下卷各一册。午后三弟来。下午李庸倩来。子佩来谈。夜往西庆堂理发并浴。李仲侃来，不值。

六日　昙。星期休息。上午三弟来。李庸倩偕常君来，假旅费十元，又赠以《小说史略》各一部。午后幼渔来。下午小雨即止。晚伏园来。夜小雨，旋即大雨。

七日　昙。上午三弟来并交西谛所赠《俄国文学史略》一本。寄女子师校考卷一本。寄向培良信。雨。午往山本医院，以黄油饼十枚赠小土步。晚晴。赴西车站晚餐，餐毕登汽车向西安，同行十余人，王捷三招待。

八日　忽晴忽雨。下午抵郑州，寓大金台旅馆。晚与四五同伴者游城内。

九日　晴。上午登汽車发郑州。夜抵陕州，张星南来迎，宿耀武大旅馆。

十日　晴。晨登舟发陕州，沿河向陕西。下午雨。夜泊灵宝。

十一日　昙。晨发灵宝。上午遇大雨，逆风，舟不易进，夜仍泊灵宝附近。

十二日　晴。晨发舟，仍逆风，雇四人牵船以进。夜泊阌乡。腹写。

十三日　星期。晴。晨发阌乡。下午抵潼关，夜宿自動车站。腹写，服 Help 两次十四粒。

十四［日］　晴。晨发潼关，用自動车。午后抵临潼，游华清宫故址，并就温泉浴。营长赵清海招午饭。下午抵西安，寓西北大学教员宿舍。寄母亲信。晚同王峄山、孙伏园至附近街市散步，买栟榈扇二柄而归。

十五日　昙。午后游碑林。在博古堂买耀州出土之石刻拓片二种，为《吴［蔡］氏造老君象》四枚，《张僧妙碑》一枚，共泉乙元。下午赴招待会。晚同张勉之、孙伏园阅市，历三四古董肆，买得乐妓土寓人二枚，四元；四喜镜一枚，二元；魁头二枚，一元。

十六日　晴。午后同李济之、蒋廷辅、孙伏园阅市。晚易俗社邀观剧，演《双锦衣》前本。

十七日　昙。午同李、蒋、孙三君游荐福及大慈恩寺。夜观《双锦衣》后本。

十八日　昙。午后小雨即霁。同李济之、夏浮筠、孙伏园阅市一周，又往公园饮茗。夜往易俗社观演《大孝传》全本。月甚朗。

十九日　晴。午后往南院门阎甘园家看画。晚往张辛南寓饭。

二十日　晴。上午买杂造象拓片四种十枚，泉二元。赴夏期学校开学式并摄景。夜小雨。赠李济之《小说史略》上、下二本。

二十一日　雨。上午讲演一小时。晚讲演一小时。夜赴酒会。

二十二日　雨。午前及晚各讲演一小时。

二十三日　昙。上午小雨。讲演二小时。午后晴。王焕猷字儒卿来。晚与五六同人出校游步，践破砌，失足仆地，伤右膝，遂中止，购饼饵少许而回，于伤处涂碘酒。

二十四日　晴。上午寄母亲信。寄季市信。午前讲演一小时。晚赴省长公署饮。

二十五日　晴。上午讲演一小时。午后盛热，饮苦南酒而睡。

二十六日　晴，热。午前讲演一小时。晚王捷三邀赴易俗社观演《人月圆》。

二十七日　晴，热。星期休息。午后大风。

二十八日　晴。上午讲演一小时。午后收暑期学校薪水泉百。下午讲演一小时。

二十九日　晴。午前讲演一小时，全讲俱讫。午后雷雨一陈即霁。下午同孙伏园游南院门市，买弩机一具，小土枭一枚，共泉四元。晚得李庸倩信，二十一日发。夜风。

三十日　晴。上午托孙伏园往邮局寄泉八十六元还新潮社。下午往讲武堂讲演约半小时。夜风。

三十一日　晴，热。上午尊古堂帖贾来，买《苍公碑》并阴二枚，《大智禅师碑侧画象》二枚，《卧龙寺观音象》一枚，共泉一元。下午雷雨一陈即霁。

八月

一日　晴。上午同孙伏园阅古物肆，买小土偶人二枚，磁鸠二枚，磁猿首一枚，彩画鱼龙陶瓶一枚，共泉三元，以猿首赠李济之。买弩机大者二具，小者二具，其一有字，共泉十四元。晚储材馆招宴，不赴。大雷雨。

二日　昙，上午晴。下午寄母亲信。

三日　晴。星期。上午同夏浮筠、孙伏园往各处辞行。午后收暑期学校薪水并川资泉二百，即托陈定谟君寄北京五十，又捐易俗社亦五十。下午往青年会浴。晚刘省长在易俗社设宴演剧饯行，至夜又送来《颜勤礼碑》十分，《李二曲集》一部，杞果、蒲陶、蒺藜、花生各二合。风。

四日　晴。晨乘骡车出东门上船，由渭水东行，遇逆风，进约廿里即泊。

五日　晴。小逆风，晚泊渭南。

六日　晴。逆风，夜泊华州。

七日　晴。逆风，向晚更烈，遂泊，离三河口尚十余里。

八日　昙。午抵潼关，买酱莴苣十斤，泉一元。午后复进，夜泊阌乡。

九日　晴。逆风。午抵函谷关略泊，与伏园登眺，归途在水滩拾石子二枚作记念。下午抵陕州，寓耀武大旅馆，颇有蜇虫，彻夜不睡。

十日　星期。晴。晨寄刘雪亚信。寄李济之信。乘陇海铁路车启行，午后抵洛阳，寓洛阳大旅馆。下午与伏园略游城市，买汴绸一匹，泉十八元；土寓人二枚，八角。晚在景阳饭庄饭。雨一陈即霁。

十一日　晴。晨乘火车发洛阳。上午抵郑州，寓大金台旅馆。午后同伏园往机关枪营访刘冀述君。阅古物店四五家，所列大抵赝品。晚发郑州。

十二日　晴。黎明车至内丘，其被水之轨尚未修复，遂步行二里许，至冯村复登车发。夜半抵北京前门，税关见所携小古物数事，视为奇货，甚刁难，良久始已，乃雇自动车回家。理积存信件，中有胡适之信，七月十三日发；三弟信，八月一日发；商务印书馆所寄稿费十六元；女子师范学校所寄去年十一月分薪水十三元五角，又聘书一纸。余不具记。

十三日　晴。下午寄胡适之信。寄还女师范校聘书。访李慎斋，赠以长生果、枸杞子各一合，汴绸一匹，《颜勤礼碑》一分。往山本医院视三太太疾，赠以零用泉廿。赠重君蒲陶干一合。夜雨。浴。

十四日　昙。晨寄三弟信。寄伏园信。上午晴。下午H君来。晚李慎斋来，交所代领六月分奉泉百六十五元，又已代为付新屋税泉四十二元，即还之。得朱可铭信，七月十九日东阳发。感冒，服药。

十五日　昙。晨访季市，还以泉十，赠以鱼龙陶瓶一，四喜镜一，《颜勤礼碑》一分，酱莴苣二包。下午品青、矛尘、小峰、伏园、惠迭来。

十六日　昙。上午寄三弟信。往师范大学取去年十月及十一月薪水泉各十七元。买《师曾遗墨》第三集一本，一元六角。赠徐思贻以《颜勤礼碑》一分，徐吉轩、齐寿山各二分。晚李庸倩来并赠南口所出桃十一枚。

十七日　雨。星期休息。上午得三弟信，十四日发。下午钦文来。空三来。晚晴。

十八日　昙。上午寄三弟信。寄李约之《中国小说史略》二本。寄李级仁《桃色之云》一本。戴螺舲赠自画山水一帧，赠以《颜勤礼碑》一分。下午向培良来。晚伏园来。夜雨。

十九日　雨，午晴。寄紫佩信并酱苣莒一包。赠吉轩以枸杞子一合。晚夏浮筠同伏园来，邀至宣南春夜饭。

二十日　晴。下午李庸倩持来尚献生所赠照象一枚。

二十一日　晴。下午伏园来。晚 H 君来。

二十二日　晴。午后往松云阁，置持畚偶人一枚，泉二。至德古斋买《吕超静墓志》一枚，亦泉二。下午李庸倩来。宋子佩来。新潮社送来再板《呐喊》二十本。

二十三日　晴。晨得三弟信，二十日发。上午以《中国小说史略》及《呐喊》各五部寄长安，分赠蔡江澄、段绍岩、王翰芳、昝健行、薛效宽。以《吕超静墓志》交吴雷川，托转送邵伯絅。午得商务分馆信，是收据两纸。下午寄许钦文信并收据一纸。寄昝健行信。晚大风雨，雷电，继以小雨。

二十四日　晴。星期休息。上午寄三弟信。寄伏园信。下午伏园来并赠毕栗一枚，长安出。夜录碑。雷电，无雨。

二十五日　昙，午小雨。以《呐喊》一本赠季市。午晴。晚工缮墙垣讫，用泉十一元。

二十六日　昙，午晴。下午得伏园信二，即复。李庸倩来。三弟寄来衣一件。

二十七日　晴。午往商务印书馆取稿费六元。往番禺新馆买《晨风阁丛书》一部十六本，八元。

二十八日　昙。上午得李庸倩信。寄三弟信。下午常惟钧来。

二十九日　昙。上午复李庸倩信。午小雨即晴。得昝健行、薛效宽信。下午李济之、孙伏园来。向培良。夜田君等来。H 君来，假去泉廿五。

三十日　晴。下午张目寒来。不快，似发热，夜腹写，服药三粒。

三十一日　晴。星期休息。午李人灿来，因疲未见，见赠《比干墓题字》及《观世音象》各一枚。服阿思匹林片四。

九月

一日　晴。下午寄孙伏园信。李庸倩来，假以泉廿。晚钦文、矛尘来，矛尘见赠《月夜》一册。夜小峰、伏园来。

二日　晴。上午得三弟信，八月三十日发。寄朱可民信并泉五十。夜得胡适之信。

三日　晴。上午得李庸倩信并吴吾诗。午后往孔庙演礼。夜收西大所寄讲稿一卷。

四日　晴。上午得孙伏园信并《边雪鸿泥记》稿子两本。以《观世音象》赠徐吉轩。下午寄三弟信。夜得李庸倩信。夜半往孔庙，为丁祭执事。

五日　昙。下午姚梦生来，字曰裸人。夜订阅西北大学讲稿。小雨。

六日　雨。上午以补考题目寄北大注册部。午后改订讲稿，至夜半讫。

七日　晴。星期休息。夜 H 君来。

八日　晴。上午以改定之讲稿寄西北大学出版部。自集《离骚》句为联，托乔大壮写之。下午孙伏园、李晓峰来并交《桃色之云》板权费七十。晚李庸倩来。

九日　晴。上午寄昝健行、薛效宽信。取增修房屋补税契来，其税为四十二元。午往山本医院交泉五十。下午收《小说月报》第七期一本。

十日　晴。齐寿山为从肃宁人家觅得"君子"专一块，阙角不损字，未定直，姑持归，于下午打数本。俞芳、俞藻小姐来延为入学保证人，即为书保证书讫。夜雨而雷电且风。校杂书。

十一日　晴。上午得三弟信，六日发。下午许钦文来。修蠹书。

十二日　晴。午后得西北大学出版部信。往北京大学取去年十月薪水余款十三元，又十一月及十二月全分各十八元。访李庸倩，不值。略游公园。晚孙伏园、李小峰来并交《桃色之云》板税四十七元。夜补蠹书。

十三日　昙。旧历中秋，休假。上午得朱可民信，八日发。李若云为送李慎斋所代领奉泉百十五元来，若云名维庆，慎斋子。午后晴，夜小雨。

十四日　昙。星期休息。上午杨荫榆、胡人哲来。午后罗膺阶、李若云来，罗君赠屏四幅，自撰自书。下午潘企莘来并赠板鸭一只，梨一篓，返鸭受梨。三弟寄来《妇女问题十讲》一本，章锡箴赠，八日付邮。晚李庸倩来，属为其友郭尔泰、朱曜冬作入南方大学保证，即书证书讫。

十五日　昙。得赵鹤年夫人赴，赙一元。晚声树来。夜风。

十六日　雨。上午得世界语校信，即复。午后以《月夜》寄还张目寒。下午得邵伯絅信。晚矛尘、伏园来。

十七日　晴。晚往图书分馆访子佩，还以泉五十。

十八日　晴。上午得胡人哲信并稿二篇。午后寄三弟信。下午往师范大学取去年十一月分薪水十九元，又十二月分者十四元。在德古斋买杂造象十九种二十四枚，共泉五元。在李竹庵家买玉狄大小二枚，二元。在商务馆买杂书三种四本，一元六角。夜略整理砖拓片。

十九日　昙。夜 H 君来。夜半小雨。

二十日　晴。上午张目寒来并持示《往星中》译本全部。午后昙，风。

二十一日　晴。星期休息。上午幼渔来，赠以"君子"专打本一分。许钦文来。下午孙伏园来。夜整理专拓片。看《往星中》。

二十二日　晴。午后复胡人哲信。夜译《苦闷的象征》开手。

二十三日　晴。午后理发。得朱孝荃赴，赙泉二元。夜 H 君来。

二十四日　晴。上午陆秀贞、吕云章来。晚往山本医院交泉十二。得李庸倩信。

二十五日　昙。休假。上午寄马幼渔信。寄李庸〔倩〕信。午幼渔来。钦文来并持示小说三篇。晚得胡人哲信并文二篇。

二十六日　小雨即止。下午得幼渔信。晚小峰、伏园、惠迭来。

二十七日　晴。上午寄张目寒信。寄李庸倩信。寄孙伏园信。寄许羡苏、俞芬小姐信。得阮久巽信，二十日绍兴发。午后得伏园信并草稿纸一束。晚得李庸倩信。夜 H 君来。

二十八日　晴。星期休息。午后吴冕藻、章洪熙、孙伏园来。

二十九日　晴。午后寄李庸倩信。寄伏园信二。以六元买"君子"专成。夜雨。得李级仁信。夜半星见。

三十日　晴。晚往山本医院。李庸倩来。

十月

一日　昙。午后得三弟信，九月二十七日发。寄伏园信。夜雨。

二日　雨。上午得和森信。得胡人哲信并文二篇。午后晴。寄吴

424

〔胡〕人哲信并文三篇。寄伏园信并译稿二章。协和之弟达和续娶，简来，送礼二元。晚得张目寒信。夜章洪熙、孙伏园来。新潮社送来《徐文长故事》二册。

三日　晴。上午得三太太信。午后寄常维钧信。寄三弟信。往世界语校讲。下午以《徐文长故事》一册赠季市。往女师校讲并收去年十二月分薪水十叁元五角。晚往山本医院并交泉二十。得伏园信二函并排印讲稿一卷。夜风。

四日　晴。晚空三来。夜重装《隶释》八本讫。

五日　晴。星期休息。晚伏园来。三太太来。

六日　昙。下午俞小姐来并送手衣一副。夜风。

七日　昙。上午得伏园信。

八日　晴。下午寄伏园信并译文一章。

九日　晴。午后往历史博物馆。夜濯足。

十日　晴。休假。午后张目寒来。下午伏园、惠迭来。寄女师注册课信。寄陈声树信。夜译《苦闷的象征》讫。

十一日　晴。午后往北大取一月分薪水十八元。往东亚公司买《近代思想十六講》、《近代文芸十二講》、《文学十講》、《赤露見タママの記》各一部，共泉六元八角。晚得伏园信。夜 H 君来。

十二日　晴。夜〔星〕期休息。下午顾颉刚、常维钧来。下午许钦文来。夜李庸倩米。

十三日　晴。午吴〔胡〕萍霞女士来。午后往女师校讲。晚孙伏园、章洪熙来。

十四日　昙。午后往世界语专校讲。下午伏园转来夏浮筠信片一。夜大风。

十五日　昙，大风。上午后〔得〕段绍岩信，八日长安发。下午寄和森信。收去年七月奉泉二十六元。

十六日　晴。午得胡萍霞信并文稿，午后复，又代发寄晨报社信片。寄三弟信。寄孙伏园译稿三章。

十七日　昙。上午得春台信并画信片二枚，九月廿一日里昂发。往师范大学讲并收薪水泉十一元。午后往北京大学讲。买《古今杂剧》三十种一部五本，二元。

十八日　晴。上午得三太太信，昨日西山发。晚李庸倩来。夜风。

十九日　晴。星期休息。上午得胡萍霞信。得《人類の為めに》一本，盖 SF 君寄赠。晨报社送来《副镌》合订本二本。下午章矛尘、孙伏园来。

二十日　晴。上午得三弟信，十四日发。午后寄伏园信。往女师校讲。下午得伏园信。得李庸倩信。

二十一日　晴。上午寄李庸倩信。买煤一吨十三元，车钱一元二角。午后往世界语校讲。下午得章矛尘信。

二十二日　晴。上午李庸倩来别，赆以泉廿。午后许钦文来。

二十三日　晴。上午李庸倩来。晚 H 君来，交以泉十。

二十四日　晴。上午往师范大学讲。午后往北京大学讲。

二十五日　昙。午后伏园来。往季市寓商量译文。

二十六日　晴。星期休息。上午得胡萍霞信。午伏园、惠迭来。下午昙。晚李庸倩来。夜小雨。

二十七日　昙。午后往女师校讲。下午得伏园信。晚 H 君来并交所代买《象牙の塔を出て》、《十字街頭を行ク》各一本，共泉四元二角。

二十八日　晴。上午 H 君来。午后寄常维钧信。往世界语专校讲。下午寄胡萍霞信。从季市假泉十。晚宋子佩来。收北大《社会科学季刊》一本。

二十九日　晴。午后许钦文来。晚收《旅伴》一本，李小峰寄赠。

三十日　晴。上午 H 君来并交线衫一件，托寄去泉五。下午从子佩假泉五十，还季市十。

三十一日　晴，风。上午得胡平霞信。往师范大学讲。午后往北京大学讲。晚得三弟信，二十六日发。夜译文。

十一月

一日　晴。下午得李庸倩信。夜译论一篇讫。

二日　昙。星期休息。上午郁达夫来。下午许钦文来。李庸倩来。

三日　晴。上午许钦文来。孙伏园来。午后昙。夜章洪熙来。

四日　晴。上午得胡萍霞信。午后往世界语校讲。

五日　晴。上午王捷三来。下午寄三弟信并文稿一篇，又许钦文者三篇。

六日　晴。上午得胡萍霞信并文稿一篇。夜风。

七日　晴。上午往师大讲。午后往北大讲。下午得三太太信。

八日　晴，风。午后奇胡萍霞信。收去年七月分奉泉廿三元。晚伏园、衣萍来。

九日　晴。星期休息。下午张目寒来。许钦文来。

十日　晴。午后往女子师校讲。往小市买小说杂书四种十本，共泉一元。高阆仙赠《淮南子集证》一部十本。收世界语校十月分薪水泉十五元。

十一日　晴。午后往世界语校讲。

十二日　晴，风。午后女师校送来一月分薪水六元。

十三日　晴。上午有一少年约二十余岁，操山东音，托名闯入索钱，似狂似犷，意似在侮辱恫吓，使我不敢作文，良久察出其狂乃伪作，遂去，时约十时半。访衣萍。晚伏园、矛尘来。衣萍来。

十四日　晴。午后往北大讲。下午得和森信，二日发。

十五日　晴。晚小峰、伏园送《语丝》五分来。赙陶书臣父丧泉二元。

十六日　晴。星期休息。午后荆有麟来。下午子佩来。夜矛尘、伏园来，以泉拾元交付之，为《语丝》刊资之助耳。

十七日　晴。午后往女师校讲并收薪水泉二元。夜衣萍、伏园来。

十八日　昙。午后往世界语校讲。下午访陈文虎。访俞小姐。访章衣萍。夜衣萍、伏园来。小雨，夜半成雪。

十九日　雪。上午得三弟信，十二日发，下午复，并寄《语丝》一分。寄荆有麟信。收去年七月分奉泉八十三元。收《小说月报》一本。

二十日　晴。上午季市来。午后荆有麟来。晚女师校送来薪水泉五元五角，一月分讫。夜郁达夫来。

二十一日　晴。上午往师大讲并收去年十二月、今年一月薪水泉各八元。午后往北大讲并收二月分薪水泉十五元。晚得语丝社信。

二十二日　晴，风。上午得三太太信。矛尘、伏园来。小峰赠《结婚的爱》一本。

二十三日　晴，风。星期休息。午后 H 君来。下午钦文来。晚伏园来。夜衣萍来。

二十四日　晴。上午得李遇安信并文稿，即复。寄孙伏园信并文稿。午后荆有麟来。往女师校讲。晚访衣萍不值，留字而出。夜伏园来。

二十五日　晴。午后往世界语校讲。晚伏园来。荆有麟来。

二十六日　晴。上午得玄同信。得子佩信。得李庸倩信片，十四日上海发。下午复玄同信。复子佩信。晚 H 君来。收《东方杂志》一本。得新潮社信。

二十七日　晴。上午伏园来。下午得杨遇夫信。夜风。

二十八日　晴。上午往师大讲。午后往北大讲。下午往东亚公司买《辞林》一本，《昆虫记》第二卷一本，共泉五元二角。收晨报社稿费七十元，付印讲义费五元一角。夜李人灿来，假以泉五元。

二十九日　晴。上午得胡萍霞信。午后昙。寄子佩信，还《言海》。下午大风。

三十日　晴。上午得三弟信，廿二日发。往真光观电影。与孙伏园同邀王品青、荆有麟、王捷三在中兴楼午饭。下午访小峰，不值。晚往新潮社取《语丝》归。

十二月

一日　晴。上午高女上来。午后往女师校讲。夜荆有麟来。声树来。伏园来。

二日　晴。午后往世界语校讲。晚得臧亦蓬信。得郑振铎信。H君来，付以泉十，托其转交。夜得李遇安信并文稿。

三日　晴。午后陶璇卿、许钦文来。下午寄三弟信。复臧亦蓬信。晚子佩来。

四日　晴。上午复李遇安信。寄常维钧信。午昙。下午裘子元赠《石佛衣刻文》拓本二枚，其石为美国人毕士博买去。收《东方杂志》一本。夜衣萍来。空三来假泉三。有麟来。校《苦闷之象征》。

五日　晴。上午往师校讲。午后往北大讲。寄顾颉刚信并《国学季刊》封面图案一枚。下午寄郑振铎信。晚李人灿来。有麟来交文稿。夜收《小说月报》一本，《妇女杂志》一本。

六日　晴。晚有麟来，取文稿去。夜得子佩柬。得三弟信，二日发。

七日　晴。星期休息。上午高秀英小姐、许以敬小姐来。曙天小姐及衣萍来。午后伏园来。下午钦文来。空三来。

八日　晴。上午得有麟信。午后风。往女师校讲。晚子佩招饮于宣南春，与季市同往，坐中有冯稷家、邵次公、潘企莘、董秋芳及朱、吴两君。大风。

九日　晴，风。午后往世界语校。夜小峰、伏园来。校印刷稿。

十日　晴。午后钦文来。下午寄三弟信。寄新潮社校正稿。夜风。长虹来并赠《狂飙》及《世界语周刊》。得伏园信。

十一日　晴。晚有麟来。

十二日　晴。上午往师校讲。午后往北大讲。往东亚公司买《希臘天才之諸相》一本，ケーベル《続続小品集》一本，《文芸思潮論》一本，共泉五元二角。晚 H 君来，付以旅资泉卅。伏园来。有麟来。夜校《苦征》。

十三日　昙。下午往北大取二月分薪水三元，又三月分者五元。往新潮社交校正稿。往东亚公司买《托爾斯泰卜陀斯妥夫斯 Л》一本，《伝説の時代》一本，《浅草ダヨリ》一本，《人類学及人種学上ヨリ見タル北東亜細亜》一本，共泉九元四角。夜伏园来。衣萍来。

430

十四日　晴。星期休息。上午得王锡兰信。得李庸倩信，五日发自广州。傅筑夫^{作楫永年}、梁绳祎^{子美行唐}来，师范大学生，来论将收辑中国神话。高鲁君寄来《妇女必携》一本。下午复王锡兰信。晚伏园来。

十五日　晴。上午矛尘来。午后往女师校讲。晚有麟来。郁达夫来。得伏园信。得顾颉刚信。向培良来。校《苦征》稿。

十六日　晴。午后往世界语校讲。下午理发。东亚公司送来亚里士多德《詩学》一本，勖本华尔《論文集》一本，《文芸復興論》一本，《昆虫記》第一卷一本，共泉六元四角。夜得李遇安信并文稿。

十七日　雾。上午章矛尘来。午后钦文来。以《语丝》寄李庸倩。

十八日　昙。下午寄三弟信。晚往南千张胡同医院看胡萍霞之病。

十九日　晴。上午往师校讲。午后往北大讲。下午收去年七月奉泉四十三元。晚有麟来。东亚公司送来《革命期之演劇与舞踊》一本，价泉六角也。

二十日　晴。午后云五、长虹、高歌来。下午访胡萍霞，其病似少瘥。

二十一日　晴。星期休息。上午张目寒来。衣萍、曙天来。季市来。午后有麟来。晚伏园来。向培良来。夜得李醒心信。

二十二日　晴。休假。上午复李醒心信。寄伏园信。午后有麟来。夜衣萍来。

二十三日　晴。午后往世界语校讲。收《妇女杂志》一本。晚培良来。子佩来。

二十四日　晴。上午复孙楷第信。复李遇安信。复李庸倩信。下午寄伏园信并文稿。晚子佩来。仲侃来。长虹来。

二十五日　晴。休假。午后有麟来。钦文来。衣萍、曙天来。下午得吕琦信，字蕴儒。子佩来。夜郁达夫来并赠《Gewitter im Mai》von L. Ganghofer 一本。李人灿来并还泉五，又交小说稿一篇。濯足。

二十六日　晴。上午往师范大学讲并收一月分薪水泉二十五。午后往北大讲。晚收李寄野信。收有麟信片。子佩来。收李庸倩信，十四日发自广州黄埔。夜得向培良信。

二十七日　昙。午后钦文来。姚梦生来。晚伏园来。有麟来。

二十八日　晴。星期休息。荆有麟邀午餐于中兴楼，午前赴之，坐中有绥理绥夫、项拙、胡崇轩、孙伏园。下午往东亚公司买《タイス》一本，泉一元。得三弟信，廿三日发。

二十九日　昙。午后往女师校讲。夜子佩来。世界语校送来九月、十一月薪水泉各十元。

三十日　雨雪。午后往世界语校讲。下午霁，夜复雪。校《苦征》印稿。

三十一日　晴，大风吹雪盈空际。下午伏园来，托其寄小峰信并校正稿去。晚有麟来。

书帐

淮南鸿烈集解六本　三・〇〇　二月二日

东亚墨画集一本　五・〇〇　二月十六日　　　　　八・〇〇〇

比亚兹来传一本　一・五〇　四月四日

文学原論一本　二・七〇　四月八日

真実はかく伴る一本　一・一〇

苦闷之象征一本　一·七〇　　　　　　　　　　七·〇〇〇

师曾遗墨第一集一本　一·六〇　五月三日

师曾遗墨第二集一本　一·六〇

论衡举正二本　高阆仙赠　五月六日

邓析子一本　〇·一〇　五月十四日

申鉴一本　〇·三〇

中论一本　〇·四〇

大唐西域记四本　一·五〇

文心雕龙一本　〇·五〇

太平乐府二本　四·〇〇

文字学讲义二本　〇·四四〇　五月二十三日

中古文学史讲义一本　〇·三二〇

词余讲义一本　〇·二四〇

新语一本　〇·二〇　五月三十一日

新书二本　〇·七〇

嵇中散集一本　〇·四〇

谢宣城集一本　〇·三〇

元次山集二本　〇·六〇　　　　　　　　　　一三·二〇〇

潜夫论二本　〇·六〇　六月十三日

蔡中郎集二本　〇·七〇

陶渊明集一本　〇·七〇

文选六臣注三十本　八·四〇

永元断专拓片一枚　裘子元赠　六月廿四日

花专拓片十枚　同上　　　　　　　　　　　一〇·〇四〇

蔡氏造老君象四枚　〇·六〇　七月十五日

张僧妙碑一枚　〇·四〇

郭始孙造象四枚　〇·六〇　七月二十日

锜氏造老君象四枚　〇·〔八〕〇

华严经第十二品一枚　〇·三〇

明圣谕图解一枚　〇·二〇

九九消寒图一枚　〇·一〇

苍公碑并阴二枚　一·〇〇　七月三十一日

大智禅师碑侧画象二枚

卧龙寺观音象一枚　　　　　　　　　　　　四·〇〇〇

颜勤礼碑十分四十枚　刘雪雅赠　八月三日

李二曲集十六本　同上

师曾遗墨第三集一本　一·六〇　八月十六日

吕超〔静〕墓志一枚　二·〇〇　八月二十二日

晨风阁丛书十六本　八·〇〇　八月二十七日

比干墓题字一枚　李怡山赠　八月三十一日

吴道子观音象一枚　同上　　　　　　　　　一一·六〇〇

崔勳造象一枚　一·〇〇　九月十八日

六朝杂造象十一种十四枚　三·〇〇

残杂造象七种十枚　一·〇〇　　　　　　　五·〇〇〇

赤露見タママノ記一本　〇·七〇　十月十一日

近代思想十六講一本　二·一〇

近代文芸十二講一本　二·〇〇

文学十講一本　二·〇〇

古今杂剧卅种五本　二·〇〇　十月十七日

人類の為めに一本　S.F.君赠　十月十九日

象牙の塔を出て一本　二・一〇　十月二十七日

十字街頭を行く一本　二・一〇　　　　　　　　一三・〇〇〇

淮南子集証十本　高閬仙贈　十一月十日

辞林一本　二・八〇　十一月二十八日

昆虫記第二巻一本　二・四〇　　　　　　　　　五・二〇〇

石佛衣刻文拓本二枚　裘子元贈　十二月四日

希臘天才の諸相一枚［本］　二・〇〇　十二月十二日

ケーベル続続小品集一本　一・六〇

文芸思潮論一本　一・六〇

托氏卜陀氏一本　二・四〇〇　十二月十三日

伝説的時代一本　三・二〇〇

浅草ダヨリ一本　一・二〇

北東亜細亜一本　二・六〇

亚里士多徳詩学一本　一・七〇　十二月十六日

勖本华尔論文集一本　一・二〇

文芸復興論一本　一・二〇

昆虫記第一巻一本　二・三〇

革命期の演劇と舞踊一本　〇・六〇　十二月十九日

タイース一本　一・〇〇　十二月二十八日　　　二二・二〇〇

总计九九・二四〇，每月平匀八・二八六元耳。

日记十四（1925年）

一月

　　一日　晴。午伏园邀午餐于华英饭店，有俞小姐姊妹、许小姐及钦文，共七人。下午往中天看电影，至晚归。

　　二日　晴。下午品青、小峰来。夜有麟来。

　　三日　昙。晚服补写丸二粒。夜为《文学周刊》作文一篇讫。

　　四日　晴。星期休息。午后有麟来。下午伏园来。紫佩携舒来。夜衣萍来。译彼象飞诗三篇讫。

　　五日　晴。午后往女师校讲并收去年二月分薪水泉五元。收教育部前年七月分奉泉八十六元。收其中堂书目一本。收《支那研究》第二期一本。收东亚公司通知信。下午至滨来香饮牛乳并买点心。

　　六日　晴。晨寄三弟信。寄李庸倩信。午后往世界语校讲。往东亚公司买《新俄文学之曙光期》一本，《支那馬賊裏面史》一本，共泉二元二角。钦文来，托其以文稿一篇交孙席珍。夜校《苦征》印稿。有麟来。

　　七日　晴。下午寄新潮社校正稿。

436

八日　晴。晚衣萍来。夜崇轩、有麟来。

九日　晴。上午往师范大学讲。午后往北京大学讲。下午昙。得伏园信，附王铸信，晚复。夜衣萍、伏园来。有麟来。向培良、钟青航来。

十日　昙。上午寄伏园信。寄常维钧信。寄李庸倩《语丝》第四至第八期。晚伏园来。收去年十二月分《京报附刊》稿费泉卅。

十一日　晴。星期休息。午后有麟来。下午姚梦生来。紫佩来。夜得玄同信。

十二日　晴。午后往女师校讲并收去年三月分薪水泉六。下午寄李小峰以校正稿。复钱玄同信。晚有麟来。

十三日　昙。午后衣萍来。晚有麟来。

十四日　昙。午后衣萍来。下午往北大取薪水，计三月分者十三元，而四月分者四元也。夜成短文一篇。校《苦征》印稿。

十五日　晴。午后钦文来。有麟来。下午寄小峰信并稿。晚伏园来。

十六日　晴。晚往季市寓饭。夜赴女师校同乐会。

十七日　晴。上午得三弟信，十日发。午后衣萍来。夜有麟来。得李遇安信。

十八日　晴。星期休息。午后孙席珍来。下午钦文、伏园来。

十九日　晴。上午得李庸倩自黄埔所寄照片。夜有麟来。

二十日　晴。下午寄许钦文、陶璇卿信。夜服补写丸二粒。

二十一日　昙。上午陈子良来。午后有麟来。夜衣萍来。伏园来。服仁丹廿。

二十二日　昙。上午得高歌信，十八日开封发。同母亲往伊藤医寓治牙。往东亚公司买《近代恋爱观》一本，泉二。午后游小市，买

《轰天雷》一本，铜泉十枚。下午许钦文来并赠酒二瓶。伏园来。夜收《小说月报》一本。

二十三日　晴。下午收《东方杂志》一本。往留黎厂买石印王荆公《百家唐诗选》一部八本，泉二元四角。夜有麟来并赠瓯柑十六枚，鲫鱼二尾。李慎斋来并交所代领奉泉百九十八元，是为前年之七月及八月分。

二十四日　晴。旧历元旦也，休假。自午至夜译《出了象牙之塔》两篇。

二十五日　晴。星期休息。治午餐邀陶璇卿、许钦文、孙伏园，午前皆至，钦文赠《晨报增刊》一本。母亲邀俞小姐姊妹三人及许小姐、王小姐午餐，正午皆至也。夜译文一篇。

二十六日　晴，风，假。午后子佩来。下午至夜译文三篇。有麟来。

二十七日　晴。休假。午后衣萍来。得三弟信，二十日发。

二十八日　晴。上午寄马幼渔信。午后品青、衣萍来并赠汤圆三十。下午伏园来。晚寄三弟信。寄李遇安信。寄李小峰信并校正稿及图版。夜译白村氏《出了象牙之塔》二篇。作《野草》一篇。

二十九日　大雪。上午得孙席珍信并诗。午晴，风。晚有麟来。

三十日　晴。夜有麟来，取文稿去。

三十一日　晴。午后钦文来。下午收《东方杂志》一本。晚伏园来。衣萍来。夜有麟同吕蕴儒来。

二月

一日　晴。星期休息。晚衣萍、小峰同惠迪来。夜伏园来。

二日　晴。上午得李庸倩信片，一月十六日发。肋间神经痛作。

三日　晴。上午往师大取去年一月分余薪三元，二月全份三十六元，又三月分者十五元。略游厂甸。在松云阁买鸮尊一，泉一。又铜造象一，泉十，后有刻文云"造像信士周科妻胡氏"。买《罗丹之艺术》一本，一元七角。夜有麟来。

四日　昙，午晴。钦文来。夜校小峰译文讫。

五日　昙。下午寄小峰信并校稿。夜衣萍来。有麟来。伏园来。

六日　昙。无事。

七日　晴。上午张凤举来，未见。得李庸倩信，一月二十二日发。夜有麟来取稿去。是日休假，云因元夜也。

八日　昙。星期休息。上午寄张凤举信。午后长虹、春台、阎宗临来。下午衣萍、曙天来。有麟来。夜伏园来，托其以校正稿寄小峰。风。

九日　晴，风。午后往女师校讲。晚寄李小峰信。夜向培良来。

十日　晴。上午得李庸倩信，一月三十日发。下午寄伏园信并稿。寄北大注册部信。往留黎厂买《师曾遗墨》第四集一本，　元六角。夜得李霁野信并文稿三篇。夜作文一篇并写讫。服阿斯匹林片一。

十一日　晴。午后许钦文来。晚往店买茶叶及其他。夜伏园来，取译稿以去。衣萍来。有麟来并赠饼饵一合。长虹来。得三太太信。

十二日　晴。休假。下午伏园、向培良、吕蕴儒来。晚王品青、小峰、衣萍、惠迪来。夜同品青、衣萍、小峰、伏园、惠迪至同和居饭。

十三日　晴。上午往北大取薪水四月全分，五月分六元。往东亚公司买《思想山水人物》一本，二元。晨报社送来《增刊》一本，三希帖景片三枚。夜有麟来。

十四日　晴，风。上午东亚公司店员送来《露国现代の思潮及文学》一本，三元六角。晚H君来。得三弟信，九日发。胁痛向愈，而胃痛作。

十五日　晴。星期休息。下午伏园延母亲观剧。衣萍、曙天来。冯文炳来，未见，置所赠《现代评论》及《语丝》去。钦文来。收李霁野《黑假面人》译本一。

十六日　昙。午后往女子师校讲并收薪水泉去年三月分者八元五角，四月分者十三元五角，五月分者五元。收《妇女杂志》一本。晚得李霁野信。夜培良来。长虹来。伏园来。大风。

十七日　晴。下午伏园送来译文泉卅。邵元冲、黄昌谷邀饮，晚一赴即归。

十八日　晴。上午寄王捷三信。寄李霁野信。午后收北京大学《国学季刊》卷一之四号一本。下午寄伏园信并稿。寄任国桢信。得李庸倩信片，东莞野营中发。晚伏园来。夜有麟来。译《出了象牙之塔》讫。

十九日　晴。午后衣萍来，同往中天剧场观电影。夜培良、有麟来。

二十日　昙。上午往师大讲并取去年三月分薪水泉十一。午后往北大讲，下午得王捷三信。收《东方杂志》一本。得任国桢信。得李霁野信。

二十一日　晴。午后钦文来。下午寄常维钧信。寄任国桢信并译稿。晚往博益书社买《新旧约全书》一本，一元。夜有麟来。

二十二日　晴，大风。星期休息。无事。

二十三日　晴。上午得吴［胡］萍霞信，十九日孝感发。得任国桢信。午后往女子师校讲。下午寄蒋廷黻以《小说史略》及《呐喊》各一部。寄李济之以《呐喊》一部。收《小说月报》一本。夜有麟来。伏园来。

二十四日　晴。午后衣萍、曙天、小峰、漱六来。晚高歌来。伏园来。夜蕴儒、长虹、培良来。复任国桢信。

二十五日　晴。下午收《妇女杂志》一本。夜有麟来。风。

二十六日　晴。夜有麟来。

二十七日　昙。上午往师大讲。午后往北大讲。下午与维钧、品青、衣萍、钦文入一小茶店闲话。夜伏园来。项亦愚、荆有麟来。

二十八日　晴，午后昙。下午寄小峰信。夜大风。成小说一篇。

三月

一日　晴，风。星期休息。上午毛壮侯来，不见，留邵元冲信而去。有麟来。下午往民国日报馆交寄邵元冲信并文稿。往商务印书馆豫约《别下斋丛书》、《佚存丛书》、《清仪阁古器物文》各一部，共泉三十六元七角五分。伏园来，未遇。夜有麟、蕴儒、长虹、培良来。

二日　晴。上午寄三弟信。得李遇安信。下午往女师讲。得三弟信，二月廿六日发。

三日　晴，风。下午得李济之信。夜伏园来。有麟来。

四日　晴。午后钦文来。夜有麟来并赠水果四罐。长虹来。是晚子佩来访，因还以泉五十。

五日　晴。午后衣萍来。晚往东亚公司买《新俄美術大観》一本，《現代仏蘭西文芸叢書》六本，《最新文芸叢書》三本，《近代劇十二講》一本，《芸術の本質》一本，共泉十五元八角。夜有麟来。培良来。

六日　晴，风。上午往师大讲。午后往北大讲。下午同小峰、衣萍、曙天至一小店饮牛乳闲谈。夜伏园来。有麟来。

七日　晴。午后有麟来。下午新潮社送《苦闷之象征》十本。夜衣萍来。

八日　晴。星期休息。上午得杨〔李〕遇安信并文稿。寄师大讲义课信。午后大风。下午李宗武来，赠以《苦闷之象征》一册。寄许、袁、俞小姐《苦闷之象征》各一册。夜伏园来。

九日　晴。上午得三弟信，四日发。午后往女师校讲。下午赠季市《苦征》两本。寄李遇安信并文稿。夜有麟来，赠以《苦征》一本。阎宗临、长虹来并赠《精神与爱的女神》二本，赠以《苦征》各一本。得自署曰振者来信并诗稿。

十日　晴，风。下午寄小峰信。寄三弟信并剧本一卷。晚理发。夜得赵其文信并文稿。有麟来。新潮社送来《苦闷之象征》九本。

十一日　晴。上午访李小峰。午后大风。伏园持来《山野掇拾》四本。得许广平信。夜衣萍、伏园来。寄世界语专门学校信辞教员职。

十二日　晴。上午寄赵其文信。复许广平信。得梁生为信。午高歌来，赠以《苦闷之象征》一本。下午寄徐旭生信。以《山野掇拾》及《精神与爱之女神》各一本赠季市。晚为马理子付山本医院入院费三十六元二角。晚吕蕴儒、向培良来，赠以《苦闷之象征》各一本。

十三日　晴。午后往北大讲。得赵其文信。往小峰寓。下午得三太太信。

十四日　晴。下午寄三弟信并李霁野译文一卷。得紫佩信。夜伏园来。

十五日　昙。星期休息。上午雨雪。寄梁生为信。寄赠俞小姐、许小姐以《山野掇拾》各一本。午后有麟来。下午钦文来。夜培良来。衣萍、伏园来。

十六日　晴。上午得许广平信。午钦文来。寄任国桢信。夜长虹来。

十七日　昙。无事。收《东方杂志》、《妇女杂志》、《小说月报》各一册。

十八日　晴。晚往商务印书馆取稿费十五元。往新明剧场观女师大史学系学生演剧。得任国桢信。北大送来《社会科学季刊》一本。有麟来，钦文、璇卿来，衣萍来，均未遇。夜作小说一篇并钞讫。

十九日　昙。上午得任国桢信。得李遇安信并文稿。复许广平信。午后晴。陶璇卿、许钦文来，少坐即同往帝王庙观陶君绘画展览会。遇张辛南、王品青。下午同季市再观展览会。夜有麟来。衣萍、伏园来。

二十日　昙。上午往师大讲并收薪水三月分十元，四月分八元。午后往北人讲。刘子庚赠自刻之《濯绛宦词》一本。晚衣萍来。夜有麟来。长虹来并赠《精神与爱的女神》十本。

二十一日　昙。上午得许广平信。午吴曙天、衣萍、伏园邀食于西车站食堂，同席又有王又庸、黎劭西。晚小雨。有麟来。夜濯足。

二十二日　昙。星期休息。上午许诗荃、诗荀来，赠以《苦闷的象征》、《精神与爱的女神》各一本。长虹来。目寒、霁野来。高歌、培良来。有麟来。午后璇卿、钦文来。下午小雨，晚晴，风。有麟来持去短文一篇。

二十三日　昙。午后寄孙伏园信。寄李小峰信。往女师校讲。得高歌信。得蒋廷黻信。黎劭西寄赠《国语文法》一本。收前年八月分奉泉百六十五元。夜向培良偕一友来，赠以《苦闷之象征》一本。复高歌信。

二十四日　昙。上午得长虹信。午后访培良不值，留函而出。下午寄李遇安信并文稿。寄蒋廷黻信。寄许广平信。晚得三弟信，十九日发。钦文来。夜有风。李小峰、孙伏园及惠迭来。寄赠《苦闷之象征》一本与钱稻孙。

二十五日　晴，风。上午访李小峰，选定杂感。往北大取前年五月分薪水八元，六月分五元。往东亚公司买《学芸論钞》、《小說研究十二［六］講》、《叛逆者》各一本，共泉四元六角。晚往新民［明］剧场观女师大哲教系游艺会演剧。

二十六日　晴。上午得培良信。得霁野信并蓼南文稿。午后有麟来。

二十七日　晴。上午往师大讲。午后往北大讲。得刘弄潮信。同小峰、衣萍、钦文至一小肆饮牛乳。得东亚公司信。下午得孙伏园信。得许广平信。夜李人灿来。有麟来。复刘弄潮信。雨。

二十八日　昙。上午得高歌信。新潮社送来《苦闷之象征》十本。午后大风，晴。寄三弟信，附致郑振铎信并蓼南稿。寄《苦闷之象征》四本分赠振铎、坚瓠、雁冰、锡琛。收十二年八月分奉泉十七元，又九月分者百六十五元。还季市泉百。夜刘弄潮来。有麟、崇轩、陆士钰来。

二十九日　晴，风。星期休息。午后有麟来。下午曙天、衣萍来。

伏园、惠迭来。收京报社二月分稿费四十。夜刘弄潮来。培良来。长虹来。

三十日　晴。上午寄徐旭生信。午后往女师校讲并收去年五月分薪水八元五角。

三十一日　晴。上午衣萍来。下午寄小峰信。晚往厂甸。夜有麟来。

四月

一日　昙，风。上午寄许广平信。寄伏园短文。下午还齐寿山泉百。收《东方杂志》一本。收《支那二月》第二期一分。晚孙席珍来。张凤举来。

二日　晴，午后昙。冯文炳来。紫佩来。夜衣萍来。

三日　晴，风。上午往师大讲。午后往北大讲。浅草社员赠《浅草》一卷之四期一本。夜有麟来。云松阁李庆裕来议种花树。得赵其文信。

四日　晴。午后钦文来。得孔宪书信。下午收《妇女杂志》一本。夜培良、有麟来。

五日　晴。星期休息。上午得三太太信。得李庸倩信，三月廿日粤宁县发。云松阁来种树，计紫、白丁香各二，碧桃一，花椒、刺梅、榆梅各二，青杨三。午后孙席珍来。收俞小姐所送薄荷酒一瓶，袁甸盦所送自作山水一幅。下午得赵其文信，即复。寄李小峰信。晚衣萍来。夜培良等来。长虹等来，以《苦闷之象征》二本托其转寄高歌。

六日　昙。补昨清明节假。上午孔宪书来。下午钦文来，赠以《精神与爱之女神》一本。得李遇安信并诗文稿。夜得许广平信。

七日　晴。下午寄女师校注册部信。寄许广平《猛进》五期。晚得李遇安信并诗稿。夜有麟、培良来。得郑振铎信。衣萍来。

八日　晴，大风。休假。午后矛尘来。下午衣萍、曙天来。品青、小峰、惠迭来。得赵其文信。静恒来。

九日　晴。上午寄赵自成信。寄赵其文信。寄刘策奇信。寄许广平信。寄任国桢信。下午寄郑振铎信并《西湖二集》六本。

十日　晴。上午得任国桢信。往师大讲。午后往北大讲。赠矛尘、斐君以《苦闷之象征》各一本。寄李小峰信。下午寄衣萍信。得三弟信，七日发。夜唐静恒来。

十一日　晴。上午得赵其文信，午复。寄三弟信。钦文来。午后俞芬、吴曙天、章衣萍来，下午同母亲游阜成门外钓鱼台。夜买酒并邀长虹、培良、有麟共饮，大醉。得许广平信。得三弟信，八日发。

十二日　晴，大风。星期休息。下午小峰、衣萍来。许广平、林卓凤来。晚寄李遇安信并还诗稿一篇。

十三日　晴。午后往女子师校讲。下午寄三弟信。晚钦文来。夜培良来。长虹来。

十四日　晴。上午得李遇安信。晚培良以赴汴来别，赠以《山野掇拾》一本及一枝铅笔。夜刘弄潮寄来文一篇。收《东方杂志》、《小说月报》各一本。

十五日　晴。上午寄许广平信。寄李小峰信并稿。午后得臧亦蘧信，诗稿一本附。有麟来。钦文来。夜人灿来并交旭社信。

十六日　昙。午后衣萍来。晚游小市，买《乌青镇志》、《广陵诗事》各一部，共泉一元二角。风。夜胡崇轩、项亦愚来，不见。校

《苏俄之文艺论战》讫。

十七日　晴。上午往师大讲。午后往北大讲并收薪水十三元，去年六月分讫。下午得许广平信。夜长虹同常燕生来。风。得孙斐君信。得李庸倩信。

十八日　昙。午后有麟来。曙天来。晚风。夜衣萍来。

十九日　晴。星期休息。上午得郑振铎信。得三太太信。午后有麟来。下午小峰、衣萍、惠迪来。胡崇轩、项亦愚来。晚雨。

二十日　晴。午后往女师校讲，并领学生参观历史博物馆。往中央公园。下午得三弟信，十七日发。夜刘弄潮来。有麟来。

二十一日　晴。上午得廷璠信，十三日南阳发。以译稿寄李小峰。以诗稿寄还臧亦蘧，附笺一。目寒来并交译稿二篇。寄三弟信。下午得许广平信。收《东方杂志》一本。得紫佩信。夜有麟来。长虹来。得臧亦蘧信。得梓模信并《云南周刊》。得常燕生信。

二十二日　晴。上午得吕琦信，附高歌及培良笺，十八日开封发。钦文来。下午访衣萍。晚衣萍、曙天来。夜雨。编《莽原》第一期稿。

二十三日　昙。晨有麟来。寄许广平信。复梓模信。午后得李遇安信，即复。下午有一学生送梨一筐。夜有麟来。复蕴儒、高歌、培良信。

二十四日　雨。午后往北大讲。下午寄许广平信并《莽原》。夜有麟来。

二十五日　晴，大风，午后昙。无事。

二十六日　晴。星期休息。上午得孙永显信并燕志僬诗稿。午寄小峰以文稿。下午衣萍、曙天来。小峰来。伏园来并交春台信及所赠德译洛蒂《北京之终日》一本，画信片二枚，糖食二种，干果一袋。

夜长虹、有麟来。

二十七日　晴。晨得许广平信。得向培良信并稿。上午得李遇安信，知前日之梨，其所赠也，在定县名黄香果云。晚钦文来并赠小说集十本。夜目寒、静农来，即以钦文小说各一本赠之。得任国桢信并译稿一本。

二十八日　晴。上午寄伏园信。寄李遇安信。有麟来。午后得许广平信并稿。下午收奉泉百六十五元，前年九月分讫。还齐寿山泉百。夜向〔尚〕钺、长虹来。寄伏园信。

二十九日　晴。上午寄许广平信。寄陈空三信。午后有麟来。晚往留黎厂商务印书馆买《说文古籀补补》四本，四元。夜得培良信，二十七日发。

三十日　昙。午后衣萍、小峰来，并送三月分《京报》稿费卅。得丁玲信。得蒋鸿年信。夜小酩来。H君来。有麟来。

五月

一日　昙。午后访李小峰，见赠《从军日记》及《性之初现》各一本。夜有麟来。寄李小峰信。得许广平信。为《语丝》作小说一篇成。

二日　昙。下午得三弟信，附久巽及梁社乾笺，四月二十九日发。夜有麟来。长虹及刘、吴二君来，赠长虹及刘君以许钦文小说各一本。

三日　晴。星期休息。上午目寒来，托其以小说稿一篇携交小峰。午后钦文来。有麟来。唐君来。下午衣萍、曙天及吴女士来。晚寄许广平信。长虹来。得向［尚］钺信二。得金天友信。

四日　晴。午后寄孙伏园信。往女师大讲。夜小峰、矛尘、伏园、惠迭来。

五日　小雨。晨得张目寒信。上午伏园来。有麟来。午后得张目寒信。得培良、蕴儒信。晚衣萍来。夜长虹、玉帆来。

六日　小雨。上午有麟来。得三弟文稿。得赵善甫信并稿。下午得李霁野稿。夜有麟来。寄金天友信。得赵荫棠信。

七日　晴。上午有麟来。得燕生信。午后得春台信。

八日　晴。上午往师大讲并取去年薪水四月分者二十八元，五月分者三元。午后往北大讲。得曹靖华信。下午得费同泽信。晚有麟来。夜长虹来。

九日　晴。上午目寒、丛芜来。下午寄蕴儒、培良信并稿。寄曹靖华信，附致王希礼笺。晚有麟来。夜长虹、钟吾来。小酩来。衣萍、小峰、漱六来。伏园来。得钝拙信。得三弟信并稿，六日发。

十日　昙。星期休息。午后有麟、金天友来。下午得许广平信。雨一陈即霁也。

十一日　晴。下午访季市。夜有麟来。李渭滨来。得李遇安信并稿。

十二日　昙。午后钦文来。下午往女师校开会。得常燕生信片。晚钦文来。

十三日　雨。上午得培良信。下午寄常燕生信。寄三弟信。

十四日　晴。上午得尚钟吾信。有麟来。午后张辛南、张桃龄字冶春来。下午理发。晚长虹来。夜索非、有麟来。衣萍、品青来。静农、鲁彦来。

十五日　昙。上午往师大讲。午后往北大讲而停课。往张目寒寓。下午雨，至夜有雷。得李宗武信，十三日天津发。

十六日　昙。上午有麟来。午后得李庸倩信，七日梅县发。下午雨一陈。晚衣萍来。夜钦文来。收《小说月报》一本。

十七日　昙。星期休息。午有麟来。午后雨。鲁彦、静农、素园、霁野来。下午晴。夜得许广平信并稿。得张目寒信并稿。

十八日　昙。午得衣萍信。午后寄钱玄同信。寄山川早水信。往女师校讲并收去年六月分薪水泉十一元。晚陈斐然来。夜有麟来。目寒来。得陈百年信。

十九日　晴，风。上午寄许广平信。寄陈文华信。午后钦文来。夜长虹来。

二十日　晴，风。上午有麟来。得三弟信，十五日发。午后得许广平信。得静农信并稿。寄孙伏园信。晚鲁彦、静农来。小酩来。夜得王志恒信并稿。得曹靖华信。看师范大学试卷。

二十一日　晴。下午往女师校学生会。晚得台静农信。夜寄吕云章信。长虹、有麟来。崇轩来。品青、衣萍来。得小酩信。

二十二日　晴。上午往师大讲并交试卷。午后往北大讲。下午得培良信二封，十九、二十发。晚任国桢来，字子卿。邹明初、张平江来。夜有麟来。

二十三日　晴。上午云松阁送来月季花两盆。午后鲁彦来。下午寄李小峰信。晚有麟来。夜小峰、衣萍来。雨。

二十四日　雨。星期休息。午后晴。访幼渔。下午得赵其文信。晚小酩来。寄李小峰信。夜有麟、目寒来。钦文来。有电，已而雷雨。

二十五日　晴。午后往女师校讲。下午得三弟信并稿，二十一日发。晚寄李小峰信。寄邵飘萍信。夜长虹、钟吾来。大风。

二十六日　晴。上午复赵其文信。寄小酩信并译稿。得章锡箴稿。下午雨〔一〕陈即霁。晚有麟来。夜得小酩信。

二十七日　晴，风。下午寄三弟信。寄曹靖华信。寄李小峰信。收奉泉六十六元。夜小峰、衣萍等来。得许广平信。

二十八日　昙。午后往容光照相。往商务印书馆取《别下斋丛书》、《佚存丛书》各一部。晚许广平、吕云章来。夜鲁彦来，赠以《苦闷之象征》一本。

二十九日　昙。上午往师大讲并收去年五月份薪水泉五。午后往北大讲。晚有麟来。赵荫棠来。长虹、钟吾来。夜作《阿Q传序及自传略》讫。

三十日　晴。上午访季市。下午大睡。宗武寄赠《文录》一本。夜衣萍来。

三十一日　雨，上午霁。陈翔鹤、陈炜谟来。张平江等来。午李宗武来。寄许广平信。寄许季市信。午后钦文来。下午季市、诗荃来。晚品青来。有麟来。雷雨。

六月

一日　小雨。午后往女师大讲并收薪水二元五角，去年六月分讫。得许广平信。得三太太信。夜有麟来。大雨一陈。

二日　昙。上午得张目寒信，五月三十日开封发。午有麟来。下午寄许广平信。寄师范大学注册部信。晚晴。

三日　昙。上午得培良等信。晚长虹来。夜鲁彦、有麟来。夜雨。

四日　小雨，午晴。下午同季市往中天〔剧〕场观电影。郑振铎寄赠《太戈尔传》一本。李小峰寄赠《两条腿》二本。得三弟信，一日发。夜有麟来。

五日　昙。上午得李遇安信。得仲平信。午后林卓凤来，为上海事募捐，捐以五元。晚钦文来。有麟来。夜雨。得赵赤坪信。

六日　晴，风。上午得许广平信。品青来。午后衣萍来。下午往中天看电影。晚往容光取照相。得尚钟吾信。夜小雨。

七日　昙。星期休息。午得任子卿信。午后钦文来。下午小峰、衣萍来。得李桂生信并稿。晚子佩来。夜有麟来。

八日　晴。上午寄尚钟吾信。寄任子卿信。濯足。下午以《阿Q正传序、自叙传略》及照象一枚寄曹靖华。尚钟吾来。寄李遇安信并文稿二篇。晚长虹来。有麟、鲁彦来。夜得有麟信。

九日　昙。午前得任子卿信。晚许钦文来别。夜得李遇安信并文稿。

十日　晴。上午得朱宅信。有麟来。下午大雷雨，有雹。夜作短文二。

十一日　晴。下午寄任子卿信。夜作杂感一。

十二日　晴。下午寄三弟信。寄小峰信并稿。晚有麟来。夜风雨。

十三日　晴。午后往大学买各种周刊并访小峰。下午得许广平信并稿。得尚钟吾信并稿。小酩来。收《社会科学季刊》一本。晚钟吾、有麟来。长虹及张希涛来。夜得任子卿信并《烦恼由于才智》原文一本。得蔡丐因信并《诸暨民报五周年纪念册》一本。

十四日　晴。星期休息。上午寄许广平信。下午许广平、吕云章来。晚钟吾、有麟来。得曹靖华信。夜伏园来并交《京报》四月分稿费廿，五月分十。得梁社乾信并誊印本《阿Q正传》二本。

十五日　晴。晚矛尘来。夜修整旧书。

十六日　晴。上午仲侃来。晚有麟来。长虹、已燃来。得胡祖姚信。得毛坤信。收《小说月报》、《妇女杂志》各一本。夜得三弟信，十三日发。

十七日　晴。上午得常燕生信。衣萍来。小峰赠《徐文长故事》二集两本，下午以一本转赠季市。寄小峰信。

十八日　晴。上午复毛坤信。寄蔡丐因信。小酩来。下午得许广平信。晚长虹来。夜得许钦文信，十五日浦镇发。收《微波》第三期一。

十九日　晴。下午得张目寒信。晚陈斐然来。有麟来。

二十日　晴。午后得刘策奇信。寄梁社乾信并校正《阿Q正传》。得许广平信。得尚钟吾信。得胡教信。晚小雨。有麟来。小峰、品青、衣萍来。

二十一日　晴。星期休息。无事。

二十二日　昙。上午寄张目寒信。寄章矛尘信。寄三弟信。下午雨。收《东方杂志》一本。还齐寿山泉百。李小峰寄赠《昨夜》二本，夜长虹来，即以一本赠之。

二十三日　晴。上午得台静农信并稿。得李寄野信并稿。下午寄师范大学试卷十四本。晚雨一陈。品青、矛尘来。得三弟信，二十一日发。

三〔一〕十四日　晴。上午得李桂生信并稿。下午收奉泉百九十八。还季市泉百。夜雨。

二十五日　晴。端午，休假。上午得有麟信。下午得三弟信，廿二日发。晚雨。

二十六日　晴。晚 H 君来。得有麟信。

二十七日　晴。上午得许广平信。下午收奉泉卅三。晚得培良信。得钟吾信。

二十八日　晴。星期休息。晚品青来。夜小峰、衣萍来。

二十九日　晴。上午寄向培良信。寄许广平信。晚得许广平信并稿，即复。长虹来并交有麟信又《霰篥纪念刊》一本。夜雨。得孙伏园信。

三十日　晴。上午得李遇安信并稿。下午寄李桂生信并稿。

七月

一日　晴。午后得许广平信。晚 H 君来别。

二日　晴。上午寄尚钟吾信。寄三弟信。寄张目寒以照相一枚。午前许广平来。午后得梁社乾信并照片三枚。得李桂生信。得吕蕴儒信并合订《豫报副刊》一本。

三日　晴。休假。午后昙，晚雨。得有麟信。

四日　昙。上午得培良信，二日郑州发。午后往中央公园，在同生照相二枚。晚有麟来假泉廿。夜得许广平信并稿。

五日　晴。星期休息。午后仲芸、有麟来。下午子佩来。晚长虹来。夜品青来。小峰来并赠《蛮性之遗留》二本。得静农信，附鲁彦信。

六日　晴。午后往第一监狱工场买藤、木器具八件，共泉卅二。下午静农、素园、赤坪、霁野来。抱朴来。晚许广平、许羡苏、王顺亲来。得有麟信并素园译文。得玄同信。

七日　晴。上午寄有麟信。复玄同信。高阆仙赠《抱朴子校补》一本。

八日　雨。午得有麟信，附刘梦苇、谭正璧信。下午得尚钟吾信，六日开封发。晚晴。有麟来，赠以《呐喊》一本。

九日　昙。午后得车耕南信，六日天津发。下午有麟来。雨。

十日　昙。上午寄许广平信。寄尚钟吾信。午后往中央公园。下午静农、目寒来并交王希礼信及所赠照相，又曹靖华信及译稿。晚仲芸、有麟来。夜得吕云章信并稿。

十一日　晴。午后访李小峰取《呐喊》九本，又见赠《吕洞宾故事》二本。下午季市来，以所得书各一本赠之。胡成才来并交任国桢信。金仲芸来，赠以《呐喊》一本。晚目寒、有麟来。

十二日　晴。星期休息。上午寄吕云章信。寄柯仲平信。下午品青来。

十三日　晴。晨得韦素园信并稿。午后寄梁社乾信并《呐喊》壹本，照相一张。寄车耕南信。寄曹靖华信。寄谭正璧信。寄钱玄同信。下午紫佩来。陈斐然来。晚长虹来，赠以《呐喊》一本。夜霁野、静农来，属作一信致徐旭生，托其介绍韦素园于《民报》。得钟吾信。得小峰信。得广平信。

十四日　晴。午往女师校取去年九至十二月薪水泉五十四元。往佛经流通处买《弘明集》一部四本，《广弘明集》一部十本，《杂譬喻经》五种共五本，共泉三元八角四分。午后得素园信。得静农信并稿。得赵荫棠信。晚仲芸、有麟来。长虹来。夜雨。得吕云章信。

十五日　晴。上午寄许广平信。午后往师大取去年五、六月薪水六十二元，又九月分四十元，付沪案捐四元五角，又八元。买《匋斋藏石记》一部十二本，三元。买《师曾遗墨》第五、六集各一本，共三元二角。午后胡成才来。夜得任子卿信。

十六日　晴。午后得许广平信，下午复。伊法尔来访，胡成才同来，赠以《呐喊》一本。晚寄韦素园信。夜鲁彦来。

十七日　晴。晚品青、衣萍、小峰来邀往公园夜饭并观电影。夜得钦文信。

十八日　晴。午素园来，未晤。得广平信。夜得玄同信。

十九日　晴。星期休息。上午得素园信并稿。得李遇安信。午后许广平、吕云章来。胡成才来。素园、丛芜、霁野来。下午目寒来，赠以《呐喊》一本。长虹来。晚静农来。夜小雨。寄李小峰信并稿。

二十日　晴。午后有麟、仲芸来。鲁彦及其夫人来，赠以《呐喊》一本。寄李遇安信及《莽原》。下午得常燕生信。寄玄同信。夜长虹来。得梁社乾信。

二十一日　晴。上午得尚钟吾信。午后理发。下午许广平、淑卿来。王顺亲及俞氏三姊妹来。得三太太信。晚胡成才来。夜得玄同信。雨。

二十二日　昙，午后雨。同季市、寿山往西吉庆午饭，又同游公园。

二十三日　绵雨终日。

二十四日　雨。上午寄吕云章信。寄梁社乾信。寄三弟信。

二十五日　雨。上午复白波信。收十二年十月、十一月奉泉八十三元。寄李小峰稿。得杨遇夫信，附鲍成美稿。下午有麟来。校印稿彻夜。

二十六日　昙。星期休息。上午得韦素园信并稿。得曹靖华信。下午张目寒及汪君来。晚金仲芸来。

二十七日　雨。上午往太和殿检查文溯阁书。午后霁。下午鲁彦来。得许广平信并稿。得韦丛芜信并稿。长虹来。

二十八日　晴。午后往东亚公司买《ユカリ》一本，三元。往中央公园。下午霁野、素园来。许广平、许羡苏、王顺亲来。晚仲芸、有麟来。小雨。

二十九日　雨。上午往保和殿检书。午后霁。晚有麟来。夜雷雨。

三十日　晴。上午寄许广平信。午后得三太太信。夜衣萍来。得梁社乾信。

三十一日　晴。上午往保和殿检书。夜衣萍来。有麟来。夜雨即霁。得三弟信，二十九日发。

八月

一日　昙，上午大雨。往保和殿检书。午后访韦素园不值，留书而出，附有致丛芜笺并译稿。访李小峰。下午季市来。鲁彦及其夫人来。得重久君信，二十六日东京发。霁。晚吕云章来。夜雨。

二日　雨。星期休息。上午寄李小峰信。寄三弟信。下午晴。品青来，赠以《百喻法句经》一本。有麟、仲芸来。晚长虹来。璇卿、钦文来并见赠火腿一只、茗一合。

三日　晴。上午得韦素园信并稿。得李遇安信并稿。

四日　昙。上午寄李小峰信。下午长虹来。钦文来。目寒来。有麟来。

五日　晴。上午得尚钟吾信。午后同齐寿山往公园，下午季市亦至。晚长虹来。有麟、仲芸来。夜柯仲平来。

六日　昙。午后往商务印书馆取豫约之《清仪阁古器物文》一部十本。下午璇卿、钦文来。晚寄韦丛芜信。寄李小峰稿。

七日　晴。午同寿山、季市往公园。下午赴女子师范大学维持会。夜有麟来。

八日　昙，午雨。下午赴女师大维持会。夜钦文来。得培良信，八月廿日衡阳发。

九日　昙。星期休息。上午得有麟信。寄胡成才信。寄尚钟吾信。耕南及其夫人来。午后有麟来。下午钟吾、长虹来。晚陈斐然来。

十日　昙。上午往北京大学取去年七至九月分薪水泉共五十四。午后往女师大维持会。晚霁野、素园来。有麟来。长虹来。

十一日　晴。上午寄韦素园信。寄伊法尔信并小说十四本。午后往北京饭店访王希礼，已行。往东亚公司买《支那童話集》、《露西亜文学の理想と現实》、《賭博者》、《ツアラトウストラ》、《世界年表》各一本，共泉十元二角。下午赴女师大维持会。晚有麟、仲芸来。夜钟青航来，似已神经错乱。

十二日　晴。午后往留黎厂。下午往维持会。晚张目寒来。吴季醒来。夜得三弟信，八日发。衣泙寄赠《深誓》一本。紫佩属其侄德沅送赠笋干及茗。

十三日　昙。午赴中央公园来今雨轩之猛进社午餐。午后赴维持会。晚有林、仲芸来。夜子佩来。

十四日　晴。我之免职令发表。上午裴子元来。诗荃来。季市、协和来。子佩来。许广平来。午后长虹来。仲侃来。高阆仙来。下午衣萍来。小峰、伏园、春台、惠迭来。潘企莘来。徐吉轩来。钦文、璇卿来。李慎斋来。晚有麟、仲芸来。夜金钟、吴季醒来。得顾颉刚信。

十五日　大雨，上午止。得吕云章信。得台静农明信片。午矛尘来。品青来。下午赴女师大维持会。晚往中央公园，为季市招饮也。

十六日　晴。午后有麟、仲芸来。耕南夫人归天津去。下午洙邻来。子佩来。

十七日　晴。上午得韦素园信。王仲猷、钱稻孙来。午徐思贻来。季市来。午后赴女师大维持会。张靖宸来，未遇。王品青、李小峰来，未遇，留《春水》一本，合订《语丝》五本。晚往公园，寿山招饮也，又有季市及其夫人、女儿。夜韦素园、李霁野来。得三弟信，十五日发。

十八日　晴。上午寄三弟信。往维持会。午后访季市。访子佩。下午得车耕南信。得高歌信。钟吾、长虹来。晚得季市信。常维钧来。

十九日　晴。上午访季市。访幼渔。赴维持会。夜大雨。

二十日　晴。上午寄顾颉刚信。访季市，午后同至寿山家，而芦舲亦在，饭后又同至中央公园茗饮。晚长虹来。有麟来。夜子佩来。

二十一日　晴。上午李遇安来访，未见，留函并晚香玉一束而去。访季市。

二十二日　昙。上午得培良信。素园、霁野同来。午季市来。有麟来。得白波信并稿。下午微雨。得仜了卿信。

二十三日　星期。雨。上午访季市。午后访士远。晚小峰、品青来。夜长虹来。

二十四日　晴。上午季市来。鲁彦来。午伏园、春台来。午后长虹来。有麟来。夜寄任子卿信。寄台静农信。得三弟信，二十一日发。

二十五日　晴。上午赴维持会。午后访季市。夜有麟来。

二十六日　晴。上午往邮局汇日金二十二圆。往东亚公司买《革命と文学》一本，一元六角。访齐寿山，又同至德华医院看李桂生病。午后得培良信。下午季市来。子培来。诗荃来。汪静之及衣萍、曙天来，并赠酒一瓶。夜寄 H 君信。

二十七日　晴。上午张仲苏来。赴维持会。夜潘企莘来。

二十八日　昙。上午访季市，不值。午后长虹来。子佩来。晚建功、伏园来。夜雨。

二十九日　昙。下午晴。季市来。裴子元来。

三十日　星期。晴。上午赴维持会。下午雨。夜李霁野、韦素园、丛芜、台静农、赵赤坪来。

三十一日　晴。上午赴平政院纳诉讼费三十元，控章士钊。访季市不在。午后寄三弟信。下午季市来。

九月

一日　晴。上午往山本医院。访季市。下午霁野、赤坪、素园、丛芜、静农来。夜刘升送来奉泉六十六元。有麟、仲芸来。小酩来。

二日　晴。上午吕剑秋来。下午小峰、伏园、春台、惠迭来。晚仲侃来并赠笔十二支。

三日　晴。上午得陶璇卿、许钦文信，八月二十八日台州发。寄李小峰信。午幼渔来。夜得任子卿信，一日奉天发。

四日　昙。上午邹明初来。访季市。午鲁彦及其夫人来。午后常维钧来并赠《京本通俗小说》第廿一卷一部二本。晚季市来。寿山来。

五日　昙。上午诗荃来。杨遇夫来。宋孔显来。下午往山本医院。李宗武来。章矛尘来。已燃、长虹来。

六日　星期。晴，风。上午孙尧姑来。高君风来。下午往山本医院。夜得子佩信。

七日　晴。上午往北大。访幼渔。买《海纳集》一部四本，泉五元五角。夜建功来。得王品青信。得许广平信并稿。

八日　昙。上午访季市。浴。下午得峰簇良充信并季市介绍片。

九日　晴。上午往北大取去年十月分薪水泉十。往东亚公司买《ケーベル博士小品集》、厨川白村《印象記》、《文芸管間》各一部，共泉四元五角。下午素园、丛芜、赤坪、霁野、静农来。峰簇良充来。季市来。小峰、学昭、伏园、春台来，并赠《山野掇拾》一本。夜长虹来。夜半大雷雨。

十日　昙。上午往校务维持会。午后往黎明中学讲。下午有麟、仲芸来。雨。

十一日　晴。上午季市来。子元来。下午雨。晚得幼渔信。有麟来。

十二日　晴。上午得三弟信，九日发。收《ツアラツストラ解釈并びに批評》一本，H君所寄。午后往女师大教务委员会。晚寿山来。

十三日　星期。晴，风。上午寄三弟信。高君风来。郑介石来。綦子元来。有林来。下午子佩来。李小峰来。寿山来。晚王品青来。得钦文信。

十四日　晴。午后长虹来。往女师大。下午素园、丛芜、静农、霁野来。夜小峰来。

十五日　晴。午后访李小峰。往东亚公司买《支那詩論史》一

461

本，《社会進化思想講話》一本，共泉四元。下午访季市。夜有麟来。得徐旭生信。

十六日　晴。午后钟吾来。下午往女师大。晚峰簏君来。夜收教育部奉泉四十。

十七日　晴。上午得任子卿信。得冯文炳信。午后往黎明中学讲。下午往女师大。晚访季市，不值。往石田料理店应峰簏良充君之招饮，座中有伊藤武雄、立田清辰、重光葵、朱造五及季市。夜寿山来。

十八日　晴。上午往大中公学讲。访李小峰取《苏俄之文艺论战》十本，又见赠《徐文长故事》二本。下午长虹来。季市来。夜有麟来。丛芜来。霁野来。

十九日　晴。午后往外国语校。得寄野信。下午幼渔来，未遇。

二十日　星期。晴。上午寄李玄伯稿。复孟云桥信。寄任子卿信。有麟来。子佩来。午后往外语专校监女师大入学试验。晚学昭、曙天、春台、衣萍、伏园、惠迭来。夜阅卷。得诗荃信。

二十一日　昙。晨赴女师大开学礼式。夜得春台信。得三弟信并文学研究会版税五十元，十九日发。得有麟信。夜小雨。

二十二日　昙。下午季市来。晚长虹、有麟来。收教育部奉泉四十。

二十三日　晴。上午往中国大学。午后发热，至夜大盛。得楼亦文信。

二十四日　晴。上午裘子元来。晚有麟来。素园、寄野来。服规那丸。

二十五日　晴。上午往山本医院诊。访季市。得丛芜信。晚有麟来。高阆仙来。夜得王品青信。得章锡琛寄赠之《新文学概论》

一本。

二十六日　晴。上午复楼亦文信。复韦丛芜信。得洙邻信。午后访李小峰。往东亚公司买《支那文化の研究》一本，《支那文学史綱》一本，《南蛮広記》一本，共泉九圆三角。夜长虹来并赠《闪光》五本，汾酒一瓶，还其酒。夜小雨。品青来。

二十七日　星期。晴。上午往山本医院诊。访季市，不值。途遇吴雷川先生，至其寓小坐。下午鲁彦及其夫人、孩子来。晚长虹来。

二十八日　昙。上午季市来。往女师大维持会。下午季市来。给紫佩信。寄洙邻信。得李遇安信。夜子佩来。得钦文信并书面画一枚，陶璇卿作。

二十九日　晴。上午寄三弟信。寄吕云章信。寄钦文信并《苏俄的文艺论战》三本，又寄赠章锡琛一本。往山本医院诊。午访季市。夜得任子卿信。得黄鹏基信并稿。夜雨。

三十日　雨。午后幼渔来。

十月

一日　晴。晨寄钦文信。寄李小峰信。上午往山本医院诊。下午郑介石来。晚长虹、钟吾来。收十二年十一月分奉泉九十三元，又十二月分百有五元。夜静农来，素园、霁野、丛芜、赤坪来。

二日　晴。旧历中秋。下午曙天、衣萍、品青、小峰及其夫人来。夜有麟来。

三日　晴。午后往山本医院诊。下午胡成才来。魏建功来并交黎明中学薪水六。

四日　星期。晴。上午收大中公学薪水泉八角。下午季市来。夜得沈琳、翟凤鸾信及其家书。得伏园、春台信。

五日　晴。上午寄还沈、翟家书。复春台信。午访季市，同至西安饭店访峰簃君，已往张家口。得王顺亲信。下午往山本医院诊。

六日　晴。上午往师范大学收去年薪水九月分五元，十月分四十五元，十一月分四十二元。往商务馆收板税泉五十，买《Art of Beardsley》二本，每本一元七角。午得三弟信并《故乡》画面。

七日　昙。上午寄韦丛芜信。寄任子卿信。寄三弟信。往中国大学讲。午晴。得台静农信。下午往小峰家取《中国小说史略》二十本，《呐喊》五本，《陀螺》八本。收教育部奉泉三十三元，十三〔二〕年十二月分。晚胡成才来，赠以《说史》一本，《俄文艺论战》一本。夜阅试卷。

八日　晴，风。上午赴女师大交试卷。致季市信并赠《小说史》两本，《陀螺》一本。午后往黎明中学讲。往山本医院诊。夜季野来。得吕云章信。

九日　晴。上午往大中公学讲。往李小峰寓买《苏俄的文艺论战》四本，一元。午后往女师大讲。王捷三寄赠照相一张。寄锡琛、西谛、谭正璧以《小说史》各一本，钦文以《小说史》、《陀螺》各一本，璇卿以《Art of Beardsley》一本。下午季市来。晚小峰、品青来，并赠《孔德学校旬刊》合本一本。柯仲平来。

十日　晴。上午以校稿寄素园。下午素园、丛芜来，赠以《小说史》、《陀螺》各一本。

十一日　星期。晴。夜得小峰信。

十二日　晴。下午长虹、培良来，赠以《小说史》各一本。季市来。晚衣萍来。

十三日　晴。上午往女师大讲。鲁彦来。午衣萍来，托其寄小峰信并稿。下午得台静农信并稿。晚丛芜来。夜得钦文信。得 H 君信。得平政院通知，即送紫佩并附信。得王品青信并《模范文选》（上）一本。

十四日　晴。上午往山本医院诊。往东亚公司买《西藏遊记》一本，二元八角。夜得钦文信。得谭正璧信并《中国文学史大纲》一本。得金仲芸信。

十五日　晴。午后往黎明讲。下午紫佩来。钟吾来。晚潘企莘来。夜齐寿山来。

十六日　晴。晨寄黄鹏基信。寄吕云章信。复刘梦苇信。上午往大中讲。访小峰。下午紫佩来，赠以《小说史略》、《苏俄文艺论战》各一本。收三弟所寄文稿一篇。夜有麟来。

十七日　晴。上午寄三弟信。往山本医院诊。访季市，遇范文澜君，见赠《文心雕龙讲疏》一本。得三弟信，十四日发。得吕云章信。夜风。

十八日　星期。昙。晚长虹来。夜素园、静农、霁野来，付以印费二百。

十九日　晴。下午季市来。晚子佩来。曹靖华赠《三姊妹》一本，小酩持来。

二十日　晴。上午季市来。午访韦素园，不遇。访齐寿山，又同访董雨苍，观其所藏古器物。买车毯一，值泉十二元二角。

二十一日　晴。上午往中大讲。往前门外买帽。得刘策奇信并稿。下午郑介石来。

二十二日　晴。午后往黎明讲。往山本医院诊。下午品青、小峰、衣萍来。伏园、春台来。晚迁住北屋。夜校杂感。

二十三日　晴。上午往大中讲。午后往女师校讲。下午迁回原屋。鲁彦、有麟来。

二十四日　昙。郁达夫来。下午季市来。得常燕生信。

二十五日　星期。晴。上午寄紫佩信。丛芜来。子元来。下午王希礼来，赠以《苏俄文艺论战》及《中国小说史略》各一本。晚齐寿山来并赠土偶人一枚。

二十六日　晴。下午季市来。晚素园、季野、静农来。夜得和森信，二十三日发。

二十七日　晴。上午得尚钟吾信并稿。午后培良、长虹来。下午季市来。

二十八日　晴。上午往中大讲并收九月分薪水泉五。买《淮南旧注校理》一本，《经籍旧音辨证》一部二本，各八角四分。寄裴子元信。午裴子元来并交女师大旧欠十三元五角。尚钟吾来。得有麟信并稿。下午往六国饭店访王希礼，赠以《语丝》合订本一及二各一本。往西交民巷兴华公司买鞋，泉九元五角。晚李福海君来。得吕云章信。寄女师大信。寄齐寿山信。矛尘来。

二十九日　晴。午后往黎明讲。往山本医院诊。下午得寄野信，即复。朋基来。

三十日　晴。上午寄季市信。往大中讲。买《天马山房丛著》一本，一元二角。午后访小峰，取《小说史略》五本。得钦文、璇卿信，十七日发。往女师大讲。收黎明薪水八。

三十一日　晴。晚邀寿山、季市饭。

十一月

一日　星期。晴。上午收十二年十二月分奉泉六十六元。午后诗荃来辞行，赴甘肃也。下午收大中校薪水三元二角。晚裘子元来并交女师大欠薪四十八元。夜得三弟信，十月二十七日发。得新女性社信。小雨。得有麟信并稿。

二日　晴。上午访韦素园。访小峰取泉百。往北大讲。午后风。往女师校教务会议。

三日　晴，风。上午往女师校十七周年纪念会。晚访张凤举，见赠造象题记残字拓片一枚，云出大同云冈石窟之露天佛以西第八窟中。

四日　晴。上午往中大讲。往山本医院诊。夜素园、季野来。

五日　晴。午后往黎明讲。访李小峰。访张凤举。往东亚公司买《近代の恋愛観》、《愛慾と女性》、《創造的批評論》各一本，泉五。夜得尚钟吾信，二日罗山发。

六日　昙，午后晴。往女师大讲。晚寄季野信并校稿。夜有麟来。长虹、培良来。

七日　晴。上午季市来。得胡萍霞信，三日孝感发。下午寄钦文信。寄幼渔信。得三弟信，十月卅一日发。

八日　星期。晴。上午得张凤举信。许广平、陆秀珍来。午矛尘来。品青来。

九日　晴。上午往北大讲。午后访徐旭生。

十日　雨。上午〖后〗往女师大讲。

十一日　雨。午后季市来。往女师大教务会议。下午得钦文信。晚寿山来。

十二日　晴。午后往黎明讲。往山本医院诊。下午理发。

十三日　晴。上午往大中讲。访李小峰。往东亚公司买《犬·猫·人间》一本，一元五角。午后往女师大讲。下午寄朱宅贺礼泉十元。紫佩来。晚季市来。夜有麟来。风。校印刷稿。

十四日　晴。上午得丛芜信并稿。下午曙天、衣萍、品青、小峰来，并赠《热风》四十本。夜素园、季野来。得黄鹏基信并稿。

十五日　星期。晴。下午出外闲步。

十六日　晴。上午往北大讲。下午寄霁野信。季市来。夜得汤鹤逸信。

十七日　晴。上午转寄胡萍霞信于王剑三。寄李小峰信。往女师大讲。午阴。下午得素园信并校稿。晚子佩来。

十八日　晴。上午往中大讲并取十月分薪水泉十。午后阴。夜收《鸟的故事》四本。

十九日　晴。上午得李季野信并校稿。午后往黎明讲。晚得钦文信并《往星中》之书面画，十一日发。

二十日　晴。晨得张凤举信。上午往大中讲。访韦素园，未遇。访李小峰，见赠《竹林故事》二本。寄李玄伯稿。下午往女师大讲。夜有麟来。大风。

二十一日　晴。上午季市来。午后往精华印书局定印图象，付泉十。往直隶书局买《金文编》一部五本，七元；《曹集铨评》一部二本，二元四角；《湖北先正遗书》零种三种五本，三元。往师大取去年十一月分薪水三元，十二月分者十三元。下午李季谷来。夜向培良、黄鹏基来。

二十二日　星期。晴。上午得凤举信。下午王品青来。夜得有麟信。

468

二十三日　晴。上午访［往］北大讲。午访韦素园，其在［在其］寓午饭。寄张凤举信。

二十四日　晴。上午往女师大讲。下午寄新女性社文一篇。寄许钦文信并《热风》二本。寄三弟信并《热风》三本，丛芜小说稿一篇。

二十五日　晴。上午往中大讲。下午得三弟信，二十日发。夜衣萍来。素园、静农、季野来。

二十六日　晴。上午得向培良、黄鹏基信。午后往黎明讲。得韦素园信。下午矛尘来。寄妇女周刊社信并稿。晚子佩来。得衣萍信。得顾孟余信。

二十七日　晴。上午往大中讲。访李小峰。午后风。往女师大讲。沈尹默赠《秋明集》二本。夜风。有麟来。伏园、春台、惠迭来。

二十八日　晴。晨寄三弟信。上午季市来。寄赠洙邻《小说史略》一本。午后往山本医院诊。往教育会俟顾孟余不至。晚访李小峰。夜培良来。从精华印书局所制铜板五，锌板六，其价为十六元六角六分。得顾孟余信。

二十九日　晴。上午往教育会访顾孟余。午访韦素园。访李小峰。下午季市来。品青来。曙天、衣萍来。夜译《自然主义之理论及技巧》讫。

三十日　晴。上午往北大讲。访李小峰，见赠《大西洋之滨》二本，又交泉百。访韦素园。下午季市来，同至女师大教育维持会送学生复校。晚大风。季市来。夜有麟来。伏园来并还《越缦堂日记》二函，春台同来并赠《大西洋之滨》一本。

十二月

一日　晴，大风。上午得钦文信。得季野信。得有麟信。午后往女师大开会，后同赴石驸马大街女师大校各界联合会，其校之教务长萧纯锦嗾无赖来击。夜素园、季野、静农来。得培良、朋其信。

二日　晴。上午得季市信并稿。午后赴师大取十二月分薪水十四。往国民新报馆。

三日　晴。午后往黎明讲。往北大取去年十一、十二月分薪水三十一元。访李小峰，见赠《徐文长故事》四集两本。往东亚公司买《芸術と道徳》、《続南蛮広記》各一本，共泉四元八角。晚得培良信并稿。衣萍来。夜作《出了象牙之塔》跋讫。

四日　晴。晨寄衣萍信，即得复。上午季市来。得季野信，下午复。往山本医院诊。往女师校。夜译书校稿。

五日　晴。上午得季市信。午寄培良信。下午丛芜来。寄林语堂信。

六日　星期。晴，风。下午得邓飞黄信，即复。寄林语堂信。晚紫佩来，赠以合本《语丝》一及二各一本。夜培良来，假以泉十，赠《竹林故事》一本。

七日　晴。上午往北大讲。午后访李小峰，见赠《文学概论》二本。晚邓飞黄来。

八日　晴。上午得林语堂信。季市来。夜素园来别，假以泉四十。

九日　昙，风。上午往中大讲。晚得季市信并稿。

十日　晴。午后往黎明讲。往山本医院诊。

十一日　晴。午后往女师大讲。晚霞卿来。晚得季野信。濯足。

十二日　晴。上午得培良信。晚有麟来。夜季野、静农来。

十三日　星期。晴。午裘子元来。下午寄黎明学校信辞教课。寄有麟稿。

十四日　晴。上午得丛芜稿。往北大讲。访季野不值，留信而出。寄北大学生会稿。致曲广均信并还稿。往东亚公司买合本《三太郎日记》一本，二元二角。夜得徐旭生信并稿。矛尘来。

十五日　微雪即霁。上午得季野信。得曲广均信。得朋其信。晚子佩来。夜得林语堂信并稿。风。

十六日　晴。上午往中大讲。午后得徐吉轩笺并教育部俸泉三十三元。得衣萍信。下午寄曲广均信。寄李霁野信。夜得李遇安信。得季市信。

十七日　晴。上午寄李遇安信。寄林语堂信。午后往北大二十七周年纪念会。往女师大教务维持会。夜得培良信。

十八日　晴。上午往女师大讲。夜静农、寄野来。

十九日　晴。午后往山本医院诊。夜得王振钧信，即复。得有麟信。

二十日　星期。晴。上午寄邹明初信。午后静农、丛芜、寄野来。季市来，托其以《热风》及《语丝增刊》各一本寄赠诗荃。夜风。柯仲平来。

二十一日　晨。培良来，未见，留赠《狂飙》不定期刊五本。上午往北大讲。李玄伯赠《百回本水浒传》一部五本。访小峰，见赠《微雨》二本。下午寄小峰信。晚紫佩来。

二十一［二］日　晴。上午得培良信。午后冯文炳来，未见。下午季野来。培良及郑君来。晚得曲广均信并稿。得李小峰信。夜得长虹信。得素园信。

471

二十三日　晴。上午往中大讲。下午寄邓飞黄信。寄有麟信。

二十四日　晴。上午访李小峰。季市来，未遇，留函而去。下午寄李玄伯信并稿。得有麟信。晚季市来。

二十五日　晴。午后黎劭西来。晚衣萍、品青、小峰来。

二十六日　晴。上午得三弟信，二日发，又一函，五日发。午后往山本医院诊。下午往师范大学取薪水，而会计已散。往直隶书局买《春秋左传杜注补辑》一部十本，《名义考》一部三本，泉四。夜静农、丛芜、寄野来。有麟来。北京大学研究所送来考古学室藏器摄景十幅，又明信片十二幅，又拓片四十三种。

二十七日　星期。昙，风。上午季市来。得钦文信，九日发。得语堂信。下午大风。

二十八日　晴，大风。上午往北大讲。访李霁野，收素园所还泉册。

二十九日　晴。上午寄语堂信。得季市信。晚往女师大教务会议。夜得林语堂信并稿。

三十日　晴，风。上午往中大讲并收上月薪水泉十。得邓飞黄信。下午访李小峰。访台静农。往东亚公司买《近代美術十二講》一本，二元六角。

三十一日　晴。晚伏园、春台、惠迪来。夜有麟来。

书帐

新俄文学之曙光期一本　〇·六〇　一月六日

支那馬賊裏面史一本　一·六〇

近代の恋愛観一本　二・〇〇　一月二十二日

百家唐诗选八本　二・四〇　一月二十三日　　　　六・六〇〇

罗丹之艺术一本　一・七〇　二月三日

师曾遗墨第四集一本　一・六〇　二月十日

思想山水人物一本　二・〇〇　二月十三日

露国现代の思潮及文学一本　三・六〇　二月十四日

新旧约全书一本　一・〇〇　二月二十一日　　　　九・九〇〇

别下斋丛书四十本　一四・七五〇　三月一日

佚存丛书三十本　一〇・五〇

清仪阁古器物文十本　一一・五〇

新俄美術大観一本　〇・七〇〇　三月五日

现代仏国文芸叢書六本　六・七二〇

最新文芸叢書三本　三・三六〇

近代演劇十二講一本　二・九〇〇

芸術の本質一本　二・三四〇

濯绛宦词一本　刘子庚赠　三月二十日

国语文法一本　黎劭西赠　三月二十三日

叛逆者一本　〇・六五〇　三月二十五日

小説研究十六講一本　二・一〇

学芸論钞一木　一・八五〇　　　　　　五七・一五〇

乌青镇志二本　〇・七〇　四月十六日

广陵诗事二本　〇・五〇

北京之终末日一本　孙春台赠　四月二十六日

说文古籀补补四本　四・〇〇　四月二十九日　　　五・二〇〇

抱朴子校补一本　高阆仙赠　七月七日

弘明集四本　一・〇〇　七月十四日

广弘明集十本　二・二〇

杂譬喻经五本　〇・六四〇

匋斋藏石记十二本　三・〇〇　七月十五日

师曾遗墨第五集一本　一・六〇

师曾遗墨第六集一本　一・六〇

由加里一本　三・〇〇　七月二十八日　　　　　一三・〇四〇

支那童話集一本　三・一〇　八月十一日

露西亜文学の理想と現実　二・〇〇

賭博者一本　一・五〇

ツアラトウストラ一本　二・四〇

最新世界年表一本　一・二〇

文学ト革命一本　一・六〇　八月二十六日　　　一一・八〇〇

京本通俗小说第廿一卷二本　常维钧赠九月四日

Heine's Werke　四本　五・五〇　九月七日

ケーベル博士小品集一本　二・〇〇　九月九日

印象記一本　一・五〇

文芸管見一本　一・〇〇

ツアラッストラ解釈并びに批評一本　一・二〇　九月十二日

社会進化思想講話一本　一・六〇　九月十五日

中国诗论史一本　二・四〇

支那文学史綱一本　二・二〇〇　九月二十六日

支那文化の研究一本　四・四〇

南蛮広記一本　二・五〇　　　　　　　　　　二四・三〇〇

Art of Beardsley　二本　三・四〇　十月六日

西藏遊記一本　二・八〇　十月十四日

经籍旧音辨证二本　〇・八四〇　十月二十八日

淮南旧注校理一本　〇・八四〇

天马山房丛著一本　一・二〇　十月三十日　　　　　　九・〇四〇

云冈造象题记拓片一枚　张凤举赠　十一月三日

近代の恋愛観一本　二・一〇　十一月五日

女性と愛慾一本　一・九〇

創造的批評論一本　一・〇〇

犬・猫・人間一本　一・五〇　十一月十三日

金文编五本　七・〇〇　十一月二十一日

曹集铨评二本　二・四〇

嵩阳石刻集记二本　一・二〇

茅亭客话一本　〇・六〇

东轩笔录二本　一・二〇

秋明集二本　沈尹默赠　十一月二十七日　　　　　一八・四〇〇

芸術と道徳一本　二・一〇　十二月三日

続南蛮広記一本　二・七〇

合本三太郎の日記一本　二・二〇　十二月十四日

春秋左传杜注补辑十本　三・〇〇　十二月二十六日

名义考三本　一・〇〇

北大考古学室臧器拓片四十三种　北京大学赠

近代美術十二講一本　二・六〇　十二月三十日　一三・六〇〇

总计一五九・一三〇，每月平匀一三・二六〇元。

日记十五（1926 年）

一月

一日　晴。夜往北大第三院观于是剧社演《不忠实的爱情》。

二日　晴。午后往山本医院，值其休息。往女师大维持会。紫佩、秋芳、品青、小峰来，均未遇。夜静农、霁野来。

三日　星期。晴。上午访季市。仲侃来，未遇，留赠茗二合。晚矛尘来。

四日　晴。上午得沈兼士信。往北大讲。午后访张凤举，赠我 H. Bahr：《Expressionismus》一本，磁小品一件，又为代买 M. Beerbohm：《Fifty Caricatures》一本，五元二角。往东亚堂买《アルス美術叢書》五本，共泉七元二角。夜朋其来，赠以《出了象牙之塔》一本。

五日　晴。上午往女师大讲。往山本医院诊。下午以《出了象牙之塔》三本寄陶璇卿、许钦文。寄张凤举以各人所投稿。

六日　晴。上午寄三弟信。寄钦文信。寄戴敦智信。寄曲广均信。寄朋其以《自叙传略》。寄还贺云鹏稿。寄还有麟稿。往中大讲。

下午季市来。晚收教育部奉泉十七元。

七日　晴。上午得霁野信。得李遇安信并稿。得曲广均信并稿。下午得培良信。下午伏园、春台来。晚季市来。夜荆有麟来别。

八日　晴。上午往女师大讲。

九日　晴。上午寄邓飞黄信。寄霁野信。下午季市来。晚衣萍、品青来。小峰来并交泉八十。夜得矛尘信。得李遇安信并稿。

十日　星期。晴。上午国民新报馆送来上月编辑费卅。季市来。午后培良来，交与泉十为长虹旅费。下午往女师大校务维持会。晚半农至女师校来访，遂同至西吉庆夜饭，并邀季市。夜收《新性道德讨论集》一本，盖章雪篏寄赠。

十一日　昙。上午得梁社乾信。往北大讲。访李霁野。访李小峰。访张凤举，见赠厨川白村墓及奈良寺中驯鹿照象各一枚。下午得重久君明信片。紫佩来，还以泉五十，旧欠俱讫。

十二日　晴。上午往女师大讲。往师大取薪水，计前年十二月分十八元，去年一月分十一元。往直隶书局买严可均校道藏本《尹文子》及《公孙龙子》各一本，共八角；《词学丛书》一部十本，八元。上午寄邓飞黄信。寄曲广均信。寄凤举信。晚季市来。夜得孙伏园信。得静农信并稿。

十三日　昙。上午赴女师大校长欢迎会。得季野信。夜静农来，交以《莽原》稿并印费六十。往女师大纪念会。得凤举信。

十四日　晴。上午寄霁野信。下午季市来。

十五日　昙。上午寄凤举稿。往女师大讲。午同季市往西吉庆饭。下午赴各校教职员联席会议。夜季野来。得尚钟吾信。濯足。

十六日　晴。上午往北大，集合多人赴国务院索学校欠薪，晚回。晚得季市信。

十七日　星期。晴。上午得张光人信。寄李霁野信。柯仲平、宋紫佩来，未见。

十八日　昙，风。午后访李霁野，托其寄朋其稿费十二，遇张目寒，托其寄荫棠稿费二。访李小峰取《雨天之书》十本。下午往教育部。

十九日　晴，大风。上午寄张凤举信。往女师大讲。晚紫佩来。寄品青信。夜培良来。

二十日　晴。上午得车耕南信。往中大讲。捐中大浙江同乡会泉五。收教育部薪水泉三十三元。夜得季市信并稿。

二十一日　晴。上午寄李静川信。寄凤举稿。寄霁野信并稿。得三弟信，十四日发。得品青信。得赵荫棠信。下午寄徐旭生信。得凤举信二函。夜靖农、霁野来。寄邓飞黄信。

二十二日　晴。上午往女师大讲。下午往东升平园理发并浴。夜得徐旭生信。风。

二十三日　晴。上午得钦文信，十五日上海发。得朋其信。得霁野信。晚品青来。

二十四日　星期。晴。上午得有麟信，十五日猗氏发。下午季市来。夜得小峰信。

二十五日　晴。上午往北大讲。午后访霁野。访小峰。夜收教育部奉泉卅三。

二十六日　晴。上午往女师大讲。寄小峰信并稿。寄北大注册部试题。以书籍分寄厨川白村纪念会、山本修二、许钦文、许诗荃。寄还陶璇卿画稿。午得姜华信。

二十七日　晴。上午往中大讲。得静农稿。

二十八日　晴。上午章矛尘来。下午收北大薪水二十一元，计前年十二月分十三元，去年一月分八元，矛尘代领。夜得曲广均稿。得爱华剧社索捐信。

二十九日　昙。上午寄张凤举稿。往女师大讲并收本月薪水四十元五角。午往西吉庆饭。下午往师大取去年一及二月分薪水卅二元。往直隶书局买《拜经楼丛书》一部十本，四元二角。晚李静川来，付以印讲义纸费五元六角，钞写费十元，给工人二元。夜风。长虹来。

三十日　晴。下午季市来。晚子佩来。寄邓飞黄信。

三十一日　星期。晴。上午李季谷赠年糕一筐。午后品青、小峰来。下午曙天、衣萍来。夜得语堂信。寄还霁野稿等。静农、丛芜、善甫、霁野来。复林语堂信。

二月

一日　晴。上午得培良信。得钦文信，二十一日发。得衣萍信。

二日　晴。上午季市来。衣萍来。寄小峰稿。

三日　晴。午后往北大，在售书处买《中国文学史略》一本，《字义类例》一本，共泉一元。访季野。访小峰，不值。往东亚公司买《戯曲の本質》一本，《仏蘭西文学の話》一本，《日本漫画史》一本，共泉六元八角。访寿山。晚紫佩来。得广平兄信。

四日　晴。上午寄伏园稿。得李遇安信并稿。下午陆晶清等来。季市来。东亚公司送来《アルス美術叢書》四本，共泉六元八角。

五日　晴。上午访季市。午前往中央公园来今雨轩俟季市、寿山、幼渔同饭。下午品青、小峰来交泉百。寄霁野信。得凤举信。得洙邻信。

六日　晴。上午得邓飞黄信。下午寄霁野信。复雷助翔信。复姜华信。寄李小峰稿。复凤举信。寄还甄永安稿。

七日　晴。星期。上午得钦文信，廿七日绍兴发。钟青航寄来照片一张。李静川来。下午寄霁野信。寄三弟信。得姜华信。晚季市来。得凤举信并稿费四元。夜静农、霁野来。培良来。

八日　晴。上午以《中国小说史略》一本寄藤冢君。寄钦文信并《国民新报副刊》一本。下午寄张凤举信。寄徐旭生信。晚得培良信并还衣服。甄永安来，不见，交到张秀中信并《晓风》一本。

九日　昙。午后往北大交试卷四本。赠平民夜校书籍三本。访李小峰，见赠《吴稚晖学术论著》一本，买《儒林外史》一部，九角。下午季市来。夜得李霁野、台静农信并稿。风。

十日　晴，风。上午得徐旭生信。下午寄静农、霁野信。寄丛芜信。夜寄野、静农、丛芜来。

十一日　晴。上午得柯仲平信。夜微雪。

十二日　晴。晚长虹及郑效洵来。夜收教育部奉泉二百三十一元，十三年一月分。

十三日　旧历丙寅元旦。晴。上午得尚钟吾信并稿。下午长虹、效洵来。

十四日　星期。晴，大风。下午季市来，还以泉百。培良来。晚寄重光葵信。寄邓飞黄信。夜甄永安来。

十五日　晴。上午董秋芳来，赠饼饵两合，赠以《出了象牙之塔》、《雨天的书》各一册，《莽原》三期。得钦文信，七日发。下午寄凤举信。紫佩及舒来。郑介石来。得陶璇卿信并图案画一枚，四日绍兴发。夜甄永安来，未见。

十六日　晴。无事。

十七日　雨雪。下午得丛芜信并稿。夜得凤举信。大风。

十八日　晴。无事。

十九日　晴。上午寄霁野信。寄丛芜信。下午矛尘来假去《游仙窟》二本。夜得丛芜信并稿。至夜半成文一篇五千字。

二十日　晴。午后寄凤举信。寄语堂信。游厂甸，买小本《陶集》、石印《史通通释》各一，共二元二角。夜霁野、静农、丛芜来。得李小峰信，附敬隐渔自里昂来函。

二十一日　星期。昙，大风。上午得邓飞黄信并稿。

二十二日　晴。上午得长虹信并稿。午后大风。得语堂信。夜长虹来，假去泉十。

二十三日　晴。午后寄林语堂信。访李季野。往东亚公司买书九种，共泉二十四元八角。访齐寿山，不值。访张凤举。得章矛尘信并《唐人说荟》两函，代领北大薪水廿。得许季上信。夜柯仲平来。

二十四日　晴。上午寄霁野信。寄矛尘信。下午季市来。夜得洙邻信。培良来。

二十五日　晴。下午访齐寿山。晚访李霁野取《莽原》。

二十六日　晴。上午寄季市信。寄邓飞黄信。得许季上明信片。下午得钦文信并稿，十七日发。品青、小峰来。夜丛芜、霁野来。

二十七日　〖星〗晴。上午寄陶元庆信。寄朋其信并稿。复许季上信。濯足。下午得林语堂信并稿。寄书丛芜信。寄许钦文信并《莽原》四本。寄敬隐渔信并《莽原》四本。夜重订旧书。

二十八日　星期。晴。上午得有麟信，二月九日发。得丛芜信。下午俞小姐来并送板鸭一只。仲侃来，未见。夜得害马信。得霁野信。得小峰信。

三月

一日　晴。上午寄还赵泉澄稿。寄丛芜信。寄伏园信并三弟稿一篇。以一法国来信转寄长虹。下午幼渔来。衣萍来。寄小峰稿。

二日　晴。上午访静农。访小峰，在其书店买石印本《知不足〔斋〕丛书》一部，石印本《盛明杂剧》一部，《万古愁曲、归玄恭年谱》合刻一本，共泉四十一元六角。收三弟所寄《自然界》两本。

三日　晴。上午得三弟信，二月二十五日发。往中大讲并收去年十二月份薪水泉十。季市来。得董秋芳信。晚得钦文信，二月二十二日发。夜风。

四日　晴，风。上午寄张凤举信。访李小峰。晚子佩来。

五日　晴。下午小峰、伏园来。

六日　晴。晨寄霁野信。往女师大评议会。上午得凤举信。旧历正月二十二日也，夜为害马剪去鬃毛。静农、霁野来。培良来。

七日　星期。晴。下午小峰来交泉百。季市来，同品青、小峰等九人骑驴同游钓鱼台。晚赴半农家饭，同席十人，有凤举、玄伯、百年、语堂、维钧等。得曲广均信。

八日　昙。上午矛尘来。得霁野信。收女师大二月分薪水泉二十元二角五分。夜雨。

九日　晴，风。上午寄霁野信。复董秋芳信。复曲广均信。往女师大讲。午季市招饮于西安饭店，同席有语堂、湘生、幼渔。下午得邓飞黄信并三月分《国民新报副刊》编辑费三十元。晚鲁彦来。

十日　晴，风。晨寄邓飞黄信并稿。上午寄翟永坤信。寄李遇安信。往中国大学讲。午访台静农。访李小峰，收泉廿，在其寓午餐。

十一日　晴。上午寄霁野信。下午翟永坤来，付以稿费二。

482

十二日　晴。午后得寄野信，即复。晚紫佩来。

十三日　晴，风。上午得厨川白村会信。下午得季野信。得有麟信。

十四日　星期。晴，大风。下午长虹、培良来。晚寄邓飞黄信。

十五日　晴，风。上午往美术学校看林风眠个人绘画展览会。访季市。下午得霁野信。夜霁野、静农来。寄陈仲骞信。静农还泉十。

十六日　晴。上午往女师大讲。游小市，买《汉律考》一部四本，一元。下午季市来。夜甄永安来。

十七日　晴。上午往中大讲。往平政院交裁决书送达费一元。得寄野信并稿子。下午访李小峰。往《国民新报》编辑会。朱大枏、蹇先艾来，未见。晚紫佩来。

十八日　晴。上午寄小峰信。下午有麟来并赠糖食三种。夜鲁彦来。得秋芳信。

十九日　雨雪。上午得凤举信，晚复。寄小峰信。校再版《苦闷之象征》稿毕。

二十日　晴，风。下午培良来。晚得任国桢信，八日吉林发。

二十一日　星期。晴。下午季市来。曹靖华、韦丛芜、素园、台静农、李霁野来。冯文炳来。紫佩来。晚裴子元来。

二十二日　晴。午后往女师大评议会。晚季市来。寿山来。得三弟信，十六日发。

二十三日　晴。上午紫佩来。收师大薪水五十三元。午后访素园。访小峰。访寿山。往东亚公司买《愛と死の戯》一本，《支那上代画論研究》一本，《支那画人伝》一本，共泉七元四角。下午寄素园信。寄小峰信。晚紫佩来。夜长虹来。韦素园、静农、霁野来。

二十四日　晴。午后访季市。往孔德校。访齐寿山。晚子佩来。

二十五日　晴。上午赴刘和珍、杨德群两君追悼会。得风举信。得曲广均信并稿。下午品青来。季市来。

二十六日　晴。上午得伏园信。得钦文信，十五日台州发。下午赴女师大评议会。晚访子元，又同访季市。收教育部奉泉三元正。

二十七日　晴。上午季市来。午有麟来。下午小峰、衣萍来。霁野来。

二十八日　星期。昙。下午子佩来。以三弟信转寄小峰。寄任子卿信。得秋芳信。

二十九日　晴。上午入山本医院。上午淑卿来。有麟来。下午紫佩来。夜寄霁野信。

三十日　晴。午后访裴子元，不值。下午收女师大薪水二十元二角五分。收小峰持来泉七十元，又还三弟者十三元。

三十一日　昙。上午往中国大学讲并收二月分薪水泉五。下午访韦素园等。访小峰。晚紫佩来。

四月

一日　晴。下午季市来。

二日　晴。上午理发。得曹靖华信，午后复。季市来。下午寄紫佩信。寄长虹信。寄三弟信。晚紫佩来。

三日　晴。午后访霁野。访小峰，得再版《苦闷的象征》十五本。季市来。晚紫佩来。

四日　星期。昙。午后寄霁野信。下午有麟来。

五日　晴。上午得秦君烈信，即复。寄还李英群文稿。下午访季市，未遇。寄韦素园信。晚季市来。夜有麟来。紫佩来，托其代定石印《嘉泰会稽志及宝庆续志》一部，黄纸，计泉六元八角。

六日　晴。上午往女师大讲。回家。得韦素园信。得霁野信。下午访霁野。访小峰。仍至医院。从小峰收泉卅。晚寄小峰信。寄凤举信。晚紫佩来。夜有麟来。

七日　晴。上午寄培良信。寄伏园稿。往中大讲。午后访季市。下午季市来。有麟来。

八日　昙，大风。上午得凤举信。午寄霁野信。午后得矛尘信。下午出山本医院。访季市。得长虹信。晚长虹来。夜得小峰信。

九日　晴。午后访霁野，不在寓。访小峰。往东亚公司买《美学》一本，《美学原论》一本，《有岛武郎著作集》一至三各一本，绒布制象一个，共泉七元。访齐寿山，以绒象赠其第三子。夜紫佩来。

十日　晴。上午有麟来。季市来，即同访寿山。下午衣萍来。培良、芝圃来。紫佩来。有麟来。仲侃来，赠以《中国小说史略》一本。

十一日　星期。晴。上午得小峰信。下午长虹来。晚季市来。矛尘、伏园、春台来。

十二日　晴。上午往北大讲。午后访小峰。得钦文信，三月卅一日发。夜访季市。

十三日　晴。上午往女师大讲。得丛芜信，午复。寄李天织信。夜得长虹信。得霁野信。校印稿。

十四口　晴。上午得问山信并稿。往中大讲。午后寄伏园稿。下午培良来。得丛无［芜］信，晚复之。夜得朋其信并稿。濯足。

十五日　晴。上午寄霁野信。寄朋基信。下午季市来，同访寿山。往山本医院。得季野信。晚移住德国医院。。

十六日　雨。下午淑卿来。寄凤举信。晚访寿山。

十七日　晴。上午回家一省视。往东亚公司买《有岛武郎著作集》第十一一本，《支那游记》一本，共泉二元五角。寄伏园信。寄霁野信。夜往东安饭店。

十八日　星期。晴。上午往东安饭店。得董秋芳信。午有麟来。紫佩来。寿山来，同往德国饭店午餐。下午广平来。晚淑卿来。得钦文及元庆信，八日发。

十九日　昙，风。上午有麟来。得季野信。

二十日　晴。上午淑卿来。有麟来。得小峰信。访寿山。午寄霁野信。午后访小峰。回家一省视。

二十一日　晴。上午淑卿来。回家省视，夜至医院。得三弟信，十四日发。

二十二日　昙。上午寿山来。晚淑卿来。得培良信并稿，十七日杨柳青发。得朋其稿。得田问山信，骂而索旧稿，即检寄之。有麟来。夜小雨。

二十二〔三〕日　昙。上午往女师大考试。回家一视。得敬隐渔信。午后访静农。访小峰。晚自德国医院回家。得韦素园信。得钦文信并图案一枚，三月廿八日发。夜得李遇安信，十五日定县发。

二十四日　昙。上午寄风举信。寄钦文信。寄三弟信。下午有麟来。

二十五日　星期。晴，风。下午秋芳来。寄敬隐渔信。紫佩来。夜得李遇安信。得衣萍信。得名肃信。得霁野信并稿。

二十六日　昙。上午往北大讲。访霁野，付以印书泉百。午后访小峰，收泉百。得风举信。往东亚公司买《有岛武郎著作集》第十二辑一本，一元二角。访寿山，不值。下午季市来。夜往法国医院。

二十七日　晴。下午访寿山。往东亚公司买《最近之英文学》一本，二元。

二十八日　晴。下午子佩来。如山来。夜浴。

二十九日　晴。无事。

三十日　晴。下午得曲均九信。得台静农信。寄邓飞黄信。夜回家。

五月

一日　昙。午后寄静农信。复曲均九信。下午陈炜谟、冯至来。缪金源来。晚往医院。

二日　星期。晴。上午紫佩来。午后访小峰不遇，取《故乡》十本。访素园，校译诗。下午回家一转，仍往医院。晚小峰、矛尘来。夜回家。

三日　昙。上午往北大讲。午后往邮政总局取陶璇卿所寄我之画象，人众拥挤不能得，往法国医院取什物少许，仍至邮政总局取画象归。夜东亚公司送来《男女と性格》、《作者の感想》、《永遠の幻影》各一本，共泉四元五角。

四日　昙。上午得丛芜信。下午季市来。得三弟信，二十八日发，即复。紫佩来。

五日　小雨。上午静农来并交《莽原》十本。往中大讲并收三月分薪水泉五。买鞋一双，二元五角。得邓飞黄信并上月编辑费卅，即复。晚得陈炜谟信并《沉钟》第四期一分，安特来夫照象一枚。夜得车耕南信片，四日天津发。

六日　晴。上午得邓飞黄信。午后大风。下午访韦素园。访李小峰。往法国医院取什物。

七日　晴。上午凤举、旭生来。晚季市来。得凤举信。

八日　晴。午后高歌、段沸声来。下午李季谷来，未见，留赠杭笔八枝。得凤举信。

九日　星期。曇，午后小雨。访李遇安，交以稿费五。托直隶书局订书。

十日　晴。上午往北大讲。访小峰。访季野。得谭在宽信。午后得语堂信招饮于大陆春，晚赴之，同席为幼渔、季市。董秋芳来，赠以《故乡》一本。

十一日　晴。下午半农寄赠《瓦釜集》一本。

十二日　晴。晨寄谭在宽信。寄钦文、璇卿信。上午往中大讲。季市来。晚子佩来。夜川岛来。得钦文信，四日发。

十三日　曇。上午寄霁野信并稿。寄小峰信。午后得霁野信。得小峰信并《寄小读者》一本。得素园信。晚寄品青信并稿。与耀辰、幼渔、季市饯语堂于宣南春。季野来过，未遇。得李季谷信。

十四日　晴。上午寄霁野信。往女师大讲。午后得品青信。

十五日　晴。上午语堂来。午后曇，风。下午收女师大薪水泉六。顾颉刚、傅彦长、潘家洵来。晚教育部送来奉泉七十九元。夜濯足。

十六日　星期。曇，午后小雨，下午晴。朋其来，假以泉十。高歌来。

十七日　晴。上午往北大讲。午后访素园、霁野。访小峰，见赠《寄小读者》、《情书一束》、《渺茫的西南风》各二部，又即在其书局买《公孙龙子注》一本，《春秋复始》一部六本，《史记探原》一部二本，共泉二元八角。下午往北大取薪水计二月分八元，三月分者二元。

十八日　晴。上午得半农信。晚得秋芳信并稿。夜风。

十九日　晴。上午往中大。午后北大送来《国学季刊》一本。下午往师大取三月分薪水二十四元。往直隶书局取改订书，计工泉一元二角。赴女师大饯别林语堂茶话会，并收薪水泉十元一角。

二十日　晴。下午得霁野信。寄半农信。

二十一日　晴。上午往女师大讲。午往西吉庆饭。下午得丛芜信。得李遇安信并稿。季市来。晚东亚公司送来《有岛武郎著作集》第十三至十五辑共三本，计泉三元七角。

二十二日　晴。上午得翟永坤信。雷川先生来。夜得霁野信片，二十一日天津发。得小峰信。雨。

二十三日　星期。雨。午后得丛芜信并稿。

二十四日　晴。晨寄半农信。上午往北大讲。午后访小峰。访素园。得黄运新信并诗。晚秋芳来，假以学费十五。得织芳信，二十二日保定发。夜得三弟信，附伏园信，十七日发。得语堂辞行片并照象。得苏滨信。

二十五日　雨。上午复苏萍信。寄素园信。李世军来。

二十六日　昙。上午耕南夫人来。午抑卮来。下午阅试卷讫。夜得半农信。

二十七日　雨。上午寄还刘锡愈稿。寄翟永坤信。寄女师大评议会信辞会员。午得宫竹心信。午后访韦素园，见《往星中》已出，取得十本。访李小峰，见赠《纺轮故事》三本，《女性美》二本。寄半农信并文。得郑振铎信并版税汇票丙十九元。

二十八日　昙。上午往女师大讲。午后访季市。往留黎厂买《师曾遗墨》第七至第十集共四本，计泉六元四角。下午得织芳信，廿四日肥乡发。晚季谷来。

二十九日　晴，夜大风。无事。

三十日　晴，风。上午得钦文信，二十日发。得冯文炳信。往女师大讲。品青来，未遇。下午得钦文稿。冯文炳来，赠以《往星中》一本。晚得李秉中信并画片三枚，十二日墨斯科发。寄还女师大试卷。

三十一日　晴。上午以《往星中》一本寄诗荃，一本寄钦文，又代未名社以四本寄璇卿。晚复沈立之信。寄中国大学信，辞续讲。

六月

一日　晴。上午得织芳明信片，二十八日金滩镇发。往邮政总局取泉五十九元。往孔德学校访品青未遇，留书而出。访小峰。午后访素园。在东亚公司买《有岛武郎著作集》第十六辑一本，《無產階級芸術論》一本，《文芸辞典》一本，共泉四元六角。从小峰收泉百。夜校印刷稿子。寄赠马珏小姐《痴华鬘》一本。

二日　晴。夜裘子元来。东亚公司送来《文学に志す人に》一本，一元四角。得高歌信。

三日　晴。上午寄素园信并《〈穷人〉小引》。寄小峰信，午后得复并《华盖集》廿本，下午复之。寄凤举信。寄三弟信，附与郑振铎笺。晚寿山来，同饮酒，并赠以书四种。夜得马珏小姐信。校排印稿子。

四日　晴。上午往女师大讲。午后访季市。下午陆秀珍来。晚得凤举信。

五日　晴。上午寄小峰信。濯足。下午得高歌信。夜风。

六日　星期。晴。上午陈炜谟、冯至来。往中央公园看司徒乔所作画展览会，买二小幅，泉九。品青、小峰来，未遇，留《痴华鬘》五本而去。夜得钦文、璇卿信，上月二十八日发。

七日　晴。午后访素园。访小峰，得《何典》十本。晚季市邀夜饭，并寿山。得罗学濂信。得陈炜谟信。寄王品青信。夜失眠。

八日　晴。清晨耕南夫人回天津。上午得品青信并稿。罗学濂来。

九日　晴。上午赵荫棠、沈孜研来。夜雨。

十日　雨。上午得车耕南信。

十一日　昙。上午寄凤举信。寄素园信并稿。下午得小峰信。得织芳信，六日洛阳发。晚 Battlet、丛芜及张君来。

十二日　晴。无事。编旧抄关于小说之琐闻。

十三日　星期。晴。上午访丛芜。访小峰，得《心的探险》十二本。下午紫佩来。季市来。

十四日　旧端午。晴。午后吕云章来。得长虹稿，八日杭州发。得董秋芳信。晚收教育部奉泉八十三元。濯足。

十五日　晴。午前陈慎之来。下午顾颉刚寄赠《古史辨》第一册一本。收女师大薪水泉廿。

十六日　晴。下午访丛芜、素园。访小峰，遇品青、半农。

十七日　晴。上午寄李秉中信并书三本。雨。往师大取薪水三月分八元，四月分十四元。往直隶书局买《太平广记》一部，缺第一本，泉八元。又《观古堂汇刻书目》一部十六本，十二元。得钦文信，七日发。晚寄品青信。

十八日　雨。上午得三弟信，十二日发。陈慎之来。得兼士信。午后晴。季市来。晚半农来。

十九日　晴。上午季市、诗荃来，为立一方治胃病。兼士来。夜东亚公司送来《現代法蘭西文芸叢書》四本，《東西文芸評論》一本，共泉八元二角。得品青信并书。

二十日　星期。雨。上午托淑卿往商务印书馆豫约石印《汉魏丛书》一部四十本，《顾氏文房小说》一部十本，共泉二十一元三角。

二十一日　昙。上午寄三弟信。寄王品青信。午晴。得遇安信。得素园信。得衣萍信并稿。午后托广平往北新局取《语丝》，往未名社取《穷人》。下午季市来。夜得阮久巽信，十二日发。

二十二日　昙。夜东亚公司送来《アルス美術叢書》七本，十二元八角。得半农信。

二十三日　晴。午后得小峰信并《飘渺的梦》十五本，又半农见借之《浣玉轩集》二本。下午素园来。得品青信并《诗人征略》二函，即还以前所借书。晚高歌来，赠以书三本。夜风。

二十四日　晴。上午秋芳来，未见。有麟来并赠柿霜糖两包。寄半农信。寄朋其信。寄小峰信。寄素园信。寄女师大试题。下午雨。

二十五日　晴。午后访季市。往留黎厂取书。下午雨一陈。

二十六日　晴。午后访品青并还书。访寿山，不值。往东亚公司买《猿の群から共和国まで》一本，《小說から間たる支那の民族性》一本，共泉三元八角。访小峰，未遇。访丛芜。下午得朋其信。得季野信。得李季谷信片。

二十七日　星期。晴。母亲病，往延山本医士来。下午寄朋其信。寄遇安信。晚小峰、品青来。夜有麟来。

二十八日　晴。上午往留黎厂。往信昌药房买药。访刘半农，不值。访寿山。下午访小峰，收泉百，并托其寄半农〔信〕并稿。夜得小峰信，即复。濯足。收久巽所寄干菜一篓。

二十九日　晴。晚得陈慎之信，即复。

三十日　晴。上午以小说史分数寄北大注册部。寄小峰信。下午得遇安信。季市来。晚遇安来并持来《国文读本》三本，赠以《华盖集》等四本。夜得高歌信并《弦上》第十九期五分。

七月

一日　晴。上午得语堂信，六月廿一日厦门发。寄半农稿。午后理发。下午得敬隐渔信并《欧罗巴》一本。晚得兼士信。得品青信。得东亚考古学会柬。夜符九铭来。夜寄小林信辞东亚考古学会之招宴。

二日　晴。晚寄久巽信。寄小峰信。寄半农稿。

三日　晴。上午同母亲往山本医院诊。郑介石来，未遇。午后往伊东医士寓拔去三齿。访齐寿山。往东亚公司。访小峰。访素园。

四日　星期。晴。上午得素园信，即复，旋又得答。培良、高歌来。下午得高歌信并稿。兼士来。晚寄半农信。得语堂信，六月二十五日厦门发。得三弟信并丛芜稿，六月二十九日发。

五日　晴。晚得半农信。寄语堂信。寄品青信。寄三弟信。夜东亚公司送来《新露西亜パンフレット》二本，《现代文豪評伝叢書》四本，共泉八元二角。

六日　晴。上午得小峰信并泉五十，《语丝》合订本第四册六本，即复。午后往信昌药房买药。下午往中央公园，与齐寿山开始译书。晚培良、高歌来。

七日　晴。上午季市来。午后钦文来。下午往公园译书，遇螺舲。晚得品青信。得兼士信，即复。夜濯足。

八日　晴。上午往伊东寓。午后访兼士。下午往公园。

九日　晴。午后往公园。晚得矛尘信，即复。夜小雨。

十日　雨。午后往伊东寓补牙讫，泉十五。往东亚公司买《詩魂礼赞》一本，一元三角也。往信〔昌〕药房买药。下午晴。访寿山，往中央公园，遇季市同饮茗，晚归。得小峰信并《语丝》十五本，《呐喊》十本。得建功信。夜东亚公司送来《仏蘭西文芸叢書》一本，一元四角。得陆晶清从杭州所寄信片及照相。得半农信。

十一日　星期。晴。上午矛尘来。午后秋芳来。下午往公园。晚小雨。半农来，在途中遇之。得建功信并校稿。钦文来。

十二日　晴。上午璇卿来。钦文来。下午得季市信。陈炜谟等四人来。大雨一阵。

十三日　晴。晨收以"三言"为中心之小说书目并表五分，长泽规矩也氏自东京寄来。上午李仲侃来。幼渔来。下午往公园。丛芜来，未遇。得矛尘信。

十四日　雨。下午寄半侬稿两封。寄素园信。寄矛尘信。往公园。晚得长虹信并稿，十一日杭州发。得素园信。

十五日　昙。上午静赠茶叶两合。下午寄培良信。往公园。晚钦文赠茶叶一合。得素园信。夜高歌、培良来。

十六日　晴。上午访素园、丛芜。访小峰，在其寓午饭，并买小说等三十三种，共泉十五元，托其寄给敬隐渔。下午往公园。矛尘来，未遇。晚得有麟信，十四日保定发。

十七日　晴。上午寄素园信。下午往公园。晚得朋其信并稿。

十八日　星期。昙。上午陶书诚来。钦文来。下午晴。往公园。郑介石来，未遇。夜培良、高歌来。

十九日　晴。上午寄建功信。得丛芜信。午前幼渔来，并借我书。晚紫佩来。夜东亚公司送来《バイロン》一本，《無產階級文学の理論と実際》一本，共二元二角。

二十日　雨，午晴。萧盛嶷来，未见。钦文来。下午往公园。

二十一日　晴。晨萧盛嶷来，未见。午后访素园。访小峰，得《扬鞭集》卷上二本。下午往公园。往教育部取十三年二月分奉泉九十九元。晚得李秉中信，六日墨斯科发。得已然信，六月二十九日法国发。得三弟信，十七日发。大雨。

二十二日　晴。上午寄朋其信。得品青信并《青琐高议》一部，即复。下午往公园。金仲芸来。夜钦文来。

二十三日　晴。上午陈炜谟、陈翔鹤来。下午往公园。

二十四日　晴。上午得李遇安信并稿。午得韦丛芜信二封。午后得小峰信并泉四十，《茶花女》二本。下午往公园。收女师大薪水十二元三角二分，三、四月分。

二十五日　星期。晴。上午得久巽信片。书臣来。矛尘来。午后培良、高歌、沸声来。下午往公园。夜雨。

二十六日　昙。上午寄丛芜信。午陶璇卿来。下午得小峰信并《骆驼》两本，即复。陶书臣来，交以寄公侠函二。得静农信并稿，十八日霍邱发。丛芜来。

二十七日　昙。晨得半农信并《扬鞭集》、《茶花女》各一本。上午陶冶公来。午后访小峰。下午寄矛尘信并还书。寄敬隐渔信。往公园。凤举来，未遇，留赠毕力涅克照像一枚，柿霜糖一包。晚寄陶璇卿信。钦文来。得兼士信。

二十八日　晴。午得素园信。午后寄久巽信。寄三弟信。寄小峰信。下午访兼士，收厦门大学薪水四百，旅费百。往公园，还寿山泉百，又假以百。

二十九日　晴。晨得素园信，即复。寄紫佩信。午后得丛芜信。卜午往公园。伍斌来，未遇，留笺而去。晚收北大薪水泉十五。金仲芸来。

三十日　晴。上午得素园信。寄伍斌信。寄陈炜谟信。午后雨一阵。得矛尘信，下午复。寄凤举信。寄素园及丛芜信。往公园。得伏园信并屋子照相一枚。得紫佩及秋芳信。

三十一日　昙。上午寄陶冶公信。郁达夫来。得小峰信。下午雨。往公园。有麟来，未遇。得重久君信，廿四日日本东京发。

八月

一日　星期。晴。上午翟永坤来，未见。上午得季市信，七月廿九日嘉兴发。车耕南来，饭后去。下午访小峰。访丛芜，分以泉百。访凤举，被邀往德国晚［饭］店夜饭，并同傅书迈君。往东亚公司买《風景は動く》一本，二元。往山本照相店买 ALBUM 三本，每本一元。李遇安来，未遇，留笺并师大《国文选本》二册而去。晚小雨。得陶冶公信。

二日　晴。上午往师大取四月分薪水泉五。往东升平园浴。下午有麟、仲芸来。晚半农来。夜钦文来。

三日　晴。上午得兼士信，即复。寄凤举信。寄李遇安信。下午往公园。得丛芜函约在北海公园茶话，晚赴之，坐中有李［朱］寿恒女士、许广平女士、常维钧、赵少侯及素园。

四日　晴。上午兼士来，同往松筠阁视上俑。下午往公园。收世界日报社稿费十四元三角。夜丛芜来。得凤举信，附胡适之信。

五日　晴。上午得诗荃信，七月十九日兰州发。得顾颉刚信并《孔教大纲》一本。午后紫佩来。下午寄小峰信。寄培良信。往公园。晚冯君来，不知其名。夜东亚公司送来《アルス美術叢書》、《近代英詩概論》各一本，共泉五元四角。

六日　晴。上午得小峰信。下午往公园。晚雨。得三弟信，三日发。

七日　昙。上午得三弟信，四日发。季市来，还以泉百。得幼渔信。下午往公园。晚紫佩、仲侃、秋芳在长美轩饯行，坐中又有紫佩之子舒及陶君。

八日　星期。晴。晨得广平信。上午广平、陆秀珍来。裴子元来。培良、高歌来。得李小峰信并泉百五十。午后有麟、仲芸来。下午访幼渔。访冶公。晚幼渔、尹默、凤举在德国饭店饯行，坐中又有兼士及幼渔令郎。

九日　昙。上午得黄鹏基、石珉、仲芸、有麟信，约今晚在漪澜堂饯行。午雨。下午矛尘来并交盐谷节山信及书目一分。晚赴漪澜堂。

十日　晴。上午得丛芜信。午后钦文来。仲芸来。下午往公园。夜东亚公司送来《仏教美術》一本，《文学論》一本，共泉五元二角。得丛芜诗并信。

十一日　昙，午后晴。钦文来。寄季市信。寄张我军信。下午往公园。寄半农信并朋其稿。夜遇安来。张我军来并赠台湾《民报》四本。

十二日　晴。午得素园信，即复，附致丛芜笺。下午寄小峰信。往公园。常维钧来，未遇。得小峰信并食物四种，《小说旧闻钞》二十本，《沉钟》十本。得吕云章、许广平、陆秀珍信。夜培良等来，不见。

十三日　晴。上午赴女子师范大学送别会。午赴吕、许、陆三位小姐们午餐之招，同坐有徐旭生、朱遏先、沈士远、尹默、许季市。下午寄常维钧《小说旧闻钞》一本，照相一张。往公园译《小约翰》毕，寿山约往来今雨轩晚餐，同坐有芦龄、季市。夜大风一阵。东亚公司送来《東西文学比較評論》一部二本，共泉七元四角。

十四日　晴。上午赵丹若来。午往小市买书柜一个，泉十元。往山本医院诊。夜高歌、培良、沸声来。雨。

十五日　星期。晴。上午寄吕、许、陆小姐信。往山本医院行霍乱预防注射。午陶冶公来。得玉堂信二封。午后访韦素园。访小峰。

十六日　晴。晨得素园信。上午季市来。午邀云章、晶清、广平午餐。下午以丛芜诗转寄徐耀辰。得三弟信，十三日发。钦文来。晚复三弟信，附致振铎笺。

十七日　晴。上午分寄盐谷节山、章锡箴、阎宗临书籍。往公园，望潮约午餐。晚得紫佩信。辛岛骁君来并送盐谷节山所赠《全相平话三国志》一部，冈野同来。

十八日　晴。上午得公侠信。下午书臣来。晚寄语堂信。寄小峰信。雨。

十九日　晴。上午辛岛君来，留其午餐，赠以排印本《西洋记》、《醒世姻缘》各一部。下午季市来。夜小峰来并交泉百，品青同来，并赠《孔德学校国文教材》十余册，常维钧所赠《托尔斯泰寓言》一本，又尹默所代买《儒学警悟》七集一部共十本，泉二十四元。

二十日　晴。上午洙邻兄来。刘亚雄来。下午钦文来。晚李遇安来。

二十一日　晴。上午往山本医院续行霍乱预防注射。午赴中央公园来今雨轩应季市午餐之约，同席云章、晶卿、广平、淑卿、寿山、诗英。下午紫佩来。得钦文信。晚有麟来并赠罐头食物四个。

二十二日　星期。晴。上午往女师大毁校周年纪念并演说。以李遇安稿寄半农。下午马巽伯来。

二十三日　昙。上午得小峰信。访素园。访小峰。下午寄素园信。夜培良来。

二十四日　晴。上午季市来。寄小峰信并稿。午矛尘来。下午紫佩来。晚钦文来。雨。

二十五日　晴。收拾行李。晚吕云章来并赠《漫云》一本。得小

498

峰信。夜风。

二十六日　晴。上午寄盐谷节山信。季市来。有麟、仲芸来。下午寄小峰信。子佩来，钦文来，同为押行李至车站。三时至车站，淑卿、季市、有麟、仲芸、高歌、沸声、培良、璇卿、云章、晶清、评梅来送，秋芳亦来，四时二十五分发北京，广平同行。七时半抵天津，寓中国旅馆。

二十七日　晴。上午以明信片寄寿山、淑卿。午登车，一点钟发天津。

二十八日　昙。午后二时半抵浦口，即渡江，寓招商旅馆。下午以明信片寄淑卿、季市。同广平阅市一周。夜十时登车，十一时发下关。

二十九日　昙。晨七时抵上海，寓沪宁旅馆，湫小不可居。访三弟，同至旅舍，移孟渊旅社。午后大雨。晚广平移寓其旅［族］人家，持行李俱去。夜同三弟至北新书局访李志云。至开明书店访章锡箴。以明信片寄淑卿。

三十日　昙。上午广平来。午李志云、邢穆卿、孙春台来。午后雪箴来。下午得郑振铎柬招饮，与三弟至中洋茶楼饮茗，晚至消闲别墅夜饭，座中有刘大白、夏丏尊、陈望道、沈雁冰、郑振铎、胡愈之、朱自清、叶圣陶、王伯祥、周予同、章雪村、刘勋宇、刘叔琴及三弟。夜大白、丏尊、望道、雪村来寓谈。雨。

三十一日　昙。午后广平来。长虹、雪村来。李志云来并赠糖三合，酒四瓶。下午雨，晚霁。夜同三弟阅市，在旧书坊买《宋元旧书经眼录》一部一本，《萝摩亭札记》一部四本，共泉四元八角。雪村、梓生来。

九月

一日　昙。上午金有华来。下午寄羡苏明信片。同三弟阅市，买《南浔镇志》一部八本，三元二角。夜十二时登"新宁"轮船，三弟送至船。雨。

二日　昙。晨七时发上海。

三日　昙。无事。

四日　昙。下午一时抵厦门，寓中和旅馆。以明信片寄羡苏及三弟。语堂、兼士、伏园来寓，即雇船移入厦门大学。

五日　星期。晴。上午林君来。雨。午寄淑卿信。寄三弟信。寄广平信。同伏园往语堂寓午餐，下午循海滨归，拾贝壳一匊。

六日　晴。晚至海滨闲步。

七日　晴，下午昙。无事。

八日　晴，风。午后寄季市信。寄小峰信并稿。下午得淑卿信，二日发。陈定谟君来。俞念远来。顾颉刚赠宋濂《诸子辨》一本。

九日　晴。午后访陈定谟君，同游南普陀。夜臥士赠景印《教宗禁约》一分。风。

十日　昙，下午风，雨。收八月分薪水泉四百。夜大风雨，破窗发屋，盖飓风也。

十一日　昙。上午托伏园往中国银行汇泉二百于三弟，又一百托其买书。

十二日　星期。晴。下午寄淑卿信并明信片一。寄辛岛君信。

十三日　晴。上午寄广平信片。寄韦素园信片。寄三弟信。下午收三弟所寄《顾氏文房小说》一部，商务印书馆书目一本，四日发。夜雨。

十四日　晴，风。上午得广平信二函，六日及八日发。得素园信，四日北京发。得寄野信，八月廿五日安徽发。寄三弟信。以培良文稿寄长虹。下午寄广平信并《新女性》一本。晚庄奎章来。

十五日　晴。上午得三弟所寄《自然界》二本，四日发。下午雨一阵。

十六日　昙。下午得矛尘信。得小峰信并《语丝》。得三弟信，九日发。夜风雨。

十七日　昙。晨寄三弟信。寄素园信。上午小雨且风。下午晴。得景宋信，十三日发。得小峰所寄《彷徨》及《十二个》各五本。得苏遂如君等信。夜风。

十八日　晴，风。上午寄羡苏信并《语丝》十本。寄景宋书二本。寄小峰信。

十九日　星期。晴。上午得乌一蝶信。得三弟信并西泠印社书目一本，十三日发。得辛岛骁君所寄《李卓吾墓碣》拓本一分，北京发。戴锡璋、宋文翰来邀至南普陀午餐，庄奎章在寺相俟，同坐又有语堂、兼士、伏园。

二十日　晴。上午寄小峰信。寄素园信并稿。赴厦门大学开学礼式。得辛岛骁信并李卓吾墓摄影一枚，十日北京发。得章雪村信。下午寄广平信。

二十一日　晴。朱镜宙约在东园午餐，午前与兼士、伏园同往，坐中又有黄莫京、周醒南及其他五人，未询其名。旧历中秋也，有月。语堂送月饼一筐予住在国学院中人，并投子六枚多寡以博取之。

二十二日　晴。上午理发。午后得景宋信，十七日发，晚复。

二十三日　晴。上午寄章雪村信。寄三弟信。午后得羡苏信，十五日发。

501

二十四日　晴。上午寄羡苏信并《语丝》。寄紫佩信。得广平信，十八日发。

二十五日　晴。下午从国学院迁居集美楼。夜风。

二十六日　星期。昙，大风。上午得三弟信，十九日发。得陶书臣信，十九日徐州发。

二十七日　昙，风。上午寄广平信。收璇卿所画象，收小景片十二枚，十六日淑卿自北京寄。下午雨一陈即霁而风。

二十八日　晴，大风。下午收开明书店所寄书籍、杂志等四种。

二十九日　晴，风。上午得霁野及丛芜信，十九日发。下午得季市信，廿一日发。得三弟信，廿四日发，并书一包五种十九本，共泉四元四角。

三十日　晴，风。上午得广平信，廿四日发。

十月

一日　昙。上午寄广平信并《莽原》二。寄小峰信并《语丝》五。寄幼渔信。下午收九月分薪水泉四百。晚欧阳治来谈。夜大风。

二日　昙，风。上午伏园往厦门市，托其买《四部汇刊》本《乐府诗集》一部十六本，四元五角。下午得羡苏信，廿四日发。得李遇安信，廿五日发。

三日　星期。昙。上午罗常培君见访。

四日　晴。上午寄矛尘信。寄淑卿信。寄素园、丛芜、霁野信。寄三弟信。得广平信，廿九日发。得淑卿信，廿七日发。下午寄季市信。

五日　晴。上午寄公侠信。寄广平信。寄辛岛骁信。收三弟所寄书籍五包九种八十五本，又杂书一包四种六本，共泉三十元五角，下午得信，一日发。得品青信，九月二十七日发。林仙亭来访并赠《血泪之花》一本。

六日　晴。午后寄淑卿信。寄三弟信。寄小峰信附答品青笺。下午收北新书局所寄书籍四包，又未名社者一包。晚大风。得董秋芳信并译稿。

七日　晴，风。无事。

八日　昙，风。上午寄素园信并稿。夜微雨。

九日　昙。上午寄陶书臣信。寄董秋芳信。兼士赠唐人墓志打本二枚。

十日　星期。昙。上午本校行国庆纪念。午后开国学研究院成立会。下午得钦文信，九月卅日发。得漱园信，同日发。得矛尘信，四日绍兴发。夜赴全校恳亲会听演奏及观电影。濯足。

十一日　昙。上午寄广平信。寄矛尘信。林仙亭及其友四人来。下午得小峰信，九月二十九日发。夜风。

十二日　晴，风。上午得品青所寄稿及钦文所寄《故乡》四本。下午得紫佩信，三日发。得广平信，五日发。

十三日　晴，风。上午寄紫佩信。得遇安信片，四日大连发。得春台笺，六日上海发。

十四日　昙。晨收紫佩所寄《历代名人年谱》一部十本，二元五角。上午往周会演讲三十分时。下午伏园往市，托其买《山海经》一部二本，五角。

十五日　晴。上午得景宋信，八日发。下午编定《华盖集续编》。

十六日　晴。晨寄景宋信。上午得景宋信，十日发。得郑介石信。得留仙电。寄韦素园信并稿，附致小峰笺一。夜风甚大。

十七日　星期。昙，风。无事。

十八日　晴，风。上午寄景宋信。复郑介石信。得淑卿信，九日发。得三弟信，十一日发。晚同人六人共饯兼士于南普陀寺。

十九日　晴。上午寄三弟信。寄淑卿信。寄小峰信并《卷葹》及《华盖续》稿。下午得季市信，十二日发。得淑卿信，十二日发。得漱园信片，十日发。

二十日　晴。上午寄淑卿信。寄漱园信。寄春台信。下午得广平信，十五日发。

二十一日　晴。上午寄广平信并书一包。寄小峰信。收日本文求堂所赠抽印《古本三国志演义》十二叶，淑卿转寄。下午寄春台信。晚南普陀寺及闽南佛学院公宴太虚和尚，亦以柬来邀，赴之，坐众三十余人。夜风。

二十二日　晴。午后得谢旦信。下午得钦文信，十六日发。

二十三日　晴。上午与兼士同寄朱骝先信。得遇安信，十九日广州发。得小峰信，十三日发。下午得景宋信并稿，十九日发。得静农信，十六日发。得矛尘信，十五日发。夜风。

二十四日　星期。晴，大风。上午寄景宋信并《语丝》、《莽原》。寄遇安信附与星农函。寄矛尘信。下午寄小峰信。夜观影戏，演林肯事迹。

二十五日　晴。下午复谢旦信。收钦文所寄小说一包。收中国书店所寄《八史经籍志》一部十六本，直五元，由三弟代买，十八日发。晚寄钦文信。夜风。

二十六日　晴，风。上午收淑卿所寄绒线衣两件，十滴药水一瓶，八日付邮。

二十七日　昙。晨兼士来别。上午得景宋信，廿二日发。得伏园信，廿三日发。得三弟信，二十日发。得矛尘信，廿一日发。得季野信，十五日发。得秋芳信，十七日发。下午得北新局所寄书一包八种，十八日发。夜雨。

二十八日　雨。上午寄淑卿信。

二十九日　晴。上午寄景宋信。得伏园信，附达夫函，廿五日发。得景宋信，二十三日发。得璇卿信，二十四日发。寄三弟信，附景宋稿。午后复陶璇卿信。寄小峰信。下午大风。

三十日　晴，大风。晨寄广平信。上午寄霁野信。收三弟所代买寄《全汉三国晋南北朝诗》一部二十本，《历代诗话》及《续编》四十本，直十九元。收辛岛君所寄《斯文》三本。下午得谢旦信。

三十一日　星期。晴，风。上午得重久信，二十三日发。得漱园信，二十二日发。

十一月

一日　晴。午后得广平信，十月廿七日发。夜风。

二日　晴。下午寄广平信。下午得王衡信，十月廿四日发，并照相。

三日　晴。下午得郑振铎信，附宓汝卓信，即复。得曹轶欧信，即复。收辛岛骁君所寄抽印《古本三国志演义》十二叶，十月二十六日付邮。风。

四日　晴，风。上午寄漱园信并《坟》之序目，附致小峰信，又附振铎来信之半。下午收十月分薪水泉四百。得景宋信，十月卅日发。

五日　晴，风。上午得季黻信，廿八日发。得吕云章信，同日发。得淑卿信，同日发，午后复，附致季市笺。寄景宋信。下午伏园自广州回，持来遇安信并代买之广雅书局书十八种三十四本，共泉十二元八角。

六日　晴，风。上午得素园信片，十月廿七日发。

七日　星期。晴，风。上午得素园信二封，廿九及卅日发。得钦文信，二十九日发。

八日　晴。午后汪剑尘来。寄吕云章信。寄景宋信并书一包。寄小峰稿。寄漱园信。下午得漱园信片，二十九日发。夜大风。

九日　晴。下午得景宋信，五日发。

十日　晴。上午寄景宋信。寄漱园信。同伏园往厦门市买药及鞋、帽、火酒等，共泉二十二元。在商务印书馆买《资治通鉴考异》、《笺注陶渊明集》各一部，信封百，笺五十，共泉二元八角。往南轩酒楼午餐，下午雇船归。得淑卿信，一日发。得漱园信，二日发。得春台信，三日绍兴发。得邢墨卿信，三日上海发。夜风。

十一日　晴。上午得中山大学聘书并李遇安信，五日发。得景宋信，七日发。

十二日　晴。上午寄饶超华信并稿。寄韦漱园信并稿。寄邢墨卿信。

十三日　晴。夜同丁山、伏园往南普陀寺观傀儡戏，食面。大风雨。

十四日　星期。晦。上午寄漱园信并稿，附致小峰笺。大风雨。寄淑卿信。

十五日　风雨。上午得李季谷信，五日发。得三弟信，七日发，下午复。

十六日　昙。上午得汪剑余信。下午寄景宋信。得小峰信，七日发。得矛尘信，十一发。夜林景良及和清来。

十七日　晴。上午寄矛尘信。午后寄小峰信并秋芳稿一包。下午校中教职员照相毕开恳亲会，终至林玉霖妄语，缪子才痛斥。夜大风。

十八日　晴。下午得广平信，十二日发。夜大风。

十九日　晴。下午寄广平信。得叶渊信。

二十日　晴。上午得景宋信三函，十五、六、七日发。下午赴玉堂邀约之茶话会。

二十一日　星期。昙。上午寄景宋信并刊物一束。寄漱园信并稿，附致小峰信。寄春台及墨卿信，雪村信，附启事稿。得淑卿信，十一日发。得幼渔信，十三日发。得漱园信，十三日发。得培良信，十二日发。得矛尘信，十二日发。得璇卿信，十二日发。午复幼渔信。夜风。

二十二日　晴。上午寄矛尘信。寄淑卿信。寄漱园信。下午得广平信，十七日发。得霁野及丛芜信，十四日发。夜大风。

二十三日　晴。下午寄璇卿信。寄培良信。

二十四日　晴。下午收璇卿所寄画一帧。寄寿山信。寄霁野、丛芜信。

二十五日　晴，风。午林梦琴邀午餐。下午寄淑卿信，内附与钦文信，又刊物一包九本，内附璇卿画一枚。寄王衡信。寄李季谷信。

二十六日　晴，大风。下午寄景宋信。林河清来。晚蒋希曾来。夜观电影。

二十七日　晴。晨蒋希曾及玉堂来，同乘小汽船往集美学校，午后讲演三十分，与玉堂仍坐汽船归。得广平信，二十三日发。夜礼堂走电，小焚。

二十八日　星期。晴。上午得漱园信，十六日发。得淑卿信，十七日发。得静农信，二十日发。得邝富灼信，二十四日发。晚魏兆淇、朱斐、王方仁、崔真吾合饯伏园于镇南关之一福州小饭店，邀同往，饮馔颇佳。

二十九日　阴。上午寄淑卿信。寄漱园信。寄三弟信。寄广平信。午后收广平所寄毛线背心一件，名印一枚，十七日付邮。得静农信，十七日发。

三十日　晴，风。午后收商务印书馆所寄英译《阿Q正传》三本，分赠玉堂、伏园各一本。下午得淑卿信，廿三日发。得钦文信，同日发。得有麟信，廿二日发。又得仲芸信，同日发。得漱园信，廿三日发。得矛尘信，廿六日发。得三弟信，廿七日发。夜雨。

十二月

一日　昙。上午寄邝富灼信。寄有麟、仲芸信。寄矛尘信。寄淑卿信。寄三弟信。寄苏州振新书社信并泉八元一角以买书。晚小雨。

二日　晴，风。上午得广平信，廿七日发。下午寄集美学校讲演稿。

三日　晴。晨寄广平信并期刊五本。下午寄景宋信。收上月薪水泉四百。捐给平民学校五元。夜略看电影，为《新人之家庭》，劣极。

四日　晴。午与伏园合邀魏、朱、王、崔四人饮。下午得漱园信，十一月二十八日发。

五日　星期。晴。上午寄漱园信。寄三弟信。晚陈定谟、罗心田来谈。

六日　昙。上午得顾敦铼及梁社乾信，十一月廿八日闸口发。下午得景宋信，二日发。收北新书局所寄《中国小说史略》四十本，《桃色之云》、《彷徨》各五本。

七日　晴。上午寄景宋信。寄淑卿信。下午雨，夜大风。

八日　晴，风。上午得矛尘信，一日发。得淑卿信，上月廿九日发，附敬〔隐〕渔来函及画信片四枚，从巴黎。下午得漱园信，即复。夜大风，天气骤冷。

九日　晴。上午寄淑卿信。复梁社乾、顾雍如信。复之江大学月刊社信。傍晚往铃记理发。

十日　晴。上午同伏园往厦门市，在别有天午餐。买皮箱一口，泉七元。在商务馆买《外国人名地名表》一本，泉一元三角。夜略观电影。大风。

十一日　晴。上午丁丁山邀往鼓浪屿，并罗心田、孙伏园，在洞天午餐，午后游日光岩及观海别墅，下午乘舟归。收梁社乾所寄赠英译《阿Q正传》六本。

十二日　星期。晴。上午寄广平信。赴平民学校成立会，演说五分钟。得景宋信三函，其二七日发，一函八日发。晚同伏园访语堂，在其寓夜餐。

十三日　昙。上午寄景宋信。寄还宋文翰《小说史略》上下册，并赠以三版合本一册。以译稿寄漱园并英译《阿Q正传》二本，分赠霁野、丛芜。午后得骟先信，七日发。下午得尚钺信，一日发。得淑卿信，一日发。得小峰信，六日发。得漱园信，六日发。得振铎信，六日发。夜雨。

十四日　小雨。上午寄振铎信。寄小峰信。寄兼士信。得遇安信，八日发。午后赵风和、倪文宙来。下午寄广平以期刊一束。语堂邀晚饭，并伏园。

十五日　晴，暖。下午收小峰所寄书三包。收茶叶二斤、印泥一合，皆三弟购寄。晚李叔珍来。夜大风，微雨。

十六日　晴。上午得景宋信，十二日发，下午复。晚庄奎章来。夜风雨。

十七日　昙。午郝秉衡、罗心田、陈定谟招饮于南普陀寺，同席八人。午后收《魏略辑本》二本，《有不为斋随笔》二本，共泉二元，三弟购寄。夜风。

十八日　晴，大风。午后伏园南去。下午林木土字筱甫等来访。

十九日　星期。昙。上午得春台信，十二日发。得三弟信，十三日发。得淑卿信，九日发，附福冈君函。得有麟信，十日发。得兼士信，十日发，即复之。下午张亮丞来谈。赵风和来。夜小雨。

二十日　昙。上午寄福冈君信。寄淑卿信。寄三弟信。夜风。

二十一日　昙。上午寄广平信。寄遇安信。得达夫及遇安信，十四日发。午得中山大学信，十五日发。下午捐浙江同乡会泉二元。夜风。

二十二日　冬节。晴，风。上午得矛尘信，十五日发。寄有麟信。

二十三日　晴。下午得景宋信，十九日发。晚林洪亮来。夜大风。

二十四日　晴。上午寄景宋信。下午昙。矛尘至。下午得景宋信，十六日发。得钦文信，十五日发。得振铎信，廿日发。收三弟所寄《阿Q正传》两本。收振新书局所寄费氏影宋刻《唐诗》合本一本，《峭帆楼丛书》一部二十本。夜看电影。风。赠艾锷风、萧恩承英译《阿Q正传》各一本。

二十五日　小雨。上午寄广平信。收中国书店书目一本。午后丁山来。下午霁。矛尘赠精印《杂纂四种》、《月夜》各一本，糟鹅、鱼干一盘，酥糖二十包。

二十六日　星期。晴。上午寄中大信。夜风。崔真吾赠五香凤尾鱼一合。

二十七日　晴。午后寄小峰稿二篇，下午发信。寄三弟信。夜大风。

二十八日　晴。上午得季市信，廿一日发。得淑卿信，十八日发。得中国行信，即复。午寄小峰信。寄振铎信。寄季市信。下午得伏园信二，廿一及廿二发。得素园信，二十一发。得宋文翰信，二十一发。

二十九日　晴。午后寄漱园信。下午开会。陈万里赠泉州十字石刻拓本一枚。

三十日　晴。上午寄季市信。寄景宋信。午寄春台稿。下午丁山来。晚玉堂来。夜风。访矛尘。

三十一日　晴。午周弁民招食薄饼，同坐有欧君、矛尘及各夫人。下午同矛尘访玉堂。收《文学大纲》一本，振铎寄赠。辞厦门大学一切职务。夜毛瑞章来。罗心田来。寄辛岛骁信。

书　帐

H.Bahr：Expressionismus　张凤举赠　一月四日

M.Beerbohm：Fifty Caricatures　五·二○

アルス美術叢書四［五］本　七·二○

校道藏本公孙龙子一本　〇・四〇　一月十二日

又尹文子一本　〇・四〇

词学丛书十本　八・〇〇

拜经楼丛书十本　四・二〇　一月二十九日　　二七・四〇〇

中国文学史要略一本　〇・四〇　二月三日

字义类例一本　〇・六〇

戯曲の本質一本　二・五〇

仏蘭西文学の話一本　二・一〇

日本漫画史一本　二・二〇

アルス美術叢書四本　六・八〇　二月四日

吴稚晖学术论著一本　小峰赠　二月九日

袖珍本陶渊明集二本　〇・六〇　二月二十日

景印史通通釈八本　一・六〇

支那文学研究一本　六・七〇　二月二十三日

支那小説戯曲概説一本　二・六〇

支那仏教遺物一本　二・七〇

支那南北記一本　三・〇〇

信と美一本　三・〇〇

文学入門一本　一・四〇

無産者文化論一本　一・二〇

ベトォフエン一本　一・二〇

芸術国巡礼一本　三・〇〇　　　　　　　　四一・六〇〇

知不足斎丛书二百四十本　三九・〇〇　三月二日

盛明杂剧十本　二・二〇

万古愁曲一本　〇・四〇

汉律考四本　一・〇〇　三月十六日

愛と死の戯一本　一・四〇　三月二十三日

支那上代画論研究一本　三・六〇

支那画人伝一本　二・四〇　　　　　　　　　五〇・〇〇〇

嘉泰会稽志及续志十本　六・八〇　四月五日

有島武郎著作集三本　二・四〇　四月九日

美学一本　一・八〇

美学原論一本　二・五〇

有島著作第〖一〗十一集一本　一・四〇　四月十七日

支那遊記一本　二・一〇

有島著作集第十二輯一本　一・二〇　四月二十六日

最近の英文学一本　二・〇〇　四月二十七日　　一九・二〇〇

男女と性格一本　二・一〇　五月三日

作者の感想一本　一・五〇

永遠の幻影一本　〇・九〇

公孙龙子注一本　〇・六〇　五月十七日

春秋复始六本　一・六〇

史记探原二本　〇・六〇

有島著作集三本　三・七〇　五月二十一日

師曽遺墨第七至十集四本　六・四〇　五月二十八日
　　　　　　　　　　　　　　　　　　　　一八・九〇〇

有島著作第十六集一本　一・三〇　六月一日

無産階級芸術論一本　一・〇〇

文芸辞典一本　二・三〇

文学に志す人に一本　一・四〇　六月二日

古史辨第一册一本　顾颉刚赠　六月十五日

太平广记六十三本　八・〇〇　六月十七日

观古堂汇刻书目十六本　一二・〇〇

仏蘭西文芸叢書四本　六・二〇　六月十九日

東西文学評論一本　二・〇〇

汉魏丛书四十本　一七・〇〇　六月二十日

顾氏文房小说十本　四・三〇

アルス美術叢書七本　一二・八〇　六月二十二日

猿の群から共和国まで一本　二・六〇　六月二十六日

小説から見たる支那の民族性一本　一・二〇　七一・九〇〇

新露西亜パンフレット二本　二・六〇　七月五日

文豪評伝叢書四本　五・六〇

詩魂礼賛一本　一・三〇　七月十日

仏国文芸叢書一本　一・四〇

文豪評伝叢書一本　一・四〇　七月十九日

新俄パンフレット一本　〇・八〇　　　　　　一二・七〇〇

風景は動く一本　二・〇〇　八月一日

アルス美術叢書一本　一・八〇　八月五日

近代英詩概論一本　三・六〇

仏教美術一本　三・一〇　八月十日

文学論一本　二・一〇

東西文学比較評論二本　七・四〇　八月十三日

全相三国志平话一部　盐谷教授寄赠　八月十八［七］日

儒学警悟十本　二四・〇〇　八月十九日

宋元旧书经眼录一本　二・四〇　八月三十一日

萝摩亭札记四本　二·四〇　　　　　　　　　　　　　四八·八〇〇

南浔镇志八本　三·二〇　九月一日

教宗禁约两帖　叺士赠　九月九日

顾氏文房小说十本　四·〇〇　九月十三日

李卓吾墓碣拓本一分　辛岛骁君寄赠　九月十九日

石印说文解字四本　一·〇〇　九月三十〔二十九〕日

世说新语六本　〇·七〇

晋二俊文集三本　〇·九〇

玉台新咏集三本　〇·八〇

才调集三本　一·〇〇　　　　　　　　　　　　　一一·六〇〇

乐府诗集十六本　四·五〇　十月二日

唐艺文志二本　三·〇〇　十月五日

元祐党人传四本　一·八〇

眉山诗案广证二本　〇·五〇

湖雅八本　四·〇〇

月河精舍丛钞二十三本　六·〇〇

又满楼丛书八本　四·〇〇

离骚图二种四本　四·〇〇

建安七子集四本　一·〇〇

汉魏八朝名家集三十本　七·〇〇

唐蒋夫人墓志拓本一枚　兼士赠　十月九日

唐崔黄左墓志拓本一枚　兼士赠

历代名人年谱十本　二·五〇　十月十四日

山海经二本　〇·五〇

抽印古本三国〔志〕演义十二叶　文求堂赠　十月二十一日

八史经籍志十六本　五·〇〇　十月二十五日

全汉三国晋南北朝诗廿本　八·八〇　十月三十日

历代诗话十六本　四·四〇

历代诗话续编廿四本　五·八〇　　　　　　　　　六二·〇〇〇

抽印古本三国演义十二叶　辛岛君赠　十一月三日

旧晋书等辑本十本　三·四〇　十一月五日

补艺文志等九种九本　三·二〇

屈原赋注等三种五本　二·二〇

少室山房集十本　四·〇〇

资治通鉴考异六本　一·四〇　十一月十日

笺注陶渊明集二本　〇·六〇　　　　　　　　　一四·八〇〇

外国人名地名表一本　一·三〇　十二月十日

魏略辑本二本　一·五〇　十二月十七日

有不为斋随笔二本　〇·五〇

费氏刻唐诗二种一本　〇·八〇　十二月二十四日

峭帆楼丛书二十本　七·三〇

泉州十字石刻拓本一枚　陈万里赠　十二月二十九日

文学大纲第一卷一本　郑振铎赠　十二月三十一日　　　一一·四〇〇

总计四〇〇·三〇〇

平均每月三三·三六元。

日记全编

[下]

鲁迅著作分类全编

乙编四卷

鲁迅 著

陈漱渝 王锡荣 肖振鸣 编

SPM 南方出版传媒, 广东人民出版社

·广州·

目　录

001 · 日记十六（1927 年）

　　书帐

　　西牖书钞

044 · 日记十七（1928 年）

　　书帐

087 · 日记十八（1929 年）

　　书帐

132 · 日记十九（1930 年）

　　书帐

179 · 日记二十（1931 年）

　　书帐

220 · 日记廿一（1932 年）

　　书帐

263 · 日记廿二（1933 年）

　　　书帐

313 · 日记二十三（1934 年）

　　　书帐

375 · 日记二十四（1935 年）

　　　居帐

　　　书帐

431 · 日记二十五（1936 年）

　　　书帐

469 · 附录

　　日记第十一（1922 年）

日记十六（1927年）

一月

一日　晴。晚卓治、玉鲁、方仁、真吾饯行，语堂、矛尘亦在坐。夜大风。

二日　星期。晴。上午寄兼士信。得广平信，十二月二十四日发。下午照相。

三日　晴。晨寄广平信。上午寄小峰稿。得春台信。下午得伏园信，十二月二十八日发。晚刘楚青来挽留并致聘书。罗心田来。

四日　晴。上午林文庆来。刘楚青来。张真如来。得淑卿信，十二月二十六日发。寄漱园稿。下午赴全体学生送别会。晚赴文科送别会。

五日　小雨。上午寄广平信。午后定谟来。丁山来。下午寄淑卿信。得三弟所寄书两本，十二月三十日发。夜译文。

六日　晴。上午得广平信，十二月三十日发。下午陈昌标来。郝秉衡来。欧阳治来。晚同人饯行于国学院，共二十余人。夜译文。服海儿泼八粒。

七日　昙。上午寄小峰信。寄广平信。午雨。下午收去年十二月分薪水泉四百。晚赴语堂寓饭。夜赴浙江同乡送别会。

八日　昙。上午得伏园信，三日发。寄漱园稿二篇又泉百，转交霁野。汇寄三弟泉百廿，托以二十一元八角还北新书局。收京寓所寄衣服五件，被征去税泉三元五角。谢玉生邀赴中山中学午餐，午后略演说。下午往鼓浪屿民钟报馆晤李硕果、陈昌标及他社员三四人，少顷语堂、矛尘、顾颉刚、陈万里俱至，同至洞天夜饭。夜大风，乘舟归。雨。

九日　昙。上午寄漱园信。寄三弟信。寄淑卿信。午林梦琴饯行，至鼓浪屿午餐，同席十余人。下午得遇安信，十二月卅一日九江发。得漱园信，十二月廿九日发。得小峰信，卅日发。得三弟信，三日发。夜风。王珏孙、郝秉衡、丁丁山来。陈定谟来。毛瑞章来并赠茗八瓶，烟卷两合。

十日　昙。上午寄照象二张至京寓。得郑孝观信，六日福州发，午后复。下午同真吾、方仁往厦门市买箱子一个，五元。中山表一个，二元。《徐庾集》合印一部五本，《唐四名家集》一部四本，《五唐人诗集》一部五本，共泉四元四角。在别有天夜餐讫乘船归。夜心田及矛尘来并赠绰古辣两包、酒一瓶、烟卷二合、柑子十枚。

十一日　昙。上午得景宋信二函，五及七日发。得季市信，四日发。得翟永坤信，十二月三十一日发。寄漱园信。午后往厦门市中国银行取款，因签名大纠葛，由商务印书馆作保始解。买《穆天子传》一部一本，二角；《花间集》一部三本，八角。夜矛尘、丁山来。风。

十二日　晴。午后复翟永坤信。复季市信。寄广平信。寄三弟信并汇券一纸，计泉五百。得王衡信，四日发。得季野信，三日发。下午得伏园信，五日发。寄三弟信。晚丁山邀往南普陀夜餐，同坐共八人。

十三日　晴。上午艾锷风、陈万里来。午林梦琴饯行于大东旅馆，同席约四十人。

十四日　昙。上午寄兼士信。寄淑卿信。收王衡所寄小说稿。寄还陈梦韶剧本稿并附《小引》。寄有麟信。夜艾锷风来并赠其自著之《Ch.Meryon》一本。

十五日　晴。上午寄林梦琴信再还聘书。午后坐小船上"苏州"船，方仁、真吾、学琛、矛尘送去。往商务印书馆买《温庭筠诗集》、《皮子文薮》各一部，共泉一元。下午送者二十余人来。晚真吾为从学校持来钟宪民信，十日石门发，又淑卿信，六日发。杨立斋持来孙幼卿介绍函。

十六日　星期。昙。午发厦门。

十七日　昙。午抵香港。

十八日　昙。晨发香港。午后雨，抵黄浦〔埔〕，雇小舟至长堤，寓宾兴旅馆。下午寄淑卿信。晚访广平。

十九日　小雨。晨伏园、广平来访，助为移入中山大学。午后晴，阅市。

二十日　昙。上午得春台信，十三日发。下午广平来访，并邀伏园赴荟芳园夜餐。夜观电影。风。

二十一日　昙。上午广平来邀午饭，伏园同往。午后寄小峰信。下午游小北，在小北园夕餐。黄尊生来访未遇，留函而去。夜风。

二十二日　昙。上午钟敬文、梁式、饶超华来访。黄尊生来访。午后寄陈剑锵、朱辉煌、谢玉生、朱玉鲁信各一。下午寄矛尘信。同伏园、广平至别有春夜饭，又往陆园饮茗。夜观本校演电影。小雨。

二十三日　星期。昙。上午寄淑卿信。寄三弟信。午后梁匡平等来邀至大观园饮茗，又同往世界语会，出至宝光照相。夜同伏园观电影《一朵蔷薇》。

二十四日　昙。午后甘乃光来。中大学生会代表李秀然来。徐文雅、潘考鉴来。骝先来。伍叔傥来。下午寄钟宪民信。广平来并赠土鲮鱼四尾，同至妙奇香夜饭，并同伏园。观电影，曰《诗人挖目记》，浅妄极矣。

二十五日　昙。午后广平来。黄尊生来。下午往中大学生会欢迎会，演说约二十分钟毕，赴茶会。叶君来。刘弄潮来。雨。寄春台信。

二十六日　昙。上午得春台信，十八日发。午后往医科欢迎会讲演半小时。至东郊花园小坐。下午得三弟信，十九日发。晚往骝先寓夜餐，同坐六人。风。

二十七日　晴。上午黄尊生来并赠《楔形文字与中国文字之发生及进化》一本。午后寄矛尘信。寄漱园信。下午赴社会科学研究会演说。游海珠公园。

二十八日　晴。午后梁匡平来。张之迈来。下午得淑卿信，十三日发。得钦文信，十七日发。得有麟信，十二日发。得季黻信，廿一日发。收本月薪水小洋及库券各二百五十。

二十九日　晴。上午得淑卿信，十七日发。得阮和森信，十八日发。下午得语堂信。得真吾信，二十日发。得黎光明信。晚同伏园至大兴公司浴，在国民饭店夜餐。

三十日　星期。晴。上午复黎光明信。复真吾信。寄季市信二。午昙。广平来并赠土鲮鱼六尾。午后王有德茹荃、杨伟业少勤来。晚黄尊生、区声白来。夜廖立峨来。许君来，法科学生。

三十一日　晴。上午得季市信，二十三日嘉兴发。下午黎锦明、招勉之来。广平来。黎光明来。徐文雅、毕磊、陈辅国来并赠《少年先锋》十二本。收矛尘所转寄刊物及信一束，有广平信，去年十二月廿七日发。夜同伏园、广平观市上。

二月

一日　晴。上午刘达尊赠酒两瓶，饼两合。广平来。午后得霁野信，十六日发。寄季市信。夜往骝先寓夜饭，同坐八人。得陈梦韶信，一月廿八日发。

二日　晴。旧历元旦。午广平来并赠食品四种。

三日　小雨。午后俞宗杰来。

四日　晴。上午同廖立峨等游毓秀山，午后从高处跃下伤足，坐车归。

五日　昙。下午叶、苏二君来。晚林霖、黎光明来。夜宋香舟来。

六日　星期。昙。上午梅君来。晚得语堂电。

七日　昙。下午得小峰信，一月二十三日发。夜寄有麟信。寄霁野信。

八日　昙。下午广平来。傅孟真来。骝先来。得春台信，一月廿七日发。

九日　小雨。午后广平来。下午孟真来。徐文雅来并赠《为什么》三本。收陈梦韶所寄诗稿一本。夜黎锦明来。寄淑卿信。孟真来。

十日　昙。上午叶少泉来。午骝先来。午后收钦文所寄《赵先生的烦恼》四本。收卓治稿。收方仁稿。收三弟所寄书三种，计《经典集林》二本，《孔北海年谱》等四种一本，《玉谿生年谱会笺》四本，共泉四元。被任为文学系主任兼教务主任，开第一次教务会议。下午得霁野信，一月廿一日发。晚孟真来。

十一日　昙。上午得敬隐渔信，去年十二月二十九日巴黎发。午朱寿恒等三人来。午后梁君度来。黎锦明来。下午山上政义来。夜张邦珍、罗蘅来。

十二日　晴。上午开文科教授会议。

十三日　星期。小雨，午后霁。梁君度来。杨成志来。下午张邦珍、罗蘅来。寄李小峰信。

十四日　晴。午得语堂信，八日发。下午得季市信，八日发。招勉之、黎锦明来。

十五日　小雨。午后开第二次教务会议。得陈炜谟信，一月廿八日北京发。得林毓德信，同日福州发。得方仁信，廿九日沪发。得三弟信，卅日发。得朱寿恒信，四日发。得矛尘信，七日发。夜张邦珍及其兄、姊来。雨。

十六日　小雨。上午寄梁式信。得羡苏信，一月二十四日发。得谢玉生等信，五日发。午后寄谢玉生、朱斐信。寄朱寿恒信。收小峰所寄书一包五种。

十七日　雨。上午叶少泉来。午得司徒乔信，一月十九日发。得季市信，十日发。午后得毛瑞章信，一月卅一日发。下午得羡苏信，三日发。得霁野信，附杨树华信，一日发。得卓治信，五日长崎发。得伏园信，十二日韶州发。得朱国儒信。得林次木信。夜出宿上海旅馆。

十八日　雨。晨上小汽船，叶少泉、苏秋宝、申君及广平同行，午后抵香港，寓青年会。夜九时演说，题为《无声之中国》，广平翻译。

十九日　雨。下午演说，题为《老调子已经唱完》，广平翻译。

二十日　星期。昙。晨同广平上小汽船，午后回校。得矛尘信二函，五日及十四日发。得谢玉生信，十三日发。得杨立斋信，一月卅一日发。得成仿吾信。得林次木信。得梁君度信。得季市信。下午广平同季市来，偕至季市寓，晚往一景酒家晚餐。

二十一日　晴。上午得许声闻信。午后开第三次教务会议。何思敬、费鸿年来。晚同季市、广平至国民餐店夜餐。收钦文所寄小说四本。

二十二日　晴。午复许声闻信。复霁野信。寄梁君度信。复杨树华信。同季市、广平至陆园饮茗。往公园。至大观茶店夜餐。夜得静农信并书籍发票等，九日发。

二十三日　昙。下午收未名社所寄书十三包。晚小雨。同季市、广平往市夜餐。

二十四日　雨。上午得伏园信，十八日塘村发。赴文科教授会。下午叶少泉来。得郑宾于信。得矛尘信，二十日发。晚张秀哲、张死光、郭德金来。

二十五日　晴，下午昙。开第四次教务会议。

二十六日　小雨。上午寄矛尘信。寄淑卿信。寄三弟信。午后得陈剑锵信。张秀哲等来。晚同季市、广平至国民餐店夜餐。

二十七日　星期。雨。午钟敬文来。午后同季市、广平、月平至福来居午餐，又往大新公司饮茗及买什物。以照片一枚寄杨树华。夜饭于松花馆。刘侃元君来访未遇，留片而去。得遇安信，十八日赣州发。

二十八日　雨。

三月

一日　昙。上午俞宗杰、龚宝贤来。午中山大学行开学典礼，演说十分钟，下午照相。得语堂信，二月二十三日发。夜同广平往陆园饮茗。

二日　雨。下午得紫佩信，二月十四日发。得绍原信。得矛尘信，廿四日发。得黎锦明信。得刘前度信并讲稿。夜同季市、广平至市饮茗。

三日　昙。上午谷中龙来。寄陈炜谟信。寄刘侃元信。寄张秀哲信。下午得有麟信，二月二十四日发。得三弟信，十九日发。夜叶少泉来。

四日　晴。上午复刘前度信并还稿。以《华盖集续编之续编》稿寄春台，并信。下午范朗西来。得羡苏信，二月二十二日发。

五日　晴。午后同何思敬访刘侃元。晚寄有麟信。寄三弟信。得卓治信并稿，二月廿三日长崎发。谢玉生等七人自厦门来，同至福来居夜饭，并邀孟真、季市、广平、林霖。夜濯足。

六日　星期。晴。上午谢玉生、谷中龙等七人来。午同季市、月平、广平往国民餐店午餐。下午往中央公园。得王方仁信，二月十九日镇海发。夜雨。

七日　昙。上午张秀哲赠乌龙茶一合。午后得刘国一信。得朱辉煌信。得郑仲谟信。晚同谢玉生、廖立峨、季市、广平观电影。得伏园信，二十四日衡阳发。

八日　晴。下午谢玉生等来。夜雨。

九日　昙。午后雨。得霁野及丛芜信，二月廿五日发。得王方仁信，廿八日镇海发。得丁丁山信，同日和县发。得卓治信，一日长崎

［发］。收二月分薪水泉五百。

十日　晴。下午梁君度来并赠去年所摄六人照相一枚。寄卓治信。寄春台信。

十一日　晴。午后开第五次教务会议。梁君度、钟敬文来。得王方仁信，三日发。晚往中山先生二周纪念会演说。夜同季市、广平往陆园饮茗。

十二日　昙。中山先生逝世二周年纪念休假。上午赴纪念典礼。午后寄羡苏信。寄方仁信。寄紫佩信。下午晴。

十三日　雨。星期休息。上午与季市、广平访孟真，在东方饭店午饭，晚归。

十四日　风雨。上午得矛尘信，八日发。下午霁。得小峰信，三日发。

十五日　雨。午后李竞何、黄延凯、邓染原、陈仲章来。晚寄小峰信。寄三弟信。蒋径三来，未遇，留赠《现代理想主义》一本。

十六日　雨。午后同季市、广平往白云路白云楼看屋，付定泉十元。往商务印书馆访徐少眉，交以孙少卿信。买《老子道德经》、《冲虚至德真经》各一本，泉六角。往珠江冰店夜餐。夜至拱北楼饮茶。

十七日　雨。上午得伏园信，三日汉口发。下午理发。收未名社所寄《坟》六十本，《出了象牙之塔》十五本，又北新书局所寄书九包。晚寄霁野、丛芜信。

十八日　雨。上午得三弟信，十二日发。午后同季市、广平往陶陶居饮茗。下午阅书肆，在中原书店买《文心雕龙补注》一部四本，八角。夜在晋华斋饭。

十九日　晴。下午得春台信，十四日发。夜张秀哲来，付以与饶伯康之介绍书。

二十日　星期。晴。午后寄伏园信。寄春台信。寄三弟信。同季市、广平往白云楼看屋，不见守屋人，遂访梅恕曾君。晚往国民餐店夜餐。赴国民电影院观电影。夜得崔真吾信，十二日宁波发。

二十一日　晴。午后得梅恕曾信。晚同季市、广平、月平往永汉电影院观《十诫》。

二十二日　雨。上午得淑卿信，七日发，附敬隐渔信。得语堂信，十三日发。

二十三日　晴。上午得谷英信。午后得谢玉生信，十五日厦门发。晚观电影。

二十四日　昙。上午得春台信，十二日发。午后收上海北新局所寄书籍二十六包。下午得杨树华信及照片一枚，二十日汕头发。晚晴，夜小雨。

二十五日　雨。上午黄延凯来。午后陈安仁来。下午得俞宗杰信。开教务会议。刘侃元来，未遇。晚得矛尘信，廿一日发。收沪北新局所寄书十五包。

二十六日　晴。上午得语堂信，廿三日发。褟参化来。下午得吕云章信，十五日汉口发。寄谢玉生信。夜同季市、广平往陆园饮茗。濯足。

二十七日　星期。晴。上午得贾华信，十八日星加坡发。晚寄淑卿信。寄霁野信。访刘侃元，赠以《彷徨》一本，在其寓夜饭，同座凡六人。夜雨。

二十八日　雨。下午庄泽宣来。斥宋湜。夜张秀哲、张死光来。濯足。

二十九日　黄花节。雨。晨得卓治信片，二十二日发。上午往岭南大学讲演十分钟，同孔容之归，在其寓小坐。下午晴。移居白云路白云楼二十六号二楼。夜雨。

三十日　昙。上午得春台信。

三十一日　昙。午后得谢玉生信，二十五日发。得朱辉煌信，同日发。得江绍原信，廿八日香港发。下午开组织委员会。陈安仁来。捐社会科学研究会泉十元。晚晴。

四月

一日　晴，热。午后叶少泉来。江绍原来，同至福来居夜餐，并邀孟真、季市、广平。收辛岛骁所寄《斯文》一本。夜雨。

二日　晴。上午以《坟》一本寄辛岛。下午寄霁野信。寄春台信。

三日　星期。雨。下午浴。作《眉间赤》讫。

四日　昙。上午寄未名社稿。寄春台信。午得饶超华信。得绍原信，往访未遇，留函而出。得郑仲谟信。得矛尘信，三月廿八日厦门发。夜小雨。

五日　昙。下午得春台信，三月廿八日发，即复。夜雨。

六日　雨。清明，休假。下午托广平买《中国大文学史》一本，泉三元。

七日　雨。午后得谢玉生留函。得尚钺信。得董秋芳信，三月廿三日杭州发。得语堂信，廿七日发。下午谢玉生来。收北新沪局所寄书二十二包。晚朱辉煌、李光藻、陈延进来，从厦门。

八日　雨。上午得霁野信，三月十一日发。得方仁信，卅一日发。下午得三弟信，二十八日发。得郑泗水信，廿四日上海发。晚修人、宿荷来邀至黄浦［埔］政治学校讲演，夜归。

九日　雨。上午寄霁野信。下午收三月分薪水泉五百。得静农信，三月廿三日发。

十日　星期。昙。午寄春台信。寄静农信并照片一张。下午雨。

十一日　昙。上午得小峰信，三月卅日发。得伏园信，二十二日发。下午见毛子震，赠以《坟》一本。市立师校邀演说，同广平往，则训育未毕，遂出阅市，买茗一元。

十二日　晴，午后骤雨一陈即霁。

十三日　昙，午后雨。寄董秋芳信。寄矛尘信。复郑泗水信。寄小峰信。下午得刘瑀信，三月廿四日汉口发。得淑卿信，二十一日发。得有麟信，二十六日发。得钦文信，二十七日发。捐社会科学研究会泉十。

十四日　晴。午后得紫佩信，三月二十七日发。得丁山信，六日南京发。下午开教务会议。夜黄彦远、叶少泉及二学生来访，同至陆园饮茗，并邀绍原、广平。

十五日　昙。午后寄淑卿信，附与钦文笺。寄王方仁信。下午雨。赴中大各主任紧急会议。得谢玉生信。赠绍原酒两瓶。

十六日　昙。下午捐慰问被捕学生泉十。

十七日　昙。星期，休息。下午雨。

十八日　昙。上午寄有麟信。午后得黄正刚信，十五日留。得学昭信，九日上海发。

十九日　昙。上午寄丁山信。寄三弟信。午后雨即霁。得春台信，十日绍兴发。得王衡信，三月三十一日北京发。下午得孟真信。晚绍原邀饭于八景饭店，及季市、广平。夜看书店，买《五百石洞天挥麈》一部，二元八角，凡六本。骝先来。失眠。

二十日　晴。上午得朱斐信，三月二十九日厦门发。晚大雷雨。

二十一日　昙。上午寄霁野信。得龚珏信，十九日香港发。得钦文信，六日发。

二十二日　昙。上午文科学生代表四人来，不见。广平邀游北门外田野，并绍原、季市，在宝汉茶店午饭。下午雨。在新北园晚餐。黎翼墀来二次，未遇。蒋径三来，［未］遇，留赠王以仁著《孤雁》一本。夜骝先来。

二十三日　昙。午中大学生代表四人来。下午晴。寄龚珏信。夜玉生等来。

二十四日　星期。晴。上午寄刘国一、朱玉鲁信并邮款一张，凡泉卅二。寄有麟信并稿。寄小峰信。午季市邀膳于美洲饭店，并绍原、广平、月平。下午阅旧书肆，买书六种共六十三本，计泉十六元。骝先来，未遇。

二十五日　晴。上午寄矛尘信。午后往商务印书馆汇泉。夜玉生、谷中龙来。

二十六日　晴。上午寄伏园信。寄春台信并伏园存款汇票一张，计泉式百三十三元三角三分，由商务印书馆付。晚寄三弟信。二黎君来。

二十七日　晴。午后绍原、风和来，各赠以《坟》一本。晚得陈基志信，廿日厦门发。

二十八日　晴。上午谢玉生来。寄小峰信并《野草》稿子一本。下午得丛芜信，六日发。得淑卿信，十一日发。得三弟信，十七日发。得春台信，十七日发；又一信二十日发，附学昭及卓治笺；又一信二十二日发，并《北新》周刊五本，《文学周报》十本。夜中大学生会代表陈延光来，并致函一封。

二十九日　昙。上午寄中山大学委员会信并还聘书，辞一切职务。寄骝先信。午后谢玉生来。得台静农信，十八日发。下午骝先来，得中山大学委员会信并聘书。

三十日　昙，午后晴。下午收上海北新书局所寄书籍三十二包，又未名社者计八包。得紫佩明信片，十六日发。立峨来。绍原来。

五月

一日　雨，午晴。夜谢玉生来，假以泉卅。星期。

二日　昙，午后雨。寄淑卿信，附致子佩函。寄上海北新书局信。下午晴。晚黎翼墀来，托其寄杨子毅信。开始整理《小约翰》译稿。

三日　晴。上午寄台静农信并《〈朝华夕拾〉小引》一篇，又饶超华诗一卷。寄中山大学委员会信并还聘书。午得钦文信，四月廿一日杭州发。午后同季市、广平游沙面，在前田洋行买小玩具一组十枚，泉一元。至安乐园食雪糕。晚黎国昌来。黎翼墀来。夜谢玉生来。

四日　昙。午后同广平往市买纸，遇绍原，遂至陆园饮茗。

五日　昙。上午得霁野信，二十日发。下午雨，晚晴。黎仲丹招饮于南园，与季市同往，坐中共九人。朱辉煌、李光藻、陈延进等来，未遇，留函而去。夜雷雨。

六日　昙。上午朱辉煌等来，假以泉六十。午山上政义来。午后得静农明信片，四月十九日发。下午绍原来。得伏园信，四月十七日发。夜谢玉生来。雨。

七日　雨。无事。

八日　星期。雨。下午蒋径三来。得罗济时信。

九日　昙。上午绍原寄示矛尘信。晚雨。谢玉生、谷中龙来。沈鹏飞来，不见，置中大委员会函并聘书而去。

十日　小雨。无事。

十一日　昙。上午寄中山大学委员会信并还聘书。以矛尘信寄还绍原。午得静农信，四月廿六日发。绍原来。下午立峨来。夜寄静农信，附致凤举信及霁野笺。复上海北新书局批发所信。

十二日　晴。午后黎仲丹来。夜大雷雨。

十三日　晴。上午得三弟信，五日发。下午陈延光来。得钦文信，一日发。得矛尘信，廿七日绍兴发，又一信三日杭州发，即转寄绍原。得三弟信，四月二十九日发。得春台信并《华盖集续编》一本，四日发。雨。晚谢玉生来。

十四日　晴。上午寄静农信并照相三种。午寄三弟信，内附致春台函一封。下午浴。得伏园信，四月二十九日发。得静农明信片，廿七日发。晚谢玉生及谷中龙来，为作一信致玉堂、松年。

十五日　星期。晴。晚立峨来。寄矛尘信。

十六日　晴。上午风和来。午后略雨。

十七日　雨，下午晴。广平为购牙雕玩具六种，泉三元。晚玉生来。黎静修来。

十八日　昙。上午绍原来。下午得淑卿信，一日发，并钦文小说稿一包，二日发。雨。得小峰信，八日发自上海。

十九日　昙。上午寄淑卿信。寄小峰信。收京寓所寄衣一包四件。午后大雨。

二十日　雨，午后晴。寄伏园信。寄丛芜信。得绍原信并文稿。

下午雨。得丁山信，十三日厦门发。得杨树华信并文稿数篇，《友中月刊》一本，五日汕头发。绍原来。晚谢玉生来，假去泉四十。收中大四月薪水二百五十。

二十一日　晴。夜浴。

二十二日　星期。晴，午后雨。

二十三日　雨。上午收《自然界》一本，十二日寄。寄三弟信。下午绍原来。得静农明信片，八日发。得冯君培信并《昨日之歌》一本，九日发。得刘瑀信，十日发。晚立峨来，赠以《华盖集续编》一本。

二十四日　雨，午后晴。谢玉生来。晚接中大委员会信。

二十五日　昙。上午复中大委员会信。下午绍原来。晚黎仲丹来。

二十六日　晴。下午整理《小约翰》本文讫。

二十七日　晴。午得淑卿信，十二日发，又明信片，十三日发。得刘国一信，十二日汉口发。得王希礼信，五日上海发。

二十八日　晴。上午得绍原信。午立峨来。晚大雨。

二十九日　星期。晴。下午译《小约翰》序文讫。绍原来。夜浴。

三十日　晴。午谢玉生来。午后寄矛尘信。寄淑卿信。寄三弟信。收北新局船运之书籍十一捆，即函复。下午得织芳信，廿二日上海发。得北新书局信。

三十一日　晴。下午作《小约翰》序文讫，并译短文一篇。夜寄饶超华信。复冯君培信。复有麟信。微雨。

六月

一日　晴，午雨。下午得三弟信，五月二十四日发。绍原来。晚得静农信，十七日发。得郑泗水信，二十六日厦门发。

二日　晴。上午复郑泗水信。下午得三弟信片，五月二十五日发。晚黎仲丹来。浴。

三日　晴。上午寄杨树华信并《中国小说史略》一本，且还其稿。寄台静农信并译稿两篇，校正《出了象牙之塔》一本。寄北京语丝社稿一篇。收中大四月分半月薪水二百五十。午得淑卿信，五月十九日发。得饶超华信。下午雨。晚黎仲丹送食物四种，收芒果四枚，酒两瓶。

四日　旧历端午。晴。午后寄饶超华信。谢玉生来。下午大雨。

五日　星期。昙。午前绍原来。得钦文信，五月廿六日发。午后雨。季市向沪。

六日　晴。上午得中大委员会信，允辞职。立峨来，赠以《自己的园地》一本。

七日　雨。午得静农信，五月廿七日发。得寄野信，同日发。得春台信，二十八日发。

八日　昙。上午得三弟信，二日发。午后理发。下午雨。晚寄三弟信，附与春台笺。复沪北新书局信。

九日　昙。上午许菊仙来运季市什物去。午后雨。托广平往广雅图书局买书十种共三十七本，泉十四元四角。晚谢玉生来。

十日　雨。上午寄丁山信。寄淑卿信。以副刊二张寄霁野。晚蒋径三来。

十一日　昙。上午得陈学昭信并绘信片三枚，五月廿九日西贡发。午前绍原来。得小峰信，卅日发。得矛尘信，卅日发。收寄野所寄书二包，内《孝图》四种十一本，《玉历》三种三本。午后晴。寄香港循环日报馆信。晚雨。夜浴。谢玉生、朱辉煌来。

十二日　星期。昙，午后晴。寄矛尘信。

十三日　昙。上午寄静农、霁野信。午后晴。得绍原信，即复之。晚绍原来。从广雅书局补得所买书之阙叶，亦颇［有］版失而无从补者。

十四日　晴。上午得三弟信，六日发，于是《小约翰》全书具成。

十五日　晴。无事。

十六日　晴。上午得陈翔冰信，六日厦门发。得春台信，三日发。得有麟信，八日发。收《文学大纲》第二及第三册各一本，盖振铎所赠。晚立峨来。雨。夜浴。

十七日　晴。下午绍原、馥泉等来。晚黎仲丹来。

十八日　晴。上午得郝昺蘅信，十一日厦门发。叶少泉来。下午寄小峰信。晚寄三弟信，附与春台函。玉生来。立峨等来。

十九日　星期。晴，下午雨。寄有麟信。晚晴。得紫佩信，三日发。

二十日　晴。晚复紫佩信。寄淑卿信。

二十一日　晴，晚风。朱辉煌等来。

二十二日　晴。上午得三弟信，十八日发，午后复。雨一陈。浴。下午绍原来。

二十三日　晴。晨睡中盗潜入，窃取一表而去。上午得伏园信，五月九日发。得有麟信，十五日发。得矛尘信，十四日发。得季市信，十三日发。得杨树华信，十六日发。得静农信，七日发。得霁野、丛芜信，九日发。得淑卿信，七日发。午后蒋径三来。下午雨一陈。蒋径三来。绍原来还书。晚寄矛尘信。寄季市信。寄三弟信。

二十四日　晴，下午大雨。得陈梦韶信，十三日发。夜浴。

二十五日　昙。上午襟参化来，赠以《华盖集续编》一本。晚谢玉生来。

二十六日　星期。晴。上午仲殊等来。下午绍原来。

二十七日　晴。午后捐广东救伤队泉五元。寄矛尘译稿一篇。寄小峰译稿三篇。得霁野信，十二日发。晚立峨与其友来，赠以《桃色之云》一本。夜浴。

二十八日　晴。无事。

二十九日　晴。头痛发热。晚谢玉生来。得淑卿信，十二日发，附赵南柔信，东京发。得钟敬文、杨成志信，二十五日发。收矛尘所寄《玉历钞传》、《学堂日记》各一本。服阿斯匹林三粒。

三十日　晴。上午绍原来。得矛尘信，二十一日发。午后收小说月报社所寄《血痕》五本。收中山大学送来五月分薪水泉五百。下午寄淑卿信。晚立峨等来。朱辉煌等来。

七月

一日　雨。上午托广平买《史通通释》一部六本，泉三元。服阿思匹林共三粒。

二日　雨。上午寄霁野及静农信并北新书局卖书款百元。收矛尘所寄《玉历钞传警世》一本。下午托广平买闹钟一口，五元四角。晚立峨来，赠以《阿尔志跋绥夫短篇小说集》一本。服规那丸共四粒。

三日　星期。晴，午雨。得未名社所寄《玉历钞传》等一包五本。下午从广雅局买《东塾读书记》、《清诗人征略》、《松心文钞》、《桂游日记》各一部共二十三本，七元七角。绍原来。蒋径三来。晚寄小峰信。复钟敬文、杨志成［成志］信。服规那丸共三粒。

四日　晴。晨阿斗为从广雅书局买来《太平御览》一部八十本，四十元。上午得三弟信，六月二十五发，附柏生笺，十六日发［写］，春台信，廿四写。晚黎仲丹来。

五日　晴。晚谢玉生来。

六日　晴。上午得襟参化信。下午得丛芜信，六月廿一日发。

七日　晴。午后寄丛芜信。下午立峨来。径三来。夜齿痛。雨。

八日　昙，风。上午寄矛尘信并《游仙窟》序一篇，又本文一卷。寄语丝社译稿一篇。晚谢玉生来，未见。立峨来。复襟参化信。

九日　昙。晚得春台信，六月廿七日九江发。得小峰信，一日发。得严既澄信，自杭州来。得史绍昌信，即复。

十日　星期。晴。上午得襟参化信。下午得北京北新局信。蒋径三、陈次二来约讲演。夜复襟参化信。

十一日　晴。夜寄淑卿信。作《略谈香港》一篇。

十二日　晴。晚得谢玉生信。夜澡身。

十三日　晴。上午得王衡来信，六月廿四日发。寄绍原信。下午黎仲丹来。晚谢玉生来。夜复王衡信。抄《〈朝华夕拾〉后记》讫。

十四日　晴。晚黎仲丹赠荔支一筐，分其半赠北新书屋同人。

十五日　晴。上午寄霁野、静农信并《〈朝华夕拾〉后记》一篇，《小约翰》译稿一本。寄北京北新书局信并稿一篇。转寄绍原《语丝》一三七期五本。午后雨即霁。晚立峨来。夜浴。

十六日　晴。晨得矛尘信，三日发。得季市信，五日杭州发。上午同广平往街买草帽一顶，钱二元八角，次至美利权食冰酪，至太平分馆午餐。午后往知用中学校讲演一时半，广平翻译。下午得三弟信，五日发。

十七日　星期。昙，风，晚雨。玉生来。寄矛尘信。寄三弟信。

十八日　晴。上午立峨来。得汪馥泉信，一日发。夜朱辉煌等来，还泉廿。

十九日　昙。午后得小峰信，十三日发。下午雨。晚谢玉生、谷铁民来别，并留赠食品四种。寄季市信。

二十日　晴。上午转寄绍原《语丝》一三八期五本。午立峨来，代玉生假去泉十元。下午雨。晚寄饶超华信。寄小峰信。寄淑卿信。

二十一日　晴。下午蒋径三来。晚董长志来。

二十二日　晴。午后大雨一阵。夜浴。

二十三日　晴。上午蒋径三、陈次二来邀至学术讲演会讲二小时，广平翻译。午同径三、广平至山泉饮茗。午后阅市，买《文学周报》四本归。下午骤雨一阵。

二十四日　星期。昙。午后得陈翔鹤寄赠之《不安定的灵魂》一本。得霁野及静农信，四日发。得有麟信，七日发。得对门徐思道信并文稿，下午复。晚小雨。立峨来。夜大风雨，盖海上有飓风。

二十五日　昙。下午复霁野、静农信。复有麟信。晚立峨来。雨。得淑卿信，十二日发。

二十六日　雨。上午往学术讲演会讲二小时，广平翻译。午往美利权买食品四种，二元七角。往永华药房买药物四种，三元一角五分。往商务印书馆买单行本《四部丛刊》八种十一本，二元九角。夜朱辉煌、李光藻来。服泻丸二。

二十七日　晴。上午转寄绍原《语丝》一三九期五本。下午雨。

二十八日　晴。上午寄绍原信。下午骤雨一陈。得矛尘信，十九日发。晚立峨来。

二十九日　雨，上午霁。下午复矛尘信。

三十日　晴。上午转寄绍原《语丝》百卅期五本。夜雨。

三十一日　昙。星期。上午得顾颉刚信，二十五日发。下午雨一陈。收《东方杂志》一本。晚陈延进、李光藻来，假去泉卅。寄矛尘信。寄淑卿信。夜澡身。服补写丸一粒。

八月

一日　雨。上午收三弟所寄《自然界》一本。午后复顾颉刚信。寄北京北新书局稿一封。

二日　昙。上午得绍原信，午复。禤参化来。下午邓荣燊来。晚同广平、月平往高第街观七夕供物，在晋华斋晚饭。买《六醴斋医书》一部二十二本，三元五角。夜陈延进来，假去泉廿。李光藻赴沪来别。

三日　雨。修理旧书。晚立峨来，假以泉十。夜浴。

四日　晴。上午得朱可铭信，七月十一日发。

五日　晴。上午寄朱骝先信索顾颉刚函。寄市教育局讲演稿。寄北京北新局稿一篇。

六日　昙，午后晴。得有麟信，七月二十五日发。下午雨一陈。夜朱辉煌来，假以泉卅。李光藻亦至。

七日　星期。晴。上午转寄绍原《语丝》一四一期。寄有麟信。下午寄三弟信。

八日　晴，午后雨。下午得矛尘信，七月卅日发，晚复。得朱骝先信，附顾颉刚函。晚陈延进来。

九日　昙。上午得三弟信，七月卅一日发。午后小雨。下午寄襟参化信并演讲稿。寄沪北新书局稿三种。晴。朱辉煌来别。夜雨。

十日　昙，下午雨。夜寄淑卿信。寄三弟信。

十一日　昙，午晴。立峨来。午后同广平往前鉴街警察四区分署取迁入证。出至西堤买消化药一瓶，四元五角，在亚洲酒店夜餐。夜陈延进来，并交谢玉生连州来信，四日发。澡身。

十二日　昙，午后晴。得春台信，廿八日汉发。得淑卿信，廿七日发。得未名社所寄《孝行录》一部二本，《莽原》十三期两本，廿八日发。得上海北新局书总帐，一日发。下午修补《六醴斋医书》。晚蒋径三来。

十三日　昙，午晴。下午同广平往共和书局商量移交书籍。在登云阁买《益雅堂丛书》一部廿本，《唐土名胜图会》一部六本，甚蛀，共泉七元。晚浴。

十四日　星期。晴。上午收共和书局信。下午黎仲丹来。陈延进来，托其致立峨信。张襄武同其夫人许东平及孺子来，并市酒肴见饷，夜去，赠以英译《阿Q正传》一本、其孺子玩具一串也。

十五日　晴。上午至芳草街北新书屋将书籍点交于共和书局，何春才、陈延进、立峨、广平相助，午讫，同往妙奇〔季〕香午饭。李华延来，未遇，留片而去。

十六日　雨。上午立峨来。

十七日　晴。上午立峨来。午后寄绍原信。寄静农、霁野信。下午修补《六醴斋医书》讫。晚陈延进来，并以摄景一枚见赠。寄矛尘信。夜浴。

十八日　晴。下午得台静农信，附凤举笺，八月一日发。晚蒋径三来。

十九日　晴。上午蒋径三见借《唐国史补》。得霁野信，四日发。下午同春才、立峨、广平往西关图明馆照相，又自照一象，出至在山茶店饮茗。寄李小峰信。夜沐。

二十日　雨。晨寄张凤举信。午后风。春才、立峨来。晚大风雨。

二十一日　星期。昙。上午得三弟信，十五日发。下午晴。晚寄静农及霁野信。寄淑卿信。寄三弟信。

二十二日　晴。终日编次《唐宋传奇集》，撰札记。

二十三日　晴。仍作《传奇集》札记。夜浴。

二十四日　晴。仍作《传奇集》札记，大旨粗具。

二十五日　晴。下午蒋径三为持伏园书籨来。晚立峨、春才来并交照相。

二十六日　晴。无事。牙痛，服阿司匹林片二粒。

二十七日　晴。无事。夜服补写丸一粒。

二十八日　星期。晴。上午黎仲丹来。夜对河楼屋失火小焚。

二十九日　晴。午后立峨来。夜浴。

三十日　黎明暴风雨，时作时止终日。

三十一日　昙，午后小雨，下午晴。理发。晚立峨来。夜雨。

九月

一日　晴。无事。

二日　晴。晚寄淑卿信。

三日　晴。晚立峨来，付以泉百。

四日　晴。星期。无事。

五日　雨。下午寄小峰信于上海并稿。寄语丝社稿。

六日　晴。无事。

七日　晴。上午立峨、汉华买鸡鱼豚菜来，作馔同午餐。

八日　晴。下午蒋径三来。立峨来并以摄景一枚见赠。晚黎仲丹赠月饼四合。

九日　晴。无事。

十日　旧历中秋。晴。下午陈延进来，赠以照相一枚。夜纂《唐宋传奇集》略具，作序例讫。

十一日　星期。晴。下午蒋径三来，同往艳芳照相，并邀广平。阅书坊。在商业书店买英译《文学与革命》一本，泉七元，拟赠立峨。

十二日　昙。下午寄谢玉生信。寄淑卿信。寄上海北新书局帐目。寄北京语丝社稿两篇。晚立峨来，赠以书。夜吕君、梁君来访。

十三日　晴。晚延进、立峨来。

十四日　晴。上午得三弟信，五日发，夜复。

十五日　晴。作杂论数则。夜浴。

十六日　晴。上午以《奂卿传》寄还王以刚。以《朝花夕拾》定稿寄未名社。寄北京语丝社信并稿。得姜君信。托阿斗从图书馆买《南海百咏》一本，二角；《广雅丛刊》中之杂考订书类十三种共二十四本，泉六元七角五分。下午得小峰信，十日上海发。大风，微雨即霁。晚立峨及李君来。

十七日　晴，风。晚董长志来并交卓治信，七月十一日巴黎发。陈延进来。蒋径三来。夜复姜仇信。寄小峰信并《唐宋传奇集》序。

十八日　星期。晴。夜寄语丝社信。寄沪北新稿。始整行李。

十九日　晴。上午寄崔真吾信。寄王方仁信。晚得翟永坤信二封，八月廿二、廿九日发。

二十日　小雨。上午复翟永坤信。寄矛尘信。得台静农信，八日发。

二十一日　昙。午后春才、立峨来。

二十二日　小雨。无事。

二十三日　昙。下午寄语丝社稿。寄静农、霁野信并《夜记》一篇，照相四枚。寄淑卿信。晚陈延进来。

二十四日　晴。午后同广平往西堤广鸿安栈问船期。往商务印书馆汇泉。往创造社选取《磨坊文札》一本，《创造月刊》、《洪水》、《沈钟》、《莽原》各一本，《新消息》二本，坚不收泉。买网篮一只归。晚蒋径三来。

二十五日　星期。昙。上午得静农及霁野信，十七日发，下午又得霁野信，十四日发。下午暴风雨。晚立峨来。径三来并赠茗二合，饼干一大箱。夜复静农、寄野信。寄共和书局信。

二十六日　昙。上午寄语丝社稿。下午雨。立峨来，交以泉五十。晚关生、长志来。

二十七日　昙。午同广平由广鸿安旅店运行李上太古公司"山东"船，立峨相送。下午发广州。夜半抵香港。

二十八日　昙。泊香港。

二十九日　晴。下午发香港。

三十日　晴。午前抵汕头，下午启碇。

十月

一日　晴，傍晚暴雨一阵。

二日　星期。小雨，上午霁。

三日　晴。午后抵上海，寓共和旅馆。下午同广平往北新书局访李小峰、蔡漱六，柬邀三弟，晚到，往陶乐春夜餐。夜过北新店取书及期刊等数种。玉堂、伏园、春台来访，谈至夜分。

四日　晴。午前伏园、春台来，并邀三弟及广平至言茂源午饭，玉堂亦至。下午六人同照相。大雨。小峰及夫人来，交泉百及王方仁信，八月十八日发。三弟交来郑泗水信、绍原信二、谢玉生信、凤举及静农信、未名社信。夜钦文来。得小峰招饮柬。

五日　雨。上午寄静农、霁野信。寄季市信。寄淑卿信。钦文来。伏园、春台来并赠合锦二合。午邀钦文、伏园、春台、三弟及广平往言茂源饭。访吕云章，未遇。往内山书店买书四种四本，十元二角。下午往三弟寓。夜小峰邀饭于全家福，同坐郁达夫、王映霞、潘梓年、钦文、伏园、春台、小峰夫人、三弟及广平。章锡箴、夏丏尊、赵景深、张梓生来访，未遇。夜朱辉煌来。

六日　昙。上午郁达夫、王映霞来。元庆、钦文来。午达夫邀饭于六合馆，同席六人。午后访梁君度。下午小雨。往三弟寓，看屋。

七日　昙。上午李小峰来。下午吕云章来。陆锦琴来。晚邀小峰、云章、锦琴、伏园、三弟及广平饮于言茂源，语堂亦至，饭毕同观影戏于百新［星］戏院。寄立峨信。

八日　晴。上午从共和旅店移入景云里寓。得季市信，七日发。下午往内山书店买书三种四本，九元六角。夜同三弟、广平往中有大饭，饭讫至百新［星］戏院观影戏。

九日　星期。晴。下午小峰、衣萍来。夜邀衣萍、小峰、孙君烈、伏园、三弟及广平往中有天夜餐。

十日　晴。下午往内山书店买《革命芸術大系》一本，一元。夜雨。

十一日　小雨。午达夫介绍周志初、胡醒灵来访。午后同三弟往商务书馆买《人物志》一部一本，四角；《夷坚志》一部二十本，七元二角。往浙江兴业银行访蒋抑卮，则已赴汉。西谛赠《世界文学大纲》第四本一本。

十二日　昙。午得鲁彦信。午后寄季市信。寄淑卿信。访章锡琛，遇赵景深、夏丏尊。往内山书店买书六本，共泉十五元。晚小峰及其夫人及曙天来访，同往中有天晚饭，乃衣萍邀，坐中共六人，为小峰、漱六、衣萍、曙天、广平、我。饭毕又往内山书店买书两种，四元四角也。

十三日　晴。上午得卓治信，九月十九日巴黎发。午后秋芳来。云章、平江来。

十四日　晴。下午寄未名社信并书款八十元。寄淑卿信并照相两枚。寄立峨《野草》一本，《语丝》三本。夜黎锦明、叶圣陶来。

十五日　晴。上午得有恒信。得敬隐渔信。午后复鲁彦信。寄钦文信。下午同春台、三弟及广平访绍原于泰安栈，并见其夫人，傍晚五人同至北新书局，邀小峰同至言茂源夜饭。

十六日　星期。晴。下午王方仁来，未见。达夫来。夜小峰邀饮于三马路陶乐春，同席为绍原及其夫人、小峰夫人、三弟、广平。

十七日　晴。午得黎锦明信。得谢玉生信。得季市信。午后往内山书店买《偶象再兴》一本，二元二角。下午绍原来。晚小峰及其夫人来。得翟永坤信。得霁野信。得立峨信。夜绍原及其夫人招饮于万云楼，同席章雪村、李小峰及其夫人、三弟、广平。看影戏。

十八日　昙。上午得王方仁信。得钦文信。午后晴。寄霁野信。寄季市信。下午黎锦明来。晚复王方仁信。复钦文信。复谢玉生信。夜章雪村招饮于共乐春，同席江绍原及其夫人、樊仲云、赵景深、叶圣陶、胡愈之及三弟、广平。

十九日　晴。下午熊梦飞来。晚王望平招饮于兴华酒楼，同席十一人。

二十日　晴。下午王方仁来。晚小峰、漱六来并交泉百。得立峨信，十三日发。得有麟信，十七日发。得淑卿信，十二日发。收翟永坤所寄《奇缘记》一本。

二十一日　晴。上午得季市信。午后寄绍原信。寄立峨信。寄有麟信。寄霁野信并铜版一方。寄淑卿信。寄小峰稿。

二十二日　晴。晨季市来，午同至兴华楼午餐。午后往内山书店买《アルス美術叢書》二本，《黑旗》一本，共泉七元一角。夜同三弟及广平观电影。

二十三日　星期。晴。上午李式相来，并致易寅村信。衣萍、曙天来。午邀衣萍、曙天、春台及三弟往东亚饭店午餐。下午黎锦明寄赠《破垒集》一本。夜同许希林、孙君烈、孙春台、三弟及广平往近街散步，遂上新亚楼啜茗，春台又买酒归同饮，大醉。

二十四日　晴。下午沈仲九来。晚季市来，同至东亚食堂夜饭，并邀三弟及广平。

二十五日　晴。午后蓝耀文、李光藻来，未见。下午李式相来，同至劳动大学演讲约一小时。夜同三弟及广平至日本演艺馆观电影。

二十六日　晴。晨有麟来。上午衣萍、小峰来并交台静农、李霁野信各一。得有恒信。午往东亚食堂饭。下午寿山来，夜同至中有天饭。得绍原信。夜半腹写二次，服 Help 八粒。

二十七日　昙。午后阅内山书店，买书四本，共泉九元。

二十八日　晴。上午得绍原信并译稿。下午往立达学园演讲。

二十九日　晴。午得未名信二，不知何人。午后同广平往内山书店买《海外文学新选》二本，共泉一元四角。

三十日　星期。上午得夏丏尊信。晚衣萍、曙天、小峰来。

三十一日　晴。上午得淑卿信，二十四日发，又《昆虫記》二本，书面一枚。午后往内山书店买《昆虫記》一本，文学书三本，共泉八元。下午方仁来。夜陈望道君来，约往复旦大学讲演。

十一月

一日　昙。上午得有麟信。午后寄绍原信。寄小峰信。寄医学书局信。下午易寅村来。得小峰信并立莪信，又翟永坤信及文稿。夜雨。

二日　晴。上午刘肖愚、黄春园、朱迪来，未见。午蔡毓骢、马凡鸟来，邀往复旦大学演讲，午后去讲一小时。得小峰信。下午往内山书店买《芸術と社会生活》一本，价五角。晚刘肖愚等来。达夫及王映霞来。复有麟信。寄淑卿信。夜食蟹。

三日　晴。上午得季野信，十月廿六日发。午后雨。晚寄迖劳动大学讲稿。寄季野信并稿一篇。汪静之赠《寂寞的国》一本。

四日　晴。上午得易寅村信。元庆来。得霁野所寄《莽原》。得淑卿所寄《语丝》。下午雨。晚衣萍、小峰、漱六来。夜出街，买《日本童話選集》一本，三元四角。

五日　晴。午后同广平往内山书店，见赠《青い空の梢に》一本。得有麟信，四日发。夜同三弟及广平往奥迪安大戏园观电影。

六日　星期。晴。上午丐尊来邀至华兴楼所设暨南大学同级会演讲并午餐。午后阅书铺，买石印《耕织图》一部，一元，又杂书数种。下午得绍原信并稿。

七日　晴。上午得矛尘信，六日发。得淑卿信，十月二十八日发。李秉中及其友来。午后往劳动大学讲。语堂来，未见，留赠红茶四瓶。晚往内山书店买《文学評論》一本，二元。得有恒信。

八日　昙。午李秉中、杨仲文来，并邀三弟及广平至东亚食堂午餐。寄矛尘信。寄绍原信。寄小峰信。

九日　晴。上午得有麟信。午后李秉中来。郑伯奇、蒋光慈、段可情来。下午得小峰信。得淑卿信，三日发。夜食蟹饮酒，大醉。

十日　晴。午后李秉中来。下午大夏大学学生来。小峰、衣萍来。中华大学学生来。晚邀衣萍、小峰及三弟往东亚食堂夜餐，餐毕往内山书店买《文学論》一本，《外国文学序说》一本，《日本原始絵画》一本，共泉七元六角。夜濯足。

十一日　晴。晨得立峨信。得梁式信。季市来。午邀季市往东亚饭店饭，又同至内山书店买书二本，共泉四元。寄立峨书二本。寄小峰稿。下午得季野信，四日发。得陈炜谟所赠《炉边》一本。王方仁来。

十二日　晴。上午达夫来。得绍原信并稿。午后同三弟往北新书局访小峰。在广学会买英文《世界文学》四本，拟赠人，共泉五元。得翟永坤信并文稿。

十三日　星期。晴。上午钦文来，午同至东亚食堂午餐，并邀三弟。

十四日　昙。午后钦文来。季市来。往劳动大学讲。晚季市邀往东亚食堂夜餐，并邀三弟及广平。

十五日　晴。上午得李秉中信片，十二日长崎发。午后寄小峰信。寄绍原信。寄立峨信。寄淑卿信。晚得小峰信，附杜力信，又泉百，书二种，即复。

十六日　昙。下午往光华大学讲。得秋芳信，十三日绍兴发。夜食蟹。

十七日　晴。晨得绍原信并稿，附致小峰函。午得有麟信。午后寄小峰信，附绍原函。寄梁式信。寄有恒信。寄水电公司信。下午往大夏大学演讲一小时。收淑卿所寄书三包，共十八本。

十八日　昙。上午得绍原信并稿。午后朱斐、李立青来。下午往内山书店买书五本，共泉八元八角。买布人形一枚赠晔儿。晚得淑卿信，十三日发。

十九日　雨。上午得秉中信。得淑卿信，九日发。午后寄翟永坤信。寄淑卿信。下午郑、段二君来。晚邀孙君烈、许希林、王蕴如、三弟、晔儿及广平往东亚食堂夜餐。

二十日　星期。雨。午后往内山书店买书三本，四元四角。

二十一日　晴。上午寄绍原信。午元庆来。午后得小峰信及《语丝》。得李秉中信片。下午得小峰信。

二十二日　晴。上午复秉中信。得有恒信。午后寄小峰信。寄立峨刊物四本。下午往内山书店买《思潮批判》、《ユゴオ》、《愛蘭情調》各一本，共泉三元七角。得淑卿信，十五日发。得江石信。夜寄小峰信。寄璇卿信。

二十三日　晴。下午得小峰信，附真吾信。得璇卿信并书面画一枚。晚得田汉信，夜复。

二十四日　晴。午后寄小峰信。

二十五日　晴。午后往内山书店买书四本，十元二角。下午绍原来。

二十六日　晴。下午小峰、衣萍、铁民来。绍原来。晚小峰邀往东亚食堂夜餐，同坐共六人。夜往内山书店买《アメリカ文学》一本，泉二元。托三弟往中国书店买石印本《承华事略》一部二本，一元。

二十七日　星期。晴。上午得立峨信，十九日发。黄涵秋、丰子恺、陶璇卿来。午后托璇卿寄易寅村信。下午望道来。晚李式相及别一人同来。雨。

二十八日　昙。上午寄崔真吾信。下午方仁来，赠以《克诃第传》一部。

二十九日　晴。上午得叶汉章信。晚得小峰信并《语丝》及《北新》。

三十日　晴。午后往内山书店买《英国文学史》、《英国小说史》、《版画を作る人へ》各一本，共泉十元二角。托三弟往有正书局买《汉画》两本，价一元三角，甚草率，欺人之书也。晚邀王馨如、三弟、晔儿及广平往东亚食堂夜餐。

十二月

一日　昙。上午有麟来，午邀往刘三记饭，并三弟及广平。

二日　晴。午得易寅村信。午后有麟来，赠板鸭二只。得立峨信，十一月二十四日发。收淑卿所寄围巾一条，十月二十八日付邮。

夜得绍原信。

三日　晴。晨复叶汉章信。寄淑卿信。午三弟为取来豫约之《说郛》一部四十本，价十四元。收汪静之寄赠小说一本。收小峰所寄期刊四本。晚得张仲苏信。收春台所赠《贡献》一束。夜阅市。

四日　星期。昙。午后叶圣陶来。下午公侠来。夜理发。

五日　昙。上午得矛尘信。得绍原信片。午收李秉中所寄《The Woodcut of To-day》一本，其直五元。午后有麟来。下午得小峰信并泉百，即复。晚黎锦明来。夜往内山书店买书五本，共泉十三元二角。雨。

六日　昙。午后有麟来。下午小峰、衣萍、曙天来，晚往东亚食堂饭，并邀广平。

七日　晴。午后有麟来，付以致蔡先生信。

八日　晴，冷。下午达夫来。夜寄小峰信。得崔真吾信。

九日　晴。午后有麟来。下午往内山书店。晚得立峨信，二日发。

十日　晴。上午得周志拯信，午后复。寄易寅村信。复张仲苏信。复绍原信。复矛尘信。晚璇卿来。得卓治信，十一月二十一日发。

十一日　星期。晴。午李式相来，未见，留易寅村信而去。下午有麟来。

十二日　晴。午后有麟来。曙天来。下午得小峰信并《莽原》合本二本，即复。云章来。夜小雨。

十三日　晴。午得淑卿织背心一件，十一月二十八日寄。下午潘汉年、鲍文蔚、衣萍、小峰来，晚同至中有天饭。得有麟信，昨发。夜雨。

十四日　雨。午璇卿遣人来取关于展览会之文稿去。下午同广平往内山书店买书四种，共泉四元四角。

十五日　昙。午得谢玉生信并泉七十元，四日发。得绍原信，十四日发。午后璇卿偕立达学园学生来选取画象拓本。晚得北大廿九周纪念会由杭州来信。

十六日　昙。午后得霁野信。钦文来并赠茗二合、小胡桃一包。得衣萍信。得季市信。得淑卿信，七日发。晚得招勉之信。得叶绍钧信。夜濯足。

十七日　昙。午后钦文来，并同三弟及广平往俭德贮〔储〕蓄会观立达学园绘画展览会。买卫生衣等。晚邀璇卿、钦文、三弟及广平往东亚食堂夜餐。得立峨信，九日发。林和清来，未遇。夜雨。

十八日　星期。雨。午后复叶圣陶信。下午林和清来。得小峰信并《语丝》、《北新》、《真美善》，即复并稿。晚收大学院聘书并本月分薪水泉三百。

十九日　晴。上午寄谢玉生信。寄绍原信。寄淑卿信。午得邵明之信，十五日南通发，午后复。寄招勉之信。寄小峰信并稿。寄未名社望·蔼覃象九百五十张。下午往内山书店买《自我经》一本，三元。又买《ニールの草》一本，价同上，赠广平。衣萍、曙天来。晚得立峨信，十四日香港发。

二十日　晴。午后叶锄非来。同广平往佐藤牙医生寓，未见。晚林和清来，有麟来。

二十一日　晴。午后衣萍来邀至暨南大学演讲。晚语堂来。夜雨。

二十二日　晴。午季市来，同往内山书店买《鸟羽僧正》一本，二元。又至一鞋店买《あるき太郎》一本，一元三角。次往刘三记午餐。下午同广平往密勒路佐藤牙医寓。晚璇卿来。得秋芳信，十七日发。

二十三日　晴。午后有麟来。买书柜一个，泉十元五角。下午方仁来。

二十四日　晴。上午有麟来。午寄叶圣陶信并稿，即得复。午后同广平往佐藤医生寓。晚往内山书店买书三本，共泉六元四角。夜得绍原信，附致小峰函一封，即转寄。

二十五日　星期。晴。下午得小峰信及《语丝》，即复。晚同三弟及广平阅市。

二十六日　昙。上午得韦素园及丛芜信，十六日发。得矛尘信并稿，二十五日发，下午复。有麟来。复绍原信。

二十七日　晴。午寄水电局信。寄叶圣陶信并还书。午后秋方及其弟来。许诗荀来。下午衣萍、小峰来，交泉百。曙天、漱六来。夜往内山书店取《世界美術全集》第7册一本，一元六角。又买《欧洲近代文芸思潮論》一本，四元七角。

二十八日　晴。上午寄谢玉生书两本，照相四张。下午刘小愚来。

二十九日　晴。上午得霁野信，二十二日发。午后寄素园、丛芜信。寄谢玉生信。下午寄还暨南大学陈翔冰讲稿。得矛尘信。得季市信。得芳子信，三弟持来。得吴敬夫信。晚得小峰信并《唐宋传奇集》二十本，旧稿一束，甘酒一皿，即复。得淑卿信，二十二日发。

三十日　晴。下午璇卿来。得绍原信。得季市所寄历日一本。夜有麟来并赠饼饵四个。复绍原信。复季市信。

三十一日　晴。午后同三弟及广平访李小峰。在天福买食物五元。在广学会买《英国随笔集》一本赠三弟。晚李小峰及其夫人招饮于中有天，同席郁达夫、王映霞、林和清、林语堂及其夫人、章衣萍、吴曙天、董秋芳、三弟及广平，饮后大醉，回寓欧吐。

书帐

徐庾集合印五本　一·三〇　一月十日

唐四名家集四本　一·一〇

五唐人诗集五本　二·〇〇

穆天子传一本　〇·二〇　一月十一日

花间集三本　〇·八〇

Ch.Meryon 一本　艾锷风赠　一月十四日

温庭筠诗集一本　〇·三〇　一月十五日

皮子文薮二本　〇·七〇　　　　　　　　　　　　　　　　六·四〇〇

经典集林二本　一·〇〇　二月十日

孔北海等年谱四种一本　一·〇〇

玉谿生年谱会笺四本　二·〇〇　　　　　　　　　　　　　四·〇〇〇

现代理想主义一本　蒋径三赠　三月十五日

老子道德经一本　〇·二〇　三月十六日

冲虚至德真经一本　〇·四〇

文心雕龙补注四本　〇·八〇　三月十八日　　　　　　　一·四〇〇

五百石洞天挥麈六本　二·八〇　四月十九日

寰宇访碑录校勘记二本　二·〇〇　四月二十四日

十三经及群书札记十本　二·〇〇

巢氏病源候论八本　二·四〇

粤讴一本　〇·三〇

白门新柳记二本　〇·三〇

南菁书院丛书四十本　九·〇〇　　　　　　　　　　　　一八·八〇〇

补诸史艺文志四种四本　一·三〇　六月九日

三国志裴注述一本　〇·五〇

十六国春秋纂录二本　〇·六〇

十六国春秋辑补十二本　三·八〇

广东新语十二本　四·八〇

艺谈录二本　二·〇〇

花甲闲谈四本　一·四〇

玉历钞三种三本　常维钧收寄　六月十一日

二十四孝图二种二本　同上

百孝图五本　同上

二百卌孝图四本　同上

文学大纲第二三册二本　西谛寄赠六月十六日　　一四·四〇〇

史通通释六本　三·〇〇　七月一日

东塾读书记五本　一·八〇　七月三日

清诗人征略十四本　四·〇〇

松心文钞三本　一·五〇

桂游日记一本　〇·四〇

太平御览八十本　四〇·〇〇　七月四日

韩诗外传二本　〇·八〇　七月二十六日

大戴礼记二本　〇·六〇

释名一本　〇·三〇

邓析子一本　〇·一〇

慎子一本　〇·二〇

尹文子一本　〇·一〇

谢宣城诗集一本　〇·三〇

元次山文集二本　〇·五〇　　　　　　　　　五三·六〇〇

六醴斋医书二十二本　三・五〇　八月二日

益雅堂丛书二十本　五・〇〇　八月十三日

唐土名胜图会六本　二・〇〇　　　　　　　　一〇・五〇〇

南海百咏一本　〇・二〇　九月十六日

易林释文一本　〇・三〇

汉碑征经一本　〇・三〇

吴氏遗著二本　〇・八〇

刘氏遗书二本　〇・七〇

愈愚录二本　〇・七〇

句溪杂著二本　〇・五〇

学诂斋文集一本　〇・二五〇

广经室文钞一本　〇・二五〇

幼学堂文稿一本　〇・二〇

白田草堂存稿两本　〇・六五〇

陈司业遗书二本　〇・七〇

东塾遗书二本　〇・四〇

无邪堂答问五本　一・〇〇　　　　　　　　六・九五〇

昆虫記第四本一本　三・三〇　十月五日

続小品集一本　二・八〇

或ル魂の発展一本　二・五〇

世界の始一本　一・六〇

支那学文薮一本　三・八〇　十月八日

雖モ地球ハ動イテ居ル一本　一・八〇

虹児画譜一二辑二本　四・〇〇

革命芸術大系一本　一・〇〇　十月十日

人物志一本　〇・四〇　十月十一日

夷坚志二十本　七・二〇

文学大纲第四本一本　西谛赠

ダマスクスへ一本　二・六〇　十月十二日

痴人の告白一本　二・五〇

島之農民一本　二・二〇

燕曲集一本　二・二〇

世界性業婦制度史一本　三・〇〇

動物詩集一本　二・二〇

労農露西亜小説集一本　二・二〇

漫画の満洲一本　二・二〇

偶象再興一本　二・二〇　十月十七日

アルス美術叢書二本　四・〇〇　十月二十二日

黒旗一本　三・一〇

アルス美術叢書三本　六・〇〇　十月二十七日

近代文芸与恋愛一本　三・〇〇

海外文学新選二本　一・四〇　十月二十九日

昆虫記第三巻一本　三・〇〇　十月三十一日

欧羅巴の滅亡一本　一・〇〇

革命露西亜の芸術一本　二・〇〇

芸術战線一本　二・〇〇　　　　　　　　　　七四・二〇〇

芸術と社会生活一本　〇・八〇　十一月二日

日本童話選集一本　三・四〇　十一月四日

青空の梢に一本　内山书店赠　十一月五日

御制耕织图二本　一・〇〇　十一月六日

文学評論一本　二・〇〇　十一月七日

文学論一本　一・一〇　十一月十日

外国文学序説一本　二・二〇

日本原始絵画一本　四・三〇

大自然と霊魂との対話一本　一・七〇　十一月十一日

転換期の文学一本　二・三〇

有島武郎著作第五十集二本　二・六〇　十一月十八日

六朝時代の芸術一本　二・〇〇

現代の独逸文化及文芸一本　二・〇〇

近代芸術論序説一本　二・二〇

現代俄国文豪傑作集一本　一・二〇　十一月二十日

貘の舌一本　一・二〇

バクダン一本　二・〇〇

最近思潮批判一本　一・六〇　十一月二十二日

ヴィクトル・ユゴオ一本　一・五〇

愛蘭情調一本　〇・六〇

世界美術全集17一本　三・二〇　十一月二十五日

英文学覚帳一本　三・四〇

切支丹殉教記一本　二・〇〇

日本印象記一本　一・六〇

アメリカ文学一本　二・〇〇　十一月二十六日

承华事略二本　一・〇〇

英国文学史一本　四・〇〇　十一月三十日

英国小説史一本　三・六〇

版画を作る人へ一本　二・六〇

汉画二本　一・三〇　　　　　　　　　　　　　　　六〇・四〇〇

说郛四十本　一四・〇〇　十二月三日

The Woodcut of To-day一本　五・〇〇　十二月五日

ロシア文学史一本　一・八〇

最新ロシア文学研究一本　二・四〇

近代美術史潮論一本　五・〇〇

医生の記録一本　一・五〇

北米遊説記一本　二・五〇

文［無］産階級の文化一本　二・二〇　十二月十四日

トルストイとマルクス一本　〇・八〇

黒い仮面一本　〇・六〇

拝金芸術一本　〇・八〇

自我経一本　三・〇〇　十二月十九日

ニール河の草一本　三・〇〇

鳥羽僧正一本　二・〇〇　十二月二十二日

あるき太郎一本　一・四〇

仏蘭西文学史序説一本　三・〇〇　十二月二十四日

芸術の勝利一本　二・六〇

ロシア革命後の文学一本　〇・八〇

近代文芸思潮概論一本　四・七〇　十二月二十七日

美術全集第7冊一本　一・六〇　　　　　　　　　　五七・三〇〇

総計一年＝三〇七・九五〇元

平均毎月＝二五・六四五元

西牖书钞

严元照《蕙櫋杂记》：近见徐昆《柳崖外编》载傅青主先生一帖，语极萧散有味，录之于此云："老人家是甚不待动，书两三行，眵如胶矣。倒是那里有唱三倒腔的，和村老汉都坐在板凳上，听甚么飞龙闹勾栏，消遣时光，倒还使得。姚大哥说，十九日请看昌。割肉二斤，烧饼煮茄，尽足受用。不知真个请不请？若到眼前无动静，便过红土沟吃两碗大锅粥也好。"

龚鼎臣《东原录》：艺祖尝令传宣于密院取天下兵马数，及本院供到，即后批曰，"我自别为公事，谁要你天下兵马数？"却令还密院。鼎臣，景祐元年进士。

同上：蔡君谟说，艺祖尝留王仁赡语。赵普奏曰，"仁赡奸邪，陛下昨日召与语，此人倾毁臣。"艺祖于奏札后亲翰大略言，"我留王仁赡说话，见我教谁去唤来？你莫肠肚儿窄，妒他。我又不见，是证见只教外人笑我君臣不和睦。你莫殟恼官家。"赵约家见存此文字。

陈世崇《随隐漫录》五：裕斋马枢密判临安府，荣邸解偷山贼，逼令重罪。鞫之，乃拾坟山之坠松者。判云，"松毛落地是草，村人得之是宝，大王稳便解来，即时放了。"世崇，宋末人。

元失名《东南纪闻》一：东山先生杨长孺，字伯子，诚斋之适也。学似其父，清似其父，至骨鲠乃更过之。守雷川时，秀邸横一州，廷相择而使之，盖欲其拔薤……一日，干办府捉解爬松钗人。公据案判云："松毛本是山中草，小人得之以为宝，嗣王捉得太吃倒，杨秀才放得却又好。"阖郡传之以为笑。

日记十七（1928 年）

一月

一日　星期。昙。无事。

二日　晴。上午得淑卿信，十二月二十四日发。得刘肖愚信，夜复。

三日　昙。上午得陈学昭信。得谢玉生信。午后寄淑卿信。李小酩来，未见。陶璇卿自杭州来，赠梅花一束。下午得小峰信及《语丝》、《北新》，即复。晚衣萍、曙天来。得易鹿山信并泉六十。

四日　晴。午后有麟来。同广平往佐藤牙医寓。下午在商务印书馆买《泰绮思》一本，二元二角。

五日　晴。上午得立峨信，旧十二月三日兴宁发。晚往内山书店买《英义学史》一本，《美術を尋ねて》一本，共泉七元五角。

六日　晴。上午得绍原信。得季市信。午后同广平往佐藤医寓。阅日本堂书店，殊无多书。夜林和清招饮于中有天，同席约二十人余。得颜衡卿信，十二月二十七日安海发。得翟永坤信并稿，同日北京发。

七日　晴。午后朱辉煌来，交谢玉生信，假去泉十五。下午公侠来。

八日　星期。雨。上午得马珏信，十二月卅日发。下午往内山书店。晚立峨来，即同三弟往旅馆，迎其友人来寓。

九日　昙。上午得淑卿信并照相一枚。午后同广平往佐藤医士寓。

十日　昙。午后寄淑卿信。复易寅村信并还薪水六十。夜风。

十一日　昙，冷。上午得方仁信，即复。下午璇卿来。寄绍原信。寄马珏信。

十二日　昙。午后得杜力信。寄小峰信。下午得小峰信并《语丝》十六本。

十三日　晴。午后同广平往佐藤医士寓。晚钦文来并赠干果两包，茗两合。得小峰信并《唐宋传奇集》十本，泉百，即复。得有麟信。夜雨。

十四日　雨。上午寄小峰信。得吴敬夫信。晚明之来，即同往东亚食堂夜餐。

十五日　星期。晴。上午季市来。午后同三弟至仁济里访小峰，未遇。访商务印书馆，买英文《苏俄之表里》及《世界文学谈》各一本，共泉二十二元也。买雪茄一合，嘉香肉一筐，共二元。

十六日　晴。下午寿山来，假以泉百。钦文来。晚往内山书店买《童話及童謡之研究》、《レーニンのゴリキーへの手紙》各一本，共泉一元一角。广平同衣萍、小峰到内山书店来，即同往东亚食堂夜餐。夜得绍原信。

十七日　昙。上午收淑卿所寄《タイース》一本。收商务印书馆版税四十三元五角二分，又稿费八元。午后林和清来。夜小雨。

十八日　晴。下午寄小峰信。

十九日　晴。上午得季野信，附房曼弦信三纸并诗。午陈望道招饮于东亚食堂，与三弟同往，阖席八人。午后同三弟及广平游市，在商务印书分馆买《The Outline of Art》一部二本，二十元。下午得肖愚信。得有麟信。夜往内山书店买《神話学概論》一本，二元五角。

二十日　晴。上午得钦文信。得黎锦明信。下午马巽伯来。晚同蕴如、晔儿、三弟及广平往明星戏院观电影《海鹰》。夜小雨。

二十一日　昙。上午得陈解信。晚观电影，同去六人。夜雨。

二十二日　星期。雨。下午往市买药及水果。下午得小峰信。得方仁信。旧历除夕也，夜同三弟及广平往民［明］星戏院观电影《疯人院》。

二十三日　旧历元旦。昙，午后小雨。

二十四日　昙。下午小峰、梓年、和清来。肖愚来。

二十五日　雨，下午晴。寿山来。林和清及杨君来。

二十六日　晴。林玉堂及其夫人招饮，午前与三弟及广平同往，席中有章雪山、雪村、林和清。晚往内山书店，无所得。

二十七日　雨。上午蒋抑卮来，未见。

二十八日　晴，午后昙。马巽伯来。夜雨雪。

二十九日　星期。晴。午后寄有麟信。寄小峰信。下午得淑卿所寄《飢工》一本，二十日发。得玉生信，五日耒阳发。得霁野信，十六日发。

三十日　昙。无事。

三十一日　晴。上午得肖愚信。下午收大学院泉三百，本月分薪水。吴敬夫来，假以泉十五。晚得小峰信并泉百，《曼殊年谱》及《迷羊》各一本。

二月

一日　晴。午后寄谢玉生信。寄李霁野信。寄淑卿信。往内山书店买《世界美術全集》一本,《階級意識トハ何ゾヤ》一本,《ストリンベルク全集》三本, 共泉十元三角。下午璇卿来。

二日　昙。上午得陈绍宋信片。得淑卿信, 一月二十二日发。收未名社所寄《小约翰》二十本。下午曙天、衣萍、小峰来。得赖贵富信。林和清来。

三日　晴。下午刘、施两君来。得冬芬信。得小峰信及《语丝》。

四日　晴。上午季市来。午同广平往中有天午饭, 小峰所邀, 同席十人, 饭后往明星戏院观电影。夜得霁野信, 一月廿四日发。

五日　星期。雨。上午得有麟信, 下午复并寄杂志。寄回大学院收条。寄霁野信。往内山书店买《空想カラ科学へ》、《通論考古学》各一本, 五元五角。

六日　雨。上午达夫来并见借 K.Hamsun's《Hunger》。下午有麟来。夜风。

七日　昙, 午后微雪。往内山书店买书三本, 共泉二元。得郑泗水信。

八日　晴, 冷。上午得马珏信。得丛芜信。午后王毅伯来。下午璇卿来。

九日　昙。上午得周伯超信。晚同三弟往都益处夜饭, 同席十五人。夜小雨。

十日　雨。上午得肖愚信。北京有电报来问安否, 无署名, 下午复一电至家。寄有麟信。寄淑卿信。寄蔼覃象五十枚往未名社。往内山书店买《ロシア劳働党史》一本, 九角。得静农信, 三日发。

十一日　昃。夜译《近代美术史潮论》初稿讫。濯足。

十二日　星期。晴。上午肖愚来，未见。午前章锡箴招饮于消闲别墅，与三弟同往，同席九人。往蟫隐庐买《敦煌石室碎金》、《敦煌零拾》各一本，《簠斋藏镜》一部二本，共泉六元。买药三种七元，水果一筐一元。下午郁达夫来，未遇，留借 Hamsun 小说一本，赠 Bunin 小说一本。

十三日　小雨。午肖愚来，假以泉四十。午后往内山书店买杂小书四本，共泉一元九角五分。晚得小峰信并《语丝》第六期十六本。

十四日　晴。午后有麟、仲芸来。敬夫来。下午得小峰信并《唐宋传奇集》下册二十五本。得赖贵富信。得庄泽宣信。

十五日　晴。午后得淑卿信，九日发。叶锄非来，未见。方仁来，未见。下午小峰来，晚同往东亚食堂夜饭。得有麟信。

十六日　晴。午后复赖贵富信。得淑卿信，十一日发。得小峰信并泉百。衣萍、玉堂来。方仁来。达夫来。

十七日　晴。午后寄有麟信。以《唐宋传奇集》分寄幼渔、季市、寿山、建功、径三、仲服。

十八日　晴。午后寄高明信。寄马珏信。以《唐宋传奇集》分寄盐谷、辛岛、抑卮、公侠、璇卿、钦文。下午璇卿来。晚曙天、衣萍、小峰及其二侄来，并邀广平同至沪江春夜饭讫，往中央大会堂观暨南大学游艺会。

十九日　星期。晴。下午往内山书店买辩证法杂书四〔四〕本，《進化学说》一本，共四元半。

二十日　晴。晚陈抱一招饮，不赴。

二十一日　晴。午陈抱一招饮于大东旅社，往而寻之不得。下午往内山书店买书二本，五元五角。得霁野信，十四日发。得绍原信片。得学昭信。

二十二日　晴。上午得钦文信。下午寄霁野及丛芜信并来稿。晚崔真吾来。

二十三日　晴。午后寄还静农小说稿。下午得静农信，十五日发。漱六、小峰、曙天、衣萍来。晚往内山书店买《文学と革命》一本，二元二角；《世界美術全集》第一本一本，一元六角五分。遇盐谷节山，见赠《三国志平话》一部，《杂剧西游记》五部，又交辛岛毅［骁］君所赠小说、词曲影片七十四叶，赠以《唐宋传奇集》一部。

二十四日　晴。午明之、子英同来，下午往东亚食堂饭，子英仍来寓，谈至夜。

二十五日　晴。午得开明书店所送《神话研究》及转交马湘影信，即复。午后寄静农信。寄寿山信。寄淑卿信。真吾、方仁来。下午钦文来并赠兰花三株，茗一合。司徒乔、梁得所来并赠《若草》一本。

二十六日　星期。昙。上午得宋云彬信。得小峰信并《语丝》八期，晚复。寄霁野信。林和清来，夜同往东亚食堂饭，并邀三弟及广平。

二十七日　晴。上午得吴敬夫信。晚往内山书店买书两本，共泉四元一角。

二十八日　晴。午后司徒乔来画象。崔真吾来。

二十九日　昙。上午得霁野信，二十一日发。得季市信。得紫佩信，二十二日发。午晴。下午往内山书店买杂书四本，二元四角。得钦文信。得丛芜信，二十二日发。晚伏园来。林风眠招饮于美丽川菜馆，与三弟同往。林和清返厦门来别，未遇，留字而去。夜濯足。

三月

一日　晴。上午得辛岛骁信。得寿山信。得小峰信并书，午后复。璇卿来并赠火腿一只。访孟渔。夜失眠。风。

二日　晴。午收未名社所寄稿一卷，《小约翰》十本，《未名》二期二本，午后复霁野。以《小约翰》五本寄春台，以壹本代寿山寄王画初。得马仲服信，二月二十五日发。下午往内山书店买《蘇俄の牢獄》一本，一元。冬芬来，未遇。

三日　昙。无事。

四日　星期。小雨。上午得吴敬夫信。得绍原信片。下午真吾来。得矛尘信，昨发。下午语堂来。小愚来。得小峰信并《语丝》、《北新》及《野草》、《小说旧闻钞》等。得ＨＳ信。

五日　晴。上午得矛尘信。得王画初信。得钦文信。下午吴敬夫来。小峰来。得魏建功信，二月廿八日朝鲜京城发。

六日　晴。上午得有麟信。午后寄绍原信。寄矛尘信。寄钦文信。以《小说旧闻钞》及《西游记》杂剧各一部寄幼渔。下午往内山书店买《鑑鏡の研究》一本，七元二角。晚王映霞、郁达夫来。小雨。夜寄矛尘信。

七日　雨。无事。

八日　昙。上午得有麟信。得小峰信并泉百，刊物三种。晚以《唐宋传奇集》、《野草》寄魏建功于北京。以同前二书寄紫佩及淑卿。夜小雨。

九日　小雨。上午得霁野信，二日发。午后寄马珏信。寄有麟信。寄淑卿信。寄辛岛骁信。得王衡信。得ＧＦ信。得中国银行信。曙天来，交衣萍信借《西游记》传奇，即以赠之。

十日　晴。上午得曾其华信。得学昭信。午后往内山书店买《意匠美术写真类聚》十一本，十一元；《希腊の春》一本，《九十三年》一本，共六角。章雪村赠倍倍尔《妇人论》一本，转送广平。真吾来。夜失眠。

十一日　星期。昙。午季市、诗荀、诗堇来。三弟分送我藕粉二合，玫瑰花一合。

十二日　晴。午后冬芬来。往邮局寄稿子，局员刁难，不能寄。往内山书店托定书。下午张梓生来。小峰来。收大学院二月分薪水三百。得翟永坤信，四日发。得矛尘信。

十三日　晴。午后同方仁、广平往司徒乔寓观其所作画讫，又同至新亚茶室饮茗。下午得霁野信并稿，七日发。晚李遇安来，赠以《小约翰》一本。

十四日　晴。上午得吴敬夫信。得伏园信，午后复。寄大学院收条。寄霁野信并来稿。往内山书店买《阶级鬪争理论》一，《唯物的歴史理论》一，《一週间》一，共泉四元一角。又《広辞林》一本，泉四元五角，赠梓生。季市来。

十五日　晴。午后收未名社书五本。寄矛尘信。晚司徒乔来。

十六日　晴。午后理发。下午往内山书店买《表现主义の戯曲》、《现代英文学講话》各一本，二元八角。又豫约《漫画大観》一部，六元二角，先取一本。晚梁得所来摄影二并赠《良友》一本。夜译书至晓。

十七日　晴。上午寄季野信。寄淑卿信。下午仲芸来并交有麟信。得淑卿信，十一日发。朱国祥、马湘影来。

十八日　星期。晴。无事。

十九日　晴。晨寄钦文信。下午小峰来并交泉百。

二十日　晴。午后寄有麟信，附致易寅村信。寄季市信。往内山书店，赠以红茶一合，买书五种五本，共泉六元四角。

二十一日　晴。午后同广平往祥丰里制版所。往司徒乔个人绘画展览会定画二帧，共泉十三元。晚得梁得所信并照相三枚。

二十二日　昙。上午得钦文信。午后方仁来照相。同方仁、真吾、广平往外滩观 S.SEKIR 小画展览会，买取四枚，共泉十八元。

二十三日　昙。上午得季市信。夜初闻雷。

二十四日　雨。上午得马珏信。下午达夫来。

二十五日　星期。昙。上午得有麟信。得矛尘信。午后达夫来。往内山书店买《世界美術全集》2一本，《支那革命及世界の明日》一本，共泉二元。得季市信。

二十六日　晴。上午得有麟信。得矛尘信。得钦文信。午后小峰来。得易寅村信。郑介石、罗庸、郑天挺来。晚往印刷所取所制图版。得冬芬信并稿。夜濯足。

二十七日　昙。午后寄有麟信，附易寅村笺。寄钦文信。寄季市信。收绍原寄赠《须发［发须］爪》一本。

二十八日　上午同方仁往别发洋行买《Rubáiyát》一本，五元。往北新书店交小峰信并稿。在新亚茶室饮茗，吃面。晚曙天、衣萍来。

二十九日　晴。午后方仁交来卓治信。真吾来。

三十日　晴。午后同广平往制版所。往内山书店买书八本，共泉二十七元五角。

三十一日　昙。上午得钦文明信片。得淑卿信，廿五日发。午后寄小峰信。下午达夫来。晚璇卿来。夜寄霁野信。寄矛尘信。

四月

　　一日　昙。星期。午后钦文来。李宗武来。小峰来并交泉百。得郁达夫信。得张孟闻信。得余志通信。夜雨。

　　二日　雨。午寄小峰信。复余志通信。达夫招饮于陶乐春，与广平同往，同席国木田君及其夫人、金子、宇留川、内山君，持酒一瓶而归。下午往内山书店买《世界文芸名作画譜》一本，二元二角。收未名社书五本。

　　三日　晴。上午得紫佩信片。午后钦文来。下午寄淑卿信并照相两枚。以《语丝》寄紫佩及童经立。译《思想·山水·人物》迄。

　　四日　晴。午后往内山书店买书十本，九元二角。

　　五日　晴。午后往印板所取所制版共十三块，付泉十六元四角。晚在中有天设宴招客饮，计达夫及其夫人、玉堂及其夫人、小峰及其夫人、司徒乔、许钦文、陶元庆、三弟及广平。

　　六日　晴。午后得有麟信并日报。

　　七日　晴。午张仲苏、齐寿山来访，少顷季市亦至，仲苏邀往东亚食堂午餐。午后得李秉中所寄《蘇俄美術大観》一本及信片，二日发。下午得小峰信及《语丝》十四期。晚得李秉中信，二日发。

　　八日　星期。晴。午后寄马珏信。寄紫佩信。同三弟往中国书店买《陈章侯绘西厢记图》一本，五角。崔真吾来，未见，留赠麂肉一包。夜濯足。

　　九日　小雨。上午寄有麟信。寄秉中信并书三本。午得有麟信。得钦文信。午后往内山书店买《社会文芸丛书》二本，一元八角。下午得杨赢生信。

　　十日　晴。晨寄小峰信。午后寄汉文渊书肆信。晚季市来。

十一日　晴。下午得潘梓年信二，即复。晚收大学院三月分薪水泉三百。往制版所取锌板，共泉十五。买小踏车一辆赠烨儿。

十二日　晴。午前曙天、衣萍来。下午往内山书店买书四本，共七元二角。

十三日　昙。上午得绍原信，午后复。往汉文渊书肆买《列女传》一部四本，唐人小说八种十三本，《目连救母戏文》一部三本，共泉十六元。下午小峰来并交泉百。得叶汉章信。得梁君度信。璇卿来。

十四日　昙。上午蔡先生来。午后〔前〕同方仁往书店浏览，午在五芳斋吃面。午后往内山书店买《マルクス主義と倫理》一本，七角。

十五日　星期。晴。上午达夫来。下午真吾来。梓生来。晚王映霞及达夫来。

十六日　晴。无事。

十七日　晴。上午得有麟信。午后寄小峰信。往内山书店买《社会意識学概論》、《芸術の始源》各一部，共泉六元。往仁济堂买药壹元。

十八日　晴。上午得李朴园信。夜濯足。

十九日　昙。上午得小峰信并《语丝》。得有麟信。下午雨。

二十日　昙。上午得紫佩信。得马珏信。得淑卿信，十二日发。夜雨。

二十一日　雨。午后复李朴园信。复叶汉章信。复有麟信。下午真吾来。

二十二日　星期。晴。上午汪静之来，未见。午后同三弟往商务印书馆分店。访梁得所，未遇。在小店买英译 J.Bojer 小说一本，泉五角，即赠方仁。

二十三日　晴。上午寄小峰信。寄淑卿信。下午区国暄来。托三弟从商务印书馆买《百梅集》一部两本，七元二角。托方仁买《Thaïs》一部，十一元二角。

二十四日　晴。午后小峰来。得素园信。得马仲殊信。得李金发信。

二十五日　昙。午后往内山书店取《漫画大观》一本，又买《美術全集》19一本，《精神分析入門》一部二本，共泉五元。又《苦悶的象徵》一本，二元，赠广平。小雨。

二十六日　晴。下午得小峰信并《语丝》第十七期。

二十七日　昙。午后寄韩云浦信。得谨夫信。晚达夫来。

二十八日　晴。午后真吾来。

二十九日　星期。昙。上午螺舲及其公子来访。午后阅市。下午曙天、衣萍来。夜大雨。

三十日　昙。上午得矛尘信，廿八日发。午后雨。下午区国暄来。

五月

一日　昙。午得李宗武信并稿。下午往内山书店买文学书五本，四元四角。得杨赢牲稿。真吾及其友来。晚语堂及其夫人来。

二日　晴。午后金溟若、杨每戡来。

三日　晴。下午得蔡漱六信并泉百，《北新》六本。夜陈望道来约讲演。

四日　晴。午前季市来并交寿山所还泉百。午后得冬芬信并稿。

同真吾、方仁、广平往上海大戏园观《四骑士》电影。

五日　晴。上午寄矛尘信。复李金发信。复梁君度信。晚真吾来。夜雨。

六日　星期。晴。午后达夫来，未见。

七日　昙。午得淑卿信并书五本，一日发。往内山书店买书三本，二元五角。陈望道来，未遇。璇卿来，未遇，留赠《陶元庆的出品》一本，画信片五份。晚同三弟访陈望道，未遇，留还衣萍所代借书二本。达夫来。

八日　昙。上午得有麟信，七日发。午后小峰来。得翟永坤信二封。得金溟若信。得矛尘信。下午璇卿来。

九日　昙。午后收大学院上月薪水三百。晚伏［服］阿思匹林一片。夜达夫来。

十日　昙。午后杨维诠来。下午季市来，交以泉百，托代付有麟。得小峰信并《语丝》第十八九期。小雨。服阿思匹林共三片。

十一日　昙。午后寄有麟信。复金溟若信。寄小峰信。往内山书店买《世界文化史大系》（上）一本，八元；又《ケーベル随筆集》、片上氏《露西亜文学研究》各一本，共泉三元九角。

十二日　晴。上午往福民医院诊。下午钦文来并携茗三合。

十三日　星期。昙，热。午后钦文来，留赠照相一枚。夜雨。

十四日　晴。上午得李秉中信，七日发。得马珏信，七日发。下午往福民医院诊。得丛芜信并诗。

十五日　晴。上午得有麟信。午后夏丏尊来。小峰来。得素园信并诗，二日发。陈望道来，同往江湾实验中学校讲演一小时，题曰《老而不死论》。

十六日　晴。上午得金溟若信。得矛尘信并稿。午寄有麟信。午后往内山书店买书二本，三元。往明星戏院观电影。晚得徐诗荃信。

十七日　晴。下午得钦文信片。得小峰信并泉百及《语丝》廿期。

十八日　晴。上午收钦文所寄浙江图书馆印行书目一本。午后寄寿山信。寄淑卿信。以《语丝》等寄许羡蒙及紫佩、季市。下午往内山书店买《仏陀帰る》一本，八角。又杂志二本，共一元。

十九日　晴。上午得金溟若信。往福民医院诊。下午王映霞、郁达夫来。

二十日　星期。昙。下午往内山书店，赠以茗一合。

二十一日　晴。下午小峰来。夜黎慎斋来。

二十二日　晴。下午得刘肖愚信。

二十三日　晴。午后复张介信并还小说稿。复金溟若信。寄小峰信。

二十四日　昙。上午得韩云浦信，十八日发。午后往内山书店取《世界美術全集》第30册一本，一元七角；《漫画大観》第6册一本，值先付。又买杂书三本，共泉三元六角。晚真吾来。

二十五日　昙。上午往福民医院诊。得有麟信。晚达夫来。得梁式信。小雨。

二十六日　晴。下午得小峰信并《语丝》第二十一期。

二十七日　星期。晴。午后得敬夫信。刘肖愚来。下午空三来。达夫来并赠《大調和》一本，去年十月号。

二十八日　晴。午后复钟贡勋信。下午杨维诠来。晚得招勉之信。

二十九日　晴。上午收金溟若文稿二篇。夜濯足。

三十日　昙。晚复徐诗荃信。寄有麟信。寄矛尘信。寄中国书店信。

三十一日　小雨。上午得王衡信并照片。往福民医院诊。往内山书店买《革命後之ロシア文学》一本，二元。下午寄还杨镇华稿。寄韩云浦信并还稿一篇。晚陈望道来。

六月

一日　晴。上午璇卿来并赠《元庆的画》四本。午后得小峰信并泉百及《语丝》、《北新》，又《思想·山水·人物》二十本。下午真吾来。收一沤信。收中国书店书目一本。

二日　昙。午后以《思想·山水·人物》分寄钦文、矛尘、斐君、有麟、季市、仲瑝、淑卿，又分赠雪村、梓生、真吾、方仁、立峨、贤桢、乔峰、广平。

三日　星期。昙。上午得矛尘信。得季市信。得淑卿信，五月二十六日发。下午达夫来，赠以陈酒一瓶。夜月食，闻大放爆竹。

四日　昙。上午得语堂信。午后寄季市信。下午得金溟若信。往内山书店。

五日　晴。午后得小峰信并新书四种。得徐诗荃信。得李霁野、台静农信。得陈妤雯信。得侍桁信。下午真吾来。夜濯足。

六日　晴。晚复金溟若信。复矛尘信。寄淑卿信。

七日　晴。无事。

八日　晴。午后得紫佩信片，五月卅日发。寄语堂信。下午访招勉之，未遇。往内山书店。晚黎慎斋、翟觉群来。收大学院五月分薪水泉三百。

九日　晴。上午得金溟若信。往福田［民］医院诊。下午得小峰信及《语丝》。夜理发。

十日　星期。晴。午后同三弟往中国书店买书五种十八本，共泉十元六角。

十一日　昙。下午小峰来。得区克宣信。真吾来，假泉卅。夜雨。

十二日　雨。上午得马珏信。得有麟信。下午方仁为买英译绘图《Faust》一本，五元。得韩云浦信。得李少仙信。夜同曾女士、立峨、方仁、王女士、三弟及广平往明星戏院看电影。

十三日　晴。午后复葛世荣信。复徐诗荃信。寄马珏信。下午昙。明之来。曙天来并赠《樱花集》一本。晚往内山书店。夜濯足。

十四日　晴。下午得真吾信。得金溟若信。

十五日　晴。午后复李少仙信。下午往内山书店。得小峰信并泉百，《语丝》十七本，晚复。得侍桁信。内山书店赠海苔三帖。

十六日　晴。夜寄余志通信。寄侍桁信。寄小峰信。

十七日　星期。晴。下午得李小峰信。

十八日　昙。晨寄侍桁信。上午王孟昭交来荆有麟信并金仲芸稿。下午往内山书店买《世界美术全集》（6）一本，一元六角五分。又《舆论と群集》一本，一元五角。晚得淑卿信，八日发。夜小雨。

十九日　小雨。下午达夫来。得语堂信。

二十日　雨。上午得李少仙信。下午得达夫信。得徐诗荃信。有恒来。夜复语堂信。复有麟信。寄小峰信。寄淑卿信。

二十一日　晴。午后往内山书店。璇卿来。得金溟若信。

二十二日　晴。上午得小峰信及《北新》、《语丝》、《奔流》。下午徐思荃来。寿山来。

二十三日　雨。上午得语堂信。下午以《语丝》等寄羡蒙、紫佩、方仁、季市。

二十四日　星期。雨。午前同三弟、广平往悦宾楼，应语堂之约，同席达夫、映霞、小峰、漱六、语堂同夫人及其女其侄。下午买什物十余元，以棉毯二枚分与立峨。晚得春台信，其字甚大。

二十五日　雨。午后金溟若及其友来。下午得马珏信，十八日发。

二十六日　大雨。上午得矛尘信。得紫佩信，十六日发。午后寄小峰信并稿，附与达夫笺。下午往内山书店买书五种九本，共泉十元八角五分也。晚得徐诗荃信。

二十七日　昙，午后雨。晚真吾来。

二十八日　昙。上午得侍桁信并稿。午后复马珏信。晚大雨。

二十九日　晴。上午得马珏信，端午发。午后往商务印书馆分馆看书。

三十日　昙。下午达夫来。往内山书店买《階級社会之諸問題》一本，九角。又月刊两本，亦九角。晚得韩云浦信，二十六发。

七月

一日　星期。晴。上午贤桢赠杨梅甚多，午后分赠小峰一筐，即得复并《语丝》。得达夫信。得语堂信。得王任叔信并小说一册。得和清信。

二日　昙。午赵景深、徐霞村突来索稿。得空三信。午后璇卿来。沈仲章来访，未见，留许季上函而去。晚往内山书店托其为广平保险信作保，并取回《漫画大観》第四本一本，先所豫约也。

三日　昙。午后空三来，未见。得淑卿信，从三弟转来，六月二十四日发。

四日　晴。下午得小峰信，即复。得王衡信。得石民信。得徐霞村信。

五日　昙。午后寄空三信。寄小峰信。寄紫佩信。夜语堂偕二客来。

六日　昙。上午得霁野信，六月廿九日发。午后钦文来并赠茗三合。下午小峰、矛尘来。雨。杨维铨、林若狂来。晚邀诸客及三弟、广平同往中有天夜餐。

七日　晴。午得小峰柬招饮于悦宾楼，同席矛尘、钦文、苏梅、达夫、映霞、玉堂及其夫人并女及侄、小峰及其夫人并侄等。午季市来，未遇。

八日　星期。晴。上午复裘柱常信。复王衡信。午后忽雨忽晴。

九日　晴。上午得有麟信。下午钦文来。季市来。晚矛尘、小峰来。季市邀往大东食堂夜餐，同席钦文、广平及季市之子侄三人。璇卿来，未遇。三弟为托商务印书馆买来《New Book Illustration in France》一本，《Art and Publicity》一本，共泉八元六角。

十日　晴，热。午后赵昕初来。下午钦文来。矛尘来，晚上车赴杭。收崔万秋所寄赠《母与子》一本。

十一日　晴，热。下午收大学院六月分薪水三百。寄翟永坤信。寄小峰信并稿。以《坟》之校本及素园译稿寄未名社。

十二日　晴，热。午后复石民信。寄淑卿信。下午得小峰信并泉百、《语丝》第二八期十七本。往内山书店买《ブランド》一本，八角。晚同钦文、广平赴杭州，三弟送至北站。夜半到杭，寓清泰第二旅馆，矛尘、斐君至驿见迓。

十三日　晴。晨介石来。上午矛尘来。午介石邀诸人往楼外楼午餐，午后同至西泠印社茗谈，旁晚始归寓。在社买得汉画象拓本一枚，《侯愔墓志》拓本一枚，三圆；《贯休画罗汉象石刻》景印本一本，一元四角；《摹刻雷峰塔砖中经》一卷，四角。晚斐君携小燕来访。矛尘邀诸人至功德林夜饭。

十四日　晴。上午介石来。矛尘、斐君来。午钦文邀诸人在三义楼午餐。下午腹泻，服药二丸。

十五日　星期。晴。午邀介石、矛尘、斐君、小燕、钦文、星微、广平在楼外楼午饭，饭讫同游虎跑泉，饮茗，沐发，盘至晚归寓。

十六日　晴。下午矛尘来，同至抱经堂买石印《还魂记》一部四本，王刻《红楼梦》一部廿四本，《百美新咏》一部四本，《八龙山人画谱》一本，共泉十四元二角。晚又至翁隆盛买茶叶、白菊等约十元。夜失眠。

十七日　晴。清晨同广平往城站发杭州，钦文送至驿。午到寓。得霁野信，六日发。得马珏信，四日发。得真吾信。得徐诗荃信并稿。晚金溟若来，未见。得钱君匋信并《朝花夕拾》书面两千枚。

十八日　晴。午后复钱君匋信。复真吾信。寄钦文信。寄小峰信。复霁野信并书二本，书面二千。寄还招勉之稿并复信。寄矛尘信并《小约翰》一本。寄小峰信。下午金溟若偕二友来。往内山书店买书两本，二元二角。又小说一本，一元。晚黎锦明来，未见。夜达夫来。雨。

十九日　雨。下午得钱君匋信。晚北新书局送来稿件及《奔流》第二期，并《殷虚书契类编》一夹六本，是去年在厦门时托丁山购买者；又陈庆雄、杨赢牲、裘柱常、冯雪峰信，韦素园信片。得杨骚信。

二十日　雨，即晴。晚得钦文信。得紫佩信。得黎锦明信。复冯雪峰信。寄还杨赢生小说稿。

二十一日　昙。上午得侍桁信，门司发。午后复黎锦明信。骤雨一陈即晴。

二十二日　星期。晴，热。上午得矛尘信。得小峰信。午后达夫来。下午陈望道、汪馥泉来。胡〔吴〕祖藩来。得小峰信并《语丝》、《北新》。得戴望舒信。得高明信。寄小峰信。复素园信。

二十三日　晴，热。午后以《奔流》及《语丝》寄季黻及淑卿。往内山书店买书四种，四元五角。《世界美術全集》（18）一本，一元七角。下午得钦文稿。

二十四日　晴，热。无事。

二十五日　晴，大热。晚得小峰信并泉百。得ＧＦ信。得丛芜信。收《谷风》第二期一本。夜浴。

二十六日　昙，大热。午后杨维铨来。下午雨一陈。晚复康嗣群、戴望舒信。

二十七日　雨。上午收《医学周刊集》一本并丙寅医学社信。晚寄小峰信。

二十八日　昙。午前达夫来。午后晴。晚语堂来。

二十九日　星期。晴。无事。

三十日　晴。晨复金溟若信。寄钦文信。得淑卿信，二十三日发。下午托三弟从商务印书馆买来《续古逸丛书》单本两种五本，《四部丛刊》单木三种四本，《元曲选》 部四十八本，共泉二十元四角。小峰来谈，晚饭后归去。

三十一日　昙，下午小雨。无事。

八月

一日　昙，午小雨即晴。得钦文信。下午达夫来。

二日　昙。上午达夫来并赠杨梅酒一瓶。得丛芜信，七月廿六日发。下午往内山书店买书三本，七元八角。

三日　雨。上午得方仁信。下午晴。寄丛芜信并还稿。寄淑卿信。寄矛尘信。寄小峰信，附丛芜笺。以刊物寄羡蒙、方仁、紫佩。

四日　雨。晚因小峰邀，同三弟及广平赴万云楼夜饭，同席为尹默、半农、达夫、友松、语堂及其夫人、小峰及其夫人，共十一人。从商务印书馆取来托其代购之《The Modern Woodcut》一本，付泉三元四角。

五日　星期。晴。下午郑介石来。

六日　晴。午后得霁野信，七月卅一日发。晚同三弟往四近看屋。

七日　晴。上午得杨维铨信，下午复。寄方仁信。晚收大学院七月分薪水泉三百。

八日　晴。上午得王衡信。午后托三弟从中华书局买石印《梅花喜神谱》一部二本，一元五角。下午达夫来。

九日　昙。上午得有麟信。下午得小峰信并《北新》、《语丝》及泉一百，即复。晚同三弟往邻弄看屋。夜雨。

十日　小雨。上午内山书店送来《世界文化史大系》下卷一本，下午又往买杂〔书〕三种，共泉十四元五角。得徐思荃信。

十一日　昙。无事。夜雨。

十二日　星期。昙。上午得杨维铨信。午晴。下午小峰赠蒲陶一盘，《曼殊全集》两本。

十三日　晴。午后璇卿自北京来，并持来母亲所给果脯两种。

十四日　晴。上午得语堂信。得春台信，澳门发。

十五日　昙。上午得矛尘信，晚复。寄杨维铨信并泉五十。

十六日　昙。上午内山书店送来《漫画大观》一本。晚往内山书店。夜雨。

十七日　晴。上午得有麟信。下午得矛尘信。语堂来。

十八日　晴。上午得杨维铨信。

十九日　星期。晴，热。上午收杭州抱经堂所寄《奇觚室吉金文述》一部十本，泉十四元二角，矛尘代买。下午收小峰所送《语丝》及《曼殊全集》等。得ＧＦ信。得翟永坤信。得素园信。晚柳亚子邀饭于功德林，同席尹默、小峰、漱六、刘三及其夫人、亚子及其夫人并二女。

二十日　晴。上午得矛尘信。午后寄矛尘信。下午洙邻兄来，赠以《唐宋传奇集》一部。夜康嗣群来。

二十一日　昙。上午得方仁信并稿。达夫及映霞小姐自吴淞来，赠打粟干一把。午钦文自杭来，赠酱肘子四包，菱四包。内山书店送来《世界美术全集》第十九本一本，价一元七角。夜出街买火酒。濯足。

二十二日　晴。上午得马仲殊信。得杨维铨信。洙邻兄寄赠《红楼梦本事考证》一本。下午杨维铨来。夜发热，似流行性感冒，服规那丸共四粒。

二十三日　晴。下午得小峰信及《北新》、《奔流》并泉百。仍发热，服阿思匹灵片三次。

二十四日　晴。上午得侍桁信并稿。得小峰信附达夫笺并稿。以《奔流》及《语丝》寄季市、方仁。午后寄小峰信。立峨回去，索去泉一百二十，并攫去衣被什器十余事。夜黎锦明来。热未退，仍服阿思匹林片三回。

二十五日　晴，热。上午杨维铨来。下午钦文来并赠橙花一合。热稍退，仍服药。

二十六日　星期。晴。上午得肖愚信并稿。午后达夫来并交《大众文艺》稿费十元。下午往内山书店，遇蒋径三，值大雨，呼车同到寓，夜饭后去。

二十七日　昙。上午得淑卿信，二十一日发。

二十八日　晴。下午杨维铨来。晚复侍桁信。复方仁信。复淑卿信。

二十九日　晴。上午得钦文信。得黎锦明信。得周向明信。杨维铨来。下午徐诗荃来，未见。得小峰信并《语丝》，即复。晚复黎锦明信。

三十日　晴。上午得徐诗荃信。下午金溟若来。得杨维铨笺并诗稿。收钦文小说稿。收受古堂书目一本。

三十一日　晴。上午达夫来。下午小峰来。徐思荃来。

九月

一日　晴。午后时有恒、柳树人来，不见。夜理发。

二日　星期。晴。午后同三弟往北新书局，为广平补买《谈虎集》上一本，又《谈龙集》一本，共泉一元五角。往商务印书分馆买W.Whitman 诗一本，E.Boyd 论文一本，共泉八元五角。马巽伯来访未遇，留幼渔所赠《掌故丛编》三本。

三日　昙。上午得徐诗荃信。午后雨。往内山书店买《芸術論》一本，一元三角。

四日　晴。午后得王方仁信。

五日　晴。无事。夜濯足。

六日　晴。午后复〔得〕陈翔冰信。刘肖愚来。下午昙。大学院送来八月分薪水泉三百。收《未名》六期二本。徐诗荃来。复陈翔冰信。

七日　昙。午后往内山书店买《欧洲絵画十二講》一本，四元。下午小雨。王方仁来，还在厦门所假泉二十。得署名 N.P.Malianosusky 者信。

八日　昙。午后杨维铨来。得小峰信并书又泉百，即复。夜小雨。

九日　星期。晴。下午移居里内十八号屋。真吾来。

十日　晴。下午寄还马仲殊稿。晚真吾、方仁来。夜季市来。

十一日　昙。上午得侍桁信并稿，五日北京发。午后晴。寄大学院会计科信。寄矛尘信。寄钦文信。下午往内山书店。

十二日　昙。午后真吾来。寄小峰信，附寄达夫函。下午小雨。晚方仁赠酒两瓶。真吾还在厦门所假泉卅。

十三日　昙。上午得高明所寄信片。晚同三弟往商务印书馆阅书。应李志云及小峰之邀往皇宫西餐社晚餐，同座约卅人。小雨。得马珏信，六日发。夜大风。

十四日　雨。无事。

十五日　雨。下午陈望道来。晚存统来并赠《目前中国革命问题》一本。

十六日　星期。雨。午望道来。得矛尘信。

十七日　昙。午后往内山书店买《草之葉》（2）一本，一元五角。下午雨。

十八日　晴。上午得钦文信。下午得小峰信并泉百及《北新》、《语丝》等。

十九日　晴。午后得吴敬夫信。夜寄矛尘信。寄小峰信。得绍原信片。

二十日　晴。上午得淑卿信，九日发。午后寄马珏信。寄侍桁信。吴敬夫来。下午往内山书店取《世界美術全集》（31）一本，泉一元八角。

二十一日　晴。上午达夫来。午后同方仁出街阅华洋书店，仅买画信片一枚及《文学周报》等十余本。寄小峰信。得王衡信。

二十二日　晴。阿菩周岁，赠以食用品四种，午食面饮酒。夜雨。

二十三日　星期。雨。午真吾来。下午往内山书店。

二十四日　雨。午真吾来。下午叶圣陶代赠《幻灭》一本。

二十五日　昙。午代矛尘校《游仙窟》。金溟若来，赠《未明》一本。

二十六日　晴。午后寄陈望道信并稿。下午得小峰信并《奔流》、《语丝》、《北新》。得冯雪峰信，晚复。

二十七日　晴。上午寄小峰信。同方仁往中国书店买书十种四十五本，共泉二十一元。晚玉堂、和清、若狂、维铨同来，和清赠罐头水果四事，红茶一合。夜邀诸人至中有天晚餐，并邀柔石、方仁、三弟、广平。

二十八日　晴。下午望道来。得钟青航信。往内山书店。

二十九日　昙，午后晴。真吾来。下午季市来。晚得小峰信并泉百卅。

三十日　星期。晴。晚寄小峰信。

十月

一日　晴。上午得林若狂信并稿。得钦文信。下午寄淑卿信。得饶超华信。达夫及夏莱蒂来。

二日　晴。下午吴敬夫来。夏莱蒂来并交稿费十五元。

三日　昙，下午小雨。季黻来。得小峰信并《语丝》卅九期。

四日　晴。午后往内山书店买《漫画大観》（7）一本，一元一角。下午杨维铨来。小峰、石民来。

五日　晴。无事。

六日　昙。上午得侍桁所寄译稿。下午真吾来。

七日　星期。上午得小峰信并泉百，即复。得廖馥君信。下午陈翔冰来。夜林和清及其侄来。

八日　晴。上午复廖馥君信。得霁野信并《朝花夕拾》二十本。得马珏信。得真吾信。得侍桁信。下午和森及其长男来，晚同至中有天晚餐，并邀三弟。托方仁买《观堂遗书》二集一部十二本，泉十元。

九日　晴。上午以《朝华夕拾》寄赠斐君、矛尘、璇卿、钦文。下午廖馥君来。

十日　晴。午后杨维铨来。下午往内山书店买书三种，共泉七元五角，内《女性のカット》一本，以赠广平。夜真吾来。

十一日　晴。午收大学院九月分薪水泉三百。下午宋崇义来并赠柚子三个。

十二日　晴。上午寄矛尘信。寄小峰信。午后得紫佩信。得金溟若信。晚往内山书店买《思想家としてのマルクス》一本，泉二元。得侍桁信片。

十三日　晴。午真吾来。维铨来。午后得矛尘信。下午吴敬夫来。

十四日　星期。晴。上午达夫来。午后寄小峰信并铜版五块。下午司徒乔来并交伴侣杂志社信及《伴侣》三本，又赠画稿一枚。

十五日　晴。上午得吴敬夫信。得廖馥君信。

十六日　昙。上午寄语堂信。寄侍桁信。得有麟信。得徐诗荃信并稿。下午往内山书店买书四种六本，共泉十一元二角。

十七日　晴。上午得矛尘信。得陈翔冰信。下午杨维铨来，假以泉百。廖馥君、卢克斯来，赠以《朝花夕拾》及《奔流》等。夜寄语堂信。

十八日　晴。午后得小峰信并泉百。得杨［汤］振扬、汪达人信，夜复。

十九日　晴。上午得语堂信。得张永成信。得史济行、徐挽澜、王实味信，午后复。复陈翔冰、雷镜波信。寄矛尘信。寄淑卿《奔流》。寄紫佩、羡蒙《语丝》。寄还王实味小说稿。晚得吴祖藩信。

二十日　晴。上午达夫来。下午往内山书店取《漫画大観》（五）一本。

二十一日　星期。晴。上午得达夫信片。得璇卿信。下午寄小峰信。复徐诗荃信。复石民信。

二十二日　昙。上午得淑卿信，十五日发。得徐翼信片。季市来。

二十三日　晴。上午收未名社所寄《格利佛游记》十本。

二十四日　晴。上午寄小峰信。得敬夫信。午真吾来。托方仁代买到《CARICATURE OF TODAY》一本，五元二角。夜林和清来。

二十五日　晴。午后往内山书店。往一日本书店买《日本童話選集》（2）一本，《支那英雄物語》一本，共泉五元一角。陈望道来并交大江书店信及稿费十元。司徒乔来。

二十六日　晴。上午达夫来。下午杨维铨来，假以泉百。晚语堂及其女来。

二十七日　晴。午真吾来。下午杨维铨来。收小峰信并《北新》。得林和清信。

二十八日　星期。晴。下午小峰来。

二十九日　昙。晚上市买药。往内山书店取《世界美術全集》（二四）一本，又别买书二本，共泉三元四角。复柳柳桥信。复汤振扬信。

三十日　晴。下午陈翔冰来，未见。晚寿山来。

三十一日　昙。晨寄陈翔冰信。寄侍桁信。寄淑卿信。午得侍桁信二封，又《ドン・キホーテ》一本，是《世界文学全集》之一。午后吕云章来。下午夏莱蒂来取译稿。赵景深来并赠《文学周报》一本。达夫来。夜林和清来。

十一月

一日　晴。上午杨维铨来。得冬芬信并稿。得语堂信并稿。午后往内山书［店］买书二本，二元。托方仁寄小峰信，又代买《Springtide of Life》一本，6.8元。

二日　晴。上午季市来。晚达夫来。夜得钦文信。

三日　昙。午后同真吾、柔石、方仁、广平往内山书店。

四日　星期。昙。上午江绍原来。得小峰信并泉百。

五日　晴。上午复暻岚信。复施宜云信。许德珩来。午后复许天虹信。寄侍桁信并《奔流》四本，《朝华夕拾》一本，来稿一篇。下午寿山及季市来，晚同至中有天晚餐，并邀广平。微雨。

六日　雨。上午寄小峰信。得明之信。下午司徒乔来。

七日　昙。晨得侍桁信并稿。寄矛尘信。复明之信。晚达夫来并交现代书局稿费四十。夜往内山书店交寄宇留川君信并泉十。又买书三种，共泉四元七角。

八日　雨。上午得洪学琛信。

九日　晴。上午寄小峰信。收蒋径三所寄《荷牐丛谈》、《星槎胜览》、《木棉集》各一部。下午陈望道来。夜林和清来。冷。

十日　晴。上午往大陆大学讲演。午真吾来。

十一日　星期。昙。下午玉堂来。梓生来。晚内山完造招饮于川久料理店，同席长谷川如是闲、郁达夫。

十二日　雨。晚得陈翔冰信。得小峰信并期刊三种。夜林和清来。

十三日　昙。无事。

十四日　昙。上午得矛尘信。夜雨。

十五日　晴。上午得丛芜信。下午寄小峰信。往内山书店买《最後の日記》一本,《岩波文庫》二本，三元一角。又收宇留川信并《忘川之水》画面一枚。傍晚又往交《彷徨》、《野草》各一本，托代赠长谷川如是闲。内山夫妇［赠］雕陶茶具一副共六件一合。

十六日　昙。下午杨维铨来。夜林和清来。

十七日　昙。上午寄小峰信。午司徒乔赴法来别，留赠炭画二枚。真吾来，下午托其寄小峰信并图板三块。往内山书店买《詩之形態学序説》一本，三元二角。夜收教育部十月分薪水泉三百。

十八日　星期。晴。午后肖愚来。得郑泗水信。

十九日　晴。下午复郑泗水信并还稿。得小峰信并泉百。

二十日　晴。上午托三弟从商务印书馆买来《Contemporary European Writers》一本，七元五角。下午寄林和清信并还稿。寄小峰信。得侍桁信并稿。

二十一日　晴。上午得肖愚信并诗。下午明之来。子英来。夜得钦文信。

二十二日　晴。上午得林和清信。得淑卿信，十六日发。下午达夫来。往内山书店买《人生遺伝学》及《セメント》各一本，共泉六元八角。夜濯足。

二十三日　昙。晚璇卿来。

二十四日　晴。上午得丛芜信。午有麟来。午后寄语堂信。下午夏洛蒂来。真吾来。往内山书店取《世界美术全集》（23）一本，一元七角；买《露西亜三人集》一本，一元一角。晚同柔石、真吾、三弟及广平往ISIS看电影。

二十五日　星期。晴。下午有麟来，夜同往ODEON看电影，并邀三弟、广平。

二十六日　晴。上午得语堂信。得矛尘信。下午吴敬夫及其友数人来。夜得小峰信及《而已集》、《语丝》。得李荐侬信。得石民信。

二十七日　晴。午后同柔石往北新书局访小峰，又至商务印书馆阅书。

二十八日　昙。下午夏洛蒂来并交稿费四十。

二十九日　晴。午后得许天虹信。寄朱企霞信。寄矛尘信。以《而已集》寄矛尘、斐君、钦文。寄淑卿信。夜得杨维铨信。得达夫信片。寄小峰信。

三十日　晴。上午得王衡信。下午往内山书店买翻译书三种，四元三角。又《漫画大观》第九本一本，一元一角。晚真吾来。得侍桁信并稿。

十二月

一日　晴。上午真吾来。午后昙。晚玉堂来。夜同柔石、三弟及广平往光陆大戏院看电影《暹罗野史》。

二日　星期。晴。午后得小峰信并泉百。下午往内山书店。

三日　雨。无事。

四日　昙，冷。上午得钦文信。得杨维铨信。下午和森来，交以火腿一只，铝壶一把，托寄母亲。收未名社所寄《黑假面人》两本。

五日　昙。上午寄侍桁信。寄小峰信。

六日　昙。上午得矛尘信。下午达夫来。夜杨维铨来。

七日　昙。下午内山书店送来《芸術の社会的基礎》一本，一元一角。得小峰信并《北新》、《语丝》。得翟永坤信。得招勉之信。

八日　雨。上午真吾来。下午时有恒来，不见。往内山书店。

九日　星期。雨，下午霁。夜望道来。柔石同画室来。收大江书店稿费十五元。

十日　晴。下午得吴曙天信，即复，并假以泉五十。公侠来，并赠《Goethe's Brief und Tagebücher》一部二本。

十一日　昙。上午得侍桁信并稿。午后达夫来。下午得徐翼信。晚小峰来。夜雨。

十二日　昙。午后杨维铨来。下午小雨。往内山书店买《マルクス主義者の見るトルストイ》一本，七角。又《最新生理学》一本，八元二角，赠三弟。托方仁买来《Holy Bible》一本，有图九十余幅，九元。得达夫信。

十三日　昙。午后寄达夫信。晚小雨。得金溟若信并稿。

十四日　雨。下午达夫来。下午托方仁买书两本，共泉十三元二角。

十五日　昙。上午郑介石来，未见。午后真吾来。

十六日　星期。昙。上午寄裘柱常信并《朝华》两期。得季市信。下午曙天来并赠《种树集》一本。

十七日　晴。上午得张友松信，下午复。得马珏信。得侍桁信并丸善书店书目两本。晚往内山书店。夜得季市名片，取去藤箧一只。

十八日　晴。上午寄张友松信。收商务馆稿费六十。下午友松来。

十九日　晴。上午得徐诗荃信并稿。下午得有麟信。得小峰信并《语丝》、《奔流》等，又版税泉一百。得无锡中学信，夜复。

二十日　昙。下午复许天虹信。复陈翔冰信。复金溟若信。晚往内山书店买《世界文学と無産階級》及《巴黎の憂鬱》各一本，共三元。

二十一日　晴。午后寄还黄守华稿。以刊物寄许羡蒙、淑卿、子佩。下午真吾来。得刘衲信。夜邀前田河广一郎、内山完造、郁达夫往中有天夜饭。托真吾寄李小峰信并稿。

二十二日　晴。上午得冬芬信并稿。得赵景深信。下午理发。

二十三日　星期。晴。午曙天、衣萍来。下午往内山书店。夜杨维铨来。

二十四日　昙。上午得侍桁信并稿。下午子英来。张友松、夏康农来，未见。托方仁在广学会买《伊索寓言》画本一本，四元四角。

二十五日　晴。上午得张友松信。午收赵景深所赠《中国故事研究》一本。下午〔托〕广平寄小峰信。下午张友松、夏康农来。季市来，赠以《而已集》及《奔流》、《语丝》等。晚同季市往内山书店。

二十六日　昙。下午金溟若来，未见。

二十七日　昙。上午得陈翔冰信。得淑卿信，二十二日发。下午雨。寄侍桁信。往内山书店买《歷史底唯物論入門》一本，《板画の作り方》一本，共三元二角；又《生理学粹》一本，四元四角，以赠三弟。

二十八日　晴。上午得子英信。得李秉中信。午后肖愚来。达夫来。寄矛尘信。复刘衲信。复抱经堂信。寄还刘绍苍、邵士荫、李荐侬来稿，各附一笺。

二十九日　晴。上午寄李秉中信。得林和清信并稿。午后真吾来。晚石民来。夜蓬子来。

三十日　星期。昙。午后内山完造赠宇治茶及海苔细煮各一合。下午寄翟永坤信并还来稿。晚杨维铨来，因并邀三弟及广平同往陶乐春，应小峰之邀，同席十三人。

三十一日　昙。上午收大学院十一月分薪水泉三百。徐蔚南寄赠《奔波》一本。下午寄子英信。寄马珏信。寄淑卿信。晚往内山书店买《支那革命の现阶段》一本，又《美术全集》第八本及《业间录》一本，共泉五元一角也。夜得淑卿信，二十五日发。三弟为代买CIMA表一只，值十三元。

书帐

Thaïs 一本　二・二〇　一月四日

英文学史一本　五・三〇　一月五日

美術をたづねて一本　二・二〇

The Mind and Face of Bol. 一本　一一・〇〇　一月十五日

World's Literature 一本　一一・〇〇

童謡及童話の研究一本　〇・三〇　一月十六日

レーニンのゴリキヘの手紙一本　〇・八〇

The Outline of Art 二本　二〇・〇〇　一月十九日

神話学概論一本　二・五〇　　　　　　　　四五・三〇〇

美術全集第 29 册一本　一・七〇　二月一日

階級意識トハ何ゾヤ一本　〇・五〇

下女の子一本　三・〇〇

結婚一本　二・七〇

大海のとほり一本　二・四〇

空想カラ科学ヘ一本　一・六〇　二月五日

通論考古学一本　三・九〇

史的唯物論一本　一・〇〇　二月七日

拷問と虐殺一本　〇・六〇

愛の物語一本　〇・四〇

ロシア労働党史一本　〇・九〇　二月十日

敦煌石室碎金一本　一・〇〇　二月十二日

敦煌零拾一本　一・〇〇

簠斋臧镜二本　四・〇〇

Mitjas Liebe 一本　达夫赠

支那革命の諸问题一本　〇・四五〇　二月十三日

唯物論と弁証法の根本概念一本　〇・四五〇

弁証法と其方法一本　〇・四五〇

新反対派ニ就イテ一本　〇・六〇

辩证法杂书四本　三・五〇　二月十九日

進化学説一本　一・〇〇

唯物史観解説一本　二・二〇　二月二十一日

写真年鑑一本　三・三〇

文学と革命一本　二・二〇　二月二十三日

世界美術全集1一本　一・六五〇

三国志平话一本　盐谷节山赠

杂剧西游记五部五本　同上

旧刻小说词曲杂景片七十四枚　辛岛骁赠

露国の文芸政策一本　一・〇〇　二月二十七日

農民文芸十六講一本　三・一〇

マキシズムの謬論一本　〇・五〇　二月二十九日

海外文学新選三本　一・九〇　　　　　　　　　四八・〇〇〇

ロシアの牢獄一本　一・〇〇　三月二日

鑑鏡の研究一本　七・二〇　三月六日

美術意匠写真類聚十一本　一一・〇〇　三月十日

希臘の春一本　〇・二〇

九十三年一本　〇・四〇

階級闘争理論一本　〇・七〇　三月十四日

唯物的歴史理論一本　一・二〇

一週間一本　二・二〇

広辞林一本　四・五〇

表現主義の戯曲一本　〇・六〇　三月十六日

現代英文学講話一本　二・二〇

漫画大観一本　六・二〇　（豫約）

経済概念一本　〇・七〇　三月二十日

民族社会国家観一本　〇・七〇

社会思想史大要一本　二・八〇

史的唯物論略解一本　一・一〇

新ロシア文化の研究一本　一・一〇

革命及世界の明日一本　〇・三〇　三月二十五日

世界美術全集第2冊一本　一・七〇

Pogány 絵本 Rubáiyát 一本　五・〇〇　三月二十八日

弥耳敦失楽園画集一本　三・八〇　三月三十日

但丁神曲画集一本　六・六〇

弁証的唯物論入門一本　二・二〇

Hist.Materialism 一本　七・五〇

階級争闘小史一本　〇・三五〇

マルクスの弁証法一本　〇・六五〇

西洋美術史要一本　五・〇〇

私の画集一本　一・四〇　　　　　　　　　　　　七八・三〇〇

世界文芸名作画譜一本　二・二〇　四月二日

佐野学雑稿二本　二・二〇　四月四日

研幾小録一本　四・四〇

雑文学书七本　二・六〇

蘇俄美術大観一本　李秉中贈　四月七日

老蓮絵［会］真记図一本　〇・五〇　四月八日

社会文芸叢書二本　一・八〇　四月九日

独乙語自修の根柢一本　三・八〇　四月十二日

ファシズムに対する闘争一本　〇・五〇

満鮮考古行脚一本　一・八〇

意匠美術類聚一本　一・一〇

阮刻列女传四本　八・〇〇　四月十三日

唐人小说八种十三本　七・〇〇

目莲救母戏文三本　一・〇〇

マルクス主義と倫理一本　〇・七〇　四月十四日

社会意識学概論一本　二・四〇　四月十七日

芸術の始源一本　三・六〇

The Power of a Lie 一本　〇・五〇　四月二十二日

百梅集二本　七・二〇　四月二十三日

Thaïs 一本　一一・二〇

美術全集第16一本　一・六〇　四月二十五日

現代漫画大観2一本　先付

精神分析入門二本　三・四〇

苦悶的象徴一本　二・〇〇　　　　　　　　　　七〇・五〇〇

マルクス主義的作家論一本　〇・六〇　五月一日

プロレタリヤ文学論一本　一・六〇

社会主義文学叢書三本　二・二〇

現代のヒーロー一本　〇・四〇　五月七日

チェーホフ傑作集一本　一・一〇

フイリップ短篇一本　一・〇〇

陶元庆的出品一本　璇卿贈

元庆的画五份四十枚　同上

世界文化史大系上一本　八・〇〇　五月十一日

ケーベル随筆集一本　〇・四〇

露西亜文学研究一本　三・五〇

フリオ・フレニトと其弟子達一本　二・〇〇　五月十六日

メッザレム一本　一・〇〇

仏陀帰る一本　〇・八〇　五月十八日

世界美術全集30一本　一・七〇　五月二十四日

漫画大観（6）一本　先付

社会運動辞典一本　二・〇〇

支那は眼覚め行く一本　一・二〇

歴史過程の展望一本　〇・四〇

革命後のロシア文学一本　二・〇〇　五月卅一日三〇・〇〇〇

元庆的画四部四本　作者贈　六月一日

李涪刊误一木　〇・六〇　七［六］月十日

直斋书录解题六本　二・〇〇

开有益斋读书志六本　六·〇〇

殷契拾遗一本　一·二〇

醉菩提四本　〇·八〇

英译 Faust 一本　五·〇〇　六月十二日

世界美術全集（6）一本　一·六五〇　六月十八日

輿論と群集一本　一·五〇

レーニンの弁証法一本　〇·七〇　六月二十六日

一革命家の人生社会観一本　一·六〇

蘇聯文芸叢書三本　二·六五〇

性と性格二本　二·四〇

世界文学物語二本　三·五〇

階級社会の諸問題一本　〇·九〇　六月三十日　三〇·五〇〇

漫画大観（4）一本　先约　七月二日

New Book Illustration in France 一本　四·三〇　七月九日

Art and Publicity 一本　四·三〇

ブランド一本　〇·八〇　七月十二日

汉画象拓本一枚　一·〇〇　七月十三日

侯悁墓志铭拓本一枚　二·〇〇

景印贯休画罗汉象拓本一本　一·四〇

雷峰塔砖中陀罗尼翻刻本一卷　〇·四〇

石印明刻本还魂记四本　二·七〇　七月十六日

王刻红楼梦二十四本　九·〇〇

百美新咏四本　一·八〇

八龙山人画谱一本　〇·七〇

近代劇全集二本　二·二〇　七月十八日

十月一本　一・〇〇

殷虚文字类编六本　七・〇〇　七月十九日

赤い恋一本　一・六〇　七月二十三日

恋愛の道一本　〇・八〇

乱婚裁判一本　〇・五〇

マルクス主義と芸術運動一本　一・六〇

世界美術全集18一本　一・七〇

啸堂集古录二本　三・五〇　七月三十日

曹子建文集三本　四・八〇

蔡中郎文集二本　〇・四七〇

昭明太子文集一本　〇・二七〇

国秀集一本　〇・二〇

元曲选四十八本　一〇・九六〇　　　　　　　六五・二〇〇

マルクス主義の根本問題一本　〇・六〇　八月一[二]日

雄鶏とアルルカン一本　五・二〇

アポリネール詩抄一本　二・〇〇

The Modern Woodcut 一本　三・四〇　八月四日

梅花喜神谱二本　一・五〇　八月八日

世界文化史大系（下）一本　八・三〇　八月十日

ツアラッストラ解説及批評一本　一・二〇

開かれぬ手紙一本　一・〇〇

支那文芸論藪一本　四・〇〇

漫画大観（3）一本　先付　八月十六日

奇觚室吉金文述十本　一四・二〇　八月十九日

世界美術全集（19）一本　一・七〇　八月二十一日　四四・一〇〇

Poems of W.Whitman 二・〇〇 九月二日

Studies from Ten Literatures 一本 六・五〇

掌故丛编三本 幼渔寄赠

マルクス芸術論一本 一・三〇 九月三日

近世欧洲絵画十二講一本 四・〇〇 九月七日

草の葉（Ⅱ）一本 一・五〇 九月十七日

世界美術全集（31）一本 一・八〇 九月二十日

观堂遗集三四集十四本 一二・〇〇 九月二十七日

铸鼎遗闻四本 二・四〇

瀛壖杂志二本 一・二〇

历代名人画谱四本 〇・八〇

申报馆所印杂书五种十八本 三・六〇

笺经室丛书三本 一・〇〇 三八・一〇〇

漫画大観（7）一本 一・一〇 十月四日

观堂遗书二集十二本 一〇・〇〇 十月八日

芸術と唯物史観一本 三・三〇 十月十日

階級社会の芸術一本 一・一〇

女性のカット一本 三・一〇

思想家としてのマルクス一本 二・〇〇 ［十月十二日］

社会主義及ビ社会運動一本 一・一〇 十月十六日

漫画大観（8）一本 一・一〇

漫画西游記一本 一・一〇

二葉亭全集三本 七・九〇

漫画大観（五）一本 先付 十月二十日

CARICATURE OF TODAY 一本 五・二〇 十月二十四日

日本童話選集（2）一本　四・一〇　十月二十五日

支那英雄物語一本　一・〇〇

世界美術全集（24）一本　一・六〇　十月二十九日

婚姻及家族の発展過程一本　一・〇〇

史的唯物論（上）一本　〇・八〇

ドン・キホーテ一本　侍桁寄来　十月三十一日　五一・五〇〇

Springtide of Life 一本　六・八〇　十一月一日

社会進化の鉄則一本　〇・六〇

仏蘭西詩選一本　一・四〇

恋愛と新道徳一本　一・四〇　十一月七日

芸術論一本　〇・六〇

手芸図案集一本　二・七〇

荷牐丛谈二本　蒋径三寄贈　十一月九日

星槎胜览一本　同上

最後の日記一本　二・二〇　十一月十五日

岩波文庫二本　〇・九〇

詩の形態学序説一本　三・二〇　十一月十七日

現今欧洲作家传一本　七・五〇　十一月二十日

人生遺伝学一本　四・四〇　十一月二十二日

セメント一本　二・四〇

世界美術全集（㈢）一本　一・七〇　十一月二十四日

露西亜三人集一本　一・一〇

社会進化の鉄則（下）一本　〇・八〇　十一月三十日

芸術の唯物史観的解釈一本　一・〇〇

漫画大観（九）一本　一・一〇

近代仏蘭西詩集一本　二・二〇　　　　　　　　四二・〇〇〇

芸術の社会底基礎一本　一・一〇　十二月七日

Goethe's Briefe u.Tagebücher 二本　公侠贈　十二月十日

マルキシストの見るトルストイ一本　〇・七〇　十二月十二日

最新生理学一本　八・二〇

HOLY BIBLE 一本　九・〇〇

Contemp.Movements in Eu.Lit. 一本　五・九〇　十二月十四日

Fairy Flowers 一本　六・三〇

世界文学と無産階級一本　一・〇〇　十二月二十日

巴黎の憂鬱一本　二・〇〇

伊索寓言画本一本　四・四〇　十二月二十四日

唯物史観入門一本　一・二〇　十二月二十七日

創作版画の作り方一本　二・〇〇

生理学粋一本　四・四〇

支那革命の現階段一本　〇・三五〇　十二月三十一日

世界美術全集（八）一本　一・七五〇

漫画大観（十）一本　先付

業間録一本　三・〇〇　　　　　　　　　　　五一・三〇〇

总计一年共用五九四・八〇〇，
平匀每月计用四七・九〇〇。

日记十八（1929年）

一月

一日　昙。上午马巽伯来，未见，留矛尘所寄茶叶二斤。夜画室来。

二日　昙。无事。

三日　晴。上午得矛尘信。

四日　晴。下午陶光惜来，未见。晚真吾来。夜黄行武来，未见，留陶璇卿所寄赠之花一束，书面一帧。

五日　晴。上午得王仁山信。午后得小峰信并《北新》、《语丝》及版税泉一百元。得陈泽川信。得裘柱常信。收侍桁所寄《グレコ》一本，价二元。

六日　星期。晴。上午得侍桁信并《有岛武郎著作集》三本，约泉三元三角。下午达夫来。

七日　晴。上午寄矛尘信。寄侍桁信。寄淑卿信。午后寄中国书店信。往内山书店买书五种，共泉八元六角。

八日　晴。上午寄石民信。收未名社所寄《影》两本，《未名》

两期。收杨维铨信并诗稿。下午托广平往北新寄小峰信。梁得所来，未见。

九日　晴。午后季市来。收侍桁寄来《ドン・キホーテ》一部二本，价四元。

十日　晴。下午得马珏信。假真吾泉五十。寄侍桁《而已集》一本。晚往内山书店。孟余及其夫人来。付朝华社泉五十。

十一日　晴。上午得子英信。下午小峰来并赠笔五支、《新生》一部二本，即以书转赠广平。夏莱蒂来并交稿费二十。

十二日　晴。下午小峰送来鱼圆一碗。

十叁日　星期。晴。上午得协和信。下午杨维铨来。夜画室来。

十四日　昙。午后同柔石、方仁往大马路看各书店。下午雨。

十五日　晴。上午寄小峰信。得曙天信。下午刘衲来。收教育部去年十二月分编辑费三百。得李秉中信。夜真吾来，赠玫瑰酥糖九包。

十六日　晴。下午达夫来。夜雨。

十七日　昙。下午得小峰信并版税泉百，又《语丝》及《奔流》。方仁为从日本购来《美术史要》一本，又从美国［购］来《斯坎第那维亚美术》一本，共泉二十。

十八日　昙。上午收侍桁所寄丸善书目一本，下午转寄季市，并《奔流》、《语丝》。以刊物分寄陈翔冰、子佩、羡蒙、淑卿。收侍桁代购之《アルス美術叢書》三本，值六元。学昭赴法，贤桢将还乡，晚邀之饯于中有天，并邀柔石、方仁、秀文姊、三弟及二孩子、广平。夜微雪。

十九日　晴。晚真吾来。夜失眠。

二十日　星期。小雨。晨收侍桁所寄《小さき者へ》一本，值八

角。下午交朝华社泉五十。寄小峰信。寄侍桁信。钦文来，并赠茗三合，白菊华一包。晚真吾来。夜雪峰来。

二十一日　雨。上午得和森信。下午得侍桁信。往内山书店买文艺书三种四本，共泉十七元五角。晚真吾来。杨维铨来。

二十二日　昙，冷。上午得淑卿信，十七日发。收未名社所寄《烟袋》两本。下午雨。章铁民等来，未见。陈空三等来，未见。晚得小峰信并本月《奔流》编辑费五十元、《痴人之爱》一本。

二十三日　昙。午后寄侍桁信。下午钟子岩来，未见。

二十四日　微雪。午后寄语堂信。复杨晋豪、卜英梵、张天翼、孙用信。下午语堂来。达夫来。得江绍原信。托柔石从商务印书馆买来《The Best French Short Stories》及《三余札记》各一部，十一元三角。

二十五日　昙。夜达夫来约饮。

二十六日　昙。午达夫招饮于陶乐春，与广平同往，同席前田河、秋田、金子及其夫人、语堂及其夫人、达夫、王映霞，共十人。夜雨。

二十七日　星期。雨。午后林和清来，未见，留札而去。

二十八日　雨。无事。

二十九日　雨。上午寄白薇信。下午画室来。得小峰信并《北新》[半]月刊。

三十日　昙。上午寄马珏信并照相一枚。从商务印书馆买来G.Craig《木刻图说》一本，六元一角。下午往内山书店买《世界美術全集》第二十集一本，一元六角。达夫来。夜望道来。

三十一日　昙。下午高峻峰持寿山函来。达夫来并转交《森三千代詩集》一本，赠粽子十枚。得王崝南信。

二月

一日　雪，午后晴。下午雪峰来。张友松来。晚得杨维铨信。夜濯足。

二日　晴。上午得许天虹信。下午马巽伯来。晚陈望道、汪馥泉来。

三日　星期。昙。无事。

四日　晴。上午寄石民信。徐诗荃来，未见。夜得小峰信并《语丝》及版税泉一百。得孙用信。得张天翼信。

五日　微雪，午晴。无事。

六日　晴。上午寄达夫信。为东方杂志社作信与徐旭生征稿。午后望道来，未见。徐诗荃来，未见。得绍兴县长汤日新信。下午小峰来。望道来。

七日　晴。午后得徐诗荃信。下午季市来并赠日历一帖。得侍桁信并稿。夜得张友松信。收教育部一月份编辑费三百。

八日　晴。午后往内山书店，得《草花模樣》一部，赠广平。下午友松来。达夫来。

九日　晴。下午往内山书店。

十日　星期。晴。旧历元旦也。

十一日　晴。上午得前田河广一郎信片。午后同柔石、三弟及广平往爱普庐观电影。曙天来，未见，留赠柑子一包，麦酒三瓶。

十二日　晴。上午得马珏信。收《未名》二之二两本。

十三日　晴。上午收侍桁代购寄之《Künster–Monographien》三本，《銀砂の汀》一本。下午赵少侯来。

十四日　晴。下午往内山书店买《独乙文学》（3）一本，二元四角。得侍桁信。

十五日　晴。下午收侍桁代购寄之《Gustave Doré》一本，计值十二元。得刘衲信。晚林若狂持白薇稿来。

十六日　晴。午后寄其中堂信。寄小峰信。寄淑卿信。寄陈毓泰、温梓川信并还稿。寄疑今信并还稿。寄许羡蒙《语丝》。林语堂来。下午往内山书店。晚寄陈望道、汪馥泉信并译稿。疑今信复退回，因觅不到住址。夜雪峰来。

十七日　星期。晴。下午步市，在一鞋店买《日本童話選集》第三辑一本，《ラムラム王》一本，共泉五元八角。寄侍桁信。寄小峰信。

十八日　晴。上午得白薇信。得友松信并稿。

十九日　晴。上午复白薇信。寄小峰信。午后季市来，赠以《艺苑朝华》二本。下午夏康农、张友松、友桐来。夜雨。

二十日　小雨。午后真吾来。下午达夫来。晚往内山书店。得白薇信。得小峰信并版税泉一百及《北新》二之三期。得翟永坤信。得史济行信。得石民信。得陈永昌信。得陈泽川信。得彭礼陶信。

二十一日　昙。上午复白薇信。寄小峰信。午后复石民、刘衲、彭礼陶、史济行、陈永昌信。以《艺苑朝华》及《奔流》等寄仲珊、淑卿、钦文、璇卿。下午得素园信。下午收盐谷节山所寄赠影明正德本《娇红记》一本，内山书店送来。得小峰信并《语丝》五十一期。晚移至十九号屋。

二十二日　昙。下午往内山书店。

二十三日　昙。下午衣萍、曙天来，并还泉卌。夜风。

二十四日　星期。昙。下午小峰来。夜雪峰来。

二十五日　昙。上午得有麟信。午后往内山书店。得季市信。下午刘衲来。雨。晚得小峰信并代取之款八十元，《游仙窟》五本。

二十六日　昙。午后得淑卿信，十九日发。收未名社所寄《格利佛游记》（二）二本。收其中堂书目一本。夜得石民信并《良夜与恶梦》一本。雨。

二十七日　雨。午后钦文来并赠兰花三株，酱鸭一只。杨骚来。

二十八日　晴。下午往内山书店买杂书五本，共泉三元七角。

三月

一日　风，雨。上午达夫来，未见，留稿而去。寄季市信并英译《三民主义》一本。夜达夫及映霞来。濯足。

二日　晴。上午内山书店送来从芸草堂购得之画谱等四种，共泉十元五角。得钦文信。下午往内山书店取《世界美術全集》第二十一本一册，一元七角。

三日　星期。昙。下午复钦文信。复石民信。寄小峰信。

四日　微雪，下午晴。往内山书店，又往北新分店。

五日　晴。上午寄大华印刷公司信。寄小峰信。得季市信。下午借朝华社泉五十。晚林和清及其子来。通夜校《奔流》稿。

六日　晴。上午寄林语堂信。寄高峻峰信。午后寄淑卿信。寄季市信。寄盐谷节山信。往内山书店买月刊两种。得大华印刷局笺，即复。寄小峰信。下午寄日本其中堂书店信并金十二圆。晚得小峰信并版税泉百。得钟贡勋信。

七日　晴。午后同真吾、方仁往中美图书馆买 Drinkwater's《Outline

of Literature》一部三本，二十元；J.Austen 插画 Byron's《Don Juan》一本，十五元。

八日　晴。午后往内山书店买《ソヴェトロシア詩集》一本，七角。得钦文信并信笺四十余种。从商务印书馆向德国函购《Das Holzschnittbuch》一本，三元二角。夜邀柔石、真吾、方仁、三弟及广平往 ISIS 电影馆观《Faust》。

九日　晴。上午得张天翼信并稿。得缪崇群信并稿。下午寄钦文信。寄矛尘信。寄达夫信。晚陈望道来。

十日　星期。昙。下午达夫来。夜杨维铨、林若狂来。

十一日　晴。上午得侍桁信。杨维铨来。下午往内山书店。夜雪峰来。

十二日　晴。上午得马珏信。下午高峻峰来，交以稿费八十。寄石民信并还介绍稿。得矛尘信。

十三日　晴。下午吕云章送来矛尘所代买茗三斤。

十四日　晴。上午得钦文信。下午秋芳来。

十五日　晴。下午得小峰信并《奔流》编辑费五十元及《语丝》等。

十六日　晴。上午往内山书店买《西欧图案集》一本，五元五角。《詩卜詩論》一本，一元六角。徐旭生来。午后寄矛尘信。晚张梓生来。

十七日　星期。晴。晚同柔石、方仁、三弟及广平往陶乐春，应小峰招饮，同席为语堂、若狂、石民、达夫、映霞、维铨、馥泉、小峰、漱六等。夜风。

十八日　晴。上午得李霁野信。下午李宗武来，不见。得衣萍信。

十九日　晴。午后往内山书店买书三本，共泉十一元。

二十日　晴。上午得李宗武信。夜杨维铨来。雪峰来。伏园、春台来。

二十一日　晴。上午得其中堂信片。得淑卿信，十五日发。

二十二日　晴。上午收未名社所寄《黄花集》两本。下午收其中堂所寄《唐国史補》及《明世説》各一部，共泉五元六角。夜达夫来。

二十三日　晴。上午寄其中堂书店信。寄霁野信。寄淑卿信。得季市信。下午寄许羡蒙《语丝》满一年。往内山书店。寄韦素园信。

二十四日　星期。小雨。下午寄马珏信。寄钦文信。寄季市信。

二十五日　昙。上午寄侍桁信并泉十元，托买书。下午雨。

二十六日　昙。上午寄小峰信。下午达夫来。得侍桁信并稿。晚得小峰信并版税泉一百及《奔流》、《语丝》、《北新》月刊等。得乌一蝶信。得何水信。得查士骥信。

二十七日　晴。下午张友松来。杨维铨来。寄季市、淑卿《奔流》等。寄小峰信。得侍桁信并稿。

二十八日　小雨。上午得友松信。得钦文信。下午往内山书店买文艺书四种，共泉九圆五角。夜雪峰来，赠《流冰》一本。雨。

二十九日　昙。午后寄侍桁信。复乌一蝶信。复友松信。寄达夫信。下午往内山书店。洙邻来，赠以《游仙窟》一本。雨。

三十日　晴。上午得冬芬信。午后理发。往内山书店取《世界美術全集》（廿二）一本，一元六角。

三十一日　星期。晴。上午得刘衲信。徐诗荃送来照相一枚。午后同柔石、真吾、三弟及广平往观金子光晴浮世绘展览会，选购二枚，泉廿。往北新书局买《游仙窟》一本。往中国书店买《常山贞石志》一部十本，八元。往东亚食堂夜餐。

四月

一日　晴。下午往内山书店。晚郁达夫、陶晶孙来。

二日　昙。上午得侍桁信。

三日　晴。下午复刘衲信。复缪崇群信。复侍桁信并还稿。

四日　晴。午后得羽太重久信。得淑卿信，下午复。往内山书店买《詩卜詩論》等三本，共泉三元八角。晚得小峰信并《语丝》及版税泉百。得任子卿信。得钟子岩信。得李力克信。得白云飞信。

五日　晴。上午其中堂寄来《图画醉芙蓉》、《百喻经》各一部，共泉六元四角。午后同贺昌群、柔石、真吾、贤桢、三弟及广平往光陆电影园观《续三剑客》。观毕至一小茶店饮茗。夜雨。

六日　昙。上午复李力克信。复白云飞信。寄小峰信。下午得素园信。

七日　星期。晴。上午往内山书店买《表現主義の彫刻》一本，一元二角。

八日　昙。午后寄小峰信。复邓肇元信。复韦素园信。下午雨。

九日　晴。午后同柔石、真吾及广平往六三公园看樱花，又至一点心店吃粥，又至内山书店看书。下午文［光］华大学学生沈祖牟、钱公侠来邀讲演，未见。晚季市来，赠以《艺苑朝花》及《语丝》。

十日　昙。午后寄达夫信。下午得有麟信。林和清来，不见。夜濯足。

十一日　晴。下午林惠元来，不见，留函而去。夜达夫来。

十二日　晴。上午得侍桁信并当票一张。夜雪峰来。

十三日　昙。上午得孙伏园等明信片。得小峰信并版税泉百。午后往内山书店买《现代欧洲の芸術》一本，一元一角。又豫定《厨川白村全集》一部，六元四角也。下午得光华大学文学会信，夜复之。复林惠元信。

十四日　星期。晴。午后杨维铨来。下午得衣萍信并稿。时有恒来，不见。

十五日　晴。上午得韦丛芜信。收未名社所寄《坟》及《朝华夕拾》各二本。收侍桁所寄《粕谷独逸语学丛书》二本，《郁文堂独谷［和］对訳丛书》三本，共泉七元。收学昭所寄照相一枚。下午得现代书局信。夜邻街失火，四近一时颇扰攘，但火即熄。

十六日　晴。上午得李霁野信。下午托真吾寄小峰信并稿两种，锌版两块。孙席珍来，不见，留函并书四本。得钟宪民信。

十七日　昙。下午雪峰来。雨。夜达夫来并交稿费四十。

十八日　晴。午后复钟宪民信。寄侍桁信。下午寄李霁野锌版三块。往内山书店买书两本，共泉二元一角。夜饮酒醉。

十九日　昙。下午寄小峰信。友松来。晚出街买火酒。得侍桁信。

二十日　雨，上午晴。寄侍桁信。下午石民来。得侍桁信。夜雪峰来。

二十一日　星期。晴。下午往内山书店。

二十二日　晴。上午寄石民信。夜半译《艺术论》毕。

二十三日　晴。上午收学昭代买之《Petits Poèmes en Prose》一本。下午内山书店送来《厨川白村全集》第五本一本。雪峰来。夜林和清来辞行，不见。

二十四日　昙。上午收教育部二月分编辑费三百。得梁君度信。得高明信，下午复。得小峰信并版税百五十，编辑费五十。杨维铨来。

二十五日　昙，晚雨。托广平送给张友松信并译稿。

二十六日　晴。午前吴雷川来。得友松信。午后寄任子卿信。寄侍桁信。下午往内山书店买书两本，共泉四元六角。复友松信。

二十七日　晴。午后杨维铨来，并同柔石及广平往施高塔路看パン・ウル个人绘画展览会，购《倒立之演技女儿》一枚，泉卅。晚在中有天请王老太太夜饭，并邀昌群、方仁、秀文姊、三弟、阿玉、阿菩及广平。夜夏［康］农、张友松来。雪峰来。

二十八日　星期。昙。上午潘垂统来，不见。白薇、杨骚来。下午同广平访梦渔未遇。晚孙席珍来，不见。达夫来。

二十九日　晴。上午得淑卿信。从商务印书馆由英国购来《Animals in Black and White》四本，共泉五元六角。下午得侍桁信。

三十日　晴。晚张友松、夏康农招饮于大中华馆［饭］店，与广平同往，此外只一林语堂也。

五月

一日　晴。上午得季市信。下午得小峰信并杂志。晚雪峰来。

二日　晴。上午得有麟信。同广平往内山书店买书三本，共泉二元二角。下午曙天来，未见，还泉二十。小峰来并交版税泉三百。

三日　晴。上午望道来，未见。午后复有麟信。复季市信。以期刊等寄季市、淑卿。寄还陈瑛及叶永蓁稿并复信。夜濯足。

四日　晴。午后内山书店送来《世界美術全集》（9）一本。下午张友松、夏康农来。晚张梓生及其子来。夜冯雪峰、姚蓬子来。

五日　星期。晴。午后往内山书店。下午得舒新城信，即复。小峰令人送《壁下译丛》来，即复。晚倪文宙、胡仲持来，赠以《译丛》。夜雨。

六日　雨。夜张梓生来。

七日　昙。午后得韦素园信片。下午寄侍桁信。寄季市及淑卿《壁下译丛》。托方仁买来《一九二八年欧洲短篇小说集》及《Peter Pan》各一本，共泉十一元六角。

八日　晴。上午得侍桁信。得刘衲信。午后同真吾、方仁及广平看各书店，因赛马多停业者，归途往内山书店买书两本，泉五元半。

九日　晴。无事。下午日食，因昙不见。

十日　晴。上午得有麟信，下午复。复刘衲信。复唐依尼信。访友松，交《奔流》稿。往内山书店买《新兴文学全集》一本，一元一角。得董秋芳信并稿。得张天翼信并稿。

十一日　昙。午后达夫来。杨骚来。下午雨。望道来。晚雪峰来。

十二日　星期。雨。下午衣萍及曙天来，各赠以《木刻集》之二一本。托真吾寄李小峰信。托广平寄张友松信。略集行李。

十三日　晴。晨登沪宁车，柔石、真吾、三弟相送，八时五十分发上海，下午三时抵下关，即渡江登平津浦通车，六时发浦口。

十四日　昙，下午雨。在车中。

十五日　晴，风。午后一时抵北平，即返寓。下午托淑卿发电于三弟。紫佩来。

十六日　晴。晨寄三弟信，附致广平函一封。下午李霁野来，未见。

十七日　晴。午后陶望潮来。下午往未名社，遇霁野、静农、维钧。访幼渔，未遇。夜濯足。

十八日　昙，风。上午韦丛芜来。下午幼渔来。李秉中来。寄广平信，附与柔石笺。夜得广平信，十四日发。

十九日　星期。晴。上午冯文炳来。下午紫佩、冬芬来。

二十日　晴，风。上午得广平信，十六日发。午后访兼士，未遇。访尹默还草帽。赴中央公园贺李秉中结婚，赠以花绸一丈，遇刘叔雅。下午访凤举、耀辰，未遇。访徐旭生，未遇。寄柔石书四本，三弟转。翟永坤来，未遇。李霁野来，未遇，留赠《不幸者的一群》五本。

二十一日　晴，风。上午得韦丛芜信。午后寄广平信。访陶望潮。访徐吉轩。下午往直隶书局，遇高朗仙。往博古斋买六朝墓铭拓片七种八枚，共泉七元。得广平信，十七日发，附钦文信。得三弟信并汇款百元，十七日发。

二十二日　晴。上午得广平信，十八日发。下午凤举来。晚往燕京大学讲演。

二十三日　晴。上午北京大学国文系代表六人来。午后寄广平信。往伊东寓拔去一齿。往商务印书馆取三弟所汇款。从静文斋、宝晋斋、淳菁阁蒐罗信笺数十种，共泉七元。

二十四日　晴。晨寄三弟信，附致广平函。寄钦文信。上午郝荫潭、杨慧修、冯至、陈炜谟来，午同至中央公园午餐。下午得广平信二封，一十九发，一二十发。晚张目寒、台静农来。

二十五日　晴。午后寄侍桁信。寄广平信。往孔德学校访马隅卿，阅旧本小说，少顷幼渔亦至。下午访凤举，未遇。往未名社谈至晚。

二十六日　星期。晴。下午紫佩来。

二十七日　晴。上午寄广平信。往东亚公司买插画本《項羽と劉邦》一本，泉四元六角。往伊东牙医寓。李秉中、陈瑾琼来，未遇。得张凤举信。下午得三弟信，廿一日发。得广平信，廿一日发。得北大国文学会信，约讲演。晚再往伊东寓补一齿，泉五元。凤举、旭生邀饮于长美轩，同席尹默、耀辰、隅卿、陈炜谟、杨慧修、刘栋业等，约十人。

二十八日　晴。上午马隅卿来。得望潮信，即复。午后寄侍桁信。寄广平信。往松古斋及清閟阁买信笺五种，共泉四元。往观光局问船价。晚访幼渔，在其［寓］夜饭，同坐为范文澜君及幼渔之四子女。李霁野来访，未遇。孙祥偈、台静农来访，未遇。

二十九日　晴。上午得子佩信。杨慧修来。李秉中遣人送食物四种。午后寄广平信。下午往未名社，晚被邀至东安市场森隆晚餐，同席霁野、丛芜、静农、目寒。七时往北京大学第二院演讲一小时。夜仍往森隆夜餐，为尹默、隅卿、凤举、耀辰所邀，席中又有魏建功，十一时回寓。

三十日　晴。晨目寒、静农、丛芜、霁野以摩托车来邀至磨石山西山病院访素园，在院午餐，三时归。冬芬在坚俟，斥而送之。得广平信二函，廿三及廿五日发，下午复。得小峰信，廿五日发。晚静农及天行来，留其晚餐。

三十一日　晴。午后金九经偕冢本善隆、水野清一、仓石武四郎来观造象拓本。下午紫佩来，为代购得车券一枚，并卧车券共泉五十五元七角也。

六月

一日　晴。上午寄小峰信。寄广平信。张我军来，未见。得广平信，五月二十七日发。霁野来。范文澜来。第二师范学院学生二人来。钱稻孙来，未见。下午寄徐旭生信。第一师范学院学生二人来。乔大壮来。得广平信，上月二十九日发。得真吾信，亦二十九日所发。

二日　星期。晴。上午往第二师范院演讲一小时。午后沈兼士来。下午昙。往韩云浦宅交皮袍一件。晚往第一师范院演讲一小时。夜金九经、水野清一来。陆晶清来。吕云章来。风。

三日　昙。上午寄第一师范学院国文学会信。午后林卓凤来还泉二。携行李赴津浦车站登车，卓凤、紫佩、淑卿相送。金九经、魏建功、张目寒、常维钧、李霁野、台静农皆来送。九经赠《改造》一本，维钧赠《宋明通俗小说流传表》一本。二时发北平。

四日　晴。在车中。

五日　晴。晨七时抵浦口，即渡江改乘沪宁车，九时发南京。下午四时抵上海，即回寓。收编辑费三百，三月分。收季志仁代购之法文书籍二包并信。晚寄淑卿信。夜浴。

六日　昙。上午收抱经堂书目一本。下午往内山书店。夜雪峰来。

七日　晴。午后往内山书店买《美術叢書》二本，杂书一［二］本，《世界美術全集》（25）一本，共泉十二元五角。托真吾买来《Desert》一本，一元五角。夜同方仁、贤桢、三弟及广平往东海电影院观电影。

八日　昙。午后寄小峰信。下午达夫来。夜雨。同方仁、真吾、贤桢、三弟及广平往北京大戏院观《古城末日记》影片，时晏呼摩托车回。

九日　星期。小雨。上午得侍桁信。下午往内山书店。

十日　晴，热。下午得小峰信并杂志、书籍等，又版税泉二百，即复。夜同贤桢、三弟及广平往上海大戏院观《北极探险记》影片。

十一日　昙。午后同广平往内山书店买《鑑赏画选》一帖八十枚，五元八角。将周阆风信转寄达夫。复周阆风、季小波、胡弦等信。夜寄霁野信。寄淑卿信。真吾昨夜失窃，来假泉卅。

十二日　晴。上午复叶永蓁信。午后访友松，见赠《曼侬》及《茶花女》各一本，转送广平。往内山书店买《露西亚现代文豪傑作集》之二、六各一本，共泉二元四角。

十三日　昙。上午以《世界小说集》等分寄矛尘、钦文、季黻、淑卿。得淑卿信，九日发，附侍桁函。午得友松信。午后寄季市信。下午托广平送友松信，即得复。得叶永蓁信。

十四日　小雨。夜雪峰来。友松来。

十五日　晴。上午收教育部编译费三百，是四月分。午后汪静之来，未见。雨。下午叶永蓁来。夜同方仁、广平出街饮冰酪。大雨。

十六日　星期。雨。午后友松来。下午复白莽信。复孙用信。寄叶永蓁信。寄淑卿信。往内山书店买书三种六本，共泉七元三角。夜代广平付朝华社出版费一百。濯足。服阿斯丕林一粒。

十七日　雨。上午得钦文信。下午寄季志仁信。

十八日　晴。上午得叶永蓁信。得友松信。午后往内山书店晤今关大［天］彭。

十九日　昙。上午得叶永蓁信。得内山信，即转寄达夫。发寄钦文信。寄霁野信。寄小峰信并锌版。午后得友松信，即复。下午往内山书店买グンクウルの《歌麿》一本，五元七角。买草花两盆共五角。晚友松来，并赠绘画明信片一帖五十枚。

二十日　昙。午后冢本善隆来看拓本。下午以译稿寄友松。晚内山延饮于陶乐春，同席长谷川本吉、绢笠佐一郎、横山宪三、今关天彭、王植三，共七人。天彭君见赠《日本流寓之明末名士》一本。

二十一日　晴。上午季市来。下午寄季志仁信并汇票一千法郎，托其买书。下午得友松信并画片一枚。寄叶永蓁信并画稿。寄安平信并稿。寄徐沁君信并稿。寄陈君涵信。寄李小峰信。

二十二日　昙。午后得霁野信并《小约翰》五本，画片一枚。晚张梓生来。雨。

二十三日　星期。晴。上午得叶永蓁信并插画十二枚。刘穆字燧元，来访。下午三弟为从商务印书馆买来《Animals in Black&White》Ⅴ—Ⅵ两本，三元三角。又豫约《全相三国志平话》一部三本，《通俗三国志演义》一部二十四本，共泉十元八角。下午友松来。季市来。

二十四日　雨，午晴。下午寄陈翔冰信。寄陈君涵信。寄霁野信。寄李白英信。寄季志仁信附副汇票一张，又另寄信笺一包约五十枚。往内山书店买书三本，七元五角。晚得淑卿信，二十日发，并《裴彖飞集》二本。夜雨。

二十五日　雨。上午得白莽信。得矛尘信，午后复。寄淑卿信。

二十六日　晴。上午内山书店送来《厨川白村全集》（一）、《世界美術全集》（二十六）各一本。得小峰信并版税一百，《奔流》编校费一百。得陈英信。得陈翔冰信并稿。得查士骥信，催稿也，拟转与北新局。得陈君涵信，亦索稿也，下午寄还之。托柔石寄白莽信并Petöfi集两本。甘乃光来。夜同三弟及广平往内山书店买文学杂书五种五本，共泉十二元八角。又买《動物学実習法》一本，一元，赠三弟。途经北冰洋冰店饮刨冰而归。

二十七日　昙。上午得马珏信。得付桁信，午后复。寄幼渔信。寄小峰信并别信二函，《忘川之水》版税收据一纸。下午收教育部五月分编辑费三百。夜雨。

二十八日　雨。上午得有麟信。下午得高明信。得叶永蓁信。得钦文信。

二十九日　晴。上午复有麟信。复叶永蓁信。下午得有麟信。杨维铨来。

三十日　星期。晴，午昙。刘穆来，未见，留稿而去。午后寄梁惜芳、高明、黄瘦鹤三人信并还稿。寄钦文信。寄季市信。丁山及罗庸来，不见。下午往内山书店买《チェホフとトルストイの回想》一本，半价九角也。大江书店送来《艺术论》二十本，分赠知人大半。夜雨。

七月

一日　晴。午秋田义一来。晚党家斌、张友松来。夜雨。

二日　昙，午后雨。以书、志分寄矛尘、霁野等。寄还庄一栩稿并信。下午得钦文信。

三日　昙。午后寄苏金水信。寄马珏信。午后张目寒来，未见，留《Pravdivoe Zhizneopisanie》及《Pisateli》各一本，又新俄画片一帖二十枚而去，皆靖华由列京寄来者。得霁野信。下午秋田义一来。晚夏康农、张友松来。夜雨。

四日　雨。午后白莽来，假以泉廿。夜濯足。

五日　雨。上午内山书店送来《創作版画》第五至第十辑，计五［六］帖共六十枚，价六元。

六日　小雨。午得达夫信。下午往内山书店买杂书四本，共泉三元六角。

七日　星期。雨。下午改《小小十年》讫。林语堂来。夜达夫来。

八日　晴。午得刘穆信。午后访友松。往商务印书分馆。下午肖愚来。夜雨。

九日　昙。上午得友松信。下午往内山书店买《革命芸術大系》（一）一本，一元一角。得小峰信并杂志等。寄霁野信。

十日　晴。晨三弟往北京，赠以饼干一合，香烟十余枝。下午以书籍及杂志分寄季市、钦文、淑卿。小峰来并赠《曼殊遗墨》第一册一本。复卜英梵信。得季野信。

十一日　晴，风。上午得白莽信。得李宗奋信，即复。得淑卿信，七日发，下午复。寄李小峰信。夜达夫来。

十二日　晴，热。上午得淑卿信，七日发。午后得白莽信并诗。下午浴。季市来。晚友松来。夜望道来。

十三日　晴，热。下午寄罗西信。寄霁野信。寄淑卿信。寄小峰信，附与杨骚及白薇笺。寄白禾信并还稿。以重久信转寄三弟。往内山书店。陶晶孙来。得孙席珍信，索稿，晚寄还之。

十四日　星期。晴。上午得钦文信。

十五日　晴，大热。午后得丛芜译稿一篇。

十六日　晴。上午得三弟信，十二日北京发。午后得杨骚信，下午复。以《艺苑朝华》分寄仲珝、钦文、璇卿、淑卿。往内山书店。

十七日　晴。午后得有麟信。得矛尘信并小燕照相一枚。得石民信并稿。

十八日　昙。上午复石民信。寄小峰信。下午党家斌、张友松来。

十九日　晴，风。上龈肿，上午赴宇都齿科医院割治之，并药费三元。收六月分编辑费三百，下午复。往内山书店买《老子原始》一本，三元三角；《裂地と版画》一帖六十四枚，五元。曙天来，并赍衣萍信。夜得友松信。同雪峰、柔石、真吾、贤桢及广平出街饮冰。得石民信。

二十日　晴，大热。午前赴宇都齿科医院疗齿讫。晚得史济行信。得淑卿信，十六日发。寄赠石民《艺苑朝华》两本。雪峰来，假以稿费卅。

二十一日　星期。晴。上午得霁野信。得方仁稿。下午杨骚来。

二十二日　晴，大热。上午寄石民信。寄矛尘信。寄淑卿信。下午得侍桁信并稿。收李秉中自日本所寄赠《观光纪游》一部三本。晚张友松、党家斌来。得小峰信并版税二百。

二十三日　晴，热。上午得钦文信。得淑卿信，十九日发。下午石民来。夜曙天来。

二十四日　晴，热。上午复淑卿信。得三弟信，二十日发。得陈少求信。

二十五日　晴，热。午前往内山书店买文艺书两本，《新らしい言葉の字引》一本，共泉五元四角。夜同柔石、真吾、方仁及广平往百星大戏院看卓别林之演《嘉尔曼》电影，在北冰洋冰店饮刨冰而归。

二十六日　晴，热。下午往内山书店买文艺书三本，共八元。夜服阿思匹林一。

二十七日　晴。上午内山书店送来《世界美術全集》（3）一本。

二十八日　星期。晴。上午寄陈少求信。得侍桁信并译本一篇，原书一本。得兼士信并《郭仲理画樗拓本》影片十二枚，未名社代寄来。下午得小峰信并版税一百。得杨藻章信。得ㅅ信并刻石肖像三枚。夜复侍桁信。寄徐诗荃信。友松来。

二十九日　晴。上午得侍桁信，下午复。复杨藻章信。寄小峰信。往内山书店。真吾将于明日回家，夜假以泉十。夜极小雨。

三十日　晴，热，有风。午后有淑卿信，二十五日发。下午朱莘澹来。寄还各种投《奔流》稿。内山书店送来《厨川白村全集》（4）一本。

三十一日　晴。上午得霁野信，下午复。寄淑卿信。寄来青阁书庄信。叶永蓁来，假以泉廿。林林来，假以泉廿。夜季市来。杨骚来。

八月

一日　晴。下午三弟从北平回，赠杏仁一包。晚杨骚来。

二日　昙。上午得马珏信。夜同柔石访友松，归途饮冰。

三日　雨。上午收来青阁书目一本。午后往内山书店，得《创作版画》第十一、十二辑两帖，泉一元八角。收未名社所寄《四十一》共五本。又精装《外套》一本，是韦素园寄赠者。下午朱莘澹及其妹来。

四日　星期。晴。午得白莽信。

五日　晴，热。午李志云、小峰邀饭于功德林，不赴。

六日　昙，午雷雨。三弟为从商务印书馆买《小百梅集》一本来，价一元九角。下午晴。夜白薇、杨骚来。闷热。四近喧扰，失眠。

七日　晴，热。上午得孙席珍信并《女人的心》一本。得雪峰信，午后复。夜张友松、党家斌来。

八日　晴。上午复韦丛芜信。复雨谷清信。同广平往福民医院诊察。往内山书店买《言語その本質、発達及び起原》一本，计泉九元六角。下午得友松信并日本现代小说一本。得侍桁信。晚访友松，不遇。党家斌来。夜达夫来。友松来。福冈诚一来，谈至夜半。

九日　晴。上午得侍桁信，下午复。友松来。徐思荃来。王余杞来。夜雨。

十日　晴。上午往内山书店。寄雪峰信。下午家斌、康农、友松来。得矛尘信。夜得钦文信，报告陶元庆君于六日午后八时逝世。雨。

十一日　星期。晴，午雨一陈即霁。下午家斌、友松来。

十二日　昙，大风。晨寄李小峰信，告以停编《奔流》。上午得幼渔信。下午访友松、家斌，邀其同访律师杨铿。晚得小峰信并版税五十，《奔流》编辑费五十。夜雨。

十三日　昙，午后雨。得霁野信。下午梁耀南来。友松、家斌来，晚托其访杨律师，委以向北新书局索取版税之权，并付公费二百。夜家斌来，言与律师谈事条件不谐，以泉见返。梁耀南来。

十四日　雨。午钦文托人送来璇卿逝世后照相三枚。下午家斌、友松来，仍托其往访杨律师，持泉二百。夜大风雨，屋漏不能睡。

十五日　雨。午后寄雪峰信并译稿两篇。午后得友松信并杨律师收条一纸。得淑卿信，十一日发。晚得小峰信并版税泉百，即还之。夜雪峰来并还泉卅。

十六日　昙。上午得杨铿信。得白莽信并稿。收霁野所寄《近代文艺批评断片》五本。午叶某来。午后晴。下午得钦文信，即复。小峰来。收教育部编译费三百。得杨骚信。夜友松、修甫来。

十七日　雨。上午复白莽信。寄淑卿信。午后复杨骚信。寄达夫信。寄矛尘信。下午访友松、修甫。晚得达夫信。

十八日　星期。晴。上午复达夫信。下午白莽来，付以稿费廿。得侍桁信。晚往内山书店。夜友松、修甫来。

十九日　晴。上午方仁自宁波来，赠蟹一枚。午杨骚来。

二十日　晴，热。午得季志仁信。午后寄侍桁信。下午徐诗荃赴德来别。晚得章廷骥信并稿。得达夫信。为柔石作《二月》小序一篇。

二十一日　晴。午后复王艺滨信。寄达夫信。寄霁野信。寄季志仁信。下午浴。友松、修甫来。夜雪峰来。

二十二日　晴。上午叶圣陶赠小说两本。下午石民来。衣萍、曙天来。

二十三日　晴。午后访杨律师。夜达夫来。得川岛信。友松来。

二十四日　晴，热。午后复矛尘信。晚友松来。夜雨。得杨律师信。

二十五日　星期。晴，热。午后同修甫往杨律师寓，下午即在其寓开会，商议版税事，大体俱定，列席者为李志云、小峰、郁达夫，共五人。雨。

二十六日　晴，热。上午得淑卿信，二十日发，午后复。得丛芜信。下午雨。往内山书店。钦文来。夜矛尘、小峰来，矛尘赠茗一包。钦文往南京，托以《新精神论》一本交季市。

二十七日　昙。上午收王余杞所寄赠之《惜分飞》一本。收季志仁所代买寄之《Les Artistes du Livre》五本，《Le Nouveau Spectateur》二本。下午骤雨一陈即霁。达夫来，并交厦门文艺书社信及所赠《高蹈会紫叶会联合图录》一本，先寄在现代书局，匿而不出，今乃被夏莱蒂搜得者。晚友松、修甫来。矛尘来。柔石为从扫叶山房买来《茜窗小品》一部二本，计泉二元四角。

二十八日　昙。上午得侍桁信。午后大雨。下午达夫来。石君、矛尘来。晚霁。小峰来，并送来纸版，由达夫、矛尘作证，计算收回费用五百四十八元五角。同赴南云楼晚餐，席上又有杨骚、语堂及其夫人、衣萍、曙天。席将终，林语堂语含讥刺，直斥之，彼亦争持，鄙相悉现。

二十九日　昙。上午梁耀南来。午后复侍桁信。寄幼渔信。晚明之来。夜矛尘来。柔石来，假泉廿。收本月编译费三百。

三十日　晴，大热。下午钦文来。夜矛尘来。

三十一日　昙。上午内山书店送来《世界美術全集》（三十二）一本。下午晴。理发。夜往内山书店。

九月

一日　星期。晴。下午得季市信。

二日　晴。上午修甫、友松来。得石民信并稿。得杨骚信。夜得季志仁信。

三日　晴。晨复季志仁信。复季市信。复石民信。午后昙。复杨骚信。得友松信并铅字二十粒。晚朱君、陈君来。

四日　晴。无事。

五日　晴。上午得矛尘信。同广平往福民医院诊察。下午叶永蓁来并赠《小小十年》一部。修甫、友松来。

六日　晴。上午得石民信并稿。

七日　昙。上午秋田义一来还拓片。午钦文来。得小峰信并书报等。下午得淑卿信，九［八］月三十日发。夜康农、修甫、友松来。

八日　星期。晴。上午辛岛骁来。下午钦文来，付以泉三百，为陶元庆君买冢地。得杨维铨信。夜校译《小彼得》毕。

九日　昙。上午复杨维铨信。复石民信。寄淑卿信。寄达夫信。得张天翼信并稿，午后寄还旧稿。晴。往内山书店买《世界文学全集》中之两本，每本一元二角。

十日　晴。上午内山书店送来《厨川白村集》（六）一本，全部完。午后雨一陈即霁。寄修甫信。下午达夫来。晚得小峰信并《奔流》第四期。得黎锦明信并稿。得罗西信并稿。得陈翔冰信并稿。得柳垂、陈梦庚、李少仙、范文澜信各一封，夜复讫。

十一日　晴。午后修甫来，托其以译著印花约四万枚送交杨律师。下午得达夫信，即复。下午往内山书店，遇辛岛、达夫，谈至晚，买《社会科学の豫備概念》及《読史叢録》各一部而归，共泉八元四角。得钦文信。得何君信。

十二日　晴。上午施蛰存来，不见。下午友松来。得矛尘信。

十三日　晴。上午收杨慧修所寄赠之《除夕》一本。午后收大江书店版税泉三百，雪峰交来。得侍桁信。下午得张天翼信。得诗荃信。晚得钦文信，夜复。寄协和信并泉百五十。假柔石泉廿。

十四日　晴。午后得白莽信并稿。

十五日　星期。晴，热。无事。

十六日　晴。上午得杨律师信。得侍桁信并稿。午后寄修甫、友松信。下午往内山书店买《支那歷史地理研究》及续编共二册，泉十元八角。夜修甫及友松来，并赠糖食三合。

十七日　昙。午得有麟信。中秋也，午及夜皆添肴饮酒。

十八日　小雨。晨寄白莽信。夜濯足。

十九日　昙。上午得侍桁信并稿。午后小雨。朱企霞来，不见。

晚达夫来。得叶永蓁信。

二十日　晴。下午友松、修甫来。广平从冯姑母得景明本《闺范》一部，即以见与。

二十一日　晴。上午友松送来《小小十年》五部。午杨律师来，交还诉讼费一百五十，并交北新书局版税二千二百元，即付以办理费百十元。午后寄友松信。下午白莽来，付以泉五十，作为稿费。晚康农、修甫、友松来，邀往东亚食堂晚餐。假修甫泉四百。

二十二日　星期。昙，午后晴。晚张梓生来。

二十三日　晴。上午得内山信片。午后得协和信。晚得霁野信。

二十四日　雨，下午晴。寄淑卿信，并九及十两月家用三百。内山书店送来绢品一方，辛岛骁所赠。得侍桁信。夜雨且动雷。

二十五日　昙。晨寄淑卿信，托其从家用款中取泉五十送侍桁家。午后得淑卿信，附刘升来信，二十一日发。内山书店送来《世界美术全集》（卅三）一本。下午收本月分编译费三百。达夫来别。夜发热。

二十六日　晴。上午往福民医院诊，云热出于喉，给药三种，共泉六元。下午送广平入福民医院。夜在医院。

廿七日　晴。晨八时广平生一男。午后寄谢敦南信。寄淑卿信。下午得友松、修甫信。夜为《朝华旬刊》译游记一篇。

廿八日　晴。上午往福民医院。下午寄霁野信。复友松信。秋田义一来，不见。往内山书店买文艺书五种共九木，泉十六元八角。买文竹一盆，赠广平。泽村幸夫来，未见。

廿九日　星期。晴。上午往福民医院诊，取药三种，共泉二元四角。晚康农、修甫、友松来访，夜邀之往东亚食堂晚餐。

三十日　昙。午后往福民医院，并付泉百三十六元。

十月

一日　晴。上午得杨律师信。午后秋田义一来，赠油绘静物一版，假以泉五。下午往福民医院，与广平商定名孩子曰海婴。得何春才信。

二日　昙。上午友松赠仙果牌烟卷四合。午后修甫来。往福民医院。往内山书店。晚得达夫信。夜同三弟往福民医院，又之市买一帽，直三元。

三日　晴。晨复达夫信。寄钦文信。上午得叶永蓁信。友松来，即导之往福民医院诊察。视广平。

四日　晴。下午往福民医院。

五日　晴。上午寄霁野信并开明书店收条。午后友松来。下午季市来。往福民医院看广平。夜为柔石校《二月》讫。

六日　星期。晴。上午得淑卿信，二日发。往福民医院。夜雨。

七日　昙。午后往福民医院。往内山书店买《弁证法》及《唯物的弁证》各一本，共泉一元五角。又昭和三年板《鑑赏画选》一帖八十枚，六元五角。晚得石民信。夜与三弟饮佳酿酒，金有华之所赠也。

八日　晴。午后得金溟若信。托三弟从商务印书馆寄自欧洲之书三种到来，托方仁去取，共泉十元五角。往福民医院。晚得史济行信。

九日　晴。上午寄淑卿信。泽村幸夫来，未见。午后得友松信。往福民医院。下午往内山书店。付朝华社纸泉百五十。得侍桁信并稿，济南发。夜方仁来假泉三十。托柔石送还石民译稿。

十日　晴。上午往福民医院付入院泉七十，又女工泉廿，杂工泉十。下午同三弟、蕴如往福民医院迓广平及海婴回寓。金溟若来，不见。达夫来，赠以佳酿酒一小瓶。晚夏康农来。

十一日　晴。上午内山赠孩子涎挂一个，毯子一条。下午得谢敦南信。夜得秋田信。

十二日　晴。午后秋田义一来为海婴画象，假以泉十五。夜译《艺术论》毕。

十三日　星期。晴。上午得罗西信。未名社寄来《蠢货》五本。下午寄雪峰信并《艺术论》译稿一份。夜往街闲步。

十四日　雨。午杨律师来，交北新书局第二期板税泉二千二百，即付以手续费百十。下午季市来。复罗西信并还稿二篇。晚收季志仁从法国寄来之《Le Bestiaire》一本，价八十佛郎。夜往内山书店。付雪峰校对费五十。付朝华社泉五十。

十五日　雨。午后得雪峰信并还泉五十。下午达夫来。夜仍以泉交雪峰。

十六日　晴。上午得侍桁信。得丛芜信。下午请照相师来为海婴照相。

十七日　晴。上午代广平寄张维汉、谢敦南书各一包。午后修甫来。下午复侍桁信。复丛芜信。下午往内山书店买《若きソヴェトロシヤ》一本，泉二元。夜同三弟、贤桢及煜儿往街买物。

十八日　晴。上午携海婴往福民医院检查，无病，但小感冒。下午赴街买吸入器及杂药品。晚得钦文信。

十九日　晴。上午得叶永蓁信。午后往内山书店买小书两本，共泉一元四角也。下午寄小峰信，晚得复。夜出市买茶叶两筒。

二十日　晴。星期。午后复小峰信。寄季市信。下午上街取照相，未成。魏金枝来。柔石得 Gibbings 信并木刻三枚以给我。得霁野信。

二十一日　晴。上午复霁野信。寄达夫信。午得友松信。夜同三弟往街买青森频果，在店头遇山上正义，强赠一筐，携之而归。

二十二日　晴。上午得友松信。下午取海婴照相来。托蕴如买小床、药饵、火腿等，共用泉四十五元。夜得绍原信片，即复。得田夫信，即复。

二十三日　晴。午后得季市信。以海婴照相寄谢敦南及淑卿。下午往内山书店取《世界美術全集》（十）一本，又杂书二本，共泉八元二角。

二十四日　晴。午后得淑卿信。得侍桁信并稿，即复。晚访久米治彦医士，为广平赠以绸一端。得罗西信，即复。得川岛信。

二十五日　昙。午后寄还投《奔流》稿八件。下午往内山书店。晚得季志仁信并稿。得徐诗荃信，柏林发。友松来。

二十六日　昙。午后寄母亲小说及历本、淑卿《奔流》及《朝华》、子佩《语丝》。下午朱君来。石民、衣萍、曙天、小峰、漱六来，并赠孩子用品。得王宗城信并稿。夜康农、友松来。倪文宙、张梓生来。

二十七日　星期。昙。上午得侍桁信。下午修甫、友松来，并赠毛线一包。

二十八日　晴。上午寄矛尘信。寄淑卿信。午后季市来并赠海婴衣冒。收教育部编辑费三百。友松来。寄小峰信并稿。下午往内山书店买《図案资料丛书》六本，杂书三本，共泉十七元三角。

二十九日　昙。午后达夫来。

三十日　小雨。上午得罗西信。

三十一日　小雨。上午寄霁野信并《文艺与批评》五本，还作者像片一张。午后友松来。夜律师冯步青来，为女佣王阿花事。

十一月

一日　晴。上午携海婴往福民医院诊察。午得矛尘信。夜得友松信。

二日　晴。午后友松来，假以泉五百。下午往内山书店。杨骚来。汤爱理来。夜张梓生来。食蟹。

三日　星期。晴。上午泽村幸夫赠《每日年鑑》一部。得梁耀南信。

四日　昙。午后得杨律师信。晚得小峰信并书籍、杂志。夜康农、修甫、友松来。康农赠孩子衣帽各一。雨。

五日　昙。午后友松、修甫来。下午访杨律师。许叔和来访，未见。夜雨。

六日　雨。上午携海婴往福民医院诊。午得侍桁信。晚得小峰信并《奔流》稿费二百，即复。收靖华所寄赠《契诃夫死后二十五年纪念册》一本。得黎锦明、陈君涵、陈翔冰、孙用、方善竟等信及稿。

七日　昙。上午得杨维铨信。得汤爱理信。晚修甫、友松来，邀往中华饭店晚餐，并有侃元、雪峰、柔石。真吾赠芋头及番薯一筐。

八日　晴。午后复汤爱理信。复矛尘信。下午往内山书店。夜蓬子来。

九日　昙。午后寄孙用信。下午雨。得吴曙天信。夜得王任叔信。

十日　星期。晴。上午携海婴往福民医院诊察。午后得淑卿信，一日发。下午昙。复王任叔信。复吴曙天信。复陈君涵信并寄还稿。友松来。晚雨。得白莽信。

十一日　晴。午后寄友松信。夜得小峰信并《奔流》稿费一百。

十二日　晴。午后友松来。下午往内山书店。得友松信，即复。夜蓬子来并赠《结婚集》一本。

十三日　晴。上午得汤爱理信。得汪馥泉信，即复。下午修甫、友松来，托其寄王余杞信并汇稿费十元。寄达夫信。晚杨骚、凌璧如来。夜理发。寄友松信。寄小峰信。

十四日　昙。上午携海婴往福民医院诊。得孙用信并世界语译本《勇敢的约翰》一本。下午寄淑卿信。得友松信，即复。往内山书店买《造型芸術社会学》、《表現派紋樣集》各一本，共泉五元三角。

十五日　雨。上午得丛芜信。得钦文信。得有麟信。下午陶晶孙、张凤举及达夫来。晚得达夫信。

十六日　晴。上午得淑卿信，十二日发。得章廷骥信并稿，即复。晚得小峰信并《语丝》。夜寄石民信。寄季志仁信。寄徐诗荃信。雨。

十七日　星期。昙。下午达夫来。装火炉用泉卅二。

十八日　晴。上午寄黄龙信并还稿。寄何水信并还稿。寄霁野信并附与靖华笺。寄丛芜信。携海婴往福民医院诊察。下午往内山书店买《ロシヤ社会史》一本，一元三角。得霁野信。买煤一吨，泉卅二。夜得丛芜信。友松来。

十九日　晴。上午得石民信。得矛尘信。从德国寄来《Neue Kunst in Russland》一本，价三元四角。下午昙。往制版所托制版。晚秋田义一、卫川有澈来。夜修甫、友松来。

二十日　昙。上午寄孙用信并稿费十二元。夜雨。

二十一日　晴。上午得杨骚信。晚修甫、友松来。

二十二日　晴。上午携海婴往福民医院诊。午后复杨骚信。寄小峰信。下午往内山书店买雕刻照片十枚，二元。杨律师来，并交北新书店第三次版税千九百二十八元四角一分七厘。夜编《奔流》二之五讫。

二十三日　晴。午后往制版所。下午衣萍、小峰来。杨骚来。夜蓬子来。雨。

二十四日　星期。晴。夜友松来。得范沁一信。

二十五日　晴。上午得淑卿信，二十二日发，附心梅叔信。午后得侍桁信。得孙用信。收本月份编辑费三百。下午刘肖愚来。以商务印书馆存款九百五十元赠克士。夜复侍桁信。收《萌芽》稿费泉四十。汪静之来。

二十六日　晴。上午同广平携海婴往福民医院诊察，体重计三千八百七十格伦。下午往小林制版所取铜版。得王余杞信并稿。达夫来。寄心梅叔泉五十。寄季志仁信并泉五百法郎。晚许叔和及夫人、孩子来。

二十七日　晴。上午复王余杞信，附与霁野笺。午后修甫、友松来。下午寄淑卿信并家用三百。往内山书店买书四本，共泉九元一角。又取《世界美術全集》（十一）一本，一元七角。晚雪峰来还泉十五。假柔石泉百。

二十八日　晴。午后寄范沁一信。得季志仁信。下午望道来。得小峰信。

二十九日　晴。午后同柔石往神州国光社，无物可买。往中美图书馆买《Great Russian Short Stories》一本，六元四角。夜译《洞窟》毕。

三十日　晴。上午同广平携海婴往福民医院诊察。下午寄徐诗荃以《奔流》、《语丝》及《野草》共一包。往内山书店买书三本，三元四角。得范沁一信。

十二月

一日　星期。晴。下午得钦文信。牙痛。

二日　晴。上午复钦文信。复季志仁信。以书籍及杂志寄季市、淑卿。夜雨。

三日　雨。上午得刘肖愚信。下午修甫来。夜译《恶魔》毕。

四日　晴。上午寄小峰信。得叶永蓁信。携海婴往福民医院诊察，衡其体重，计四千一百十六格兰，医师言停服药。午后周正扶等来迓往暨南学校演讲，下午归。得小峰信并《语丝》。晚往内山书店买《近代劇全集》一本，一元四角。

五日　晴。午后修甫、友松来。下午同柔石往天主堂街看法文书店。往内山书店买《康定斯基芸術論》一本，八元二角。夜友松来。

六日　晴。无事。夜雨。

七日　雨。似微发热，服阿司匹林两片。

八日　星期。雨。下午柔石赠信笺数种。出街买频果、蒲陶。

九日　雨。上午得素园信片。得侍桁信。下午出街买稿纸及杂志两本，用泉四元。夜夏康农及其兄来访。

十日　晴。午后往内山书店买《グリム童話集》（六）一本，五角。寄侍桁原稿纸三百枚。夜得小峰信，即复，并附译稿一篇。

十一日　晴。无事。

十二日　昙。午前修甫来，并交白龙淮信。午后得淑卿信，五日发。叶永蓁来。

十三日　昙。上午复白龙淮信。复淑卿信。午后得林林信并稿。夜雨。

十四日　昙。下午得徐诗荃信，十一月廿二日发。晚雨。似感冒发热。

十五日　星期。雨。下午服阿司匹林二片。下午贺昌群及其夫人、孩子来。梁耀南来，未见，留盈昂所寄赠之《古骸底埋葬》一本而去。晚得小峰信并《语丝》及《呐喊》、《彷徨》合同，即复。夜雨霰。

十六日　雨。午后托三弟汇寄金鸡公司泉三十元四角并发信片，定书二种。

十七日　晴，冷，下午昙。往内山书店买书五本，共泉二十二元。晚小峰遣人持信来，即付以《呐喊》书面铸板一块，《彷徨》纸板一包，二书版税证各五千。

十八日　雨。上午内山书店送来书两本，计泉十三元五角。

十九日　雨。无事。

二十日　晴。上午收霁野所寄《四十一》序一篇。得扬州中学信，午后复。下午往内山书店买文艺书三本，共泉十元五角。夜似发热。

二十一日　雨雪。上午得陈元达信并稿。

二十二日　星期。晴。上午党修甫来，并赠《茶花女》两本。午后刘肖愚来。晚雪峰为买来《ロシヤ社会史》（2）一本，价一元。夜作杂文一篇。

二十三日　晴。下午杨律师来并交北新书局第四期版税千九百二十八元四角一分七厘，至此旧欠俱讫。夜假柔石泉百。

二十四日　晴。下午收杨慧修所寄《华北日报附刊》两本。林庚白来，不见。

二十五日　晴。上午得史沫特列女士信，午后复。寄修甫信。下午寄淑卿信并明年正、二月份家用泉三百。得侍桁信。夜秋田义一偕一人来，未问其名姓。夜雨。

二十六日　雨。上午复侍桁信。寄中华书局信，索《二十四史》样本。下午寄神户版画之家信。往内山书店买书三本，共泉十六元二角。晚林庚白来信谩骂。真吾来并赠冬笋。雪峰来并交《萌芽》稿费二十七元。

二十七日　小雨。午后得杨维铨信。下午史沫特列女士、蔡咏裳女士及董绍明君来。董字秋士，静海人，史女士为《弗兰孚德报》通信员，索去照相四枚。

二十八日　昙。午后修甫来。夜小雨。

二十九日　星期。昙。上午内山书店送来《世界美术全集》（二七）一本，价二元也。午后同真吾、柔石及三弟往商务印书馆豫定《清代学者象传〔传〕》一部四本，十八元。并取所定购《Bild und Gemeinschaft》一本，七角。往北新书局为谢敦南购寄《语丝》第一至第〔第〕四卷全部，又《坟》及《朝花夕拾》各一本。夜马思聪、陈仙泉来，不见。寄徐诗荃信。寄陈元达信并还译稿一篇。

三十日　昙。上午得杨骚信。午后往内山书店买《王道天下之研究》一本，十一元。又《改造文库》二本，六角。夜真吾为买原文《恶之华》一本来，一元二角。

三十一日　昙。上午寄还岭梅诗稿。收编辑费三百，本月分。下午往内山书店买《美術叢書》三本，《日本木彫史》一本，杂书两本，共泉二十三元。夜濯足。

书帐

グレコ一本　二・〇〇　一月五日

生レ出ル悩ミ一本　一・一〇　一月六日

或ル女二本　二・二〇

詩と詩論第一冊一本　一・六〇　一月七日

グウルモン詩抄一本　三・〇〇

R・S主義批判一本　一・一〇

ソヴェト学生日記一本　一・一〇

右側の月一本　一・八〇

ドン・キホーテ二本　四・〇〇　一月九日

Einführung in die Kunstgeschichte 一本　七・〇〇　一月十七日

Scandinavian Art 一本　一三・〇〇

アルス美術叢書三本　六・〇〇　一月十八日

小さき者へ一本　〇・八〇　一月二十日

長崎の美術史一本　一〇・〇〇　一月二十一日

南欧の空一本　二・五〇

独逸文学二本　五・〇〇

The Best French Short Stories 二本　一〇・七〇　一月二十四日

三余札記二本　〇・六〇

G.Craig's Woodcuts 一本　六・一〇　一月三十日

世界美術全集（20）一本　一・六〇

森三千代詩集一本　作者赠　一月三十一日　　　八三・六〇〇

草花模様二本　八・八〇　二月八日

Künster-Monographien 三本　十二・〇〇　二月十三日

銀砂の汀一本　一・三〇

独逸文学三辑一本　二・四〇　二月十四日

GUSTAVE DORÉ一本　一二・〇〇　二月十五日

日本童話選集（3）一本　四・一〇　二月十七日

ラムラム王一本　一・七〇

景正德本娇红记一本　盐谷节山寄赠　二月二十一日

殉難革命家列伝一本　一・一〇　二月二十八日

史的一元論一本　二・二〇

改造文庫三本　〇・四〇　　　四六・〇〇〇

雛一帖二十七枚　还讫　三月二日

唐宋大家像伝二本　一・〇〇

水滸伝画譜二本　一・二〇

名数画譜四本　五・〇〇

海僊画譜三本　三・三〇

世界美術全集（21）一本　一・七〇

Outline of Literature 三本　二〇・〇〇　三月七日

J.Austen 插画 Don　Juan 一本　一五・〇〇

ソヴェトロシア詩一本　〇・七〇　三月八日

Das Holzschnittbuch 一本　三・二〇

詩と詩論（3）一本　一・六〇　三月十六日

欧西［西欧］図案集一本　五・五〇

Photograms of 1928 一本　三・四〇　三月十九日

輪廓図案一千集一本　四・三〇

唯物史観研究一本　三・三〇

国史補三本　二・八〇　三月二十二日

皇明世説新語八本　二・八〇

改造文庫一本　〇・五〇　三月二十八日

文芸と法律一本　三・一〇

コクトオ詩抄一本　三・一〇

美術概論一本　二・八〇

世界美術全集（22）一本　一・六〇　三月三十日

常山貞石志十本　八・〇〇　三月三十一日　　九四・〇〇〇

詩と詩論（二輯）一本　一・六〇　四月四日

書斎の消息一本　〇・八〇

近代劇全集（27）一本　一・四〇　〖四月五日〗

図画酔芙蓉三本　五・二〇　［四月五日］

佛説百喩経二本　一・二〇

表現主義の彫刻一本　一・二〇　四月七日

現代欧洲の芸術一本　一・一〇　四月十三日

厨川白村集（3）一本　六・四〇　豫付全部

粕谷独逸語学叢書二本　三・六〇　四月十五日

郁文堂独和対訳叢書三本　三・四〇

ソヴェト政治組織一本　七［〇］・九〇　四月十八日

欧米ボスター図案集一帖　一・二〇

Petits Poèmes en Prose 一本　二六・〇〇　四月二十三日

厨川白村集（5）一本　先付

124

フオードかマルクスか 一・〇〇 四月二十六日

イヴァン・メストロヴィチ一本 三・六〇

Animals in Black and White 四本 五・六〇 四月二十九日

六四・二〇〇

史的唯物論及例証二本 一・四〇 五月二日

壊滅一本 〇・八〇

世界美術全集（9）一本 一・七〇 五月四日

Short Stories of 1928 一本 六・〇〇 五月七日

PETER PAN 一本 五・六〇

応用図案五百集一本 三・八〇 五月八日

工芸美論一本 一・七〇

新興文芸全集（23）一本 一・一〇 五月十日

厨川白村全集（2）一本 五月十七日 豫付

A History of Wood-Engraving 一本 五月二十日 二四・〇〇

六朝墓铭拓本七种八枚 七・〇〇 五月二十一日

插画本項羽と劉邦一本 四・六〇 五月二十七日五六・七〇〇

Quelques Bois 一帖十二枚 六・〇〇 六月五日

Hermann Paul 传一本 四・〇〇

Vigny 诗集一本 二五・〇〇

Valéry 致友人书一本 三〇・〇〇

Les Idylles de Gessner 七・五〇

Le Jaloux Garizalès 一本 一二・〇〇

世界美術全集（25）一本 一・七〇 六月七日

現代の美術一本 三・八〇

フランドルの四大画家論一本 三・四〇

125

古希臘風俗鑑一本　二・一〇

プレハノフ論一本　一・五〇

DESERT 一本　一・五〇

鑑賞画選一帖八十枚　五・八〇　六月十一日

露西亜現代文豪傑作集二本　二・四〇　六月十二日

世界性慾学辞典一本　三・二〇　六月十六日

全訳グリム童話集四本　一・九〇

オルフエ一本　二・二〇

グンクゥールの歌麿一本　五・七〇　六月十九日

Animals in Black and White 二本　三・三〇　六月二十三日

全相平话三国志三本

三国志通俗演义二十四本　　　一〇・八〇

プレハーノフ選集二本　三・五〇　六月二十四日

西比利亜から満蒙へ一本　四・〇〇

厨川白村全集（1）一本　先付　六月二十六日

世界美術全集（26）一本　一・七〇

自由と必然一本　〇・九〇

赤い子供一本　〇・六〇

ソ・ロ・漫画、ポスター集一本　四・七〇

東西文芸評伝一本　三・六〇

詩と詩論（4）一本　二・〇〇

動物学実習法一本　一・〇〇

チエホフとトルストイの回想一本　〇・九〇　六月三十日

　　　　　　　　　　　　　　　　　　一五八・四〇〇

Pravdivoe Zhizneopisanie 一本　靖华寄来　七月三日

Pisateli 一本　同上

創作版画第五至第十輯五［六］帖　六・〇〇　七月五日

唯物史観一本　〇・九〇　七月六日

グリム童話集（5）一本　〇・五〇

ハウフの童話一本　一・五〇

漁夫とその魂一本　〇・七〇

革命芸術大系一本　七月九日　　一・一〇

曼殊遺墨第一冊一本　小峰贈　七月十日

老子原始一本　三・三〇　七月十九日

裂地と版画一帖六十四枚　五・〇〇

観光紀遊三本　李秉中寄贈　七月二十二日

マルクス主義批評論一本　一・八〇　七月二十五日

プロレタリア芸術教程（Ⅰ）一本　一・二〇

新らしい言葉の字引一本　二・四〇

伊太利ルネサンスの美術一本　三・六〇　七月二十六日

文芸復興一本　二・六〇

袋路一本　一・八〇

世界美術全集（3）一本　一・八〇　七月二十七日

郭仲理画樟拓本影片十二枚　兼士寄贈　七月二十八日

厨川白村全集（4）一本　先付　七月三十日　　三四・二〇〇

版画第十一十二輯二帖二十枚　一・八〇　八月三日

外套一本　素園寄贈

小百梅集一本　一・九〇　八月六日

言語その本質、発達及起原一本　九・六〇　八月八日

Les Artistes du Livre 五本　三七・〇〇　八月二十七日

Le Nouveau Spectateur 二本　季志仁寄贈

高蹈紫葉二会聯合図録一本　世界文艺社寄贈

茜窗小品二本　二・四〇

世界美術全集（32）一本　一・七〇　八月三十一日五四・四〇〇

近代短篇小説集一本　一・二〇　九月九日

新興文学集一本　一・二〇

厨川白村集（六）一本　預付　九月十日

社会科学の豫備概念一本　二・四〇　九月十一日

読史叢録一本　六・〇〇

支那歴史地理研究一本　四・四〇　九月十六日

支那歴史地理研究続編一本　六・四〇

景印明刻闰范四本　广平贈　九月二十日

世界美術全集（三十三）一本　一・八〇　九月二十五日

図案資料叢書五本　六・五〇　九月二十八日

史的唯物論ヨリ見タル文学一本　一・七〇

露西亜革命の豫言者一本　三・五〇

文学と経済学一本　二・六〇

詩人のナプキン一本　二・五〇　　　　　　　　四〇・二〇〇

弁証法等二本　一・五〇　十月七日

鑑賞画選八十枚一帖　六・五〇

Flower and Still-life Painting 一本　四・九〇　十月八日

My Method by the leading European Artists 一本　四・九〇

Bliss: Wood Cuts 一本　〇・七〇

Le Bestiaire 一本　八・〇〇　十月十四日

若きソヴェト・ロシヤ一本　二・〇〇　十月十七日

レーニンの幼少時代一本　〇・七〇　十月十九日

チェホフ書簡集一本　〇・七〇

R.Gibbings 木刻三枚　柔石交来　十月二十日

世界美術全集（10）一本　一・八〇　十月二十三日

エピキュルの園一本　二・八〇

文化社会学概論一本　三・六〇

図案資料叢書六本　八・四〇　十月二十八日

世界観としてのマルキシズム一本　〇・五〇

コムミサール一本　二・二〇

支那の建築一本　六・二〇　　　　　　　　　　五四・四〇〇

契诃夫死后廿五年纪念册一本　靖华寄赠　十一月六日

造型芸術社会学一本　一・三〇　十一月十四日

表現紋様集一帖百枚　四・〇〇

ロシヤ社会史（1）一本　一・三〇　十一月十八日

Neue Kunst in Russland 一本　二［三］・四〇　十一月十九日

雕刻照象信片十枚　二・〇〇　十一月二十二日

史的唯物論一本　一・四〇　十一月二十七日

芸術と無産階級一本　一・六〇

最新独和辞典一本　四・五〇

かくし言葉の字引一本　一・六〇

世界美術全集（11）一本　一・七〇

Great Russian Short Stories 一本　六・四〇　十一月二十九日

マルクス主義批判者の批判一本　二・〇〇　十一月卅日

文芸批评史一本　〇・七〇

現代美術論集一本　〇・七〇　　　　　　　　　四一・三〇〇

近代劇全集（30）一本　一・四〇　十二月四日

カンヂンスキイ芸術論一本　八・二〇　十二月五日

グリム童話集（六）一本　〇・五〇　十二月十日

Plato's Phaedo 一本　二五・四〇　十二月十六日

The Seventh Man 一本　五・〇〇

支那古代経済思想及制度一本　九・六〇　十二月十七日

詩の起原一本　六・六〇

近代唯物論史一本　二・〇〇

文学理論の諸問題一本　二・四〇

ブロレタリア芸術教程（2）一本　一・四〇

画譜一千夜物語（上）一本　一一・〇〇　十二月十八日

蠹魚之自伝一本　二・五〇

滞欧印象記一本　三・〇〇　十二月二十日

ゲオルゲ・グロッス（上）一本　三・八〇

芸術学研究（1）一本　二・七〇

ロシヤ社会史（2）一本　一・〇〇　十二月二十二日

考古学研究一本　九・〇〇　十二月二十六日

ボオドレール研究一本　三・五〇

機械と芸術との交流一本　三・七〇

世界美術全集（27）一本　二・〇〇　十二月二十九日

清代学者象传四本　（豫約）　一八・〇〇

Bild und Gemeinschaft 一本　〇・七〇

王道天下之研究一本　一一・〇〇　十二月三十日

改造文庫二本　〇・六〇

Les Fleurs du Mal 一本　一・二〇

労農ロシア戯劇集一本　一・五〇　十二月卅一日

大旋風一本　一・五〇

美術叢書三本　一二・〇〇

日本木彫史一本　八・〇〇　　　　　　　　　一五九・二〇〇

総计八八六・四〇〇，

平匀每月用泉七三・八六六……

日记十九（1930年）

一月

一日　雨。无事。

二日　昙。午后修甫来。下午望道来。雨。

三日　昙。无事。

四日　晴。海婴生一百日，午后同广平挈之往阳春馆照相。下午往内山书店买文艺书类三本，共泉八元二角。晚微雪。达夫招饮于五马路川味饭店，同座为内山完造、今关天彭及其女孩。

五日　星期。晴。下午映霞、达夫来。

六日　昙。上午往福民医院，邀杨女士为海婴洗浴。往内山书店杂志部买《新兴芸術》四本，四元。得叶锄非信。下午往小林制版所托制版。往内山书店还围巾。得徐诗荃信。晚章衣萍来，不见。夜友松、修甫来。大冷。

七日　昙。午后复叶锄非信。复徐诗荃信。得淑卿信，十二月廿九日发，附万朝报社信。下午收德文杂志三本，诗荃所寄。

八日　晴。下午友松来。魏福绵来。

九日　晴。午有杨姓者来，不见。下午寄徐诗荃信并汇四十马克买书。得神户版画の家来信。与广平以绒衫及围领各一事送赠达夫、映霞，贺其得子。晚修甫及友松来，托其以原文《恶之华》一本赠石民。夜代女工王阿花付赎身钱百五十元，由魏福绵经手。

十日　晴。上午得季市信。午友松、修甫来。下午赴街取图版不得，于涂中失一手套。买煤半吨，十七元。夜雨雪。

十一日　晴。下午昙。寄季市书四本。

十二日　星期。晴。午后往街取图版。取照相。寄诗荃信。夜之超来。

十三日　雨。上午收诗荃所寄《柏林晨报》两卷。下午出街为瑾儿及海婴买药。晚杨先生来为海婴沐浴，衡之重五千二百格兰。夜雪。

十四日　晴。下午得侍桁信。沁一、友松来。

十五日　雨夹雪。上午寄诗荃信。得淑卿信，五日发。下午达夫来。石民来。收大江书店版税九十九元陆角五分。

十六日　昙。晨被窃去皮袍一件。午后上街取照片。

十七日　晴。下午寄淑卿信并照片三枚，内二枚呈母亲。往内山书店买《詩と詩論》（五及六）二本，《世界美術全集》（十二）一本，共泉八元。

十八日　晴。上午得有麟信。夜友松来。

十九日　星期。微雪。上午得霁野信。

二十日　晴。上午复霁野信。寄季市信。寄淑卿信，托由家用中借给霁野泉百。

二十一日　小雨。上午得季志仁信。得徐诗荃信。下午得史沫特列信。

二十二日　昙。午后复史沫特列信。小峰送来风鸡一只，鱼圆一碗。夜方仁来，还陆续所借泉百五十，即以百廿元赔朝花社亏空，社事告终。

二十三日　昙。下午陶晶孙来。晚小雨。

二十四日　晴。上午收诗荃所寄《柏林晨报》一卷。下午作杂评一篇讫，一万一千字，投《萌芽》。晚得侍桁信。夜友松来。

二十五日　昙。上午托柔石往中国银行取水沫书店所付《艺术与批评》版税百六十九元二角。买《Russia Today and Yesterday》一本，十二元。付《二月》及《小彼得》纸泉百五十八元。下午史沫特列、蔡咏霓、董时雍来。雨。往内山书店买文学及哲学书共六本，计泉十元四角。

二十六日　星期。昙。午后修甫、友松来。达夫来并赠《达夫代表作》一本。

二十七日　晴。下午友松来，还《二月》及《小彼得》纸泉五十。午后理发。寄神户版画之家泉八元四角并发信购版画五帖。晚往内山书店。夜收《萌芽》第三期稿费泉五十。收本月编辑费三百。

二十八日　晴。下午同三弟往街买铝制什器八件，共泉七元，拟赠友松也。

二十九日　晴。晨托扫街人寄友松信并什器八件，贺其结婚，又以孩子衣帽各一事属转赠夏康农，贺其生子，午后得复。下午侍桁来。

三十日　庚午元旦。晴。午后得羡苏信，二十五日发。下午侍桁来。夏康农、党修甫、张友松来。

三十一日　晴。上午同广平携海婴往福民医院种牛痘。午望道来并赠《社会意识学大纲》（二版）一本。下午杜海生、钱奕丞、金友华来。衣萍、曙天来。

134

二月

一日　晴。下午石民、侍桁来，假侍桁泉廿。复淑卿信。大江书店招餐于新雅茶店，晚与雪峰同往，同席为傅东华、施复亮、汪馥泉、沈端先、冯三昧、陈望道、郭昭熙等。

二日　星期。晴。上午得风举信片，一月五日巴黎发。

三日　昙。上午得霁野信。得淑卿信，一月卅日发。晚小雨。夜石民及侍桁来。译《艺术与哲学，伦理》半篇讫，投《艺术讲座》。

四日　雨。上午王佐才来，有达夫介绍信。下午寄友松信。往内山书店买书四种，共泉六元六角。得季志仁信并译稿一篇及所赠之《Le Miroir du Livre d'Art》一本，一月五日巴黎发。成君赠酒一坛。

五日　昙。午后侍桁来，托其寄石民信并季志仁稿。得友松复信并还稿二篇。从商务印书馆寄到英文书二本，共泉十二元六角。下午得金溟若信，即复。得小峰信并书籍杂志等。

六日　晴。上午同广平携海婴往福民医院诊视牛痘，计出三粒，极佳。下午修甫、友松来。晚出街买倍溶器二个，一元五角。

七日　昙。下午陶晶孙来。侍桁来。小雨。晚石民来并交季志仁稿费十。

八日　昙。午后寄陈望道信并《文艺研究》例言草稿八条。下午寄马珏及淑卿《美术史潮论》各一本。往内山书店，托其店员寄陶晶孙信并答文艺之大众化问题小文一纸。下午友松来。晚王佐才来。

九日　星期。晴。无事。夜濯足。

十日　晴。午后收沈钟社所寄赠之《北游》及《逸如》各一本。下午董绍明来并赠《世界月刊》五本，且持来 Agnes Smedley 所赠《Eine Frau allein》一本，所摄照相四枚。晚王佐才来。邀侍桁、雪峰、柔石往中有天夜饭。

十一日 晴。上午得孙用信。午后托柔石往邮局以海婴照片一枚寄孙斐君，以《萌芽》及《语丝》一包寄季市。收版画之家所寄《版画》第三、四、㈢、㈣辑各一帖，又特辑一帖，共泉八元四角。

十二日 晴。上午同广平携海婴往福民医院诊察。下午得董绍[明]信并赠所译《士敏土》一本。寄季市信。寄版画之家山口久吉信并信笺一包。以《萌芽》及《语丝》寄诗荃。晚得诗荃信。

十三日 晴。午后钦文来。下午侍桁来。晚邀柔石往快活林吃面，又赴法教堂。

十四日 晴。午后复孙用信。复董绍明信。寄淑卿信。下午真吾来别，赴合浦。钦文来。

十五日 晴。上午得霁野信。午后往内山书店买《昆虫记》（分册十）一本，六角。收诗荃所寄《Der Nackte Mensch in der Kunst》一本，八马克。晚从中有天呼酒肴一席请成先生，同坐共十人。

十六日 星期。晴。上午得季市信。午后同柔石、雪峰出街饮加菲。

十七日 晴。上午得淑卿信，十四日发。下午收《柏林晨报》三卷，诗荃所寄。收东方杂志社稿费卅。夜邀侍桁、柔石及三弟往奥迪安戏园观电影。

十八日 晴。午杨律师来并交北新书局版税泉二千。下午高峻峰来。中华艺术大学学生来邀讲演。秦涤清来，不见。

十九日 昺。上午得钦文信。北新书局转来柳无忌及朱企霞信各一。

二十日 晴。午后复朱企霞信。寄季志仁信。托柔石交小峰信并稿件等。下午往内山书店买《映画芸術史》一本，二元。得有麟信。

晚达夫来，赠以越酒二瓶。夜得钦文信。

二十一日　晴。午后寄诗荃信并汇泉一百马克。往艺术大学讲演半小时。

二十二日　昙。上午得矛尘信，下午复。

二十三日　星期。雨，上午晴。夜蓬子来。黄幼〔雄〕母故，赙二元。雨。

二十四日　昙。午后乃超来。波多野种一来，不见。敬隐渔来，不见。晚得乐天文艺研究社信。得白莽信并稿。夜雨。

二十五日　晴。午后寄白莽信。同柔石往北新书局为广平买书寄常应麟。买纸。夜出街买点心。雨。夜半大雷雨。

二十六日　昙。上午寄钦文信并纸样。午后收诗荃所寄德文书七本，约价二十九元五角，又杂志两本。夜编《艺苑朝华》第五辑稿毕。

二十七日　昙。上午得丛芜信。午后寄诗荃信。补寄金鸡公司邮费三元四角。下午往内山书店买《世界美术全集》一本，《祭祀及礼と法律》一本，共泉五元八角。得翟永坤信。夜雨。

二十八日　晴。上午同广平携海婴往福民医院诊察。收编辑费三百。收诗荃所寄《柏林晨报》一卷。午后同蕴如及广平往齿科医院诊治，付以泉十。夜雷雨。

三月

一日　晴。上午得马珏信。得淑卿信，二月廿五日发。

二日　星期。晴。上午携海婴往福民医院诊。收淑卿所寄家用帐簿一本。内山书店送来《千夜一夜》（２）一本，二元五角。午后修甫、友松来。往艺术大学参加左翼作家连盟成立会。夜蓬子来。雨。

三日　昙。上午得钦文信。同王蕴如及广平往牙科医院诊察。午后往内山书店杂志部买《新兴芸术》五、六合本一本，一元一角。下午达夫来。雨。

四日　昙。上午携海婴往福民医院诊察。下午侍桁赠青岛牛舌干两枚。雨。

五日　雨。午后往齿科医院作翻译。往内山书店买书三种，共泉六元四角。

六日　昙。晚往万云楼，系光华书局邀饭，同席十二人。得紫佩信。

七日　昙。上午得矛尘信。下午雨。复紫佩信。复丛芜信。收《艺术讲座》稿费廿。得诗荃信。

八日　晴。上午得杨律师信。收季志仁所寄《Sylvain Sauvage》一本，五十五法郎。午后往齿科医院作翻译。以杂志寄紫佩、季市。往内山书店。夜收诗荃所寄德文书四本，共二十二马克。

九日　星期。晴。上午携海婴往福民医院诊察。午前任子卿来。午后往中华艺术大学演讲一小时。

十日　〔星期。〕晴。上午携海婴往福民医院诊察。得季志仁信并《Notre Ami Louis Jou》一本，价四百法郎。夜石民来。

十一日　雨。上午复季志仁信。复诗荃信。寄李春圃信。下午往齿科医院作翻译。往内山书店买书两本，共泉四元六角。夜得任子卿信。

十二日　昙。上午得俞芳信，代母亲写。得李霁野信，午后复。夜雨。

十三日　晴。上午得廖立峨信。午后侍桁同赵广湘君来。下午往大夏大学乐天文艺社演讲。夜得徐声涛信并稿。

十四日　晴。上午得徐白信。得朱企霞信。收诗荃所寄《Die Kunst und die Gesellschaft》一本，价四十马克。午后寄母亲信。泰东书局招饮于万云楼，晚与柔石、雪峰、侍桁同往，同席十一人。

十五日　晴。午后以《萌芽》三本寄矛尘。往内山书店买《柳瀬正夢画集》一本，二元四角。下午康农、修甫、友松来。晚望道来。因有绍酒越鸡，遂邀广湘、侍桁、雪峰、柔石夜饭。夜建行来。得叶永蓁信。

十六日　星期。晴。午前季市来。午后叶永蓁、段雪笙来。高峻峰来。

十七日　晴。上午得刘衲信。午后议泰东书局托办杂志事，定名曰《世界文化》。下午往内山书店，买《詩学概論》一本、《生物学講座》第一辑六本一函，共泉六元四角。收诗荃所寄《柏林晨报》一卷。

十八日　晴。夜得李洛信。得淑卿信，四日大名发。

十九日　晴。午后落一牙。往中国公学分院讲演。离寓。收《萌芽》稿费册。

二十日　晴。上午得许楚生信并中学募捐启，午后复之。魏金枝自杭来，夜同往兴亚夜餐，同坐又有柔石、雪峰及其夫人，归途有形似学生者三人，追踪甚久。夜浴。

二十一日　晴。下午侍桁来。晚三弟来。夜广平来。

二十二日　晴。午复刘一僧信。复矛尘信。晚广平来。三弟来。

二十三日　星期。晴。午前广平来。杨律师交来北新书局版税千。午后柔石及三弟来，同往近处看屋，不得。下午广平来，未见。

晚柔石来，同往老靶子路看屋，不佳。夜侍桁来。雪峰来。

二十四日　晴。午前王蕴如及广平携海婴来，同往东亚食堂午餐。午后同王蕴如往上海齿科医院作翻译。下牙肿痛，因请高桥医生将所余之牙全行拔去，计共五枚，豫付泉五十。晚三弟来。得丛芜信。夜柔石、雪峰来。

二十五日　晴。午广平来。得母亲信，十八日发。午后赴齿科医院。邵明之来，未遇。晚三弟来。柔石、侍桁来。夜浴。

二十六日　晴。午广平来。得霁野信。收本月编辑费三百。下午往齿科医院疗治。在内山书店买小说两本、《生物学講座》第二期一函，共泉六元五角。晚三弟来。收诗荃所寄《柏林晨报》一卷，《左曲》二本。夜柔石、侍桁、雪峰来。雨。

二十七日　雨。海婴满六阅月，午广平携之来，同往福井写真馆照相，照讫至东亚食堂午餐。下午得矛尘信。得史沫特列信并稿。往上海齿科医院治疗。往儿岛洋行问空屋，不得。

二十八日　晴。上午广平来。得母亲信，二十一日发，即复。答矛尘信。午后侍桁、柔石来，假柔石泉卅。下午同柔石赴北四川路一带看屋，不得。复史沫特列女士信。晚三弟及广平来。柔石、雪峰来。

二十九日　雨。上午林惠元、白薇来，未见。午后往齿科医院，除去齿槽骨少许。柔石及三弟来，同往蓬路看屋，不得。下午收《世界美術全集》（5）一本，二元四角。晚广平来。浴。

三十日　星期。昙。上午往齿科医院治疗。白薇及林惠元来。午后侍桁、雪峰、柔石来。广平来。得李春朴信。晚三弟及王蕴如携烨儿来。

三十一日　昙。上午广平携海婴来。午后往医院治齿。下午同柔

石往海宁路看屋。在内山书店买《フィリップ全集》（3）一本，杂书二本，共泉三元七角。

四月

一日　晴。上午广平来。晚同柔石、侍桁往东亚食堂晚餐。夜回寓。得紫佩信。得石民信。

二日　晴。午后复石民信。复朱企霞信。寄诗荃信。晚望道来。

三日　昙。上午托三弟从商务印书馆买来《新郑古器图录》一部二本，泉五元六角。午后雨。下午高峻峰来。晚得黎锦明信。得乐芬信，即复。

四日　昙。下午映霞来。晚寄陈望道信。石民来。

五日　晴。上午得段雪生信。下午寄紫佩信，附三、四月家用二百元，托转交。夜圣陶、沈余及其夫人来。

六日　星期。晴。晚侍桁邀往东亚食堂晚膳，同席为雪峰及其夫人、柔石、广平。夜寄宿邬山生寓，为斋藤、福家、安藤作字。

七日　微雨。上午广平来。午后往齿科医院治疗。理发。在内山书店买书三本，共泉六元。下午得汤振扬信。得盐谷温诸君纪念信片。晚三弟来。

八日　雨。上午广平来。午后寄黎［锦］明信并还小说稿。下午看定住居，顶费五百，先付以二百。夜柔石、侍桁来。广平来。雪峰来。

九日　昙，风。午前广平来。得汤振扬信。午后季市来。三弟来。雪峰、蓬子来。寄淑卿信。寄小峰［信］。夜三弟来。侍桁、柔石来。雨。

十日　昙，风。午前广平携海婴来。下夜大雷雨彻夜。浴。

十一日　昙。午前广平来。得母亲信，三日发。下午雪峰来并交为神州国光社编译《现代文艺丛书》合同一纸。柔石来。晚得小峰信，并志仁、林林稿费共卅二元。以海婴照片一枚寄母亲。三弟来，少顷广平来，遂同往东亚食堂晚膳，又少顷蕴如导明之来，即邀之同饭。夜侍桁来。

十二日　晴。上午广平来。得母亲信，六日发，附李秉中函，晚复。三弟来。收诗荃所寄《柏林晨报》两卷。夜柔石来。雪峰来。得方善竟信并《新声》四张，另有《希望》数张，属转寄孙用，即为代发。

十三日　星期。雨。上午广平来。午后复李秉中信。复方善竟信。

十四日　小雨。上午广平来。得紫佩信。寄曹靖华信。午后往齿科医院治疗。寄季志仁稿费二十六元并发信。晚三弟来。

十五日　昙。午后广平来。夜侍桁来。雪峰来。

十六日　晴。上午广平携海婴来。午后得冰莹信。下午得小峰信并《美术史潮论》版税三百十五元。侍桁来，同往市啜咖啡，又往内山书店杂志部阅杂志。夜柔石、三弟来。得诗荃信，三月二十七日发。

十七日　晴。上午以《萌芽》分寄诗荃、矛尘、季市。下午达夫、映霞来。晚与三弟及广平往东亚食堂饭。复小峰信。夜浴。小雨。

十八日　晴。上午广平来。得张友松信。午后复冰莹信。柔石来。付新屋顶费三百。晚雪峰来。内山君邀往新半斋夜饭，同席十人。

十九日　昙。上午广平来。下午雨。李小峰之妹希同与赵景深结婚，因往贺，留晚饭，同席七人。夜回寓。

二十日　星期。晴。上午得杨律师信。

二十一日　晴。午后往齿科医院试模，付泉五十。往内山书店。得任子卿信。寄达夫信。寄诗荃信。下午得小峰信，即复，并交纸版三种。

二十二日　雨。上午寄小峰信。收《萌芽》稿费十五元。

二十三日　晴。上午同王蕴如及广平、海婴往齿科医院。携海婴往理发店剪发。下午收《鼓掌绝尘》一本，李秉中寄赠。得紫佩信。

二十四日　昙。上午得小峰信并书五本，即转赠侍桁、柔石、雪峰、蓬子、广平。午后得苏流痕信，即复。下午晴。往上海齿科医院试模。往内山书店买书三种，共泉十一元。晚复友松信。寄望道信并稿。

二十五日　昙。上午得叶锄非信。夜阅《文艺研究》第一期原稿讫。

二十六日　晴。午后寄望道信并稿。往上海齿科医院补齿讫。往内山书店取《世界美术全集》（13）一本，一元八角。杨律师来并交北新书局所付版税千五百。下午中美图书公司送来《Ten Polish Folk Tales》壹册，付直三元。晚望道来。得胡弦信并稿，即转雪峰。

二十七日　星期。昙。上午得水沫书店信。得石民信并诗。由商务印书馆从德国购来《Die Schaffenden》第二至第四年全份各四帖，每帖十枚，又第五年份二帖共二十枚，下午托三弟往取，计值四百三十二元二角。每枚皆有作者署名，间有著色。夜雨。失眠。

二十八日　昙。上午携海婴往福民医院诊。得母亲信，二十日发。得李秉中信。午后中美图书公司送来 Gropper：《56 Drawings of Soviet Russia》一本，价六元。下午往齿科医院。往内山书店。

二十九日　昙。上午得上海邮务管理局信，言寄矛尘之《萌芽》第三本，业被驻杭州局检查员扣留。下午收四月分编辑费三百。得诗荃信并照相两枚，十日发。寄紫佩信并五月至七月份家用共三百，托其转交。夜小雨。

三十日　昙。上午同广平携海婴往福民医院诊。午后同三弟往齿科医院。往内山书店。三弟赠野山茶三包。收诗荃所寄在德国搜得之木刻画十一幅，其直百六十三马克，约合中币百二十元。又书籍九种九本，约直六十八元。

五月

一日　昙。上午得紫佩信，上月二十四日发。携海婴往福民医院诊，广平同去。下午季市来。晚雨。

二日　晴。上午同广平携海婴往福民医院诊。午后得母亲信，四月廿六日发。下午同广平去看屋。往内山书店买《昆虫记》（五）一本，二元五角。往齿科医院。晚得学昭所寄赠《Buch der Lieder》一本。得季志仁所购寄《Les Artistes du Livre》（10 et 11）两本，直十三元也。夜侍桁交来代买之《The 19》一本，直七元。

三日　昙。上午得内山柬，即复。午小雨。午后寄母亲信。复李秉中信。下午往齿科医院。往内山书店。晚收诗荃所寄书籍一包五本，计直十三元六角。夜托望道转交复胡弦信。收《文艺研究》第一期译文豫支版税三十。

四日　星期。晴。夜金枝来。

五日　晴。午后得霁野信。下午往齿科医院。往内山书店。

六日　晴。午后得季志仁信。高峻峰来。下午史沫特列、乐芬、绍明来。

七日　晴。上午复季志仁信。午后往齿科医院。往内山书店买书二册，共泉十四元四角。晚同雪峰往爵禄饭店，回至北冰洋吃冰其林。

八日　昙。上午同广平携海婴往福民医院诊。午后得诗荃信并《文学世界》三份，四月十八日发。雨。夜失眠。作《艺术论》序言讫。

九日　昙，上午晴，暖。午后寄高峻峰信。下午往内山书店。收大江书店四月分结算版税一百四十五元八角三分七厘。

十日　晴。上午寄诗荃信并书款三百马克。午后得有麟信并枣一包。下午将书籍迁至新寓。晚往内山书店。夜风。

十一日　星期。晴。上午复有麟信。午后石民来。段雪笙、林骥材、苟克嘉来。下午往内山书店取《生物学講座》第三辑一部六本，三元四角。

十二日　昙。午后移什器。得未名社所寄《未名》月刊终刊号两本，《拜轮时代之英文学》译本一本。晚雨。夜同广平携海婴迁入北四川路楼寓。

十三日　晴。上午同广平携海婴往福民医院诊。买厨用什器。午后雪峰来。下午得谢冰莹信并稿。收冰莹所寄周君小说稿。收诗荃所寄德译小说两本。汇付季志仁书款一千法郎，合中币百二十一元。

十四日　晴。晚三弟来。夜往内山书店买书两本，共泉四元二角。

十五日　晴。下午柔石、侍桁来。

十六日　晴。上午得靖华信并原文《被解放的堂克诃德》一本，四月十二日发，下午复讫。往内山书店。收诗荃所寄《Die stille Don》一本，即交贺菲。

十七日　昙。上午木工送来书箱十二口，共泉六十四元。下午内山书店送来《芸術学研究》（2）一本，三元二角。晚三弟来。夜柔石、广湘来，雪峰及侍桁来，同出街饮啤酒。

十八日　星期。晴。午后得母亲信，十二日发。下午修电灯，工料泉六元半。

十九日　晴。下午出街为海婴买蚊帐一具，一元五角。往内山书店买书两本，《生物学講座》（四）一期七本，共泉十九元二角。晚三弟来。得紫佩信。得诗荃所寄照相。寓中前房客赤谷赠作冰酪器械一具。内山赠海苔一罐。夜雪峰来。

二十日　雨。无事。

二十一日　雨。下午浴。晚收诗荃所寄《海兑培克新闻》一卷。

二十二日　昙。上午内山书店送来《千夜一夜》（4）一本。得杨律师信。夜同乐芬谈，托其搜集绘画。

二十三日　昙。午后往内山书店买自然科学及文学书五种，泉十元七角。

二十四日　晴。上午得矛尘信，下午复。寄诗荃信。

二十五日　星期。昙。午后寄诗荃信。往街买画匡三面，二元二角。买《新興芸術》（二之七及八）一本，一元二角。下午喷台列宾油以杀蜚虫。夜雨。

二十六日　昙。午得紫佩信。午后往齿科医院，为冯姑母作翻译。晚三弟来。

二十七日　晴。午后柔石来。收编辑费三百，本月份。

二十八日　晴。午后寄诗荃信。下午柔石、雪峰来。三弟来。收诗荃所寄《海兑培克新闻》一卷，杂志三本，书目一本。

二十九日　晴。上午季市来。午后往左联会。夜同广平携海婴访三弟。

三十日　晴。午后柔石来。晚往内山书店取《千夜一夜》（五）、《世界美術全集》（一五）各一本，又文学杂书二本，共泉十一元。

三十一日　昙。午后寄诗荃信。钦文来，赠以《新俄画选》一本。下午往内山书店，以浙绸一端赠内山夫人。买《沙上の足跡》一本，戏曲两种，共泉七元。晚钦文来。夜三弟来。柔石、雪峰、广湘来。收学昭所赠像照一枚。

六月

一日　星期，亦旧历端午。昙，热。下午季市来，赠以《新俄画选》一本。

二日　晴。晚三弟来。得和森信，秦皇岛发。夜往内山书店买书二本，四元四角。柔石来，未见。雪峰来，收水沫书店版税支票一张，十二日期也，计百八十元零。

三日　昙。午后柔石来。晚往内山书店买《法理学》一本，一元八角。夜雨。

四日　雨。上午得王方仁信，香港发。下午往内山书店买《ジヤズ文学叢书》四本，十二元。得靖华所寄《台尼画集》一本。晚得诗荃信，五月十三日发。夜内山及其夫人与松藻小姐来。

五日　晴。午后同柔石往公啡喝加啡。买稿纸四百枚，一元四角。晚三弟来，未见。夜许叔和来。雨。

六日　晴。午前往杨律师寓取北新书局版税泉千五百。下午托王蕴如从五洲药房买含药鱼肝油一打，泉二十八元。往内山书店买《洒落の精神分析》一本，三元。晚三弟来。收小峰信并版税支票一纸，千百八十元，廿五日期。

七日　晴。午后雪峰、柔石来。捐互济会泉百。下午雨。买米五十磅。

八日　星期。晴。无事。

九日　晴。下午得季野信。夜得靖华信并画信片一枚，译诗一首，五月十日发。

十日　晴。午后侍桁、柔石来。托柔石往德华银行汇寄诗荃买书款三百马克，合中币二百六十元。下午三弟来。晚复霁野信。夜陈延炘来。译《被解放的 Don Quixote》第一幕讫。

十一日　小雨。下午复靖华信。寄诗荃信。收英伦金鸡公司所寄 Plato's《Phaedo》一本，为五百本中之第六十四本，合中币二十四元。

十二日　昙。晚三弟来。王蕴如携晔儿来。雨。得荔臣画二幅，以其一赠内山。取得水沫书店支票之百八十一元三角。

十三日　昙。上午得靖华信并 С.Чехонин 及 А.Каплун 画集，又《罗曼杂志》一张，五月二十日发。下午内山夫人赠花布两匹给海婴。映霞、达夫来。夜往内山书店买《蔵書票の話》一本，十元。

十四日　昙。下午晴。无事。

十五日　星期。小雨。下午三弟来。晚内山完造招饮于觉林，同席室伏高信、太田宇之助、藤井元一、高久肇、山县初男、郑伯奇、郁达夫，共九人。

十六日　晴。午后与广平携海婴同去理发。往内山书店买《现代美学思潮》一本，六元。作《浮士德与城》后记讫。

十七日　晴。上午以《新俄画选》一本寄马珏。下午内山书店送来《生物学講座》（五）一函并观剧券五枚。雪峰、柔石来。晚浴。

十八日　晴。上午收诗荃所寄《海兑培克新闻》两卷。午后柔石来。收《浮士德与城》编辑费及后记稿费九十。下午往春阳馆照插画一枚。

十九日　雨。无事。

二十日　雨。上午内山书店送来《世界美術全集》一本，第二十八。晚三弟来。得诗荃信，五月卅一日发。收未名社所寄《罪与罚》（上）两本。夜侍桁来。

二十一日　雨。上午高桥澈志君来，赠以英译《阿Q正传》一本。午后得李秉中信片。下午买茶六斤，八元。买米五十磅，五元七角。收王阿花所还泉八十，王蕴如交来。

二十二日　星期。晴。午后寄诗荃信。寄靖华信。取《浮士德与城》插画之照片，即赠内山、雪峰、柔石及吴君各一枚。下午三弟来。蕴如携烨儿、瑾男来。侍桁来。

二十三日　晴。下午以小说四种六本寄诗荃。以《文艺讲座》一本寄秉中。晚得紫佩信。夜往内山书店。收叶永蓁信。

二十四日　晴，热。午后柔石来，交朝花社卖书所得泉十。访高桥医生。制镜框四枚，共泉三元二角。夜雪峰来。

二十五日　昙。下午寄母亲信。复紫佩信。得李志云信。夜雨。

二十六日　晴，大热。晚侍桁来。骤雨一阵。

二十七日　晴。午后内山夫人来。下午三弟来。陈延炘君来并赠茗二合。

二十八日　晴，下午雨一陈即霁。往内山书店还书帐。得靖华所寄 V.F.Komissarzhevskaia 纪念册一本，托尔斯泰像一枚，画片一张。

二十九日　星期。晴。下午出街买纹竹二盆，分赠陈君及内山。在内山书店买书两本，共泉五元六角。买滋养糖及蚊烟、牙刷等，共六元七角。晚三弟等来。侍桁来。夜大雨一陈。

三十日　晴。下午买麦门冬一盆，六角。收编辑费三百，本月分。夜王蕴如来。收有麟信。收诗荃所寄《德国近时版画家》一本、《Für Alle》一本，二十四元。又剪纸画二枚，二十元。

七月

一日　晴，热。无事。

二日　雨。下午内山书店送来《千夜一夜》（6）一本。夜大风。

三日　昙，风，午后晴。往内山书店付书泉百八十五元，即日金百圆。

四日　晴，风。上午同广平携海婴往福民医院诊。下午平复及金枝来。得君智信并稿。晚收李小峰信。夜以荔枝一磅赠内山。

五日　晴。上午同广平携海婴往福民医院诊。下午买米五十磅。晚得张锡类信。得丛芜信。夜往内山书店买《自然科学と弁証法》（下）一本，三元。又往雪宫吃刨冰，广平及海婴同去。

六日　星期。晴。上午同广平携海婴往福民医院诊。午后复小峰信。复有麟信。寄杨律师信。下午观时代美术社展览会，捐泉一元。夜得杨律师信。访三弟。

七日　晴。上午付北新书局《呐喊》印花五千枚。午后复杨律师信。往内山书店买《インテリゲンチヤ》一本，三元。

八日　晴。上午同广平携海婴往福民医院诊。午以书籍及杂志等寄紫佩、季市及丛芜等四人。下午浴。晚平甫来。

九日　晴。上午同广平携海婴往平井博士寓诊。夜访三弟。

十日　晴。上午同广平携海婴往平井博士寓诊。下午往内山书店。晚三弟及蕴如携烨儿来，赠以玻璃杯四只。得紫佩信。收诗荃所寄德国版画四枚。是日大热。

十一日　晴，大热。上午同广平携海婴往平井博士寓诊。晚收商务印书馆代购之德文书两本，共泉四元五角。收诗荃所寄日报两卷。

十二日　晴。下午寄季市信。寄紫佩信，附致母亲函，并八月至十月份家用泉三百，托其转送。晚往内山书店。夜雪峰及其夫人来。高桥澈志君及其夫人来，并赠海婴玩具二事。

十三日　星期。昙。上午同广平携海婴往平井博士寓诊。下午高桥君来。季市及诗英来，并赠复制卅年前照相一枚，为明之、公侠、季市及我四人，时在东京。晚复张锡类信。浴。

十四日　昙，风。晚三弟来。得钦文信。夜雨。

十五日　雨。上午达夫来。往平井博士寓问方。下午晴。往内山书店。收诗荃所寄 Käthe Kollwitz 画集五种，George Grosz 画集一种，约共泉三十四元，又《文学世界》三份。夜高桥君来。

十六日　晴。上午寄季市信。同广平携海婴往平井博士寓诊。下午雷雨即霁。得靖华信，六月六日发。夜雨。

十七日　晴。午后往内山书店买《詩と詩論》第七、第八期各一本，共八元。得时代美术社信。复靖华信。

十八日　昙。上午同广平携海婴往平井博士寓诊。晚往内山书店买千九百二十九年度《世界艺术写真年鉴》一本，价六元。

十九日　晴。上午内山书店送来《生物学講座》第六辑一函七本，值四元。下午收诗荃所寄《Eulenspiegel》六本。淑卿来，晚邀之往中西食堂晚饭，并邀乔峰、蕴如、晔儿、广平及海婴。将陶璇卿图案稿一枚托淑卿携至杭州交钦文陈列。夜浴。

二十日　星期。昙。上午同广平携海婴往平井博士寓诊。午后晴。

二十一日　晴，大热。下午内山书店送来《世界美術全集》（十五）一本，三元。三弟来。收诗荃所寄 Carl Meffert 刻《Deine Schwester》五枚，共七十五马克。晚寄自来火公司信。夜热不能睡。

二十二日　晴。上午往仁济堂买药。买米五十磅，六元。午后大雨一阵。下午得 R.M.Rilke：《Briefe an einen jungen Dichter》一本，学昭所寄。赠三弟痱子药水一小瓶。夜映霞及达夫来。

二十三日　晴，大热。午后内山书店送来《欧洲文芸思潮史》一本，四元四角。夜三弟来并交淑卿信，即托其汇泉一百。

二十四日　晴，热。上午复淑卿信。同广平携海婴往平井博士寓诊。午在仁济药房买药中钱夹被窃，计失去五十余元。晚浴。

二十五日　晴，大热。无事。

二十六日　晴，热。上午往仁济药房买药。下午三弟来。得诗荃信二封，一六月十二日发，一七月四日发。得王楷信并稿，即由雪峰托水沫书店将稿寄回。

二十七日　星期。晴，风。上午广湘来。下午复诗荃信。夜雨。

二十八日　晴，风。上午往仁济堂买药。午后访三弟。访蒋径三，未见。下午内山书店送来《支那古明器泥象图説》一函两本，价三十六元。

二十九日　昙，风。上午同广平携海婴往店剪发。夜雨。浴。

三十日　昙而时晴时雨。上午往仁济堂买药。下午得杨律师信。

得季市所寄江南官书局书目两分。收抱经堂书目一张。晚寄诗荃信。往内山书店，得靖华所寄书三本，附笺一、信封三。夜雨。

三十一日　昙，风。午后钦文来，并赠《一坛酒》两本。

八月

一日　昙，风。上午往仁济堂买药。下午收诗荃所寄书二本，报一卷。得紫佩信。得世界语学会信。内山书店送来书四本，值十二元。夜得方善竟信，由大江书店转来。

二日　晴，风。下午复世界语学会信。复方善竟信。往内山书店买《歴史ラ捻ヂル》一本，二元五角。得谢冰莹信。得陈延炘信并所还泉。夜访三弟，赠以啤酒一瓶。

三日　星期。晴。上午往仁济堂买药。下午平甫来。晚浴。

四日　晴。下午三弟来。得母亲信，七月二十八日发。得诗荃信附木刻习作四枚，七月十七日发，又《海兑培克日报》等一卷。

五日　晴。上午得靖华信，七月八日发。夜寄母亲信。寄诗荃信。

六日　晴。上午往仁济堂买药。买米五十磅，五元九角；啤酒一打，二元九角。收诗荃所寄书两包五本，合泉十六元四角，又《左向》一本，《文学世界》三份。午后往夏期文艺讲习会讲演一小时。晚内山邀往漫谈会，在功德林照相并晚餐，共十八人。夜钦文及淑卿来，未见。

七日　昙，下午晴。访三弟。访蒋径三。得杨律师信。钦文来。

八日　晴。午后以书籍杂志等寄诗荃、季市、素园、丛芜、静农、霁野等。晚映霞及达夫来。往内山书店。

九日　晴。夜成先生、王蕴如、三弟及煜儿来。

十日　星期。晴，热。下午蕴如来并赠杨梅烧酒一瓶，虾干、豆豉各一包。浴。

十一日　晴，热。无事。

十二日　晴，风，大热。无事。

十三日　雨，午霁。无事。

十四日　晴，大热。下午得霁野信。夜往内山书店买《ソヴェートロシア文学理論》一本，三元二角。服胃散一撮。夜半服Help八粒。

十五日　晴，大热。下午三弟来。得淑卿信，附俞沛华信，九日烟台发。

十六日　昙，热，下午雨一陈而晴。浴。晚有雾。

十七日　星期。晴，下午昙。三弟来。夜小雨。

十八日　雾。午后内山书店送来《生物学講座》（7）一部六本，值四元。下午得母亲信，十三日发。收诗荃所寄书一包十二种［本］，计直卅四元二角。晚同广平邀成慧珍、王蕴如及三弟、煜儿往东亚食堂晚饭。

十九日　晴。上午寄母亲信。下午乐芬交来Deni画集一本，直五卢布。夜侍桁来。寄靖华信。买玩具三种。

二十日　晴。上午内山太太来并赠食品四种、功德林漫谈会时照相一枚。下午三弟来。收诗荃所寄《海兑培克新闻》两卷。

二十一日　昙，下午雨。无事。

二十二日　晴。下午买米五十磅，五元九角。往内山书店买《プロレタリア芸術教程》（4）一本，二元。晚三弟来，托其定《Die

Schaffenden》第六年分。

二十三日　晴。下午内山书店送来《世界美術全集》（卅四）一本，直三元。下午得母亲信。晚在寓煮一鸡，招三弟饮啤酒。

二十四日　星期。晴，热。下午理发。往内山书店买《芸術学研究》（4）一本，乂元。菅原英（胡儿）赠《新興演劇》（5）一本。晚浴。

二十五日　晴，风。上午寄杨律师信。寄陈延耿书籍四本。下午得朱宅信。夜蒋径三来。

二十六日　晴。上午达夫来。下午托三弟在商务印书馆豫定百衲本《二十四史》一部，付泉二百七十。夜乐君及蔡女士来。

二十七日　昙。晚蒋径三招饮于古益轩，同席十一人。

二十八日　昙，下午大雷雨。无事。

二十九日　昙。下午内山书店送来《千夜一夜》（九）一本。晚三弟来。

三十日　昙。上午往仁济堂为海婴买药。下午广湘来假泉五十。晚译《十月》讫，计九万六千余字。夜寄丛芜信。往内山书店买《新洋画研究》（2）一本，四元。又托其寄达夫以《戈理基文录》一本。

三十一日　星期。晴。午后三弟来，下午同至商务印书馆取影宋景祐本《汉书》卅二本，是为百衲本《廿四史》之第一期。

九月

一日　小雨。上午为海婴往仁济堂买药。晚得孙用信。得王方仁信并画信片三枚，八月十四日柏林发。得诗荃信并自作木刻二枚，十五日发。

二日　昙，下午雨。得李秉中信。得杨律师信，即复。寄邵铭之信。晚铭之来，邀之往东亚食堂夜饭。

三日　雨。上午往仁济堂买药。下午复李秉中信。复孙用信。以书三本寄诗荃。寄紫佩信。寄李小峰信。

四日　雨。午后往杨律师寓取北新书局版税七百四十。下午晴。往内山书店买《史底唯物論》一本，《独逸基礎単語四〇〇〇字》一本，共四元六角。买食品四种赠阿玉、阿菩。

五日　雨，午晴。下午寄 Татьяна Кравцовой 书两包。寄诗荃信。

六日　时晴时雨。下午为海婴往仁济堂买药。买《露語四千字》一本，《アトリエ》（九月号）一本，共泉四元三角。托三弟由商务印书馆汇绍兴朱积成泉百。收大江书店版税泉肆十八元五角三分八厘。得君智信。得孙用信。

七日　星期。晴。下午三弟来。晚访史沫特列女士。

八日　晴。上午收七月分编辑费三百。下午得朱宅信。得钦文信。

九日　晴，下午风。晚上街买滋养糖二瓶、点心四种。

十日　昙，风。上午往春阳写真馆照相。得小峰信。下午收靖华所寄《十月》一本，《木版雕刻集》（二至四）共叁本，其第二本附页烈宁像不见，包上有"淞沪警备司令部邮政检查委员会验讫"印记，盖彼辈所为。书系八月廿一日寄，晚复之。往三弟寓。雨。

十一日　昙，上午雨。无事。

十二日　晴。下午往内山书店买书两本，五元。得朱宅信。广湘来。晚三弟来。收诗荃所寄 Carl Meffert 作《Zement》木刻插画十枚，直一百五十马克，上海税关取税六元三角；又《海兑培克日报》

两卷。

十三日　昙。上午收《十月》稿费三百，捐左联五十，借学校六十。下午往内山书店买《新洋画研究》（1）一本，四元。

十四日　星期。晴。午后三弟来，同往西泠印社买《悲盦賸墨》十集一部，二十七元；《吴仓石书画册》一本，二元七角。又为诗荃买《悲盦賸墨》三本（每三·四元），《吴仓石书画册》一本（同上），又《花果册》一本（一·六），《白龙山人墨妙》第一集一本（二·六），共泉十三元六角。伤风，服阿斯匹灵。

十五日　昙，下午雨。得靖华信，八月廿七日发。得有麟信。

十六日　昙。午后得季市信。得杨律师信。下午内山书店送来《广重》一本，其直卅四元。夜雨。为广湘校《静静的顿河》毕。

十七日　昙。午后往杨律师寓取北新书局版税泉七百六十元，尚系五月分。友人为我在荷兰西菜室作五十岁纪念，晚与广平携海婴同往，席中共二十二人，夜归。

十八日　晴，风。上午达夫来。

十九日　晴。上午季市来。蔡君来。致苏联左翼作家笺。以照相赠乐芬、史沫特列、内山。得紫佩信。晚内山假邻家楼设宴宴林芙美子，亦见邀，同席约十人。

二十日　晴。下午寄母亲信。晚复靖华信。夜发热。

二十一日　星期。昙。上午往石井医院诊。

二十二日　昙。上午寄小峰信。雨。午后往内山书店取《生物学讲座》（八）一部七本，直四元。晚三弟来，以《生物学讲座》八函赠之。得君智信。得伦敦金鸡公司寄来之《The 7th Man》一本，其直十元，已于去年付讫。

二十三日　晴。上午往石井医院诊。寄诗荃书两包，计六本，附照相一枚。寄尚佩吾信，并由先施公司寄婴儿自己药片一打，海参两斤。寄钦文信。下午买米五十磅，五元九角。晚收诗荃所寄关于文艺书籍五本，其直十六元二角。

二十四日　昙，午晴。下午收未名社所寄《坟》及《出了象牙之塔》各三本。往内山书店买《新フランス文学》一本，五元。今日为阴历八月初三日，予五十岁生辰，晚广平治面见饷。

二十五日　晴。午后同广平携海婴往阳春堂照相。

二十六日　昙。午后寄平甫信。得朱企霞信。得钦文信。收《世界美術全集》（三十五）一本，四元。晚三弟来并赠酒一瓶。平甫来并赠海婴以绒制小熊一匹。夜濯足。

二十七日　晴。上午内山夫人来。以三弟所赠酒转赠镰田君。往石井医院诊。下午三弟赠海婴衣料两种。王蕴如携烨儿来，因出街买糯米珠二勺、小喷壶两个赠二孩子。今日为海婴生后一周年，晚治面买肴，邀雪峰、平甫及三弟共饮。

二十八日　星期。昙。夜小雨。无事。

二十九日　小雨。无事。

三十日　昙。午同广平携海婴往石井医院诊。下午得达夫信。得靖华所寄《Горе от Ума》一本，约直十元。收水沫书店八月分结算版税支票一百六十三元二角五分。夜雨。

十月

一日　昙。下午三弟来。得丛芜信。

二日　晴，风。上午同广平携海婴往石井医院诊。寄小峰信，下

158

午得复。得神州国光社信并《静静的顿河》编辑费五十元，又代侯朴收稿费二百元。复丛芜信。复靖华信。寄母亲信。

三日　晴。午后广湘来还泉卅。收教部八月分编辑费三百。

四日　晴。上午同广平携海婴往石井医院诊。午后三弟来。今明两日与内山君同开版画展览会于购买组合第一店楼上，下午与广平同往观。得田汉信并致郑振铎信及译稿。往内山书店买《千夜一夜》（八）及《抒情カット図案集》各一本，共泉七元八角。夜蒋径三来，即以田汉信并译稿托其转交郑振铎。

五日　星期。晴。下午往版画展览会。寄诗荃信。

六日　晴。上午同广平携海婴往石井医院诊。董绍明、蔡咏裳来。是日为旧历中秋，煮一鸭及火腿，治面邀平甫、雪峰及其夫人于夜间同食。

七日　晴。上午寄紫佩信，附十一月至明年一月份家用泉汇票三百，托其转交。晚三弟来，交《自然界》稿费十元。收诗荃所寄书四本，其直十一元，九月十七日寄。

八日　晴。上午同广平往石井医院取药。往内山书店买《機械論と弁証法的唯物論》一本，二元。午后得紫佩信，九月廿八日发。

九日　晴。上午达夫来。午后复紫佩信。晚得诗荃信，九月十五日发。得《Einblick in Kunst》一本，方仁所寄。夜往内山书店，见赠复刻歌川丰春笔《深川永代凉之图》一枚，并框俱备。

十日　晴。无事。

十一日　晴。午后寄诗荃信并照片一枚，小报数张。下午往内山书店买《詩と詩論》（九）一本，三元。买日本别府温泉场所出竹制玩具二事：一牛若丸，　大道艺人，共泉一元五角。

十二日　星期。昙。上午同广平往石井医院诊。买米五十磅，五元。

十三日　昙。下午寄李小峰信。晚收诗荃所寄《Das Bein der Tiennette》一本，又换来之《Der stille Don》一本。得王乔南信，夜复之。

十四日　昙。上午往石井医院取药。午雨。季市来。得诗荃信，九月廿三发。

十五日　晴。上午往阳春馆买小鸣禽一对赠冯姑母。得张瑛信。下午寄蒋径三信。晚得诗荃所寄书一本，杂志四本，又一本，《文学世界》四分。得李小峰信并八月结算版税支票九百八十元，现泉三元一角二分。

十六日　晴。无事。

十七日　晴。下午得茂真信。得母亲信，十三日发。

十八日　昙。午后往内山书店，得《The New Woodcut》及《生物学講座》各一部，共泉十一元四角。得靖华信并俄国古今文人像十七幅，九月二十三日寄。晚蒋径三来。夜译《药用植物》讫。雨而有电。

十九日　星期。晴，大风。午后寄母亲信。下午得诗荃所寄画帖两种，又彩色画片两枚。夜往内山书店食松茸。

二十日　晴，风。午后复矛尘信。下午侍桁来。晚三弟来，同始食蟹。

二十一日　晴，风。无事。

二十二日　雨。午后寄靖华信。往内山书店买书两本，六元八角。

二十三日　小雨。无事。

二十四日　昙。午往内山书店买《川柳漫画全集》（十一）一本，二元二角。又《命の洗濯》壹本，三元五角。晚蒋径三来。夜小雨。

二十五日　晴。午后往内山书店买书两本，五元四角。

二十六日　星期。昙。午后腹写，服 Help。以平甫文寄靖华。夜雨。

二十七日　昙。午后得诗荃信，九日发。下午从内山书店假泉百。夜雨。

二十八日　昙。上午广平往商务印书馆取得从德国寄来之美术书七种十二本，共付泉百八十八元。下午以重出之《Mein Stundenbuch》一本赠鎌田政一君。往内山书店买《上海自然科学研究所彙报》两本（四及五），共泉五元六角。得靖华信，十一日发。晚三弟来并为代买得《中国文字之原始及其构造》二本，直一元六角。

二十九日　昙，午后雨。复靖华信。夜大风雨。

三十日　晴。午后往内山书店取《世界美術全集》（三十六）一本，于是全书完。晚得遇庵信。得小峰信。得诗荃所寄书两本，杂志一本。

三十一日　晴。上午同广平携海婴往石井医院诊。午后昙。下午寄小峰信。内山书店送来《千夜一夜》（十）一本。寄诗荃小报一卷。晚雨。

十一月

一日　小雨，午晴，下午昙。寄诗荃信。

二日　星期。午后昙。无事。

三日　晴，风。下午蕴如来，并赠莼菜两瓶，给海婴玩具三种。

四日　晴。下午寄紫佩信。寄杨律师信。

五日　晴。午后得谭金洪信并稿。得诗荃信，十月十七日发。由商务印书馆取得去年豫约之《清代学者像传》一部四本。买蟹分赠邻寓及王蕴如，晚邀三弟至寓同食。收未名社所寄《建塔者》六本。夜雨。

六日　雨。上午得杨律师信。得蔡、董二君信。下午雨。理发。夜径三及平甫来，各赠以《建塔者》一本。

七日　雨。上午得紫佩信，二日发。患感冒，夜服阿斯匹林二片。

八日　雨。上午收诗荃所寄日报两卷，《文学世界》四分。

九日　星期。昙，午后晴。三弟送来成先生所赠酒一坛。晚雨。

十日　昙。上午收神州国光社稿费百。下午收诗荃所寄画集二本。得王乔南信。内山书店送来书籍二册，直泉十元。得石民信。

十一日　晴，风。上午复石民信。寄诗荃以《梅花喜神谱》一部。下午往内山书店买《ボローヂン脱出記》一本，二元。

十二日　晴。上午引石民往平井博士寓诊。午后昙。晚濯足。

十三日　晴。午后往内山书店买《川柳漫画全集》(5)一本，二元二角。得紫佩信，八日发。为诗荃买《贯休罗汉象》一本，《悲盦賸墨》七本，共泉二十元一角六分。晚三弟来谈。

十四日　晴。午后以所买书寄诗荃，计两包。复紫佩信。夜腹泻。

十五日　晴。下午寄诗荃信。复王乔南信。三弟为代买来《汉南阳画像集》一本，二元四角。内山书店送来《生物学講座》一函六本，即交三弟。夜侍桁来。

十六日　星期。晴。午后往内山书店买书一本，二元五角。下午蒋径三来。

十七日 晴。无事。

十八日 晴。下午制裤二条，泉十二元也。

十九日 晴。上午往平井博士寓乞诊，并为石民翻译。从内山书店买《浮世絵版画名作集》（第二回）第一及第二辑各一部，每部二枚，泉十四元。得真吾信。

二十日 晴。下午商务印书馆为从德国购来《Der Maler Daumier》一本，计钱六十六元五角。寄叶誉虎信。复崔真吾信。往内山书店买《世界美術全集》（别卷十五）、《マチス以後》各一本，共泉十元零六角。夜开始修正《中国小说史略》。

二十一日 晴。下午往内山书店买《芸術総論》一本，一元八角。晚得诗荃信，三日发。得孙用信并《勇敢的约翰》插画十二枚。得梓生信。三弟送来《自然界》第十期稿费八元。

二十二日 晴。晚密斯冯邀往兴雅晚饭，同坐五人。矛尘、小峰来，未见。

二十三日 星期。晴。无事。

二十四日 晴。下午复孙用信。

二十五日 晴。下午汇寄诗荃书款二百马克，合中币百七十三元。晚往内山书店，得《浮世絵名作集》第二回第三辑一帖二枚，直十四元。夜改订《中国小说史略》讫。小雨。

二十六日 晴。上午往平井博士寓为石民作翻译，并自乞诊。下午往街买药。晚三弟来，留之晚酌。收东方杂志社稿费三十。

二十七日 昙。午后中美图书公司送来书一本，七元半。内山书店送来书两本，八元。又自取两本，亦八元。收神州国光社稿费支票二百。

二十八日　昙。上午达夫来。午后内山书店送来特制本《楽浪》一本，其直九十元。下午校《溃灭》起。

二十九日　晴。无事。夜雨。

三十日　星期。昙，大风。下午得孙用信。

十二月

一日　昙。无事。

二日　晴。午后往瀛环书店买德文书七种七本，共泉二十五元八角。晚内山书店送来书籍两本，六元二角。

三日　晴。上午将世界语本《英勇的约翰》及原译者照相寄还孙用。下午往内山书店买书一本，一元五角。得中美图书公司信。

四日　雨。无事。

五日　晴，下午昙。内山书店送来《川柳漫画集》一本，价二元二角。晚三弟来并赠《进化和退化》十五本。得诗荃信，十一月十七日发。

六日　晴。午后复孙用信。寄季市《进化和退化》两本。得李小峰信。下午得靖华信并《小说杂志》两本，十一月二十日发。

七日　星期。昙。上午复靖华信。下午从三弟寓持来母亲所寄果脯、小米、斑豆、玉蜀黍粉等，云是淑卿带来上海者。晚蒋径三来，赠以《进化和退化》一本。

八日　雨。上午得有麟信。同石民往平井博士寓为翻译。

九日　晴。午后寄母亲信。寄诗荃信。晚寄还有麟旧稿。

十日　晴。无事。

十一日　晴。下午往内山书店买《泰西名家傑作選集》一本，价三元，以赠广平。得《ヤボンナ月刊》两张。

十二日　晴。午后广平往商务印书馆取得从德国寄来之《Die Schaffenden》（Ⅵ Jahrgang）二帖二十枚，《Kulturgeschichte des Proletariats》（Bd.Ⅰ）一本，付直九十五元。夜风。

十三日　晴。晚往内山书店。三弟来，留之饮郁金香酒。

十四日　星期。昙。下午钦文来。晚北新书局招饮，不赴。

十五日　晴，午后昙。收编辑费三百，为九月分。

十六日　晴。上午内山书店送来《生物学講座》（十一）一函八本，其直四元。

十七日　雨。午前同石民往平井博士寓诊。夜有雾。

十八日　晴。上午寄紫佩信并汇票泉二百，为明年二月及三月家用；又照相二枚，一赠紫佩，一呈母亲。下午往内山书店买《浮世絵大成》（四）一本，三元六角。夜有雾。

十九日　小雨。无事。夜寄汉文渊书肆信。

二十日　昙。无事。夜雨。

二十一日　星期。雨。下午内山夫人赠海婴玩具两种。夜濯足。

二十二日　晴，风而冷。下午内山书店送来《浮世絵版画名作集》第四集一帖二枚，《エゲレスイロハ》一本，计书直十七元五角。

二十三日　晴。前寄 Татьяна Кравцова 之书两包不能达，并退回。下午往内山书店买小说二本，《昆虫記》二本，计泉八元。托人从天津买来蒲桃二元，分赠内山。又添玩具四种赠阿玉、阿菩。夜邀一萌等在中有天晚餐，同席六人。

二十四日　晴。无事。

二十五日　晴。晚三弟来，留之晚饭。

二十六日　晴。午后王蕴如及淑卿来。晚得杨律师信，即复。买金牌香烟五条，四元六角。夜译《溃灭》讫。小雨。

二十七日　晴，午后昙。晚杨律师来并交北新书局六月份应付旧版税五百。付商务印书馆印《士敏土》插画泉二百。煮火腿及鸡鹜各一，分赠邻友，并邀三弟来饮，又赠以《溃灭》校阅费五十。夜雨。

二十八日　星期。昙，下午小雨。无事。

二十九日　晴。午后往内山书店还书泉。下午平甫来。

三十日　昙。午后季市来。内山书店送来《生物学講座》（十二）一函六本，即赠三弟。得紫佩信，二十四日发。夜校《铁甲列车Nr.14—69》记［讫］，并作后记一叶。

三十一日　昙。午前王蕴如来，并赠元宵及蒸藕。午韦丛芜来，邀之在东亚食堂午饭，并三弟。下午往内山书店，得书五种，共泉十五元四角。晚小雨。

书帐

现代独逸文学一本　三・六〇　一月四日

造形美術ニ於ケル形式問題一本　三・六〇

都会の論理一本　一・〇〇

新興芸術四本　四・〇〇　一月六日

詩と詩論（五至六）二本　六・〇〇　一月十七日

世界美術全集（十二）一本　二・〇〇

Russia Today and Yesterday一本　一二・〇〇　一月二十五日

グリム童話集（七）一本　〇・六〇

様式と時代一本　一・五〇

レニンと哲学一本　一・八〇

レニン主義と哲学一本　一・五〇

フィリップ全集（一及二）二本　五・〇〇　　　四二・六〇〇

転形期の歴史学一本　二・四〇　二月四日

千夜一夜（一）一本　二・四〇

四十一人目一本　一・〇〇

自然科学史一本　〇・八〇

Le Miroir du Livre d'Art 一本　季志仁寄贈

Contemporary Figure Painters 一本　六・三〇　二月五日

Etching of Today 一本　六・三〇

Eine Frau allein 一本 Agnes Smedley　贈　二月十日

版画第三、四、十三、十四輯各一帖　五・〇〇　二月十一日

版画特輯一帖五枚　三・四〇

昆虫記（十）一本　〇・六〇　二月十五日

Der nackte Mensch in der Kunst 一本　六・〇〇

映画芸術史一本　二・〇〇　二月二十日

Der befreite Don Quixote 一本　二・〇〇　二月二十六日

Die Abenteuer des J.Jurenito 一本　五・〇〇

Deutschland, D.über alles 一本　四・〇〇

30 neue Erzähler des neuen Russland 一本　六・五〇

Die 19 一本　三・五〇

Taschkent u.and. 一本　三・五〇

Zement 一本　五・五〇

世界美術全集（4）一本　二・〇〇　二月二十七日

祭祀及礼と法律一本　三・八〇　　　　　　　　七二・〇〇〇

千夜一夜（2）一本　二・五〇　三月二日

文学の社会学的批判一本　二・一〇　三月五日

芸術に関する走書的覚書一本　二・〇〇

文学的戦術論一本　二・三〇

S.Sauvage 一本　五・五〇　三月八日

Der russische Revolutionsfilm 一本　一・八〇

G.Grosse's Die Zeichnungen 一本　四・六〇

Das neue Gesicht der herrschenden Klasse 一本　四・六〇

Der Buchstabe "G" 一本　四・六〇

Notre Ami Louis Jou 一本　四〇・〇〇　三月十日

弁証法と自然科学一本　二・三〇　三月十一日

社会学上ヨリ見タル芸術一本　二・三〇

Die Kunst und die Gesellschaft 一本　三〇・〇〇　三月十四日

柳瀬正夢画集一本　二・四〇　三月十五日

詩学概論一本　三・二〇　三月十七日

生物学講座第一函六本　三・二〇

鉄の流一本　一・六〇　三月二十六日

装甲列車一本　一・六〇

生物学講座第二函七本　三・三〇

世界美術全集（五）一本　二・四〇　三月二十九日

オスカア・ワイルド一本　〇・八〇　三月三十一日

芸術の暗示と恐怖一本　〇・六〇

フィリップ全集（3）一本　二・三〇　　　　　一〇九・〇〇〇

新郑古器図録二本　五・六〇　四月三日

芸術とマルクス主義一本　一・七〇　四月七日

唯物史観序説一本　一・七〇

千夜一夜（3）一本　二・六〇

鼓掌絶尘一本　李秉中贈　四月二十三日

叛乱一本　一・五〇　四月二十四日

巴黎の憂鬱一本　一・八〇

世界出版美術史一本　七・七〇

世界美術全集（13）一本　一・八〇　四月二十六日

Ten Polish Folk Tales 一本　三・〇〇

Die Schaffenden 第二至四年三帖　三七〇・五〇　四月二十七日

同上第五年分二帖二十枚　六一・七〇

56 Drawings of S.R. 一本　六・〇〇　四月二十八日

德国原枚［板］木刻十一枚　一二〇・〇〇　四月三十日

Amerika im Holzschnitt 一本　六・〇〇

Passion 一本　六・〇〇

Der Dom 一本　六・〇〇

Der Persische Orden 一本　八・〇〇

Das Werk Diego Riveras 一本　四・五〇

Die Kunst und die Gesellschaft 一本　三二・〇〇

Das Schlosz der Wahrheit 一本　二・〇〇

Was Peteschens Freunde Erzahlen 一本　一・五〇

Volksbuch 1930 一本　二・〇〇　　　　　六四二・〇〇〇

昆虫記（五）一本　二・五〇　五月二日

Buch der Lieder 一本　学昭寄赠

Les Artistes du Livre 二本　一三・〇〇

The Nineteen 一本　七・〇〇

G.Grosz's Gezeichneten 一本　五・〇〇　五月三日

Neue Gesicht 一本　五・〇〇

Hintergrund 一帖十七枚　一・四〇

Die Pioniere sind da 一本　〇・四〇

Ein Blick in die Welt 〇・八〇

支那近代戯曲史一本　一二・〇〇　五月七日

C.C.C.P. 一本　二・四〇

生物学講座第三輯六本　三・四〇　五月十一日

Der stille Don 一本　五・四〇　五月十三日

Die Brusky 一本　四・六〇

プロ芸術教程（3）一本　一・七〇　五月十四日

芸術社会学一本　二・五〇

Osvob.Don-Kixot 一本　靖华寄来　五月十六日

芸術学研究（2）一本　三・二〇　五月十七日

ロシア革命映画一本　一・八〇　五月十九日

東亜考古学研究一本　一四・〇〇

生物学講座（4）七本　三・四〇

千夜一夜（4）一本　二・六〇　五月二十二日

支那産"麹"ニ就イテ一本　一・七〇　五月二十三日

漢薬写真集成（一）一本　二・〇〇

食療本草の考察一本　二・〇〇

人類協同史一本　三・二〇

文学論一本　一・六〇

新興芸術（七、八）一本　一・二〇　五月二十五日

千夜一夜（五）一本　三・〇〇　五月卅日

世界美術全集（14）一本　三・〇〇

ソ・ロ文学の展望一本　二・〇〇

シュベイクの冒险（上）一本　三・〇〇

沙上の足跡一本　三・六〇　五月卅一日

巡洋艦ザリヤー一本　一・四〇

吼えろ支那一本　二・〇〇　　　　　　　　　　　　　一〇八・〇〇

大学生の日記一本　一・八〇　六月二日

プロ美術の為めに一本　二・六〇

マルクス主義と法理学一本　一・八〇　六月三日

ジヤズ文學（一──四）四本　一二・〇〇　六月四日

台尼画集一本　靖华寄来

洒落の精神分析一本　三・〇〇　六月六日

Platon's Phaedo 一本　二四・〇〇　六月十一日

С.Чехонин 画集一本　靖华寄来　六月十三日

А.Каплун 画册一本　同上

蔵書票の話一本　一〇・〇〇

現代美学思潮一本　六・〇〇　六月十六日

生物学講座（五）六本　三・八〇　六月十七日

世界美術全集（止）一本　三・〇〇　六月二十日

V.F.Komissarzhevskaia 纪念册一本　靖华寄来
六月二十八日

東亜文明の黎明一本　四・〇〇　六月二十九日

芸術とは何ぞや一本　一・六〇

儿童剪纸画二枚　二〇・〇〇　六月三十日

Deutscher Graphiker 一本　一八・〇〇

Für Alle！一本　四・〇〇　　　　　　一一五・六〇〇

千夜一夜（六）一本　四・〇〇　七月二日

自然科学と弁証法（下）一本　三・〇〇　七月五日

インテリゲンチヤ一本　三・〇〇　七月七日

太阳（木刻）一枚　三〇・〇〇　七月十日

战地（木刻）一枚　一五・〇〇

作书之豫言者（木刻）一枚　三〇・〇〇

蝶与鸟（著色石版）一枚　一〇・〇〇

H.Robinska：Pioniere 一本　二・〇〇　七月十一日

Landschaften und Stimmungen 一本　二・五〇

Mit Pinsel und Schere 一本　一・〇〇　七月十五日

Ein Ruf ertönt 一本　三・〇〇

Ein Weberaufstand etc　三・〇〇

Mutter und Kind 一本　三・〇〇

Käthe Kollwitz-Werk 一本　一六・〇〇

Käthe Kollwitz　Mappe 一帖　八・〇〇

詩と詩論（七、八）二本　八・〇〇　七月十七日

二九年度世界艺术写真年鉴一本　六・〇〇　七月十八日

生物学講座（六辑）七本一函　四・〇〇　七月十九日

世界美術全集（十五）一本　三・〇〇　七月二十一日

Dein Schwester 五枚　七〇・〇〇

R.M.Rilke's Briefe 一本　学昭寄赠　七月二十二日

欧洲文芸思潮史一本　四・四〇　七月二十三日

支那古明器泥象図説二本　三六・〇〇　七月二十八日

Plunut Nekogda 一本　靖华寄来　七月三十日

Tri Sestri 一本　同上

Ha Dhe 一本　同上　　　　　　　　　　二六五・〇〇〇

現代のフランス文学一本　三・〇〇　八月一日

現代の独乙文学一本　二・〇〇

超現実主義と絵画一本　三・〇〇

千夜一夜（7）一本　四・〇〇

Das Werk D.Riveras 一本　六・〇〇

Volksbuch 1930 一本　四・〇〇

歴史を捻ぢる一本　二・五〇　八月二日

Die polnische Kunst 一本　八・五〇　八月六日

Des Antliz des Lebens 一本　二・七〇

Verschwörer u.Revolutionäre 一本　三・〇〇

Eine Woche 一本　一・二〇

Panzerzug 14—69 一本　一・〇〇

ソヴェートロシア文学理論一本　三・二〇　八月十四日

生物学講座（7）六本　四・〇〇　八月十八日

Wie Franz u.Grete nach Russland reisten 一本　二・〇〇

Hans-Ohne-Brot 一本　一・〇〇

Roter Trommler 2—9 八本　二・七〇

Die Sonne 一本　二五・〇〇

Mein Stundenbuch 一本　三・五〇

Мы, наши Друзья и н.Враги 一本　一〇・〇〇　八月十九日

プロレタリア芸術教程（4）一本　二・〇〇　八月二十二日

世界美術全集（34）一本　三・〇〇　八月二十三日

芸術学研究（4）一本　四・〇〇　八月二十四日

百衲本二十四史一部　豫约二七〇・〇〇　八月二十六日

千夜一夜（九）一本　四・〇〇　八月二十九日

新洋画研究一本　四・〇〇　八月三十日

影宋本汉书三十二本　预付讫　八月三十一日　三七五・三〇〇

史的唯物論入門一本　二・六〇　九月四日

独逸基礎単語四〇〇〇字一本　二・〇〇

露西亜基礎単語四千字一本　二・〇〇　九月六日

アトリエ（九月号）一本　二・三〇

Октябрь 一本　一・〇〇　九月十日

Гравюра（2—4）三本　九・〇〇

戦闘的唯物論一本　二・〇〇　九月十二日

コクトオ芸術論一本　三・〇〇

ZEMENT 插画木刻十枚　一四一・三〇

新洋画研究（1）一本　四・〇〇　九月十三日

悲盦賸墨十集十本　二七・二〇　九月十四日

吴仓石书画册一本　二・七〇

広重一本　三四・〇〇　九月十六日

生物学講座（八）七本　四・〇〇　九月二十二日

The 7th Man 一本　一〇・〇〇

Mynoun: G.Grosz 一本　三・〇〇　九月二十三日

Karl Thylmann's Holzschnitte 一本　二・四〇

Kinder der Strasse 一本　三・〇〇

"Mein Milljoh" 一本　三・〇〇

W.Klemm: Das Tierbuch 一本　四・八〇

新フランス文学一本　五・〇〇　九月二十四日

世界美術全集（35）一本　四・〇〇　九月二十六日

Gore ot Uma 一本　一〇・〇〇　九月十[三十]日　二八二・三〇〇

千夜一夜（八）一本　四・〇〇　十月四日

抒情カット図案集一本　三・八〇

Briefe an Gorki 一本　一・五〇　十月七日

George Grosz 一本　二・〇〇

BC 4ü 一本　三・五〇

Reineke Fuchs 一本　四・〇〇

機械論と唯物論一本　二・〇〇　十月八日

Einblick in Kunst 一本　方仁寄来　十月九日

深川永代凉之図一枚　内山贈

詩と詩論（九）一本　三・〇〇　十月十一日

Das Bein der Tiennette 一本　三・二〇　十月十三日

Bilder Galerie zur Russ.Lit. 一本　四・〇〇　十月十五日

The New Woodcut 一本　七・四〇　十月十八日

生物学講座（九）一函八本　四・〇〇

俄国古今文人画象十七幅　靖华寄来

Van Gogh-Mappe 一帖十五幅　诗荃寄来　十月十九日

Die Wandrungen Gottes　同上

芸術社会学の方法論一本　一・二〇　十月二十二日

造型美術概論一本　五・六〇

川柳漫画全集（十一）一本　二・二〇　十月二十四日

いのちの洗濯一本　三・五〇

文学革命の前哨一本　二・四〇　十月二十五日

機械と芸術革命一本　三・〇〇

F.Masereel's Bilder-Romane 六本　二〇・〇〇　十月二十八日

同 C.Stirnhiem's Chronik 插画一本　四二・〇〇

同 O.Wilde's The Ballad of Reading Gaol 插画一本　三七・〇〇

同插画 C.Philippe's Der alte Perdrix 一本　三・〇〇

同 Gesichter und Fratzen 一本　二〇・〇〇

W.Geiger: Tolstoi's Kreutzersonata 插画一帖十三枚 四七・〇〇

Maler Daumier (Nachtrag) 一本　一九・〇〇

天産鈉化合物の研究（其一）一本　三・〇〇

漢薬写真集成（第二辑）一本　二・六〇

中国文字之原始及其构造二本　一・六〇

世界美術全集（卅六）一本　三・〇〇　十月三十日

Die Jagd nach Zaren 一本　〇・六〇

Das Attentat auf den　Zaren 一本　一・〇〇

千夜一夜（十）一本　三・八〇〇　十月卅一日二六七・五〇〇

über alles die Liebe 一本　七・二〇　十一月十日

Das Teufelische in der Kunst　一・八〇

美術史の根本問題一本　四・八〇

新しき芸術の獲得一本　五・二〇

ボローヂン脱出記一本　二・〇〇　十一月十一日

川柳漫画全集（5）一本　二・二〇　十一月十三日

南阳汉画象集一本　二・四〇　十一月十五日

生物学講座（十）六本　四・〇〇

ドレフユス事件一本　二・五〇　十一月十六日

浮世絵名作集（第二回）第一辑二枚　一四・〇〇　十一月十九日

同上第二輯二枚　一四・〇〇

Der Maler Daumier 一本　六六・五〇　十一月二十日

世界美術全集（別巻十五）一本　三・〇〇

マチス以後一本　七・六〇

芸術総論一本　一・八〇　十一月二十一日

浮世絵名作集第三輯二枚　一四・〇〇　十一月二十五日

The New Woodcut 一本　七・五〇　十一月二十七日

芸術学研究（4）一本　四・〇〇

詩と詩論（特輯別冊）一本　四・〇〇

機械と芸術の交流一本　五・〇〇

ヒスラーリ一本　三・〇〇

楽浪（特制本）一本　九〇・〇〇　十一月二十八日　二二六・三〇〇

Abrechnung Folget 一本　二・〇〇　十二月二日

Die Kunst ist in Gefahr　〇・七五〇

China-Reise 一本　三・七〇〇

Erinnerungen an Lenin　一・三〇

Geschichte der Weltliteratur 一本　七・六〇

Wesen u.Veränderung der Formen 一本　七・六〇

Geschichten aus Odessa 一本　二・八五〇

千夜一夜（十一）一本　三・〇〇

世界美術全集（別冊三）一本　三・二〇

レーニンと芸術一本　一・五〇　十二月三日

川柳漫画全集（5）一本　二・二〇　十二月五日

泰西名家傑作選集一本　三・〇〇　十二月十一日

Die Schaffenden（VI Jahrgang）四帖二十枚　七八・〇〇
　　　　　　　　　　　　　　　　　十二月十二日

Kulturgeschichte des Prolet.（Vol.I）一本　一七・〇〇

生物学講座（十一回）一函八本　四・〇〇　十二月十六日

浮世絵大成（四）一本　三・六〇　十二月十八日

浮世絵版画名作集（四）一帖二枚　一五・〇〇　十二月二十二日

エゲレスイロハ一本　二・五〇

昆虫記（七）一本　二・〇〇　十二月二十三日

昆虫記（八）一本　二・〇〇

新シキ者ト古キ者一本　一・六〇

工場細胞一本　二・四〇

生物学講座（十二）一函六本　四・〇〇　十二月三十日

千夜一夜（十二）一本　三・〇〇　十二月三十一日

世界美術全集（別巻7）一本　三・二〇

川柳漫画全集（九）一本　二・二〇

浮世絵大成（十）一本　三・六〇

欧洲文学発達史一本　三・四〇　　　　　　　一九一・二〇〇

总计二四〇四・五〇〇，
平匀每月用泉二〇〇・三七五〇〇〇。

日记二十（1931 年）

一月

一日　昙。无事。

二日　晴。无事。

三日　昙。上午得宋崇义信片。得高桥医生信片。得储元熹信。下午三弟及蕴如来。夜小雨。

四日　星期。昙，午后晴。下午理发。

五日　昙。上午同广平携海婴往平井博士寓诊。得母亲信，去年十二月二十九日发。往内山书店买关于绘画之书二本，其直九元。下午小雨。夜大风。

六日　昙。午后得季志仁信并《插画家传》五本，D.Wapler 木刻三枚一帖，其值共三十一元，去年十二月八日发。得诗荃信式封，去年十二月六日及十六日发。寄三弟信。

七日　昙。夜寄母亲信。寄靖华信。往东亚食堂饭。

八日　昙。上午收编辑费三百，去年十月分。复季志仁信。午后雨。往仁济堂为海婴买药。往内山书店买《詩と詩論》（十）一本，三元。晚三弟来。得紫佩信，三日发。夜风。

九日　雨雪而风，下午霁。复紫佩信。复诗荃信。夜又雨雪。

十日　晴，冷，下午微雪。晚明日书店招饮于都益处，不赴。

十一日　星期。昙，冷。晚三弟来，留之夜饭。

十二日　晴。晚平甫及密斯冯来，并赠新会橙四枚。

十三日　晴，冷。上午内山书店送来《葛飾北斎》一本，二十元。

十四日　晴。下午得诗荃信，去年十二月二十二日发。

十五日　晴。上午往瀛寰图书公司买书四种六本，共泉三十七元二角。下午金枝来，并赠榅果一合。以 Strong 之《China's Reise》赠白莽。晚三弟来，留之夜饭，并即还其持来之叶永蓁稿。

十六日　晴。午后往内山书店买《ソヴェートロシアの芸術》一本，三元九角。下午山田女士及内山夫人来，并赠海婴玩具麾［摩］托车一辆。

十七日　昙。下午冯梅君来。往内山书店买《昆虫記》（六）一本，二元五角。得母亲信，十一日发。夜蒋径三来。

十八日　星期。晴。午前三弟来，留之吃面。下午往内山书店买《大十年の文学》一本，一元六角。晚史沫特列女士偕翻译来。

十九日　晴。午后得诗荃信，去年十二月廿九日发。得世界语学会信。

二十日　晴。上午寄中学生杂志社信，答郑振铎。午后内山书店送来《浮世絵傑作集》（第五回）一帖二枚，计直十六元。下午偕广平携海婴并许媪移居花园庄。

二十一日　雨。下午寄季市信。寄杨律师信。

二十二日　昙。上午往内山书店。下午得丛芜信。

二十三日　晴，风。午后得学昭、何穆合照片，巴黎发。寄小峰信。寄紫佩信。晚蒋径三来。

二十四日　昙。晚复丛芜信。雨。

二十五日　星期。雨。上午收《自然界》稿费三十六元。

二十六日　风，雪。下午收诗荃所寄《弗兰孚德日报》一卷。

二十七日　雨雪，上午晴。中美图书公司送来书一本，直八元三角。

二十八日　昙，冷。午后收诗荃所寄《弗兰孚德日报》三封。下午往内山书店买风景及静物画选集各一本，每本直一元七角。晚付花园庄泉百五十。

二十九日　晴，夜小雨。无事。

三十日　雨。下午收靖华所寄《平静的顿河》第二卷一本。寄母亲信。寄诗荃信。夜往陆羽居吃面。内山及其夫人来。

三十一日　昙。午后往内山书店，得川上澄生所刻《伊蘇普物語図》第一回分八枚，又第二回分七枚，《浮世絵大成》第六卷一本，共泉九元六角。夜雨。

二月

一日　星期。晴。午后同广平携海婴往内山书店，见赠川上澄生氏木刻静物图二枚。下午昙。夜访三弟。雨。

二日　昙。午后得靖华信，十日发。寄素园信。寄小峰信。晚得紫佩信，一月二十八日发。是日印《梅斐尔德木刻士敏土之图》二百五十部成，中国宣纸玻璃版，计泉百九十一元二角。

三日　昙。午后友堂赠冬笋一包，以八枚转赠内山君。买《昆虫記》（六至八）上制三本，共十元，又川上澄生木刻静物图三枚，十一元六角。晚得小峰信，并版税泉四百，鱼圆一皿，茗一合。

四日　雨。下午寄李秉中信。

五日　雨。上午寄母亲信。复小峰信。下午寄有麟信。泽村幸夫君见赠《Japan，Today and Tomorrow》一本。

六日　微雪。下午往内山书店。晚径三来。

七日　晴。下午收神州国光社稿费四百五十，捐赎黄后绘泉百。

八日　星期。昙。上午分与三弟泉百。得黎锦明信。夜雨。

九日　雨。下午以复黎锦明函寄章雪村，托其转寄。夜雨雪。

十日　昙。下午往内山书店，得《エゲレスいろは》诗集两种，《風流人》一本，共泉七元五角。

十一日　晴，午后昙。赠内山明前一斤。得母亲信，五日发。得李简君信，即复。得小峰信，夜复。微雪。

十二日　雨雪。日本京华堂主人小原荣次郎君买兰将东归，为赋一绝句，书以赠之，诗云："椒焚桂折佳人老，独托幽岩展素心。岂惜芳馨遗远者，故乡如醉有荆榛。"

十三日　雨。午邀小峰在东亚食堂午饭。下午得诗荃所寄《弗兰克孚德日报》三张，又自作木刻两幅。夜雨霰。

十四日　雨雪。午后访蔡先生，未遇，留赠《士敏土图》两本。

十五日　星期。晴，下午雨。为王君译眼药广告一则，得茄力克香烟六铁合。为长尾景和君作字一幅。收北新书局收回《而已集》纸版费四十六元。

十六日　昙。午后得李秉中信，九日发。下午往内山书店。旧历除夕也，托王蕴如制肴三种，于晚食之。径三适来，因留之同饭。夜收水沫书店版税七十三元六角。付南江店友赎款五十。雨。

十七日　辛未元旦。雨雪，午霁。下午寄小峰信。

十八日　晴。午后得素园信。得有麟信。寄李秉中信。

十九日　昙。上午王蕴如携阿菩来。得诗荃信，一月二十八日发。下午往内山书店，得《浮世絵傑作集》（六）二枚一帖，计直十八元。

二十日　昙。下午往内山书店取《生物学講座》（第十三回）一函七本，计直六元，即赠三弟。

二十一日　昙。午后得小峰信并版税四百。寄诗荃信。下午往内山书店买《美学及ビ美［文］学史論》一本，二元二角。

二十二日　星期。晴。无事。

二十三日　晴。上午访子英。下午寄小峰信。得紫佩信，十七日发。

二十四日　晴。午后复紫佩信。复靖华信。

二十五日　晴，风。无事。

二十六日　晴。下午往内山书店，得《川柳漫画全集》（3）一本，其直二元六角。

二十七日　晴。上午得杨律师信，下午复。得山上正义信并《阿Q正传》日本文译稿一本。

二十八日　昙。午后三人仍回旧寓。往内山书店，得《浮世絵大成》（九）一本，其直四元六角。

三月

一日　星期。晴。上午赠长尾景和君《彷徨》一本。午后往内山书店，赠内山夫人油浸曹白一合，从内山君乞得弘一上人书一纸。

二日　晴。午后得丛芜信。雨。

三日　雨。午后校山上正义所译《阿Q正传》讫，即以还之，并附一笺。下午往内山书店，得《近代劇全集》（别册，舞台写真帖）一函共一百八十五枚，直二元六角。又《伊蘇普物語木刻図》十二枚，因纸质不同，故以士帖社即以为赠，不计直。得李秉中信，二月廿五日发。

四日　小雨。晨季市来。上午同广平携海婴往石井医院诊。得徐旭生所赠自著《西游日记》一部三本。下午得靖华信，二月十三日发。得钱君匋信，索《士敏土之图》，即与之。

五日　昙。午后为升屋、松藻、松元各书自作一幅，文录于后："春江好景依然在，海国征人此际行。莫向遥天忆歌舞，《西游》演了是《封神》。""大野多鉤棘，长天列战云。几家春袅袅，万籁静愔愔。下土惟秦醉，中流辍越吟。风波一浩荡，花树已萧森。""昔闻湘水碧于染，今闻湘水胭脂痕。湘灵装成照湘水，皓如素月窥彤云。高丘寂寞竦中夜，芳荃苓落无余春。鼓完瑶瑟人不闻，太平成象盈秋门。"下午雨。晚长尾景和来并赠复刻浮世绘歌麿作五枚，北斋、广重作各一枚。

六日　大雾而雨。午后复李秉中信。松元赠烟卷三合。

七日　昙，午后晴。收去年十一月编辑费三百。寄母亲信。

八日　星期。晴。上午同广平携海婴往石井医院，值医师出诊，遂索药而归。买《世界文学評論》第六号一本，七角五分。午后寄山上正义信。下午晤丛芜。

九日　微雪。午后得心梅叔信。晚径三来。

十日　晴。上午寄紫佩信，并四月至六月家用泉共三百，托其转交。

十一日　晴。午后往内山书店，取《世界美術全集》（别册十六）一本，四元。下午浴。晚得诗荃所寄书籍一木箱，内代买书六本，寄存书二十八本，期刊等十九本，《文学世界》八分。

十二日　晴。午后理发。收《世界美術全集》（别册一）一本，直四元。

十三日　大雾，午晴。下午收靖华所寄书三本。

十四日　晴。无事。

十五日　星期。昙，下午晴。无事。

十六日　昙。午后得托商务印书馆从德国买来之书三本，共泉二十三元。夜校《小说史略》印本起。

十七日　昙。午内山书店送来《浮世絵傑作集》（七）一帖二枚，价十七元。又《伊兽保絵物语》（第三回）一帖十二枚，价三元。

十八日　晴。下午寄小峰信。晚史女士及乐君来。

十九日　晴。无事。

二十日　晴。下午阿菩来洗浴，偕之上街，为买痘苗一管，玩具二种。往内山书店，得《生物学講座》（第十四回）一函七本，价四元八角。得小峰信。夜访三弟。得紫佩信，十六日发。

二十一日　晴。下午收李秉中寄赠海婴衣裤一套。

二十二日　星期。晴。无事。

二十三日　晴，风。下午森本赠海苔一匣，烟卷六合。

二十四日　晴。下午往内山书店买《書林一瞥》一本，六角。

二十五日　晴，晚雾，夜大风。无事。

二十六日　晴。晚得诗荃信并木刻《戈理基像》一幅，《文学世界》六分，九日发。

二十七日　晴。午前长尾景和君来，并赠烟卷四合。

二十八日　晴。下午寄靖华信。寄诗荃信。寄未名社信。往内山书店，得《浮世絵大成》（十一）一本，价四元。

二十九日　星期。昙，晚雨。无事。

三十日　昙。下午往内山书店买《新洋画研究》一本，四元七角。雨。

三十一日　晴。午后内山书店送来书二本，六元一角。

四月

一日　晴。无事。

二日　晴。下午寄诗荃信并马克五十。

三日　晴。午后往内山书店。下午广平买茶腿一只，托先施公司寄母亲。夜服阿思匹林一粒。

四日　晴。上午寄母亲信。寄李秉中信。午请文英夫妇食春饼。下午三弟来。得李秉中信。大风。

五日　星期。晴。午后得未名社信。收去年十二月分编辑费三百。

六日　晴。无事。

七日　晴。上午托 A.Smedley 寄 K.Kollwitz 一百马克买板画。

八日　晴。下午得靖华信，三月廿三日发。

九日　晴。无事。

十日　雨。下午内山书店送来书两本，六元三角。夜大风。

十一日　昙。午后往内山书店买书三种，十三元二角。晚治肴八种，邀增田涉君、内山君及其夫人晚餐。

十二日　星期。昙。无事。

十三日　晴。无事。

十四日　晴。无事。

十五日　晴。午后得钦文信。往内山书店，得《浮世絵傑作集》（八回）一帖二枚，十七元。

十六日　晴，风。上午复钦文信。下午复李秉中信。

十七日　晴。上午内山赠面筋及酱骨各一包。午后长尾景和来并赠板画一枚，手巾一条，玩具四种，糖一袋。往同文书院讲演一小时，题为《流氓与文学》，增田、鎌田两君同去。

十八日　昙。午后往内山书店买书一本，一元八角。

十九日　星期。晴。午后同三弟往西泠印社买北齐《天龙寺造象》拓片八枚，三元七角。又往文明书局买《女史箴图》一本，一元五角。并为增田君买《板桥道情墨迹》及九华堂信笺等。夜雨。

二十日　昙。上午以信笺八十枚寄诗荃。下午同广平、海婴、文英及其夫人并孩子往阳春［春阳］馆照相。得 Meyenburg 信及诗荃绍介函，十四日自日本发。晚托三弟往西泠印社代买《益智图》、《续图》、《字图》及《燕几图》共六本，四元二角。夜雨。

二十一日　雨。无事。

二十二日　晴。买《益智图千字文》石印本一部，一元五角。

二十三日　昙，下午雨。买《生物学講座》（十五回）一函八本，值四元八角，即赠三弟。增田君来，并赠羊羹一合。

二十四日　晴。上午收同文书院车资十二元。下午内山君赠海婴五月人形金太郎一坐。晚蒋径三来。

二十五日　昙。午后同广平往高桥齿科医院。下午雨。

二十六日　星期。晴。上午同广平携海婴往石井医院诊。下午得小峰信并版税泉四百，即复。

二十七日　昙。上午复 Dr.Erwin Meyenburg 信。下午雨。往内山书店买新剧版画二种二帖共八枚，共泉二元四角。

二十八日　昙。下午托三弟从商务印书馆买来宋、明、清人画册五种五本，共泉八元六角。得紫佩信，二十一日发，云董秋芳由山东寄还泉五十元，已交京寓。夜雨而雷。

二十九日　上午得韦丛芜信，午后复。

三十日　昙。上午寄韦丛芜信。午后雨。往内山书店买《现代欧洲文学とプロレタリアト》壹本，三元六角。夜同广平访三弟而不在寓，遂即归。

五月

一日　晴。下午得韦丛芜信，即复，并声明退出未名社。

二日　晴。上午内山书店送来《世界美術全集》(别卷六)、《浮世絵大成》(八)各一本，共泉七元八角。午后得诗荃信，四月十六日发，下午又得所寄 W.Hausenstein：《Der Körper des Menschen》一本，值四十八元。

三日　星期。晴。下午得流水信。晚小峰来。

四日　昙。晚收诗荃所寄《Edvard Munchs Graphik》一本，直七元。

五日　雨。午后收一月及二月分编辑费共泉六百。寄孙用信。

六日　雨。午后增田君及清水君来，谈至晚。夜校《勇敢的约翰》。

　　七日　昙。上午寄诗荃信并百马克汇票一纸，又《土敏土之图》一本，《申报图画附刊》十余张。下午买樟木箱二个，共三十四元二角。

　　八日　晴。午后收 New Masses 社所寄月刊七本，《Red Cartoons》三本。得赵景深信。下午同增田、文英及广平往上海大戏院观《人兽世界》。内山书店送来《芸術の起源及ビ発達》一本，二元四角。

　　九日　晴。午后从内山书店买《書道全集》六本，二十四元。

　　十日　星期。昙，下午雨。同增田访清水君于花园庄，晚饭后归。

　　十一日　小雨。无事。

　　十二日　晴。晚蒋径三来，并交王育和信及旧寓顶费五十五元。

　　十三日　晴。午后往内山书店买《霰》一本，《La malgran-da Johano》一本，共泉四元五角。夜重复整理译本《毁灭》讫。

　　十四日　晴。午后收经训堂书目两本。以泉五元买上虞新茶六斤，赠内山君一斤，向之假泉一百。晚雨。李一氓赠《甲骨文字研究》一部。

　　十五日　晴，风。上午广平往中国银行取泉三百五十，还内山君泉百。下午从商务印书馆取来托买之 G.Grosz 石版《Die Raüber》画帖一帖九枚，直百五十元，邮费二十八元。托三弟买珂罗版印字画三种三本，四元八角。又买上虞新茶七斤，七元。

　　十六日　晴。午后同增田、鎌田两君往观第四回申羊会洋画展览会。下午得孙用信并《勇敢的约翰》插画三种。夜与广平邀蕴如及三弟往上海大戏院观《人兽世界》。

　　十七日　星期。昙，下午雨。清水君来并赠水果一筐。

十八日　昙，午后雨。无事。

十九日　昙。上午得诗荃信，一日发。下午与田君来，并赠糖一合，约访斋藤揔一君，傍晚与增田君同往。雨。

二十日　昙。午后得《浮世絵傑作集》（九回）一帖二枚，价十七元。晚理发。

二十一日　昙。上午将书籍八箱运往京寓。午后晴。下午清水三郎君来。晚往内山书店，得《日本裸体美術全集》（Ⅲ）一本，值十二元。雨，即霁。夜复雨。

二十二日　晴，风。下午托三弟买《李怀琳书绝交书》一本，四角。

二十三日　昙。上午寄母亲信。寄紫佩信。季市来。夜雨。

二十四日　星期。晴。下午收 Käthe Kollwitz 版画十二枚，直百二十元。晚往内山〖图〗书店买书两本，共泉十五元。夜雨。

二十五日　晴。午后往内山书店，得《生物学講座》（十六回）一函八本，值六元，即赠三弟。内山君赠麦酒一瓶，ボンタン饴一合。

二十六日　晴。午后内山书店送来书籍二本，十二元六角。晚得诗荃集《文选》句《咏怀》诗一篇，九日发。

二十七日　晴，暖。上午季市来。夜邀清水、增田二君饭。

二十八日　晴。午后得朱稷臣信，言其父（可铭）于阴历四月初十日去世。

二十九日　晴。上午由中国银行汇朱稷臣泉一百。下午收大江书店四月分结算版税二十六元。夜雨。

三十日　昙。午后得蔡咏裳信。下午清水君来。赠增田君《四库〖部〗丛刊》本《陶渊明集》一部二本。晚寄母亲信。寄朱稷臣信。

复蔡君信。运书八箱往京寓。

三十一日　星期。晴。午后见柳原烨子女士。山本夫人赠海婴以奈良人形一合。夜同广平访三弟。

六月

一日　晴。下午得小峰信并五月份版税四百，晚分与三弟百。

二日　晴。晨复小峰信。上午达夫来。同广平携海婴往平井博士寓诊。晚内山君招饮于功德林，同席宫崎、柳原、山本、斋藤、加藤、增田、达夫、内山及其夫人。

三日　晴。午后收三、四两月编辑费六百。下午清水清君来。收朱稷臣信。得紫佩信，五月二十八日发。夜同蕴如、三弟及广平往奥迪安大戏院观电影《兽国春秋》。

四日　晴。上午同广平携海婴往平井博士寓诊。午后由商务印书馆从德国寄来书二本，共泉十九元六角。夜同广平携海婴往内山书店，得关于浮世绘之书两本，共泉二十二元四角。

五日　晴。下午寄紫佩信并七月至九月家用泉三百，海婴等照片一枚，托其转交。内山书店送来书二本，直八元。

六日　昙，下午雨。夜径三来。

七日　星期。雨，午后霁。同三弟往西泠印社买石章二，托吴德元［光］、顾［陶］寿伯各刻其一，共用泉四元五角。在艺苑真赏社买《燕寝怡情》一本，三元二角。在蟫隐庐豫约《铁云藏龟》一部，四元。晚冯君来，并为代买得《Alay-Oop》一本，直八元。

八日　晴。午后往内山书店，得《千家元麿詩笺》一帖四枚，二

191

元三角。又《新洋画研究》（5）一本，四元六角。得尾崎君信。下午清水君来。蒋径三来。

九日　晴。午后得诗荃所寄《Eulenspiegel》十本。晚以《燕寝怡情》赠增田君。夜同径三、增田、雪峰往西谛寓，看明清版插画。朱稷臣赠鱼干一篓，笋干及干菜一篓，由三弟转交。

十日　晴。下午清水及与田君来。

十一日　晴，风。午后内山书店送来《川柳漫画全集》（十）一本，直二元五角。往妇女の友会讲一小时。下午访清水君。晚冯君及汉堡嘉夫人来，赠以《士敏土之图》一本。寄钦文信。寄中国书店信。

十二日　晴。午后斋藤女士、山本夫人及其孩子来，赠广平纱伞一柄，答以画片每人各二枚。下午邀清水、增田、蕴如及广平往奥迪安大戏院观联华歌舞团歌舞，不终曲而出，与增田君观一八艺社展览会。从商务印书馆取来由德购到之 C.Glaser：《Die Graphik der Neuzeit》一本，三十五元四角。得诗荃信，廿七日发。

十三日　晴。午后得中国书店目录两本。晚得靖华译稿一本。

十四日　星期。晴，午后昙。寄靖华信。为宫崎龙介君书一幅云：“大江日夜向东流，聚义群雄又远游。六代绮罗成旧梦，石头城上月如鈎。”又为白莲女士书一幅云：“雨花台边埋断戟，莫愁湖里余微波。所思美人不可见，归忆江天发浩歌。”夜雷电大雨。

十五日　昙。无事。

十六日　昙。无事。

十七日　昙。午后得紫佩信，十一日发。得钦文信。得靖华信并木刻戈理基像一纸，五月三十日发。买《独逸語基本語集》一本，二元六角。夜雨。

十八日　雨。上午复钦文信。买《生物学講座》（十七）一部，下午以赠三弟。

十九日　雨。下午增田、清水二君来谈，留之晚饭。夜寄靖华信。

二十日　昙，午后雨。无事。

二十一日　星期。晴。夜浴。

二十二日　昙。上午寄紫佩信并还其代付之书籍运送费四十一元。

二十三日　晴。夜同广平携海婴访王蕴如及三弟。得李秉中信，十六日发。收六月分《新群众》一本。得诗荃所寄 Daumier 及 Käthe Kollwitz 画选各一帖，十六及十二枚，共泉十一元也。

二十四日　晴。午后复秉中信。寄诗荃信。寄小峰信。晚往花园庄访清水君。夜蕴如及三弟来。雷电而雨。

二十五日　晴。午后收《世界美術全集》（别卷5）一本，值三元四角。夜增田及清水君来。

二十六日　晴，热。下午清水君来并赠饼饵一合。夜访三弟。

二十七日　晴。上午内山书店送来《浮世繪傑作集》（第十回）一帖二枚，直十六元。下午同增田君及广平往日本人俱乐部观太田及田坂两君作品展览会，购取两枚，共泉卅。观木村响泉个人展览会。归途在 ABC 酒店饮啤酒。夜径三来，并持来西谛所赠信笺及信封各一合。蕴如及三弟来。得诗荃信，十日发。

二十八日　星期。晴，热。午后建纲来。清水君来，邀往奥迪安大戏院观《Escape》。下午雨一陈。夜同增田君及广平出观跳舞。

二十九日　昙，上午雨一陈即霁。午后同增田君往上海艺术专科学校观学期成绩展览会。山本夫人见赠携其幼儿之照相一枚。下午海婴发热，为请平井博士来诊。得朱积成信。

三十日　晴，热。下午得紫佩信，廿六日发。

七月

一日　雨。上午同广平携海婴往平井博士寓，适值其休息日，未诊，仍服旧方。午前晴。夜蕴如来，赠杨梅一筐。

二日　晴，热。上午同广平携海婴往平井博士寓诊。午后往内山书店买《詩と詩論》（十二）一本，四元六角。下午明之、子英来。三弟来。夜邀三人同往东亚食堂夜饭。

三日　晴，热。晚往内山书店买《独和動詞辞典》一本，四元六角。夜雨。

四日　雨。上午同广平携海婴往平井博士寓诊。

五日　星期。雨，夜大雷雨。无事。

六日　雨。上午寄母亲信。下午小峰及其夫人，川岛及其夫人携二孩子来，并赠桃子一合，茗一斤，即赠以皮球一枚，积木一合。从商务印书馆由德国寄来书籍三本，价九元二角。得诗荃信，上月十八日发，附冯至所与信二种。

七日　晴，热。上午收五月份编辑费三百。午后寄三弟信。往内山书店得《書道全集》二本，《浮世絵大成》一本，共泉九元四角。

八日　昙。无事。

九日　昙，热，下午大雷雨。无事。

十日　晴。午后得荔丞所寄赠自作花鸟一帧。

十一日　晴，热，夜雷雨。无事。

十二日　星期。晴，夜雨。山上君招饮于南京酒家，同席五人。

十三日　晴。午后往内山书店，得《日本裸体美術全集》（五）一本，十二元。下午蔡君来，并赠海婴以汕头傀儡一枚。夜收水沫书店版税四十一元五角五分。校《苦闷的象征》印稿讫。

十四日　晴。午后往内山书店，得《虫類画譜》一本，直三元四角，以赠广平。下午得小峰信并六月分版税四百。

十五日　昙。午后复小峰信。寄未名社信，索还《士敏土之图》。下午小雨。

十六日　晴。下午得母亲信，十二日发。得有麟信。夜同广平访三弟，赠以茶腿一方。

十七日　晴。下午为增田君讲《中国小说史略》毕。

十八日　晴，热。下午得小峰信。夜雨。浴。

十九日　星期。晴，热。上午寄开明书店信。复小峰信，附致未名社信一函。下午大风雨，雷电，门前积水尺余。

二十日　晴，热。下午增田君来，并赠元川克已作铅笔风景画一枚。晚往暑期学校演讲一小时，题为《上海文艺之一瞥》。夜雨。校录《夏娃日记》毕。

二十一日　雨。上午得开明书店信。

二十二日　昙。午后内山书店送来《浮世絵傑作集》（十一回分）一帖二枚，直十六元。得诗荃信，三日发。夜同广平访三弟。雨。

二十三日　雨。晚得振铎信，并赠《百华诗笺谱》一函二本。夜雾。

二十四日　晨大雨，门前积水盈尺。午后复振铎信。寄荔丞信。下午得 Käthe Kollwitz 作版画十枚，共泉百十四元。夜大雷雨一陈。

二十五日　雨。下午得韦丛芜信。从丸善寄来书两本，每本八元。

二十六日　星期。雨。上午往内山书店买《静なるドン》（2）一本，二元。

二十七日　晴。下午得诗荃信，八日发。夜雨。

二十八日　晴。午后得张子长信，即复。下午同广平携海婴往福井写真馆照相。往内山书店，得美术书二本，七元八角。又《書道全集》（五、八、十二、十三）共泉十元。晚雨。

二十九日　晴。午后往内山书店买《東洋画概論》一本，直七元，夜煮干菜鸭一只，邀三弟晚饭。

三十日　晴，热。上午复诗荃信。理发。午后同广平携海婴复至福井写真馆重行照相。下午文英、丁琳来。得小峰信。夜同增田君及广平往奥迪安馆观电影，殊不佳。

三十一日　晴。上午复小峰信。晚寄诗荃信。

八月

一日　晴，热。下午订《铁流》讫。

二日　星期。晴，热。无事。

三日　晴，热。下午内山书店送来《書道全集》（廿一）一本，二元五角。

四日　晴，大热。下午得清水君信片。夜浴。

五日　昙，热，午后小雨而霁。内山书店送来《書道全集》（十一）一本，二元五角。收六月分〖分〗编辑费三百。夜同蕴如、三弟及广平观电影。

六日　晴，大热。上午往内山书店买《日本プロレタリア美術集》一本，五元。

七日　晴，大热。无事。

八日　晴，热。上午寄母亲信。晚得小峰信。

九日　星期。晴。上午复小峰信。夜译短篇《肥料》讫。

十日　晴，热。晚浴。夜同广平携海婴访王蕴如及三弟。风。

十一日　昙，风。上午以海婴照片寄母亲。下午得靖华信。

十二日　晴，风而热。夜同蕴如、三弟及广平往奥迪安观电影。

十三日　晴，热。上午内山书店送来《川柳漫画全集》（六）一本，二元五角。子英来。午后片山松藻女士绍介内山嘉吉君来观版画。下午从商务印书馆取得由德购来之书四本，共泉三十四元。从蟫隐庐取得豫约之《铁云藏龟》一部六本，四元。

十四日　晴，热。午后得蔡永言信并《士敏士［土］》跋。得靖华信，七月廿八日发。

十五日　晴，热。午后得靖华所寄《Zhelezniy Potok》一本。下午同广平携海婴上街买肚兜、磁碗并玩具等，并为阿菩买四件。晚得小峰信并七月份版税四百。夜交柔石遗孤教育费百。访三弟，还铁床泉二十，得杨梅烧酒一瓮。

十六日　星期。晴，热。邀三弟来寓午餐，下午同赴国民大戏院观电影《Ingagi》，广平亦去，夜并迎阿菩来同饭。

十七日　晴。晨复永言信。复靖华信。请内山嘉吉君教学生木刻术，为作翻译，自九至十一时。下午得母亲信二封，十三及十四日发。

十八日　晴。上午作翻译。午后往内山书店买书一本，二元。

十九日　晴。上午作翻译。午后得《浮世絵傑作集》（十二）一帖二枚，直十四元。夜浴。

二十日　昙。上午作翻译。午后以 Käthe Kollwitz 之《Weberaufstand》六枚赠内山嘉吉君，酬其教授木刻术。晚得秉中信。夜始校《铁流》。闷热。

二十一日　晴，热。上午作翻译。下午得内山信。得靖华信，并《铁流》注。

二十二日　晴，热。上午作翻译毕，同照相，并分得学生所赠水果两筐，又分其半赠三弟。下午得诗荃信，一日发。晚内山完造君招饮于新半斋，为其弟嘉吉君与片山松藻女士结婚也，同坐四十余人。

二十三日　星期。晴。午后同三弟往北新书局编辑所访小峰不遇，因至文明书局买书。夜同增田君、三弟及广平往山西大戏院观电影《哥萨克》，甚佳。大风吹麦门冬一盆坠楼下，失之。

二十四日　晴，大风。上午为一八艺社木刻部讲一小时。季市来，未遇。午邀章警秋、高桥悟朗、内山完造往东亚食堂饭。下午得靖华信并《铁流》注解，九日发。夜王蕴如来，并赠鲞四片，鸡一只，即并偕广平往三弟寓，四人又至山西大戏院观《哥萨克》。

二十五日　昙，大风，午大雨至夜。寓屋漏水，电灯亦灭也。

二十六日　小雨。上午寄母亲信。午后晴。往日语学会。晚得林兰信。得母亲信，二十一日发。

二十七日　晴。晨复秉中信。下午赠同文书院《野草》等共七本。

二十八日　晴。午后寄开明书店信。以左文杂志二份寄靖华。夜访三弟，得《苏俄印象记》一本，愈之所赠。

二十九日　昙。午后往内山书店，得《浮世绘大成》一本，四元四角。晚得季志仁所寄《Les Artistes du Livre》（16—21）六本，约值六十六元。

三十日　星期。昙。午后得绍明信。夜同广平携海婴访三弟。

三十一日　昙。午后映霞、达夫来。下午得商务印书馆景印百衲本《二十四史》第二期书《后汉书》、《三国志》、《五代史记》、《辽史》、《金史》五种共一百二十二本。以《土敏土之图》一本赠胡愈之。得开明书店信。

九月

一日　昙。无事。

二日　晴，风。午后得诗荃信，八月十六日发。得同文书院信。下午得靖华信并《铁流》序文等，八月十六日发。晚骤雨。

三日　雨。无事。

四日　阴雨。上午寄靖华信。下午收编辑费三百元，七月分。

五日　阴雨。午后往内山书店，得《書道全集》（二十二）一本，《岩波文庫》本《昆虫記》（二、一八）二本，共泉三元六角。得靖华信并绥氏论文等，八月二十一日发。得司徒乔信。

六日　星期。阴雨。下午寄三弟信。复司徒乔信。

七日　晴。松藻小姐将于明日归国，午后为书欧阳炯《南乡子》词一幅，下午来别。广平往先施公司买茶腿两只，分寄母亲及紫佩，连邮费共十四元。晚得韦丛芜信。

八日　晴。午后寄紫佩信。晚径三来。三弟来，留之晚饭。

九日　晴。午后往内山书店，得《日本裸体美術全集》（二）一本，值十五元也。下午收韦丛芜所寄《罪与罚》（下）两本。夜访三弟。

十日 晴。无事。夜雨。

十一日 昙，风，时而微雨。下午寄母亲信。寄小峰信。往内山书店买《チヤパーエフ》一本，三元四角。

十二日 昙。午后往看内山君疾。夜始校《朝花夕拾》。

十三日 星期。昙。上午同广平携海婴往石井医院诊。午后得湖风书局信并《勇敢的约翰》校稿，即复。晚小雨旋止。治肴三品，邀蕴如及三弟夜饭，饭毕并同广平往国民大戏院观电影。夜雨。校正印稿之后，继以孺子啼哭，遂失眠。

十四日 昙，下午雨。无事。

十五日 昙，午后雨。下午达夫来。得小峰信并八月分板税四百，订正本《小说史略》二十本，即赠增田君四本。夜校《毁灭》讫。风。

十六日 昙。上午寄小峰信。寄孙用信。得季志仁信，八月十日发，下午复。寄紫佩信并十月至十二月家用泉三百，托其转交。寄三弟信。寄湖风书店信，并还校稿。

十七日 昙。上午同广平携海婴往石井医院诊。以《勇敢的约翰》原稿寄还孙用。以《中国小说史略》改订本分寄幼渔、钦文、同文书院图书馆各一本，盐谷节山教授三本。下午往内山书店买《现代芸术の諸倾向》一本，一元六角。

十八日 晴。午后得靖华信，一日发。

十九日 昙。午后往内山书店，得《浮世絵版画名作集》（十三回）一帖二枚，值十六元。下午以关于版画之书籍八本赠一八艺社木刻部。钦文来。晚径三来，赠以《中国小说史略》一本。得现代木刻研究会信。

二十日 星期。晴。午后钦文来，赠以《土敏土之图》一本。夜同广平携海婴访三弟。

二十一日　昙。上午寄靖华信。汇寄绍兴朱宅泉五十。午后往内山书店买日译《阿Q正传》一本，一元五角。得靖华信，一日发，并《绥拉菲摩维支全集》卷一一本。

二十二日　晴。午后得孙用信并印花千枚。得诗荃信，三日发。

二十三日　昙。午后往内山书店，得《詩と詩論》（十三）一本，四元五角；《生物学講座》（十八完）一函十本，五元。得钦文信。得绍明信。得清水君所寄复制浮世绘五枚。晚得紫佩信并照片，十九日发。小雨。

二十四日　雨。上午寄湖风书店信。午晴，下午雨。

二十五日　昙。下午湖风书店交来印图之泉五十元。晚治肴六种，邀三弟来饮，祝海婴二周岁也。夜雨。

二十六日　晴。午后往内山书店，得嘉吉君所赠浮世绘复刻本一帖四枚，又买《理論芸術学概論》一本，三元五角。得山本夫人留诗一枚。增田君之女周晬，以前年内山君赠海婴之驼毛毯一枚赠之。传是旧历中秋也，月色甚佳，遂同广平访蕴如及三弟，谈至十一时而归。

二十七日　星期。晴。无事。

二十八日　阴雨。无事。夜大风。

二十九日　昙。午后往内山书店买《世界裸体美术全集》（二及五）二本，十五元；丛文阁版《昆虫记》（九）一本，二元二角。下午得朱积功信。得紫佩信，二十二日发。晚三弟来，留之夜饭。

三十日　昙。下午在内山店买书二本，共七元八角。

十月

一日　晴。无事。

二日　晴。无事。

三日　晴。上午三弟引协和及其次男来，留之午膳。收八月份编辑费三百。午后往内山书店，得《世界美术全集》（别册八）一本，三元四角。广平托张维汉君在广州买信笺五元，下午寄到，仍是上海九华堂制品。夜访三弟。小雨。

四日　星期。昙。无事。

五日　昙。晚三弟来，留之食蟹，并赠以饼干一合。夜雨。

六日　晴。午后寄孙用信，并代湖风书店预付《勇敢的约翰》版税七十。寄小峰信。得湖风书店信并校稿。晚季市来，赠以《中国小说史略》及《士敏土之图》各二本。夜雨。

七日　晴。下午还湖风书店校稿。夜同广平往奥迪安观电影。雾。

八日　晴。午后往内山书店，得《世界裸体全集》（六）、《書道全集》（三）各一本，共泉九元四角。得大江书店信。

九日　晴。下午得小峰信并九月份版税四百。夜邀王蕴如、三弟及广平同往国民大戏院观《南极探险》电影。小雨，大风。

十日　晴，风。无事。

十一日　星期。晴。午后得孙用信并所赠《过岭记》一本。午后同三弟往艺苑真赏社买《三国画象》一部二本，一元二角。往北新书局买杂书六本。访小峰。夜邀三弟、蕴如及广平往国民大戏院观《西线无事》电影。

十二日　昙。午后得靖华信并《铁流》地图一枚，九月二十六日发。得端先所赠《战后》（下）一本。得湖风书局信并校稿。下午收大江书铺版税二十四元一角四分九厘。夜复湖风书店信。得真吾信。

十三日　晴，风。上午复真吾信。寄母亲信。校《勇敢的约翰》毕。

十四日　晴。上午内山书店送来《日本裸体美术全集》（1）一本，《工房有闲》一部二本，共泉二十元。下午理发。夜同广平往上海大戏院观电影《Belly in the Kid》。

十五日　晴。夜邀方璧、文英及三弟食蟹。

十六日　晴。无事。夜大雾。

十七日　晴。下午寄湖风书店信并《勇敢的约翰》插画十三种一万三千枚，图板二十块。在内山书店买林译《阿Q正传》一本，八角。夜同广平访三弟，值其外出。

十八日　星期。晴。夜邀蕴如及三弟并同广平至上海大戏院观电影。

十九日　晴。上午得小峰信。下午往内山书店买书两本，共一元六角。尾崎君赠林译《阿Q正传》一本，即转赠文英。内山君赠盐煮松茸一盂。

二十日　晴。午后钦文来。赠内山以蟹八枚。下午清水君来。夜同广平往奥迪安大戏院观《故宇妖风》电影。

二十一日　晴。午后增田君邀往花园庄食松茸饭，并得清水君所赠刘田岳碛河底石所刻小地藏一枚。下午往内山书店，得《日本浮世絵傑作集》（第十四回）一帖二枚，直十五元。夜译《士敏土》序讫。

二十二日　晴。下午校《夏娃日记》讫。晚访三弟。

二十三日　晴。肢体无力，似得感冒。

二十四日　晴。下午买《芸術的現代の諸相》一本，六元四角。

晚清水君来访。

二十五日　星期。昙，风。上午寄子英信。

二十六日　晴，大风。下午寄湖风书局信并校稿。寄长江印务公司信并稿件。广平为买鱼肝油一打，二十八元六角。以海婴照相一张，茶腿一只，托人寄赠王家外婆。

二十七日　晴。下午往内山书店，得《世界美術全集》别册九）、《浮世絵大成》（一）各一本，共泉八元八角。得钦文信。得靖华信，八日发。

二十八日　晴。下午子英来，赠以《中国小说史略》一本，德文书二本。

二十九日　晴。上午复靖华信。午后往内山书店买《二十世紀の欧洲文学》一本，三元四角。得抱经堂书目一本。得内山嘉吉君信片，伊豆发。得子英信。以《士敏土》序跋及插画付新生命书局。

三十日　晴。上午寄钦文信。以《勇敢的约翰》译者印证千枚，并插画制版收据，并印证税收据付湖风书局，共计直泉三百七元，下午收所还泉五十。得母亲信，二十六日发。夜邀蕴如及三弟并同广平往上海大戏院观《地狱天使》电影。

三十一日　下午得靖华信二函，十四及十七日发。内山君赠海婴草履一双。

十一月

一日　星期。晴。无事。

二日　晴。上午得冯余声信，即复。下午得湖风书店信，即复。

三日　昙，夜雨。无事。

四日　晴。上午收九月分编辑费三百。得钦文信并代买《青在堂梅谱》一本，价二元。得诗荃所寄《Graphik der Neuzeit》一本，照相二张，自作铜版画一枚。午后往内山书店买《書道全集》（一）、《昆虫記》各一本，共泉五元。夜译《亚克与人性》毕，共八千字。

五日　晴。下午内山君赠《支那人及支那社会の研究》一本。

六日　晴，风。下午寄子英信。寄小峰信。寄钦文信。与冯余声信并英文译本《野草》小序一篇，往日照相两枚。夜访三弟。

七日　晴。下午水野胜邦君来访，由盐谷教授介绍。夜径三来。

八日　星期。晴。午后得小峰信。晚三弟来，留之小饮。

九日　昙。午后得靖华信，十月二十三日发。晚治馔，邀水野、增田、内山及其夫人夜饭。赠水野君《小说史略》一本，拓本三种，增田君一种。雨。

十日　昙。上午寄三弟信。下午水野君赠 Capstan 十合。寄靖华信。诗荃寄赠《Deutsche Form》一本，十月二十四日柏林发。晚雨。

十一日　雨。上午往内山书店，买《世界裸体美術全集》（三）一本，读书家版《魔女》一本，共泉十一元八角。内山君赠苹果六枚，晚并邀饭于书店，同坐为水野、增田两君。

十二日　雨。上午得诗荃信，十月五日发。下午得湖风书店信并《勇敢的约翰》二十本，即复。

十三日　昙。下午寄孙用信并《勇敢的约翰》十一本，内一本托其转赠钦文。得湖风书店信并《勇敢的约翰》七十五本，作价三十七元八角也。夜微雨，访三弟，值其未归，少顷偕蕴如来，遂并同广平往国民大戏院观电影《银谷飞仙》，不佳，即退出。至虹口大戏院观《人间天堂》，亦不佳。校《嵇康集》以涵芬楼景印宋文［本］《六臣注文选》。

十四日　昙。下午寄紫佩信，并《勇敢的约翰》四本，托其分赠舒、珏及矛尘、斐君。得钦文信。

十五日　星期。昙。下午得靖华信，十月二十八日发。夜同广平往明珠大戏院观电影《三剑客》。译唆罗诃夫短篇讫，约五千字。

十六日　昙。晨寄三弟信并还《文选》。晚得叶圣陶信。

十七日　昙。晨寄诗荃信。寄小峰信，下午得复，并十月版税泉二百。

十八日　晴。上午寄小峰信。得孙用信。校《士敏土》起。

十九日　昙。上午石民来并交松浦氏所赠日译《阿Q正传》四本，《文学新闻》二张。下午往内山书店买《昆虫記》布装本（九及十）二本，共七元；《科学の詩人》〔一〕本，三元五角。留给黄源信。

二十日　昙。无事。

二十一日　昙。晨寄中国书店及蟫隐庐信，并各附邮票二分。收朱宅从越中寄赠海婴之糕干及椒盐饼共一合。午后雨。下午邀蕴如及三弟并同广平往新光戏院观电影《禽兽世界》，观毕至特色酒家晚饭，食三蛇羹。

二十二日　星期。昙。下午寄子英信。寄长江印刷局信。

二十三日　晴。下午往内山书店，得《浮世絵傑作集》（十五）一帖、《日本裸体美術全集》（六）一本，共泉卅元，二种俱完毕。又《川柳漫画全集》（一）一本，二元二角。夜同广平往威利大戏院观电影《陈查理》。

二十四日　晴。上午得子英信。得钦文信。得中国书店及蟫隐庐旧书目各一本。下午子英来。

二十五日　晴。午后子英来。下午得水野胜邦君信。王家外婆寄赠米粉干及花生等一篓。

二十六日　昙。下午汉嘉堡〔堡嘉〕夫人来借版画。《毁灭》制本成。

二十七日　昙，午后小雨。往内山书店，得《世界美術全集》（别册四）一本，三元五角。晚答开明书店问。寄小峰信。

二十八日　晴。清水清君将归国，赠以绣龙靠枕衣一对。

二十九日　星期。晴。午后同三弟往中国书店买《华光天王传》一本，一元。又至艺苑真赏社代张襄武买碑帖影本约二十种。又至蟫隐庐买《历代名将图》一部二本，一元六角。并买《文章轨范》一部二本，价八角，以赠小岛君。得杨、汤信。

三十日　晴。上午得小峰信并十月分版税泉二百。下午山本夫人赠热海所出玩具鸣子（吓鸦板）一枚，《古東多万》第一号一本。夜大雾。

十二月

一日　昙。上午复小峰信。得紫佩及舒信，十一月二十六日发。

二日　昙。下午收十月分编辑费三百。得钦文信，即复。作送增田涉君归国诗一首并写讫，诗云："扶桑正是秋光好，枫叶如丹照嫩寒。却折垂杨送归客，心随东棹忆华年。"得诗荃所寄《Masereel 木刻选集》及《Baluschek 传》各一本，自柏林发。晚小雨。校《士敏土》小说。

三日　昙。午后得叶圣陶信。下午微雪。

四日　晴。海婴染流行感冒，上午同广平携之往石井医院诊。

五日　晴。午后寄紫佩信，附与舒笺，又明年一至三月份家用泉三百，托其转交。往内山书店，得《世界裸体美術全集》（四）一本，七元。夜收湖风书店所赠《夏娃日记》十本。

六日　星期。雾。上午同广平携海婴往石井医院诊。午后海婴发热，复往石井医院取药。下午得增田君信。以《夏娃日记》分赠知人。

七日　小雨。上午同三弟携晔儿往福民医院诊。夜得钦文信。

八日　大雾。上午同广平携海婴往石井医院诊。内山书店送来《書道全集》（十七）一本，价二元五角。下午复钦文信。复杨、汤信。得高见泽木版社信片并山田［村］耕花版画《裸婦》一枚，为《日本裸体美術全集》购完后之赠品。得靖华信并毕斯凯莱夫木刻《〈铁流〉图》四枚，十一月二十一日发；又一信，二十二日发，所附同上。夜雨。

九日　昙。下午复靖华信。晚径三来。

十日　昙。无事。

十一日　昙。上午同广平携海婴往石井医院诊。增田涉君明日归国，于夜来别。大风。

十二日　昙，大风。上午寄小峰信。夜《铁流》印订成。

十三日　星期。晴，风，大冷。晚三弟持版权印证来，印费三十四元。

十四日　晴，冷。上午往石井医院取药。寄靖华《铁流》八本，寄钦文《毁灭》、《铁流》各一本。下午得钦文信，十一日发。

十五日　晴。午后同三弟往三洋泾桥买纸五元。夜得汉堡嘉夫人信，并赠海婴玩具一件。

十六日　昙。下午买玩具分赠晔儿、瑾男、志儿。得宋大展信，十一日发。

十七日　晴。下午寄靖华《铁流》三本，《导报》六期。得靖华信并《Совре.Обложка》一本，十一月三十日发。得圣陶信。得诗荃信，十一月三十日发。

十八日　晴，晚雨。无事。

十九日　雨。晨寄钦文信。寄小峰信。上午寄靖华信并抄扛纸一包，参皮纸及宣纸等共一包。下午复叶圣陶信。晚理发。

二十日　星期。晴。无事。

二十一日　晴。晨寄诗荃信。午后昙。得钦文信。代靖华寄卢氏高小校梁次屏《铁流》两本。身热疲倦，似患流行感冒，服阿思匹林四片。

二十二日　晴。上午内山君赠海婴木制火车模型一具。下午得小峰信并版税泉百。得钦文信。晚服蓖麻子油。

二十三日　晴。下午往内山书店买《園芸植物図譜》（二及三）两本，共泉十元。波良生女，赠以小孩衣帽共四事。夜内山君来，告增田君已抵家。

二十四日　昙。下午得紫佩信，廿日发。收漱园译《最后之光芒》一本。

二十五日　晴。下午寄来青阁书庄信。收靖华所寄《Faust i Gorod》一本，又改正中译《不走正路的安得伦》一本。

二十六日　晴。下午往内山书店买《デカメロン》一部二本，值十二元。晚小雨。

二十七日　星期。昙，冷。下午得增田君信，二十一日发。

二十八日　昙。上午复汤、杨信。午后得诗荃所寄书籍两包，共计三本，皆画册。下午得钦文信，二十七日发。胃痛，服海儿普锭。

二十九日　雨。下午得诗荃所寄书两本。得吴成钧信，夜复。

三十日　昙。上午寄母亲信。寄诗荃信。下午往内山书店，得《世界美術全集》（别册十八）一本，直三元。夜濯足。

三十一日　晴。晨寄钦文信。寄子佩及舒信。下午往内山书店，得《書道全集》一本第七卷，直二元六角。晚上市买药并为海婴买饼饵。得小峰信并版税二百。夜同广平往购买组合买食物，分赠阿玉、阿菩及海婴。收十一及十二月分编辑费各三百。

书帐

二十世纪絵画大観一本　五・〇〇　一月五日

新洋画研究一本　四・〇〇

Les Artistes du Livre 五本　三〇・〇〇　一月六日

D.Wapler 木刻三枚一帖　一・〇〇

詩と詩論（十）一本　三・〇〇　一月八日

葛飾北斎一本　二〇・〇〇　一月十三日

Passagiere der leeren Plätze 一本　三・六〇　一月十五日

Der Ausreisser 一本　二・五〇

Schwejk's Abenteuer 三本　二四・六〇

Honore Daumier 一本　六・五〇

ソヴェトロシアの芸術一本　三・九〇　一月十六日

昆虫記（六）一本　二・五〇　一月十七日

大十年の文学一本　一・六〇　二［一］月十八日

浮世絵傑作集（五）一帖二枚　一六・〇〇　一月二十日

Gods'Man 一本　八・三〇　一月二十七日

風景画選集一本　一・七〇　一月二十八日

静物画選集一本　一・七〇

伊蘇普物語木刻図（一）八枚　二・五〇　一月三十一日

同上（第二回）七枚　二・五〇

浮世絵大成（六）一本　四・一〇　　　　　　一六八・〇〇〇

川上澄生静物図二枚　内山君贈　二月一日

川上澄生静物図三枚　一一・六〇　二月三日

昆虫記（六至八）布面本三本　一〇・〇〇

エゲレスいろは詩集二本　四・〇〇　二月十日

風流人壹本　三・五〇

浮世絵傑作集（六）一帖二枚　一八・〇〇　二月十九日

生物学講座（十三）一函七本　六・〇〇　二月二十日

美学及文学史論一本　二・二〇　二月二十一日

川柳漫画全集（三）一本　二・六〇　二月二十六日

浮世絵大成（九）一本　四・六〇　二月二十八日六二・五〇〇

伊蘇普物語木刻十二枚　以士帖社寄贈　三月三日

近代劇全集（別冊）一函　二・六〇

徐旭生西游日记三本　著者贈　三月四日

复刻哥麿等浮世絵七枚　长尾景和君贈　三月五日

世界美術全集（別冊十六）一本　四・〇〇　三月十一日

Rembrandt: Zeichnungen 一本　一六・〇〇

Honore Daumier 一本　二五・〇〇

Daumier und die Politik 一本　八・〇〇

C.D.Friedrich: Bilde 一本　五・〇〇

Ernst Barlach 一本　四・〇〇

Der Findling 一本

世界美術全集（別冊一）一本　四・〇〇　三月十二日

Osvobozhd.Don Kixot 一本　靖华寄来　三月十三日

Zovist 一本　同上

Pravd.Ist.A-KEЯ 一本　同上

Der dürer Kater 一本　六・〇〇　三月十六日

Bilder des Groszstadt 一本　一三・〇〇

Die Passion eines Menschen 一本　四・〇〇

浮世絵傑作集（七）一帖二枚　一七・〇〇　三月十七日

伊蘇普物語木刻（三）十二枚　三・〇〇

生物学講座（十四）一函七本　四・八〇　三月二十日

書林一瞥一本　〇・六〇　三月二十四日

木刻戈理基像一幅　诗荃寄来　三月二十六日

浮世絵大成（十一）一本　四・〇〇　三月二十八日

新洋画研究（4）一本　四・七〇　三月三十日

芸術の本質と変化（上）一本　二・五〇　三月三十一日

詩と詩論（十一）一本　三・六〇　　　　　一二〇・八〇〇

川柳漫画全集（四）一本　二・五〇　四月十日

世界美術全集（別巻十三）一本　三・八〇　［五月二日］

マ主義芸術理論一本　二・〇〇　四月十一日

ゴオホ画集一本　三・四〇

支那諸子百家考一本　七・八〇

浮世絵傑作集（八回）二枚　一七・〇〇　四月十五日

静かなるドン（1）一本　一・八〇　四月十八日

顾凯之女史箴图一本　一・五〇　四月十九日

齐天龙寺造象拓片八枚　三・七〇

益智图并续图四本　二・七〇　四月二十日

益智燕几图二本　一・五〇

益智图千字文八本　一・五〇　四月二十二日

生物学講座（十五）一函八本　四・八〇　四月二十三日

ウヰリアム・テル版画一帖三枚　一・二〇　四月二十七日

シラノ劇版画一帖五枚　一・二〇

郭忠恕輞川图卷一本　一・二〇　四月二十八日

天籁阁旧藏宋人画册一本　二・四〇

文衡山高士传真迹一本　二・〇〇

陈老莲画册一本　一・〇〇

石涛纪游图咏一本　二・〇〇

现代欧洲文学とプロ一本　三・六〇　四月三十日　六八・六〇〇

世界美術全集（別卷六）一本　三・八〇　［五月二日］

浮世絵大成（八）一本　四・〇〇

Der Körper des Menschen 一本　四八・〇〇

E.Munchs Graphik 一本　七・〇〇　五月四日

Red Cartoons 三本　New Masses 社寄来　五月八日

芸術の起源及び発達一本　二・四〇

書道全集六本　二四・〇〇　五月九日

霰一本　二・五〇　五月十三日

La Malgranda Johano 一本　二・〇〇

甲骨文字研究二本　李一氓赠　五月十四日

Die Raüber 画帖一帖九枚　一七八・〇〇　五月十五日

索靖书出师颂一本　〇・八〇

颜书裴将军诗卷一本　〇・八〇

石涛山水精品一本　二・二〇

浮世絵傑作集（九回）一帖二枚　一七・〇〇　五月二十日

日本裸体美術全集（Ⅲ）一本　一二・〇〇　五月二十一日

李怀琳书绝交书一本　〇・四〇　五月二十二日

Käthe Kollwitz 版画十二枚　一二〇・〇〇　五月二十四日

現代尖端猟奇図鑑一本　七・〇〇

西域文明史概説一本　八・〇〇

生物学講座（十六回）一函八本　六・〇〇　五月二十五日

文学論考一本　八・〇〇　五月二十六日

書物の話一本　四・六〇　　　　　　　　四五三・五〇〇

G.Hauptmann's Das Hirtenlied 一本　九・六〇　六月四日

Reise durch Russland 一本　一〇・〇〇

浮世絵大成（二）一本　四・八〇

日本裸体美術全集（四）一本　一七・六〇

書道全集（二十）一本　四・〇〇　六月五日

世界美術全集（別冊十）一本　四・〇〇

燕寝怡情一本　三・二〇　六月七日

Alay-Oop 一本　八・〇〇

千家元麿詩笺一帖四枚　二・三〇　六月八日

新洋画研究（五）一本　四・六〇

川柳漫画全集（十）一本　二・五〇　六月十一日

Die Graphik der Neuzeit 一本　三五・四〇　六月十二日

独逸語基本単語集一本　二・六〇　六月十七日

生物学講座（十七）一函九本　四・八〇　六月十八日

H.Daumier—Mappe 一帖十六枚　三・〇〇　六月二十三日

K.Kollwitz—Mappe 一帖十二枚　八・〇〇

世界美術全集（別巻5）一本　三・四〇　六月二十五日

浮世絵傑作集（十回）一帖二枚　一六・〇〇　六月二十七日

田坂乾吉郎刻銅裸婦図一枚　二〇・〇〇

太田貢水彩画湖浜図一枚　一〇・〇〇　　　　一七三・八〇〇

詩と詩論（十二）一本　四・六〇　七月二日

独和動詞辞典一本　四・六〇　七月三日

Daumier—Mappe 一帖十六枚　三・六〇　七月六日

Es war einmal…u.es　wird　sein 一本　三・四〇

Die Uhr 一本　二・二〇

書道全集（六及十四）二本　五・〇〇　七月七日

浮世絵大成（十二）一本　四・四〇

日本裸体美術全集（Ⅴ）一本　一二・〇〇　七月十三日

虫類画譜一本　三・四〇　七月十四日

元川克已作风景画一枚　増田君贈　七月二十日

浮世絵傑作集（十一）一帖二枚　一六・〇〇　七月二十二日

百华诗笺谱一函二本　振铎贈　七月二十三日

Ein Weberaufstand 六枚　四四・〇〇　七月二十四日

Bauernkreig 四枚　七〇・〇〇

Francisco de Goya 一本　八・〇〇　七月二十五日

Vincent van Gogh 一本　八・〇〇

静なるドン（二）一本　二・〇〇　七月二十六日

浮世絵大成（三）一本　四・四〇　七月二十八日

世界美術全集（別冊十七）一本　三・四〇

書道全集（五、八、十二、十三）四本　一〇・〇〇

東洋画概論一本　七・〇〇　七月二十九日　　　二一六・〇〇

書道全集（二十一）一本　二・五〇　八月三日

書道全集（十一）一本　二・五〇　八月五日

日本プロレタリア美術集一本　五・〇〇　八月六日

川柳漫画全集（六）一本　二・五〇　八月十三日

Spiesser-Spiegel 一本　九・〇〇

Goethe：Pandora 一本　八・〇〇

Dämonenu, Nachtgeschichte 一本　一三・〇〇

Herr u.sein Knecht 一本　四・〇〇

重印铁云藏龟六本　四・〇〇

Zheleznii Potok 一本　靖华寄来　八月十五日

マルクス主義美学一本　二・〇〇　八月十八日

浮世絵傑作集（十二）一帖二枚　一四・〇〇　八月十九日

浮世絵大成（五）一本　四・四〇　八月二十九日

Les Artistes du Livre（16—21）六本　六六・〇〇

影宋绍兴本后汉书四十本　预付讫　八月三十一日

影宋绍熙本三国志二十本　同上

影宋庆元本五代史记十四本　同上

影元本辽史十六本　同上

影元本金史三十二本　同上　　　　　　一三六・九〇〇

書道全集（二十二）一本　二・五〇　九月五日

岩波本昆虫記（二、十八）二本　一・一〇

日本裸体美术全集（二）一本　一五・〇〇　九月九日

赤色親衛隊一本　三・四〇　九月十一日

現代芸術の諸傾向一本　一・六〇　九月十七日

浮世絵版画名作集（十三）一帖二枚　一六・〇〇　九月十九日

阿Q正伝日译本一本　一・五〇　九月二十一日

詩と詩論（十三）一本　四・五〇　九月二十三日

生物学講座（十八）一函十本　五・〇〇

理论芸術学概論一本　三・五〇　九月廿六日

複刻浮世絵一帖四枚　内山嘉吉君贈

世界裸体美術全集（二、五）二本　一五・〇〇　九月二十九日

叢文閣本昆虫記（九）一本　二・二〇

世界美術全集（別冊十二）一本　三・四〇　九月三十日

浮世絵大成（七）一本　四・四〇　　　　七九・一〇〇

世界美術全集（別冊八）一本　三・四〇　［十月三日］

世界裸体美術全集（六）一本　七・〇〇　十月八日

書道全集（三）一本　二・四〇

潘锦作三国画象二本　一・二〇　十月十一日

日本裸体美術全集（一）一本　一五・〇〇　十月十四日

工房有閑一夹二本　五・〇〇

林氏日译阿Q正伝一本　〇・八〇　十月十七日

革命の娘［嬢］一本　〇・八〇　十月十九日

銃殺されて生きてた男一本　〇・八〇

浮世絵傑作集（十四回）一帖二枚　一五・〇〇　十月二十一日

芸術的現代の諸相一本　六・四〇　十月二十四日

世界美術全集（別冊九）一本　三・四〇　十月二十七日

浮世絵大成（一）一本　四・四〇

二十世紀の欧洲文学一本　三・四〇　十月二十九日　六六・四〇〇

Graphik der Neuzeit 一本　诗荃寄赠　十一月四日

青在堂梅谱一本　二・〇〇

書道全集（一）一本　二・五〇

昆虫記（十）一本　二・五〇

支那人及支那社会の研究一本　内山君赠　十一月五日

Deutsche Form 一本　诗荃寄赠　十一月十日

魔女（读书家版）一本　五・〇〇　十一月十一日

世界裸体美術全集（三）一本　六・八〇

昆虫記布装本（九及十）二本　七・〇〇　十一月十九日

科学の詩人一本　三・五〇

浮世絵傑作集（十五）一帖二枚　一五・〇〇　十一月二十三日

日本裸体美術集（六）一本　一五・〇〇

川柳漫画全集（一）一本　二・二〇

世界美術全集（別冊四）一本　三・五〇　十一月二十七日

华光天王传一本　一・〇〇　十一月二十九日

历代名将图二本　一・六〇　　　　　　　　　六七・六〇〇

Landschaften u.Stimmungen 一本　诗荃寄　十二月二日

Wendel: Baluschek 一本　亦诗荃寄

世界裸体美術全集（四）一本　七・〇〇　十二月五日

書道全集（十七）一本　二・五〇　十二月八日

山田「村」耕作「花」刻裸婦一枚　高见泽木版社赠

毕氏木刻铁流图二组共八枚　靖华寄来

Соврем.Обложка 一本　同上　十二月十七日

園芸植物図譜（二、三）二本　一〇・〇〇　十二月二十三日

218

Фауст i Город 一本　靖华寄来　十二月二十五日

全译デカアメロン二本　一二・〇〇　十二月二十六日

Reise durch Russland 一本　诗荃寄来　十二月二十八日

Anders Zorn 一本　同上

Max Beckmann 一本　同上

Barbaren u Klassiker 一本　同上　十二月二十九日

Expres.Bauernmalerei 一本　同上

世界美術全集（別册十八）一本　三・〇〇　十二月三十日

書道全集（七）一本　二・六〇　十二月三十一日三七・〇〇〇

总计全年共一四四七・三〇〇，

平均每月为一二〇・六〇八三……

日记廿一（1932 年）

一月

一日　晴。下午访三弟。

二日　晴。午后收来青阁书目一本。晚蕴如及三弟来，留之夜饭。

三日　星期。晴。午后桢吾来访，赠以所校印书四种。

四日　晴。午后邀蕴如、三弟及广平往上海大戏院观《城市之光》，已满座，遂往奥迪安观《蛮女恨》。

五日　晴。午后往内山书店，得汤、杨信及小说稿。得钦文所寄抱经堂书目一本，即复。晚访三弟，赠以泉百。

六日　晴。晨寄靖华信。寄增田君信并《铁流》及《文艺新闻》等一包。下午往内山书店，得《世界裸体美術全集》（一）一本，值六元。得钦文信，三日发。夜大风，微雪。

七日　昙，冷。无事。

八日　晴。午后得母亲信，二日发。得增田忠达及涉君信片各一。得罗山尚宅与靖华信，即为转寄。夜得白川君信。

九日　晴。下午买《世界地理風俗大系》（一至三）三本，共泉十五元。

十日 星期。大雾，上午霁。寄钦文信。午后邀蕴如、三弟及广平往上海大戏院观《城市之光》。晚复杨、汤信，并还小说稿。夜小雨。

十一日 晴。午后得钦文信并《监狱与病院》一本，八日发。得靖华所寄小说一本，文学杂志一本。下午季市来。得永言信。

十二日 晴。上午寄母亲信。复钦文信。寄小峰信。午后往内山书店买《世界古代文化史》一本，《园芸植物图谱》（第一卷）一本，共泉二十一元。得李白英所赠书三本。得内山嘉吉君及其夫人信片。晚得诗荃信并铜版《梭格拉第象》一枚，去年十二月十六日发。夜同广平往内山君寓晚饭，同座又有高良富子夫人。

十三日 晴。下午买小说一本，二元二角。得钦文信，晚复。

十四日 晴。午后得汤、杨信。下午得小峰信。

十五日 昙，下午小雨。得钦文信，晚复。

十六日 晴。下午得增田君信，即寄以《北斗》（四）等，并复函。

十七日 星期。晴。下午得沈子余信。赠曲传政君《毁灭》一本。

十八日 晴。同蕴如携晔儿至篠崎医院割扁桃腺，广平因喉痛亦往诊，共付泉二十九元二角。托丸善书店买得《Modern Book-Illustration in Brit.and America》一本，值七元。晚买烟卷五箱，四元五角。

十九日 小雨。上午内山君赠福橘一筐。托三弟买书三种六本，值二元八角。

二十日 昙。上午同广平往篠崎医院诊。晚得小峰信并版税百五十。

二十一日 晴。下午得增田君信，十五日发。寄中国书店信。得淑卿信并钦文所赠茶叶两合，杭白菊一合。夜雨。

二十二日　昙。上午复钦文信。同广平往篠崎医院诊。下午往内山书店买《两周金文辞大系》一本，直八元。夜雨。

二十三日　昙。上午同广平携海婴往福民医院诊。午后为高良夫人写一小幅，句云："血沃中原肥劲草，寒凝大地发春华。英雄多故谋夫病，泪洒崇陵噪暮鸦。"下午小雨。夜同广平访三弟。

二十四日　星期。晴。下午得真吾信。

二十五日　昙。晨同王蕴如携晔儿往篠崎医院诊，广平亦去。上午同广平携海婴往福民医院诊。午后寄古安华《毁灭》、《铁流》各五本，《士敏土图》二本。寄母亲信。寄蟫隐庐信。夜小雨。

二十六日　昙。午后从内山书店买《世界美術全集》（别册二）一本，《世界地理風俗大系》（别册二及三）各一本，共泉十二元八角。夜访三弟。

二十七日　晴。上午同广平携海婴往福民医院诊。收蟫隐庐书目一本。午后钦文来。得永言信。

二十八日　昙。上午同广平往篠崎医院诊。下午附近颇纷扰。

二十九日　晴。遇战事，终日在枪炮声中。夜雾。

三十日　晴。下午全寓中人俱迁避内山书店，只携衣被数事。

二月

一日　失记。

二日　失记。

三日　失记。

四日　失记。

五日　失记。

六日　旧历元旦。昙。下午全寓中人俱迁避英租界内山书店支店，十人一室，席地而卧。

七日　雨雪，大冷。下午寄母亲信。

八日　雨。晚寄钦文信。夜同三弟往北新书局访小峰。

九日　昙。

十日　昙。下午同三弟往北新书局访小峰，又至蟫隐庐买陈老莲绘《博古酒牌》一本，价七角。

十一日　晴。

十二日　昙。

十三日　雨雪。

十四日　星期。晴。午后同三弟往北新书局，又往开明书店。

十五日　晴。下午寄母亲信。收北新书局版税泉百。夜偕三弟、蕴如及广平往同宝泰饮酒。

十六日　晴。下午同三弟往汉文渊买翻汪本《阮嗣宗集》一部一本，一元六角；《绵州造象记》拓片六种六枚，六元。又往蟫隐庐买《鄱阳王刻石》一枚，《天监井阑题字》一枚，《湘中诗》一枚，共泉二元八角。夜全寓十人皆至同宝泰饮酒，颇醉。复往青莲阁饮茗，邀一妓略来坐，与以一元。

十七日　晴。下午往北新书局。夜胃痛。

十八日　晴。上午为钦文寄陶书臣信。胃痛，服 Bismag。

十九日　晴。下午往蟫隐庐买《樊谏议集七家注》一部，一元六角。

二十日　晴。上午付内山书店员泉四十五，计三人。下午往汉文

223

渊买《王子安集注》、《温飞卿集笺注》各一部，共泉六元。

二十一日　星期。晴。午后得紫佩信。得秉中信。得诗荃信二函。下午同三弟访子英。

二十二日　阴。下午复紫佩信。寄季市信。

二十三日　昙。午后得母亲信，十四日发。

二十四日　晴。下午得钦文信。微雪。

二十五日　晴。午后同三弟访达夫。

二十六日　昙。下午往北新书局买《安阳发掘报［告］》（一及二）二本，共三元。

二十七日　晴。

二十八日　星期。晴。下午往北新书局取版税泉百。得紫佩信。得母亲信，十八日发，又一函二十一日发，内附秉中信。

二十九日　晴。午后复秉中信。复紫佩信。下午达夫来并赠干鱼、风鸡、腊鸭。

三月

一日　晴。上午寄母亲信。午后得季市信。下午往锦文堂买程荣本《阮嗣宗集》一部二本，三元。又在汉文渊买《唐小虎造象》拓片一枚，一元。

二日　晴。下午寄季市信。

三日　晴。下午得靖华信，一月二十一日发。映霞、达夫来。

四日　晴。午后同三弟往中国书店买汪士贤本《阮嗣宗集》、《商周金文拾遗》、《九州释名》、《矢彝考释质疑》各一部，共泉四元八角。

五日　昙。

六日　星期。昙。

七日　晴。午后映霞、达夫来。下午往北新书局，遇息方，遂之店茗谈。

八日　晴。午后往汉文渊买《四洪年谱》一部四本，二元；陈森《梅花梦》一部二本，八角；《古籀余论》一部，亦二本，一元二角。

九日　雨。下午得紫佩信，附与宋芷生函，三日发，夜复。

十日　昙。上午镰田君自日本来，并赠萝卜丝、银鱼干、美洲橘子。午后复诗荃信。

十一日　晴。午后政一君来，并赠海苔一合。得山本夫人信。

十二日　晴。午后复山本夫人信。

十三日　星期。晴。晨觉海婴出疹子，遂急同三弟出觅较暖之旅馆，得大江南饭店订定二室，上午移往。三弟家则移寓善钟路淑卿寓。下午往北新书局取版税二百。得季市信。得紫佩信。晚雨雪，大冷。

十四日　晴。上午三弟来，即同往内山支店交还钥匙，并往电力公司为付电灯费。午后同三弟及蕴如往知味轩午餐，次赁摩托赴内山书店，复省旧寓，略有损失耳。

十五日　晴。午后理发。夜寄季市信。寄子英信。寄达夫信。

十六日　晴。午三弟及蕴如来，遂并同广平往知味轩午饭。

十七日　晴。午后寄母亲信。下午往蟫隐庐买《王子安集佚文》一部一本，《函青阁金石记》一部二本，共二元六角。子英来。

十八日　晴。上午三弟来，即托其致开明书店信索款。得秉中信。午同蕴如、三弟及广平往冠生园午餐。下午得子英信，即复。夜蒋径三来。濯足。

十九日　昙。海婴疹已全退，遂于上午俱回旧寓。午后访镰田君兄弟，赠以牛肉二罐，威士忌酒一瓶。夜补写一月三十日至今日日记。

二十日　星期。晴。上午蒋径三来。收山本夫人赠海婴橡皮鞠三枚。午后头痛，与广平携海婴出街闲步。

二十一日　昙。午后寄母亲信。寄靖华信，内附罗山尚宅来信一封。寄秉中信并海婴一岁时照相一枚。

二十二日　昙。午三弟及蕴如来。午后往景云里三弟旧寓取纸版，择存三种，为《唐宋传奇集》、《近代美术史潮论》及《桃色之云》。下午寄诗荃信。寄紫佩信。得季市信，十七日发，晚复。访春阳馆照相馆，其三楼被炮弹爆毁，而人皆无恙。

二十三日　晴。无事。

二十四日　晴。午后同广平携海婴出街闲步并买饼饵。

二十五日　晴。无事。

二十六日　晴。海婴发热，上午邀石井学士来诊，云盖感冒。

二十七日　星期。昙。午后往内山书店，得《書道全集》（二十三）一本，二元六角。

二十八日　晴。上午同广平携海婴往石井医院诊，而医不在院，遂至佐佐木药房买前方之药而归。史女士及金君来。午蕴如及三弟来。得钦文信，廿四日发，下午复。寄紫佩信。

二十九日　昙。午后得内山君信。得山本夫人信。

三十日　昙。午后往内山书店，得《世界芸術発達史》一本，四元。得紫佩信，二十四日发。下午王蕴如及三弟来，为从蟫隐庐买书两本，共泉一元五角，遂留之夜饭。自饮酒太多，少顷头痛，乃卧。

三十一日　晴。午后为颂棣书长吉七绝一幅。又为沈松泉书一幅云："文章如土欲何之，翘首东云惹梦思。所恨芳林寥落甚，春兰秋菊不同时。"又为蓬子书一幅云:"蓦地飞仙降碧空，云车双辋挈灵童。可怜蓬子非天子，逃去逃来吸北风。"下午访石井学士，并致二十六日诊金十元。

四月

一日　晴。午后收内山书店所还代付店员三人工钱四十五元。

二日　晴。无事。夜小雨。

三日　星期。小雨，午后霁。往来青阁买陶氏涉园所印图象书三种四本，《吹网录》、《鸥陂渔话》合刻一部四本，《疑年录汇编》一部八本，共泉十九元。往博古斋买张溥《百三家集》本《阮步兵集》一本，一元二角。得母亲信，上月二十七日发。

四日　晴，暖。午后往博古斋买《龟甲兽骨文字》一部二本，《玉谿生诗》及《樊南文集笺注》合一部十二本，《乡言解颐》一部四本，共泉十五元五角。又为石井君买《无冤录》一本（《乡敬［敬乡］楼丛书》本），五角。

五日　昙，大风。下午三弟及蕴如来。得秉中信，三月二十八日发。

六日　晴。午后寄母亲信。寄小峰信。寄生生牛奶房信。送石井君以《无冤录》及林守仁译《阿Q正传》各一本。晚钦文来。夜雨。

七日　昙。上午蕴如及三弟来。得马珏信并与幼渔合照照片，去年十二月一日发，下午复，附照片一枚。寄山本夫人信。晚得王育和信并平君文稿一包，夜复。雨。

八日　昙。午后得山本夫人信。下午往ベ力リ饮啤酒。

九日　晴。下午寄钦文信。

十日　星期。晴。无事。夜雨。

十一日　雨。午后得季市信，即复。得秉中信片，五日发。得母亲信，三日发，云收霁野所还泉百元，并附霁野一笺，三月三十一日写。夜大风。

十二日　晴。上午王蕴如及三弟来。下午得钦文信二。得内山君信，二日发。得增田君信，二日之夜发。

十三日　晴，午后昙。得小峰信并版税泉二百。复内山君信。

十四日　晴。上午复小峰信。夜始编杂感集。

十五日　昙。午后得小峰信，即付以版权证印九千。往内山书店买《原色贝类图》一本，二元四角。买烟卷五包，四元五角。

十六日　晴。午后得钦文信，十四日发。始为作者校阅《苏联闻见录》。

十七日　星期。昙，下午小雨。无事。

十八日　晴，风。午后三弟、蕴如及二孩子来。

十九日　晴。午后沈叔芝来。下午寄紫佩信，内附奉母亲信，并由中国银行汇泉二百，为五、六两月家用。买饼饵一元。

二十日　晴。无事。夜作《闻见录》序。

二十一日　昙，夜雨。无事。夜半闻雷。

二十二日　雨。下午阅《苏联闻见录》毕。

二十三日　昙。晨与田君等四人来，并赠檀竹合成火钵一枚。上午往前园齿科医院。得靖华信，二日发。得诗荃信，三月卅一日发。下午从许妈之女买湖绉一匹、纱一疋，拟分赠避难时相助者。晚复往前田〔园〕医院，以义齿托其修理。复靖华信。

二十四日　星期。昙。晨复诗荃信。寄静农信，附与霁野笺，托其转交。下午雨。往前园医院取义齿，未成。往内山书店买《人生漫画帖》一本，二元四角。晚往前园取义齿，仍未成。夜编一九二八及二九年短评讫，名之曰《三闲集》，并作序言。

二十五日　晴。午前往前园齿医院取义齿，付泉五元。下午得钦文信，二十三日发。晚寄小峰信。

二十六日　昙。午前三弟及蕴如来。得李霁野信并未名社帐目。得小峰信并版税泉百，即付以《三闲集》稿，并《唐宋传奇集》、《桃色之云》纸版各一副。雨。夜编一九三十至卅一年杂文讫，名之曰《二心集》，并作序。

二十七日　昙。晨寄小峰信。午前复李霁野信并还帐簿。三弟及蕴如来，并为买来宣纸等五种三百五十枚，共泉二十五元六角。午后付光华书局《铁流》一八四本，《毁灭》一〇二本，五折计值，共二三〇元八角，先收支票百元。下午雨。

二十八日　晴。上午汉嘉堡［堡嘉］夫人来。得马珏信。得山本夫人信。下午寄内山君信，托其买纸寄靖华。买牛乳粉一合三元二角五分，买点心一元三角。买《ノアノア》一本，五角。得内山君信，二十二日发。

二十九日　雨。午后汉嘉堡［堡嘉］夫人来，借去镜框四十个。

三十日　晴。午后三弟及蕴如来。寄靖华信并宣纸、抄梗纸等六卷共一包。收山本夫人寄赠之《古東多卍》四月号一本。

五月

一日　星期。晴，下午昙。自录译著书目讫。得靖华所寄《国际的门塞维克主义之面貌》及《版画自修书》各一本。夜大雾。

二日　晴。下午往内山书店买《友达》一本，二元五角。

三日　晴。午前平和洋行主人夫妇来，并赠茶杯二个，又给海婴玩具汽车一辆。下午蒋径三来。得秉中信，四月十八日北平发。得母亲信，四月廿四日发，并与三弟一函，即转寄。夜雨。

四日　晴。下午寄母亲信。寄秉中信，谢其镌赠印章。往内山书店，得《世界美術全集》（别册十一及十四）二本，共泉六元四角，全书完成。买烟卷六包，共泉五元四角。夜大雨。

五日　雨。无事。夜风。

六日　晴。午后同广平携海婴往春阳馆为之照相。下午往内山书店，得《古东多卍》二至三，今年一至三，共五本，共泉七元四角。又今关天彭作《近代支那の学芸》一本，六元八角。

七日　雨，午后霁。得增田君信，三月二十一日发。得紫佩信，二日发。下午以重出之 Vogeler 绘《新俄纪行》一本赠政一君，又《Masereel 木刻画选》一本寄赠内山嘉吉君。代广平寄《同仁医学》四本。为海婴买图画本一本，九角。访高桥医士。夜小雨。

八日　星期。昙。午前三弟来。午后寄小峰信。晚复山本夫人信，附致增田君信，托其转寄。夜雨。

九日　昙。上午复马珏信。复子佩信。下午同广平往高桥齿科医院。得增田君信，一日发，即复，并寄周刊两种，《北斗》一本。

十日　晴。上午寄光华书局信。午后携海婴同广平往高桥医院。下午三弟及蕴如来，晚同往东亚食堂夜饭，并同广平及海婴、许妈共六人。夜得蒋径三信。小雨。

十一日　昙。上午寄三弟信，附径三笺。午与田丰蕃君来，并赠煎饼及油鱼丝各一合。下午雨。

十二日　晴。午后得母亲信，一日发。得李霁野信。午后三弟及蕴如来，并赠海婴玩具五件。下午得内山君信。得增田君信，七日发。得京华堂所寄《鲁迅创作选集》五本。得诗荃信，四月二十二日发。

十三日　晴。午后复李霁野信。复增田君信。以海婴照相分寄母亲、马珏、秉中及常玉书。得小峰信并版税百五十。下午雨。

十四日　晴。夜寄小峰信。

十五日　星期。昙。上午复诗荃信。寄季市信。下午三弟及蕴如来并赠酒两瓶、茗一合。夜托学昭寄季志仁信。

十六日　雨。午前得增田君信，十日发。夜三弟乘"江安"轮船往安徽大学教授生物学。译孚尔玛诺夫所作《英雄们》起。

十七日　昙。午后得高良女士所寄赠《唐宋元明名画大观》一函二本。下午达夫及映霞来。夜风雨。

十八日　晴，暖。午前蕴如来。午后得小峰信并代买之小说九种。夜雨。

十九日　晴。午后往内山书店，收《书道全集》（二十五）一本，价二元四角。

二十日　晴。上午内山君送来海苔一合及增田君所赠之香烟道具一副、玩具狮子舞一座。得《书道全集》（二及九）二本，四元八角。午后海婴腹写发热，为之延坪井学士来诊，云是肠加答儿。下午得山本夫人信，十五日发。得康嗣群信，夜复。雨。

二十一日　晴。海婴腹写较甚，下午延坪井学士来诊，由镜检而知为菌痢，傍晚复来为之注射。收文求堂印《鲁迅小说选集》版税日金五十。以衣料分赠内山、山本、镰田、长谷川及内山嘉吉夫人。寄增田君信并《水浒传》等八种十六本。寄康嗣群君《土敏土之图》一本。夜濯足。

二十二日　星期。晴。上午坪井学士来为海婴注射。往内山书店，得桥本关雪作《石涛》一册，价三元二角。

二十三日　晴，风。下午坪井学士来为海婴注射。寄文求堂信。夜雨。

二十四日　昙，风，下午雨。坪井学士来为海婴注射。

二十五日　晴。午后蕴如来并代买茶叶十斤。下午坪井学士来为海婴注射。得内山嘉吉君信片。得马珏信。

二十六日　昙。下午往内山书店买书二本，三元五角。夜雨。

二十七日　雨。上午坪井学士来为海婴注射。得三弟信，十九日安庆发，下午又得一函，二十三日发，即复。得小峰信并版税一百。夜风。

二十八日　昙。上午得钦文信。得增田君信并其女木の实君照相一枚。

二十九日　星期。晴。上午坪井学士来为海婴注射。午后得三弟信，廿五日发。

三十日　小雨。上午同广平携海婴往篠崎医院，由坪井学士为之洗肠。见马巽伯。得山本夫人信并所赠《古东多卍》（五）一本。得季市信。下午寄北斗杂志社信。夜译《英雄们》毕，共约二万字。

三十一日　晴。下午往内山书店买《文学の連続性》一本，价五角。

六月

一日　晴。上午同广平携海婴往篠崎医院洗肠并注射。买怀中火

232

炉一枚，三元五角。下午昙。寄增田君信并《北斗》（二卷二期）及《中国论坛》等一卷。买竹雕刘海蟾一枚，一元二角。理发。夜雨。

二日　雨。午后得湖风书局信并《勇敢的约翰》版税三十。得文求堂田中庆太郎信。得靖华信，五月十三日发，即复。晚晴。

三日　晴。上午同广平携海婴往篠崎医院注射。寄山本初枝夫人信，谢其赠书。寄高良富子教授信，谢其赠书。复湖风书局信。为海婴买饼干一合，四元。自买书一本，一元。下午蕴如来，得三弟信，五月三十日发。晚得靖华所寄 G.Vereisky 石印《文学家像》及《Anna Ostraoomova-Liebedeva 画集》各一本，P.Pavlinov 木刻一枚，A.Gontcharov 木刻十六枚。

四日　晴，午后昙。往瀛寰图书公司观德国版画展览会，并买《Wirinea》一本，四元二角。往北新书局，取得秉中信片一枚，五月卅一日发。往内山书店，得《世界地理風俗大系》（六、九、十一、十六、二二、二四）共六本，计直泉三十一元。得钦文信并剪报等，二日发。夜雨。

五日　星期。微雨。上午同广平携海婴往篠崎医院洗肠。午后复李秉中信。下午得静农信。得霁野信，即复。得母亲信，五月十五及二十二日发，即复。夜寄三弟信，附母亲笺。

六日　晴。上午内山书店送来嘉吉君及其夫人信，并所赠操人形一枚，名曰"嘉子"。午后复静农信。下午得诗荃信，五月十九日发。

七日　晴。上午同广平携海婴往篠崎医院诊。午后画家斋田乔及雕刻家渡边两君来。得靖华所寄书两包，内书籍五本，木刻原版印画大小二十幅。

八日　晴。上午季市来，并还泉百，赠以增田君所寄之烟草道具一合也。下午得靖华信，五月十八日发。晚内山夫人来，赠枇杷一包。

九日　晴。上午同广平携海婴往篠崎医院诊。

十日　晴。午后得李霁野信。得育和信并赵宅收条一纸。往内山书店，买《世界地理風俗大系》（廿一及别卷）二本，共泉十元。晚浴。

十一日　昙，风。午后复靖华信。下午小雨。

十二日　星期。雨。午前林芙美子来。午后得山本夫人信，六日发。蕴如来并持来朱宅所送糕干、烧饼、干菜、笋豆共两篓。晚晴。

十三日　昙。上午得三弟信，九日发。午后得秉中信片，南京发。下午得小峰信并版税二百。季市来，并赠海婴糖果二合，晚同至东亚食堂夜饭。夜雨。

十四日　小雨。午后同广平携海婴去理发。往内山书店买书两本，四元二角，又《喜多川歌麿》一本附图一幅（六大浮世绘师之一），九元八角。

十五日　昙。上午同广平携海婴往篠崎医院诊，并付诊疗费五十七元。

十六日　昙。午后得母亲信，十二日发。得增田君信，七日发。下午往北新书店。往朵云轩买单宣百五十枚，特别宣百枚，共泉二十七元。雨。

十七日　雨。上午寄母亲信。寄三弟信。寄靖华纸一包共二百二十五枚。下午得静农信。得增田信片。

十八日　晴。上午得《王忠悫公遗集》（第一集）一函十六本，静农寄赠。同广平携海婴往篠崎医院注射。午得三弟信，十六日发。下午寄静农《铁流》、《毁灭》各二本一包。夜寄季市信。雨。

十九日　星期。雨。上午复静农信。坪井学士来为海婴注射。冷。

二十日　昙。上午坪井先生来为海婴注射。午后收霁野寄还之任译《黑僧》稿子一本。

二十一日　昙。上午坪井先生来为海婴注射。得小山信，五月卅一日发。得诗荃信并照相一枚，同日发。

二十二日　晴。下午内山书店送来《世界地理風俗大系》（别卷）、《川柳漫画全集》各一本，共泉七元。以《铁流》版售与光华书局，议定折价作百四十元，先收百元，即付以纸版一包、画图版大小十四块。

二十三日　昙，风。上午寄坪井学士信。平井博士将于二十五日回国，午后往别。在内山书店买《欧米ニ於ケル支那古鏡》一本，《鹿の水鏡》一本，共泉十五元。晚得小峰信并版税百五十。

二十四日　晴。午后得母亲信，十九日发，即复。下午往北新编辑所。

二十五日　昙。上午径三来。午后寄紫佩信。寄靖华信。下午蕴如及三弟来，并赠茗壶一具，又与海婴茶具三事，皆从安庆携来，有铭刻，晚同至东亚食堂夜饭。夜收光华局《铁流》版税五十。小雨。

二十六日　星期。雨。上午同广平携海婴往篠崎医院诊。往内山书店买《小杉放庵画集》（限定版千部之四〇一）一本，五元五角。下午寄季市信。同广平携海婴往青年会观春地美术研究所展览会，买木刻十余枚，捐泉五元。蕴如及三弟来。胃痛，服海尔普。

二十七日　昙，下午晴。蕴如及三弟来，赠以蒲陶酒一瓶。晚胃痛。

二十八日　晴。上午剑成来。得增田君信，下午复。蕴如及三弟来并赠杨梅一筐，分其三之一以赠内山君。

二十九日　昙。上午往篠崎医院付诊疗费十二元。午后得季市信，二十八日发。内山夫人及山本夫人来，并赠海婴玩具两事，饴一瓶。下午往内山书店买书两本，共泉二元八角。秉中遣人持赠名印一方。

三十日　昙。午后从内山书店得《東洲斋写楽》一本，七元七角。买香烟五包，四元四角。汉嘉堡〔堡嘉〕夫〔人〕来还版画。下午往知味观定酒菜。得母亲信，二十六日发。得李霁野信，二十七日发。夜同广平携海婴往花园庄，赠与田君之孩子饼干一合。

七月

一日　昙，午晴。夜同广平携海婴访坪井学士。

二日　晴。下午蕴如及三弟来。得霁野所寄信札抄本一卷。

三日　星期。晴。午后寄母亲信并广平抱海婴照片一张。复李霁野信。晚在知味观设筵宴客，座中为山本初枝夫人、坪井芳治、清水登之、栗原献彦、镰田寿及诚一、内山完造及其夫人，并广平共十人。

四日　昙。无事。

五日　晴，热。午后得诗荃信，六月十七日发。山本夫人赠海婴脚踏车一辆。下午暴雨，晚霁。

八日　晴，热。下午复诗荃信。寄靖华信并日文《铁流》一本，《文学》二本。

七日　晴。下午蕴如及三弟来。

八日　昙。午后得母亲信，三日发。得霁野信。得钦文信，晚复。

九日　晴，大热。无事。夜浴。

十日　星期。晴，大热。下午得静农信。子英来。雨一阵。

十一日　昙。上午得静农所寄古燕半瓦二十种拓片四枚，翻版《铁流》一本。午后为山本初枝女士书一笺，云："战云暂敛残春在，重炮清歌两寂然。我亦无诗送归棹，但从心底祝平安。"又书一小幅，录去年旧作云："惯于长夜过春时，挈妇将雏鬓有丝。梦里依稀慈母泪，城头变幻大王旗。眼看朋辈成新鬼，怒向刀边觅小诗。吟罢低眉无写处，月光如水照缁衣。"即托内山书店寄去。夜浴。

十二日　晴。上午伊赛克君来。访达夫。午后得钦文信。下午明之来，并赠笋干、干菜各一包，茶油浸青鱼干一坛。

十三日　晴，大热。上午蕴如及三弟来。下午复钦文信。夜浴。

十四日　晴，大热。午后往北新书局取得版税百五十。往无锡会馆观集古书画金石展览会，大抵赝品。夜同广平携海婴散步并饮冰酪。浴。

十五日　晴，大热。下午三弟来。夜浴。

十六日　晴，大热。下午买啤酒、汽水共廿四瓶，六元八角。得紫佩信，十一日发。得增田君信，十日发。得卓治信片，六月二十六日日内瓦发。夜同广平携海婴散步。寄达夫信。

十七日　星期。晴，大热。下午复卓治信。三弟及真吾来。夜浴。

十八日　晴，大热。上午得达夫信。下午真吾来，同往内山书店及其杂志部买书报。复增田君信。夜浴。

十九日　晴，大热。午后得靖华信，六月卅日发。得山本夫人信。得马珏信，十四日发。三弟来。

二十日　晴，大热。午后复马珏信。晚得靖华寄赠海婴之图画十幅。夜浴。为淑姿女士遗简作小序。风。

二十一日　晴，热。上午复靖华信。在内山书店买《詭弁の研究》一本，一元五角。夜同广平携海婴散步。大风。

二十二日　晴，风而热。夜同广平携海婴访三弟。浴。

二十三日　晴，热。下午三弟来，留之晚酌。夜风。浴。

二十四日　星期。晴，风而热。午后得靖华信，六日发。得陈耀唐信并刻泥版画五幅，夜复。

二十五日　晴，热。夜蕴如及三弟来。

二十六日　晴，热。午后代广平托内山书店寄谢敦南信。得小峰信并版税百五十。得大江书店信。下午同津岛女士至白保罗路为王蕴如诊视。晚浴。夜复小峰信。

二十七日　晴，热。上午三弟为从大江书店取来版税八十七元四角。下午季市来。夜风。

二十八日　晴，热。下午从内山书店买《セザンヌ大画集》(1)一本，七元五角。晚蕴如及三弟来。夜大雨一陈。

二十九日　晴，风而热。午后往四马路买书、刻印。晚浴。

三十日　晴，风而热。上午同广平往福民医院诊。下午三弟来，言蕴如于昨日生一女。晚同广平携海婴散步，因便道至津岛女士寓，为付接生费三十。

三十一日　星期。昙，风而热，午后晴。晚浴。

八月

一日　昙，大风。上午理发。得季市信，七月卅日发。得马珏信，二十七日发。买麦酒两打，麦茶一升，共泉七元。往三弟寓，赠以麦茶、煎饼、蒲陶饴。晚寄母亲信。得山本夫人信。

二日　晴，大风。午后寄季市信。往华文印社取所定刻印。往文明书局买画册九种十本，共泉十一元。下午收靖华所寄《星花》译稿及印本各一本。夜雨。

三日　昙，风。无事。

四日　晴，热。上午三弟来。得季市信，三日发。内山书店送来《世界地理風俗大系》十五本，共泉五十三元。下午寄靖华文学周刊及月刊并《五年计画故事》、翻版《铁流》等共二包。

五日　晴，大热。下午得母亲信，一日发。得霁野、静农、丛芜三人信，言素园在八月一日晨五时三十八分病殁于北平同仁医院。

六日　晴，大热。上午复霁野等信。午后三弟来，并赠红茶一包。下午往内山书店买《マ・レ・主義芸術学研究》（改题第一辑）一本，一元五角。得陈耀唐信。

七日　星期。晴，热。晚浴。夜同广平携海婴坐摩托车向江湾一转。

八日　晴，热。下午买《金文丛考》一函四本，十二元。

九日　晴，热。上午三弟来。下午买《支那住宅誌》一本，六元。晚同广平携海婴散步。得增田君信，四日发。

十日　晴，热。无事。夜浴。

十一日　晴，热。上午同广平往福民医院诊，并携海婴。买麦酒大小三十瓶，九元四角。得季市信，九日发。午后复增田君信。下午同三弟往蔡先生寓，未遇。往文明书局买杂书四种二十七本，共泉五元。叔之来，未遇。夜大雨。

十二日　晴，热。上午三弟来。下午得母亲信，八日发。得未名社信，七日发。

十三日　昙，热。午后寄季市信。下午得小峰信并版税百五十。

十四日　星期。晴，热。上午三弟来。得黄静元信并小说稿。

十五日　晴，热。午后得母亲信，十一日发。得台静农信。下午至商务印书馆访三弟。至开明书店问未名社事。

十六日　昙。上午寄母亲信。复黄静元信并还小说稿。复静农信并赠《中国小说史略》一本。寄小峰信。午从内山书店得《支那古明器图鑑》（一及二辑）两帖，共泉十四元。

十七日　昙。上午寄季市信。午得季市信，十五日发。得山本夫人信。得开明书店杜海生信。下午得《鳥居清長》一本，价七元也。晚三弟来。夜复杜海生信。

十八日　昙。上午寄季市信并《文始》一本。

十九日　昙，热。下午往内山书店，得限定版《読書放浪》一本，值四元。寄山本夫人信。晚大雷雨。沐及浴。

二十日　晴，风。上午复耀唐信。午后得季市信。

二十一日　星期。昙。午后三弟来。

二十二日　昙。午后从内山书店得《支那古明［器］泥象图鑑》（第三辑）一帖，《書道全集》（二十四）一本，共泉九元。夜骤凉。

二十三日　大风，微雨而凉。将《二心集》稿售去，得泉六百。下午往内山书店买《露西亚文学思潮》一本，二元五角。

二十四日　晴，风。下午捐野风社泉廿。夜雨。

二十五日　晴，风。晚内山夫人来并赠蒲陶一盘、包袱一枚。三弟来。

二十六日　晴，风。午后得母亲信，二十一日发。下午得小峰信并版税百五十，付印花七千。得程鼎兴所赠《淑姿的信》一本。

二十七日　昙。下午译论一篇讫，万五千字。得俞印民信，晚复。

二十八日　星期。晴。上午因三日前觉右腿麻痹，继而发疹，遂赴篠崎医院乞诊，医云是轻症神经痛，而胃殊不佳，授药四日量，付泉五元八角。午后得熊文钧信并小说稿。得靖华信，七月十八日发。下午三弟来并赠香烟两合，少顷蕴如亦至。钦文将入蜀，来别，赠以胃散一瓶。

二十九日　晴。上午往福民医院为广平作翻译，并携海婴散步至午。得小山信，七月十五日柏林发。

三十日　昙。午后得山本夫人信。晚大风，雷雨。夜诗荃来自柏林，赠文艺书四种五本，又赠海婴积木一匣。

三十一日　雨。上午往福民医院为广平作翻译。又自至篠崎医院就医，又断为带状匐行疹，付敷药等费共三元八角。夜钦文来，假泉百二十。

九月

一日　雨。午前同广平携海婴访何家夫妇，在其寓午餐。夜蕴如及三弟来，饮以麦酒。

二日　昙。上午往篠崎医院诊察、取药并注射，共付泉六元八角。午前往内山书店买《世界宝玉童話叢書》三本，共泉四元。

三日　昙。下午收新生命书店所赠《土敏土》十本。得许省微信并还钦文借款百二十。夜三弟来。得俞印民信。

四日　星期。晴。上午往篠崎医院诊察、注射并取药，共泉六元八角。下午往内山书店闲坐。晚三弟及蕴如携婴儿来。

五日　晴。上午复许省微信。复俞印民信。

六日　昙。上午往篠崎医院诊，广平携海婴同去。下午得诗荃信，一日长江船上发。

七日　昙，下午微雨。无事。

八日　晴。上午往篠崎医院诊，广平亦去。得诗荃信，七月二十日柏林发。从内山书店得《セザンヌ大画集》（3）一本，价六元二角。晚水野君及其夫人来。夜蕴如及三弟来。

九日　晴。上午得靖华所寄《戈理基象》一本。

十日　晴。上午往篠崎医院诊。下午得山本夫人寄赠之《古東多万》（别册）一本。得紫佩信，七日发。得施蛰存信。

十一日　星期。雨。上午携海婴往篠崎医院诊。下午得季志仁信并《书籍插画家集》（二二及二三）两本，八月四日巴黎发，书价为二十八元。三弟来，留之夜饭。

十二日　晴。上午往内山书店，得俄译《一千一夜》一至三共三本，插图《托尔斯泰小话》及《安璧摩夫漫画集》一本，价未详。下午寄靖华信，附复肖三笺。复紫佩信。得钦文信片，八日武昌发。蕴如来并赠杨梅烧酒一瓶。

十三日　晴。上午往篠崎医院诊察，并携海婴，共付泉六元六角。下午内山书店送来《生物学講座補編》（一及二回）共四本，计泉二元。镰田诚一君自福冈回上海，见赠博多人形一枚。夜编阅《新俄小说家二十人集》上册讫，名之曰《竖琴》。

十四日　晴。上午蕴如来并赠蒸藕一盘。文尹夫妇来，留之饭。下午得小峰信并版税百五十元，《三闲集》二十本。

十五日　晴。上午同广平携海婴往篠崎医院诊，诊毕散步，并至一俄国饭店午餐。下午从内山书店买《The Concise Universal Encyclopedia》一本，十四元五角。得靖华信，八月十七日发。晚内山君邀往书店食锄烧，因与广平挈海婴同去。

十六日　昙，午后雨。夜蕴如及三弟来。

十七日　雨。上午同广平携海婴俱往篠崎医院诊，付泉十元。

十八日　晴。午后同广平携海婴往春阳馆照相。得文尹信并赠海婴金铃子壹合，叫呱呱二合，包子一筐。夜蕴如及三弟来并赠香烟三合，赠以包子、韩梨。译班菲洛夫小说一篇讫。

十九日　晴。上午与广平携海婴俱往篠崎医院诊，付泉十一元四角。午同往粤店啜粥。下午编《新俄小说家二十人集》下册讫，名之曰《一天的工作》。得山本夫人信。晚季市来，赠以《三闲集》二本。

二十日　晴。上午内山夫人来，赠蒲陶二房。下午得俞印民信。

二十一日　昙。上午同广平携海婴俱往篠崎医院诊，付泉九元六角。下午雨一陈。以《淑姿的信》寄季市，以《三闲集》寄静农及霁野。

二十二日　小雨。上午复山本夫人信。复季志仁信。下午寄熊文钧信，还小说稿。寄增田君《三闲集》一本。从内山书店买东京及京都版之《東方学報》各二本，共泉十二元八角。

二十三日　晴。上午同广平携海婴俱往篠崎医院诊，共泉十元四角。

二十四日　晴。午后以海婴及与许妈合摄之照片各一张寄母亲。下午得小峰信并版税泉百五十。晚濯足。夜蕴如及三弟来，并为从商务印书馆代买书四种四本，共泉一元八角五分，赠以孩子玩具四种。

二十五日　星期。昙。上午与广平携海婴俱往篠崎医院诊，共付泉十元四角。阅文尹小说稿，下午毕。

二十六日　昙。无事。

二十七日　小雨。上午同广平携海婴往篠崎医院诊，付泉十元四角。下午往内山书局买《魏晋南北朝通史》一本，泉六元二角五分。

二十八日　晴。上午坪井学士来为海婴诊。午后往文华别庄看屋。下午得季市信，即复。

二十九日　晴。上午寄静农信。同广平携海婴往篠崎医院诊，付泉十元四角。午后得靖华译《粮食》剧本一册。得母亲信，二十五日发。得大江书店信。补祝海婴三周岁，下午邀王蕴如及孩子们，晚三弟亦至，并赠玩具帆船一艘，遂同用晚膳。临去赠孩子们以玩具四事，煎饼、水果各一囊。

三十日　晴。下午往内山书店，得书三本共泉七元三角。得山本夫人寄赠海婴之糖食三合。得钦文信，六日汉口发，即复。

十月

一日　晴。上午寄母亲信。寄三弟信。同广平携海婴均往篠崎医院诊，共付泉十元四角。下午收熊文钧信。晚蕴如及三弟来。

二日　星期。晴。上午达夫来，赠以《铁流》、《毁灭》、《三闲集》各一本。下午得增田君信，九月二十七日发，夜复。

三日　晴。上午寄小峰信。同广平携海婴往篠崎医院诊，付泉十元四角。以《竖琴》付良友公司出版，改名《星花》，下午收版税二百四十，分靖华七十。得山本夫人信。夜三弟来。

四日　昙。午后买《科学画报丛书》四本，共泉八元。晚诗荃来。

五日　晴。上午同广平携海婴往篠崎医院诊，付泉八元四角。下午同往大陆新村看屋。买《科学画报丛书》一本，二元。晚达夫、映霞招饮于聚丰园，同席为柳亚子夫妇、达夫之兄嫂、林微音。

六日　昙。下午得诗荃信，八月一日沙乐典培克发。得母亲信，三日发。晚洛扬来并赠桌上电灯一座。蔡永言来。

七日　晴。上午同广平携海婴往篠崎医院诊，付泉八元四角。下午蔡永言来并赠海婴荔支一斤，牛肉脯、核桃糖各一合。

八日　晴，风。上午得诗荃信。下午得钦文信，九月廿九日成都发。得增田君信片。理发。夜蕴如及三弟来。

九日　星期。晴。上午同广平携海婴往篠崎医院诊，付泉八元六角，并游儿童公园。下午买《セザンヌ大画集》（2）一本，价七元。

十日　晴。无事。

十一日　晴。上午同广平携海婴往篠崎医院诊，付泉六元六角。下午得马珏信，四日发。内山君赠《斗南存稿》一本。

十二日　昙。前寄靖华之第二次纸张上午退回，又付寄费十五元五角。午后为柳亚子书一条幅，云："运交华盖欲何求，未敢翻身已碰头。旧帽遮颜过闹市，破船载酒泛中流。横眉冷对千夫指，俯首甘为孺子牛。躲进小楼成一统，管他冬夏与春秋。达夫赏饭，闲人打油，偷得半联，凑成一律以请"云云。下午并《士敏土之图》一本寄之。晚内山夫人来，邀广平同往长春路看插花展览会。得映霞信。得真吾信并书两本，九月二九日南宁发，内一本赠三弟。夜雨。

十三日　昙。上午复王映霞信。同广平携海婴往篠崎医院诊，付泉六元六角。午后复马珏信。下午得小峰信并版税百五十元，三版

《朝华夕拾》二十本。

十四日　晴。上午从柏林运到诗荃书籍一箱，为之寄存。午后往内山书店买《書物の敵》一本，二元。得母亲信，十一日发。

十五日　晴。上午寄母亲信。寄真吾信并《朝花夕拾》、《三闲集》各一本。同广平携海婴往篠崎医院诊，付泉十六元六角。以新版K.Kollwitz画帖赠坪井学士。收大江书店版税七十一元一角。晚邀三弟全家来寓食蟹并夜饭。夜胃痛。

十六日　星期。晴。下午得起应信并《文学月报》两本。

十七日　晴。上午同广平携海婴往篠崎医院诊，付泉三元六角，又至鹊利格饮牛乳。午后风。访小峰，托其为许叔和作保证。晚雨。

十八日　昙。上午内山书店送来《書道全集》（廿五及廿六）两本，价共五元二角，全书完。得母亲寄与之羊皮袍料一件，付税一元七角五分。下午雨。

十九日　小雨。上午同广平携海婴往篠崎医院诊，付泉四元二角。下午费君持小峰信来并代买之历史语言研究所所印书四种十三本，共泉十八元六角，即付以印鉴九千枚，赠以《士敏土之图》一本。

二十日　昙。下午寄母亲信。寄小峰信。寄须藤医士信。

二十一日　晴。上午同广平携海婴往篠崎医院诊，付泉一元八角。晚得母亲信，十六日发。买铁瓶一，价六元。

二十二日　晴。晚得小峰信并版税泉百五十。

二十三日　星期。晴。上午同广平携海婴往篠崎医院诊，付泉一元四角。下午三弟及蕴如携婴儿来，留之晚餐并食蟹。

二十四日　晴。下午买《现代散文家批评》二本赠何君，并《文始》一本。

二十五日　昙。上午同广平携海婴往篠崎医院诊，付泉一元四角。午后往内山书店，得《文学的遗产》（一至三）三本，《文艺家漫画像》一本，《葛飾北斎》一本，共泉二十九元。又得出版书肆所赠决定版《浮世画［绘］六大家》书箱一只，有野口米次郎自署。下午寄季市信。

二十六日　晴。上午得山本夫人信，十九日发。寄三弟信。下午往野风画会。

二十七日　昙。上午广平买阳澄湖蟹分赠鎌田、内山各四枚，自食四枚于夜饭时。夜三弟来并为代买《殷周青铜器铭文研究》一部二本，价五元，赠以酒一瓶。

二十八日　晴。上午同广平携海婴往篠崎医院诊，付泉一元四角。下午得增田君信，二十一日发。

二十九日　昙，下午雨。无事。

三十日　星期。晴。下午蕴如及三弟来，留之夜饭并食蟹。

三十一日　晴。上午托广平往开明书店豫定插图本《中国文学史》一部，先取第二本，付与五元，又买杂书二本，一元五角。夜排比《两地书》讫，凡分三集。

十一月

一日　晴。下午得林竹宾信，夜复。

二日　晴。夜蕴如及三弟来。得林淡秋信，即复。

三日　晴。下午买《満鉄支那月誌》三本，共泉一元八角。得季市信，晚复。

四日　晴。以《一天的工作》归良友公司出版，午后收版税泉二百四十，分与文尹六十。夜校《竖琴》。

五日　昙。晚蕴如携晔儿来，少顷三弟亦至，留之夜饭。夜雨。

六日　星期。昙，大风。上午往篠崎医院为海婴延坪井学士来诊，午后至，云是喘息。下午往内山书店，得《支那古明器泥象图鑑》第四辑一帖十枚，价六元。得母亲信，十月三十日发。

七日　晴。晨坪井学士来为海婴诊。上午寄郑君平信并《竖琴》校稿。下午得钦文信，十月二十三日成都发。广平制孩子衣冒等四种成，托内山君转寄松藻女士。

八日　晴。上午寄母亲信。午后内山夫人来并赠海婴糖食二种。下午往北新书局买书四种，又为内山书店买《曼殊集》三部。

九日　昙。上午同广平携海婴往篠崎医院诊。下午寄山本夫人信。寄增田君信。寄和森书五本，赠其子长连。夜三弟来，交北平来电，云母病速归。浴。

十日　雨。上午往北火车站问车。往中国旅行社买车票，付泉五十五元五角。得紫佩航空信，七日发。下午内山夫人来并赠母亲绒被一床。费君来。合义昌煤号经理王君来兜售石炭。晚往内山书店辞行，托以一切。夜三弟及蕴如来。屏当行李少许。

十一日　昙。晨八时至北火车站登沪宁车，九时半开。晚五时至江边，即渡江登北宁车，七时发浦口。

十二日　晴。在车中。

十三日　星期。晴。午后二半钟抵前门站，三时至家，见母亲已稍愈。下午寄三弟信。寄广平信。晚长连来，赠以书三本。

十四日　昙，风。上午寄内山君信。寄广平信。午紫佩来。午后盐泽博士来为母亲诊视，付泉十二元四角并药费。

十五日　晴，风。午后得广平信，十二日发。下午往北新书局访小峰，已回上海。访齐寿山，已往兰州。访静农，不得其居，因至北京大学留笺于建功，托其转达。访幼渔，不遇。

十六日　晴。下午幼渔来。舒及其妹来。盐泽博士来为母亲诊，即往取药，并付泉十一元八角。得广平信，十三日发。

十七日　晴。上午寄广平信。静农及季野来。下午建功来。

十八日　晴。晨得幼渔信。下午盐泽博士来为母亲诊视，即令潘妈往医院取药，付泉十二元八角。霁野、静农来，晚维钧来，即同往同和居夜饭，兼士及仲澐已先在。静农并赠《东京及大连所见中国小说书目提要》一本。得广平信，十五日发。

十九日　晴。午后因取书触扁额仆，伤右踇，稍肿痛。下午访幼渔，见留夜饭，同席兼士、静农、建功、仲澐、幼渔及其幼子，共七人。临行又赠《晋盛德隆熙之碑》并阴拓本共二枚。

二十日　星期。晴。上午趾痛愈。寄广平信。德元来。午后紫佩来。下午静农来。晚得广平信，十七日发。

二十一日　晴。上午寄广平信。下午得三弟信，十八日发。盐泽博士来为母亲诊察，即往取药，付泉十一元六角。

二十二日　晴。晨复三弟信。午后得广平信，十九日发。下午紫佩来并见借泉一百。静农来，坐少顷，同往北京大学第二院演讲四十分钟，次往辅仁大学演讲四十分钟。时已晚，兼士即邀赴东兴楼夜饭，同席十一人，临别并赠《清代文字狱档》六本。

二十三日　昙，午后小雨。得广平信，二十日发，下午复。盐泽博士来为母亲诊察，云已愈，即令潘妈往取药，并诊费共付泉十二元七角。往留黎厂买信笺四合，玩具二事。晚郑石君、李宗武来。

二十四日　晴，风。上午朱自清来，约赴清华讲演，即谢绝。下午范仲澐来，即同往女子文理学院讲演约四十分钟，同出至其寓晚饭，同席共八人。

二十五日　晴，风。上午何春才来。午后往北新书局，得版税泉百。往商务印书馆为海婴买动物棋一合，三角。在新书店为母亲买《海上花列传》一部四本，一元二角。至松古斋买纸三百枚，九角。下午游西单牌楼商场，被窃去泉二元余。得广平信，廿二日发，附小峰笺。得和森信，由绥远来。晚师范大学代表三人来邀讲演，约以星期日。

二十六日　晴。上午寄季市信。寄广平信。午后游白塔寺庙会。刘小芋来。下午幼渔及仲瑝来。静农来，并持来《考古学论丛》（弍）一本，《辅仁学志》第一卷第二期至第三卷第二期共五本，皆兼士所赠。

二十七日　星期。晴。上午诗英来。吕云章来。午紫佩来，还以泉百。午后往师范大学讲演。往信远斋买蜜饯五种，共泉十一元五角。下午静农来。朱自清来。孙席珍来，不见。晚得广平信，二十四日发。矛尘来邀往广和饭店夜饭，座中为郑石君、矛尘及其夫人等，共四人。夜风。

二十八日　晴。上午诗英来。午前往中国大学讲演二十分钟。紫佩来。沈琳等四人来。下午静农相送至东车站，矛尘及其夫人已先在，见赠香烟一大合。晚五时十七分车行。

二十九日　晴。在车中。夜足痛复作。

三十日　晴。晨八时至浦口，即渡江登车，十一时车行。下午六时抵上海北站，雇车回寓。见钦文信。见张露薇信。见山本夫人信，十五日发。见内山松藻信，二十日发。见林竹宾信。见谢冰莹信。见真吾信并杂志一束。见姚克信。得内山书店送到之《版芸術》七本，日译《鲁迅全集》二本，共直九元。晚三弟来，赠以糖果二合。

十二月

一日　晴。上午往内山书店，赠以糖果两合，松仁一斤。下午寄母亲信。寄静农信。晚访坪井先生，赠以糖果两盒，松仁一斤，《鲁迅全集》一本。

二日　昙。上午得山本夫人信，十一月二十二日发。得季市信，一日发。下午以书籍分寄真吾、云章、静农、仲服。下午小雨。

三日　昙。上午复季市信。复姚克信。雨。午后往内山书店买《金文馀释之馀》一本，价三元。寄季市书二本。晚霁。夜三弟及蕴如来。

四日　星期。昙。下午寄紫佩信。

五日　雨。晚诗荃来，赠以信笺二十枚。

六日　晴。午后得母亲信。得卓治信。下午诗荃来，赠以《秋明集》一部。

七日　晴。无事。

八日　晴。下午往内山书店，得《Marc Chagall》一本，价五元六角。

九日　晴。上午内山书店送来《鈴木春信》（六大浮世绘师之一）一本，价五元六角。同广平携海婴往篠崎医院诊。下午维宁及其夫人赠海婴积铁成象玩具一合。为冈本博士写二短册，为静农写一横幅。

十日　昙。夜三弟及蕴如来。小雨。

十一日　星期。昙。下午寄母亲信。治馔六种邀乐扬、维宁及其夫人夜饭，三弟亦至。

十二日　晴。大风。下午得静农信。买玩偶二具，分赠阿玉、阿菩。

十三日　晴。午后得小峰信并版税泉百。下午往内山书店，得《版芸術》（十二月号）一本，价六角，并见赠日历一坐。得钦文信，十一月二十八日成都发。得紫佩信，十日发。夜蕴如及三弟来。

十四日　晴。午后寄靖华信。寄静农信。下午收井上红梅寄赠之所译《鲁迅全集》一本，略一翻阅，误译甚多。自选旧日创作为一集，至夜而成，计二十二篇，十一万字，并制序。

十五日　晴。上午得仲瑝信，十日发。下午寄靖华《文学月报》二本，《文化月报》一本，《现代》八本。寄敦南《同仁医学》四本。以选集之稿付书店印行，收版税泉支票三百。

十六日　晴。上午寄山本夫人信。下午得母亲信，十一日发。

十七日　晴。午后理发。内山君赠万两并松竹一盆。夜雾。

十八日　星期。晴。下午蕴如及三弟来。晚明之来。夜雾。

十九日　昙。下午往内山书店，得《大東京百景版画集》一本，山本夫人寄赠。得陈耀唐信并木刻八幅，即复。得增田君信并质疑，十日发，夜复。

二十日　晴。下午得王志之信，十四日发。得母亲信，十六日发。往内山书店买《動物図鑑》一本，二元，拟赠三弟。

二十一日　晴。下午往野风社闲话。得增田君信，夜复。得小峰信并版税泉百。为杉本勇乘师书一箧。

二十二日　晴。上午寄母亲信。寄穆诗信并泉十。下午复王志之信。往内山书店买《東方学報》（东京之三）一本，四元二角。又得《版芸術》（八）一本，六角。得母亲信，十八日发。得霁野信。

252

二十三日　昙。上午内山君送来玩具飞机一合，以赠海婴。下午寄矛尘书三本。寄兼士信并书三本，以赠其子。夜雨。

二十四日　昙。下午买《文学思想研究》（第一辑）一本，价二元五角。寄小峰信。夜蕴如及三弟来。雨。

二十五日　星期。雨。上午长谷川君赠海婴玩具摩托车一辆。下午得维宁信并赠火腿爪一枚，答以文旦饴二合。晚雨稍大。

二十六日　昙。午后得霁野信。得紫佩信。得志之信。下午往内山书店买《中世欧洲文学史》一本，三元。得山本夫人信。若君来。得张冰醒信，即复。夜同广平访三弟。雨。濯足。

二十七日　昙。无事。

二十八日　昙。上午同广平携海婴往篠崎医院诊。下午得维宁信并诗，即复。小峰及林兰来，并交版税泉百五十。晚坪井先生来邀至日本饭馆食河豚，同去并有滨之上医士。

二十九日　昙。上午寄绍兴朱宅泉八十。午后为梦禅及白频写《教授杂咏》各一首，其一云："作法不自毙，悠然过四十。何妨赌肥头，抵当辨证法。"其二云："可怜织女星，化为马郎妇。乌鹊疑不来，迢迢牛奶路。"下午得《版芸術》（十）一本，其值六角。得紫佩贺年片。得伊罗生信。夜三弟来。

三十日　晴。上午同广平携海婴往篠崎医院诊，付药泉二元四角。午后得母亲信，二十五日发。下午达夫来。赠内山君松子三斤，第六枚。赠篠崎医院译员刘文铨蛋糕一合，板鸭二只。晚三弟来并为代买得西泠印社印泥一合，价四元；书籍三种五本，共泉四元八角。勇乘师赠海婴玩具电车、气枪各一。

三十一日　昙，风。午后季市来。下午得介福、伽等信。为知人写字五幅，皆自作诗。为内山夫人写云："华灯照宴敞豪门，娇女严装侍玉樽。忽忆情亲焦土下，佯看罗袜掩啼痕。"为滨之上学士云："故乡黯黯锁玄云，遥夜迢迢隔上春。岁暮何堪再惆怅，且持卮酒食河豚。"为坪井学士云："皓齿吴娃唱柳枝，酒阑人静暮春时。无端旧梦驱残醉，独对灯阴忆子规。"为达夫云："洞庭浩荡楚天高，眉黛心红浣战袍。泽畔有人吟亦险，秋波渺渺失'离骚'。"又一幅云："无情未必真豪杰，怜子如何不丈夫。知否兴风狂啸者，回眸时看小於菟。"

书帐

世界裸体美術全集（一）一本　六・〇〇　一月六日

世界地理風俗大系（一至三）三本　一五・〇〇　一月九日

Andron Neputevii 一本　靖华寄来　一月十一日

世界古代文化史一本　一七・〇〇　一月十二日

園芸植物図譜（一）一本　四・〇〇

铜板苏格拉第像一枚　诗荃寄来

マルチンの犯罪一本　二・二〇　一月十三日

Book-Illustration in B.and A. 一本　七・〇〇　一月十八日

中国史话四本　二・〇〇　一月十九日

司马迁年谱一本　〇・五〇

班固年谱一本　〇・三〇

两周金文辞大系一本　八・〇〇　一月二十二日

世界美術全集（别册二）一本　二・八〇　一月二十六日

世界地理風俗大系（别册二及三）二本　一〇・〇〇　七四・八〇〇

陈老莲博古酒牌一本 〇·七〇 二月十日

翻汪本阮嗣宗集一本 一·六〇 二月十六日

绵州造象记六枚 六·〇〇

鄱阳王刻石拓片一枚 一·五〇

天监井阑题字拓片一枚 一·〇〇

湘中纪行诗拓片一枚 〇·三〇

樊谏议集七家注二本 一·六〇 二月十九日

王子安集注六本 四·〇〇 二月二十日

温飞卿集笺注二本 二·〇〇

安阳发掘报告（一及二）二本 三·〇〇 二月二十六日
二一·〇〇〇

程荣本阮嗣宗集二本 三·〇〇 ［三月一日］

唐小虎造象拓片一枚 一·〇〇 〖三月一日〗

汪士贤本阮嗣宗集二本 二·〇〇 三月四日

商周金文拾遗一本 一·〇〇

九州释名一本 一·〇〇

矢彝考释质疑一本 〇·八〇

四洪年谱四本 二·〇〇 三月八日

古籀馀论二本 一·二〇

陈森梅花梦二本 〇·八〇

王子安集佚文一本 一·〇〇 三月十七日

函青阁金石记二本 一·六〇

書道全集（二十三）一本 二·六〇 三月二十七日

世界芸術発達史一本 四·〇〇 三月三十日

颐志斋四谱一本 〇·六〇

亿年堂金石记一本　〇·七〇　　　　　　　二四·三〇〇

影印萧云从离骚图二本　四·〇〇　四月三日

影印耕织图诗一本　一·五〇

影印凌烟阁功臣图一本　二·〇〇

吹网录鸥陂渔话四本　四·〇〇

疑年录汇编八本　七·五〇

张溥本阮步兵集一本　一·二〇

龟甲兽骨文字二本　二·五〇　四月四日

冯浩注玉谿生诗文集十二本　一二·〇〇

乡言解颐四本　一·〇〇

原色貝類図一本　二·四〇　四月十五日

人生漫画帖一本　二·四〇　四月二十四日

ノアノア（岩波文庫本）一本　〇·五〇　四月二十八日

古東多卍（四月号）一本　山本夫人赠　四月三十日　四一·〇〇〇

国际的门塞维克主义之面貌一本　靖华寄来　五月一日

版画自修书一本　同上

友達一本　二·五〇　五月二日

世界美術全集（別册十一）一本　三·二〇　五月四日

世界美術全集（又十四）一本　三·二〇

古東多卍（第一年二至三）二本　二·五〇　五月六日

古東多卍（第二年一至三）三本　三·九〇

近代支那の学芸一本　六·八〇

唐宋元明名画大観二本　高良女士寄赠　五月十七日

書道全集（二十五）一本　二·四〇　五月十九日

書道全集（二及九）二本　四·八〇　五月二十日

石濤（関雪作）一本　三・二〇　五月二十二日

建設期のソヴエート文学一本　一・八〇　五月二十六日

史底唯物論一本　一・七〇

古東多卍（五）一本　山本夫人寄贈　五月三十日

文学の連続性一本　〇・五〇　五月三十一日　　三七・五〇〇

支那文学史綱要一本　一・〇〇　六月三日

G.Vereisky 石版文学家像一本　靖華寄来　六月三日

A.Ostraoomova 画集一本　同上

P.Pavlinov 木刻画一幅　同上

A.Gontcharov 木刻画十六幅　同上

Wirinea 一本　四・二〇　六月四日

世界地理風俗大系六本　三一・〇〇

J.Millet 画集一本　靖華寄来　六月七日

Th.A.Steinlen 画集一本　同上

G.Grosz 画集一本　同上

I.N.Pavlov 画集一本　同上

A.Kravtchenko 木刻一幅　同上

N.Piskarev 木刻十三幅　同上

V.Favorski 木刻六幅　同上

I.Pavlov 木刻自修书一本　同上

世界地理風俗大系（二十一）一本　五・〇〇　六月十日

世界地理風俗大系（別巻）一本　五・〇〇

建設期のソヴエート文学一本　二・〇〇　六月十四日

歴史学批判叙説一本　二・二〇

喜多川歌麿一本附図一幅　九・八〇

王忠悫公遗集（第一集）十六本　静农寄赠　六月十八日

世界地理風俗大系（別卷）一本　五・〇〇　六月二十二日

川柳漫画全集（七）一本　二・〇〇

欧米に於ケる支那古鏡一本　一三・〇〇　六月二十三日

鹿の水かがみ一本　二・〇〇

小杉放庵画集一本　五・五〇　六月二十六日

プロと文化の問題一本　一・五〇　六月二十九日

民族文化の発展一本　一・三〇

東洲斎写楽一本　七・七〇　六月三十日　　　　　　九八・〇〇

古燕半瓦二十种拓片四枚　静农寄赠　七月十一日

詭弁の研究一本　一・五〇　七月二十一日

セザンヌ大画集（1）一本　七・五〇　七月二十八日　九・〇〇〇

李龙眠九歌图册一本　一・一〇　八月二日

仇文合作飞燕外传一本　一・五〇

仇文合作西厢会真记图二本　三・〇〇

沈石田灵隐山图卷一本　一・一〇

释石涛东坡时序诗意一本　一・〇〇

石涛山水册一本　〇・六〇

石涛和尚八大山人山水合册一本　〇・七〇

黄尊古名山写真册一本　〇・六〇

梅瞿山黄山胜迹图册一本　一・四〇

地理風俗大系十五本　五三・〇〇　八月四日

芸術学研究（第一辑）一本　一・五〇　八月六日

金文丛考一函四本　一二・〇〇　八月八日

支那住宅誌一本　六・〇〇　八月九日

石印筠清馆法帖六本　一·五〇　八月十一日

明清名人尺牍一至三集十八本　二·七〇

石印景宋本陶渊明集一本　〇·二〇

文始二部二本　〇·六〇

支那古明器図鑑（一）一帖　七·〇〇　八月十六日

支那古明器図鑑（二）一帖　七·〇〇

鳥居清長一本　七·〇〇　八月十七日

読書放浪一本　四·〇〇　八月十九日

支那古明器図鑑（三）一帖　六·五〇　八月二十二日

書道全集（二十四）一本　二·五〇

ロシヤ文学思潮一本　二·五〇　八月二十三日

Die Malerei im 19 Jahrhundert 二本　诗荃赠　八月三十日

Die Kunst der Gegenwart 一本　同上

Der Kubismus 一本　同上

Der Fall Maurizius 一本　冯至赠　　　　　一二五·〇〇〇

世界宝玉童話叢書三本　四·〇〇　九月二日

セザンヌ大画集（3）一本　六·二〇　九月八日

M.Gorky 画象一本　靖华寄来　九月九日

古東多卍（別册）一本　山本夫人寄贈　九月十日

PAUL JOUVE 一本　一五·〇〇　九月十一日

TOUCHET 一本　一三·〇〇

俄译一千一夜（一——三）三本　三〇·〇〇　九月十二日

托尔斯泰小话一本　二·〇〇

EPIMOV 漫画集一本　六·〇〇

生物学講座補編（一）二本　一·〇〇　九月十三日

生物学講座補編（二）二本　一・○○

The Concise Univ.Encyc. 一本　一四・五○　九月十五日

東方学報（东京）二本　六・四○　九月二十二日

東方学報（京都）二本　六・四○

六书解例一本　○・五○　九月二十四日

说文匡鄦一本　○・七○

九品中正与六朝门阀一本　○・四○

稷下派之研究一本　○・二五○

魏晉南北朝通史一本　六・二五○　九月二十七日

園芸植物図譜（四）一本　三・六○　九月三十日

愛書狂の話一本　一・二○

紙魚繁昌記一本　二・五○　　　　　　　　一二○・九○○

植物の驚異一本　二・○○　十月四日

続動物の驚異一本　二・○○

昆虫の驚異一本　二・○○

顕微鏡下の驚異一本　二・○○

動物の驚異一本　二・○○　十月五日

セザンヌ大画集（2）一本　七・○○　十月九日

斗南存稿一本　内山君贈　十月十一日

書物の敵一本　二・○○　十月十四日

書道全集（廿五）一本　二・六○　十月十八日

書道全集（廿六）一本　二・六○

屬氏编钟图释一本　二・七○　十月十九日

秦汉金文录五本　一○・八○

安阳发掘报告（三）一本　一・五○

敦煌劫馀录六本　三·六〇

现代散文家批评集二本　八·〇〇　十月二十四日

文学的遗产（一至三）三本　一六·〇〇　十月二十五日

文艺家漫画象一本　六·〇〇

葛飾北斎一本　七·〇〇

殷周铜器铭文研究二本　五·〇〇　十月二十七日

插图本中国文学史（二）一本　豫付五元　十月三十一日

周作人散文钞一本　〇·五〇

看云集一本　一·〇〇　　　　　　　　　　九〇·〇〇〇

満鉄支那月誌三本　一·八〇　十一月三日

支那古明器泥象図鑑（四）一帖　六·〇〇　十一月六日

大晋盛德隆熙之碑并阴拓本二枚　幼渔赠　十一月十九日

清代文字狱档六本　兼士赠　十一月二十二日

考古学论丛（一）一本　同上　十一月二十六日

版芸術（一至七）七本　四·〇〇　十一月三十日

鲁迅全集（日译）二本　五·〇〇　　　　　一六·八〇〇

金文馀释之馀一本　三·〇〇　十二月三日

Marc Chagall一本　五·六〇　十二月八日

鈴木春信一本　五·六〇　十二月九日

版芸術（九）一本　〇·六〇　十二月十三日

大東京百景版画集一本　山本夫人赠　十二月十九日

木刻小品八种八枚　陈耀唐赠

動物図鑑一本　二·〇〇　十二月二十日

東方学報（东京之三）一本　四·二〇　十二月二十二日

版芸術（八）一本　〇·六〇

文学思想研究（一）一本　二·五〇　十二月二十四日

中世欧洲文学史一本　三·〇〇　十二月二十六日

版芸術（十）一本　〇·六〇　十二月二十八[九]日

籀经堂钟鼎文考释一本　一·〇〇　十二月三十日

有万熹斋石刻跋一本　〇·八〇

苏斋题跋三本　三·〇〇　　　　　　　三二·五〇〇

本年共用书泉六百九十三元九角，

平匀每月用书泉五十七元八角一分。

日记廿二（1933 年）

一月

一日　晴，午昙。下午蕴如及三弟来。夜作短文一篇。

二日　晴。午后寄母亲信。下午寄维宁信。

三日　晴。下午三弟及蕴如携婴儿来。寄小峰信。夜雨。

四日　雨。上午同广平携海婴往篠崎医院诊，付诊费二元，药泉一元二角。夜三弟来并为代买《长恨歌画意》一本，三元二角；又杂书三种，共三元八角。得蔡孑民先生信。

五日　昙。午后往内山书店，见赠百合五枚。得母亲信，去年十二月卅日发。得王志之信。得静农信。得真吾信。得诗荃信。为锡君买字典两本，九元九角八分。夜雨。

六日　昙。下午往商务印书馆邀三弟同至中央研究院人权保障同盟干事会，晚毕遂赴知味观夜饭。得小峰信并《三闲集》二本，杂书二本。夜校《新俄小说集》下册。

七日　晴。午后往内山书店，得《支那明器泥像图鑑》（五）一帖，《支那古器图考·兵器篇》一函，内图五十二页，说一本，共泉十六元。得诗荃信。得达夫信。夜校《[新]俄小说集》下册讫。

八日　星期。晴。上午寄天马书店信。下午蕴如及三弟来。

九日　晴。午后复诗荃信。寄王志之信并稿。下午寄良友图书公司信并校稿。夜季市来，并赠海婴玩具二事，赠以日译《鲁迅全集》一本，并留之夜饭。雨。

十日　昙。下午收《明日》一本，由东京寄赠。寄靖华再版《铁流》两本，《三闲集》、《二心集》各一本。寄增田君《文学月报》等三本。寄达夫自写诗二幅并信，丐其写字。夜雨而大风。

十一日　大风，小雨。上午寄叶圣陶信。午后得母亲信，八日发。得雪辰信并周柳生所照照相二枚。下午往商务印书［馆］访三弟，即同至中央研究院开民权保障同盟［会］，胡愈之、林玉堂皆不至，五人而已。六时散出，复同三弟至四如春吃饭，并买杂书少许。夜雪。

十二日　微雪。下午出街为海婴买饼干一合，三元二角。至内山书店买日译《鲁迅全集》一本、《少年画集》一帖八枚，共泉三元二角。

十三日　雨雪。上午往篠崎医院为海婴取药，付泉二元四角也。矛尘自越往北平过沪，夜同小峰来访，以《啼笑因缘》一函托其持呈母亲。复阅《两地书》讫。

十四日　微雪。午后得母亲信，九日发。得方璧信。晚费君来，并交到小峰信及版税泉百五十，即付以《两地书》稿一半，赠以《鲁迅全集》一本。适夷来，并见赠《苏联童话集》一本。

十五日　星期。晴。上午为海婴往篠崎医院取药，付泉二元四角。午后得叶圣陶信。内山夫人赠海婴甘鲷一碟。午后三弟来，即同至大马路一带书局索书目，并买珂罗板印书二本，共泉二元八角。次至开明书店取去年豫约之《中国文学史》二本，为一及三。晚得维宁信。寄小峰信。夜邀三弟、蕴如及广平往上海大戏院观电影，曰《人猿泰山》。

十六日 雨。午再校《新俄小说二十人集》下册讫。下午往蟫隐庐买《花庵词选》、《今世说》各一部，共一元六角。往中央研究院。夜风。

十七日 昙。上午寄良友公司信并校稿，即得复。午后微雪。收良友公司所赠《竖琴》十册。下午往人权保障大同盟开会，被举为执行委员。蔡孑民先生为书一笺，为七律〔绝〕二首。

十八日 大雪。上午往良友公司付以印证二千，并购《竖琴》二十本，付泉十四元四角。往中央研究院午餐，同席八人。下午得诗荃信。得积功信。

十九日 昙。上午同广平携海婴往篠崎医院诊，付泉二元四角。下午达夫来，并交诗笺二，其一为柳亚子所写。以《竖琴》十本寄靖华，又赠雪峰四本，保宗、克士各一本。

二十日 昙，午后雨。访小峰。下午寄母亲信。寄季市信。寄诗荃信。得山本夫人信。收大江书店版税泉五十一元六角。夜寄孙夫人、蔡先生信。校《自选集》。风。

二十一日 昙。上午往篠崎医院为海婴取药，付泉二元四角。下午得张一之信。晚内山君招饮于杏花楼，同席九人。

二十二日 星期。晴。下午三弟来。晚往坪井先生寓，致自写所作诗一轴，并饼饵、茗、果共三色。夜风。

二十三日 晴，风。晚得小峰信并版税泉百五十，即付以印证一万枚。夜治肴六种，邀辛岛、内山两君至寓夜饭，饭后内山夫人来，并赠照相一枚。得适夷信并儿童书局赠海婴之书二十五本。

二十四日　昙。下午以翻刻本雷峰塔砖中佛经一纸赠辛岛君。以《竖琴》一本赠适夷。蕴如来。夜得维宁信并稿，即复。

二十五日　晴。上午内山书店送来《東洋美術史の研究》一本，价泉八元四角。同广平携海婴往篠崎医院诊，付药泉四元八角。午后得三弟信。寄达夫信并小文二。下午往中央研究所〔院〕。晚冯家姑母赠莱菔糕一皿，分其半以馈内山及镰田两家。得季市信并诗笺一枚。旧历除夕也，治少许肴，邀雪峰夜饭，又买花爆十余，与海婴同登屋顶燃放之，盖如此度岁，不能得者已二年矣。

二十六日　旧历申年元旦。昙，下午微雪。夜为季市书一笺，录午年春旧作。为画师望月玉成君书一笺云："风生白下千林暗，雾塞苍天百卉殚。愿乞画家新意匠，只研朱墨作春山。"又戏为邬其山生书一笺云："云封胜境护将军，霆落寒村戮下民。依旧不如租界好，打牌声里又新春。"已而毁之，别录以寄静农。改胜境为高岫，落为击，戮为灭也。

二十七日　昙。下午得诗荃信。得增田君信片。得平寓信。

二十八日　晴。午后同前田寅治及内山君至奥斯台黎饮咖啡。夜蕴如及三弟来，并见赠饼饵一合、烟卷四十枝。

二十九日　星期。晴。下午得钦文信，十日成都发。得《Der letzte Udehe》一本，似靖华所寄。

三十日　晴。午后复钦文信。寄《涛声》编辑信。下午往中央研究院。

三十一日　晴。午后蕴如持米稿费八十二元，分赠蕴如、广平各二十，自买《周漢遗宝》一本，十一元六角，为海婴买玩具三种，八角。下午寄绍兴朱宅泉五十。得静农及霁野信，二十六日发，夜复。

二月

一日　昙。下午为靖华寄尚芸佩［佩芸］信并泉五十，又寄尚振声信并泉百，皆邮汇。得张天翼小传稿。

二日　晴。上午蒋径三来，赠以书三种，并留之午餐。午后得王志之信。往来青阁买《李太白集》一部四本，《烟屿楼读书志》一部八本，共泉五元。下午明之携其长女景渊来，赠以书三种，明之并见赠糟鸡一瓮，云自越中持来。

三日　晴。午后寄王志之信并张天翼自传。寄季市信。寄达夫短评二。下午收《Intern.Lit.》（4—5）一本。收《现代》（二卷之四）一本。得天马书店信并校稿。致起应信并《竖琴》两本。茅盾及其夫人携孩子来，并见赠《子夜》一本，橙子一筐，报以积木一合，儿童绘本二本，饼及糖各一包。夜蕴如及三弟来，并持交振铎所赠《中国文学史》（一至三）三本，赠以橙子一囊。

四日　昙。下午得母亲信，一月卅日发。得维宁信。得山本夫人信。

五日　星期。雨。下午得母亲信，二日发。

六日　昙。上午寄母亲信。寄郑振铎信。午后蕴如来并赠年糕及粽子合一筐，以少许分与内山君，于夜持去，听唱片三出而归。

七日　昙，下午雨。柔石于前年是夜遇害，作文以为记念。

八日　昙。上午往篠崎医院为海婴取药，付泉二元四角。寄良友公司信。寄达夫短评二则。午后访达夫，未遇。收申报馆稿费十二元。得母亲所寄小包一个，内均食物。夜雨。

九日　雨雪，午霁。得靖华信，一月九日发。晚得诗荃信。达夫来访。得费慎祥信，并见赠《现代史料》（第一集）一本。

十日　昙。上午复靖华信，附文、它笺。往篠崎医院为海婴取药，付泉二元四角。午后雨雪。下午得良友公司信，即复。寄申报馆信。

十一日　昙，午晴。濯足。下午伊洛生来。得静农信并照片四枚，六日发。

十二日　星期。晴。上午为海婴往篠崎医院取药，付泉四元八角。下午得绍兴朱宅所寄糟鸡、笋干共一篓。得小峰信并版税二百元。得程琪英信，去年十一月十四日柏林发。往内山书店，得《版芸術》（二月分）一本，价六角。三弟及蕴如携婴儿来，留之夜饭。

十三日　晴。午后复程琪英信。寄静农信并《竖琴》六本。得内山嘉吉君信片。从内山书店买书三本，三元九角。夜三弟来。

十四日　晴。午后寄尚佩吾信并靖华版税百七十。得玄珠信。得山本初枝寄赠之《アララギ》二十五周年纪念絵葉書三十三枚。得辛岛骁君从朝鲜寄赠之玩具二合六枚，鱼子一合三包，分给鎌田及内山君各一包。得霁野信及靖华译《花园》稿一份。

十五日　雨。午后送申报馆信。下午得达夫信。得尚振声发银回帖。

十六日　雨。上午为海婴往篠崎医院取药，付泉四元八角。午后寄尚佩芸信，付尚声振［振声］回帖。往内山书店买《プロレタリア文学概論》一本，一元七角。得林语堂信。寄程琪英《彷徨》等六本共一包。

十七日　昙。晨得内山君笺。午后汽车赏蔡先生信来，即乘车赴宋庆龄夫人宅午餐，同席为萧伯纳、伊、斯沫特列女士、杨杏佛、林语堂、蔡先生、孙夫人，共七人，饭毕照相二枚。同萧、蔡、林、杨往笔社，约二十分后复回孙宅。绍介木村毅君于萧。傍晚归。夜木村毅君见赠《明治文学展望》一本。

　　十八日　晴。午后蕴如来。下午得母亲信，十四日发。得霁野信片。夜内山君招饮于知味观，同席为木村毅君等，共七人。

　　十九日　星期。昙。午后蕴如及三弟来。下午雨。往内山书店买《英和字典》两种，共泉三元六角。寄天马书店版权印证三千枚。晚得语堂信。夜同广平往上海大戏院观苏联电影，名曰《生路》。

　　二十日　昙。上午同广平携海婴往篠崎医院诊，付药泉四元八角。

　　二十一日　晴。上午寄林语堂信并稿一篇。晚晤施乐君。夜得小峰信并版税泉二百，付以印证一万枚。

　　二十二日　晴。上午得费君信。得林克多信。下午寄蔡先生信。

　　二十三日　昙。上午得蔡先生信。晚雨。夜蕴如及三弟来。风。

　　二十四日　晴。上午寄黎烈文信。得霁野信。得增田君信。访蔡先生。午杨杏佛邀往新雅午餐，及林语堂、李济之。下午寄改造社稿一篇。夜买英文学书二本，共泉三元二角。

　　二十五日　晴。下午得黎烈文信，夜复，附文稿一。小雨。

　　二十六日　星期。雨。下午蕴如及三弟来。

　　二十七日　雨。上午得霁野信并未名社对开明书店收条一纸。得尚佩吾信。下午往语堂寓。夜蕴如及三弟来，赠以香烟一合。寄小峰信。

　　二十八日　昙。上午为海婴往篠崎医院取药，付泉四元八角。下午在内山书店买《ツルゲネフ散文詩》一本，二元。雨。得林微音信，即复。

三月

一日　晴。午后寄木村毅信。得内山嘉吉信，言于二月二十二日举一子。得杨杏佛信并照片二枚。得静农信并《初期白话诗稿》五本，半农所赠。得季市信。得黎烈文信。同内山夫人往东照里看屋。下午理发。买景宋椠《三世相》一本。达夫来，未遇。夜寄母亲信。复静农信。发贺内山嘉吉夫妇生子信。

二日　晴。上午寄山本初枝女士信。寄增田君信。得靖华信，一月末发。晚得小峰信并《呐喊》等六本。山县氏索小说并题诗，于夜写二册赠之。《呐喊》云："弄文罹文网，抗世违世情。积毁可销骨，空留纸上声。"《彷徨》云："寂寞新文苑，平安旧战场。两间余一卒，荷戟尚彷徨。"

三日　晴。上午内山夫人来并赠堇花一盆。得适夷信。午后往东照里看屋。下午寄季市信并代买书二本。往中央研究院。寄紫佩信。夜寄黎烈文信并稿三。校《萧伯纳在上海》起。雨。

四日　昙，午后雨。下午以照片两枚寄山本夫人。夜风。

五日　星期。昙。上午寄天马书店信。午后寄语堂信并文稿一。得姚克信二封，下午复。蕴如及三弟来。晚端仁及雁宾来，同至聚丰楼夜饭，共五人。赠端仁、雁宾以《初期白话诗稿》各一本。大风而雪，草地及屋瓦皆白。

六日　昙。午后得程鼎兴信并火腿二只。下午访维宁，以堇花壹盆赠其夫人。得尚佩芸信，晚复。托三弟买《The Adventure of the Black Girl in her Search for God》一本，价二元五角。

七日　昙。午后寄靖华信，附尚佩吾及惟宁笺。寄申报馆稿一篇。下午姚克来访。得适夷信并所赠《二十世纪之欧洲文学》一本。

八日　晴。下午至施高塔路一带看屋。收申报馆稿费四十八元。

九日　昙，下午雨。季市来，赠以《竖琴》两本，《初期白话诗稿》一本。晚往致美楼夜饭，为天马书店所邀，同席约二十人。

十日　小雨。下午得母亲信，六日发。得赵家璧信，夜复。寄李霁野信。

十一日　昙。午后得静农信并北平《晨报》一张，七日发。从内山书店买《世界史教程》（分册二）一本，一元二角。晚寄开明书店信。寄申报馆稿一篇。夜三弟及蕴如来并赠油鱼一裹。得季志仁信并《CARLÉGLE》一本，价四百七十五法郎，二月八日巴黎发。

十二日　星期。晴。夜雪峰来并赠火腿一只。

十三日　晴。午后韦姑娘来。得母亲信。得紫佩信，九日发。得罗玄鹰信并《微光》两分。得林微音信，即复。下午寄静农信并照片一枚。得《版芸術》三月号一本，六角。夜同广平访三弟。得幼渔告其女珏结婚柬。校《萧伯纳在上海》讫。

十四日　晴。午后得开明书店信。得紫佩所寄《坟》一本。下午往开明书店取未名社欠款，得五百九十六元七角七分支票一枚。买《二心集》一本。得小峰信并本月分板税泉二百。夜风。

十五日　昙，风。上午往大马路买什物。晚得姚君信，遂往汉弥尔登大厦 Dr.Orlandini 寓夜饭。夜得小峰信。

十六日　晴，风。上午复小峰信并付版权印证八千枚。得山本夫人信，八日发。

十七日　晴。午后得山县初男君信，并赠久经自用之卓鐙一具。得山本夫［人］赠海婴之梅干有平糖一瓶，又正路君所赠之玩具二事，分其一以赠保宗之长儿。得林微音信。得黎烈文信，夜复。

十八日　晴。午后往良友图书公司买《国亮抒情画集》一本，二元。得俞藻信，十二日发。得山本夫人信，十三日发。得增田君信，十一日发。下午往青年会，捐泉十。夜寄烈文信并稿。

十九日　星期。晴。上午同广平携海婴往篠崎医院诊，付泉四元八角。下午得崔万秋信片。得母亲信并泉五十，十六日发。得小峰信。

二十日　晴。夜三弟来，付以母亲所赠之泉二十。得《自选集》二十本，天马书店送来。大风。

二十一日　昙。午后寄小峰信。下午得内山嘉吉君信，并成城学园五年生桔林信太木刻一幅。得钦文信，二日发。得崔万秋信。买《西域南蛮美術東漸史》一本，价五元。决定居于大陆新村，付房钱四十五两，付煤气押柜泉廿，付水道押柜泉四十。夜雨且雾。

二十二日　雨。上午寄母亲信。复崔万秋信。寄《自由谈》稿一。下午往内山书店，遇达夫交黎烈文柬。买《プロレタリア文学講座》（三）一本，一元二角。得小峰信并版税泉二百。得姚克信，即复。

二十三日　雨。上午同广平携海婴往篠崎医院诊，付泉四元八角。下午得吴成均信，夜复。内山书店送来《改造》四月特辑一本。

二十四日　雨。上午寄《自由谈》稿二。午后往内山书店买《ヴェルレエヌ研究》一本，三元二角。得增田君信片并所赠《支那ユーモア集》一本。得山本夫人信。下午姚克邀往蒲石路访客兰恩夫人。晚往聚丰园应黎烈文之邀，同席尚有达夫、愈之、方保宗、杨幸之。得小峰信。《萧伯纳在上海》出版，由野草书店赠二十部，又自买卅部，其价九元，以六折计也。

二十五日　晴。下午寄静农信并《萧伯纳在上海》六本。寄小峰信并校稿。晚三弟来。夜理书籍。

二十六日　星期。雨。下午蕴如及三弟携蕖官来。

二十七日　晴。上午得《改造》信并稿费四十圆。从内山书店买《ミレー大画集》一本，四元。又得《白と黒》（十二至十九号）八本，四元六角。午后白薇来。下午移书籍至狄思威路。

二十八日　晴。午后得许锡玉信。得诗荃寄还之《嵇中散集》校本。得赵家璧信并良友图书公司所赠《一天的工作》十本，又自买二十五本，共泉十五元七角五分。买《澄江堂遗珠》一本，二元六角。下午往中央研究院。夜蕴如及三弟来。得林语堂信。

二十九日　昙。午后理书。下午得小峰信。得施蛰存信并稿费卅。

三十日　晴。上午以《一天的工作》十本寄靖华，又以六本寄静农等。午前往中央研究院。下午理书籍。得佘余信。

三十一日　晴。午上遂来，赠以书三种六本。下午寄黎烈文信并稿三。寄小峰信并校稿。往中央研究院。夜三弟来。复佘余信。

四月

一日　晴。午后复施蛰存信。下午寄蒋径三以《一天的工作》一本。往内山书店，得《版芸術》（四月号）一本，五角五分。得姚克信。得胡兰成由南宁寄赠之《西江上》一本。得母亲信，三月二十七日发。

二日　星期。昙。上午同广平携海婴往篠崎医院诊。下午三弟来。雨。

三日　昙。上午寄母亲信。寄山本夫人信。寄增田君信。午后得小峰信并校稿。达夫来并赠《自选集》一本。得王志之信。夜三弟及幼雄来，赠以《自选集》及《萧在上海》各一本。寄《自由谈》稿二篇。

四日　昙，午后晴。坪井学士来为海婴诊。

五日　晴。夜寄小峰信并校稿五叶。

六日　晴。上午往篠崎医院为海婴取药，付泉四元四角。下午得母亲信，一日发。得靖华信，三月十五日发。得崔万秋留片并《申报月刊》一本。得黎烈文信，即复。晚校《两地书》讫。三弟偕西谛来，即被邀至会宾楼晚饭，同席十五人。坪井先生来为海婴诊。夜雨。

七日　昙。上午寄小峰校稿。午后得黎烈文信并稿费六十六元。得刘之惠信，即复。得母亲所寄小包一个，内香菌、摩菇、瑶柱、蜜枣、榛子，夜复。寄金丁信。三弟来，饭后并同广平往明珠大戏院观《亚洲风云》影片。雨，夜半大风，有雷。

八日　雨。上午同广平携海婴往篠崎医院诊，付泉四元四角。午后收李辉英所赠《万宝山》一本。晚三弟来。收论语社稿费十八元。

九日　星期。昙。夜浴。

十日　昙。下午寄黎烈文信并稿二篇。

十一日　晴。午后得母亲信，七日发。是日迁居大陆新村新寓。

十二日　昙。午后得陈烟桥信并木刻二枚。得小峰信并版税泉百。

十三日　晴。午后得姚克信。得适夷信，即复。下午寄母亲信。复陈烟桥信。复小峰信。晚姚克来邀至其寓夜饭。雨。

十四日　雨。上午同广平携海婴往篠崎医院诊，付泉二元四角。下午晴。保宗来访。夜三弟来，留之夜饭。

十五日　小雨。午后得季市信。下午寄《自由谈》稿二篇。

十六日　星期。雨。下午寄季市信。三弟来，未见。

十七日　晴。下午从内山书店买《新潮文库》二本，《英文学散策》一本，共泉三元。

十八日　小雨。下午得小峰信并《两地书》版税百五十，即付印证千。寄内山嘉吉君信，并信笺十余枚，托其［交］成城学园之生徒寄我木刻者。夜寄《自由谈》稿二篇。

十九日　雨。午后得母亲信。往大马路石路知味观定座。下午发请柬。得小峰信并《两地书》版税泉百，并赠书二十本，又添购二十本，价十四元也。

二十日　晴。上午同广平携海婴往篠崎医院诊，付泉二元四角。下午寄电力公司信。寄自来火公司信。寄姚克信。以《两地书》寄语堂及季市。买《一立斋广重》一本，六元。夜三弟来。寄小峰信。

二十一日　晴。午后得母亲信并泉三元，十七日发。得靖华信并稿一篇，又插画本《十月》及译本《一月九日》各一本，三月二十五日发。下午得小峰信并本月版税泉二百。付何凝《杂感集》编辑费百。寄柏林程琪英六本复被寄回，不知其故。收内山嘉吉君为其子晓弥月内祝之品一合。

二十二日　晴。午后得姚克信。得祝秀侠信。买《人生十字路》一本，一元六角也。晚在知味观招诸友人夜饭，坐中为达夫等共十二人。风。

二十三日　星期。晴。上午达夫来，未见，留字而去。午后寄母亲信。寄《自由谈》稿一篇。晚在知味观设宴，邀客夜饭，为秋田、须藤、滨之上、菅、坪井学士及其夫人并二孩子、伊藤、小岛、镰田及其夫人并二孩子及诚一、内山及其夫人、广平及海婴，共二十人。黄振球女士携达夫绍介信来，未见，留字及《现代妇女》一册而去。

二十四日　昙，下午雨。得紫佩信，廿日发，夜复。

二十五日　雨。午后得《世界の女性を語る》及《小说研究十二講》各一本，著者木村君赠。又买《支那中世医学史》一本，价九元。买椅子一、书厨二，价三十二元。下午得《木铃木刻》一本。得增田君信，二十日发。得朱一熊信。

二十六日　晴。下午往中央研究院。得李又燃信，夜复。

二十七日　晴。上午得姚克信。晚得崔万秋信并《セルパン》（五月分）一本。

二十八日　晴。午后得王志之、谷万川信，并《文学杂志》二本。得施蛰存信。夜三弟及蕴如来，并见赠食品六种。

二十九日　雨。上午同广平携海婴往篠崎医院诊，付泉三元九角。又买玩具名"尚武者"一具，一元九角。午晴。午后得靖华信，三月卅一日发。得西村真琴信并自绘鸠图一枚。得增田君所寄原文《Noa Noa》一本。晚姚克招饮于会宾楼，同席八人。得张梓生所赠《申报年鉴》一本。

三十日　星期。晴。上午坪井学士来为海婴注射。午后得语堂信。买《素描新技法講座》一部五本，八元四角；《版芸術》（五月分）一本，六角。晚交还旧寓讫。三弟及蕴如携蕖官来。

五月

一日　晴，风。上午坪井学士来为海婴注射，并赠含钙饼干一合，漆果子皿一个。得母亲信，附和森笺，四月二十八日发。得山本夫人信。午后复施蛰存信。寄三弟信。下午往春阳馆照相。理

发。往高桥齿科医院修义齿。买《漫画サロン集》一本，七角。夜濯足。风。

二日　昙。下午寄王志之信并泉廿。付坂本房租六十，为五月及六月分。往高桥齿科医院，广平携海婴同行。夜大风。

三日　晴。下午得小峰信并《两地书》版税泉百二十五，即复。晚得季市信，即复。得母亲信，四月廿九日发。得文学社信。得神州国光社信并《十月》二十本。给三弟信。夜风。

四日　晴。上午往高桥齿科医院改造义齿讫，付泉十五元。午后寄《自由谈》稿二。下午得黎烈文信，夜复。小雨。

五日　晴。上午往篠崎医院为海婴取药，付泉二元四角。往良友公司买《竖琴》及《一天的工作》各五本，《雨》及《一年》各一本，共泉七元六角。午后寄《自由谈》稿一篇。下午往高桥齿医院修正义齿。往内山书店买《日和見主義ニ对スル闘争》一本，八角。得魏卓治信。

六日　晴。午保宗来并赠《茅盾自选集》一本，饭后同至其寓，食野火饭而归。晚得申报馆信。得为守常募捐公函。得森堡信并诗。

七日　星期。晴，风。上午寄《自由谈》稿二篇。午后复魏卓治信。寄母亲信。下午得野草书店信。得曹聚仁信，即复。校《杂感选集》起手。夜得黄振球信。三弟及蕴如来。

八日　晴。午后得山本夫人信。下午买《Van Gogh 大画集》（一）一本，五元五角也。

九日　晴。上午同广平携海婴往篠崎医院诊，付泉二元四角。午后寄矛尘信并《两地书》二。以书分寄季市、静农、志之等。下午魏卓治见访。得姚克信。得孔若君信。买《ブレイク研究》一本，价三元七角。寄邹韬奋信。

十日　晴。午后寄季市信。得志之信，即复。得邹韬奋信。得语堂信。史沫特列女士将往欧洲，晚间广平治馔为之饯行，并邀永言及保宗。

十一日　晴。上午得《粮食》及插画本《戈理基小说集》各一本，靖华所寄。午后寄紫佩信并赙李守常泉五十元，托其转交，又《两地书》等二包，托其转送。下午往中央研究院。夜寄姚克信。寄王志之信。校《不走正路的安得伦》起。夜风。

十二日　晴，风。上午寄《自由谈》稿一篇。午后得静农信，六日发。得霁野信，八日发。买《卜辞通纂》一部四本，十三元二角。晚三弟来。

十三日　晴，风。上午往中央研究院，又至德国领事馆。午后得增田君信。得保宗信。得魏猛克等信，下午复。寄三弟信。得小峰信。夜作《安得伦》译本序一篇。

十四日　星期。晴，大风而热。下午三弟及蕴如携菓官来。

十五日　晴，热。午后寄天马书店信。下午得母亲信。得黎烈文信。得保宗信。得小峰信并本月分版税二百，《坟》二十本，又《两地书》五百本版税百二十五元，即复，并交广平印证五百枚。大雷雨一阵即霁。林语堂为史沫特列女士饯行，亦见邀，晚同广平携海婴至其寓，并以玩具五种赠其诸女儿，夜饭同席十一人，十时归，语堂夫人赠海婴惠山泥孩儿一。小雨。

十六日　晴。下午得东亚日报社信。内山君赠椒芽茈一盆。夜雷雨。

十七日　晴。上午复东亚日报社信。玄珠来并赠《春蚕》一本。午后得季市信。得邹韬奋信并还书。达夫来，未见。

十八日　晴。上午寄《自由谈》稿一篇。午后寄邵明之信。得母

278

亲信。得东亚日报社信。得冯润璋信。晚大雨一阵。得达夫信。

十九日　昙。午后得黎烈文信。得紫佩信，十五日发。买《最新思潮展望》一本，一元六角。下午寄东亚日报社信。寄语堂信。夜雨。

二十日　雨。上午复烈文信并稿二。午后得王志之信。得姚克信并大光明［戏］院试演剧券二，下午与广平同往，先为《北平之印象》，次《晴雯逝世歌》独唱，次西乐中剧《琴心波光》，A.Sharamov作曲，后二种皆不见佳。晚寄增田君信并《太平天国野史》一本。假野草书店泉五十。

二十一日　星期。晴。上午寄《自由谈》稿二。午后校《不走正路的安得伦》毕。下午蕴如及三弟来。得东方杂志社信。得申报月刊社信。

二十二日　晴。无事。

二十三日　晴。午后得矛尘信，十七日发。

二十四日　晴。午后得君敏信。得许席珍信，夜复。得铭之信。三弟及蕴如来，并为代买新茶三十斤，共泉四十元。

二十五日　小雨。上午得姚克信。得紫佩信，廿日发。得母亲信，二十一日发。午后往中央研究院。以茶叶分赠内山、镰田及三弟。晚复母亲信。复冯润璋信。以《自选集》等三本寄铭之。

二十六日　晴。午后得黎烈文信。同姚克往大马路照相。

二十七日　昙。上午季市来，留之午餐，并赠以旧邮票十枚。午后得小峰信并本月版税二百，又《两地书》版税百二十五，即付以印证五百枚。下午雨。得六月分《版芸術》一本，价六角。晚治馔邀蕴如及三弟夜饭，阿玉、阿菩同来。

二十八日　星期。旧历端午。晴。上午复黎烈文信。以照相二枚寄姚克。下午得晓风社信。以戈理基短篇小说序稿寄伊罗生。

二十九日　晴。午后得许席珍信。下午得小峰信。得张释然信，夜复。

三十日　晴。下午寄曹聚仁信并稿。得王黎信，即复。复许席珍信。复晓风社信。寄黎烈文信并沈子良稿。夜同广平携海婴访坪井先生，赠以芒果七枚，茶叶一斤。

三十一日　晴。上午收到北平古佚小说刊行会景印之《金瓶梅词话》一部二十本，又绘图一本，豫约价三十元，去年付讫。长谷川君次男弥月，赠以衣服等三种。内山书店杂志部送来《白と黑》十三本，共泉七元八角。下午收大江书铺送来版税泉六十九元五角。寄曹聚仁信。寄紫佩信。得黎烈文信，夜复。内山夫人来，并赠手巾二筒、踯躅一盆。

六月

一日　昙。下午长谷川君赠蛋糕一合。得冯润璋信。得施蛰存信并《现代》杂志稿费八元，晚复。

二日　晴。午后代何女士延须藤先生诊。夜校阅王志之《落花集》讫。

三日　晴，风。夜三弟及蕴如来，并赠烟卷四合。得曹聚仁信。费君持来《不走正路的安得伦》四十本。雨。

四日　星期。雨。下午复曹聚仁信。得魏猛克信。得紫佩信并《初期白话诗稿》一本，五月三十日发。作文一篇投《文学》。

五日　昙。午后得白莽信并《无名文艺》月刊一本。得景渊信，夜复。

六日　昙。下午复魏猛克信，寄语堂信并信稿。得邹韬奋信，即复。得黎烈文信。买《ミレー大画集》（2）一本，价四元。

七日　晴。下午坪井先生来为海婴注射。得俞芳信，二日发。得白苇信。夜蕴如及三弟来。

八日　晴。上午内山书店送来《白と黒》（卅五）一本，价六角。午后收《自由谈》稿费三十六元。寄黎烈文信并稿二。坪井先生来为海婴注射。下午往科学社。得林语堂信。

九日　昙，风，午后雨。得西村真琴信。收论语社稿费三元。得母亲信。从内山书店得ヴァレリイ《现代の考察》一本，价二元二角。

十日　雨。午后寄白兮信。下午得谷万川信。得诗荃信并照相，五日长沙发。得钦文信，五月廿七日成都发。复王志之信。

十一日　星期。昙，午后晴。得适夷信。收《文艺月报》一本。起应见赠《新俄文学中的男女》一本。下午蕴如及三弟来。收《自由谈》稿费三十六元。

十二日　昙。上午复谷万川信。寄涛声社信。下午得内山嘉吉君所寄其子晓生后九十五日照相一枚。得增田君信片。得杨杏佛信并我之照相一枚，夜复。复适夷信。

十三日　昙。上午寄母亲信，附钦文笺。午后小雷雨，下午晴。寄志之等《不走正路的安得伦》四本。得小峰信并版税二百。

十四日　晴，风。上午复诗荃信。午后得曹聚仁信。

十五日　晴。夜寄《自由谈》稿二篇。

十六日　晴。午后得黎烈文信，附许席珍函。夜校《杂感选集》讫。雨。

十七日　晴。下午复黎烈文信并稿二篇。得文学社稿费十四元。得学昭寄赠之《海上》一本。夜蕴如及三弟来。

十八日　星期。昙。午后得《创作的经验》五本，天马书店赠。得《木版画》第一期第一辑一帖十枚，野穗社赠。得姚克信，夜复。

十九日　雨。上午复曹聚仁信。午季市来，赠以《创作的经验》乙本，《不走正路的安得伦》二本。午后保宗来，并见赠精装本《子夜》壹本。下午得赵家璧信并所赠《白纸黑字》一本。得山本夫人所寄《明日》（四号）一本。得崔万秋信。

二十日　雨。上午寄谷万川信并稿。寄赵家璧信并印证四千枚。内山夫人来，并见赠食品二种。得山本夫人所寄赠照相一枚。午季市来，午后同往万国殡仪馆送杨杏佛殓。得太原榴花社信。得语堂信。

二十一日　昙。上午复语堂信。复榴花社信。下午为坪井先生之友樋口良平君书一绝云："岂有豪情似旧时，花开花落两由之。何期泪洒江南雨，又为斯民哭健儿。"为西村真琴博士书一横卷云："奔霆飞焰歼人子，败井颓垣剩饿鸠。偶值大心离火宅，终遗高塔念瀛洲。精禽梦觉仍衔石，斗士诚坚共抗流。度尽劫波兄弟在，相逢一笑泯恩仇。西村博士于上海战后得丧家之鸠，持归养之；初亦相安，而终化去。建塔以藏，且征题咏，率成一律，聊答遐情云尔。一九三三年六月二十一日鲁迅并记。"下午小峰及林兰来。铭之来，并赠鱼干一合。夜三弟及蕴如来。

二十二日　雨。下午往内山书店买《ショウを語る》及《輪のある世界》各一本，共泉二元二角。得论语社稿费七元。晚赠内山君笋干一合。井上红梅见赠海苔一合。夜濯足。

二十三日　晴。无事。

二十四日　晴。下午从内山书店买书三本，十五元八角。晚得小峰信并《两地书》版税一百二十五元，即付印证五百枚。

二十五日　星期。晴，大风。午后得母亲信，廿日发。得王志之信。下午蒋径三来，赠以《两地书》一本。夜蕴如及三弟来，以饼干一合赠其孩子们。

二十六日　晴。上午寄母亲信。寄紫佩信。寄山本夫人信。寄增田君信。寄小峰信。午后得宋大展信。得谷万川信。下午得小峰信并版税泉二百。

二十七日　昙。上午寄王志之信并《两地书》一本。寄《自由谈》稿二篇。午后得白兮信。得赵家璧信并再版《竖琴》及《一天的工作》各一本，《母亲》（作者署名本）一本。下午达夫及夏莱蒂来。

二十八日　晴，热。下午为萍荪书一幅云："禹域多飞将，蜗庐剩逸民。夜邀潭底影，玄酒颂皇仁。"又为陶轩书一幅云："如磐遥夜拥重楼，剪柳春风导九秋。湘瑟凝尘清怨绝，可怜无女耀高丘。"二幅皆达夫持来。得静农信，即复。

二十九日　雨，午后晴。夜蕴如及三弟来。

三十日　昙，午后小雨。理发。寄稿一篇于《文学》第二期。下午得谷万川信。得诗荃信。往内山书店付书帐，并买《クオタリイ日本文学》（第一辑）一本，《现代世界文学》一本，共泉三元六角。夜浴。大雨。

七月

一日　晴。午后协和及其长子来，因托内山君绍介其次子入福民医院。夜请须藤先生来为海婴诊，云是胃加答儿。

二日　星期。昙。上午季市来。午后往福民医院视协和次子病。得《版芸術》（七月号）一本，六角。下午蕴如及三弟来。须藤先生来为海婴诊视。夜寄野草书屋信。

三日　晴。上午得云章信。得天马书店信。下午得小峰信。

四日　晴，风。上午同广平携海婴往须藤医院诊。午后复天马书店信。寄《自由谈》稿二篇。下午买ヴァレリイ作《文学》一本，一元一角。得山本夫人信。

五日　晴。上午寄《自由谈》稿二篇。午后得母亲信，一日发。得紫佩信，同日发。得王志之信。得罗清桢信并自作《木刻集》第一辑一本。下午北新书局送来《两地书》版税泉百二十五，即付印证千。晚伊君来邀至其寓夜饭，同席六人。得疑仌及文尹信，并文稿一本。

六日　晴。午后收《自由谈》稿费四十二元。

七日　小雨。上午复罗清桢信。午后晴，风。为《文学》作社谈二篇。下午得诗荃信。得烈文信。得天马书店信并版税支票二百。邹韬奋寄赠《革命文豪高尔基》一本。夜蕴如及三弟来。

八日　晴。上午复紫佩信。复天马书店信。午后同广平携海婴往福民医院访协和次男，假以零用泉五十。下午至内山书店，得《ヴァン・ゴホ大画集》（2）一本，五元五角。假野草书屋泉六十。得小峰信并《杂感选集》二十本，版税百，即付以印证千。得陈此生信，至夜复之。复黎烈文信，附稿一篇。钦文自蜀中来。

九日　星期。晴，风而热。下午协和来。夜浴。

十日　晴，热。午后大雷雨一陈。下午收良友图书公司版税二百四十元，分付文尹、靖华各卅。以《选集》编辑费二百付疑冰。

十一日　晴，热。上午得母亲信，四日发。得增田君信，六日

发。得罗清桢信。得曹聚仁信。得合众书店信，夜复。复曹聚仁信。与广平携海婴往内山书店，并买《アジアの生産方式に就いて》一本，二元二角。

十二日　晴，热。上午寄母亲信。寄山本夫人信。寄增田君信并海婴照相一张，《两地书》及《杂感选集》各一本。夜蕴如及三弟携蕖官来。费慎祥来，并赠惠山泥制玩具九枚。

十三日　晴，热。镰田诚一君于明日回国，下午来别。程鼎兴君赠鲜波罗二枚，又罐装二个。晚蕴如及三弟来。得申报月刊社信，即付稿二。得钦文信。得洪荒月刊社信。得黎烈文信二，夜复。

十四日　晴，热。上午得诗荃信并《尼采自传》译稿一本。下午寄黎烈文信并稿。

十五日　晴，热。午后大雷雨一陈即霁。往内山书店买《星座神話》、《法蘭西新作家集》各一本，《史的唯物論》一部三本，共泉七元四角。下午得小峰信并版税二百，又赠海婴童话二本。夜浴。

十六日　星期。晴，热。午后协和来。下午蕴如及三弟来。

十七日　晴，风而热。上午得烈文信并退回稿一篇。下午收《申报月刊》稿费十一元。

十八日　晴，热。上午得罗〔清〕桢信并木刻五幅。得赵竹天信并《新诗歌作法》及期刊等一包。下午内山书店送来《古明器泥像图鑑》（六辑）一帖，书三本，期刊三本，共泉十七元九角。得靖华信并译稿一篇，六月十五日发。得易之信。晚得施蛰存信，附程靖宇函。

十九日　晴。上午复罗清桢信。复施蛰存信。复程靖宇信。夜浴。

二十日　晴。上午得诗荃信。夜编《伪自由书》讫。

二十一日　昙。午后为森本清八君写诗一幅云："秦女端容弄玉筝，梁尘踊跃夜风轻。须臾响急冰弦绝，独见奔星劲有声。"又一幅云："明眸越女罢晨装，荇水荷风是旧乡。唱尽新词欢不见，旱云如火扑晴江。"又一幅录顾恺之诗。下午雨。

二十二日　昙，风。晚蕴如及三弟来。永言来。得黎烈文信，夜复，附稿一篇。

二十三日　星期。晴，风。下午三弟来。

二十四日　晴，风。上午内山夫人及其姨甥［来］，并携来内山嘉吉君所赠蝇罩一枚、羊羹二包。得文艺春秋社信。夜三弟来，赠以羊羹一包。

二十五日　晴，热，下午昙。复诗荃信。寄烈文信并稿二篇。往内山书店买《希臘文学総説》等三种；共泉八元二角。

二十六日　雨，午晴，热。下午内山书店送来《生物学講座増補》三本，值二元。

二十七日　晴，大风。上午得程鼎兴信。延须藤先生来为海婴诊，云是食伤。

二十八日　晴，大风。下午须藤先生来为海婴诊。得黎烈文信。得许席珍信。得诗荃信。得小峰信并版税二百，付以《伪自由书》稿。为协和付其次子在福民医院手术及住院费百五十二元。

二十九日　晴。上午寄文学社信。晚寄黎烈文信。往内山书店，得《版芸術》（八月号）一本，价六角。

三十日　星期。晴。下午三弟及蕴如携蘟官来，并代买得景宋袁州本《郡斋读书志》一函八本，二十一元六角。又墨西哥《J.C.Orozco画集》一本，二十三元。蘟官昨周岁，赠以衣裤二事，饼干一合，又赠阿玉、阿菩学费五十。协和及其长子来。晚季市来。收文学社《文学》二期稿费二十二元。夜作《伪自由书》后记讫。

三十一日　晴。上午得崔万秋信，下午复。夜季市赴宁，赠以《杂感选集》二本，蝇罩一枚。

八月

一日　晴，热。下午得志之信。得西村博士信。得语堂信。得烈文信。得吕蓬尊信，夜复。得陈企霞等信，夜复。得胡今虚信。得崔万秋信。得陈光宗小画象一纸。

二日　昙。上午复胡今虚信。复语堂信。同广平携海婴访何昭容。往高桥齿科医院为海婴补齿。下午须藤先生来为海婴诊。托文学社制图版十三块，共泉二十二元八角。晚得小峰信，并《两地书》版税百廿五，《杂感选集》版税百，即付印证各壹千枚。夜风雨。

三日　昙。下午复烈文信。内山书店送来《ジイド以後》一本，一元一角。夜蕴如及三弟来，托其寄复施蛰存信，附稿一篇。

四日　晴，热。上午得赵家璧信。内山书店有客将归，以食品三种托其携交山本初枝及内山松藻二家。下午寄《自由谈》稿二篇。寄小峰信。夜永言来。风。

五日　晴，热。上午复赵家璧信。午后往鸿运楼饮。得生活周刊社信。得陈烟桥信并木刻一帧，夜复。蕴如及三弟来。

六日　星期。晴，大热。上午寄须藤先生信。

七日　晴，大热。上午寄曹聚仁信并稿一篇。午后内山书店送来《ミレー大画集》（3）一本，四元。寄靖华信并书报等二包。得烈文信并《自由谈》稿费五十元。下午大雨一陈。寄烈文信并稿一篇。寄赵家璧信并木版书序一篇。得增田君信，七月三十日发。

八日　晴，大热。上午寄陈烟桥信。寄王志之信并书籍等。夜三弟及蕴如来。得杜衡信。浴。

九日　昙，午晴，大热。夜往内山书店，得赵家璧信并木刻书序稿费二十元。得霁野信，附与靖华笺及其版税二百五十五元，即复。得董永舒信并小说稿一篇。

十日　昙，热。上午寄三弟信。下午风，稍凉。

十一日　晴，风而热。上午复杜衡信。寄黎烈文信并稿二篇。得曹聚仁信。下午得诗荃信。晚大雷雨。夜三弟来并代购得《高尔基传》一本。

十二日　晴，风，大热，下午雷雨。无事。

十三日　星期。晴，热。午后寄母亲信。下午复董永舒信并寄书籍七本。协和来。三弟及蕴如携二孩来。得杜衡信。寄《申报月刊》稿二篇。

十四日　昙，热。下午雨一陈，仍热。寄烈文信并稿四篇。复杜衡信。

十五日　晴，热。下午大雨，稍凉。无事。

十六日　昙，热。上午得钦文信。得天马书店信并版税即期支票二百，下午复之，并寄印证千。得小峰信并版税二百。晚得黎烈文信。得语堂信。三弟及蕴如携蘖官来。

十七日　晴。下午校《伪自由书》起。

十八日　晴。上午寄《自由谈》稿二篇。得韦丛芜信并还靖华泉二百元。得天马书店信并再版《自选集》五本。夜浴。

十九日　昙。午后往内山书店买文艺书三种五本，共泉四元五角。又从杂志部得《白と黒》（三十八）一本,《仏蘭西文芸》（一至五）

五本，共泉一元七角。晚雨。得季市信。得杜衡信。

二十日　星期。晴。下午复季市信。复杜衡信。以霁野信转寄靖华。晚得靖华所寄 V.Favorsky 木刻六枚，又 A.Tikov 木刻十一枚，并书二本。以杨桃十六枚赠内山君。三弟及蕴如携蕖官来。收申报月刊社稿费十元。

二十一日　晴。午后日食。下午达夫来。夜大风而雨。

二十二日　晴。上午得靖华稿并信，七月十七日发。得山本夫人信。得母亲信，十五日发，即复。得紫佩信，即复。

二十三日　晴。下午森本清八君赠眼镜一具。

二十四日　晴。上午得霁野信。得烈文信，下午复，并稿二篇。寄语堂信并稿一篇。

二十五日　晴，热。午后得大江书店信，即复，并检印五百枚。下午理发。得《版芸術》（九月分）一本，六角。得叶之琳信，夜复。

二十六日　晴，热。无事。

二十七日　星期。晴，热。午后往内山书店买《憂愁の哲理》一本，九角。又《虫の社会生活》一本，二元。得季市信。下午协和来。晚三弟及蕴如携蕖官来。得语堂信。小雨旋止，稍凉。夜雷雨一陈。

二十八日　雨。上午寄杜衡信并稿一篇，书两本，又萧参译稿一篇。

二十九日　晴。上午寄《自由谈》稿三篇。晚得母亲信。得静农函，内为未名社致开明书店信并收条二纸。夜浴。

三十日　晴，风。上午寄开明书店信，附未名社函。下午得烈文信。得姚克信。得靖华信并《铁流》作者自序译稿，七月三十日发。晚得小峰信，并版税泉二百。北新寄志之书复归。夜三弟来。

三十一日　晴，热。午后姚克来访，并赠五月六日所照照相二种各一枚，赠以自著《野草》等十本，《两地书》一本，选集二种二本。晚福冈君来。

九月

一日　晴，热。上午海婴往求知小学校幼稚园。下午小雨即霁。得开明书店信。得良友公司信。得曹聚仁信，即复。又雨，时作时止。

二日　昙，风，午后大风雨。下午得山本夫人信。晚内山君招饮于新半斋，同席为福冈、松本及森本夫妇等，共十人。

三日　星期。大风而雨，午晴。午后得母亲信，八月二十八日发。得杜衡信。得《白と黒》（三十九）一本，价六角。得《仏蘭西文芸》（九）一本。得叶之琳信。下午蕴如及三弟携棻官来。得宁华信，即复。

四日　晴。上午得原文《戈理基全集》三本，杂书五本，图二幅，《恐惧》译稿一本，靖华所寄。下午得小峰信并泉百二十五元，即付《两地书》印证千。

五日　晴。下午得黎烈文信。晚见 Paul Vaillant-Couturier，以德译本《Hans-ohne-Brot》乞其署名。夜三弟来。得开明书店代未名社付第二期版税八百五十一元。

六日　晴。上午复烈文信并稿二篇。晚云章来。

七日　晴。下午为协和次子付福民医院费二百元八角。寄烈文信并稿三篇。得靖华信，即作复函，并付所存稿费及霁野、丛芜还款共泉五百二十七元，托西谛带去，夜又发一信。

八日　晴。上午寄母亲信。寄曹聚仁信。寄开明书店信。下午收《自由谈》八月分稿费七十六元。得姚莘农信。得曹聚仁信。寄黎烈文信并稿两篇。晚映霞及达夫来。

九日　晴。无事。

十日　星期。下午得靖华信并诗一本。晚三弟来。协和来。日晴，夜雨。

十一日　晴。上午寄杜衡信并译稿一篇。从ナウカ社寄来苏联美术书三本，共泉十五元四角。得烈文信。得开明书店信。曹聚仁邀晚饭，往其寓，同席六人。寄《自由谈》稿二篇。

十二日　雨，午晴。夜三弟来。得杜衡信并书两本，《现代》九月号稿费五元，萧参豫支《高氏小说选集》版税廿二日期支票百元，即复。

十三日　昙。上午同广平、海婴往王冠照相馆照相。大雨一陈。午后寄紫佩信。下午往内山书店买《大自然卜霊魂卜ノ对话》一本，《ヴァン・ゴッホ大画集》（三）一本，共泉六元四角。夜补译《山民牧唱》开手。

十四日　晴。下午收开明书店代付未名社欠版税第三次款八百五十二元六分。

十五日　晴。午后往内山书店买《现代文学》及《ヒラカレタ处女地》各一本，共泉三元。得黎烈文信并还稿一篇。下午同广平往美国书业公司买《Zement》及《Niedela》之插画本各一册，共泉十五元五角。

十六日　晴。下午得韦丛芜信，附致章雪村、夏丏尊笺。

十七日　昙。星期。下午以照相分寄母亲及戚友。三弟来。夜雨。濯足。得《中国文学史》（四）一本，振铎寄赠。收《申报月刊》九月分稿费十元。

二十八日　昙。上午寄振铎信。寄小峰信。寄章雪村信附韦丛芜笺。得山本夫人寄赠海婴之文具、玩具等共一合。午大雨，夜大风。

十九日　小雨而风，午晴。午后得紫佩信。得季市信。下午协和来。得小峰信并本月版税泉四百。夜复季市信。

二十日　晴。下午广平为买鱼肝油十二瓶，又海婴之牛乳粉一合，共泉三十八元七角五分。

二十一日　晴。上午寄黎烈文信并稿二篇。午后得叶永蓁信并《小小十年》三本。买《猎人日记》（上）并《二十世纪文学之主潮》（九）各一本，共泉三元五角。下午得黎烈文信。得紫佩信。夜雨。

二十二日　昙。晨寄曹聚仁信。是日旧历八月三日，为我五十三岁生日，广平治肴数种，约雪方夫妇及其孩子午餐，雪方见赠万年笔一枝。

二十三日　风雨。上午内山夫人来，并赠海苔一合。得增田君信。得紫佩所寄《中国文学史纲要》一册。午内山君邀午餐，同席为原田让二、木下猛、和田齐。下午得羡苏信。得天马书店信，即复。

二十四日　星期。小雨。上午复增田君信。寄母亲信。午晴。得姚克信二函，并梁以俅君所作画像一幅，即复。得章雪村信，即复。下午须藤先生来为海婴诊，云是感冒也。晚蕴如及三弟来。夜大雨，雷电。校《伪自由书》毕。

二十五日　雨。午后寄小峰信。下午得罗清桢信并木刻四幅。得叶之琳信。得天马书店信并版税支票三百，付印证千。

二十六日　小雨。下午须藤先生来为海婴诊。得小峰信，即付《伪自由书》印证五千。晚往内山书店买《影绘の研究》一本，二元八角。

二十七日　昙。上午ナウカ社寄来《1001 Ноти》（4）一本，八元。得章雪村信。下午季市来，赠以《自选集》二本，《小小十年》一本，梨二枚。晚寄《自由谈》稿一篇。

二十八日　晴。上午收大江书店版税三十一元。得姚克信。得伯奇信并《戏》一本。得董永舒信。得西谛信。夜寄申报月刊社稿二篇。

二十九日　晴。上午得母亲信。得山本夫人所寄《明日》（五）一本。得达夫信片。得烈文信附胡今虚笺。得《版芸術》（十月号）一本，价六角。下午复罗清桢信。复胡今虚信。复黎烈文信并附稿两篇。

三十日　晴。上午寄母亲信。寄山本夫人信。复西谛信。午后往内山书店，买《一粒ノ麦モシ死ナズバ》及《詩卜体験》各一本，共泉七元八角，又赠以松子一合，火腿松四包，见赠小盆栽二盆。夜微雨。

十月

一日　星期。昙。午后寄烈文信并稿三篇。下午协和及其夫人同次子来。晚蕴如及三弟来。得西谛所寄北平笺样一包。夜雨。

二日　晴。上午得姚克信，午后复。

三日　昙。上午得增田君信。得陈霞信并诗，午后复，诗稿寄保宗。寄振铎信并还笺样。得良友公司所赠《离婚》一本。买ノヴアーリス《断片》一本，三元一角。晚三弟来。夜雨。

四日　中秋。雨。上午寄西谛信并泉四百。得许拜言信。夜大风雨。

五日　晴。上午得母亲信，二日发。得罗清桢所寄木刻一幅。寄小峰信。晚雨。

六日　昙。上午寄曹聚仁信。得胡今虚信，下午复，并寄小说三本。往内山书店买文艺书三本，共泉九元五角。夜雨。

七日　雨。午后得《英国ニ於ケル自然主義》两本，一元六角。《白と黑》（四十）一本，五角。得黎烈文信并稿费八十四元。得赵家璧信并《一个人的受难》二十本，又《我的忏悔》等三种各一本。得增田君信，夜复。

八日　星期。晴。上午复赵家璧信。下午蕴如及三弟携藥官来。

九日　晴。上午得疑冰信。晚得曹聚仁信。得姚克信。得陈铁耕信并木刻三幅，夜复。得姚〔胡〕今虚信，夜复。寄幼渔信。

十日　晴。下午得许拜言信。蕴如及三弟携阿玉、阿菩来，留之夜饭。

十一日　昙。上午得西谛信，午后复。得山本夫人信。与广平装潢木刻。

十二日　晴。下午寄烈文信并稿二篇。

十三日　晴。上午寄陈铁耕信。得烈文信并还稿一篇。得艾芜信。得增田君信，下午复。微雨。晚得何谷天信，夜复。

十四日　晴。上午复陈霞信。下午同广平携海婴往木刻展览会。

十五日　星期。晴。上午同广平携海婴往须藤医院诊。下午往木刻展览会。晚蕴如及三弟来，少坐即同往上海大戏院观电影，曰《波罗洲之野女》。托三弟寄申报月刊社稿二篇。夜校《被解放之堂吉诃德》起。

十六日　晴。午后得胡今虚信。陈铁耕赠木刻《法网》插画十三幅。下午同内山君往上海美术专门学校观 MK 木刻研究社第四次展览会，选购六幅。买《レッシング伝説》（第一部）一本，一元五角。得小峰信并版税二百元，《伪自由书》二十本。

十七日　晴。上午内山君赠复刻锦绘一枚并框。午后须藤先生来为海婴诊。得陈光尧片并书四本。寄小峰信。下午得韩起信，夜复。

十八日　昙。午后得志之信。得陶亢德信。买乄氏《文芸論》一本，一元五角。夜寄陈铁耕信。复陶亢德信。寄《自由谈》稿二篇。

十九日　晴。上午得《绥吉仪央小说》及《苏联演剧史》各一本，似萧三寄来。得陈铁耕信。午后得振铎信并笺样一包，《北平图书馆舆图版画展览会目录》三本，下午复。寄《自由谈》稿二篇。须藤先生来为海婴诊。携海婴往购买组合，为买一小火车。晚又寄西谛信，并还笺样及赠《伪自由书》一本。森本君寄赠松蕈，内山君夫妇代为烹饪，邀往其寓夜饭，广平携海婴同去。又收文学书四本，盖亦萧三寄来。

二十日　晴。上午寄黎烈文信并稿一篇。午后同广平携海婴观海京伯兽苑。

二十一日　晴。上午得西谛信，下午复。须藤先生来为海［婴］诊。得靖华信。得王熙之信。晚往知味观定座。夜复靖华信。复王熙之信。复陈铁耕信。

二十二日　星期。昙。上午复姚克信。下午蕴如及三弟携［菓］官来。得许拜言信。得许羡苏信。收《申报月刊》二卷十号稿费十五元。得东方杂志社信。

二十三日　晴。午后得母亲信，附与三弟笺。得罗清桢信并木刻一帧。得钦文信。得烈文信，即复，附稿一。得金帆信，即复。得陶亢德信，即复。得胡今虚信。得胡民大信。下午须藤先生来为海婴诊。得沈钟社所寄《沈钟》半月刊（十三至二十五）共十三本。得MK木刻研究［社］木刻九幅，共泉一元三角，十六日所选购。晚为海婴买陀罗二个，木工道具一匣，共泉二元五角。在知味观设宴，请福民医院院长及吉田、高桥二君，会计古屋君夜饭，谢其治愈协和次子也，并邀高山、高桥及内山君，共八人。

二十四日　昙。午后寄母亲信。收《论语》（二十五期）稿费七元。下午托蕴如买中国书店旧书三种十四本，共泉三元七角。得疑冰信。

二十五日　晴。上午寄烈文信并稿一篇，下午又寄一函并订正稿一。寄费慎祥信。得季市信。内山君赠酱松茸一瓯，报以香肠八枚。

二十六日　晴。午后复季市信。复罗清桢信并寄照相一枚。下午寄王熙之《伪自由书》一本。寄增田君《伪自由书》一本，《唐宋传奇集》上下二本。赠曲传政君《伪自由书》、《两地书》各一本。夜得小峰信并《伪自由书》五本，版税泉二百。

二十七日　晴，风。午后得陶亢德信，即复。得西谛信，即复。夜复胡今虚信。

二十八日　晴。上午得胡今虚信，午后复。寄黎烈文信并稿一篇，往三马路视旧书店，无所得。下午得西谛信并笺样一枚。从丸善书店购来法文原本《P.Gauguin版画集》一部二本，价四十元，为限定版之第二一六。

二十九日　星期。小雨。晚蕴如及三弟来。

三十日　晴。午后复识之信。复山本夫人信。得烈文信。

三十一日　晴。上午寄西谛信并《北平笺谱》序一篇。得俄文书十本，盖萧参所寄。晚得紫佩信。得靖华信，即复。得增田君信。夜雨。寄三弟信。

十一月

一日　昙。上午寄费慎祥信。午后得陈铁耕信。得《書物趣味》及《版芸術》各一本，共泉壹元。下午寄靖华《安得伦》四本，《两地书》一本。

二日　晴。上午复陈铁耕信。下午得程琪英信。得陶亢德信，即复。

三日　晴。上午叶洛声来，赠以《伪自由书》一本。午后理发。下午得胡今虚信。得西谛信并笺样一卷，即复。买《社会主義のレアリズムの問題》一本，一元。夜小雨。寄烈文信并稿一篇。

四日　昙，午晴。寄慎祥信并校稿。下午得姚克信并评传译稿。

五日　星期。雨。午后往内山书店买科学书二本，共泉四元。下午复姚克信。寄《自由谈》稿一篇。晚蕴如同三弟来。夜大风。

六日　昙。下午寄《自由谈》稿二篇。ナウカ社寄来原文《四十年》(1)一本，价五元。

七日　晴。午前季市来，赠以书三种。晚寄烈文信并稿二篇。收《申报》上月稿费七十九元。收《白と黒》(四十一)一本，价五角。收《仏蘭西文学》(十一月号)一本，价二角。

八日　晴。午后寄靖华信。寄章雪村信。夜赴楷尔寓饮酒，同席可十人。

九日　晴。午后寄三弟信。下午得母亲信，六日发。得诗荃信。得三弟信。得胡今虚信。得吴渤信并《木刻创作法》稿子一本。

十日　晴。午后寄曹聚仁信。得章雪村信。得宜宾信并稿二篇。

十一日　晴。上午得西谛信，午后复。夜濯足。

十二日　星期。晴。午后买《弁証法》二本，共泉二元六角。下午复吴渤信并还译稿。晚蕴如同三弟来。得杜衡信并《现代》稿费三十三元。

十三日　昙。上午寄母亲信。寄心梅叔泉五十元，为修坟及升课之用。复杜衡信。午后得山本夫人［信］并全家照相一枚。得曹聚仁信。得陈霞信，即复。得陶亢德信，即复。得林庚白信。晚寄增田君信。

十四日　昙。上午又寄增田君信。寄陈铁耕信。复曹聚仁信。寄仁祥君校稿。得《絵入みよ子》一本，为五百部限定版之第二十部，山本夫人寄赠。得姚克信。得何白涛信并木刻四幅，即复。得陈烟桥信并木刻二幅，即复。得靖华信并苏联作家木刻五十六幅，晚复，并附《四十一》后记一篇。季市来。

十五日　晴。上午复山本夫人信。午后昙。得小峰信并版税泉二百。得徐懋庸信并《托尔斯泰传》一本，夜复。

十六日　晴。上午复小峰信。复姚克信。午后得吴渤信，即复。寄烈文信。夜三弟来。收申报月刊社稿费十四元。收商务印书馆为从美国购来之《A Wanderer in Woodcuts》by H.Glintenkamp 一本，十一元一角。

十七日　昙，午后晴。往内山书店买《近代仏蘭西絵画論》一本，一元六角。得烟桥信。得陈因信。得陈铁耕信，即复。下午寄诗荃信。

十八日　晴，风。午前同广平携海婴往须藤医院诊。午后寄徐懋庸信。下午往内山书店买文学书三本，共泉五元。

十九日　星期。晴。下午得母亲信，附致三弟笺，并泉五元，十六日发。得罗清桢信并木刻二幅。得徐懋庸信，即复。晚三弟来。

二十日　晴。下午得西谛信，即复。得黎烈文信并还稿，即复。寄曹聚仁信并稿。寄叶圣陶信。买《ゴーリキイ研究》一本，一元二角。

二十一日　晴。午后得增田君信，即复。得何俊明信，即复。

二十二日　晴。下午得论语社信。得钦文小说稿一本。

二十三日　晴。上午得母亲所寄小米、果脯、茯苓糕等一包。晚得曹聚仁信。雨。

二十四日　小雨。午后寄母亲信并火腿一只。寄紫佩信并火腿一只。下午寄小山信并书籍杂志等两包。得靖华信，晚复。

二十五日　昙。上午寄西谛信并随笔稿一篇。下午得烈文信。夜雨。

二十六日　星期。晴。上午寄靖华信。下午三弟来。收《新群众》五本。

二十七日　晴。上午蕴如持来成先生所送酱肉二筐、茶叶二合、酱鸭一只、豆豉一包。午后得河内信。为土屋文明氏书一笺云："一枝清采妥湘灵，九畹贞风慰独醒。无奈终输萧艾密，却成迁客播芳馨。"即作书寄山本夫人。买《文学の為めの経済学》一本，二元六角。

二十八日　昙。无事。

二十九日　昙，午晴。晚寄三弟信。寄陈铁耕信。寄李雾城信。蕴如之甥女出嫁，送礼十元。夜得小峰信并版税泉二百。假费慎祥泉百。

三十日　晴。午得诗荃信。得胡今虚信，即转寄谷天。得赵家璧信，内附黄药眠函。下午昙。得《版芸術》（十二月号）一本，价五角。

十二月

一日　晴。午后得何俊明信。蕴如赠补血祛风酒二瓶。晚浴。

二日　晴。午后得西谛信并《北平笺谱》序稿，即复。得增田君信，即复。得紫佩信。下午往日本基督教青年会观俄法书籍插画展览会。得小峰信，即付《两地书》印证五百，《朝华夕拾》印证二千。晚蕴如偕女客三人、孩子五人来，留之夜饭，并买玩具、糖果赠孩子。夜三弟来。

三日　星期。晴。上午同广平携海婴往须藤医院诊。寄小峰信。午后赵、成二宅结婚，与广平携海婴同往观礼。下午同三弟往来青阁买阮氏本《古列女传》二本，又黄嘉育本八本，石印《历代名人画谱》四本，石印《圆明园图咏》二本，共泉十三元六角。仍回成宅观余兴，至夜归。

四日　晴。午后得姚克信。买《刑法史の或る断層面》一本，二元；《エチュード》一本，三元。下午协和来。得叶圣陶送来之笺样一本，即析其中之三幅，于晚寄还西谛。夜寄铁耕信。寄雾城信。头痛，服阿斯匹林。

五日　晴。上午寄须藤先生信，为海婴取药。午后得罗清桢信并木刻七幅，即复。得陶亢德信，即复。下午海婴与碧珊去照相，随行照料。寄西谛信。夜为大阪《朝日新闻》作文一篇。

六日　昙。上午复姚克信。午后得雪生信并乔君稿一篇。得靖华信。得雾城信并木刻一幅。得吴渤信，即复。得《白と黒》（十二月分）一本，价五角。晚须藤先生来为海婴诊。小雨。

七日　小雨。下午得征农信，即复，附致赵家璧函。得罗清桢信，即复。

八日　雨。上午往须藤医院。午后得母亲信，三日发。得山本夫人信并《明日》（六）一本。得林淡秋信，即复。下午须藤先生来为海婴诊。往商务印书馆邀三弟同往来青阁买原刻《晚笑堂竹庄画传》一部四本，价十二元。又《三十三剑客图》及《列仙酒牌》共四本，价四元。次至新雅酒楼应俞颂华、黄幼雄之邀，同席共九人。夜风。

九日　昙。上午得董永舒信。得高植信，午后复。夜得白兮信并《文艺》一本。

十日　星期。昙。上午寄小峰信。午后诗荃来并赠蜜饯二合。买《資本論の文学的構造》一本，七角。晚三弟来。夜修订旧书三种十本讫。胃痛。

十一日　晴。午后得金溟若信。得烈文信并《自由谈》稿费卅。下午诗荃来。胃痛。

十二日　晴。上午寄景明信。午后往内山书店买《东西交涉史の研究》一部二本，《英文学風物誌》、《汲古随想》各一本，共泉二十四元。下午诗荃来。须藤先生来为海婴诊。晚复黎烈文信并稿一篇。胃痛，用怀炉温之。

十三日　晴。午后得陶亢德信。得欧阳山信并稿一篇。得吴渤信，即复。得崔万秋所赠《新路》一本。得西谛所寄《北平笺谱》尾页一百枚，至夜署名讫，即寄还。胃痛，服海尔普，并仍用怀炉温之。

十四日　晴。下午得MK木刻社信并木刻。晚得李雾城信并木刻二幅，夜复。

十五日　雨。下午得谷天信并《文艺》（三）一本。从内山书店买《鳥類原色大図説》（一）一本，《面影》一本，共泉十一元五角。夜风。胃痛，服 Bismag。

十六日　晴。午后得大街社信。得姚克信。得吴渤信并木刻一卷。下午诗荃来并赠自作自写诗一篇。胃痛，服 Bismag。

十七日　星期。晴。上午诗荃来邀至 Astor House 观绘画展览会，为 A.Efimov 等五人之作。三弟来。午得黄振球信并赠沙田柚五枚。夜蕴如来。

十八日　晴。上午得金溟若信。得葛琴信，即复。买《蠹鱼無馱話》一本，二元六角。下午寄申报月刊社短文二篇，小说半篇，又欧阳山小说稿一篇。晚内山书店送来东京大学《東方学報》第四册一本，四元二角。夜同广平往融光大戏院观电影，曰《罗宫春色》。

十九日　昙。午后复葛琴信。寄母亲信。复吴渤信。下午得何白涛信并木刻三幅，晚复。夜复姚克信。始装火炉焚火。

二十日　晴。午后得三弟信。得许拜言信，即复。得靖华信，即复。得郑野夫信，即复。得倪风之信，即复。买《古代铭刻汇考》一部三本，《東洋史論叢》一部一本，共泉十二元。得徐懋庸信，夜复。得西谛信，夜复。

二十一日　晴。上午得赵家璧所赠书二本。午后得紫佩所赠《故宫自［日］历》一帖，干果二种，即复。下午买煤一吨，泉廿四。诗荃米。

二十二日　晴。上午寄俊明信。收靖华所寄图表一卷。下午买《異常性慾の分析》一本，藏原惟人《芸術論》一本，共泉三元六角。晚得王熙之信并诗稿一本，儿歌一本。得小峰信并版税泉二百。假费仁祥泉百。得西门书店信。内山夫人赠海婴组木玩具一合。

二十三日　晴。上午得洛扬信。得紫佩信附心梅叔笺。午后同广平邀冯太太及其女儿并携海婴往光陆大戏院观儿童电影《米老鼠》及《神猫艳语》。夜寄孙师毅信。赠阿玉及阿菩泉五，俾明日可看儿童电影。收申报月刊社稿费十六元。

二十四日　星期。晴。午后得罗清桢信并木刻十四幅。得黎烈文信并赠自译《医学的胜利》一本，下午复。杂志部长谷川君赠海婴蛋糕一盒，玩具一种。得葛飞信。晚三弟及蕴如携蕖官来，留之夜饭。诗荃来别，留赠烟卷一匣，自写《托尔斯泰致中国人书》德译本一本。

二十五日　晴。午后托广平往中国书店买《赌棋山庄全集》一部卅二本，十六元。下午校《解放了的堂吉诃德》毕。夜作《〈总退却〉序》一篇。

二十六日　晴。午后寄小峰信。复王熙之信并还诗稿，且赠《伪自由书》一本。下午复罗清桢信。复倪风之信并寄《珂勒惠支画集》一本。

二十七日　昙。上午得志之信。得静农信。下午得增田君信，夜复。

二十八日　昙。上午复静农信。午后收大阪朝日新闻社稿费百，即假与葛琴。得语堂所赠《言语学论丛》一本。得天马书店信并《丁玲选集》二本，下午复。托内山书店购得《コーリキイ全集》一部二十五本，值三十二元。

二十九日　小雨。上午寄陶亢德信并志之来稿二篇。复志之信。得姚克信。季市来。下午映霞及达夫来。夜风。

三十日　晴。上午得谷天信。得《白と黒》（明年一月分）一本，五角。午后为映霞书四幅一律云："钱王登遐仍如在，伍相随波不可寻。平楚日和憎健翮，小山香满蔽高岑。坟坛冷落将军岳，梅鹤凄凉处士林。何似举家游旷远，风沙浩荡足行吟。"又为黄振球书一幅云："烟水寻常事，荒村一钓徒。深宵沈醉起，无处觅菰蒲。"晚得小峰信并版税泉二百。付《吉诃德》排字费五十。须藤先生来为海婴及碧珊诊。

三十一日　星期。晴。上午内山夫人赠松竹梅一盆。午今关天彭寄赠《五山の詩人》一本。晚须藤先生来为海婴及碧珊诊，即同往其寓取药。治肴分赠内山、镰田、长谷川三家。夜蕴如及三弟来。

书帐

长恨歌画意一本　三·二〇　一月四日

支那古器图考（兵器篇）一函　九·五〇　一月七日

支那明器泥象图鑑（五）一帖　六·五〇

少年画帖一帖八枚　一·〇〇　一月十二日

鲁迅全集一本　二·二〇

景印秦泰山刻石一本　一·二〇　一月十五日

及时行乐一本　一·六〇

中国文学史（一、三）二本　去年付讫

唐宋诸贤词选三本　一·〇〇　一月十六日

今世说四本　〇·六〇

東洋美術史の研究一本　八·四〇　一月二十五日

Der letzte Udehe 一本　靖华寄来　一月二十九日

周漢遺宝一本　一一・六〇　一月三十一日　　　四六・八〇〇

李太白集四本　二・〇〇　二月二日

烟屿楼读书志八本　三・〇〇

中国文学史（一至三）三本　郑振铎赠　二月三日

版芸術（十一）一本　〇・六〇　二月十二日

プロ文学講座（一、二）二本　二・四〇　二月十三日

世界史教程（五）一本　一・五〇

プロ文学概論一本　一・七〇　二月十六日

明治文学展望一本　木村毅赠　二月十七日

英和辞典一本　二・九〇　二月十九日

袖珍英和辞典一本　〇・七〇

現代英国文芸印象記一本　二・〇〇　二月二十四日

近代劇全集（三九）一本　一・二〇

ツルゲネフ散文詩一本　二・〇〇　二月二十八日　二〇・〇〇〇

初期白话诗稿五本　刘半农赠　三月一日

影宋椠三世相一本　九・〇〇

The Adventures of the Black Girl

　　in her search for God 一本　二・五〇　三月六日

世界史教程（二）一本　一・二〇　三月十一日

CARLÉGLE 一本　九六・〇〇

版芸術（三月号）一本　〇・六〇　三月十三日

国亮抒情画集一本　二・〇〇　三月十八日

西域南蛮美術東漸史一本　五・〇〇　三月二十一日

プロ文学講座（三）一本　一・二〇　三月二十二日

支那ユーモア全集一本　增田君赠　三月二十四日

ヴエルレエヌ研究一本　三・二〇

ミレー大画集（一）一本　四・〇〇　三月二十七日

白と黒（十二至十九）八本　四・六〇

澄江堂遺珠一本　二・六〇　三月二十八日

一天的工作二十五本　一五・七五〇　　　　　一四三・三五〇

版芸術（四月号）一本　〇・五五〇　四月一日

漫画坊つちやん一本　〇・三〇　四月十七日

漫画吾輩は猫である一本　〇・三〇

英文学散策一本　二・四〇

両地书二十本　一四・〇〇　四月十九日

一立斎広重一本　六・〇〇　四月二十日

插画本十月一本　靖华寄来　四月二十一日

人生十字路一本　一・六〇　四月二十二日

世界の女性を語る一本　木村毅君贈　四月二十五日

小说研究十二講一本　同上

支那中世医学史一本　九・〇〇

Noa Noa 一本　増田君寄来　四月二十九日

素描新技法講座五本　八・四〇　四月三十日

版芸術（五月分）一本　〇・六〇　　　　　四三・一五〇

漫画サロン集一本　〇・七〇　五月一日

竪琴五本　三・一五〇　五月五日

一天的工作五本　三・一五〇

雨一本　〇・六五〇

一年一本　〇・六五〇

小林论文集一本　〇・八〇

ヴァン・ゴッホ大画集（1）一本　五・五〇　五月八日

ブレイク研究一本　三・七〇　五月九日

卜辞通纂四本　一三・二〇　五月十二日

最新思潮展望一本　一・六〇　五月十九日

版芸術（六月号）一本　〇・六〇　五月二十七日

金瓶梅词话廿本图一本　三〇・〇〇　五月卅一日

白と黒（廿一至卅一）十一本　六・六〇

白と黒（卅三、卅四）二本　一・二〇　　　　　七一・五〇〇

ミレー大画集（2）一本　四・〇〇　六月六日

白と黒（三十五）一本　〇・六〇　六月八日

現代の考察一本　二・二〇　六月九日

木版画（一期之一）一帖十枚　野穂社贈　六月十八日

ショウを語る一本　一・五〇　六月二十二日

輪のある世界一本　一・七〇

支那思想のフランス西漸一本　一〇・〇〇　六月二十四日

師・友・書籍一本　二・二〇

広辞林一本　三・六〇

母亲（署名本）一本　良友公司贈　六月二十七日

現代世界文学研究一本　二・二〇　六月三十日

クオタリイ日本文学一本　壹・四〇　　　　　二九・四〇〇

版芸術（七月号）一本　〇・六〇　七月二日

ヴァレリイ文学一本　一・一〇　七月四日

革命文豪高尔基一本　邹韬奋赠　七月七日

ヴァン・ゴッホ大画集（2）一本　五・五〇　七月八日

アジア的生産方式に就いて一本　二・二〇　七月十一日

星座神話一本　二・二〇　七月十五日

史的唯物論三本　三・〇〇

仏蘭西新作家集一本　二・二〇

支那古明器泥像図鑑（六）一帖　七・七〇　七月十八日

モンパルノ（精装本）一本　四・五〇

ゲーテ批判一本　一・四〇

ハイネ研究一本　一・二〇

白と黒（卅六、七）二本　一・一〇

季刊批評一本　二・〇〇

古代希臘文学総説一本　三・四〇　七月二十五日

ボオドレエル感想私録一本　二・八〇

ノヴァーリス日記一本　二・〇〇

生物学講座増補三本　二・〇〇　七月二十六日

版芸術（八月号）一本　〇・六〇　七月二十九日

袁本郡斎読书志八本　二一・六〇　七月三十日

J.C.Orozco 画集一本　二三・〇〇　　　　　　九〇・〇〇〇

ジイド以後一本　一・一〇　八月三日

ミレー大画集（3）一本　四・〇〇　八月七日

移民文学一本　〇・九〇　八月十九日

独逸浪漫派一本　〇・九〇

青春独逸派一本　〇・九〇

ノロイド主義と弁証法的唯物論一本　〇・七〇

クオタリイ日本文学（二）一本　一・一〇

白と黒（三十八）一本　〇・六〇

V.Favorski 木刻六枚　靖华寄来　八月二十日

A.Tikov 木刻十一枚　同上

版芸術（九月份）一本　〇・六〇　八月二十五日

憂愁の哲理一本　〇・九〇　八月二十七日

虫の社会生活一本　二・〇〇　　　　　　　　　一四・七〇〇

白と黒（三十九）一本　〇・六〇　九月三日

D.I.Mitrohin 版画集一本　四・四〇　九月十一日

列宁格勒风景画集一本　八・〇〇

儿童的版画一本　三・〇〇

大自然と霊魂との対話一本　〇・九〇　九月十三日

ヴァン・ゴッホ大画集（三）一本　五・五〇

現代文学一本　一・七〇　九月十五日

開かれた処女地一本　一・三〇

挿画本 Zement 一本　九・五〇

挿画本 Niedela 一本　六・〇〇

中国文学史（四）一本　振铎贈　九月十七日

猟人日記（上）一本　二・八〇　九月二十一日

青春独逸派（二）一本　〇・九〇

影絵の研究一本　二・八〇　九月二十六日

1001 Noti（4）一本　八・〇〇　九月二十七日

版芸術（十月号）一本　〇・六〇　九月二十九日

一粒の麦もし死なずば（上）一本　二・八〇　九月三十日

詩と体験一本　五・〇〇　　　　　　　　　　六三・八〇〇

离婚一本　良友图书公司贈　十月三日

ノヴアーリス断片一本　三・一〇

ヴァン・ゴッホ大画集（四）一本　三・八〇　十月六日

文芸学概論一本　〇・九〇

エリオット文学論一本　四・八〇

英国に於ける自然主義二本　一・六〇　十月七日

白と黒（四十）一本　〇・五〇

木刻法网插画十三幅　作者贈　十月十六日

レツシング伝説（第一部）一本　一・五〇

メレジコーフスキイ文芸論一本　一・五〇　十月十八日

Dnevniki一本　似萧参寄来　十月十九日

苏联演剧史一本　同上

诗林正宗六本　一・五〇　十月二十四日

会海对类大全六本　一・二〇

实学文导二本　一・〇〇

P.GAUGUIN版画集二本　四〇・〇〇　十月二十八日　六一・二〇〇

書物趣味（二巻ノ四）一本　〇・五〇　十一月一日

版芸術（十一月号）一本　〇・五〇

社会主義的レアリズムの問題一本　一・〇〇　十一月三日

有史以前の人類一本　三・二〇　十一月五日

臨床医学ト弁証法的唯物論一本　〇・八〇　十一月五日

四十年（原文第一巻）一本　五・〇〇　十一月六日

白と黒（四十一）一本　〇・五〇　十一月七日

唯物弁証法講話一本　一・五〇　十一月十二日

弁証法読本一本　一・一〇

絵入みよ子一本　山本夫人寄贈　十一月十四日

何白涛木刻四幅　作者寄贈

陈烟桥木刻二幅　同上

苏联作家木刻五十六幅　靖华寄来

A Wanderer in Woodcuts 一本　一〇・一〇　十一月十六日

近代法蘭西絵画論一本　一・六〇　十一月十七日

世界文学と比較文学史一本　〇・九〇　十一月十八日

文芸学史概説一本　〇・九〇

内面への道一本　三・二〇

ゴーリキイ研究一本　一・二〇　十一月二十日

文学の為めの経済学一本　二・六〇　十一月二十七日

版芸術（十二月号）一本　〇・五〇　十一月三十日

　　　　　　　　　　　　　　　　　　　三五・〇〇〇

阮刻本古列女传二本　二・四〇　十二月三日

黄嘉育本古列女传八本　七・二〇

历代名人画谱四本　一・六〇

石印圆明园图咏二本　二・四〇

刑法史の或ル断層面一本　二・〇〇　十二月四日

エチュード一本　三・〇〇

白と黒（十二月分）一本　〇・五〇　十二月六日

晩笑堂竹庄画传四本　一二・〇〇　十二月八日

三十三剑客图二本　二・〇〇

列仙酒牌二本　二・〇〇

資本論の文学的構造一本　〇・七〇　十二月十日

東西交渉史の研究（南洋篇）一本　七・〇〇　十二月十一

　　［二］日

東西交渉史の研究（西域篇）一本　八・〇〇

英文学風物誌一本　六・〇〇

汲古随想一本　三·〇〇

鳥類原色大図説（一）一本　八·八〇　十二月十五日

面影一本　二·七〇

蠹鱼無駄話一本　二·六〇　十二月十八日

東方学報（东京，四）一本　四·二〇

古代铭刻汇考三本　六·〇〇　十二月二十日

東洋史論叢一本　六·〇〇

異常性慾の分析一本　二·一〇　十二月二十二日

藏原惟人芸術論一本　一·五〇

赌棋山庄全集三十二本　一六·〇〇　十二月二十五日

言语学论丛一本　语堂寄赠　十二月二十八日

ゴーリキイ全集二十五本　三二·〇〇

版芸術白と黒一本　〇·五〇　十二月三十日

五山の詩人一本　今关天彭赠　十二月三十一日－二〇·五〇〇

总计七百叁十九元四角正，

平均每月用泉六十一元六角也。

日记二十三（1934年）

一月

一日　晴。午后访以俅未遇，因往来青阁，购得景宋本《方言》一本，《方言疏证》一部四本，《元遗山集》一部十六本，共泉十八元。回寓后即寄以俅信。下午诗荃来并赠水仙花四束，留之夜饭。夜半濯足。

二日　晴。下午寄三弟信。

三日　晴。午后寄谷天信。理发。蕴如为从中国书店买得《诗经世本古义》一部十六本，《南菁札记》一部六本，共泉五元。

四日　昙。午后往内山书店买《ジョイス中心の文学運動》一本，二元五角。得聚仁、增田、福冈、良友公司贺年片。得王熙之信。得雾城附木刻一幅信，即复。得葛琴信。晚宜宾来。

五日　昙。午后寄姚克信。下午达夫来。

六日　晴。上午内山书店送来ヂイド《文芸評論》等三本，共泉六元三角。午烈文招饮于古益轩，赴之，同席达夫、语堂等十二人。下午往中国通艺馆买《陶靖节集》一部四本，《洛阳伽蓝记鉤沈》一

313

部二本，共泉二元二角。得陶亢德信并还稿。得天马书店信。得钟步清信，即复。以插画底稿四幅寄俊明。夜三弟来，留之饮白蒲陶酒。

七日　星期。昙。上午寄语堂信。下午诗荃来。晚蕴如及三弟来。夜雨雪。同广平邀蕴如、三弟、密斯何及碧珊往上海大戏院观电影《Ubangi》。

八日　昙。午后得王慎思信并木刻一本。下午往ABCベカーリ饮啤酒。得山本实彦信片。得增田君信并其子游照相一幅，即复。得诗荃所寄诗四首。得任〔何〕白涛信，夜复。买《ドストイエフスキイ研究》一本，价二元。

九日　微雪。上午寄烈文信并稿二篇。寄墨斯克跋木刻家亚历舍夫等信并书二包，内计木板顾凯之画《列女传》、《梅谱》、《晚笑堂画传》、石印《历代名人画谱》、《耕织图题咏》、《圆明园图咏》各一部，共十七本。午后寄猛克信并稿一篇。晚三弟来并为从商务印书馆取得百衲本《二十四史》中之《宋书》、《南齐书》、《陈书》、《梁书》各一部共七十二本。夜得宜宾信。

十日　昙。午后得山本夫人信。下午梁、姚二君来访，并赠《以俅画集》一本，至晚同往鸿运楼夜饭。夜风。

十一日　晴，午后昙。复王慎思信。复山本夫人信。下午得小山信。得西谛信，即复。

十二日　晴。上午寄三弟信。午后寄静农信。下午得山本夫人贺年片。得姚克信并土钧初木刻新年信片四枚。得任〔何〕白涛信。得野夫信并木刻连续画《水灾》一本。得猛克信。得三弟信。

十三日　晴。上午寄俊明信。午后复猛克信。收《论语》第一集一本。

十四日　星期。昙。上午收《文学季刊》（第一期）四本。午后复野夫信。下午诗荃来。晚蕴如及三弟来，并为代购得《词学季刊》（三）一本。夜雨。

十五日　雨，下午成雪。往良友图书公司交《一天的工作》附记一篇，印证四千。

十六日　昙。上午寄猛克稿二篇。得未删改本《文学季刊》一本，《访笺杂记》一篇，盖西谛所寄。午后买《芸術上のレアリズムと唯物論哲学》一本，《科学随想》一本，共泉二元四角。得姚克信并英译木刻目录一张。得三弟信。得王慎思信并木刻六幅。得三弟信。下午内山夫人赠苹果十、柚子一。得烈文信并赠《嫉妒》一本。寄增田君《文学季刊》一本。夜风。

十七日　晴。午得黄幼雄信并《申报月刊》稿费十元。下午得猛克信。得诗荃诗。以中国新作五十八幅寄谭女士。复小山信并寄《文学季刊》等共五本。

十八日　雨雪。上午复黄幼雄信。复黎烈文信，附稿两篇。得罗西信。得俊明信。得光仁信。下午得邵川麟信。得葛琴信。得白涛信。蕴如携阿玉、阿菩来，晚三弟亦至，并留晚餐。为钦文寄稿于文学社，得稿费卅六元，托三弟寄其弟拜言。得《蜈蚣船》一本，作者澎岛寄赠。得语堂信并还楚囚稿。

十九日　晴。上午复俊明信。还欧阳山稿。午后得诗荃信。得吴渤信，夜复。

二十日　晴。午后买《岩波全書》中之《細胞学》、《人体解剖学》、《生理学》（上）各一本，每本八角。寄母亲信。得张少岩信。

二十一日　星期。晴。晚蕴如及三弟携萓官来。

二十二日　晴。上午得西谛信。午后寄赵家璧信。得小峰信并版税泉二百。晚西谛至自北平，并携来《北平笺谱》一函六本。

二十三日　昙。午后得母亲信，二十日发。晚往天一楼夜饭，同席六人。诗荃来，未遇，留函并文稿及所写《悉怛多般怛罗咒》而去，夜以函复之。

二十四日　晴。午后复张少岩信。复姚克信。下午编《引玉集》讫。往内山书店买《殷墟出土白色土器の研究》及《柷禁の考古学的考察》各［一］本，共泉十六元。得姚克信。得费慎祥信。

二十五日　晴。上午寄烈文信并梵可短评三则。午复王慎思信。复天马书店信。下午得靖农信。得吴渤信并还木刻书一本。诗荃来。晚内山君邀往日本酒店食鹌鹑，同席为其夫人及今关天彭君。

二十六日　晴。上午复姚克信。复静农信。午方璧及西谛来，留之午餐。下午得《園芸植物図谱》一本，三元；《白と黒》（二月分）一本，五角。晚得野夫信。

二十七日　晴。午后得烈文信。得山本夫人信。得增田君信，晚复。寄三弟信。

二十八日　星期。晴。午后复烈文信并附诗荃稿三篇。复山本夫人信。买ジイド《思索と随感［想］》一本，一元八角。得宜宾信。得亚丹信，即复。晚蕴如携蕖官及三弟来，并为买得《默庵集锦》一部二本，四元；杂书四本，共一元；抄更纸一刀，一元二角。

二十九日　晴。午后寄西谛信。买关于两性之书二本，二元。收小山所寄关于美术之书三本，期刊一卷。得志之信。得天马书店信。夜濯足。

三十日　晴。午后得三弟信。夜寄仁祥信。寄烈文信并克士稿一篇。

三十一日　晴。下午复天马书店信，附印证五百枚。寄改造社杂评一篇。买《鳥類原色大図説》（二）一本，八元；《版芸術》（二月号）一本，五角。得山本夫人寄赠之《版画》（一至四）共四帖。得陈霞信，即复。

二月

一日　晴。上午寄母亲信。寄《自由谈》稿二篇。午后昙。得王慎思信。得费仁祥信。得楼炜春信。买季刊《露西亚文学研究》（第一辑）一本，一元五角。下午诗荃来。得天马书店信，夜复。雨。

二日　昙。上午复天马书店信。寄猛克信。赠三弟泉百，为阿玉等学费之用。

三日　晴。午后以酱鸭各一赠内山及鎌田君。得文尹信并译稿一篇。得姚克信。得《巧克力》一本，译者所赠。下午编《南腔北调集》讫。晚蕴如及三弟来，并为豫约得重雕《芥子园画谱》三集一部，二十四元。《四部丛刊》续编一部，百三十五元，取得八种。

四日　星期。晴。午后内山夫人来。下午寄《自由谈》稿一篇。夜内山君及其夫人邀往歌舞伎座观志贺廼家淡海剧团演剧，广平携海婴同去。

五日　晴。上午得天马书店信并版税泉百。午内山君招饮于新半斋，同席志贺廼家淡海、惠川重、山岸盛秀，共五人。得母亲信并白菜干一包共八绞，以其二赠内山君，其三分与三弟。购赠阿玉、阿菩跳绳各一。

六日　晴。午后寄母亲信。寄中国书店信并邮票三分。下午复天马书店信。寄李小峰信。夜三弟来并为取得《四部丛刊》续编三种共五本。

七日　晴。上午寄烈文信并诗荃稿二篇。寄三明印刷厂《引玉集》序跋。得增田君所寄其长女木之实照相一枚。收《自由谈》稿费一月分二十四元。下午得诗荃诗并短评稿一篇。得小峰信并版税泉二百，即付印证八千。付《解放了的董吉诃德》排字费五十。晚亚丹来并赠果脯、小米，即分赠内山及三弟。夜同内山及郑伯寄［奇］往歌舞伎座观淡海剧。

八日　晴。午后得安弥信并书一本。

九日　晴。午后得姚克信。得季市信并剪报四方，即复。得西谛信并补《北平笺谱》缺叶五幅，即复。下午协和及其次子来。

十日　晴。午后得李雾城信并木刻一幅。下午往内山书店买《漫画只野凡儿》（Ｉ）一本，一元。诗荃来，未见。晚蕴如携三孩来，并为买得《司马温公年谱》一部四本，三元。夜三弟来。

十一日　星期。昙。午后复李雾城信。复姚克信。

十二日　晴。午后复诗荃信。以诗荃稿三篇寄《自由谈》。下午同亚丹往 ABC 茶店吃茶。得姚克信，即复。得增田君信，晚复。蕴如及三弟来并为取得《四部丛刊》续编中之《山谷外集诗注》一部八本。

十三日　小雨。上午寄山本夫人信。午后得母亲信，十日发。得姚克信。得内山嘉吉信，通知于三日生一男，名曰鹈。下午同亚丹、方璧、古斐往 ABC 吃茶店饮红茶。

十四日　旧历壬［甲］戌元旦。晴。晨亚丹返燕，赠以火腿一只、玩具五种，别以火腿一只、玩具一种托其转赠静农。下午得静农信，十一日发。晚寄小峰信。

十五日　晴。上午得母亲所寄糟鸡一合、玩具九种，午后复。下午寄静农信。寄《自由谈》稿一篇，又克士作一篇。得诗荃信并短评一篇。得西谛信并《北平笺谱》提单一纸。买《日本廿六圣人殉教记》一本，一元。寄靖华书四本。寄三明印刷局校稿一封。晚蕴如及三弟来。

十六日　晴。午后以诗荃稿寄《自由谈》。买《東方学報》（京都第四册）一本，四元。下午诗荃来。

十七日　昙。午后寄烈文信。下午雨。得诗荃信。

十八日　星期。晴。无事。

十九日　昙。午后得京都大学《東方学報》第三册一本，三元五角。得山本夫人信并《明日》（七）一本。得烈文信并还克士稿。得姚克信。下午为保宗寄小山小说七本。晚蕴如及三弟来并为取得《作邑自箴》一本，《挥麈录》七本。饭后同往威利大戏院观电影，为马来深林中情状，广平亦去。夜雨。

二十日　昙。午后往内山书店得《生物学講座補正》八本，四元；《白と黒》（四十四号）一本，五角。夜同广平往上海大戏院观电影。

二十一日　昙。午后复诗荃信。复姚克信。下午得天马书店信，夜复。

二十二日　晴。上午寄天马书店印证二千枚。午后同广平携海婴并邀何太太携碧山往虹口大戏院观电影。晚得母亲信，十八日发。得古飞信，即复。得陈霞信，即复。得葛贤宁信并诗集一本，即复。

二十三日　昙。午后得靖华信。得增田君信，即复。下午得烈文信，即复。收到《北平笺谱》十八部。雨。

二十四日　小雨。上午寄《自由谈》稿一篇。午后收改造社稿费日金百圆。得天马书店信，即复。得天下篇半月刊社信并刊物二本，即复。夜寄西谛信。寄小峰信。

二十五日　星期。昙。晚蕴如及三弟来。

二十六日　晴。上午得王慎思信并花纸束一，即复。得罗清桢信并木刻四幅，午后复。以《北平笺谱》寄赠蔡先生及山本夫人、内山嘉吉、坪井、增田、静农各一部。下午买《チェーホフ全集》（第一卷）一本，二元五角。晚蕴如来。三弟来，并为取得《梅亭先生四六标准》一部八本。

二十七日　晴。上午寄西谛信。午后寄增田君信。铭之来。下午往内山书店买《東洋古代社会史》一本，五角；《読書放浪》一本，二元。

二十八日　昙。下午伊君来。晚收北新版税二百。夜寄小峰信。

三月

一日　晴。午后编《引玉集》毕，付印。以《北平笺谱》一部寄苏联木刻家协会。下午买《ドストイエフスキイ全集》卷八、卷九各一本，共泉五元。得天马书店信并版税二百，夜复。校《南腔北调集》起。

二日　晴。午后得烈义信。得惠川重信。

三日　晴。午后得陈霞信，即复。下午寄亚丹信。寄西谛信。夜濯足。

四日　星期。晴。晚蕴如及三弟携阿玉、阿菩来，留之夜饭。诗荃来，不之见。

五日　晴。上午寄烈文信并诗荃稿四篇。午后寄肖山信。下午寄纽约及巴黎图书馆《北平笺谱》各一部。得天下篇社信。得王慎思信。得《白と黒》第四十五册一本，五角。夜三弟来并为取得《四部丛刊》续编三种共七本。

六日　晴。上午寄肖山信。下午得靖华信，即复。得姚克信，晚复。三弟来。

七日　晴，风。上午同广平携海婴往须藤医院诊。

八日　晴。上午得三月分《版芸術》一本，五角。午后寄《自由谈》稿一篇。寄施乐君夫妇《北平笺谱》一部。得诗荃信并稿一，晚寄烈文。夜须藤先生来为海婴诊。内山君及其夫人来访。为海婴施芥子泥罨法，不能眠。

九日　晴。上午得张慧信并诗集二本，诗稿二本。得何白涛信并木刻一幅、泉卅，午后复。下午须藤先生来为海婴诊。得西谛信。晚得小峰信并二月份版税泉二百。

十日　雨。上午内山君同贺川丰彦君来谈。午后复王慎思信。复西谛信。夜风。

十一日　星期。雨。上午须藤先生来为海婴诊。午后得诗荃稿四篇。晚蕴如及三弟来，饭后同往大上海戏院观《锦绣天》，广平同去。风。

十二日　昙。午后得《東方の詩》一本，著者森女士寄赠。得烈文信并稿费卅。得天下篇社信并刊物二本。得王慎思信并木刻一卷。理发。北新书局持来《呐喊》等十本，付印证五千。下午得增田君信。收文学社稿费六十一元。

十三日　晴。晨须藤先生来为海婴诊。午后以诗荃稿二篇寄《自由谈》。下午诗荃来，未见。晚得葛贤宁信并诗。蕴如及三弟来，并取得《张子语录》一本，《龟山语录》二本，《东皋子集》一本。

十四日　晴。上午寄西谛信并内山书店豫定再版《北平笺谱》泉三百。下午须藤先生来为海婴诊。夜复王慎思信。寄三弟信。

十五日　晴，风。下午须藤先生来为海婴诊。夜得姚克信，即复。寄母亲信。

十六日　晴。上午复天下篇社信。闻天津《大公报》记我患脑炎，戏作一绝寄静农云："横眉岂夺蛾眉冶，不料仍违众女心。诅咒而今翻异样，无如臣脑故如冰。"午后须藤先生来为海婴诊。下午收靖华所寄美术画十幅，赠秀珍、海婴各二幅。买《仏蘭西精神史の一側面》一本，二元八角。夜校《南腔北调集》讫。

十七日　晴。上午得陈霞信。得山本夫人信，并玩具二种赠海婴。前寄靖华书四本复回，午后再寄，并函一。下午须藤先生来为海婴诊。夜复山本夫人信。寄森三千代女士信，谢其赠书。

十八日　星期。晴。午后复增田君信。下午须藤先生来为海婴诊，云已愈。得好友读书社信。买《仏教に於ける地獄の新研究》一本，一元。晚蕴如及三弟来，留之夜饭。得刘肖愚信。得林语堂信。

十九日　晴。午后得增田君信。晚三弟来并为取得《四部丛刊》续编二种共三本。

二十日　昙。午后以诗荃四稿寄《自由谈》。下午雨。得小峰信并版税二百。夜风。

二十一日　晴。午后得三弟信。内山书店送来《人形図篇》一本，二元五角。复增田君问。

二十二日　晴。午后寄《自由谈》稿一篇。收良友图书公司版税四百八十。下午往知味观定菜，付泉廿。往来青阁买南海冯氏刻《三唐人集》一部六本，四元。收罗清桢所寄木刻一卷二十二幅。夜同广平往金城大戏院观《兽王历险记》。

二十三日　昙，风。午后得李雾城信并木刻一幅。得施乐君及其夫人信。得静农信。得诗荃稿二篇，即为转寄自由谈社。寄蔡柏林君信，附致季志仁笺，托其转寄。为施君托魏猛克作插画。夜雨。

二十四日　晴。下午得母亲信，十九日发。得姚克信，晚复。寄西谛信。夜濯足。

二十五日　星期。昙。午后得王慎思信并木刻集一本。买《ダーウイン主義とマルクス主義》一本，一元七角。夜招知味观来寓治馔，为伊君夫妇饯行，同席共十人。雨。

二十六日　小雨。下午得兼士所赠《右文说在训诂学上之沿革及其推测［阐］》一本。得诗荃信并《论翻译》一篇，即为转寄《自由谈》。得西谛信并补《北平笺谱》阙叶五幅，《十竹斋笺谱》复刻样本二幅，晚复。蕴如及三弟来并为取得《四部丛刊》续编中之《梦溪笔谈》一部共四本。夜补订《北平笺谱》四部。风。

二十七日　昙。午后得靖华信。下午以《北平笺谱》一部寄赠佐藤春夫君。晚复静农信。夜风而雨。

二十八日　雨。午后复王慎思信。寄靖华信并良友公司版税八十。寄天下篇社信并方晨译稿一篇。下午得陶亢德信。得增田君信。

二十九日　晴。上午寄母亲信。寄季市信。复李雾城信。往须藤医院为海婴取丸药。往内山书店，得《ドストイエフスキイ全集》（十三）、《チェーホフ全集》（二）各一本，共泉五元。夜同广平往卡尔登戏院观电影。

三十日　昙。上午寄陈霞信。复陶亢德信。得同文局信并书五十本。

三十一日　晴。上午寄靖华信。寄静农信。午史佐才来访。午后得靖华信并卢氏传略。得陶亢德信。下午以《南腔北调》分寄相识者。下午蕴如携阿菩、阿玉来，并为取得豫约之《芥子园画传》三集一部四本。得猛克信并插画稿五幅。夜三弟来并为取得《嘉庆重修一统志》一部二百本。

四月

一日　晴。上午季市来，赠以《北平笺谱》一部。下午诗荃来。得山本夫人所寄夏服一套，赠海婴者。夜赠阿菩、阿玉以糖果及傀儡子。

二日　昙。上午托三弟寄章雪村信并木刻一幅。午后寄烈文信并诗荃短评五篇。复陶亢德信。晚雨。夜同广平往南京大戏院观电影。

三日　晴。上午蒋径三来。寄姚克信并魏猛克画五幅。以所书韦素园墓表寄静农。得紫佩信。得王慎思信并木刻三幅，即复。午后与广平携海婴访蕴如，并邀阿玉、阿菩往融光大戏院观《四十二号街》，观毕至如园食沙河面，晚归。夜复魏猛克信。

四日　雨。午后得烈文信。得陶亢德信。得天下篇社信，夜复。以诗荃五稿寄《自由谈》。

五日　雨。午后复烈文信，附稿二篇。复陶亢德信，附致内山君函，凭以取照相者。得张慧信，下午复，并寄还诗稿。得李雾城信并木刻一幅。

六日　晴。上午复李雾城信。午后得陈霞信。得姚克信。得亚丹信并译稿一。

七日　晴。上午寄李雾城信。收《自由谈》稿费八元八角。得陶亢德信并《人间世》二本，下午复。得山本夫人信。寄小峰信。晚蕴如来，夜三弟来，饭后与广平邀之至北京大戏院观《万兽之王》。风。

八日　星期。晴，大风。上午往须藤医院为海婴取丸药。午后得魏猛克信。得陶亢德信。夜同广平往卡尔登大戏院观《罗京管乐》。

九日　昙。午后得小山信并文学书报五包，内德文十本，英文八本，俄文三本。复姚克信。得《版芸術》四月号一本，价五角。下午蕴如来并为取得《韦斋集》一部三本。季市来。得语堂信，夜复。雨。

十日　昙。南宁博物馆藉三弟索书，上午书一幅寄之。复猛克信。下午雨。得徐式庄信。得亚丹信。得陈霞信，即复。得谷天信并小说稿一篇。买普及版《ツルゲエネフ散文诗》一本，五角。

十一日　雨。午后得母亲信，七日发。下午寄亚丹信并书报一包。得增田君信，晚复。复谷天信并还小说稿。夜得小峰信并版税二百，《唐宋传奇集》纸版一包，书面锌版两块。

十二日　昙。午后得李雾城信并木刻三幅，即复。得静农信。得姚克信，八日发。得李又然信，夜复。雨。

十三日　晴，冷。上午寄母亲信。复静农信。复姚克信。午后得罗清桢信并木刻一幅，照相一枚。得杨霁云信。下午寄小山书报两包。得紫佩信。

十四日　晴。上午得烈文信并诗荃原稿六篇，午后复，附诗荃稿一篇。下午诗荃来并持示《泥沙杂拾》一本。得语堂信。晚蕴如及三弟来，并持来商务印书馆代购之《Das Neue Kollwitz-Werk》一本，六元。又《四部丛刊》续编三种共二本。夜与广平邀蕴如及三弟往南京大戏院观《凯赛琳女皇》。

十五日　星期。晴。上午复语堂信。午广平邀蕴如携晔儿、瑾男、海婴并许妈游城隍庙。夜与广平往上海大戏院观《亡命者》。

十六日　晴。午后寄亢德信并诗荃稿一卷。得烈文信并还稿一篇，又诗荃者三篇。夜三弟来。

十七日　晴。上午往须藤医院治胃病。下午得王慎思信并木刻一本，即复。得诗荃稿一篇，即转寄《自由谈》。得增田君信，九日发。晚得姚克信，十三日发。得徐诉信。夜蕴如及三弟来。

十八日　晴。上午复罗清桢信。午后寄李雾城信。下午复徐诉信。得诗荃稿二篇，即为转寄《自由谈》。

十九日　昙。午后往内山书店买《猎人日记》下卷一本，二元五角。得李雾城信，下午复。夜雨。

二十日　昙。上午往须藤医院诊，阿霜同去。午得母亲信，十六日发。得靖华信，即复。得诗荃稿二，即转寄《自由谈》。下午往来青阁买《范声山杂著》四本，又《芥子园画传》初集五本，共泉四元。又往有正书局买《芥子园画传》二集四本，六元。得徐诉信。晚方璧来邀夜饭，即与广平携海婴同去，同席共九人。夜费君送来《解放的董吉诃德》五十本。

二十一日　晴。上午得猛克信。得陶亢德信。得许省微信。得《白と黒》（四十六）一本，价五角。得《文学季刊》（二）一本。晚三弟来，饭后并同广平往大上海戏院［观］《虎魔王》。夜雨。

二十二日　星期。雨。上午寄《自由谈》稿二。往须藤医院诊。下午诗荃来，因卧不见，留笺并稿二篇而去，夜以其稿寄《自由谈》。

二十三日　小雨。上午复姚克信。寄《动向》稿一。得肖山所寄书三包，内俄文十本，德文四本，英文一本。得 MK 木刻研究社信并木刻五幅。得雾城信并木刻二幅，午复。得徐诉信，即复。得烈文信并诗荃底稿二。下午得合众书店信，即复。晚三弟来并为取得《南唐书》二种共七本。

二十四日　晴。午后得杨霁云信，即复。得何白涛信，即复。得姚克信。下午诗荃来并赠芒果一筐；夜与广平携海婴访坪井先生，转以赠之。

二十五日　晴。上午与广平携海婴往须藤医院诊。寄母亲信。得郑振铎著《中国文学论集》一本，著者寄赠。买《满洲画帖》一函二本，三元。得山本夫人信，午复。午后寄何白涛信。下午收北新书局送来版税泉二百。

二十六日　昙。上午复烈文信并稿二。午后复MK木刻研究会信。寄三弟信。下午得合众书店信，即复。雨。季市来，并赠海婴积木二合。

二十七日　昙。上午往须藤医院诊，广平携海婴同去。午后寄烈文信并稿一。下午得吴微哂信。得木天信并《茫茫夜》一本。得诗荃信并文二、诗四。紫佩来访，未遇，即往旅馆访之，亦未遇。访三弟于商务印书馆。夜内山书店送来《鳥類原色大図説》（三）一本，八元；ドストイエフスキイ及チェーホフ集各一本，共五元。

二十八日　昙。上午得佐藤春夫信。得王慎思信。得叶紫信。紫佩来，并赠榛子、蜜枣各一合，又母亲笺一、摩菰一包、《世界画报》二本。下午得靖华信。买《世界原始社会史》一本，二元。夜雨。

二十九日　星期。昙。上午同广平携海婴往须藤医院诊。晚三弟及蕴如来并赠香糕、蛋卷、馒头、春笋等，三弟并为取得《四部丛刊》续编二种三本。

三十日　晴。上午寄叶紫信。得诗荃稿一，即并前二篇俱寄《自由谈》。下午得小山信。得曹聚仁信，夜复。寄烈文信并诗荃诗二章。

五月

一日　晴。上午寄自来火公司信。寄《动向》稿二篇。秉中及其夫人携孩子来访，并赠藕粉、蜜枣各二合，扇一柄，未遇，午后同广平携海婴往旅馆访之，亦未遇。下午三弟及蕴如携三孩子来，赠以藕粉、蜜枣各一合。买《ソヴエト文学概論》一本，一元二角。得娄如煐信，夜复。浴。

二日　晴。下午秉中来，赠以原文《四十年》一本。

三日　小雨。上午寄西谛信。寄紫佩信。寄三弟信。往须藤医院诊。寄聂绀弩信并还小说稿。午秉中来并赠海婴鞋一双，赠以书三本，金鱼形壁瓶一枚。夜得母亲信，附与三弟笺，四月三十日发。得嘉业堂刊印书目一本，季市所寄。得增田君信，即复。得 MK 木刻社信并版四块。

四日　小雨。上午内山书店送来《日本玩具史篇》一本，二元五角。得张慧信并诗。下午诗荃来，未见。得语堂信。晚蕴如及三弟来，饭后与广平共四人至上海大戏院观《拉斯普丁》。

五日　昙。午寄母亲信。复语堂信。午后往嘉业堂刘宅买书，寻其处不获。下午海生及三弟来。得陶亢德信。夜同广平往新光大戏院观《阿丽思漫游奇境记》，复至南越酒家食面而归。

六日　星期。晴。上午蕴如携晔儿来，即同往须藤医院诊。复陶亢德信，附诗荃稿三篇。午三弟携瑾男、蕖官来。下午得杨霁云信，夜复。

七日　晴，暖。上午寄动向社稿二。午后往嘉业堂刘宅买书，因帐房不在，不能买。晚蕴如来。夜三弟来并为取得《四部丛刊》续编二种共三本。风。

八日　昙。午后得陶亢德信并还诗荃稿二篇。下午诗荃来。得何白涛信，夜复。

九日　昙。上午寄季市信，以诗荃稿六篇寄《自由谈》。得语堂信。下午得内山嘉吉君寄赠海婴之铅笔一合，又其子鹑弥月内祝绸袄一方。买《長安史跡之研究》一本并图百七十幅合一帙，共泉十三元。

十日　晴。上午内山夫人来邀晤铃木大拙师，见赠《六祖坛経·神会禅師語録》合刻一帙四本，并见眉山、草宣、戒仙三和尚，斋藤贞一君。得烈文信并《自由谈》四月分稿费十六元。得猛克信，即复。得静农信，即复。寄动向社稿一篇。林语堂函邀夜饭，晚往其寓，赠以磁制日本"舞子"一枚，同席共十人。

十一日　晴。上午得本月分《版芸術》一本，五角。得山本夫人寄赠海婴之画本一本。得增田君信，即复。得董永舒信，即复。得诗荃信并稿一。得光仁信。得锡丰信。得王思远信并《文史》二本，一赠方璧，夜复。费君来，付以印证千。

十二日　晴。上午得诗荃稿一，午后以寄《自由谈》。寄天马书店信。寄小峰信。晚蕴如及三弟来。梓生来并赠《申报年鉴》一本。

十三日　星期。晴。午后得《白と黒》（四七）一本，五角。下午得天马书店信，晚复之。

十四日　晴，风。上午寄天马书店印证五百，《自选集》用。寄猛克信并方君稿一篇。晚蕴如来，并为豫约《仰视千七百二十九鹤斋丛书》一部，付泉十七元。三弟来并为取得《公是先生七经小传》一本。

十五日　晴。上午寄《自由谈》及《动向》稿各二。午得绀弩信，即复。得杨霁云信，即复。下午得史岩信。寄靖华信并书报一包。寄思远及小山书报各一包。理发。夜得猛克信，即复。得何白涛信。

十六日　晴。上午蕴如来，并为从上虞山间买得茶叶十九斤，十六元二角。下午得天马书店信，即复。寄母亲信并《金粉世家》、《美人恩》各一部。得西谛信并笺叶，夜复。诗荃来并携来短文一篇，即为转寄《自由谈》。补订《北平笺谱》一部。

十七日　雨。上午寄陶亢德信。午后闻鎌田政一君于昨日病故，忆前年相助之谊，为之黯然。下午费君来并交《唐宋传奇集》合本十册，又得小峰信并版税泉贰百，且让与石民之散文小诗译稿作价二百五十元。

十八日　晴。午后得天马书店信，即复。得陶亢德信，即复。遇叶紫及绀弩，同赴加非店饮茗，广平携海婴同去。收《动向》稿费三元。得烈文信并还稿一篇，即转寄《动向》。下午得紫佩信，即复。得刘岘信并木刻《孔乙己》一本，单片十一张，夜复之。寄何白涛信。

十九日　昙。上午寄李雾城信。得钟步清信，即复。得增田君信，午后复。下午寄小峰信并印证收条，嘱其改写。达夫来，赠以《唐宋传奇集》、《南腔北调集》各一本。晚蕴如及三弟来。夜雷雨。

二十日　星期。晴。下午寄小峰信。得同文书店信并纸版一副。得MK木刻研究社信并《木刻集》稿一本。得诗荃稿一，即为转寄《自由谈》。得猛克信，即复。得陶亢德信。得母亲信，十六日发。

二十一日　晴。上午得《祝蔡先生六十五岁论文集》（上）一本，季市所寄。下午蕴如携蘗官来。晚三弟来并为取得《尔雅疏》一部二本。

二十二日　昙。午后得诗荃信并稿二篇，即转寄《自由谈》。得季市信。得猛克信。得谷天信。得徐懋庸信，即复。得杨霁云信，下午复。得王思远信，晚复。得靖华信，即复。亦志招宴于大三元，与广平携海婴往，同席十二人。

二十三日　昙。上午洪洋社寄来《引玉集》三百本，共工料运送泉三百四十元。寄《自由谈》稿一。复季市信。午后得千秋社信。得李雾城信并木版三块。得王慎思信并木版六块。得文求堂书目及景印《白岳凝烟》各一本。买《史学概论》、《ドストエーフスキイ再観》各一本，二元八角。晚寄省吾信。寄靖华信。

二十四日　晴。上午以《引玉集》分寄相识者。寄雾城信。寄保宗信。寄天马书店信。寄三弟信。寄《自由谈》稿二。午得杨霁云信，下午复。复王思远信。寄西谛信。得姚克留片，夜复。

二十五日　晴。午后得《ドストイエフスキイ全集》（一）一本，二元七角。下午得赵家璧信，即复。得陶亢德、徐讦信，即复。夜同广平往新光戏院观电影。

二十六日　晴。午后得诗荃稿一，即转寄《自由谈》。得徐懋庸信，下午复。诗荃来并出稿二，即为转寄《自由谈》，赠以《引玉集》一本。下午蕴如携阿玉、阿菩来。晚三弟来并为买得抄更纸二十帖，共泉二十三元，又从商务印书馆取来《Art Young's Inferno》一本，十六元三角；《吕氏家塾读诗记》一部十二本。

二十七日　星期。昙，风。午后得陶亢德信。得姚克信。得《罗清桢木刻第二集》一本，作者所寄，下午复。鎌田夫人来并赠海婴文具一合，簿子五本，夏蜜柑三枚。晚邀莘农夜饭，且赠以《引玉集》一本，并邀保宗。夜作短文一篇二千字。

二十八日　晴。午后得罗生信。得刘岘信。得钟步清信并木刻一枚。遇杨霁云，赠以《引玉集》一本，并以二本托其转交徐懋庸及曹聚仁。买《古代铭刻汇考续编》及《英国近世唯美主义の研究》各一本，共泉十一元五角。

二十九日 晴。上午寄思远信并稿。寄季市信。寄何白涛信。下午寄来青阁书庄信。寄杨霁云信。得李雾城信，即复。寄母亲信。

三十日 昙。午复罗生信。午后为新居格君书一幅云："万家墨面没蒿莱，敢有歌吟动地哀。心事浩茫连广宇，于无声处听惊雷。"下午寄《动向》稿一。得来青阁书目一本。晚内山君招饮于知味观，同席九人。

三十一日 晴，风。上午寄西谛信并稿一篇。下午得母亲信，附与三弟笺，二十七日发。得徐懋庸信。得靖华信。得猛克信，即复。得杨霁云信并《胡适文选》一本，即复。买《チェーホフ全集》（十三）、《版芸術》（六月号）各一本，三元。晚得小峰信并版税二百，即付《杂感选集》印证千。夜同广平往新光戏院观苏联电影《雪耻》。寄增田君信，改《小说史略》文。

六月

一日 晴，风。午后得季市信。紫佩寄来重修之《芥子园画传》四集一函，又代买之《清文字狱档》七及八各 本，共泉 一元。以《引玉集》寄原作者，计三包十二本。以《唐宋传奇集》各一本寄增田及雾城。夜雨。

二日 晴。上午寄小峰信。午后往来青阁买《补图承华事略》一部一本，石印《耕织图》一部二本，《金石萃编补略》一部四本，《八琼室金石补正》一部六十四本，共泉七十元。下午得董永舒信。得曹聚仁信，即复。得紫佩信，即复。得西谛信，即复。得吴渤信。得陈铁耕信。得何白涛信，晚复。蕴如及三弟来并赠裁纸刀一柄，又为取得《四部丛刊》续编中之《啸堂集古录》一部二本，饭后同往巴黎大戏院观《魔侠吉诃德》，广平亦去。

三日　星期。晴。上午寄梓生信。得思远信并小说稿两篇。下午诗荃来并出稿六篇，即为分寄《自由谈》及人间世社。得杨霁云信，夜复。

四日　晴，夜小雨。无事。

五日　晴。午后季市来。夜濯足。

六日　晴。上午寄《动向》稿二篇。午后得增田君信并照相一枚。得钟步清信。得诗荃信。得徐訏、陶亢德信，即复。买《ゴオゴリ全集》一本，二元五角；《ニンジン》一本，一元。托商务印书馆买来《"Capital" in Lithographs》一本，十元。下午北新书局送来《小约翰》及《桃色之云》纸版各一副，付以《两地书》印证千五百。寄烈文信。寄思远信并保中稿一篇。寄吴渤及陈铁耕信并《引玉集》各一本。寄小山杂志三本。寄汝珍《文学报》四张。

七日　晴。下午得西谛信。得梓生信并《自由谈》稿费廿七元。得杨霁云信。

八日　昙。上午复山本夫人信。复增田君信。得徐懋庸信，即复。得陶亢德信，即复。午后同广平携海婴往须藤医院诊，见赠墨鱼一枚。买《ダアシェンカ》一本，三元五角。下午得叶紫信，即复。复梓生信。

九日　雨，午晴。得静农信，即复。得聚仁信，即复。午后同猛克及懋庸往 Astoria 饮茶。晚邀烈文、保宗、蕴如及三弟夜饭，同席共七人。

十日　星期。昙。上午致须藤先生信取药。复杨霁云信。得母亲信，七日发。下午诗荃来并赠自刻名印一枚，又稿三篇，即为转寄自由谈社。

十一日　晴。午后得雾城信。得徐懋庸信。得靖华信，即复。下午买特制本《にんじん》一本，《悲劇の悲［哲］学》一本，《新興仏蘭西文学》一本，共泉十九元二角。晚三弟来并为取得《读四书丛说》三本。夜小雨。同三弟及广平往南京大戏院观《民族精神》，原名《Massacre》。

十二日　晴。上午复徐懋庸信并稿一，又诗荃稿一篇。寄《自由谈》稿二。寄汉文渊信。得天马书店信并版税泉百。得燕寓旧存《清代文字狱档》（一至六辑）六本，子佩代寄。内山君赠长崎枇杷一碟。得杨霁云信，下午复。得山本夫人信。得费慎祥信，下午复。得天马书店信并版税泉百元，夜复。

十三日　昙。上午寄母亲信。收汉文渊书目一本。午后蕴如来并赠角黍一筐。下午得诗荃信并稿三篇，即以其二寄《自由谈》。夜三弟同季志仁来。

十四日　晴，风。上午收开明书店送来韦丛芜之版税八十二元八角七分，还旧欠，即付收条。午后季市来，并赠北地摩菰一合，白沙枇杷一筐。下午得诗荃稿一，即转寄《自由谈》。夜同季市及广平往南京大戏院观《富人之家》。

十五日　昙。午后得诗荃信。下午往汉文渊买顾凯之画《列女传》一部四本，《小学大全》一部五本，《淞滨琐话》一部四本，共泉十三元八角。北新书局送来版税二百，又《两地书》者一百。夜同广平往光陆大戏院观电影。

十六日　晴。午后往二酉书店为内山君买《点石斋画报汇编》一

334

部三十六本，卅六元。又往来青阁自买石印《圆明园图咏》二部二本，二元。下午诗荃来并交一稿，即为转寄《自由谈》。晚蕴如携阿玉、阿菩来。三弟来并为取得《北山小集》一部十本。旧历端午也，广平治馔留诸人夜饭，同坐共八人。夜坪井先生来并赠长崎枇杷一筐。

十七日　星期。晴，风。午后得北平翻印本《南腔北调集》一本，似静农寄来。

十八日　昙，风。上午须藤先生来为海婴诊，云是消化系性流行感冒，随至其寓取药。晚得罗清桢信。得静农信，夜复。雨。

十九日　雨。上午寄杨霁云信并稿一。下午须藤先生来为海婴诊。得靖华信，即复。得罗清桢所寄木刻画版六块，晚复。姚克来并交施乐君及其夫人信，即写付作品翻译及在美印行权证一纸。

二十日　晴。上午寄西谛信。得诗荃稿一，即为转寄《自由谈》。下午须藤先生来为海婴诊。晚斋藤君赠麒麟啤酒一箱。

二十一日　晴，风。上午寄雾城信。得杨霁云信。得梓生信并还诗荃稿一篇，即复。得徐懋庸信，即复，并附诗荃稿一篇。得西谛信并《十竹斋笺谱》样本三十六幅，下午复。夜风较大而旋止。编《准风月谈》起。

二十二日　昙，午后小雨。得《白と黑》（四十八）一本，五角。下午得甘努信，晚复。夜雨。

二十三日　晴，风。上午寄《自由谈》稿一篇。午后保宗来。莘农及省吾来。得楼炜春信，附适夷致友人笺。得陶亢德信。下午诗荃来并赠海婴糖果一合。晚蕴如来。三弟来并为取得《清波杂志》一部二本。夜与蕴如及三弟并同广平往融光大戏院观《爱斯基摩》。

二十四日　星期。晴。午后诗荃来，未遇，留稿而去，即为转寄

《自由谈》。下午买果戈理《死せる魂》一本，二元。得季市信，即复。得徐懋庸信，即复。得志之信，晚复。得何白涛信并木刻三幅。夜浴。

二十五日　晴，风而热。上午复楼炜春信并还适夷笺。下午得杨霁云信。得诗荃二稿，即为转寄《新语林》。晚蕴如携蕖官来。三弟来。

二十六日　晴，热。上午往二酉书店买《淞隐漫录》一部六本，《海上名人画稿》一部二本，共泉九元。午后收《动向》上月稿费二十四元。得猛克信。下午得何白涛所寄木版六块，夜复。得新居多美子信。

二十七日　晴，热。上午寄西谛信并汇泉三百，为刻《十竹斋笺谱》之工资。下午得李雾城信。得何白涛信并木刻一幅。得王慎思信并木刻一束，即复。得增田君信并照相一枚，即复，亦附照相一枚也。

二十八日　晴，热。上午往汉文渊买残杂书四本，三元六角。午往内山书店，得《世界玩具图篇》及《ドストイエフスキイ全集》（十二）各一本，共泉五元。买麦茶壶一个，茶杯二个，共泉三元五角。得霁野信。得徐懋庸信。得三弟信。夜浴。

二十九日　晴，风而热。上午寄静农信，附致季市函及复霁野笺。午后季巿米。得靖华信，即复。得陈铁耕信。得《版芸術》（七月号）一本，五角。

三十日　晴，热。上午寄西谛信。寄中国书店信。午后得王之兑信。得铁耕所寄木刻画版一块。收《新语林》稿费四元。得《新生》一至二十一期共二十一本。晚王蕴如来。三弟来并为取得《四部丛刊》中之《切均指掌图》一本。为海婴买玩具枪一具，一元四角。夜同蕴如、三弟及广平往融光大戏院观电影《豹姑娘》。

七月

一日　星期。晴，大热。午后得周权信并《北辰报》副刊《荒草》二十四张。得静农所寄汉画象等拓片十种。下午罗清桢、张慧见访，未见，留片而去，并赠荔枝一包。赠内山夫人《北平笺谱》一部。夜雷电不雨，仍热。浴。

二日　晴。上午得静农信。得中国书店书目一本。夜蕴如及三弟来。热。

三日　晴，热。上午复陈铁耕信并寄《北平笺谱》一部。复静农信并寄还画象拓本三种。午后与市原分君谈。夜浴。

四日　晴。上午得梁得所信并《小说》半月刊。得《オブロモーフ》（前编）一本，二元二角。下午得耳耶信，即复。得诗荃诗二篇。夜同广平携海婴访三弟，小坐归。

五日　晴。上午寄《自由谈》稿一篇。寄静农信并泉百。蕴如来并赠杨梅一筐，又杨梅烧一瓮。内山书店送来《チェーホフ全集》（四）一本，一元五角。午后季市来。下午得蔡先生信。得西谛信。

六日　晴，风。午后得冰山信并《作品》二本。得《大荒集》一部二本，语堂寄赠。

七日　晴，风。上午复西谛信。寄蟫隐庐信。寄须藤先生信并致荔枝一筐。译戈理基作《我的文学修养》毕，约五千字，寄文学社。午后北新书局送来版税泉二百，上月分。下午复冰山信。得思远信，即复。得韩白罗信，即复。得靖华信。得梓生信并《自由谈》稿费三十三元。晚蕴如及三弟来并为取得《诸葛武侯传》一本,《嘉庆一统志索引》一部十本。

八日　星期。晴。上午陈君来访。得《ゴオゴリ全集》(三)一本,二元五角。下午诗荃来。

九日　晴,热。上午得姚克信。得徐懋庸信,下午复。复梓生信并寄文稿二篇。

十日　晴,大热。上午得《白と黒》(四十九)一本,五角。夜蕴如及三弟来。浴。

十一日　晴,大热。上午复靖华信。午后得蟫隐庐书目一本。得罗清桢信。得钦文信,下午复。夜浴。

十二日　晴,大热。晨至下午校读《其三人》译本。得《陣中の竪琴》及《続紙魚繁昌記》各一本,共泉六元。得母亲信,即复。得陈铁耕信并木刻三幅,晚复。夜蕴如及三弟携阿菩、阿玉来,并赠《动物学》教科书一部二本。浴。

十三日　晴,大热。上午理发。晚同广平携海婴访坪井先生,未遇,见其夫人,赠以荔枝一筐。夜得罗生信。得王余杞信。得徐懋庸信。浴。

十四日　晴,大热。上午复徐懋庸信并稿一篇,又克士稿一篇。以字一小幅寄梁得所。买电风扇一具,四十二元。午后得达夫信,并赠《屐痕处处》一本,赠以《引玉集》一本。与保宗同复罗生信。得静农所寄画象及造象拓本一包。晚蕴如及三弟来并为取得《元城先生尽言集》一部四本。夜浴。

十五日　星期。晴,热。午后得静农信。得徐懋庸信。夜浴。

十六日　晴,热。下午寄静农信并还石拓本,只留三种,其值三元八角。诗荃来并交稿二篇,即为之转寄《自由谈》。托广平往蟫隐庐买《鼻烟四种》一本，价一元，以赠须藤先生。夜蕴如及三弟携诸儿来，飨以西瓜、冰酪。作《忆韦素园》文一篇，三千余字。校《准风月谈》起。浴。

十七日　昙，热。午前以昨所作文寄静农。午后雨一陈。晚得靖华信。得吴渤信，即复。得杨霁云信，即复。得罗清桢信并木版一块，即复。得徐懋庸信，夜复。浴。

十八日　阴晴不定而热。上午寄《自由谈》稿二篇。下午编《木刻纪程》并作序目讫。得陈侬非信。得山本夫人信。夜蕴如及三弟来。得母亲信，十六日发。

十九日　忽晴忽雨而热。上午得梓生信并还诗荃稿一篇。内山书店送来《金時計》一本，一元；《創作版画集》一帖，六元。晚蕴如持来托商务印书馆由德国购得之 G.Grosz's《Spiesser–Spiegel》及《Käthe Kollwitz–Werk》各一本，共泉十捌元二角。寄《自由谈》稿二篇。夜浴。

二十日　忽晴忽雨而热。午前内山夫人及冈口女士来，并赠セービス二瓶。得和光学园絵葉書一转并其生徒所作木刻四十三枚，嘉吉寄来。得诗荃稿一，即为转寄《自由谈》，附自作一。得耳耶信，下午复。往内山书店买《世界史教程》（第三分册）一本，一元三角。夜烈文来。风。

二十一日　雨。上午同保宗往须藤医院诊，云皆胃病。须藤夫人赠海婴波罗蜜一罐。晚蕴如及三弟来，并为取得《蜕庵诗集》一本。收北新书局版税泉二百。夜风而雨。胁痛。

二十二日　星期。雨，午后晴。得诗荃稿二，即以其二转寄《自由谈》。得谷非信，即复。

二十三日　昙。上午寄徐懋庸信并 Lili Körber 及诗荃稿各一篇。

午后晴。收《动向》上月稿费九元。得白兮信并稿二。买《ツルゲー
ネフ全集》（五）一本，一元五角。下午寄小山杂志一包。复内山嘉
吉君信，并寄仿十竹斋笺一帖。夜浴。

二十四日　昙。上午复山本夫人信。午后晴，晚骤雨一陈。夜译
《鼻子》起。

二十五日　晴，风而热。上午以新字草案稿寄罗西。寄烈文信。
午后得何白涛信。得韩白罗信并翻印《土敏土之图》二本。下午睡中
受风，遂发热，倦怠。内山书店送来《卜氏集》（三）一本，二元五
角。夜蕴如及三弟来。

二十六日　晴，热。上午往须藤医院诊。下午得唐弢信。

二十七日　晴，热。上午复何白涛信。复唐弢信。下午得徐懋庸
［信］，即复。得罗清桢信，即复。复韩白罗信，并寄《母亲》插画印
本十四张，引一。

二十八日　晴，热。午后得小山信，附致靖华笺。得淡海信片。
得山本夫人信并正路照相一枚。得罗生信。得曹聚仁信。晚蕴如及三
弟来，赠以发刷一枚。夜寄靖华信，附小山笺。夜浴。

二十九日　星期。晴，热。上午往须藤医院诊。午后雷雨一陈即
晴。下午复曹聚仁信。得程琪英信。得陈铁耕信。诗荃来，未见，留
字而去。

三十日　晴。上午寄母亲信，附海婴笺，广平手录。复山本夫人
信。午后收八月分《文学》稿费二十四元。晚三弟来并为取得《急就
篇》一本，赠以饼干一合。得西谛信，附致保宗笺，即为转寄。闻木
天被掳。

三十一日　晴，热。午后得小峰信并版税泉二百。下午寄季市
信。复小峰信并寄印证三千。得亚丹信，言静农于二十六日被掳，

二十七日发，又一信言离寓，二十九日发。得陶亢德信，即复。晚寄季巿信。夜译《鼻子》讫，约一万八千字。

八月

一日　晴，热。午后内山书店送来《ツルゲーネフ全集》（六）一本，《版芸術》（八月分）一本，共泉二元三角。夜风。

二日　晴，热。上午得猛克信，下午复。以海婴照片一幅寄母亲。以赖纳照片一幅寄烈文。夜得小峰信。浴。

三日　晴，热。上午得徐懋庸信，下午复。寄曹聚仁信。以自己及海婴之照片各一幅寄山本夫人。夜译《果戈理私观》起。

四日　晴，热。晚蕴如及三弟来，并为取得《春秋左传类编》一部三本。得梓生信并上月《自由谈》稿费四十，附文公直信，夜复。费君来并为代印绿格纸三千枚，共泉九元六角。译《果戈理私观》讫，约四千字。

五日　星期。晴，热。午后得西谛信，即复。下午诗荃来。晚得文尹信。生活书店招饮于觉林，与保宗同去，同席八人。

六日　晴，热。午后寄《自由谈》稿二篇。得嘉吉信。晚钦文来并赠《蜀龟鉴》一部四本，杭州陆军监狱囚所作牛骨耳挖一枚。夜浴。

七日　晴，热。上午得文尹信。得王思远信。得增田君信，即复，并附十竹斋笺四幅。得季巿信。下午钦文来，云明晚将往南京，因以饼干二合托其持赠李秉中君之孩子。内山书店送来《郷土玩具集》（一至三）三本，共泉一元五角，并绍介山室周平及其妹善子来访。得霁野信。得唐弢信。晚孙式甫及其夫人招饮于鼎兴楼，与广平携海婴同往，同席十二人。夜访山室君等。大风而雨。

八日　大风，小雨而凉。上午得母亲信，四日发。得唐弢信。得徐懋庸信，即复，附稿一篇。下午烈文来并交译稿三篇。夜译格罗斯小论一篇毕。

九日　晴，热。自晨至晚编《译文》。谢君及其夫人并孩子来。得诗荃诗并稿四篇。得梓生信，夜复，并附诗荃稿三篇。寄绀奴信并诗荃稿一篇。复唐弢信。胁痛颇烈。

十日　晴，热。上午得西谛信。得耳耶信并《当代文学》（二）一本，夜复。浴。

十一日　晴，风而热。上午得母亲信并与海婴笺，六日发。得罗清桢信。得梓生信并关于欧化语来稿四种。内山书店送来《白と黑》（终刊）一本，价五角。午钦文来并带来鲁绸浴衣一件，秉中所赠。晚蕴如携阿玉、阿菩及藥官来。三弟来并为取得《麟台故事》残本一本。胁痛，服阿斯匹林二枚。

十二日　星期。晴，风而热。午后寄母亲信。寄耳耶信。寄小峰信并稿一篇。

十三日　晴，热。上午寄吴景崧信并还梓生寄来之关于欧化语法文件四种。寄《自由谈》稿二篇。得烈文信。得曹聚仁信，午后复。下午昙，雷。复白兮信。得《ゴオゴリ全集》（二）一本，二元五角。又 Gogol：《Brief wechsel》二本，十三元二角。

十四日　晴，热。上午同广平携海婴往须藤医院诊，云是睡中受凉，并自乞胃药。编《木刻纪程》讫，付印。得山本夫人信。得亚丹信，即复。得吴景崧信，下午复。夜三弟及蕴如携藥官来。

十五日　晴，热。上午复西谛信。寄保宗信。寄《动向》稿二篇。下午雨一陈，仍热。得诗荃稿三篇，即为之转寄《自由谈》。收北新书局版税泉二百。

十六日　小雨，上午晴。同广平携海婴往须藤医院诊。寄三弟信。得耳耶信。得钦文信。夜蕴如及三弟来。

十七日　晴，热。午后得曹聚仁信。下午须藤先生来为海婴诊。收《北平笺谱》再版本四部，西谛寄来。夜写《门外谈文》起。

十八日　晴，热。上午对门吉冈君赠麦酒一打。下午代常君寄天津中国银行信。

十九日　晴，星期，热。午后诗荃来，并卖［买］去再版《北平笺谱》二部。下午须藤先生来为海婴诊。得猛克信。夜浴。

二十日　晴，热。上午复猛克信。寄《自由谈》稿二篇。得母亲信，十五日发。下午得小山信。得罗生信。晚写《门外文谈》讫，约万字。夜蕴如及三弟来并为取得《棠阴比事》一本，赠以麦酒四瓶。寄楼炜春信。

二十一日　晴，热。下午须藤先生来为海婴诊。复母亲信。寄《动向》稿一篇。

二十二日　晴，热。上午内山书店送来《東方学报》（京都版第五册）一本，一［二］元。得幼渔母李太夫人讣，即函紫佩，托其代致奠敬。得楼炜春复信。下午与保宗同复罗生信。寄吴景崧信并《门外文谈》稿一篇。

二十三日　晴，热。午后寄《动向》稿一篇。寄母亲小说五种。下午居千爱里。

二十四日　晴，热。上午得思远信。得三弟信。得诗荃稿二，即为转寄《自由谈》。下午广平携海婴来。井上芳郎君来谈。大［尾］崎君赠《女一人大地を行ク》一本。

343

二十五日　晴，热。晨得亚丹信。得诗荃稿二，即为转寄《自由谈》。上午寄伊罗生信。晚三弟及蕴如来并为取得《贞观政要》一部四本。夜得寄野信。得葛琴信并茶叶一包。

二十六日　星期。晴，热。上午寄野来。得《卜氏集》（十四）一本，《海の童話》一本，共三元九角。得母亲信，二十三日发。得诗荃信。

二十七日　晴，热。上午寄野来。复葛琴信。夜浴。

二十八日　晴，热。上午得天津中国银行信。得姚克信。得林语堂柬。得耳耶及阿芷信，即复。得光人信，即复。得望道信。得《版芸術》九月分一本，五角。夜蒋径三来并赠茶叶二合。

二十九日　昙，风。上午代常君复中国银行信。复语堂信。复陈望道信。午后雨一陈即霁。下午诗荃赠饼饵二种。井上芳郎、林哲夫来谈。

三十日　昙。上午得诗荃稿一，即为转寄《自由谈》。下午得黄源信。晚雨。

三十一日　小雨。上午寄望道信并稿一篇。得陈农非信。得阿芷信。得母亲信，二十八日发，午后复。下午复姚克信。山本夫人寄来《版芸術》十一本。夜寄省吾信。

九月

一日　晴。上午得赵家璧信并《记丁玲》及《赶集》各一本。阿芷来谈。下午复赵家璧信。诗荃来。北新书局送来版税泉二百。晚蕴如来。三弟来并为取得《图画见闻志》一本。夜得紫佩信。

二日　星期。晴。上午内山君归国省母，赠以肉松、火腿、盐鱼、茶叶共四种。得诗荃稿一，即为转寄《自由谈》。寄三弟信。得《ツルゲーネフ全集》第四卷一本，二元五角。下午保宗及西谛来，并赠《清人杂剧》二集一部十二本，名印两方。河清来。晚得罗生信。

三日　昙。上午得秋朱之介信，即复。复李天元信并寄《毁灭》及《杂感选集》各一本。寄赵家璧《引玉集》一本。下午译《饥馑》起。晚省吾来。

四日　晴，热。上午得思远信，即复。午后蕴如来并为取得《辞通》下册一本。下午大雨。晚望道招饮于东亚酒店，与保宗同往，同席十一人。

五日　昙。晨得诗荃稿二，即为转寄《自由谈》。上午得猛克信，午后复。下午寄紫佩信并《淞隐漫录》等一包，托其觅人重装，又海婴照片一枚，转赠阮长连。夜三弟来。

六日　晴，热。午后作短评一篇与文学社。下午得《チェーホフ全集》（七）一本，二元五角。得张梓生信并上月《自由谈》稿费五十九元。

七日　雨，午后晴。得吴景崧信。捐世界语社泉十。

八日　晴，风。上午得绀弩信。下午得诗荃稿三，即为转寄《自由谈》，并附答张梓生及吴景崧笺。蕴如携孩子来。夜三弟来并为取得《吴越备史》一部二本。得母亲信，附与三弟笺。

九日　星期。晴。上午得李又燃信。译《饥馑》讫，约万字。下午同广平携海婴并邀阿霜至大上海戏院观《降龙伏虎》毕，往四而斋吃面。夜浴。

十日　昙。上午雨一陈即霁。寄达夫信。下午诗荃来并为代买《格林童话》、《威廉·蒲雪新画帖》各一本，共泉二十一元五角。

十一日　昙，上午雨。得内山君信。得增田君信。下午何昭容来访，并赠梨及石榴一筐。夜得亚丹信。得曹聚仁信。

十二日　雨。上午复增田君信。夜得达夫信。得山本夫人所寄画片十幅。得《虚無よりの創造》一本，一元五角。

十三日　雨，上午晴。午后得吴渤信。晚曹聚仁招饮于其寓，同席八人。

十四日　雨。上午得张慧信并木刻十四幅。得诗荃稿一，即为转寄自由谈社。午后霁。得新生周刊社信。译戈理基作《童话》二篇讫，约四千字。下午烈文来。晚河清来并持来《译文》五本。得阿芷信，即复。夜雨。

十五日　雨。上午得诗荃稿一，即为转寄《自由谈》。午后同广平携海婴往须藤医院诊。下午诗荃来并赠印一枚，文曰"迅翁"，不可用也。晚蕴如来，三弟来并为取得《春秋胡氏传》一部四本。得曲传政信并见赠频果一筐。夜雷电大雨。

十六日　星期。晴。上午得光人信，即复。得志之信。寄母亲信，附海婴笺，广平所写。午后雨一陈即霁，天气转热。下午买书三种，共泉七元七角。夜得楼炜春信，附适夷笺。得夏丏尊信。得刘岘信并木刻一本。

十七日　晴。上午同广平携海婴往须藤医院诊。晚三弟及梓生来，蕴如亦至，留之夜饭。北新书局送来版税泉二百。夜编《译文》第二期稿讫。

十八日　晴。下午须藤先生来为海婴诊。晚得寄野信。得烈文信并稿，即转寄译文社。夜回寓。得山本夫人信。

十九日　昙。上午寄还志之小说稿一篇。得徐懋庸信。得诗荃信并诗一首。得《The Chinese Soviets》一本并信，译者寄赠。得绘叶書九枚，ナウカ社寄来。内山君及其夫人见赠海苔、黍糖各一合，梨五枚，儿衣一件。下午雨。得 A. Kravchenko 信并木刻十五幅。夜译《童话》（三）讫，约万字。

二十日　晴，风。上午复徐懋庸信。寄陈望道信。午后张望寄来木刻三幅。内山书店送来《玩具工業篇》（《玩具叢書》之一）一本，二元五角。

二十一日　晴，风。上午同广平携海婴往须藤医院诊。寄三弟信。寄《动向》稿一篇。午得耳耶信，附杨潮信，下午复。晚寄楼炜春信。

二十二日　晴。下午须藤先生来为海婴诊。晚诗荃来。夜蕴如及三弟来并为取得《先天集》一部二本，饭后并同广平往南京大戏院观电影。

二十三日　星期。旧历中秋。晴。午后得炜春信。得谷非信。得望道信并《太白》稿费四元，即复。下午寄山本夫人信。夜同内山君及其夫人、村井、中村并一客往南京大戏院观《泰山情侣》。

二十四日　晴。上午得《ゴーゴリ全集》（四）一本，二元五角。午后得白涛信，下午复。得靖华信，夜复。寄艾寒松信并稿一篇。

二十五日　昙。午后得母亲信，二十二日发。得徐懋庸信并译稿一。得烈文信，即复，并附徐氏译文，托其校定。得钦文信，即复。得耳耶信，即复。雨。

二十六日　晴。上午寄望道信并稿二篇。午后寄《动向》稿二篇。理发。

二十七日　昙。午后得西谛信并笺样六幅，即复。得阿芷信，即复。得顾君留柬，下午即同广平携海婴往访之。大雨。晚寄雾城信。

二十八日　晴。上午寄母亲信。午后往广雅纸店访黄色罗纹纸，不得。得西谛所寄书二本，纸二百二十枚，晚复。寄夏丏尊信。夜同广平观电影。

二十九日　晴，暖。午得李天元信。午后为吉冈君书唐诗一幅。又为梓生书一幅，云："绮罗幕后送飞［光］，柏栗丛边作道场。望帝终教芳草变，迷阳聊饰大田荒。何来酪果供千佛，难得莲花似六郎。中夜鸡鸣风雨集，起然烟卷觉新凉。"晚蕴如及三弟来并赠阿菩照相一枚。

三十日　星期。晴，暖。午后得母亲信，附与海婴笺，二十七日发。得罗清桢信。夜作《解杞忧》一篇，约二千字。夜风。

十月

一日　昙。上午寄烈文信。午后得十月分《版芸術》一本，五角。得耳耶信，即复，并附稿一篇。下午雨。复罗清桢信。晚蕴如及三弟来并为取得《法书考》一本。得钱君匋信。寄保宗信并稿一篇。

二日　小雨。上午得董永舒信并泉十五。得林绍仑信，即复。下午北新书局送来版税泉二百。茅盾来并赠《短篇小说集》一本。晚寄《动向》稿一篇。

三日　小雨。上午寄姚省吾信。午得谷非信。得冰山信。《木刻纪程》（一）印成，凡一百二十本。午后得猛克信。晚诗荃来。得望道信。夜同广平邀内山君及其夫［人］并村井、中村二君往新中央戏院观《金刚》。

四日　昙。午后复冰山信。寄陈铁耕信。得王泽长信，即复。得耳耶信并徐行译稿，即复。下午广平为从蟫隐庐买《安徽丛书》三集一部二函十八本，价十元。寄陈铁耕信并《木刻纪程》三本。

五日　昙。上午寄漫画生活社稿一篇。午后得增田君信。得烈文信。得刘岘信。得霁野信。得靖华信。下午得征农信，即复。得《ドストイエフスキイ全集》（二）一本，二元五角。

六日　晴。上午同海婴往须藤医院诊，广平亦去。下午寄刘岘、白涛及罗清桢信，并赠《木刻纪程》及还木版。广平往蟫隐庐为取得豫约之《仰视千七百二十九鹤斋丛书》一部六函卅六本。夜公钱巴金于南京路饭店，与保宗同去，全席八人。复靖华信，附克氏笺一枚，版税泉十二元汇票一纸。

七日　星期。晴。上午同内山君夫妇及广平携海婴往日本人俱乐部观堀越英之助君洋画展览会。得耳耶信。得西谛信。晚三弟及蕴如携晔儿来，并为取得《吴骚合编》一部四本。得梓生信并《自由谈》稿费二十九元。

八日　晴。上午复西谛信并赠《木刻纪程》一册，又二册托其转赠施君夫妇。以《文报》一束寄亚丹。为仲方及海婴往须藤医院取药。下午托内山君以《北平笺谱》一部寄赠日本上野图书馆。得小山信。得丏尊信，即转寄西谛。

九日　晴。上午得刘岘信，即复。午后得冈察罗夫所寄木刻十四幅。下午得张慧信，即复。得萧军信，即复。

十日　晴。上午得韩白罗信并翻印《母亲》插画一本，午后复。寄杨霁云信。夜同广平往光陆大戏院观《罗宫绮梦》。

十一日　晴。午前钦文来，并赠《两条裙子》一本。得省吾信。得征农信。下午寄 Harriette Ashbrook 信，谢其赠书。寄小山杂志一包。复董永舒信并所代买书一包。夜同广平往上海大戏院观《傀儡》。

十二日　晴。晚得《ツルゲーネフ全集》（十四）一本，价二元五角。晚蕴如来。

十三日　晴。上午得林绍仑信。得谭正璧信。得邵逸民信。得合众书店信，即复。得杨霁云信，午后复。下午买《ドーソン蒙古史》一本，六元。晚寄烈文信。得何白涛信并木刻二幅。蕴如携阿菩来，三弟来并为取得《郑守愚文集》一本。

十四日　星期。晴，暖，下午昙。得亚丹信。夜同广平邀内山君及其夫人、村井、中村、蕴如及三弟往大上海戏院观《金刚之子》。雨而风。

十五日　雨。上午复亚丹信，附冈察罗夫笺。得阿芷信。得耳耶所寄稿三种。下午烈文来。晚黄河清来并交《译文》第二期五本。

十六日　昙。午后得陈铁耕信并《阿Q正传》木刻插画九幅。得吴渤信，即复。得雾城信，即复。下午寄耳耶信并还稿一篇。得陈侬非信。晚寄徐懋庸信。夜雨。同广平往南京戏院观《VIVA VILLA》。

十七日　晴。上午得母亲信，十三日发。得山本夫人所寄《斯文》（十六编之八号）一本。下午诗荃来。收北新书局版税泉二百。寄李雾城《木刻记程》四本。晚得杨晦所寄《除夕》及《被囚的普罗密修士》各一本。得李天元所寄三七粉及百宝丹各一瓶。得徐懋庸信，夜复。

十八日　晴。午后买《ジイド全集》（四）一本，二元六角。得徐懋庸信，即复。得殷林信，即复。下午须藤先生来为海婴诊。

十九日　晴。上午内山书店送来《物質与悲劇》一本，一元八角。寄陶亢德信并诗荃稿一篇，即得复。得耳耶信，即复。寄三弟信。下午得紫佩信并代付装订之《淞隐漫录》等两函共十本。夜编第三期《译文》讫。

二十日　晴。晨寄烈文信。上午得单忠信信。得罗清桢信并木刻一卷。午后寄母亲信。复李天元信。下午收新生社稿费六元。晚河清来。蕴如携蕖官来。三弟来并为取得《雪窦四集》一部二本。

二十一日　星期。晴。午后复罗清桢信。复阿芷信。下午得耳耶及阿芷信。得孟斯根信并译文后记，即转寄河清，并复。得西谛信。

二十二日　晴。上午寄靖华信，附冈氏笺。寄《动向》稿一。午得 P.Ettinger 信。得萧军信。得诗荃稿并信。下午得徐懋庸信，即复。得烈文信，即复。寄黄河清信。晚蕴如及三弟来，饭后并同广平往融光大戏院观电影《奇异酒店》。

二十三日　晴。上午季市夫人携季市函及其女世场来，即导之往篠崎医院诊。午前得秉中信片。下午寄 P.Ettinger《引玉集》一本。夜风。

二十四日　晴。上午寄紫佩信并还泉六元。寄省吾信。得望道信，《太白》三期稿费六元五角，即复并附稿一篇。得沈振黄信，即复。昙。得山本夫人信。得姚克信。得钦文信。得孟斯根信并戈理基画像一幅。得谷非信。午小雨即霁。内山书店送来《生物学講座補遺》八本，四元。又赠斗鱼二匹，答以蒲桃一包。买《支那社会史》一本，二元五角。开明书店送来泉八十一元一角七分，盖丛芜版税，还未名社欠款者。

二十五日　晴。下午淡海赠镜子及蛇皮笔各一，即以镜赠谷非夫人，笔赠海婴。得烈文信，即复。得河清信，即复。

二十六日　晴。上午得上野图书馆信片，谢赠《笺谱》。得海滨社信并《海滨月刊》一本。得靖华信，晚复。省吾来。得读书生活社信。

二十七日　晴。上午复 A.Kravchenko 信并寄《引玉集》一本。复 P.Ettinger 信并寄《木刻纪程》一本，又二本托其分送 A.K. 及

A.Goncharov。得刘岘信并木刻一卷。午后写《准风月谈》后记毕。下午复西谛信。寄季市信。内山君赠松茸一盘。诗荃来，不见。晚蕴如携晔儿来。夜三弟来并为取得《汉上易传》一部八本，赠以《生物学講座補遺》，亦八本。

二十八日　星期。晴。上午寄生活周刊社稿一篇。午后得萧军信并稿。得铃木大拙师所赠《支那仏教印象记》一本。晚得韦伊兰信片。得林来信。夜内山君及其夫人邀往歌舞伎座观淡海剧，与广平携海婴同去。

二十九日　晴。上午访伊兰。得母亲信并照相一幅，二十五日发。得《ゴーゴリ全集》卷五及《版芸術》十一月号各一本，共泉三元。得孟斯根信，下午复。晚同仲方往上海疗养院访史美德君，见赠俄译《中国的运命》一本。

三十日　晴。上午收文艺杂志九本，日报两卷，照相四张，盖安弥所寄。即以杂志一本交仲方，四本寄亚丹。午寄母亲信。寄中国书店信。午后昙。得胡风信。得烟桥信。得孟斯根信。吴朗西邀饮于梁园，晚与仲方同去，合席十人。得刘炜明信。收《文学》五期稿费十二元。夜雨。

三十一日　昙。午后复刘炜明信。得孟斯根信，即复。寄黄河清信。寄三弟信。下午得徐懋庸信并稿。得叶紫信并稿费五元，即复。晚往内山书店买《モリユール全集》（一）、《牧野植物学全集》（一）各一本，共泉九元。夜收漫画生活社稿费泉八元。雨。

十一月

一日　昙，冷。午后得中国书店书目一本。得史美德信并《现代中国》稿费二十金，又书籍画片一包。得窦隐夫信并《新诗歌》二本。夜寄徐懋庸信，附复窦隐夫笺，托其转交。风。

二日　晴。上午寄《动向》稿二篇。午后得靖华信，附致冈察罗夫笺，即为转寄。得读书生活社信。得《ドストイエフスキイ全集》（六）一本，二元五角。

三日　昙。午后往内山书店，得《園芸植物図譜》（六）、《王様の背中》各一本，共泉六元三角。吉冈恒夫君赠苹果一筐。得良友图书［公］司信并《文艺丛书》（十二及十四）二本。得铁耕信。得季市信。得萧军信，即复。晚蕴如及三弟携阿菩来，并为托梓生从吴兴刘氏买得其所刻书十五种三十五本，共泉十八元四角。

四日　星期。晴。午后得徐懋庸信。夜浴。诗荃来赠照相一枚。

五日　小雨。上午内山书店送来《チェーホフ全集》（八）、《芸術社会学》各一本，共泉四元。午后得有恒信。得杜谈信，即复。得萧军信，即复。得刘岘信，即复。下午寄楼炜春信并适夷所索书四本。晚烈文来并交稿二篇。复夏征农信并《读书生活》稿一篇。

六日　昙。午后寄望道信并漫画六种。寄河清信并短文一篇。下午得霁野信。夜同广平往新光戏院观电影《科学权威》。

七日　晴，风。午后复霁野信。寄河清信。寄北平全国木刻展览筹备处信并《木刻纪程》一本，木刻三十二幅。下午得徐懋庸信。得西谛信并《十竹斋笺谱》样本六幅。肋间神经痛，服须藤先生所与药二次。

八日　晴，风。上午同海婴往须藤医院诊，并自取药，广平亦去。午后复西谛信并寄《博古酒牌》一本。代谢敦南寄大陆银行（北平）信。下午得俞念远信。得张慧信并木刻两幅。得罗清桢信片。诗荃来，未见，留字而去。晚得汪铭竹信，即复。夜同广平往新光戏院观《科学权威》后集。

九日　晴。上午寄烈文信。得萧军及悄吟信。下午得西谛寄赠之《取火者的逮捕》一本。得紫佩信。得刘岘信并木刻一卷。得诗荃信。

十日　晴。午后得马隅卿所寄赠《雨窗欹枕集》一部二本，即复。得董永舒信。下午寄西谛信。晚三弟及蕴如携蕖官来。夜发热38.6°。

十一日　昙。上午得烈文信，即复。得河清信，即复。午后内山书店送来田園詩《シモオヌ》及《モリエール全集》（二）各一本，共泉七元五角。下午须藤先生来诊，云是受寒，并诊海婴。热三七·二度。

十二日　雨。下午译契诃夫短篇三，共七千余字。晚复诗荃信。复刘岘信。复萧军及悄吟信。寄懋庸及聚仁信。夜热三七·六度。

十三日　昙。上午得耳耶信一，阿芷信二，午复。得林绍仑信并木刻三十枚，午后复，并将木刻转寄北平全国木刻展览会筹备处。下午须藤先生来诊。晚蕴如来。夜三弟来并为取得《四库丛编》续编三种共九本。热三八·二度。

十四日　晴。上午内山夫人来访，并赠菊花一束，熟果八罐。内山书店送来《ジイド全集》（一至三、六、八、九、十）七本，共泉十八元二角。得烈文信。得陈烟桥信。得谷非信。得杜谈信，即复。得萧军及悄吟信。得增田君信，即复。得郭孟特信，即复。下午河清来。生活书店送来《桃色的云》十本。内山书店送来英文《动物学》三本，四十二元，即以赠三弟。夜热三十八度三分。与广平同往金城大戏院观《海底探险》。

十五日　晴。上午得靖华信。下午须藤先生来诊，并携血去检。得征农信并《读书生活》一本。晚烈文来。夜八时热三十七度九分。答《戏》周刊编者信。

十六日　晴。上午得须藤先生信，云血无异状。午后得曹聚仁信。得西谛信。午后得母亲信。得徐懋庸信并稿，即复。晚河清来并赠《译文》第三本五册。夜八时热三十七度六分。得吕渐斋信，即复。复靖华信。

十七日　雨。上午复萧军信。寄河清信。午晴。得徐懋庸信。得王冶秋信并忆素园文一篇。午后须藤先生来诊。下午得母亲所寄小包二个，计外套一件，以与海婴；此外为摩菰、小米、果脯、茯苓饼，均与三弟家分食。晚得伯奇信并柳倩作《生命底微痕》一本。晚蕴如及三弟来并为取得《四部丛刊》续编三种共十六本。夜八时热三十七度七分。

十八日　星期。雨。上午寄须藤先生信取药，并赠以松子糖一包。午霁而风。夜八时体温三十六度九分半。夜半腹写，药效也。

十九日　晴。上午寄母亲信。复《戏》周刊编者信，附铁耕木刻《阿Q正传图》十幅。以罗清桢及张慧木刻寄北平全国木展筹备处。得诗荃信。得金维尧信，即复。午后寄《动向》稿一篇得季市信。得霁野信并拓片一包，择存汉画像四幅，直四元。下午须藤先生来诊。夜八时体温三七·一五。

二十日　晴。上午复霁野信并还拓片。得许仑音所寄木刻十七幅。得张慧所寄木刻三幅。得志之信并稿一本。得萧军信。得木展筹备处信，即复。得阿芷信，即复，附画片四幅。得金肇野信，即复。下午广平为往中国书店买得《红楼梦图咏》、《纫斋画賸》、《河朔访古新录》（附碑目）各一部，《安阳发掘报告》（四）一本，共泉十三元五角。晚铭之来，留之夜饭。夜九时体温叁十七度四分。复萧军信。

二十一日　昙。上午得北平木刻展览会信。得耶耶信并稿。得谷非信。得金惟尧信。得陶亢德信。下午须藤先生来诊。诗荃来。得刘岘所寄木刻。夜九时体温三十七度三分。为《现代中国》作论文一篇，四千字。

二十二日　昙。上午得谷非信。得伊兰信。得孟十还信，午后复。寄黄河清信。下午得杨潮信并译稿。寄增田君《文学》等。寄霁野《译文》。得烟桥信，即复，并寄《木刻纪程》五本。得太白社信并第五期稿费四元。夜九时体温三十六度八分。

二十三日　昙。下午寄来青阁书庄信。夜九时体温三十六度六分。雨。

二十四日　昙。午得张慧所寄木刻三幅。得钦文信。得陈君冶信并译稿三篇，即复。午后复金惟尧信。复王冶秋信。晚蕴如携阿玉来。得艾寒松信，即复。夜三弟来并为取得《清隽集》一本，《嵩山文集》十本。九时体温三十六度七分。

二十五日　星期。昙。上午得靖华信，即复。午晴。寄《动向》稿一篇。下午西谛来。夜校《准风月谈》讫。九时热三十七度五分，十时退四分。雨。

二十六日　雨。上午往须藤医院诊。午前季市大人携场来，并赠海婴饼干及糖食各二合，饭后即同往须藤医院为世场看病。下午得望道信，即复。得猛克信并木刻八幅。得葛琴信并小说稿，即复。晚寄艾寒松信。九夜〔夜九〕时体温三十六度七分。风。

二十七日　小雨。上午得罗生信。寄有恒信并泉二十。寄季市信。寄志之信。寄萧军信。午后望道赠云南苗人部落照相十四枚。下

356

午河清来，并赠德译本《果戈理全集》一部五本，值十八元，以其太巨，还以十五元也。夜九时体温三十七度一分。

二十八日　晴。上午季市夫人携世场来，即同往须藤医院诊。得萧军信，即复。得金惟尧信并稿，即复。得刘炜明信，下午复。得赵家璧、郑君平信。夜九时体温三十七度弱。

二十九日　昙。上午得母亲信，二十六日发。得霁野信并陀氏《被侮辱的与被损害的》一部二本。得谷非信。午后为靖华之父作《教泽碑文》一篇成。夜寄三弟信。九时体温三十七度。

三十日　晴。晨寄靖华信并文稿。上午季市夫人携世场来，即同往须藤医院诊，并赠世场玩具三合。买玻璃水匣一个，三元。内山书店送来《ドストイエフスキイ全集》（十）一本，二元五角。午后得有恒信。得霁野信片。萧军、悄吟来访。夜九时体温三十七度一分半。

十二月

一日　晴。午后烈文寄赠《红萝卜须》一本。臧克家寄赠《罪恶的黑手》一本。下午诗荃来。晚钦文来，并赠《蜀碧》一部二本，清石刻薛涛象拓片一幅。蕴如携阿菩来。夜三弟来并为取得《容斋随笔》全集一部共十二本。九时体温三十六度九分。

二日　星期。晴。午后得全国木刻展览会信。得汝珍信。得萧军信。得增田君信，夜复。九时体温三十七度一分。

三日　晴。上午寄须藤先生信取药。寄西谛信。午得夏征农信并《读书生活》第二期稿费七元四角，即复。下午诗荃来，不见。

四日　晴，风。上午得殷林信。得林绍仑信。得孟十还信并译稿，午后复。下午理发。得萧军信。晚河清来并持来《小约翰》十本。夜风。

五日　晴，风。午寄西谛信。寄孟十还信。下午得杨霁云信，夜复。寄河清信。

六日　昙，风。上午得靖华信。得孟十还信，即复。午后晴。复萧军信。寄母亲信。夜濯足。

七日　晴。上午得王冶秋信。午后得霁野所寄译稿一篇，其学生译。得陈君冶信。杨霁云来，赠以《木刻纪程》一本，买去《北平笺谱》一部，十二元。下午诗荃来。

八日　晴。上午得霁野信。得张慧信并木刻三幅。得孟十还信。得十二月分《版芸術》一本，五角。晚蕴如携蕖官来。夜三弟来并为取得《龙龛手鉴》及《金石录》各一部共八本。

九日　星期。晴。下午得胡今虚信。得牧之信。得季市信，即复。得杨霁云信，即复。

十日　晴。上午寄韩振业信。寄小峰信。得张锡荣信，即复。得西谛信，即复。得萧军信，下午复，并寄《桃色的云》《小约翰》《竖琴》、《一天的工作》各一本。寄紫佩信并书四部，托其付工修整。

十一日　晴。上午得烈文信。得烟桥信。得林绍仑信。得金维尧信，即复。得曹聚仁及杨霁云信，即复。夜为《文学》作随笔一篇，约六千字。

十二日　昙。上午寄赵家璧信并诗荃译《尼采自传》稿一本。得谷天信。下午得〖得〗《ゴオゴリ全集》（六）一本，二元五角，全书毕。

十三日　晴。午得陈静生信并漫画一纸，即为转寄《戏》周刊。得王相林信。得冰山信。得曹聚仁信，午后复，附寄杨霁云抄件二。得山本夫人信，下午复。得韩振业信。晚北新书局送来版税泉百五十。

十四日　晴。上午复冰山信。复王冶秋信。寄谷非信。收广州寄来之木刻一卷。得安弥信。得谷非信。得增田君信，即复。得徐诉信，即复。得杨霁云信，午后复，并稿四篇。得萧军信。下午寄杨潮信并还译稿。内山书店送来《ツルゲーネフ全集》（一）、《ジイド全集》（十一）各一本，共泉四元三角。晚烈文来，赠以《小约翰》一本。河清来并交《译文》第一至四期稿费二百十六元七角五分，图费四十元。夜脊肉作痛，盗汗。

十五日　昙。上午得何白涛信，即复。晚蕴如携晔儿来。夜三弟来并为取得《周易要义》一部三本，《礼记要义》一部十本。

十六日　星期。昙。午后得《移行》及《虫蚀》各一本，赵家璧寄赠。得徐诉信。得杨霁云信二封，下午复。寄母信，附海婴笺。夜寄河清信。寄戏周刊社信。

十七日　昙，上午小雨。病后大瘦，义齿已与齿龈不合，因赴高桥医师寓，请其修正之。得徐诉信并纸二张。得金肇祥［野］信并木刻五幅，邮票一元六角［五］分。得阿芷信并补稿费一元。下午寄谷非夫妇、绀弩夫妇、萧军夫妇及阿芷信，附木刻八张。夜涂莨菪丁几以治背痛。

十八日　小雨。上午以安弥笺转寄联亚。寄三弟信。得杨霁云信，即复。得李桦信并木刻三本，午后复。得木刻筹备会及田际华信，即复。往梁园豫菜馆定菜。下午得河清信并《雪》一本，《译文》五本。赵家璧寄赠《话匣子》一本。

十九日　昙。上午复金肇野信。《准风月谈》出版，分赠相识者。内山夫人赠松梅一盆。得杨霁云［信］并抄稿，午后复。仲方赠《话匣子》一本。晚在梁园邀客饭，谷非夫妇未至，到者萧军夫妇、耳耶夫妇、阿紫、仲方及广平、海婴。

二十日　昙，上午晴。寄杨霁云信。寄萧军信。得生生月刊社信。

二十一日　昙。午前以《集外集》序稿寄杨霁云。午晴。得冰山信。得杨霁云信。得烈文信，即复。下午作随笔一篇，二千余字，寄《漫画生活》。

二十二日　昙，上午小雨。晚蕴如携阿菩来。夜三弟来并为取得《茗斋集》一部。

二十三日　星期。小雨。午长谷川君赠蛋糕一合。午后得胡风信。得徐华信，即复。得杨霁云信二，即复。得王志之信，即复。得萧军信。得邵景渊信。得母亲信，二十日发。

二十四日　昙。下午复邵景渊信并寄书三本。以书报寄靖华。以《木刻纪程》等寄金肇野。得山本夫人信。夜成随笔一篇，约六千字，拟与文学社。

二十五日　昙。上午得谷非信。得赵家璧信，即复。得何白涛信并木刻二幅，即复。寄河清信。午后得李华信并赖少其及张影《木刻集》各一本。得图画书局信并预付稿费六元。夜蕴如及三弟来。雨。

二十六日　雨。上午内山夫人赠海婴玩具二种，松藻女士赠海苔一合。寄赵家璧信。晚河清来。内山书店送来随笔书类十余种，选购《阿難卜鬼子母》、《書斎の岳人》各一本，共泉八元三角。得烈文信，即复。得萧军信，即复。得刘炜明信并《星洲日报》一日份。得崔真吾信。

二十七日　雨。上午寄生生公司稿一篇。寄季市信。复阿芷信。得西谛信，即复。午后往来青阁买《贵池二妙集》一部十二本，五元六角。往梁园定菜。下午镰田夫人来并赠海婴玩具三种。得孟十还信，即复。得王冶秋信。

二十八日　雨。上午复王冶秋信。午后得《版芸術》一本，五角。下午得钦文信。得李天元信。得靖华信，即复。得张慧信，即复。得王志之信，夜复。

二十九日　昙。上午得杨霁云信，即复。得增田君信并稿一，即复。得李桦信并《现代版画》第一集一本。晚蕴如携萀官来。夜三弟来并赠案头日历一个，又为取得《春秋正义》一部十二本。略饮即醉卧。

三十日　星期。雨。下午收北新书店版税百五十。得刘岘信并《未名木刻集》二本。得金肇野信。得生活书店信，即复。得夏征农信，即复。买《烟草》一本，二元五角。李长之寄赠《夜宴》一本。晚属梁园豫菜馆来寓治馔，邀内山君及其夫人、镰田君及其夫人并孩子、村井君、中村君夜饭，广平及海婴同食，合席共十二人。夜风。

三十一日　昙，风。上午得烈文信。得杨霁云信。午后寄良友公司译稿一篇。蕴如来并赠历日三个。下午广平为往商务印书馆取得《晋书》、《魏书》、《北齐书》、《周书》各一部共九十六本。寄刘炜明信并寄书二本。寄靖华及真吾书报各一包。晚译《少年别》一篇讫，三千余字，拟投《译文》。得黄新波信，即复。夜蕴如及三弟来谈。

书帐

景宋本方言一本　五·二〇　一月一日

方言疏证四本　二·〇〇

元遗山集十六本　一〇·八〇

诗经世本古义十六本　二・〇〇　一月三日

南菁札记四本　三・〇〇

ジョイス中心の文学運動一本　二・五〇　一月四日

ヂイド文芸評論一本　二・五〇　一月六日

又続文芸評論一本　二・〇〇

又ドストエフスキー論一本　一・八〇

靖节先生集四本　一・二〇

洛阳伽蓝记鉤沈二本　一・〇〇

ドストエフスキイ研究一本　二・〇〇　一月八日

景宋本宋书三十六本　豫约　一月九日

景宋本南齐书十四本　同上

景宋本梁书十四本　同上

景宋本陈书八本　同上

以俅画集一本　作者赠　一月十日

芸術上のレアリズム一本　一・〇〇　一月十六日

科学随想一本　一・四〇

細胞学概論一本　〇・八〇　一月二十日

人体解剖学一本　〇・八〇

生理学（上）一本　〇・八〇

殷墟出土白色土器の研究一本　八・〇〇　一月二十四日

枳桔の考古学的考察一本　八・〇〇

園芸植物図譜（五）一本　三・〇〇　一月二十六日

白と黒（四十三）一本　〇・五〇

思索と随想一本　一・八〇　一月二十八日

默庵集锦二本　四・〇〇

362

ソヴェト大学生の性生活一本　一・〇〇　一月二十九日

結婚及ビ家族の社会学一本　一・〇〇

国立劇場一百年一本　小山寄来

D.Kardovsky 画集一本　同上

Bala Jiz 画集一本　同上

鳥類原色大図説（二）一本　八・〇〇　一月三十一日

版芸術（二月号）一本　〇・五〇

版画（一至四）四帖　山本夫人寄贈　　　　八一・六〇〇

露西亜文学研究（第一輯）一本　一・五〇　二月一日

重雕芥子园画谱三集一部　豫约　二四・〇〇　二月三日

四部丛刊续编一部　预约　一三五・〇〇

群经音辨二本　前书之内

愧郯录四本　同上

桯史三本　同上

饮膳正要三本　同上

宋之问集一本　同上

东莱先生诗集四本　同上

平斋文集十本　同上

雍熙乐府二十本　同上

汗简一本　同上　二月六日

叠山集二本　同上

张光弼诗集二本　同上

只野凡儿漫画（一）一本　一・〇〇　二月十日

司马温公年谱四本　三・〇〇

山谷外集诗注八本　豫约　二月十二日

日本廿六聖人殉教記一本　一・〇〇　二月十五日

東方学報（京都第四册）一本　四・〇〇　二月十六日

東方学報（同第三册）一本　三・五〇　二月十九日

作邑自箴一本　豫约

挥塵录六本　同上

生物学講座補正八本　四・〇〇　二月二十日

白と黒（四十四）一本　〇・五〇

チェーホフ全集（一）一本　二・五〇　二月廿六日

梅亭四六标准八本　豫约已付

東洋古代社会史一本　〇・五〇　二月二十七日

読書放浪一本　二・〇〇　　　　　　　二〇二・五〇〇

ドストイエフスキイ全集（八及九）二本　五・〇〇　三月一日

白と黒（四十五）一本　〇・五〇　三月五日

云溪友议一本　豫约已付

云仙杂记一本　同上

石屏诗集五本　同上

版芸術（三月号）一本　〇・五〇　三月八日

東方の詩一本　作者寄贈　三月十二日

张子语录一本　豫约　三月十三日

龟山语录二本　同上

东皋子集一本　同上

仏蘭西精神史の一側面一本　二・八〇　三月十六日

仏教ニ於ケル地獄ノ新研究一本　一・〇〇　三月十八日

许白云文集一本　付讫　三月十九日

存复斋文集二本　同上

人形図篇一本　二・五〇　三月二十一日

三唐人集六本　四・〇〇　三月二十二日

ダーウイン主義とマルクス主義一本　一・七〇　三月二十五日

右文说在训诂学上之沿革一本　兼士寄赠　三月二十六日

梦溪笔谈四本　豫约

ドストイエフスキイ全集（十三）一本　二・五〇　三月二十九日

チェーホフ全集（二）一本　二・五〇

芥子园画传四［三］集四本　豫约　三月三十一日

嘉庆重修一统志二百本　豫约　　　　　　　　二三・〇〇〇

版芸術（四月号）一本　〇・五〇　四月九日

韦斋集三本　豫约

ツルゲエネフ散文詩（普及版）一本　〇・五〇　四月十日

Das Neue Kollwitz-Werk 一本　六・〇〇　四月十四日

周贺诗集李丞相诗集合一本　豫约

朱庆馀诗集一本　同上

猟人日記（下巻）一本　二・五〇　四月十九日

范声山杂著四本　〇・八〇　四月二十日

芥子园画传初集五本　三・二〇

芥子园画传二集四本　六・〇〇

白と黒（四十六）一本　〇・五〇　四月二十一日

马氏南唐书四本　先付　四月二十三日

陆氏南唐书三本　同上

中国文学论集一本　作者赠　四月二十五日

満洲画帖一函二本　三・〇〇

鳥類原色大図説（三）一本　八・〇〇　四月二十七日

ドストイエフスキイ集（十一）一本　二・五〇

チェーホフ全集（三）一本　二・五〇

世界原始社会史一本　二・〇〇　四月二十八日

括异志二本　豫約　四月二十九日

续幽怪录一本　同上　　　　　　　　　　　　三八・〇〇〇

現代蘇ヴェト文学概論一本　一・二〇　五月一日

日本玩具史篇一本　二・五〇　五月四日

萧冰崖诗集拾遗二本　豫約　五月七日

青阳文集一本　同上

長安史跡の研究一本図一帖　一三・〇〇　五月九日

六祖坛経及神会禅師語録一帖四本　铃木大拙师赠　五月十日

版芸術（五月分）一本　〇・五〇　五月十一日

白と黒（四十七）一本　〇・五〇　五月十三日

仰视千七百二十九鹤斋丛书一部　一七・〇〇　五月十四日

公是先生七经小传一本　豫約

祝蔡先生六十五岁论文集（上）一本　季市寄来　五月二十一日

尔雅疏二本　豫約

史学概論一本　一・二〇　五月二十三日

ドストエーフスキイ再観一本　一・六〇

石印白岳凝烟 一本　文求堂寄来

ドストイエフスキイ全集（一）一本　二・七〇　五月二十五日

Art Young's Inferno 一本　一六・三〇　五月二十六日

吕氏家塾读诗记十二本　豫約

古代铭刻汇考续编一本　三・五〇　五月二十八日

唯美主義の研究一本　八・〇〇

チェーホフ全集（十三）一本　二・五〇　五月三十一日

版芸術（六月分）一本　〇・五〇　　　　　　　　七一・〇〇〇

清文字狱档（七及八）二本　一・〇〇　六月一日

补图承华事略一本　七・〇〇　六月二日

石印耕织图二本　一・五〇

金石萃编补略四本　一・五〇

八琼室金石补正六十四本　六〇・〇〇

啸堂集古录二本　预约

ゴオゴリ全集（一）一本　二・五〇　六月六日

にんじん一本　一・〇〇

"Capital" in Lithographs 一本　一〇・〇〇

ダァツエンカ一本　三・五〇　六月八日

にんじん（特制本）一本　一五・〇〇　六月十一日

悲劇の哲学一本　二・二〇

新興仏蘭西文学一本　二・〇〇

读四书丛说三本　豫约

顾虎头画列女传四本　一二・〇〇　六月十五日

小学大全五本　〇・六〇

淞滨琐话四本　一・二〇

圆明园图咏二本　二・〇〇　六月十六日

北山小集十本　预约

白と黒（四十八）一本　〇・五〇　六月二十二日

清波杂志二本　预约　六月二十三日

死せる魂一本　二・〇〇　六月二十四日

淞隐漫录六本　七・〇〇　六月二十六日

海上名人画稿二本　二・〇〇

西洋玩具図篇一本　二・五〇　六月二十八日

ドストイエフスキイ全集一本　二・五〇

版芸術（七月特輯）一本　〇・五〇　六月二十九日

残淞隠続录等四本　三・六〇　六月二十八日

切韵指掌图一本　预约　六月三十日　　　　　　　一四四・六〇〇

沈君阙铭并画象二枚　二・〇〇　七月一日

此齐王也画象一枚　一・五〇

孔府画象一枚　一・〇〇

颜府画象一枚　一・五〇

朱鲔石室画象二十六枚　九・〇〇

巨砖画象二枚　一・〇〇

魏铜床画象八枚　一四・〇〇

オブロモーフ（前编）一本　二・二〇　七月四日

チェーホフ全集（四）一本　一・五〇　七月五日

汉丞相诸葛武侯传一本　预约　七月七日

嘉庆一统志索引十本　同上

ゴオゴリ全集（三）一本　二・五〇　七月八日

白と黒（四十九）一本　〇・五〇　七月十日

陣中の竪琴一本　二・〇〇　七月十二日

続紙魚繁昌記一本　三・〇〇

汉龙虎画象二幅　一・五〇　七月十四日

魏悟安造象四幅　一・五〇

齐天保砖画象二幅　〇・八〇

元城先生尽言集四本　预约

金時計一本　一・〇〇　七月十九日

創作版画集一本　六・〇〇

Spiesser-Spiegel（普及版）一本　五・〇〇

K.Kollwitz-Werk 一本　一三・二〇

世界史教程（三）一本　一・三〇　七月二十日

张蜕庵诗集一本　预约　七月二十一日

ツルゲーネフ全集（五）一本　一・五〇　七月二十三日

ドストイエフスキイ全集（三）一本　二・五〇　七月二十五日

影明钞急就篇一本　预约　七月三十日　　　　　七九・〇〇〇

ツルゲーネフ全集一本　一・八〇　八月一日

版芸術（八月分）一本　〇・五〇

春秋左传类编三本　豫约　八月四日

蜀龟鉴四本　钦文赠　八月六日

鄉土玩具集（一至三）三本　一・五〇　八月七日

白と黒（五十号終刊）一本　〇・五〇　八月十一日

麟台故事残本一本　预约

ゴオゴリ全集（二）一本　二・五〇　八月十三日

Gogol: Briefwechsel 二本　一三・二〇

棠阴比事一本　预约　八月二十〚一〛日

東方学報（京都五）一本　二・〇〇　八月二十二日

女一人大地ラ行ク一本　译者赠　八月二十四日

贞观政要四本　豫约　八月二十五日

ドストイエフスキイ全集（十四）一本　二・五〇　八月二十六日

海の童話一本　一・四〇

版芸術（九月分）一本　〇・五〇　八月二十八日二六・四〇〇

图画见闻志一本　预约　九月一日

ツルゲーネフ全集（四）一本　一・八〇　九月二日

清人杂剧二集十二本　西谛赠

辞通（下册）一本　预约　九月四日

チェーホフ全集（七）一本　二・五〇　九月六日

吴越备史二本　预约　九月八日

Grimm: Märchen 一本　七・五〇　九月十日

Neues W.Busch Album 一本　一四・〇〇

虚無よりの創造一本　一・五〇　九月十二日

春秋胡氏传四本　预约　九月十五日

無からの創造一本　一・五〇　九月十六日

モンテエニエ論一本　五・〇〇

王様の背中一本　一・二〇

The Chinese Soviets 一本　译者寄赠　九月十九日

A.Kravchenko 木刻十五幅　作者寄赠

玩具工業篇一本　二・五〇　九月二十日

先天集二本　豫约　九月二十二日

ゴーゴリ全集（四）一本　二・五〇　九月二十四日　三〇・〇〇〇

版芸術（十月分）一本　〇・五〇　十月一日

法书考一本　豫约

安徽丛书三集十八本　一〇・〇〇　十月四日

ドストイエフスキイ集（二）一本　二・五〇　十月五日

仰视鹤斋丛书六函三十六本　豫约　十月六日

吴骚合编四本　豫约　十月七日

冈察罗夫木刻十四幅　作者寄　十月九日

ツルゲーネフ全集（十四）一本　二・五〇　十月十二日

ドーソン蒙古史一本　六・〇〇　十月十三日

郑守愚文集一本　豫约

ジイド全集（四）一本　二・六〇　十月十八日

物質と悲劇一本　一・八〇　十月十九日

雪窦四集二本　豫约　十月二十日

生物学講座補遺八本　四・〇〇　十月二十四日

支那社会史一本　二・五〇

汉上易传八本　预约　十月二十七日

支那仏教印象記一本　作者贈　十月二十八日

版芸術（三之十一）一本　〇・五〇　十月二十九日

ゴーゴリ全集（五）一本　二・五〇

モリエール全集（一）一本　二・五〇　十月三十一日

牧野植物学全集（一）一本　六・五〇　　　　四四・四〇〇

ドストイエフスキイ全集（六）一本　二・五〇　十一月二日

王様の背中（豪華版）一本　三・五〇　十一月三日

園芸植物図譜（六）一本　二・八〇

革命前一幕一本　良友图书公司贈

欧行日记一本　同上

三垣笔记四本　一・六〇

安龙逸史一本　〇・三二〇

订讹类编四本　一・九〇〇

朴学斋笔记二本　〇・八〇

云溪友议二本　一・一二〇

闲渔闲闲录一本　〇・五六〇

翁山文外四本　一·九二〇

呫呫吟一本　〇·四八〇

权斋笔记附文存二本　〇·六四〇

诗筏一本　〇·四〇

渚山堂词话一本　〇·一六〇

王荆公年谱二本　〇·八〇

横阳札记四本　一·六〇

蕉乡［廊］胜录四本　一·二八〇

武梁祠画象考二本　四·八〇

チェーホフ全集（八）一本　二·五〇　十一月五日

芸術社会学一本　一·五〇

雨窗欹枕集二本　马隅卿寄赠　十一月十日

モリエール全集（二）一本　二·五〇　十一月十一日

田園詩シモオヌ一本　五·〇〇

程氏读书分年日程二本　豫约　十一月十三日

孔氏祖庭广记三本　同上

沈忠敏龟溪集四本　同上

ジイド全集七本　一八·二〇　十一月十四日

英文动物学教本三本　四二·〇〇

仪礼疏八本　预约　十一月十七日

礼部韵略三本　同上

范香溪文集五本　同上

汉画象残石拓片四幅　四·〇〇　十一月十九日

红楼梦图咏四本　五·四〇　十一月二十日

纫斋画賸四本　三·六〇

河朔访古新录附碑目四本　三・〇〇

安阳发掘报告（四）一本　一・五〇

郑菊山清隽集一本　豫约　十一月二十四日

嵩山晁景迂集十本　同上

N.Gogol's Sämt.Werk 五本　一五・〇〇　十一月二十七日

ドストイエフスキイ全集（十）一本　二・五〇　十一月卅日

　　　　　　　　　　　　　　　　　　　　　　——四・五〇〇

蜀碧二本　钦文赠　十二月一日

清石刻薛涛象拓片一枚　同上

容斋随笔至五笔十二本　豫约

版芸術（十二月号）一本　〇・五〇　十二月八日

龙龛手鉴三本　豫约　十二月八日

金石录五本　同上

ゴオゴリ全集（六）一本　二・五〇　十二月十二日

ツルゲーネフ全集（一）一本　一・八〇　十二月十四日

ジイド全集（十一）一本　二・五〇

周易要义三本　豫约　十二月十五日

礼记要义十本　同上

茗斋集附明诗钞三十四本　豫约　十二月二十二日

阿難と鬼子母一本　五・〇〇　十二月二十六日

書斎の岳人一本　三・三〇

贵池二妙集十二本　五・六〇　十二月二十七日

版芸術（明年正月分）一本　〇・五〇　十二月二十八日

春秋正义十二本　豫约　十二月二十九日

煙草一本　二・五〇　十二月三十日

晋书二十四本　豫约　十二月三十一日

魏书五十本　同上

北齐书十本　同上

周书十二本　同上　　　　　　　　　　　　　　二四·二〇〇

本年共用买书钱八百七十八元七角，

平均每月七十三元二角四分强也。

日记二十四（1935年）

一月

一日　昙。上午寄黄河清信。衡海婴，连衣服重四十一磅。下午译《金表》开手。夜雨。

二日　昙。下午烈文及河清来。晚雨。夜内山君及其夫人来邀往大光明影戏院观《CLEOPATRA》，广平亦去。

三日　昙，午晴。下午诗荃来，未见，留赠CAPSTAN六合而去。

四日　昙。午得张慧木刻一幅。得何白涛信并木刻四幅。得新波信并木刻十五幅。得王冶秋信。得杨霁云信。得李桦信，即复。得萧军信，即复。得阿芷信，即复。午后寄赵家璧信。寄陈铁耕信。

五日　昙。上午寄母亲信。寄山本夫人信。下午内山书店送来《世界玩具史篇》一本，二元五角。晚蕴如携晔儿来，并为购得《历代帝王疑年录》、《太史公疑年考》各一本，共泉一元三角。夜三弟来。

六日　星期。晴。下午得刘岘信，即复。得河清信，即复。得靖华信，夜复。

七日　昙。上午寄乔峰信。得蒋径三所寄赠《西洋教育思想史》

一部二本。得儁闻所寄赠《幽僻的陈庄》一本。得阿芷信并检查官所禁之《脸谱臆测》稿一篇。下午得赵家璧信并《新潮》五本。

八日　雨。午前协和及其次子来。下午得王冶秋从山西运城寄赠之糟蛋十枚，百合八个。得赵家璧信并编《新文学大系》约一纸。得西谛信，夜复。

九日　昙。上午得西谛信，即复。得曹聚仁信，即复。午后得萧军信。得邵景渊信。得何白涛信并木刻三幅。下午以海婴照片一张寄母亲。以朝华社刊《艺苑朝花》五本寄金肇野。以海婴照片一张及《文学季刊》一本寄增田君。夜寄季市信。濯足。

十日　晴。午达夫、映霞从杭州来，家璧及伯奇、国亮延之在味雅午饭，亦见邀，遂同广平携海婴往。下午得阿芷信并小说稿一本。夜蕴如及三弟来并为买得《饮膳正要》一部三本，价一元。

十一日　昙。上午同广平携海婴往须藤医院诊，并以《饮膳正要》卖与须藤先生，得泉一元，海婴得苹果十二枚，饼饵一合。得母亲信，附与海婴笺，六日发。得霁野信。得烈文信。下午得李辉英信。得金肇野信，即复。得紫佩所寄代修旧书四部十二本。得《ドストイエフスキイ全集》（四）一本，二元五角。

十二日　雨。午后译童话《金表》讫，四百二十字稿纸百十一叶。烈文招饮于其寓，傍晚与仲方同去，同坐共十人，主人在外。

十三日　星期。昙。上午寄须藤先生信为海婴取药。寄紫佩信。寄金肇野信。下午得庄启东信。得紫佩信。晚三弟及蕴如携阿菩来。得季市信并还陶女士医药费十六元。夜胃痛。

十四日　昙，风。午后得李桦信。下午须藤先生来诊，并诊海婴。

十五日　晴，风。上午得周涛信。得唐诃信。得赵家璧信。得靖华信并红枣一包。得母亲所寄食物一包，即分赠三弟。下午内山书店送来《チェーホフ全集》（六）一本，二元五角。晚为《译文》译契诃夫小说二篇讫，约八千字。

十六日　晴。上午寄母亲信，附海婴笺。寄靖华信。寄紫佩信。复赵家璧信。午得〔得〕征农信并《读书生活》一本。段干青寄赠木刻集二本。午后寄仲方信。下午须藤先生来诊，其少君同来，并赠海婴海苔一合。

十七日　晴。上午寄阿芷信并小说序。午得山本夫人信。得杨潮信。得阿芷信。得李桦信并木刻两本。得杨霁云所寄《发掘》一本，作者圣旦赠。得施乐君所寄一月分《Asia》一本。下午得西谛信。得王志之信。得孟十还信，即复。得曹聚仁信，附徐懋庸笺，并赠《蹇安五记》一本，即复。晚寄三弟信。寄中国书店信，附邮券三分。从内山书店得《支那山水画史》一本，附图一帙，共八元。

十八日　晴。上午复山本夫人信。复志之信。复唐诃信。下午得红枣一囊，靖华寄赠。得段干青信，即复。夜复赖少麒及张影信。

十九日　晴。上午寄须藤先生信取药。下午寄赵家璧信并还《新潮》五本。得董永舒信。得谷非信。夜蕴如及三弟来。

二十日　星期。晴。午后往中国书店买《顾端文公遗书》一部四本，《癸巳存稿》一部八本，共泉十九元六角。又往通艺馆买翻赵氏本《玉台新咏》一部二本，《怡兰堂丛书》一部十本，共泉十四元。下午从内山书店买《营城子》一本，十七元。晚诗荃来。寄小山书一包。寄董永舒书三本。

二十一日　晴。上午内山书店送来《モリエール全集》（三、毕）、《ジイド全集》各一本，共泉五元。得 P.Ettinger 信。得霁野信。午后寄赵家璧信。寄萧军信。下午得王相林信。西谛及仲芳来。夜同仲芳往冠珍酒家夜饭。

二十二日　晴。上午得山定信并木刻一卷。微嗽，服克斯兰纳糖胶。

二十三日　晴。午寄河清信。寄传经堂书店信。得仲方信并代购之小说一包。得阿芷信。得萧军信。得刘炜明信。得徐讦信，即复。得孟十还信，即复。夜重订《小说旧闻钞》毕。

二十四日　晴。午前往内山书店买《美術百科全書》（西洋篇）一本，《不安卜再建》一本，共泉十一元。得生活书店信并《文艺日记》稿费三元，即复。得金肇野信，即复。下午寄黄河清信。晚得小峰信并版税泉二百。河清来取稿，赠以《勇敢的约翰》一本。得傅东华信。夜选《中国新文学大系》小说开手。

二十五日　昙。上午得母亲信，二十一日发，附与海婴笺。得增田君信。下午西谛来。得紫佩所寄期刊及日报副镌共十二包。河清来。

二十六日　昙。上午复增田君信。得铭之信。得萧军信。得靖华信，下午复。寄望道信，附稿二篇。传经堂寄来书目一本。晚蕴如及三弟携晔儿来，赠以诸儿学费泉百。朱可铭夫人寄赠酱鸭二只，鱼干一尾。夜寄慎祥信。

二十七日　星期。昙，午晴。下午得聚仁寄赠之《笔端》一本。得生活书店寄赠之《文艺日记》　本。得孟十还信，即复。得烈文信，即复。得紫佩信。得李梨信。得耳耶信。夜咳嗽颇剧。

二十八日　昙。上午以照片一枚寄赵家璧。托广平往中国书店买《受子谱》一部二本，七角；《湖州丛书》一部二十四本，七元。午晴。得山本夫人信。下午须藤先生来诊。钦文来并赠柚子二枚，红茶一合。晚得《東方学報》（东京、五）一本，四元。

二十九日　晴。上午得田汗信。午得李映信，即复。得杨霁云信，即复。得曹聚仁及徐懋庸信，即复。午后蕴如来并为买得《讳字谱》一部二本，二元二角。下午同广平携海婴往上海大戏院观《抵抗》毕，至良如吃面。晚得铭之寄赠之茶油渍鱼干一坛，发信谢之。夜复萧军信。复紫佩信。

三十日　晴。上午得望道信。得谷非信，附石民笺。得唐诃信。下午须藤先生来诊。诗荃来，不之见。夜孟十还招饮于明湖春，与广平携海婴同往，合席十四人。

三十一日　昙。上午复石民信。复唐诃信并赠《木刻纪程》二本，一转周涛。寄河清信。午后往汉文渊书店买得旧书四种十八本，十元六角。

二月

一日　昙。上午托广平往中国书店买《松隐集》一部四本，《董若雨诗文集》一部六本，《南宋六十家集》一部五十八本七函，共泉三十二元六角。得季市信。得徐诗荃信。得刘炜明所寄书款五元。得孟十还信，即复，下午西谛及仲方来。夜寄谷非信。濯足。雨。

二日　雨。午后得《ドストイエフスキイ全集》（五）、《版芸術》（二月分）各一本，共泉叁元。下午往九华堂买四尺单宣三百枚，二十四元。仲方夫人来，赠食物二种，赠海婴糖食一囊。晚蕴如携阿菩来。夜三弟来。

三日　晴。上午以角黍分赠内山、镰田、长谷川及仲方。下午得唐诃信及汾酒两瓶。得萧军及悄吟信并小说稿。得河清信。星期，亦戌年除夕也。

四日　旧历乙亥元旦。晴。午后复唐诃信。复河清信。寄孟十还信。下午得烈文信，附致仲方函，即交去。得杨霁云信，夜复。

五日　晴，风。上午复李桦信。午后寄三弟信。下午得谢敦南电，问安否，即复。得刘炜明信。

六日　雨雪。下午得唐诃信。得时有恒信。得孟十还信。得刘炜明信。得赖少麒信。得沃渣信并木刻四幅。得增田君信。晚西谛来。

七日　昙。上午得吴渤信。得靖华信，午后复。下午复增田君信并寄《准风月谈》一本。又寄紫佩、唐诃各一本。寄杨霁云《南北集》一本。

八日　晴。上午复孟十还信。复时有恒信。寄徐懋庸信附《春牛图》。寄陈望道信并悄吟稿一篇。午得刘岘信并木刻。下午烈文来并赠海婴饼干一合、狮子灯一盏，赠以书三本。晚雨。

九日　雨。上午复萧军信。午后得赵家璧信，即复。得孟十还信，即复。得杨霁云信，即复。得谷非信，晚复。夜三弟来并为买得《巍科姓氏录》一本，九角。

十日　星期。雨。午后买《シェストフ選集》（第一卷）一本，二元五角。得冈察罗夫信。下午寄靖华信。

十一日　昙。午得萧军信。夜蕴如及三弟来，并赠年糕二十二块。

十二日　昙，午晴。午后理发。下午得周涛信，即复。得萧军信，即复。得钱杏村信并借《新青年》、《新潮》等一包，即复。西谛来。

十三日　晴。上午得望道信。得金肇野信。夜河清来并交《文学》稿费九元。

十四日　晴。午得杨霁云信。得曹聚仁信，午后复。下午复吴渤信并寄《南北集》等三本。寄周涛《伪自由书》等二本。复金肇野信。复程沃渣信。晚内山君赠鱼饼四枚，以二枚分赠仲方。

十五日　晴。夜寄陈望道信并短文二。译《死魂灵》一段。

十六日　昙。上午得谷非信。得孟十还信。得李桦信并《现代木刻》第二集一本。午后内山书店送来《貔子窝》一本，《牧羊城》一本，《南山里》一本，共泉八十元。同广平携海婴往丽都大戏院观《泰山情侣》。晚蕴如携阿玉来，夜三弟来。得小峰信并版税泉二百，即付印证八千枚。

十七日　星期。昙。午后得靖华信。得赵家璧信并杂志一包，附杏村笺。得刘岘信。西谛邀夜餐，晚与仲方同去，合席十余人，得《清人杂剧》初集一部。

十八日　晴。午后得紫佩信。得陈君冶信，下午复。复靖华信并寄书报二包。复孟十还信。复谷非信。寄三弟信。买《文学古典之再認識》一本，一元二角。

十九日　晴。午后复刘岘信。下午昙。得曹聚仁信。得烈文信并猛克译稿一篇。得张慧信并木刻四幅。夜蕴如及三弟来。

二十日　小雨。上午以《文献》三本寄曹聚仁。得增田君信。收开明书店之韦丛芜版税泉六十二元一角五分。午后往中国书店买旧书七种共一百本，六十三元。夜作《新中国文学大系》小说部两引言开手。

二十一日　小雨。上午收《译文》六期稿费四十二元。午后寄郑伯奇信。夜濯足。

二十二日　昙，午晴。收《太白》十一期稿费八元。得孟十还信并《艺术》两本。得胡风信。得霁野信。得烈文信，即复。夜钦文来并赠火腿一只、榧果一斤。

二十三日　晴。午后烈文来。得母亲信，二十日发。得李辉英信，即复，并还生生美术公司稿费泉十。晚三弟及蕴如携阿菩来。得俞印民信。夜小峰及其夫人来并交版税泉百。

二十四日　星期。昙。午后寄望道信并稿一。寄孟十还信。下午得刘岘信。得阿芷信。得杨霁云信，夜复。寄曹聚仁信。

二十五日　昙。上午得亚丹信。得孟十还信。午后雨。古正月廿二，广平生日。

二十六日　小雨。上午寄赵家璧信并所选小说两本。寄郑伯奇信并萧军稿三篇。得冶秋信。得韩［振］业信。得增田君信，即复。下午得《三人》及《Art Review》各一本，共泉五元八角。夜蕴如及三弟来。

二十七日　昙。午后复阿芷信。复孟十还信。下午选校小说并作序文讫。

二十八日　晴。上午同广平携海婴往须藤医院种痘。访赵家璧并交小说选集稿，见赠《今日欧美小说之动向》一本。下午得阿芷信。得刘岘信。得李辉英信。诗荃来。得韩振业信并选集版税二百四十。得山本夫人信。

三月

一日　晴。上午寄母亲信。寄紫佩信。寄韩振业信并印证二千枚。寄望道信并稿二篇。午得母亲信，即复。得阿芷信，即复。得萧军信，即复。得《岩波文库》六本，以其三寄烈文。夜河清来。

二日　晴。上午得胡风信。得史岩信，此即史济行也，无耻之尤。夜蕴如及三弟来。

三日　星期。晴。下午得本月分《版芸術》一本，五角。得赵家璧信并《尼采自传》校稿。得唐诃信。得孟十还信，夜复。

四日　晴。上午得阿芷信。下午得内山君信。寄烈文信。晚得刘岘信。得吴渤信并《经训读本》二本。得《文学》第三本所载稿费三十四元。

五日　晴。上午得萧军信并稿三篇。晚约阿芷、萧军、悄吟往桥香夜饭，适河清来访，至内山书店又值聚仁来送《芒种》，遂皆同去，并广平携海婴。

六日　晴。上午得郑家弘信。夜为内山君《支那漫谈》作序。雨。

七日　晴。午后得烈文信。得王学熙信。寄赵家璧信并所选小说序一篇。

八日　晴。上午寄望道信并稿一，又萧军稿一。午得母亲信，附与三弟笺，四日发。得王志之信。得张慧信并木刻四幅。得赵家璧信。得望道信，下午复。晚得谷非信。得孟十还信。买《医学煙草考》一本，一元八角。

九日　晴，暖。午后复赵家璧信。复孟十还信。下午得《现代木刻》四集一本。得金肇野信。得刘岘信。晚寄西谛信。寄李桦信。寄紫佩信。蕴如携晔儿来，三弟来。

十日　星期。晴。下午铭之来。内山书店送来 Dostoev-sky、Chekhov、Shestov、A.Gide 全集各一本，共泉十元。夜内山夫人来并赠雲丹一瓶，又交漆绘吸烟具一提、浮世绘二枚，为嘉吉由东京寄赠。夜大风一陈。

十一日　晴，稍冷。夜蕴如及三弟来，遂并同广平往光陆大戏院观《美人心》。

十二日　晴。上午内山君赠海婴鱼饼二枚。得雾城所寄木刻四幅。寄谷非信。下午译《死魂灵》第一及第二章讫，约二万字。晚得徐诗荃信。得徐懋庸信，即复。寄费慎祥信。夜同广平往丽都大戏院观《金银岛》。

十三日　晴。上午校《尼采自传》起。午得徐懋庸信。得李雾城信，夜复。

十四日　晴。上午得萧军信，午复。夜校《尼采自传》讫，凡七万字。濯足。风。

十五日　昙，风。上午得刘岘信。得河清信。得罗清桢信，下午复。买《欧洲文芸之歷史的展望》一本，一元五角。收《太白》稿费六元。得胡风信，夜复。寄西泠印社信索书目。内山君及其夫人来。校《引玉集》序跋。

十六日　晴。上午复李雾城信。寄赵家璧信并《尼采自传》校稿二分、书一本。寄慎祥《引玉集》序跋校稿。午后得俞某信。晚蕴如携阿菩来，夜三弟来。

十七日　星期。昙，午后雨。得悄吟信并稿二篇，即复。复河清信。寄十还信。下午烈文来谈。

十八日　昙。上午同广平携海婴往须藤医院诊。寄河清信并"论坛"两则，金人译文一篇。午得阿芷信。得李某信。下午河清来并交《译文》二卷一期五本。

十九日　晴。上午同广平携海婴往须藤医院诊。得增田忠达君信。得增田涉君信。得李映信。得萧军信并金人译稿一篇。下午得山本夫人所寄有平糖一瓶，Baby Light 一具，手巾一枚。收北新书局版税百五十。夜风。

二十日　晴。上午复萧军信。寄费慎祥信。午得西泠印社书目一本。得紫佩信。得西谛信，即复。得孟十还信，下午复。风而冷，夜雨。

二十一日　昙。上午同广平携海婴往须藤医院诊。午得胡风信。得徐诉信。得王冶秋信并诗三首。午后蕴如来，托其往西泠印社买书六种共七册，其值四元七角。下午得达夫信，绍介目加田及小川二君来谈。得望道信并《太白》稿费四元八角。得徐懋庸信，夜复。

二十二日　晴，午后昙。复王学熙信。诗荃来，不见，留字而去。为今村铁研、增田涉、冯剑丞作字各一幅，徐诉二幅，皆录《锦钱馀笑》。得紫佩所寄《隋书经籍志考证》一部四本，价四元，晚复。复张慧信，托罗清桢转寄。得谷天信并稿。夜译《俄罗斯童话》三则讫。

二十三日　昙。上午同广平携海婴往须藤医院诊，赠以《香谱》一本。得母亲信，十九日发。午往内山书店，买《两周金文辞大系图录》一部五本，二十元；又《チェーホフの手帖》一部，二元。得靖华信，下午复，并寄杂志等一包。寄增田信并字二幅，《文学季刊》（四）一本，《贯休画罗汉像》一本，《漫画生活》及《芒种》各二本。寄季市信。河清来并交《译文》稿费百五十二元。晚蕴如、蕖官及三弟来。

二十四日　星期。昙。夜译契诃夫小说三篇讫，约八千字，全部八篇俱毕。

二十五日　晴。上午同广平携海婴往须藤医院诊。午后收《太白》稿费十一元二角。收生活书店《小约翰》及《桃色的云》版税百五十。得李桦信。得萧军信。晚寄郑君平信。夜蕴如及三弟来。风。

二十六日　雨。午后复萧军信。寄河清信。下午得伊罗生信。得《版芸術》四月号一本，五角。得徐懋庸信并稿。得萧军信。得郑伯奇信，即复。得紫佩信。晚内山书店送来《楽浪彩篋冢》一本，三十五元。得母亲信，二十三日发。得雾城信并木刻一幅。得郑伯奇信。夜有雷。

二十七日　昙。上午同广平携海婴往须藤医院诊。寄河清信。下午雨。得母亲所寄干菜、芽豆、刀、镊、顶针共一包，分其半以与三弟。得《小品文与漫画》一本。

二十八日　昙。上午寄西谛信并泉百五十。午后得良友公司《竖琴》等版税百五十，又三十，《新文学大系》编辑费百五十。得阿芷信，即复。得徐讦信，即复。下午河清来。夜寄李辉英信。作《八月之乡村》序。

二十九日　晴。上午得曹聚仁及徐懋庸信。同广平携海婴往须藤医院诊。得罗清桢信并木刻二幅，文稿一篇。得阿芷信。得俊明信，晚复。夜复曹聚仁及徐懋庸信。

三十日　昙。上午得西谛信，午后复。晚三弟及蕴如携晔儿来。

三十一日　星期。晴。上午同广平携海婴往须藤医院诊，又至百货店买玩具少许。午后得李辉英信。得黄河清信。下午寄母亲信。寄紫佩信。为徐懋庸杂义作序。夜补完《从"别字"说开去》成一篇。

四月

一日　晴。上午寄曹聚仁信并《芒种》稿一篇，附与徐懋庸信并杂文序一篇。午得母亲信，三月二十八日发。得穆褋信。下午烈文来。

二日　晴。下午同广平携海婴往上海大戏院观《金银岛》。晚得季市信，即复。得萧军信，夜复。小雨。

三日　雨。上午寄河清信。寄望道信并"掂斤簸两"三则。寄三弟信。午得美术生活社借画费五元。得《文学》本月稿费十元。得何白涛信并木刻两种，各二幅。

四日　小雨。午得母亲信，一日发。得增田君信。得萧军信，即复。得李桦信，下午复。买《凡人经》一本，三元。得阿芷信，晚复。复李辉英信。夜同广平往邀三弟及蕴如同至新光大戏院观《Baboona》。

五日　晴。上午得母亲所寄食物一包。得《太白》二卷二期稿费五元。得紫佩信。得西谛信。得曹聚仁信。得靖华所寄《死魂灵》插画十二张。下午内山书店送来《牧野植物学全集》内之《植物随筆集》一本，价五元。夜雨。

六日　昙。午后携海婴至高桥医院治齿。晚蕴如携蕖官来，三弟来。

七日　星期。昙。午内山书店送来《ドストイエフスキイ全集》（十八）一本，二元五角。午后得山本夫人信。得 Nikolai Petrov 信。得王志之信。得靖华信。得徐懋庸信。得望道信。夜雨。

八日　雨。上午往高桥医院治齿龈。得阿芷信。买《小林多喜二全集》（一）一本，一元八角。得良友公司寄赠之《老残游记》二集及《电》各一本。午后河清来。晚复望道信。复西谛信。夜雨。同广平往邀蕴如及三弟至融光戏院观《珍珠岛》上集。

九日　昙。上午寄靖华信并《星花》版税二十五元。复山本夫人信。复增田君信。得萧军信。得《现代版画》（六）一本。得西谛信并《十竹斋笺谱》第一册一本。夜同广平往融光戏院观《海底寻金》。雨。濯足。

十日　昙。上午得谷非信并《文学新辑》两本。得曹聚仁信，即复。午后复西谛信。下午往高桥医院治齿龈。晚雨。夜再校阅《表》一过。

十一日　昙。上午内山夫人赠新潟酱菜一皿六种。寄望道信。午晴。午后镰田寿君来托为诚一书墓石。得刘岘信并木刻等。下午复胡风信。河清来。夜同广平往邀蕴如及三弟至融光大戏院观《珍珠岛》下集。

十二日　昙。上午得华铿信，即复。得方之中信。得西谛信。

十三日　晴。上午复萧军信。得紫佩信。得罗清桢信并木刻四本。得望道信二封，午后复。得阿芷信，即复。下午得小峰信并版税泉二百，即复。得傅东华所赠《山胡桃集》一本。晚蕴如携晔儿来。三弟来并为购得《元明散曲小史》一本，《疴偻集》一本，共泉三元四角。夜雨。

十四日　星期。昙，上午雨。无事。

十五日　晴。午寄三弟信。寄"文学论坛"稿二篇。下午诗荃来，不见之。晚得河清信。

十六日　昙。午后得靖华信并《文学百科辞典》一本。下午雨。

十七日　昙。上午得西谛信。午译《俄罗斯童话》全部讫，共十六篇。下午得唐弢信。晚生活书店邀夜饭于梅园，同坐九人。得《译文》二卷二期稿费二十七元六角。

十八日　昙。晨咳嗽大作，至午稍减。得方之中信。得尹庚信。得庄启东信。得萧军信。下午蕴如来并为买得《散曲丛刊》一部二函，七元。晚雨。自晨至夜服克司兰的糖胶三次，每次一勺。

二十九日　昙，上午晴。往须藤医院诊。得李辉英信。得徐懋庸信。得阿紫信。得增田君信并《台湾文艺》一本。得何谷天信。午后内山书店送来《日本玩具图篇》一本，二元五角。下午复唐弢信。复西谛信。寄赵家璧信。

二十日　昙。上午得徐懋庸信并译稿一篇。午后蕴如携阿菩来，遂邀之并同广平携海婴往光陆大戏院观米老鼠儿童影片。晚三弟来并为买得《观沧阁所藏魏齐造象记》一本，一元六角。

二十一日　星期。晴。上午同广平携海婴往须藤医院诊。午后得史岩信片，即史济行也，此人可谓无耻矣。得唐诃信。得孟十还信，即复。

二十二日　昙。午得王冶所寄赠《幽僻的陈庄》一本。得陈畸信并小说稿一篇。得西谛信。得钦文信，即复。得何白涛信并木刻二幅，即复。午后为镰田诚一君书墓碑，并作碑阴记。下午得《ゴオゴリ研究》一本，ナウカ社附全集赠本。须藤先生来为海婴诊。得唐英伟信。夜蕴如及三弟来。

二十三日　晴。上午得望道信。午后复靖华信。复萧军信。

二十四日　晴。下午须藤先生来为海婴诊。学昭来。

二十五日　晴。上午得谷非信，即复。得赵家璧信，即转与俊明。下午寄河清信并谢芬及学昭译稿各一篇。得《太白》二之三期稿费四元。夜寄萧军信。

二十六日　晴。上午得增田君信片并绘葉书十枚。得张慧信并木刻五幅。下午理发。夜河清来并赠《巴黎之烦恼》二本，还译稿二篇。

二十七日　晴。午后得刘炜明信。得萧军信。晚蕴如携槑官来，三弟来。

二十八日　星期。昙。午后得母亲信，二十四日发。得胡风信。得李辉英信。得《文学》四之五期稿费十二元五角。买《芥川竜之介全集》六本，九元五角。

二十九日　晴。上午复萧军信并文学社稿费单一纸。得罗西信。午后得胡风信。得靖华信，即复。寄望道信并"掇斤簸两"两则。夜复胡风信。为改造社作文一篇迄，四千余字。

三十日　晴。上午达夫来，赠以《准风月谈》一本。同广平携海婴往须藤医院诊。午得增田君信。得罗清桢信。得五月号《版芸術》一本，五角。下午西谛来。仲方来。晚寄母亲信。寄三弟信。寄费慎祥信。夜蕴如及三弟来，遂并同广平往卡尔登影戏院观《荒岛历险记》下集，甚拙，如《珍珠岛》。

五月

一日　晴。上午复增田君信并附寄照片一枚。午得罗西信，即复。得曹聚仁信，即复。得萧军信。晚得小峰信并版税泉二百。

二日　晴。上午同广平携海婴往拉都路访萧军及悄吟，在盛福午饭。

三日　晴，风。上午得烈文信。收《集外集》一本。午后复罗清桢信。下午昙。买《现代版画》（七）一本，五角。须藤先生来为海婴诊。夜作《文学百题》二篇。

四日　晴。上午内山书店送来《ト氏全集》（七）一本，二元五角。收《新小说》三期稿费十五元。下午同广平携海婴往上海戏院观

《玩意世界》。晚三弟及蕴如携阿玉来。

五日　星期。晴。上午寄赵家璧信。寄来青阁书庄信。下午得胡风信。

六日　昙。上午寄河清信并短稿三篇，悄吟稿一篇。午后得阿芷信。得十还信。下午得王志之信。得青曲信。得《自祭曲》一本，赖少其寄赠。买《岩波文库·生理学》（下）一本，八角。夜内山君邀至其寓饭，同坐有高桥穰、岩波茂雄。三弟及蕴如携蕖官来，未见。

七日　晴。上午同广平携海婴往须藤医院诊。收《太白》二之四期稿费七元二角。下午收《チェーホフ全集》（九）一本，二元五角。晚往文学社夜饭。夜风。

八日　晴。午得胡风信。得萧军信。午后得真吾信。得赵家璧信并《新文学大系·小说卷二》编辑费百五十。晚得来青阁书目一本。邀胡风及耳耶夫妇夜饭于梁园。译《死灵魂》第三章起。

九日　昙。上午复萧军信。复赵家璧信。寄傅东华信。寄陈望道信。得母亲信并答海婴笺，六日发。得靖华信并寒笳译稿一篇。下午为海婴买留声机一具，二十二元。以茶叶一囊交内山君，为施茶之用。

十日　昙。上午得罗西信。得赖少其信。得温涛信并木刻一本。得赵家璧信并《尼采自传》二本。午小雨。

十一日　晴，暖。上午复赵家璧信。得傅东华信。得谷非信。得孟十还信。下午浴。晚蕴如携阿菩来。三弟来并赠越酒二瓶。夜与蕴如、阿菩、三弟及广平、海婴同往新光大戏院观《兽国寻尸记》。夜半大风。

十二日　星期。晴。上午寄阿芷信。得萧军信。得阿芷信并小说稿一本。下午西谛来并交《十竹斋笺谱》第一卷九本。寄靖华杂志及拓片各一包。

十三日　晴。上午得阎梓信。得马隅卿讣，即寄紫佩函，托其代制一幛送之。下午昙。复阿芷信。复胡风信。夜雨。

十四日　晴。上午得阿芷信。得学昭信。得《集外集》八本。夜河清来。

十五日　晴。上午复阎梓信。复靖华信，附复静农笺。得俊明信。得唐诃信。

十六日　晴。夜蕴如及三弟同来谈。雨。

十七日　小雨。上午得内山君信。得猛克信并《杂文》一本。得小山信。下午镰田寿君来，未遇。得胡风信。得何归信。晚镰田君来并赠油画静物一帧，诚一遗作，又赠海婴留声胶片二枚。

十八日　晴。上午复何归信。复胡风信。午得杨霁云信并纸一卷，索字。下午得内山君信。晚蕴如携晔儿来。三弟来。夜雨。

十九日　星期。晴。午后得钦文信。得陈烟桥信并木刻一枚。收《新文学大系·小说一集》一本。晚内山君邀往新半斋夜饭，同席共十二人。

二十日　晴，暖。午得张慧信并木刻二种。得李桦《春郊小景集》一本，作者赠。下午季市来。内山夫人来并赠盐煎饼一合。复学昭信。晚河清来。烈文、西谛同来。收《世界文库》第一册稿费五十二元。

二十一日　晴。上午得靖华信。得叶籁士信。得增田君信。收《译文》二卷三号五本。下午得小峰信并版税泉百五十，付印证四千五百枚，值一千八十七元五角。

二十二日　晴。上午得罗荪信。得孟十还信。寄萧军信并泉卅。下午得萧军信。得铭之信，即复。复靖华信。复小峰信。

二十三日　晴。上午寄河清信，内附复孟十还笺。得阿紫信。收

《太白》二卷五期稿费十三元。午后得萧军信并面包圈五个、黑面［包］一个、香肠一条。午后寄西谛信并《死魂灵》第三至四章译稿。买《汉魏六朝专文》一部二本，二元三角。

二十四［日］昙，风。午得胡风信。得友生信。得《世界文库》（一）一本。得《芥川竜之介全集》（八）一本，一元五角。午后复陈烟桥信。复杨霁云信。下午复赖少麒信。复唐英伟信。得杨铿律师信。得赵家璧信并《新文学大系·小说二编》序校稿。夜风稍大。

二十五日　昙。上午复赵家璧信并还校稿。得诗荃信。晚蕴如来。三弟来。西谛来。夜仲方来。濯足。雨。

二十六日　星期。昙，风。上午同广平携海婴往须藤医院诊。得铭之所寄干菜并笋干一篓，即函复。寄河清信。雨。晚季市来，并赠天台山云雾茶及巧克力糖各二合，白鲞四片。夜校《小说旧闻钞》起。

二十七日　雨。上午得陈君涵信并稿。得合众书店信。午后买《小林多喜二全集》（二）一本，一元八角。得萧军信并稿。下午季市来。铭之来。

二十八日　晴。上午同广平携海婴往须藤医院诊。午得河清信并校稿。下午得《雲居寺研究》（京都《東方学報》第五册副册）一本，四元五角。晚寄胡风信。得欧阳山信并《七年忌》一本。得杨霁云信。得唐弢信。夜小雨。须藤先生来为海婴诊。

二十九日　雨。上午内山夫人来。得萧军信。下午复河清信并还校稿。

三十日　晴。上午得唐河信。得靖华信，即复。下午须藤先生来为海婴诊。内山书店送来《楽浪及高麗古瓦図譜》一本，价五元。晚收六月份《改造》稿费八十圆。得野夫信，即复。得东华信，即复，并附与河清笺。得望道信。得李桦信。

三十一日　晴。午后得刘岘信并木刻。收《现代版画》（九）一本。

六月

一日　晴。午得霁野信。得胡风信。得山本夫人信。下午诗荃来，不见，留《尼采自传》一本而去。收《版芸術》（六月分）一本，五角。晚三弟来，蕴如及阿菩来。

二日　星期。雨。上午寄河清信。收六月份《文学》稿费十二元五角。得杨晦信并陈翔鹤稿。得郑伯奇信二封，即复。夜译《恋歌》讫，一万二千字。

三日　昙。上午寄刘军信并金人及悄吟稿费单各一纸。寄河清信并自译稿及翔鹤小说稿。复杨晦信。得赖少麒信。得孟十还信，即复。得傅东华信，午后复。下午得梁耀南信并《鲁迅论文选集》八本，《书信选集》十本。得萧军信。得曹聚仁信，夜复。

四日　晴。上午买《人体寄生虫通说》一本，八角。午后风。夜得缪金源信，即复。

五日　旧历端午。昙。上午寄唐诃信并《全国木刻展览会专辑》序稿一篇。下午得河清信。得罗清桢信。得《美术生活》（十五）一本。夜烈文来。

六日　晴，风。午后得胡风信。得萧军信。得青辰信。得母亲与海婴信，三日发。晚三弟来并为豫约圣经纸《二十五史补编》一部三本，三十六元。买冯友兰著《中国哲学史》一部二本，三元八角。夜为《文学》作"论坛"二篇。

七日　晴。上午得紫佩信。得小山信，附与汝珍笺，并波斯古画明信片九枚。下午寄望道信并"掂斤簸两"一则。复萧军信。得阿芷信。夏征农寄赠自作小说集《决〔结〕算》一本。夜濯足。

八日　晴，风。上午内山书店送来《卜氏全集》（十六）一本，二元五角。得仲方信，午后复。晚蕴如携晔儿来，三弟来。

九日　星期。晴。上午得增田君信。得靖华信。夜作《题未定草》讫，约四千字。

十日　昙。午后风雨一陈。买《其藻版画集》一本，五角。复增田君信并寄《小说史略》日译本序一篇，《十竹斋笺谱》（一）一本。下午寄河清信并"文学论坛"稿二篇、《题未定草》一篇。葛琴寄赠茶叶一包。

十一日　昙。上午寄仲方信。复靖华信。得赖少麒所寄木刻八幅，稿一篇。夜译《死魂灵》第五章起。

十二日　晴。上午得三弟信，即复。亚平寄赠《都市之冬》一本。寄郑伯奇信。

十三日　晴。无事。

十四日　晴。上午得河清信。得伯奇信并萧军稿费单。夜风。

十五日　晴，风。午后河清来。得学昭信。得仲方信。寄萧军信并稿费单及《新小说》（四）两本。晚三弟来，蕴如携阿菩来。夜浴。

十六日　星期。昙而闷热，午后雨。得杨晦信。下午寄霁野信。寄李桦信。晚仲方、西谛、烈文来，饭后并同广平携海婴出观电影。

十七日　晴。上午同广平携海婴往须藤医院诊。下午得小峰信并版税泉百五十。得陈此生信，夜复。

十八日　晴。下午须藤先生来为海婴诊。得徐诗荃信。得娄如焕〔煥〕信。得陈烟桥信并木刻一幅。得孟十还信。得胡风信。得萧军信。得靖华信。夜内山书店送来《西洋美術館めぐり》一本，二十一元。

十九日　昙，风。午后复孟十还信。下午得内山君信，即复。晚雨彻夜。

二十日　雨。午后内山夫人送枇杷一包。收日本译《鲁迅选集》（《岩波文库》内）二本，下午须藤先生来为海婴诊，取其一赠之。得望道信，夜复。

二十一日　昙。上午携海婴往须藤医院诊。夜雨。

二十二日　雨。上午以金人稿费单寄萧军。得《Die Literatur in der S.U.》一本。得《ツルゲーネフ全集》（七）一本，一元八角；又《芥川竜之介全集》（四）一本，一元五角。再版《引玉集》印成寄至，计发卖本二百，纪念本十五，共日金二百七十元。得增田君信，即复。晚蕴如携晔儿来，三弟来。

二十三日　星期。雨。上午得霁野信。得萧军信并悄吟稿。

二十四日　晴。午后寄靖华信附与青曲笺，并段干青木刻发表费通知单。得萧军信。得唐英伟信并《青空集》一本。买《比較解剖学》、《東亜植物》各一本，每本八角。得小山所寄波斯细画明信片十二枚。下午须藤先生来为海婴诊。晚学昭来。译《死魂灵》至第六章讫，二章共约三万字。

二十五日　晴。上午得山本夫人信。得胡风信。仲方来。伊罗生来。午后往生活书店取稿费，并为增田君定《世界文库》及《文学》各一年，共泉十七元八角三分。往商务印书馆访三弟并买《黄山十九景册》一本，《墨巢秘笈藏影》第一、第二集各一本，《金文续编》一部二本，共泉五元四角。下午内山书店送来《ジイド研究》及《静か

なるドン》（一）各一本，共泉三元。晚三弟来。得学昭信。

二十六日　昙，风。午陈学昭、何公竞招午餐于麦瑞饭店，与广平携海婴同往，座中共十一人。下午买《マルクスーエンゲルス芸術論》一本，《小林多喜二集》（三）一本，共泉三元。雨。晚蕴如来并赠杨梅一包。

二十七日　昙，风，午后晴。复山本夫人信。得紫佩信，即复。得萧军信，即复。得西谛信，即复。得楼炜春信并适夷所译志贺氏《焚火》一本。

二十八日　晴。上午得赵家璧信并《新文学大系·小说二集》十本。得魏猛克信，午后复。寄紫佩信。寄小山及 Nicola Petrov 书各一包。夜寄三弟信。浴。

二十九日　昙。上午复胡风信。复赖少其及唐英伟信。下午邀蕴如及阿玉、阿菩并同广平携海婴往光陆大戏院观米老鼠影片凡十种。寄仲方信。得胡风信。晚三弟来。河清来，赠以《小说二集》、特制《引玉集》各一本。

三十日　星期。雨。午后得柳爱竹信，即复。绵雨彻夜。

七月

一日　雨。上午寄河清信。得增田君信。收山本夫人所赠画扇五柄。下午西谛来并赠《西［世］界文库》第二册一本，交译稿费百五十三元，赠以《引玉集》一本。

二日　晴。上午寄望道信并稿二篇，又悄吟稿一篇。寄郑伯奇信并萧军、悄吟、赖少麒稿各一篇。得靖华信，附与静农笺。得萧军信。午季市来并赠初印本《章氏丛书续编》一部四本，赠以《引玉集》、《小说二集》各一本。晚烈文来，赠以《引玉集》一本，画扇一柄，又二柄托其转赠仲方。

三日　晴。午后得增田君信，即复。得靖华信，即复，并寄杂志一包，又《小说二集》两本，托其转交霁野及静农。得仲方信。得阿芷信。得李〔梁〕文若信并译稿一篇。下午寄 Paul Ettinger 信。晚理发。

四日　昙。上午内山夫人来。午后晴。收七月份《文学》稿费三十二元五角，又代烟桥、少麒收木刻发表费各八元。收《新文学大系·小说二集》序言稿费百五十。得《版芸術》（七月分）一本，五角。得孟十还信，下午复。夜译《死魂灵》第七章起。

五日　昙。上午得内山君信。得金微尘信。下午雨。

六日　昙。上午内山书店送来《ド全集》（十八）、《チェーホフ全集》（十）、《静かなるドン》（二）各一本，共泉六元五角。午小雨。下午得吴朗西信并《漫画生活》稿费七元。得黄士英信并《田园交响乐》一本，即复。得萧军信。得刘炜明信。季市及诗英来。晚蕴如同蕖官来，三弟来。

七日　星期。昙。午后得唐诃信。得胡风信。得河清信。晚五时季市长女世瑢与姚〔汤〕君结婚，与广平携海婴同往观礼，晚饭后归。小雨。

八日　小雨。上午季市携世琠来，即同往晴明眼科医院为世琠测验目力。午霁。下午烈文来并赠蒲陶酒二瓶。

九日　晴。午后得白兮信并稿。买上田氏译《静かなるドン》一本，一元三角。下午收北新书局版税百五十。得母亲信，六日发。夜浴。

十日　晴，热。午后收韦素园及丛芜版税二百二元五角一分，开明书店送来。

十一日　昙。上午河清及其夫人来。午后雷。内山君赠织物一卷。

十二日　晴。上午得《现代版画》（十）一本。得罗清桢信。得靖华信。

十三日　晴。上午寄赵家璧信并换书，晚得复，即又复。得母亲信，十日发。得赖少麒信并木刻三枚。得易斐君信并《诗歌》两份。得阿芷信并酱肉、鱼干等一碗。得懋庸信。得温涛信。得诗荃信。蕴如携阿菩来，三弟来并为买得《野菜博录》一部，二元七角，又一部拟赠须藤先生。

十四日　星期。晴，大热。无事。夜小雨。

十五日　晴，大热。闻内山君之母于昨病故，午后同广平携海婴往吊之。得萧军信。得王志之信。晚大风略雨。夜浴。

十六日　晴，大热。午后寄李桦信，附致赖少麒笺并文学社木刻发表费汇单八元。寄河清信并"论坛"稿二篇，木刻四幅。复萧军信。复阿芷信。下午明甫来谈。夜浴。费君送来再版《小说旧闻钞》十本。复懋庸信。

十七日　晴，大热。上午寄母亲信。复靖华信。复增田君信。复温涛信。午后得张慧信。得学昭信。得姚克信。得何白涛信，即复。得李霁野信，即复。夜付《小说旧闻钞》印证千。浴。

十八日　黎明大雨，晨霁，大热。下午得叶籁士信。得霁野信。夜浴。

十九日　晴，热。上午致内山君母夫人香礼二十元。徐懋庸赠《打杂集》一本。得增田君信。午后大雷电，风雨，历一时而霁。夜浴。雨。

二十日　晴。上午得萧军信。得赖少其信。得增田君信。下午季市来。晚三弟来。黄河清来。收《小约翰》及《桃色之云》版税百，《巴黎之烦恼》版税五十。蕴如携阿玉、阿菩来。郑惠贞［成慧珍］女士来。夜小雨。

二十一日　星期。晴，热。下午同广平携海婴往乍孙诺夫茶店饮茶。夜浴。

二十二日　时晴时雨。上午得静农信并拓片一枚，即复，附与汝珍笺一。午后仲方来谈。夜浴。复霁野信。

二十三日　晴，风，仍热。上午得李辉英信。下午收《太白》稿费九元八角。夜三弟来。

二十四日　晴，热。上午得胡风信。得赖少其所寄木刻《失业》二十本，下午复。晚寄望道信。夜浴。

二十五日　晴，风，仍热。上午伊藤胜义牧师寄赠煎饼一合。

二十六日　晴，热。午后得猛克信。得《鲁迅选集》四本，译者寄赠。寄靖华杂志一包。寄王思远《准风月谈》三本。寄李桦精装《引玉集》一本。得《芥川竜之介全集》（九）一本，一元五角。晚烈文来。夜浴。

二十七日　晴，热。上午复猛克信。复萧军信。吉冈君赠马铃薯，报以水蜜桃。午得孟十还信，即复。得明甫信，即复。下午译《死魂灵》至第八章讫，合前章共三万二千字，即寄西谛。晚三弟来，蕴如携蒪官来。浴。

二十八日　星期。晴。午后得李长之信，即复。得赵越信，即复。夜浴。

二十九日　昙。上午小雨即霁而热。得增田君信。得赖少麒信。

400

得萧军信，即复。得曹聚仁及徐懋庸信，晚复。

三十日　晴，热。上午捐中文拉丁化研究会泉卅。得 T.Wei 信。得靖华信。得阿芷信，即复。得河清信并绘信片八枚，午后复。买《支那小説史》一本，五元，即寄赠山本夫人。夜浴并沐。小雨。

三十一日　晴，热。上午收八月分《文学》稿费十二元，又《文学百题》稿费四元。得梁文若信。得叶芷信。

八月

一日　晴。午西谛来并交《世界文库》（三）译稿费百又八元。晚得绍兴修志委员会信。得生活书店信。得《版芸術》（四十）一本，五角。夜浴。

二日　晴，热。上午复增田君信。复陈学昭信并还译稿。复梁文若信并还译稿。下午达夫来，赠以特制《引玉集》一本。

三日　昙，热。上午得望道信，即复。寄汝珍信，附与霁野笺。下午姚克来，王钧初来并赠《读〈呐喊〉图》一幅。晚蕴如携晔儿来，三弟来。夜浴。雨。

四日　星期。晴，热。下午得费慎祥信。

五日　晴，热。上午史女士来并赠花一束，湖绉一合，玩具汽车一辆。托西谛买得景印汲古阁钞本《南宋六十家集》一部五十八本，十元。译《死魂灵》第九章起。晚三弟来，遂邀蕴如并同广平携海婴往南京大戏院观《剿匪伟绩》。

六日　晴，热。上午收サイレン社寄赠之《わが漂泊》一本，《支那小説史》五部五本，即以一部赠镰田君。陈子鹄寄赠《宇宙之歌》

一本。得耶耶信。下午内山书店送来《卜氏全集》（别卷）、《ウデゲ族の最後の者》各一本，共直四元。西谛招夜饭，晚与广平携海婴同至其寓，同席十二人，赠其女玩具四合，取《十竹笺谱》（一）五本、笺纸数十合而归。

七日　晨雨一陈即晴。上午得诗荃信。得陈子鹄信。得河清信。得太白社与仲方稿费单，即转寄。午后大风。买《小林多喜二書簡集》一本，一元。夜浴。

八日　雨。上午以译文社稿费二十三元汇票寄刘文贞。得S.Dinamov信并德文《国际文学》（五）一本。以北平笺纸三十合分与内山君，作价十二元。

九日　昙。晨同广平携海婴往须藤医院诊，见赠威士忌朱古力糖果一合。午后晴。得《文学百题》两本。得《新中国文学大系》（九）《戏剧集》一本。得刘岘信并木刻《阿Q正传图》两本。得山本夫人信。得猛克信，即复。

十日　雨，上午晴。复河清信并寄《〈俄罗斯童话〉小引》一篇。寄西谛信。得许钦文信。得何白涛信。午后复雨一陈即晴。内山书店送来东京版《東方学報》（五册之续）一本，四元。下午须藤先生来为海婴诊。晚蕴如携阿菩来，三弟来。

十一日　星期。晴。下午费慎祥来并赠佛手五枚。得谷非信。得阿止信，即复。得李长之信。得P.Ettinger信。得靖华信及静农信各一，至晚并复。雨一阵即霁。夜寄望道信。寄西谛信。浴。

十二日　昙，午后雨。得赖少麒信。得楼炜春信并适夷信片。得萧军信，小说稿二篇。下午须藤先生来为海婴诊。晚姚省吾来并交悒农信。河清来并交望道信及瞿君译作稿二种，从现代收回，还以泉二百。

十三日　大雨。上午得增田君信。得西谛信。得胡其藻所寄赠《版画集》一本。午晴。内山书店送来特制本《モンテーニュ随想録》（一及二）二本，其值十元。下午复西谛信。以《支那小説史》赠谷非及小岛君各一。晚王钧初、姚星农来。

十四日　晴。上午得小峰信并版税泉百五十。午后雨一陈。下午同广平携海婴往南京大戏院观《野性的呼声》，与原作甚不合。夜作"文学论坛"二篇。

十五日　晴。上午收生活书店所赠《表》十本。得母亲信，附与三弟笺，十日发。得霁野信。得马吉风信，午后复。下午代常君寄天津中国银行信。寄河清信并"文学论坛"稿二篇。晚三弟来。

十六日　晴。上午得良友公司信并《竖琴》等板税百八十元，系九月十七日期支票。得张锡荣信，即复。得黄河清信，午后复。夜浴。

十七日　晴。上午复萧军信并还金人译稿一篇。午后寄徐诗荃信。寄曹聚仁信并《芒种》稿一篇。寄西谛信。得俊明信并诗稿一篇。得赖少麒信。得郭孟特信。下午雨一陈。得王志之信。得韩恒章信。广平携海婴邀蕴如及阿玉、阿菩往上海大戏院观粤剧。三弟来。

十八日　晴，风。星期。上午复赖少麒信。寄胡风信。下午得马吉风信。

十九日　晴。上午得文尹信。得望道信。得亚丹信，即复。得冶秋信，午后复，并还文稿。寄明甫信。下午得望道信。晚铭之挈其长女来，邀之至乍孙诺夫店夜饭，广平携海婴同去。夜浴。风一陈。

二十日　昙，风。上午海婴往幼稚园上学。得何白涛信并木刻二种四枚。得诗荃信。内山书店杂志部送来《郷土玩具集》（十）一本，《土俗玩具集》（一至五）五本，《白と黒》（再刊号一及二）二本，共泉四元。下午风雨一阵，夜又雨。

二十一日　昙。午得明甫信。得黄士英信。午后雨一阵。晚仲方来，少坐同往大雅楼夜饭，应望道之邀也，同席共九人。

二十二日　晴，热。上午得曹聚仁信。得《译文》二卷六期稿费二十八元。晚得萧军信并书一包。得郑伯奇信并还少其及悄吟稿各一篇。得吴朗西信并《俄罗斯童话》校稿一帖，至夜校毕。浴。

二十三日　晴，热。午后得楼炜春信，夜复，并附还适夷信片。作短论二。

二十四日　晴，热。上午复吴朗西信并还校稿。寄陈望道信并短论稿二篇。得霁野信。得胡风信，下午复。复萧军信。晚三弟及蕴如携蕖官来。

二十五日　星期。晴。晨须藤先生来，赠 Melon 一个，并还《野菜博录》泉二元七角。得吴朗西信，即复。午同广平携海婴往须藤医院诊。下午雨。王钧初及姚莘农来。夜寄黄河清信。浴。

二十六日　晴。上午得猛克信。得唐弢信，即复。下午大雷雨。

二十七日　昙。上午得愈之及东华信，邀在新亚饭店夜饭。得河清信。得《版芸術》（九月分）一本，五角。下午河清来，晚同往新亚，同席廿人。夜雨。

二十八日　晴。上午译《死魂灵》至第十章讫，两章共约二万五千字。寄望道信。得陈学昭信。得阿芷信，即复。得天津中国银行寄常玉书信并汇票一纸，午后代复，并由广平以汇票寄与常君。下午往内山书店买《两周金文辞大系考释》一帙三本，八元。晚理发。钦文来，赠以《中国新文学大系》内之《小说二集》一本。夜浴。

二十九日　晴。无事。

三十日　晴。上午往生活书店付译稿，并买《表》十五本，共泉四元二角。至北新书局访李小峰。至商务印书馆访三弟，同往冠生园午饭。午后得何白涛信。下午青曲来并赠果脯四合，赠以书籍四种。

三十一日　昙。上午以陈友生信片寄谷非。以《大公报副刊》一纸寄懋庸。复李长之信并附照片一枚。寄母亲信。以果脯分赠内山、镰田及三弟。午寄猛克信并稿二。买《芥川之介全集》（十）一本，一元五角。午后雨一阵。静农寄赠《汉代圹砖集录》一部一本。得《文学》九月份"论坛"稿费十七元五角。得山本夫人信。晚蕴如携阿玉来，三弟来。

九月

一日　星期。昙。午后得伯奇信，告《新小说》停刊。得萧军信。得胡风信。下午姚惺农、王钧初来，晚邀之至新亚饭店夜饭，广平携海婴同去，又赠钧初《北平笺谱》一部。

二日　小雨。上午复萧军信。寄孟十还信。寄赵家璧信。得季市信。晚河清来并持来《世界文库》（四）一本。伯简来。

三日　雨。午后晴。得徐懋庸信并赠《伊特拉共和国》一本。得孟十还信。

四日　晴。午后以《门外文谈》被删之文寄谷非。得《土俗玩具集》（六）、《白と黒》（三）各一本，共一元。下午内山书店送来《チェーホフ全集》（十一）一本，二元五角；牧野氏《植物集说》（上）一本，五元。晚仲方来。收《世界文库》（四）稿费百又八元。

五日　昙，上午略雨即霁。下午得《開かれた処女地》一本，一元五角。夜三弟来并为买得《宋人轶事汇编》一部二本、《北曲拾遗》一本，共泉一元一角。得小峰信并版税泉二百。译 Ivan Vazov 小说一篇讫，约万五千字。

六日　昙。上午得温涛信并木刻一本。得《新文学大系·小说三集》一本。午后雨。得徐懋庸信。得增田君信。寄姚莘农信并赠王钧初《唐宋元明名画大观》一部二本一函。寄黄河清信并《译文》稿一篇，又萧军小说稿一篇。下午杨晦、冯至及其夫人见访。晚烈文来。

七日　晴。上午得赵家璧信。得徐懋庸信。晚三弟携阿菩来，蕴如来。

八日　星期。晴。午后复徐懋庸信。寄河清信并译文后记。复孟十还信。下午收《太白》（二卷之十二）稿费九元八角，即转寄茂荣。晚河清来，饭后并同广平往卡尔登大戏院观《Non-Stop Revue》。

九日　晴，热。上午得田景福信，即复。得李桦信并木刻二本，夜复。浴。

十日　晴，热。上午得母亲信，附与三弟笺，七日发。午后寄三弟信，附母亲笺。下午傅东华待于内山书店门外，托河清来商延医视其子养浩病，即同赴福民医院请小山博士往诊，仍与河清送之回医院，遂邀河清来寓夜饭。夜三弟来。

十一日　晴，热。上午寄明甫信。寄张莹信。得徐诗荃信。得徐懋庸信。得三弟信。午后复增田君信。寄西谛信，附诗荃笺一条。得吴朗西信并《俄罗斯童话》十本，夜复。

十二日　晴，风。上午得嘉吉信。得河清信，即复。得胡风信，即复。得李长之信，即复。得段炼信并诗稿。得颜杰人信并小说稿，即复。午后雨。

十三日　昙，风。上午得耳耶信〔信〕并稿。得胡风信。得孟十还信。得萧军信。午后得王思远信并稿。往福民医院问傅养浩病。诗荃来，未见。

十四日　晴，风。上午同广平携海婴往须藤医院诊，并衡体重，为三七·四六磅。下午烈文来。晚三弟来，蕴如携晔儿来。得小峰信并版税泉百，付印证二万五百枚。

十五日　星期。昙。上午编契诃夫小说八篇讫，定名《坏孩子和别的奇闻》。午后得张慧所寄木刻第二、第三集各一本。河清来。下午须藤先生来为海婴诊。河清邀在南京饭店夜饭，晚与广平携海婴往，同席共十人。夜雨。

十六日　雨。午后寄河清信。寄张莹信。夜译《死魂灵》第十一章起。

十七日　晴。上午得李桦信并刘仑石刻画五幅。得伯简信并校本《嵇中散集》一本。午后往良友公司为伯简定《中国新文学大系》一部。往生活书店买《表》十本。往北新书局取《中国小说史略》五本。往商务印书馆访三弟。晚明甫及西谛来，少坐同往新亚公司夜饭，同席共七人。

十八日　晴。上午河清来。得吴渤信。得钱季青信。内山书店赠梨子七枚，并转交山本夫人所赠莓酱两罐。午后明甫及烈文来。晚三弟来，蕴如来。

十九日　昙。上午寄河清校稿。寄汝珍信并版税二十五元。寄王思远信并书钱十二元六角。午得《中国新文学大系》（七）《散文二集》一本。得张莹信，即复。得罗甸华信，即复。得赵德信并《日本文研究》二本，夜复。

二十日　晴。上午复伯简信。午后得明甫信，即复。得蔡斐君信，下午复。晚复吴渤信并假以泉十五元，新兴文学一本。

二十一日　昙。下午得吴渤信。得萧军信。河清来，付以萧军小说稿。晚得阿芷信。三弟来，蕴如携蕖官来。内山夫人赠松菌一包。

二十二日　星期。晴。下午明甫来。

二十三日　晴。午后复阿芷信。寄西谛信。得内山嘉吉君所寄自作雕刻《首》摄影五枚，乃在今年二科美术展览会入选者。得李桦信。

二十四日　晴。上午烈文及明甫来。午后得猛克信。得胡风信。得杨潮信并稿，即复。晚同广平携海婴访胡风，饭后归。

二十五日　晴。下午得唐诃等信。得猛克信。得读者书店信。河清来并交《狱中记》及《俄国社会革命运动史话》（一）各一本，巴金所赠。得靖华信。

二十六日　晴。下午钧初来并赠海婴绘具一副，莘农同来并赠普洱茶膏十枚。

二十七日　晴。上午得吴渤信。得阿芷信。得王志之信并稿，即寄还。海婴生日也，下午同广平携之至大光明大戏院观《十字军英雄记》，次至新雅夜饭。

二十八日　晴。下午寄小峰信，波良持去。得胡风信。得王征天信。得《给年少者》一本，风沙寄赠。晚河清来。蕴如携阿菩来，三弟来。夜译《死魂灵》第十一章毕，约二万二千字，于是第一部完。濯足。

二十九日　星期。晴。下午得田景福信。孙太太来并赠板鸭二匹、橘子一筐，因分其半以贻三弟。晚费慎祥来并赠北瓜二枚。夜译《死魂灵》第一部附录起。

三十日　晴。午后得河清信。下午烈文来并赠湘莲一筐。胡风来。

十月

一日　昙。上午同广平携海婴往须藤医院诊。以《Die Uhr》一本寄王征天。夜同广平往光陆大戏院观《南美风光》。雨。

二日　雨。上午得有恒信。午后得北新书局版税泉二百，由内山书店取来。下午收本月分《文学》稿费十七元五角。得唐诃信。夜寄阿芷信并书帐单。寄刘军信并文学社稿费单一纸。

叁日　晴。午后复唐诃信并捐全国木刻展览会泉二十，又段干青木刻发表费（文学社）八元，托其转交。下午得阿芷信。得金肇野信。得周江丰信，即复。得萧军信，晚复。得《版芸術》（十月分）一本，五角。夜同广平往巴黎大戏院观《黄金湖》。

四日　晴。上午得傅东华信。得孟十还信。夜三弟来。

五日　晴。午后得赵景深信。晚雨。

六日　星期。昙，午后霁。得增田君信。得静农信。得李桦信。下午寄烈文信。夜译《死魂灵》第一部附录完，约一万八千字。

七日　晴。上午得萧军信。得伊罗生信。下午得曹聚仁信。

八日　晴。上午得烈文信。午后雨。晚吴朗西、黄河清同来，签定译文社丛书约。

九日　昙。下午复曹聚仁信。复烈文信。晚雨。

十日　昙。晨内山书店送来《文学评论》一本，一元五角。上午同广平携海婴往须藤医院诊。下午河清来。晚雨。

十一日　晴。上午得杨潮信。得罗甸华信。晚邀胡风及其夫人并孩子夜饭。

十二日　昙。上午收《现代版画》（十二）一本。下午复孟十还信。复魏猛克信。得耳耶信。得周昭俭信，晚复。蕴如携阿玉来。三弟来。

十三日　星期。晴。午后得徐懋庸信，夜复。

十四日　昙，风。上午得母亲信，十一日发。得山本夫人信。得猛克信。夜三弟来并为豫约《四部丛刊》三编一部，百三十五元，先取八种五十本。雨。

十五日　昙。上午得司徒乔信并单印《大公报·艺术周刊》一卷。晚烈文来。

十六日　晴。夜复伊罗生信。

十七日　晴。上午得林蒂信并《新诗歌》二本。得王野秋信并《唐代文学史》一本。收良友图书公司寄赠之《新中国文学大系》内《散文壹集》一本。买《近世锦絵世相史》（一卷）一本，三元八角。赠曹聚仁、徐懋庸《表》及《俄罗斯童话》各一本。夜译《〈死魂灵〉序》毕，约一万二千字。

十八日　昙。上午寄郑振铎信。得半林信。午得王凡信。下午复司徒乔信。寄母亲信。晚得《ジイド全集》（十二）一本，二元五角。

十九日　昙。上午得徐懋庸信。得孟十还信。小峰夫人来并赠禾花雀一碗。下午振铎来并交《世界文库》译费九十元。晚蕴如携阿菩来，三弟来。

二十日　星期。晴。午后复孟十还信。寄吴朗西信并《〈死魂灵〉序》译稿。寄姚莘农信。下午得萧军及悄吟信，晚复。夜同广平往邀蕴如及三弟往大光明戏院观《黑屋》。

二十一日　晴。上午得增田君信并日金十二元，托代买《中国新文学大系》。午朝日新闻支社仲居君邀饮于六三园，同席有野口米次郎、内山二氏。下午北新书局送来版税泉百五十。河清来并交《译文》终刊号稿费二十四元，晚饭后同往丽都大戏院观《电国秘密》，广平亦去。

二十二日　晴。上午内山夫人赠松茸奈良渍一皿。得猛克信。得靖华信，附与徐懋庸笺，即复。寄徐懋庸信，附靖华笺。下午编瞿氏《述林》起。

二十三日　昙。上午得耳耶信，即复。夜同广平往丽都观《电国秘密》下集。小雨。

二十四日　昙。上午得魏金枝信。得河清信并《死魂灵》校稿，即开校。夜雨。

二十五日　晴。午后得明甫信，即复。寄吴朗西信并校稿。买《わが毒舌》一〖一〗本，二元。夜与广平往邀三弟及蕴如同至融光大戏院观《陈查礼探案》。

二十六日　昙。上午复增田君信。晚蕴如携蕖官来。三弟来。

二十七日　晴。星期。上午得明甫信。晤圆谷弘教授，见赠《集团社会学原理》一本，赠以日译《中国小说史略》一本。午后同广平携海婴访萧军夫妇，未遇，遂至融光大戏院观《漫游兽国记》，次至新雅夜饭。觉患感冒，服阿思匹林二片。

二十八日　晴。上午寄河清信。寄猛克信。得耳耶信。得靖华信。买《エ・ビヤン》一本，二元五角。夜吴朗西来。费慎祥持赵景深信来。

二十九日　晴。午后得张锡荣信，即复。得萧军信，即复。得徐懋庸信，即复，附与曹聚仁笺。得吴朗西信并校稿。夜濯足。

三十日　晴。下午胡风来。晚烈文来。得吴朗西信并校稿。

三十一日　晴。午后得王文修信。买《キェルケゴール選集》（卷二）一本，二元五角。夜吴朗西来。校《死魂灵》第一部讫。

十一月

一日　晴。午后得孔若君信，即复。下午诗荃来。晚胃痛。

二日　晴，风。上午得母亲信，附与海婴笺，十月三十日发。午后得何谷天信并赠《父子之间》一本。下午吴朗西来。晚蕴如携阿玉来。河清来。三弟来。夜雨。

三日　星期。小雨。午后得王钧初信。下午同广平携海婴往卡尔登影戏院观《海底探检［险］》。夜同广平往金城大戏院观演《钦差大臣》。

四日　晴。上午得徐懋庸信并上海业余剧社笺。得罗清桢信。得王冶秋信。得《版芸術》（十一月分）一本，六角。开明书店送丛芜版税五十八元八角一分二。

五日　昙。上午寄振铎信。寄萧军信。午后复冶秋信。访明甫及烈文。

六日　晴。上午内山书店送来《チェーホフ全集》（十二）一本，二元八角。孙式甫夫人来辞行。得孟十还信，即复。得蒲风信，即复。下午清水三郎君见访，并赠时钟一具。买《世界文芸大辞典》（一）一本，五元五角。晚邀刘军及悄吟夜饭。

七日　昙。午后得振铎信。下午张因来，赠以メレジコフスキイ《文芸論》·本。

八日　晴。上午得曹聚仁信并《芒种》稿费六元。买《越天乐》一本，二元二角。下午河清来并交孟十还信及所代买《死魂灵图》一本，A.Agin绘，价二十五元。

九日　晴。上午得孟十还信，即复。得赵家璧信并赠《小哥儿俩》一本，即复。得赖少麒信并木刻三幅。得蒲风信并诗稿。午后

412

访西谛，得《世界文库》六之译费七十二元。下午北新书局送来板税百五十。晚蕴如及三弟、阿菩来。

十日　星期。晴。上午得马子华信。得蔡斐君信并诗稿。下午同广平携海婴往卡尔登戏院观《Angkor》，捐给童子军募捐队一元。

十一日　晴。上午得何白涛信并木刻二幅。得张慧信并木刻二十二幅。得王冶秋信。得韦女士信。得增田君信。得孟克信。得《现代板画》（13）一册。得《松中木刻》一册。下午得萧军信。吴朗西来。晚三弟来。夜校《桃园》。小雨。

十二日　雨。午后复马子华信。复蔡斐君信。寄吴朗西信。下午得《世界文库》（六）一本。夜同广平往光陆影戏院观《菲州战争》。

十三日　昙。夜同广平往邀三弟及蕴如至融光影戏院观《黑衣骑士》。雨。

十四日　雨。上午诗荃寄赠《朝霞》一本。下午谷非来。孔若君来。

十五日　雨。上午寄章雪村信。寄来青阁信。得母亲信，十一日发，即复。得伯简信并《南阳汉画象访拓记》一本，即复。寄萧军信并《生死场》小序一篇。得赵家璧信。下午理发。夜同广平往融光影戏院观《"G" Men》。

十六日　小雨。上午吴朗西来并赠《死魂灵》布面装订本五本。午后晴。下午姚克来。晚蕴如来，三弟来。得萧军及悄吟信，夜复。

十七日　星期。昙。午后得陈浅生信并《嫩芽》一本。得王冶秋信并小说稿。买《条件》一本、《文化の擁護》一本，共泉二元八角。下午烈文来。胡风来。

十八日　晴。午后寄王冶秋信并石刻拓印费三十元。寄赵家璧信并书三本，印证四千。得来青阁书目一本。得温涛信并木刻一本。得徐懋庸信。得 P.Ettinger 信。下午寄明甫信。寄靖华信。复徐懋庸信。

十九日　晴。午后得周昭俭信，即复，并赠书五本。下午得母亲信并食物一包，十四日发。

二十日　晴。上午托广平往蟫隐庐买《大历诗略》一部四本，《元人选元诗五种》一部六本，共泉八元八角。得明甫信。得耳耶信，午后复。下午为三笠书房作关于陀斯妥夫斯基之短文一篇。省吾持莘农信并译稿来。

二十一日　晴。上午复猛克信。午后往蟫隐庐买《明越中三不朽图赞》一本，一元三角。又往来青阁买《荆南萃古编》一部二本，三元五角；《密韵楼丛书》一部二十本，三十五元。晚得《中国新文学大系》（一及二）二本。

二十二日　晴。上午内山书店送来《玩具叢書》（七）一本，二元七角。得徐懋庸信。下午姚克来。梵斯女士来。

二十三日　昙。上午得邱遇信，即复。得王冶秋信并其子之照相。下午河清来。晚蕴如携阿玉来，三弟来。

二十四日　星期。昙。上午得孟十还信。得阿芷信。得《白と黑》一本，第四期，价六角。午后孔若君来。同广平携海婴往南京戏院观《寻子伏虎记》。

二十五日　晴。上午得周昭俭信，即复。得刘宗德信，即复，并以其信转寄河清。得靖华信。得张露薇信。午后在内山书店买《キェルケゴール選集》（一）一本，ゴリキイ《文学論》一本，共泉三元八角。下午往来青阁买刘刻百纳本《史记》一部十六本，严复评点《老子》一本，共泉十六元五角。

二十六日　晴。午后寄母亲信，附海婴笺。复阿芷信并书二本。为孔若君作《当代文人尺牍钞》序寄之。得俊明信。得吴渤信。得周扬信,即复。下午胡风来。夜同广平往卡尔登影戏院观《蛮岛黑月》。

二十七日　雨。午后同广平携海婴往须藤医院诊。下午得霁野信,五日伦敦发。得生活知识社信并杂志四本。得增田君信。得章雪村信,即复。买《文学論》及《芸術論》各一本,共二元;又十二月分《版芸術》一本,六角。

二十八日　雨。午后寄河清信。下午得蔡斐君信。得张因信。得《中国新文学大系》(诗歌集)一本。张莹及其夫人来。

二十九日　昙。上午得母亲信,二十五日发。得河清信。得徐讦信,下午复。得静农信。夜作《治水》讫,八千字。雨。

三十日　雨。上午内山书店送来《モンテーニュ随想録》(三)、《近世錦絵世相史》(二)各一本,共泉十元。午蕴如携阿菩来。下午得周昭俭信。得河清信。晚得小峰信并版税百五十。夜三弟来。风。

十二月

一日　星期。昙,冷。下午寄三弟信。装火炉,用泉五。

二日　昙。上午得李长之信。午季市来。海婴始换牙。

三日　晴,午后昙。收山本夫人寄赠海婴之有平糖一瓶。得生活书店信并图书目录一本。得胡其藻寄赠之《一个平凡的故事》一本。得徐讦信,附与诗荃函,即为转寄。得王冶秋信。下午寄河清信。寄懋庸信并稿一篇。晚吴朗西来交版税泉五十,赠《桃园》二本、《文学丛刊》三种各一本。

四日　雨。上午寄母亲信。寄增田君信并《中国新文学运动史》一本。寄山本夫人信。寄三弟信。寄孟十还信。午后寄静农信。内山君赠《生ケル支那ノ姿》五本。得刘暮霞信,下午复。

五日　晴。上午寄王冶秋信。复徐讦信。得母亲信，二日发。午后为仲足书一横幅，为杨霁云书一直幅、一联。为季市书一小幅，云："曾惊秋肃临天下，敢遣春温上笔端。尘海苍茫沈百感，金风萧瑟走千官。老归大泽菰蒲尽，梦坠空云齿发寒。竦听荒鸡偏阒寂，起看星斗正阑干。"下午买《猫町》一本，八角。

六日　晴。午后得张谔信，即复。得孟十还信。得徐诗荃信。下午寄静农图书总目录一本。寄 P.Ettinger《士敏土之图》及《Die Jagd nach dem Zaren》各一本，信笺数十枚。夜同广平往卡尔登影戏院观《泰山之子》上集。校《海上述林》（第一部：《辨林》）起。

七日　晴。上午达夫来。得懋庸信。得段干青寄赠之自作版画一本。得《第二の日》一本，一元七角。午复徐讦信。下午寄靖华信。寄章雪村信。买《フロオベエル全集》（二）一本，二元八角。晚蕴如携菓官来。夜三弟来并为买得《墨巢秘玩宋人画册》一本，一元五角。濯足。雨。

八日　星期。小雨。午后得徐讦信。得周昭俭信，附周棱伽信，夜复。夜风。

九日　小雨。上午张莹来。午后得刘岘信并木刻八幅。得三笠书房编辑小川正夫信并赠《ドストイエフスキイ全集》普及本全部，先得第一及第六两册。

十日　晴。晚河清来，赠以普及本《卜氏集》，并托代交文化生活出版社泉四百。

十一日　微雪。上午得马子华信并《他的子民们》一本。晚同广平携海婴往国泰大戏院观《仲夏夜之梦》，至则已满坐，遂回寓，饭后复往，始得观。

十二日　昙。午后得刘暮霞信。得《路工之歌》及《未明集》各一本，作者寄赠。

十三日　昙。下午复徐懋庸信。寄杨霁云信并字三幅。得朱淳信，即复。得赵家璧信，即复。得立波信，即复。得冶秋信。晚烈文来。得易斐君信。夜得内山夫人信并赠酱油渍松茸一碗。始见冰。

十四日　晴。上午得周剑英信，下午复，并寄书二本。得野夫信并木刻《卖盐》一本。得陈烟桥木刻集一本。为增井君作字一幅。晚寄雪村信。蕴如携晔儿来，夜三弟来。

十五日　星期。晴。午后得懋庸信。晚张莹及其夫人来。

十六日　雨。午后买《からす》及《向日葵の書》各一本，共泉四元二角。下午得刘宗德信。

十七日　昙。上午得增田君信。得孟克信。得《现代版画》（十四）、《木刻三人展览会纪念册》各一本，李桦寄赠。午后晴。得杨晦信片。得生存线社信并周刊三期。下午得《土俗玩具集》（七及八）二本，一元一角。得《漱石全集》（四）一本，一元七角。

十八日　晴。上午得小岛君信并赠海婴玩具火车及汽车各一具。夜得靖华信。

十九日　晴。上午得杨霁云信，午后复。下午复靖华信并寄《文学辞典》等二包。明甫来并赠《桃园》及《路》各一本。晚张因来。复 P.Ettinger 信。

二十日　雨。午后得母亲信，十七日发。晚得周昭俭及周楞伽信。河清来。得十还信。

二十一日　昙。上午鎌田夫人来，赠海婴玩具一合、文具一合、纸制唱片二枚。开明书店送来佳纸皮面本《二十五史》一部五本，并《人名索引》一本，价四十七元。得伯简信。得明甫信，午后复。寄赵家璧信。下午寄母亲信。得南阳汉石画象拓片六十五枚，杨廷宾君寄来，先由冶秋寄泉卅。得赵景深信。得小峰信并版税百五十，稿费十。晚吴朗西来。蕴如携阿菩来，三弟来。

二十二日　星期。晴。上午内山君赠岁寒三友一盆。午后复台伯简信。复孟十还信。复王冶秋，并《译文》等寄之。下午得叶紫信，即复。得杨廷宾信，即复。

二十三日　晴。上午以广平及海婴照相寄母亲，附书二本，赠和森之子。复小峰信，附与赵景深笺，并稿一。下午得谢六逸信。得文尹信，附王弘笺。

二十四日　昙。上午寄三弟信。寄明甫信。内山夫人赠海婴望远镜一具。晚长谷川君赠蛋糕一合。夜整理《死魂灵百图》序及说明。雨。

二十五日　雨。上午寄水电公司信。复谢六逸信。午后内山书店送来《キェルケゴール選集》（三）一本，二元八角。又从丸善寄来《The Works of H.Fabre》五本，五十元。下午得赵家璧信。得袁延龄信，夜复。

二十六日　昙。下午得阿芷信。晚编《故事新编》并作序讫，共六万余字。夜雨。

二十七日　雨。上午从丸善寄来《The Works of H. Fabre》陆本，六十元。下午得谢六逸信。晚蕴如来。往高桥齿科医院付治疗费六元，三弟家十元。夜三弟来，赠以《The Works of H.Fabre》十一本。得赵景深信。以《药用植物》版权售与商务印书馆，得泉五十，转赠朱宅。晔儿十岁，赠以衣料及饼干。

二十八日　雨。午后买《漱石全集》一本，一元七角；又全译ゴリキイ《文学論》一本，二元。下午张因来。夜吴朗西来并见赠漫画《Vater und Sohn》一本。

二十九日　星期。昙。午后寄阿芷信。下午得《版芸術》（明年正月号）一本，七角。得林绍仑信。得王冶秋信，即复。夜同广平往融光戏院观《Clive in India》。

三十日　昙。午后得周剑英信。往永安公司买药三种，五元六角。往来青阁买《论语解经》一部二本，《昭明太子集》一部二本，《杜樊川集》一部四本，共泉九元四角。往商务印书馆取百衲本《二十四史》四种共一百三十二本，又《四部丛刊》三编八种共一百五十本。晚张莹及其夫人来。

三十一日　昙。上午得文尹信。下午雨。寄中国书店信。

居帐

北平文津街（金鳌玉蝀桥下）北平图书馆

又　府右街馃馃房十三号宋

又　地安门内西板桥甲二号马

又　后门五龙厅十一号台

又　东城小牌坊灯草胡同三十号郑汝珍＝曹

又　齐化门内九爷府女子文理学院注册课收转曹联亚

南京成贤街五十八号国立中央研究院

又　大纱帽巷三十一号张协和

杭州大学路场官弄六十三号王守如

　　岳王路百福弄五号邵铭之

上海静安寺路赫德路嘉禾里一四四二号王

又　大马路四川路口惠罗公司四楼哈瓦斯通信社

又　忆定盘路（愚园路北）四十三号Ａ林语堂

苏州定慧寺巷五十二号姚克北平西堂子胡同中华公寓四十七号

日本东京市涩谷区上通リーノ七、アオバ乐器店山本

又　东京市外千岁村下祖师ケ谷一一三号内山

又　岛根县八束郡惠昙村增田东京市、杉井区、上荻洼町、九六一片山义雄方

上海博物院路中国实业银行姚志曾字省吾

常州小浮桥二号杨霁云

北平东城旧九爷府北平大学女子文理学院

　　　大羊宜宾胡同一号姚白森女士

　　　西城背阴胡同二十八号汪绍业转王思远

　　　西安门内大街九十四号金肇野

　　　东城小羊宜宾胡同一号郑振铎

天津天纬路省立女子师范学院

山西运城第二师范学校王冶秋

南京马家街芦席营六十三号李秉中

浙江金华低田市何泰兴宝号转范村何桂馥

广州东山、山河东街、梓园、二十号二楼当代社陈烟桥

　　　西关多宝路、中德中学校林绍仑

广州市莲花井十三号对面松庐李桦

广东南海县属官山西樵中学校何白涛

　　　汕头兴宁西门街广亿隆号转交陈铁耕

　　　汕头兴宁县北门仁茂号转交吴渤

　　　汕头松口镇松口中学校罗清桢

广西平乐省立中学崔真吾

南宁军校步一队李天元

钟山洋头板坝村董永舒

上海圆明园路一三三号中国征信所

北江西路三六八号天马书店

北四川路八五一号良友图书公司

环龙路新明邨六号文学社

广东路一六一号漫话漫画社李辉英

极司非而路信义邨式号黎六曾

金神父路花园坊一〇七号曹聚仁

环龙路一六六号江苏大菜社转孟斯根

南市斜桥制造局路惠祥弄树滋里十号时有恒

拉都路三五一号萧军

书帐

世界玩具史篇一本　二·五〇　一月五日

历代帝王疑年录一本　〇·八〇

太史公疑年考一本　〇·五〇

饮膳正要三本　一·〇〇　一月十日

ドストイエフスキイ全集（四）一本　二·五〇　一月十一日

チェーホフ全集（六）一本　二·五〇　一月十五日

支那山水画史一本附图一帙　八·〇〇　一月十七日

顾端文公遗书四本　一六·八〇　一月二十日

癸巳存稿八本　二・八〇

玉台新咏二本　六・〇〇　一月二十日

怡兰堂丛书十本　八・〇〇

营城子一本　一七・〇〇

モリエール全集（三）一本　二・五〇　一月二十一日

ジイド全集（五）一本　二・五〇

美術百科全書（西洋篇）一本　九・〇〇　一月二十四日

不安と再建一本　二・〇〇

李汝珍受子谱二本　〇・七〇　一月二十八日

湖州丛书二十四本　七・〇〇

東方学報（东京、五）一本　四・〇〇

历代讳字谱二本　二・二〇　一月二十九日

冯刻六朝文絜二本　六・三〇　一月三十一日

句余土音补注五本　一・八〇

随山馆存稿四种七本　一・八〇

见笑集四本　〇・七〇　　　　　　　　　　　六八・九〇〇

松隐集四本　二・一〇　二月一日

董若雨诗文集六本　二・六〇

南宋群贤小集五十八本　二八・〇〇

ドストイエフスキイ全集（五）一本　二・五〇　二月二日

版芸術（二月分）一本　〇・五〇

明清巍科姓氏录一本　〇・九〇　二月九日

シェストフ選集（卷一）一本　二・五〇　二月十日

貔子窝一本　四〇・〇〇　二月十六日

牧羊城一本　四二〇・〇〇

南山里一本　二〇・〇〇

清人杂剧初集一本［部］　西谛赠　二月十七日

文学古典の再認識一本　一・二〇　二月十八日

影谭刻太平广记六十本　三二・〇〇　二月二十日

馀冬序录二十本　九・八〇

梅村家藏稿八本　一三・〇〇

读书脞录二本　一・四〇

读书脞录续编一本　〇・七〇

名人生日表一本　〇・五〇

四六丛话八本　五・六〇

Art Review 一本　三・〇〇　二月二十六日

三人一本　二・八〇　　　　　　　　　　　　一八九・五〇〇

版芸術（三月分）一本　〇・五〇　三月三日

医学煙草考一本　一・八〇　三月八日

ドストイエフスキイ全集（十五）一本　二・五〇　三月十日

チェーホフ全集一本　二・五〇

シェストフ選集（二）一本　二・五〇

アンドレ・ジイド全集（七）一本　二・五〇

欧洲文芸の歴史的展望一本　一・五〇　三月十五日

贯休画罗汉一本　〇・七〇　三月二十一日

陈氏香谱一本　一・〇〇

山樵书外纪一本　〇・四〇

开元天宝遗事一本　〇・九〇

碧声吟馆谈麈二本　一・二〇

来鹭草堂随笔一本　〇・五〇

隋书经籍志考证四本　四・〇〇　三月二十二日

两周金文辞大系图录五本　二〇・〇〇　三月二十三日

チェーホフの手帖一本　二・〇〇

版芸術（四月分）一本　〇・五〇　三月二十六日

楽浪彩篋塚一本　三五・〇〇　　　　　　八〇・〇〇〇

凡人経一本　三・〇〇　四月四日

牧野氏植物随筆集一本　五・〇〇　四月五日

ドストイエフスキイ全集（十八）一本　二・五〇　四月七日

小林多喜二全集（一）一本　一・八〇　四月八日

山胡桃集一本　作者贈　四月十三日

元明散曲小史一本　二・〇〇

疴偻集一本　一・四〇

散曲丛刊二十八本　七・〇〇　四月十八日

日本玩具図篇一本　二・五〇　四月十九日

观沧阁魏齐造像记一本　一・六〇　四月二十日

ゴオゴリ研究一本　ナウカ社贈　四月二十二日

芥川竜之介全集六本　九・五〇　四月二十八日

版芸術（五月号）一本　〇・五〇　四月三十日　三九・八〇〇

ドストイエフスキイ全集（七）一本　二・五〇　五月四日

自祭曲一本　作者寄贈　五月六日

橋田氏生理学（下）一本　〇・八〇

チェーホフ全集（九）一本　二・五〇　五月七日

春郊小景集一本　李桦寄赠　五月二十日

汉魏六朝砖文二本　二・三〇　五月二十三日

芥川竜之介全集（八）一本　一・五〇　五月二十四日

小林多喜二全集（二）一本　一・八〇　五月二十七日

房山雲居寺研究一本　四・五〇　五月二十八日

楽浪古瓦図譜一帖　五・〇〇　五月三十日　　　二〇・九〇〇

版芸術（六月分）一本　〇・五〇　六月一日

人体寄生虫通説一本　〇・八〇　六月四日

二十五史補編三本　三六・〇〇　六月六日

中国哲学史二本　三・八〇

ドストイエフスキイ全集（十六）一本　二・五〇　六月八日

其藻版画集一本　〇・五〇　六月十日

西洋美術館めぐり（第一輯）一本　二一・〇〇　六月十八日

Die Literatur in der S.U. 一本　寄贈　六月二十二日

ツルゲーネフ全集（七）一本　一・八〇

芥川竜之介全集（四）一本　一・五〇

青空集一本　作者寄贈　六月二十四日

比較解剖学一本　〇・八〇

東亜植物一本　〇・八〇

ジイド研究一本　一・五〇　六月二十五日

静かなるドン（一）一本　一・五〇

黄山十九景冊一本　一・一〇

墨巣秘笈藏影（一及二）二本　三・四〇

金文续编二本　〇・九〇

マ・エン・芸術論一本　一・二〇　六月二十六日

小林多喜二全集（三）一本　一・八〇　　　　八一・六〇〇

章氏丛书续编四本　季市赠　七月二日

版芸術（七月号）一本　〇・五〇　七月四日

ドストイエフスキイ全集（十八）一本　二・五〇　七月六日

チェーホフ全集（十）一本　二・五〇

静かなるドン（二）一本　一・五〇

静かなるドン（第一部）一本　一・三〇　七月九日

野菜博録三本　二・七〇　七月十三日

芥川竜之介全集（九）一本　一・五〇　七月二十六日

支那小説史一本　五・〇〇　七月三十日　　　　　　　一七・五〇〇

版芸術（八月分）一本　〇・五〇　八月一日

南宋六十家集五十八本　一〇・〇〇　八月五日

わが漂泊一本　サイレン社寄贈　八月六日

支那小説史五部五本　同上

ドストイエフスキイ全集（別巻）一本　二・五〇

ウデゲ族の最後の者一本　一・五〇

小林多喜二書簡集一本　一・〇〇　八月七日

東方学報（東京、五ノ続）一本　四・〇〇　八月十日

モンテーニュ随想録（一及二）二本　一〇・〇〇　八月十三日

郷土玩具集（十）一本　〇・五〇　八月二十日

土俗玩具集（一至五）五本　二・五〇

黒と白（再刊一至二）二本　一・〇〇

版芸術（九月分）一本　〇・五〇　八月二十七日

両周金文辞大系考釈一函三本　八・〇〇　八月二十八日

芥川竜之介全集（十）一本　一・五〇　八月卅一日

汉代圹砖集录一本　静农寄贈　　　　　　　　四三・五〇〇

土俗玩具集（六）一本　〇・五〇　九月四日

白と黒（三）一本　〇・五〇

426

チェーホフ全集（十一）一本　二・五〇

植物集説（上）一本　五・〇〇

開かれた処女地一本　一・五〇　九月五日

現代版画（十一）一本　出版社贈　九月九日

李桦版画集一本　作者赠　　　　　　　　　一〇・〇〇〇

版芸術（十月分）一本　〇・五〇　十月三日

ゴリキイ等：文学評論　一・五〇　十月十日

现代版画（十二）一本　出版者赠　十月十二日

四部丛刊三编一部　豫约一三五・〇〇　十月十四日

尚书正义八本　豫约付讫

诗本义三本　同上

明史钞略三本　同上

昭德先生郡斋读书志八本　同上

隶释八本　同上

困学纪闻六本　同上

景德传灯录十本　同上

密庵稿四本　同上

近世錦絵世相史（一）一本　三・八〇　十月十七日

ジイド全集（十二）一本　二・五〇　十月十八日

わが毒舌一本　二・〇〇　十月二十五日

集团社会学原理一本　作者赠　十月二十七日

え・びやん一本　二・五〇　十月二十八日

キェルケゴール選集（二）一本　二・五〇　一五〇・三〇〇
　　　　　　　　　　　　　　　十月三十一日

版芸術（十一月分）一本　〇・六〇　十一月四日

チェーホフ全集（十二）一本　二・八〇　十一月六日

世界文芸大辞典（一）一本　五・五〇

越天楽一本　二・二〇　十一月八日

死魂灵图象一本　二五・〇〇

条件一本　一・七〇　十一月十七日

文化の擁護一本　一・一〇

大历诗略四本　二・四〇　十一月十九日

元人选元诗五种六本　六・四〇

明越中三不朽图赞一本　一・三〇　十一月二十一日

荆南萃古编二本　三・五〇

密韵楼丛书二十本　三五・〇〇

玩具叢書（七）一本　二・七〇　十一月二十二日

白と黒（四）一本　〇・六〇　十一月二十四日

キェルケゴール選集（一）一本　二・七〇　十一月二十五日

ゴリキイ文学論一本　一・一〇

百衲本史记十六本　一六・〇〇

老子严复评点一本　〇・五〇

甘粕氏芸術論一本　一・〇〇　十一月二十七日

森山氏文学論一本　一・〇〇

版芸術（十二月分）一本　〇・六〇

モンテーニュ随想録（三）一本　六・〇〇　十一月三十日

近世錦絵世相史（二）一本　四・〇〇　　一一三・一〇〇

猫町一本　〇・八〇　十二月四［五］日

第二の日一本　一・七〇　十二月七日

フロオベエル全集（二）一本　二・八〇

428

宋人画册一本　一·五〇

からす一本　二·〇〇　十二月十六日

向日葵の書一本　二·二〇

现代版画（十四）壹本　李桦寄赠　十二月十七日

木刻三人展览会纪念册一本　同上

土俗玩具集（七及八）二本　一·一〇

漱石全集（四）一本　一·七〇

二十五史五本人名索引一本　四七·〇〇　十二月二十一日

南阳汉画象拓片六十五幅　三〇·〇〇

The Works of H.Fabre 五本　五〇·〇〇　十二月二十五日

キエルケゴール選集（三）一本　二·八〇

The Works of H.Fabre 六本　六〇·〇〇　十二月二十七日

漱石全集（八）一本　一·七〇　十二月二十八日

完訳ゴリキイ文学論一本　二·〇〇

Vater und Sohn 一本　吴朗西赠

版芸術（明正）一本　〇·七〇　十二月二十九日

论语注疏解经二本　三·八〇　十二月三十日

昭明太子集二本　二·一〇

杜樊川集四本　三·五〇

大德本隋书二十本　豫约

大德本南史二十本　同上

大德本北史三十二本　同上

洪武本元史六十本　同上

礼记正义残本三本　豫约

吊伐录二本　同上

三辅黄图一本　同上

淳化秘阁法帖考正四本　同上

太平御览一百三十六本　豫约

小字录一本　同上

徐公钧矶文集二本　同上

窦氏联珠集一本　同上　　　　　　　　二一一·四〇〇

日记二十五（1936年）

一月

一日　雨。无事。

二日　昙，午后晴。同广平携海婴往丽都大戏院观《从军乐》。

三日　晴。上午得中国书店书目一本。午后往丽华公司为海婴买玩具及干果等二元。往蟫隐庐买《古文苑》、《笠泽丛书》、《罗昭谏［文集］》各一部共十一本，八元。晚河清来。夜肩及胁均大痛。

四日　晴。上午得山本夫人、段干青及李桦贺年片。得徐懋庸信。得谢六逸信。得徐讦信。得萧剑青信。得陈蜕信并靖华所赠小米一囊，又《城与年（大略）》一本。往须藤医院诊，广平携海婴同去。下午明甫来。姚克来。晚蕴如携蒆官来，夜三弟来。复谢六逸信。复萧剑华［青］信。

五日　星期。昙。下午得靖华信，即复。增川君赠果合一具。

六日　昙。上午得水电公司信。午后寄明甫信。寄张因信。得阿芷信，即复。下午得母亲信。得靖华信。得桂太郎信。夜编《花边文学》讫。雨。

七日　微雪。上午静农来并赠蜜饯二瓶、面二合、文旦五枚，又还泉十五。以文旦二枚、蜜饯一瓶于下午赠内山夫人。寄懋庸信并稿一。胡风来。

八日　晴。上午买ゴリキイ《文学論》一本，一元一角。得蒲风信。得河清信，并附戈宝权信及《果戈理画传》一本，即复。得明甫信，即复。得张晓天信，即复。得份仃信，即复。下午得母亲所寄酱鸭、卤瓜等一大合，晚复。

九日　晴。下午浅野君来，为之写字一幅。分母亲所寄食物与内山君及三弟。

十日　昙。晚得母亲信，五日发。得三弟信。得徐懋庸信。

十一日　昙。上午得欧阳山信。午后内山书店送来《フロオベエル全集》（四）、《近世錦絵世相史》（三）各一本，共泉七元。下午胡风来。晚烈文来。晚蕴如携晔儿来，并赠越鸡一只。夜振铎来并携来翻印之珂勒惠支版画二十一种，每种百枚，工钱及纸费共百五十一元。三弟来。濯足。

十二日　星期。晴。上午得小峰信并版税百五十。得陈蜕信。得陈宏实信。下午同广平携海婴往卡尔登影戏院观《万兽女王》上集。

十三日　昙。午后往内山书店，遇堀尾纯一君，为作漫画肖像一枚，其值二元。下午微雪。晚同广平携海婴往俄国饭店夜饭。

十四日　雨。午后得河清信。得曹聚仁寄萧军信，即转寄。李桦寄赠《现代版画》（十五）、《南华玩具集》各一本。

十五日　昙。午后得母亲信，十一日发。内山书店送来《チエーホフ全集》（十四）、《エネルギイ》及牧野氏《植物分类研究》各一本，共泉八元五角。晚复欧阳山信。寄紫佩信。得陈约信并《艺坛导报》一张。夜同广平往卡尔登影戏院观《万兽女王》下集。

十六日　晴。夜河清来。校《故事新编》毕。

十七日　晴，冷。午后得小峰信并赠桔、柚一筐。下午得王冶秋信。得母亲信，附阮善先信，十四日发。得明甫信，夜复。

十八日　晴。上午海婴以第一名毕幼稚园第一期。得靖华信。晚河清来，托其以三百元交文化生活出版所，为印《死魂灵百图》之用。蕴如携阿菩来，三弟来。

十九日　星期。晴。午后得小山信。晚同广平携海婴往梁园夜饭，并邀萧军等，共十一人。《海燕》第一期出版，即日售尽二千部。

二十日　晴。午后买《青い花》一本，一元捌角。下午得周楞伽信并《炼狱》一本，即复。得生活书店版税帐单。夜费慎祥来并赠火腿一只，酒两瓶。

二十一日　晴。上午得钦文信。得明甫信。得谷天信。午后往生活书店取版税二百九十元，又石民者四十元。往来青阁买书五种十本，共泉二十二元。

二十二日　晴。上午复钦文信。复靖华信并寄小说三本。寄母亲信，附海婴笺。午后得明甫信。得蒲风信。得孟十还信。晚悄吟持萧军信来。得《土俗玩具集》（九）一本，六角。夜复孟十还信。寄张因信。

二十三日　微雪。上午得徐懋庸信。得张慧信并木刻四幅。得逸经社信。

二十四日　阴历丙子元旦。雨。无事。晚雨雪。

二十五日　昙。下午张莹及其夫人来。晚蕴如携阿玉、阿菩来，夜三弟来。

二十六日　星期。晴。午后魏女士来。下午张莹来。烈文来。

二十七日　晴。无事。

二十八日　晴。午后得南阳汉画象拓片五十幅，杨廷宾君寄。下午得《故事新编》平装及精装各十本。夜寄丽尼信。

二十九日　晴。午前得诗荃诗稿。明甫来，饭后同访越之。晚河清来并携赠《文学丛刊》六种，即邀之往陶陶居夜饭，并邀胡风、周文二君，广平亦携海婴去。

三十日　昙。午后孔另境来，未见。下午晴。得母亲信，附与海婴笺，二十七日发。得欧阳山信并《广东通信》一分。得黄萍荪信并《越风》一本。得《版芸術》一本，六角。晚内山书店送来《漱石全集》（十）一本，一元七角。夜寄烈文信。

三十一日　晴。午后得烈文信并《企鹅岛》一本。得艾芜信并《南行记》一本。得靖华信并译稿一本。得巫少儒、季春舫信。得《世界文库》（八）一本。夜悄吟来并赠《羊》一本，赠以《引玉集》及《故事新编》各一本。

二月

一日　晴。上午寄紫佩信并泉十，祝其五十岁也。午后寄母亲信。复烈文信。复艾芜信。复靖华信并寄书一包。寄善先书三本。寄铭之书二本。下午明甫来，得苏联作家原版印木刻画四十五幅，信一纸，又《苏联［版］画展览会目录》一本。晚张因来。夜蕴如来。三弟来并持来越中朱宅所赠冬笋、鱼干、糟鸡合一篓。

二日　星期。晴。午后得烈文信。得黄苹荪信。得王弘信，附与姚克信。下午张因来。晚河清来。

三日　晴。午后费慎祥来并赠鸡卵一合。寄烈文信，附与明甫函。寄姚克信。下午得明甫信，即复。得周楞伽信。得增田君信，晚复，并寄《故事新编》。

四日　昙。上午得紫佩信。得三弟信。午后得巴金信并《死魂灵百图》序目校稿。下午与广平携海婴往巴黎影戏院观《恭喜发财》。

五日　昙。午后复三弟信。得明甫信二。得黄士英信。孔另境来。下午雨。买《西洋史新讲》一本，五元。蔡女士来并交北新版税百五十，《青年界》稿费六元及小峰信。

六日　昙。午后得姚克信。得烈文信。夜寄丽尼信。

七日　昙。上午内山书店送来《フロオベエル全集》（七）一本，二元八角。寄雪村信并校稿。以王弘信转寄姚克。午后得母亲信，四日发。得徐懋庸信。下午以《文学丛刊》寄文尹、肖山及约夫。晚悄吟来。夜萧军来。雨。

八日　昙。上午寄河清信。得白薇信。得三弟信。晚蕴如携蕖官来。河清来。得巴金信并校稿。夜三弟来并赠莨菪膏药一张。

九日　星期。晴。上午张因来。午后得紫佩信。得雷石榆信。下午费慎祥来。寄姚克信。晚河清邀饭于宴宾楼，同席九人。得卜成中信。

十日　晴，风。午后得艾芜信。得靖华信，即复。得黄苹荪信，即复。下午寄萧军小稿二。买《支那法制史论丛》一本、《遗老说传》一本，共泉五元五角。得叶紫信。夜内山君来。

十一日　昙。上午得河清信。午内山君邀往新月亭食鹌鹑，同席为山本实彦君。晚寄明甫信。夜同广平往大光明影戏院观《战地英魂》。

十二日　晴。午后得草明信。得孟十还信。得姚克信。得三弟信。萧军来。下午张因来。晚河清来，夜同往大光明戏院观《铁汉》，广平亦去。

十三日　晴。午后得黄苹荪信。下午陈蜕持来小米一囊，靖华所赠。晚胡风来。夜烈文来，云背痛，以莨菪膏赠之。

十四日　昙。午后得明甫信。得《錬》一本，作者寄赠。

十五日　晴。上午得郝力群信。得阮善先信。寄明甫信。午后买日译本《雷雨》一本，二元二角。下午寄母亲信，附与善先笺。寄张莹信。寄明甫信。夜三弟来，饭后并同广平携海婴往大上海影戏院观《古城末日记》。

十六日　星期。晴。午得徐懋庸信。下午张因来。得沈兹九信。晚悄吟、萧军来。

十七日　昙。午后得郑野夫信并《铁马版画》一本，即复。得司徒乔信，即复。

十八日　昙。上午复徐懋庸信。得三弟信，下午复。寄烈文信，附与明甫笺并稿一。寄孟十还信并精装《引玉集》一本。

十九日　小雨。午后得夏传经信，即复。得陈光尧信并诗，即复。得李基信。买《支那文学概说》一本，一元七角。夜同广平往大光明影戏院观《陈查礼之秘密》。雨雪。

二十日　昙。午后寄章雪村信。得曹聚仁信，即复。得叶之林信，即复。得郝力群信并《拓荒》第一期。得中苏文化协会信。得王冶秋信。得陈蜕信。下午买《斗牛士》一本，一元七角。夜河清来并赠蛋糕二合。

二十一日　昙。上午得靖华信并《远方》原书一本。得曹聚仁信，即复。得徐懋庸信，即复。午后张因来。萧军来。下午得明甫信。赵家璧赠书四种。晚吴朗西来并赠四川糟蛋一罐。夜雨。

二十二日　雨。上午得孟十还信。得烈文信，午后复。寄河清信。下午买《近世錦絵世相史》（四）一本，四元二角。夜蕴如携阿玉来，三弟来。

二十三日　星期。昙。上午同广平携海婴往青年会观苏联版画展览会，定木刻三枚，共美金二十。下午得姚克信。买《文芸学の発展と批判》一本，泉二元。晚寄河清信。寄萧军信。收罗清桢所寄木刻十幅。夜萧军、悄吟来。为改造社作文一篇，三千字。不睡至曙。

二十四日　昙。午山本实彦君赠烟卷十二合，并邀至新亚午餐，同席九人。铭之来。下午得曹聚仁信。寄夏传经信并书四本。夜河清来。

二十五日　微雪。上午静农来并赠桂花酸梅卤四瓶，代买果脯十五合。午后胡风来。夜赠内山、镰田、长谷川果脯各三合。同广平往融光戏院观《土宫秘密》。译《死魂灵》第二部起。

二十六日　昙，午后晴。得陈光尧信。得马子华信。得三弟信。晚萧军、悄吟来。

二十七日　昙。午后得黎煜夏信，即复。得孟十还信。下午访张因。晚得三月份《版芸術》一本，六角。

二十八日　昙。上午同广平往须藤医院诊。午后得黄苹荪信。晚吴朗西来并付《故事新编》等版税泉二百五十八元。

二十九日　晴。午后得汪金门来信并纸。得钦文信并稿。得夏传经信并陈森《梅花梦》一部二本。得靖华信，即复，并寄杂志二包。得杨霁云信，即复，并寄《故事新编》一本。下午李太太持来小峰信并版税泉百五十，即付印证千五百。蕴如携阿菩来。晚河清来。得明甫信。夜三弟来。

三月

一日　星期。晴。上午寄须藤先生信。下午寄汪金门字一幅。

二日　昙。午后得 Paul Ettinger 信并木刻《少年哥德像》(Favorsky)、《古物广告》(Anatole Suvorov)、《波斯诗人哈斐支诗集首叶》(T.Pikov)各一幅。得夏传经信。下午骤患气喘，即请须藤先生来诊，注射一针。晚哨〔悄〕吟来，萧军来。夜得内山君信并药。

三日　昙。上午得尤炳圻信。午萧军来。午后胡风来。下午须藤先生来诊。

四日　昙。上午内山书店送来《世界文芸大辞书》(二)一本，五元五角。午后悄吟及萧军来。须藤先生来诊。下午得楼炜春信，夜复。复尤炳圻信。

五日　晴。上午得申报馆信并稿费十元。得刘岘信并木刻十枚。

六日　昙。上午得河清信。得孟十还信。得杨霁云信。得曹聚仁信。得宋紫佩信并《旧都文物略》一本。内山书店送来《漱石全集》(一)一本，一元七角。午三弟来。午后孔另境来并赠胜山菊花一瓶、越酒一罂。须藤先生来诊。

七日　晴。上午得 P.Ettinger 信。得明甫信，即复。得曹聚仁信，即复。得杨晋豪片，即复。下午张因来。烈文来。晚蕴如携蕖官来，夜三弟来。河清来。

八日　星期。晴，风。上午内山君来访并赠花二盆，未见。书店送来《フロオベエル全集》(六)、《チエーホフ全集》(十五)各一本，共泉五元六角。下午寄河清信并杂稿。萧军来。须藤先生来诊，云已渐愈。得和森信。

九日　晴。下午明甫来。得增田君信。得曹聚仁信。得黄苹荪

438

信。晚蕴如来。夜三弟来。悄吟及萧军来。

十日　晴。上午寄靖华书报二包。得齐涵之信。得杨晋豪信。得许光希信，即复。下午寄阿芷信。收《现代版画》（十六）一本。

十一日　雨。晚悄吟及萧军来。夜朗西来。得夏传经信。复杨晋豪信。寄三弟信。濯足。为白莽诗集《孩儿塔》作序。

十二日　雨。上午内山书店送来《東方学报》（京都六）一本，四元四角。得王志之名片留字。得明甫信，下午复。复夏传经信。寄郑振铎信。夜烈文及河清来。

十三日　晴。午后复齐涵之信并寄诗序稿。下午张因及其夫人携孩子来。

十四日　晴，风。上午得靖华信。得阿芷信。晚蕴如携阿玉来。三弟来。二萧来。

十五日　星期。晴。上午内山君及其夫人来问病，并赠花一盆。增井君寄赠虎门羊羹一包。下午得许光希信。得唐弢信。须藤先生来诊。夜风。

十六日　晴。午后得伯简信。晚河清来并交《译文》稿费十七元，又靖华译稿费百二十元。今关天彭君寄赠《古铜印谱举隅》一函四本。夜雨。

十七日　昙。午后得徐懋庸信，下午复。复唐弢信。寄三弟信。

十八日　昙。上午得杨晋豪信。得张因信。得明甫信。得温涛所寄木刻《觉醒的她》一本。得日本福冈糸岛中学所寄《伊靓》（九）一本。得罗西、草明信，下午复。山本夫人寄赠海婴文具二事。夜复许光希信。

十九日　昙。上午得楼炜春信。得王冶秋信。得三弟信。下午张因来。

二十日　昙。上午寄母亲信，附复和森函。得孟十还信。得陈光尧信并《简字谱》稿，午后复。明甫来。下午河清及姚克来。买《日本初期洋風版画集》一本，五元五角；《聊斋外书磨难曲》一本，一元四角。得姚克信。晚萧军及悄吟来。

二十一日　晴。上午得黄苹荪信。午后往内山书店买《東洋封建制史論》一本，二元；《邦彩蛮華大宝鑑》一部二本，七十元。晚蕴如携阿菩来，三弟来。

二十二日　星期。晴。下午得郑振铎信。得许光希信。得刘鞾〔辪〕鄂信并木刻五幅，即复。得曹白信并木刻一幅，即复。得许粤华信并《世界文学全集》（31）一本，即复。盐谷俊次寄赠《At the Sign of the Reine Pedauque》一本。

二十三日　晴。上午收《改造》（四月分）一本。得胡风信。得唐英伟信并木刻藏书票十种，午后复。复孟十还信。午后明甫来，萧军、悄吟来；下午史女士及其友来，并各赠花，得孙夫人信并赠糖食三种，茗一匣。夜译自作日文。

二十四日　晴。午后寄靖华信并《译文》稿费百二十。晚吴朗西来。夜黎烈文来。

二十五日　晴。午后张因来。明甫来。夜萧军、悄吟来。译《死魂灵》第一章讫。

二十六日　晴。午后得曹白信。得朱顺才信。得《版芸術》（四月分）一本，六角。

二十七日　晴。上午复曹白信并赠书四本。得夏征农信，即复。得蔡斐君信。午后明甫来。谷非来。

二十八日　昙。上午得增田君信，午后复。寄吴朗西信。下午得唐弢信。得孟十还信。萧军及悄吟来。得《漱石全集》（十三）一本，一元七角。晚蕴如携蕖官来，三弟来。夜小峰夫人来并交小峰信及版税泉二百，付印证四千。邀萧军、悄吟、蕴如、蕖官、三弟及广平携海婴同往丽都影戏院观《绝岛沈珠记》下集。

二十九日　星期。昙。无事。

三十日　晴。上午得猛克信。得曹白信。得白兮信并稿。下午以萧军稿寄明甫。

三十一日　昙。上午复姚克信。复唐弢信。以《译文》稿寄河清。以《作家》稿寄十还。下午往内山书店得マルロオ：《王道》一本，一元七角。得曹白信。夜濯足。

四月

一日　雨。上午得母亲信，三月二十六日发，即复。得靖华信，午后复。寄明甫信。夜吴朗西来。得夏传经信。复曹白信。寄三弟信。

二日　昙。上午得颜黎民信。得黄萍荪信。得杜和銮、陈佩骥信，即复。午后得家璧信并《苦竹杂记》、《爱眉小札》各一本，下午复。内山书店送来《近世錦絵世相史》（五）一本，四元二角。

三日　晴。上午得王冶秋信。得楼炜春信附适夷笺及译稿一包。得《土俗玩具集》（十止）及《おもちや絵集》（一）各一本，共泉一元二角。下午寄费慎祥信。复颜黎民信并寄书一包。姚克来。复Pavel Ettinger信并寄Kiang Kang Hu's《Chinese Studies》一本。晚烈文来。萧军、悄吟来，制葱油饼为夜餐。

四日　晴。上午得季市信。得蔡斐君信。下午慎祥来。蕴如携晔儿来，晚三弟来并为取得豫约之《四部丛刊》三编二十二种百五十本，又买《国学珍本丛书》九种十四本，五元四角。

五日　星期。小雨。上午得马子华信并《文学丛报》一本。下午张因来。

六日　晴，暖。上午复季市信。得王冶秋信。寄吴朗西信。得曹白信并《坐牢略记》。烈文寄赠《笔尔和哲安》一本。李长之寄赠《鲁迅批判》一本。下午内山书店送来《フロオベエル全集》（八）一本，二元七角。夜大雷雨。

七日　小雨。上午寄曹白信。得许粤华信。得陈蜕信。得改造社信并稿费八十。午后霁。得母亲信，三日发。往良友公司，为之选定苏联版画。浅野君寄赠《支那に於ケル列強の工作とその経済勢力》一本。得《作家》稿费四十。河清寄赠《现代日本小说译丛》一本。晚雷雨一阵。夜作《写于深夜里》讫，约七千字。

八日　昙。上午得诗荃信并稿。得黄苹荪信。得曹白信。得张锡荣信，下午复。寄赵家璧信，附与阿英笺。雨。收到《中国新文学大系》（十）一本。收《现代版画》（十七）一本。夜风。

九日　昙。上午寄孟十还信。寄三弟信。午得孟十还信。得野夫信并《铁马版画》第二期一本，下午复。寄章雪村信。得汉画象石拓本四十九枚，南阳王正今寄来。吴朗西来。

十日　昙。上午得振铎函，附张静庐及钱杏村信。午后得李桦信。见张天翼见赠《万仞约》及《清明时节》各一本。晚小雨。

十一日　昙。上午得徐讦信。得周楞枷信并《文学青年》一本。午后寄明甫信并稿一篇。下午得孟十还信。得房师俊信。得靖华所寄插画本《第四十一》一本。得雷金茅信并稿。晚萧军、悄吟来。蕴如携阿菩来。河清来。夜三弟来。饭后邀客及广平携海婴同往光陆戏院观《铁血将军》。

十二日　星期。晴。晚烈文来。

十三日　晴。上午寄赵家璧信。寄耳耶信并稿。得刘鞲［鞾］鄂信。得靖华信。得王正今信，即复。得楼炜春信，即复。下午明甫来并赠《战争》一本。晚张因来，萧军、悄吟来。饭后邀三客并同广平往上海大戏院观《Chapayev》。

十四日　晴。午后得许光希信。得颜黎民信。得唐弢信。夜得孟十还信并《作家》三本。得章雪村信。校《花边文学》起。

十五日　晴。午后理发。内山君赠 Somatase 一瓶。复唐弢信。

十六日　晴，风。上午复颜黎民信。寄明甫信。寄三弟信。得冶秋信。

十七日　雨。上午得赵家璧信并木刻照片一枚，即复。得罗清桢信并木刻，即复。晚得内山夫人信。得须藤先生信并河豚干一合四枚。夜编《述林》下卷。

十八日　雨。午前得明甫信，午后复。得荆有麟信。下午买《小林多喜二日记》一本，一元一角。下午费慎祥来。晚三弟及蕴如携蕖官来，饭后并同广平携海婴往卡尔登戏院观《The Devil's Cross》。

十九日　星期。晴。上午得赵景深信。得周昭俭信。铭之来。下午张因来。

二十日　上午得陈烟桥信并木刻两幅。得厦门大学一九三六级级会信，即复。得于黑丁信，即复。得姚克信，下午复。校日本译《羊》一过。

二十一日　昙。午后得黄苹荪信。得何家槐信。得李霁野信。夜雨。

二十二日　小雨。上午得《東方学報》（东京第六册）一本，五元五角。得日本译《雷雨》一本，作者寄赠。李霁野自英伦来，赠复印欧洲古木刻三帖，假以泉百五十。午后张因来。烈文来。晚河清来。夜校《海上述林》上卷讫，共六百八十一页。

二十三日　晴。上午得于黑丁信并稿。得孟十还信。得唐英伟信。得孔若君信。得季市信。得《干青木刻二集》一本，作者寄赠。下午得安弥信，附与亚丹笺。得奚如信。买《読書術》一本，九角。夜雨。

二十四日　昙。上午内山书店送来《人形作者篇》（《玩具叢書》之八）、《閉サレタ庭》各一本，共泉四元五角。下午寄季市书十余册。复何家槐信。寄靖华信，附小山笺。得段干青来信，即复。寄章雪村信。晚孔若君、李霁野同来。得河清夫人信并《The Life of the Caterpillar》一本。

二十五日　晴。上午复唐英伟信。寄吴朗西信。得颜黎民信。下午得增田君信，即复。明甫来。得 V.Lidin 所赠照片一枚。晚蕴如携阿玉及阿菩来，三弟来并为买得《The Chinese on the Art of Painting》一本，九元。得段雪生信并北平榴火文艺社信。

二十六日　星期。晴，风。午后得于黑丁信。与广平携海婴往卡尔登影戏院观杂片。姚克、施乐同来，未见。夜河清来。巴金赠《短篇小说集》二本。

二十七日　晴。无事。

二十八日　雨。上午得陈佩骥信。得蔡斐君信。得赵清信。得三弟信。得《版芸術》（五月分）一本，六角。午后得周昭俭信。得狄克信。

二十九日　小雨。上午得程靖宇信。内山书店送来《楽浪王光墓》一本，二十七元五角。

三十日　晴。上午得阿英信，夜复。寄三弟信。小峰夫人来并交版税泉二百。得赵景深信。烈文寄赠《冰岛渔夫》一本。作杂文一篇。失眠。

五月

一日　晴。上午复周昭俭信并《死魂百图》一本。又寄程靖宇一本。寄章雪村信。得雷金茅信。得段干青信。得靖华信。夜朗西来。雨。

二日　小雨。上午内山书店送来《漱石全集》（二）一本，一元七角。得良友图书公司通知信。得徐懋庸信，下午复。寄吴朗西信。晚河清来。得时玳信，即复。蕴如来，三弟来并为代定缩印本《四部丛刊》一部，百五十元。

三日　星期。昙。上午得章雪村信，即复。寄三弟信。晚往九华堂买次单宣三十五张，抄更纸十六刀，共泉二十五元三角六分。译文社邀夜饭于东兴楼，夜往，集者约三十人。复靖华信。

四日　昙。上午得曹白信，即复。得王冶秋信。以《中国画论》寄赠 P.Ettinger。

五日　昙。上午复王冶秋信。寄吴朗西信。午后往内山书店见武者小路实笃氏。得赵景深信。得徐懋庸信。得山本夫人信。得明甫信，即复。下午访章雪村。晚明甫来。寄河清信并陈学昭稿。

六日　晴。上午得母亲信，二日发。得孟十还信。得文学丛报社信。得《おもちゃ絵集》一本，六角。下午买《東洋文化史研究》及《南北朝に於ける社会経済制度》各一本，共泉六元。复雷金茅信并还小说稿。

七日　晴。上午寄母亲信。复段干青信并还艾明稿，并赠《死魂灵百图》一本。又寄赠罗清桢一本。得曹白信。得三弟信。得张静庐信，即复。得静农信，即复。午后得明甫信并《现代中国》二本。下午同广平携海婴往上海大戏院观《铁马》。夜雨。

八日　昙。上午寄三弟信。吴朗西持白纸绸面本《死魂灵百图》五十本来，即陆续分赠诸相识者。下午寄曹白信。寄郑野夫信。得李霁野信并还泉百五十。晚张因来。夜译《死魂灵》二部三章起。

九日　晴。上午德芷来。午后复霁野信。寄吴朗西信。得明甫信。得新知书店信并画集底本。晚河清来并交稿费四十。三弟来。

十日　星期。小雨。上午内山书店送来牧野氏《植物分類研究》（下）、《近世錦絵世相史》（六）、《チエーホフ全集》（十七）各一本，共泉十一元二角。午后得季市信。同广平携海婴往大上海大戏院观《龙潭虎穴》。下午得金肇野信。得唐弢信并《推背集》一本。烈文来。夜胡风来。

十一日　雨。上午得赵景深信。得马子华信。得木下猛信片。得烟桥木刻二幅。

十二日　晴。上午收《竖琴》版税百一元五角二分。得曹白信。得阿芷信。

十三日　昙。午后阿芷及其大人至书店来，并赠肉一碗、鲫鱼一尾。得欧阳山信并赠《青年男女》一本。得孟十还信。得新知书店信。校《述林》下卷起。

十四日　昙。上午寄章雪村信。寄靖华信并《竖琴》版税二十六元。夜得河清信。

十五日　昙。上午吴朗西来。得草明信，即复。得靖华信，午后复。往须藤医院诊，云是胃病。下午得孟十还信。买《赋史大要》一本，三元三角。

十六日　晴。上午得明甫信。得于雁信。得段干青信，下午复。协和及其次子来。晚蕴如携晔儿来，并为买得茶叶廿余斤，值十四元二角。三弟来。

十七日　星期。晴，风。无事。

十八日　小雨。上午得陈蜕信。午后胡风来并赠《山灵》一本。夜发热三十八度二分。

十九日　晴。上午得三弟信，即复。午后往须藤医院诊。下午得何家槐信。晚河清来并赠松江茶食二种，交《译文》三期稿费十七元。夜热三十八度。

二十日　晴。上午得汉唐砖石刻画象拓片九枚，李秉中寄来。得卢鸿基信。得徐芬信。下午内山书店送来《世界文芸大辞書》（七）一本，五元五角。孔若君来，未见。得明甫信。晚须藤先生来诊。夜九时热三十七度七分。

二十一日　晴。上午寄明甫信。寄三弟信。午后得母亲信，十八日发。收《作家》第二本稿费卅。得《现代版画》（十八）一本。夜九时热三十七度六分。

二十二日　晴。上午得霁野信。得唐弢信，即复。得章靳以信，即复。下午以《述林》上卷托内山君寄东京付印。须藤先生来诊。夜九时热三十七度九分。

二十三日　晴。上午寄须藤先生信取药。午得赵景深信。得赵家璧信并书，即复。得明甫信，即复。得靖华信并译稿，下午复。晚蕴如携阿菩来，三弟来。夜九时热三十七度六分。

二十四日　星期。晴。上午内山君来访。午后得靳以信。晚须藤先生来诊。夜内山君赠莓一合。九时热三十七度三分。

二十五日　雨。上午得钟步清信并木刻。得罗清桢信。得明甫信。得孟十还信，附时玳信，即复。下午须藤先生来注射。夜热三十七度八分。

二十六日　晴。上午得唐英伟信。得赖少其信。山本夫人寄赠秋田氏《五十年生活年譜》一本。内山君赠蒲陶汁二瓶。内山书店送来《青春を賭ける》一本，一元七角。晚须藤先生来诊察并注射。夜热三十七度八分。

二十七日　晴。下午须藤先生来注射。夜热三十七度五分。

二十八日　晴。上午寄吴朗西信并校稿。得 G. Cherepnin 信。得赵家璧信并复制苏联木刻。下午须藤先生来诊并注射。胡风来，赠以《改造》一本。夜内山君来并赠海胆脏一合。九时热三十七度二分。

二十九日　晴。上午季市及公衡来，为作札绍介于须藤医院。得《一天的工作》版税百另六元九角二分。得《版芸術》（六月分）一本，六角。得增田君信。寄费慎祥信。下午须藤先生来注射，并用强心剂一针。夜九时热三十七度二分。雨。

三十日　晴。上午得郑野夫信，午后复。下午须藤先生来注射讫。蕴如来。晚河清来。三弟来。夜九时热三十七度七分。

三十一日　星期。晴。上午季市来。午内山书店送来《漱石全集》（十一）一木，一元七角。午后得李秉中信。得工冶秋信。得阿芷信。下午史君引邓医生来诊，言甚危，明甫译语。胡风来。须藤先生来诊。夜烈文见访，稍谈即去。九时热三十六度九分，已为平温。

六月

一日　晴。上午得吴朗西信并校稿。下午须藤先生来诊。夜又发热。

二日　雨。上午得靖华信。得唐弢信。下午须藤先生来诊。得《おもちや絵集》（三辑）一本，七角。夜三弟来。

三日　晴。上午得徐懋庸信。得王冶秋信并稿。下午须藤先生来诊。

四日　晴。上午得叶紫信。午后须藤先生来注射。

五日　晴。午得雷金茅信。孟十还赠《密尔格拉特》一本。自此以后，日渐委顿，终至艰于起坐，遂不复记。其间一时颇虞奄忽，但竟渐愈，稍能坐立诵读，至今则可略作数十字矣。但日记是否以明日始，则近颇懒散，未能定也。六月三十下午大热时志。

七月

一日　晴，热。上午得文尹信。午季市来并赠桔子及糖果。下午须藤先生来注射 Takamol，是为第四次。晚三弟来并为代买得景印《永乐大典》本《水经注》一部八本，十六元二角。夜略浴。

二日　昙。上午得 WW 信。得姚克信。下午诗荃来，未见。得吴朗西信并《珂氏版画集序》印本百余枚。须藤先生来注射。晚小雨。得文尹所寄石雕烟灰皿二个，亚历舍夫及密德罗辛木刻集各一本。

三日　昙。上午略整理《珂勒惠支版画集》。下午烈文来。晚须藤先生来注射。

四日　雨。上午得季市信。得孔若君信。以荔枝赠内山、鎌田及须藤先生。良友公司赠《苏联版画集》五本。下午吴朗西来。费慎祥来并赠荔枝、苹果。晚须藤先生来注射。蕴如携阿玉、阿菩来，夜三弟来，赠以石皿一。

五日　星期。小雨，上午晴。得李秉中信。得杨晋豪信。得文学丛报社信并稿费廿。下午谷非来。须藤先生来诊并注射。

六日　昙。上午寄母亲信。寄靖华信。复文学丛报社信。得东志翟信。得温涛信。得方之中信，附詹虹笺。下午须藤先生来注射。增田君来。晚得赵家璧信并《苏联版画集》十八本，夜复。内山君来。又发热。

七日　晴。上午须藤先生来注射。得陶亢德信。得陈仲山信，托罗茨基派也。萧军还泉五十。三弟为买磁青纸百五枚，直十元。午后复詹虹信。

八日　晴。上午得夏传经信。得三弟信。午河清来。下午谷风来。得赵树笙信并诗。草明还泉五十。须藤先生来诊并注射。晚三弟来。

九日　晴，风，大热。上午得曹白信并郝力群木刻三幅。得郑伯奇信。下午须藤先生来注射。晚增田君来辞行，赠以食品四种。

十日　晴，热。上午得P.ETTINGER信。得内山嘉吉信。得张依吾信并稿，即复还。下午须藤先生来诊并注射。内山夫人之父自宇治来，赠海婴五色豆、综合花火合一合，赠以荔枝一筐。夜校重排《花边文学》讫。

十一日　晴，大热。上午寄吴朗西信。复王冶秋信。午得曹坪信。下午河清来。得徐伯䜣［昕］信并生活书店版税泉二百。晚须藤先生来诊并注射。蕴如携蕖官来，三弟来。

十二日　星期。昙。上午鎌田君来并赠西瓜一枚，又赠海婴玩具飞机一具。午吴朗西来并赠《GOETHES Reise, Zerstreuung und Trostbüchlein》一本。复曹坪信。下午须藤先生来诊并注射讫。

十三日　昙。午后得 Dr.Y.Průšék 信。夜内山君来。

十四日　昙。上午寄须藤先生信，少顷来诊。吴朗西来。午后内山君赠苹果汽水六瓶。内山书店送来《チェーホフ全集》（十八）一本，《近世錦絵世相史》（八）一本，共泉八元八角。下午大雨。得蔡南冠信，即复。得赵家璧信，即复。晚钦文来并赠火腿一只，红茶一合。小岛君〔赠〕罐头水果三合。

十五日　昙。上午得母亲信，十日发。午雨一陈即霁。午后复徐伯昕信附板税收条一枚。晚广平治馔为悄吟饯行。钦文来并赠 Apetin 一瓶。夜烈文来。九时热三十八度五分。

十六日　雨。上午得冶秋信并绘信片五枚。得李秉中信，即由广平复。下午须藤先生来诊并再注射。

十七日　雨。上午得靖华信。得陈蜕信并还泉五十。得文尹信，下午复。寄季市信。须藤先生来注射。体温复常，最高三十七度。

十八日　晴，热。午后得丁玲信。下午须藤先生来诊并注射。夜蕴如及三弟来。

十九日　晴。星期。午后得曹坪信并稿。得沈西苓信，下午复。须藤先生病，令看护妇来注射。收生活书店补版税五十元，又石民者十五元。

二十日　晴。上午往内山书店闲谈。得季市信。得野夫信并木刻三幅。下午寄靖华信。须藤医院之看护妇来注射。

二十一日　晴。上午得霁野信。午后吴朗西来。下午河清来。须藤医院之看护妇来注射。晚三弟来。

二十二日　晴。上午得赵家璧信。得唐英伟信，午后复。寄孔若君信。下午费慎祥来并还泉百。晚须藤医院之看护妇来注射。

二十三日　晴，热。上午得楼炜春信，附适夷语。午前吴朗西来并补文化生活社版税八十四元，并为代托店订《珂勒微支版画选集》百三本。午后费慎祥来。下午须藤医院之看护妇来注射，计八针毕。

二十四日　晴，热。上午寄詹虹信。下午得陈蜕信。得孔若君信。复 Průšek 信，附《捷克译本小说序》一篇，照相一枚，又别寄《故事新编》一本。寄增田君《作家》七月号一本。

二十五日　晴。上午得增田君信。得沈西苓信。下午张因来。刘军来。内山店送来《雾社》一本，一元七角。晚蕴如携阿菩来，三弟来并为买得《中国艺术在伦敦展览会出品图说》（三）一本，特价三元五角。

二十六日　星期。晴，大风。下午须藤武一郎君来并赠果物一筐。

二十七日　晴，风。上午烈文来。下午季市来。

二十八日　晴，热。上午得曹白信并木刻《花边文学》封面一枚。下午得《版芸術》（八月分）一本，六角。得山本夫人信。

二十九日　晴，热。上午得《自然》（三）一本。午后昙，雷电。下午内山书店送来《女騎士エルザ》一本，一元七角。晚三弟来。夜内山君来并赠食物两种。

三十日　晴，热。上午得曹坪信并稿。夜拭胸背，濯腰脚。

三十一日　昙。午得世界语社信。下午往内山书店。狂雨一陈。

八月

一日　昙。上午邀内山君并同广平携海婴往问须藤先生疾，赠以苹果汁一打，《珂勒惠支版画选集》一本。即为我诊，云肺已可矣，而肋膜间尚有积水。衡体重为三八·七启罗格兰，即八五·八磅。下午孔若君来。得明甫信。内山书店送来《漱石全集》一本，一元七角。晚河清来。蕴如来。三弟来。夜雨。

二日　星期。雨。午后复明甫信。复曹白信并赠版画两本。下午得母亲信，七月二十八日发。得林仁通信。得靖华信。得徐懋庸信。得马吉风信并稿，即复并还稿。得烈文信。内山君赠烧鳗两筐。

三日　雨。无事。

四日　晴。上午复烈文信。得曹白信并郝力群刻象一幅。

五日　昙。上午得赵越信。得依吾信。得吴渤信。同广平携海婴往须藤医院。下午岛津［津岛］女士来。晚蕴如携薰官来，三弟来。夜坂本太太来并赠罐头水果二种。夜治答徐懋庸文讫。

六日　昙。上午得赵家璧信并《苏联作家二十人集》十本。得时玳信。

七日　晴。上午得增田君信。得唐弢信。寄白兮信并还稿。午后复曹白信。复时玳信。复赵家璧信并靖华书二本。吴朗西来。往须藤医院，由妹尾医师代诊，并抽去肋膜间积水约二百格兰，注射 Tacamol 一针。广平、海婴亦去。晚烈文来。

八日　晴，热。上午得陈光尧信。内山书店送来《フロオベエル全集》（三）一本，二元八角。斋藤秀一寄来《支那語ローマ字化の理論》二本。下午须藤医院助手钱君来注射。晚蕴如携晔儿来，三弟来。

九日　星期。晴，热。午后得曹白信并力群木刻一枚。葛琴赠茶叶两包。下午钱君来注射。晚河清来。

十日　晴，风而热。上午得萧军信。晚钱君来注射。

十一日　晴，热。上午得靖华信。内山书店送来《おもちや絵集》（四）一本，六角。往须藤医院诊并注射，广平携海婴同去。午后寄雪村信并《海上述林》剩稿。得孟十还信，即复。得蔡斐君信。

十二日　晴，热。下午烈文来。晚须藤先生来注射。蕴如来，三弟来。

十三日　晴，热。上午得明甫信，下午复。须藤先生来注射。夜始于淡［痰］中见血。

十四日　晴，风而热。上午得孟十还信。托广平送须藤先生信，即得复。午得穆克信并木刻。下午河清来。晚须藤先生来注射。

十五日　晴，热。上午得世界社信，即复。得夏征农信，即复。得孟十还信，即复。下午须藤先生来注射。晚蕴如携阿菩来，三弟来。

十六日　星期。晴。午后沙汀寄赠《土饼》一本。得明甫信，即复。晚须藤先生来。

十七日　昙，热，下午雨。晚须藤先生来注射。得曹聚仁信。生活书店送来《燎原》（全）一本。得王正朔信并南阳汉石画象六十七枚，夜复。

十八日　晴，热。晨三弟挈马理子来，留马理居三楼亭子间。午后寄蔡斐君信并还稿。得内山夫人笺并乡间食品四种，为鹿地君之母夫人所赠。得唐英伟信。下午须藤先生来注射。夜三弟为马理取行李来。拭胸背，浴腰脚。

十九日　晴，热。上午得唐弢信。得叶紫信。午后得王凡信。得赵家璧信。下午须藤先生来注射。晚蕴如来,三弟来并为从北新书局取得版税泉二百。吴朗西来。

二十日　晴,热。上午马理赠笺纸一合。复唐弢信。复赵家璧信。得生活书店函购部信,即复。下午须藤先生来注射。得母亲信,十八日发。得欧阳山信。夜内山君来并赠《一个日本人之中国观》一本。

二十一日　晴。上午广平送马理子往陶宅。得孟十还信并稿费六十,《作家》五本。下午须藤先生来注射,于是又一环毕,且赠松鱼节三枚、手巾一合。

二十二日　晴,热。上午得孟十还信。臧克家寄赠诗集一本。下午蕴如来。晚三弟来。得刘重民信。得蒋径三讣。须藤先生来诊。

二十三日　星期。晴,热。上午得沈旭春信。为《中流》作小文。夜内山君引鹿地君夫妇及河野女士来。九时热〔三十〕七度八分。

二十四日　晴。上午寄烈文信并稿。得靖华信,附与河清函,于夜转寄。

二十五日　晴。上午寄母亲信。复沈旭春信。内山书店送来《オモチヤ絵集》(五、六)二本,《版芸術》(九月)一本,共泉一元八角。午后靖华寄赠猴头菌四枚,羊肚菌一合,灵宝枣二升。下午河清来。须藤先生来诊。复欧阳山信。

二十六日　晴。上午得杨霁云信。得康小行信,即复。夜三弟来。

二十七日　晴。上午马理交来芳子信。夜烈文来。

二十八日　晴。晨寄烈文信。寄靖华信并杂志。下午须藤先生来诊。得辛丹信并《北调》三本,即复。晚复杨霁云信。

二十九日　晴。上午得自称雷宁者信。得阿芷信。理发。午后往内山书店。买《支那社会研究》及《思想研究》各一本，共泉九元五角。赙蒋径三泉十元，广平同署名。晚蕴如来，三弟来。

三十日　星期。晴。午后得良友公司所送《文库》二本。下午须藤先生来诊。

三十一日　昙。上午寄须藤先生信为海婴取药，又感冒也。得三一杂志社信，午后复。寄明甫信。寄三弟信。托内山君修函并寄《珂勒惠支版画选集》一本往在柏林之武者小路实笃氏，托其转致作者。下午须藤先生来注射。夜雨。

九月

一日　雨。上午得王冶秋信并画信片二枚。得 P.Ettinger 信。须藤先生来为海婴诊，下午复来为我注射 Pectol 起，并令停止服药。

二日　昙。上午得母亲信，八月三十日发。得 Y. Průšek 信。得许深信。得明甫信。得 P.Ettinger 所寄《Polish Art》一本。得孔若君所寄《斧声集》一本。午晴。内山书店送来《漱石全集》（六）、牧野氏《植物集说》（下）各一本，共泉五元九角。下午须藤先生来注射。河清及其夫人来，并赠海苔　合，又赠海婴坑具二事。晚蕴如来。三弟来并为取得蟫隐庐书目。

三日　昙。上午寄三弟信。雨。得内山君信。得鹿地君信。晚须藤先生来诊并注射。夜孙式甫来，其夫人先至。又发热。

四日　晴。上午寄母亲信。复明甫信。复许深信。午后又服药。下午须藤先生来注射。

五日　晴，热。上午得林伟达信。得孟十还信。得靖华信。午后寄赵家璧信。下午须藤先生来注射。为《中流》（二）作杂文毕。晚蕴如携蕖官来。三弟来并为买来《庚壬录》、《陷巢记》、《雁影斋读书记》、《树蕙编》各一本，共泉二元七角，即以《树蕙编》赠之。夜烈文来。

六日　星期。晴，风。午后复鹿地君信。得伊吾信并稿。得马子华信。得豸华堂所寄书目一本。晚须藤先生来注射。蕴如及三弟来。

七日　晴。上午寄豸华堂信并邮票一元二角三分。下午须藤先生来注射 Cerase 起。收赵家璧所寄赠之《新传统》一本。

八日　晴。上午往内山书店买《紙魚供養》一本，《私は愛す》一本，共泉四元六角。寄靖华信并稿费泉十五。得叶紫信，附李虹霓信，并《开拓了的处女地》五本，下午复。晚须藤先生来注射。蕴如来并为取得《四部丛刊》三编第四期书三十二种一百五十本，全部完。三弟来。夜雨。

九日　雨。上午内山书店送来《反逆儿》一本，一元七角。得赵家璧信。午李秉中来。晚须藤先生来注射。

十日　昙。上午复赵家璧信并靖华译稿四篇。豸华堂寄来《南陵无双谱》一本，价一元，往来邮费二角五分。得练熟精信并稿。午后须藤先生来注射。下午烈文来并交《中流》（一）稿费十二元，交以第二期稿。内山书店送来《フロオベエル全集》（五）、《チェーホフ全集》（十八）、《世界文芸大辞典》（3）各一本，共泉十二元。

十一日　昙。上午得曹坪信并稿。周文寄赠《多产集》。谷非赠《崖边》三本。下午须藤先生来注射。费慎祥来并交版税泉五十。

十二日　昙。上午得母亲信，八日发。午后得靖华所寄赠之木耳一囊。下午须藤先生来注射 Cerase 第二号。晚蕴如来。三弟来。夜内山君来并持来阿纯发生机一具。

十三日　星期。晴。午后内山君来。下午须藤先生来注射，并为海婴治疖。

十四日　晴。上午还伊吾稿，附回信。午前内山君同山崎靖纯君来，并赠羊羹一筒。下午须藤先生来注射。晚吴朗西来。夜发热至三十八度。

十五日　晴。上午寄吴朗西信。寄明甫信。改造社寄赠《支那》一本。生活书店寄赠《坦白集》一本。丽尼寄赠《鹰之歌》一本。得叶紫信。得靖华信。得小田岳夫信。得增田君信，午后复。复P.Ettinger信。复王冶秋信。下午须藤先生来注射。鹿地君来。雨。

十六日　晴。上午往内山书店。孟十还转来星光社信，即复。得梅叔卫信，即复。午后蕴如携晔儿来。晚须藤先生来诊并注射，且诊晔儿。三弟来。何太太携雪儿来。

十七日　晴。上午得张依吾信。午后鹿地夫人来。学昭女士来。下午须藤先生来注射 Cerase 第三号起。寄增田君《作家》（六）、《二心集》各一本。

十八日　昙。上午得明甫信，即复。得綦岱峰信，即复。午蕴如来并交许杰信，午后复。下午晴。复张依吾信。河清来并持来《译文》（二卷之一）五本。须藤先生来注射，傍晚复至，赠墨鱼一枚，雲丹豆一筒。

十九日　晴。上午得尤炳圻寄赠之《一个日本人之中国观》一本。得风沙信并稿，午后寄还之，并复。下午蕴如携晔儿来。须藤先生来注射。

二十日　星期。晴。上午得李秉中明信片。午后得张慧信并木刻。得唐英伟信并木刻。得唐诃信并《木刻集序》。得曾纪勋信，下午复。须藤先生来注射。烈文来。晚作《女吊》一篇讫，三千字。

二十一日　晴。上午得伊吾信。得郫县读者信。午后往内山书店。下午须藤先生来注射。晚复唐诃信。夜濯足。九时发热至三十七度六分。

二十二日　晴。上午寄烈文信并稿二种。寄曹坪信。午后寄母亲信。寄紫佩信。寄费慎祥信。下午姚克来并赠特印本《魔鬼的门徒》一本，为五十本中之第一本。须藤先生来注射 Cerase 第四号起。夜慎祥来。

二十三日　晴。午寄烈文信。午后鹿地夫人及河野女士来。下午须藤先生来注射。夜三弟来。内山君遣人来通知街上有兵警备。七时热至三十八度五分。

二十四日　晴。上午往内山书店买《芸林闲步》一本，二元八角。以《中国美术在英展览图录》（绘画之部）一本寄王凡。午后寄明甫信。下午须藤先生来注射。八时热三十八度四分。

二十五日　晴。上午得芳子信。夜须藤先生来注射。不发热。

二十六日　晴。晨寄季市信。上午寄吴朗西信。午前得赖少其信并木刻。得王志之信并文稿。得梁品青信。得孟十还信。得明甫信。得三弟信。午须藤先生来注射。下午蕴如携阿菩来。晚吴朗西来并赠再版《死魂灵》特制本一本。夜三弟来。九时热三十七度六分。

二十七日　星期。晴。晨李秉中来并赠广平布衫一件。上午复明甫信。复梁品青信。上午访内山君。得谢炳文信。得梅叔卫信。午后得生活书店寄赠之《中国的一日》三本。

二十八日　晴。午得冶秋信并画信片二枚。得吴渤信，午后复。复谢炳文信。复 Y. Průšek 信。寄烈文信并稿一篇。下午须藤先生来诊。蕴如来。费君来取去印证千五百。晚烈文来并交《中流》（二）

稿费九元。

二十九日　晴。上午往内山书店。得郭庆天信。得孟十还信。得明甫信。得曹白信并稿二。得郑振铎信，下午复。寄河清信。费慎祥来并赠蒲陶、梨子。晚吴朗西来。

三十日　昙。上午校《海上述林》下卷毕。午后寄章雪村信并校正稿。复曹白信并还稿。下午谷非及其夫人来。须藤先生来诊。晚蕴如携三孩子来，夜三弟来。中秋。似发微热。

十月

一日　晴。上午得母亲信，九月二十七日发。得吴渤信。午后往须藤医院诊，云是小有感冒，广平同去。称体重得 39.7 K.G.（八十八磅），较八月一日增 1K.G.，即约二磅。下午河清来。晚寄三弟信。夜七时热卅七度九分。内山君来。

二日　晴。上午得曹白信。得《版芸術》（十月分）一本，六角。河出书房寄赠《支那印度短篇小説集》一本。文化生活出版社寄赠《河童》四本。下午《海上述林》上卷印成寄至，即开始分送诸相关者。寄章雪村信。下午徐懋庸寄赠《小鬼》一本。明甫来。Granich来照相。是日不发热。

三日　晴。上午往须藤医院诊。得王大钟信。得紫佩信。往内山书店买《西方の作家たち》一本，一元五角。晚何太太携雪明来。蕴如携蕖官来。夜三弟来并为买得《越缦堂日记补》一部十三本，八元一角。

四日　星期。晴。午后得静农信。得曹坪信。李霁野寄赠其所

460

译《我的家庭》一本。鹿地君及其夫人来，下午邀之往上海大戏院观《冰天雪地》，马理及广平携海婴同去。

五日　昙。上午得增田君信，即复。得明甫信，即复。下午须藤先生来诊。

六日　昙。上午得芷夫人信，午后复，并泉五十。复曹白信并《述林》一本。午后同马理及广平携海婴往南京大戏院观《未来世界》，殊不佳也。晚得李虹霓信并稿。得梁品青信。

七日　晴。上午张维汉君来。得董永舒信。下午须藤先生来诊。生活书店寄赠《醒世恒言》一本。晚河清来。蕴如来，三弟来。夜慎祥来并交版税泉五十。得友生明信片。

八日　晴。上午得梁品青信。得明甫信。午后往青年会观第二回全国木刻流动展览会。内山夫人来并交嘉吉入选雕刻信片，未遇。晚烈文来并交《中流》（三期）稿费二十元五角。止药。

九日　昙。午后吴朗西来。得萧英信并稿。晚得费明君信，即复。内山书店送来《漱石全集》（十四）一本，一元八角。夜寄烈文及河清信，托登广告。

十日　晴。上午张维汉君来。午后同广平携海婴并邀玛理往上海大戏院观《Dubrovsky》，甚佳。下午三弟及蕴如携晔儿来。晚内山书店送来《運命の丘》及《おもちや繪集》各一本，共泉二元四角。何太太及雪儿同来。夜为《文艺周报》作短文一篇，共千五百字。又发热几卅八度。

十一日　星期。晴。上午孔若君寄赠《中国小说史料》一本。得费慎祥信。得增田君信，即复。寄烈文信。寄河清信。同广平携海婴往法租界看屋。午后访内山君谈。下午须藤先生来诊。

十二日　晴。上午得紫佩信，午后复。寄赵家璧信。午后往内山书店买《新シキ糧》一本，一元三角。晚吴朗西来。浅野君来，不见，留赠《転換期支那》一本而去。夜濯足。

十三日　晴。上午内山书店送来《西葡記》一本，三元三角。下午须藤先生来诊。

十四日　晴。上午得明甫信，即复。得增田君信，即复。得端木蕻良信，下午复，并还稿一篇。下午河清来，得小芋信并戈理基木雕象一座。萧军来并赠《江上》及《商市场［街］》各一本。夜得三弟信。

十五日　晴。上午复刘小芋信。往须藤医院诊，广平亦去。又始服药。午得赵家璧信。得曹白信并木刻一幅。热又退。

十六日　晴。上午复李虹霓信并还稿。复曹白信并赠《述林》上。复静农信并赠《述林》。寄季市《述林》一。午后得内山君信，即复。下午为靖华作译本小说集序一篇成。晚吴朗西来。

十七日　晴。上午得崔真吾信。得季市信。得靖华信，午后复。须藤先生来诊。下午同谷非访鹿地君。往内山书店。费君来并交《坏孩子》十本。夜三弟来。

十八日　星期。

书帐

古文苑三本　二·四〇　一月三日

笠泽丛书四本　三·二〇

罗昭谏集四本　二·四〇

ゴリキイ文学論一本　一·一〇　一月八日

果戈理画传一本　戈宝权赠

フロオベエル全集（四）一本　二・八〇　一月十一日

近世錦絵世相史（三）一本　四・二〇

现代版画（十五）一本　李桦寄赠　一月十四日

南华乡土玩具集一本　同上

チェーホフ全集（十四）一本　二・八〇　一月十五日

エネルギイ一本　一・七〇

植物分類研究（上）一本　四・〇〇

青い花一本　一・八〇　一月二十日

高士传像一本　三・五〇　一月二十一日

於越先贤像传赞二本　七・〇〇

谈天三本　二・一〇

李长吉集二本　八・四〇

皮子文薮二本　一・〇〇

土俗玩具集（九）一本　〇・六〇　一月二十二日

南阳汉画象拓片五十枚　杨君寄来　一月二十八日

版芸術（二月分）一本　〇・六〇　一月三十日

漱石全集（十）一本　一・七〇　　　　　　　　五三・三〇〇

苏联作家木刻四十五幅　刻者寄赠　二月一日

西洋史新講一本　五・〇〇　二月五日

フロオベエル全集（七）一本　二・八〇　二月七日

支那法制史論叢一本　三・三〇　二月十日

遺老説伝一本　二・二〇

雷雨（日译本）一本　二・二〇　二月十五日

支那文学概説一本　一・七〇　二月十九日

闘牛士一本　一・七〇　二月二十日

近世锦絵世相史（四）一本　四・二〇　二月二十二日

文芸学の発展と批判一本　二・〇〇　二月二十三日

版芸術（三月）一本　〇・六〇　二月二十七日　二六・七〇〇

少年歌德象等三幅　P.Ettinger 贈　三月二日

世界文芸大辞書（二）一本　五・五〇　三月四日

旧都文物略一本　紫佩贈　三月六日

漱石全集（一）一本　一・七〇

フロオベエル全集（六）一本　二・八〇　三月八日

チェーホフ全集（十五）一本　二・八〇

東方学報（京都六）一本　四・四〇　三月十二日

古铜印谱举隅四本　今关君寄贈　三月十六日

日本初期洋風版画集一本　五・五〇　三月二十日

聊斋外书磨难曲一本　一・四〇

東洋封建制史論一本　二・〇〇　三月二十一日

邦彩蛮華大宝鑑二本　七〇・〇〇

At the Sign of the Reine Pédauque 一本　盐谷俊次贈
三月二十一[二]日

版芸術（四月分）一本　〇・六〇　三月二十六日

漱石全集（十三）一本　一・七〇　三月二十八日

マルロオ：土道一本　一・七〇　三月三十一日－〇〇・一〇〇

近世錦絵世相史（五）一本　四・二〇　四月二日

土俗玩具集（十止）一本　〇・六〇　四月三日

おもちゃ絵集（一）一本　〇・六〇

四部丛刊三编二十二种百五十本　预约　四月四日

国学珍本丛书九种十四本　五・四〇

フロオベエル全集（八）一本　二・七〇　四月六日

新中国文学大系（十）一本　出版者赠　四月八日

现代版画（十七）一本　出版者赠

南阳汉画象石拓本四十九枚　王正今寄来　四月九日

小林多喜二日記一本　一・一〇　四月十八日

東方学報（东京六）一本　五・五〇　四月二十二日

日译本雷雨一本　作者赠

読書術一本　〇・九〇　四月二十三日

人形作者篇一本　二・八〇　四月二十四日

閉された庭一本　一・七〇

The Life of the Caterpillar　一本　三・〇〇

The Chinese on the Art of Painting 一本　九・〇〇
　　　　　四月二十五日

版芸術（五月分）一本　〇・六〇　四月二十八日

楽浪王光墓一本　二七・五〇　四月二十九　　九〇・三〇〇

漱石全集（二）一本　一・七〇　五月二日

缩印本四部丛刊初编一百本　一五〇・〇〇

おもちや絵集（二）一本　〇・六〇　五月六日

東洋文化史研究一本　三・三〇

南北朝社会经济制度一本　二・七〇

牧野氏植物分類研究（下）一本　四・二〇　五月十日

近世錦絵世相史（六）一本　四・二〇

チェーホフ全集（十七）一本　二・八〇

賦史大要一本　三・三〇　五月十五日

汉唐砖石刻画象拓片九枚　李秉中寄赠　五月二十日

世界文芸大辞書（七）一本　五・五〇

五十年生活年譜一本　山本夫人赠　五月二十六日

青春を賭ける一本　一・七〇

版芸術（六月分）一本　〇・六〇　五月二十九日

漱石全集（十一）一本　一・七〇　五月三十一日　一八〇・五〇〇

オモチヤ絵集（三）一本　〇・七〇　六月二日

Anna，eine Weib u.e.Mutter 一本　吴朗西赠

近世錦絵世相史（七）一本　四・二〇

フロオベエル全集（一）一本　二・八〇

M.Gorky's Gesammt　Werke 八本　黄河清赠

M.Gorki's Ausgewahlte　Werke 三本　同上

M.Gorki: Aufsätze 一本　同上

ロオランサン詩画集一本　三・三〇

影印博古酒牌一本　西谛寄来

ルウバアヤアツト一本　二・二〇

ゴルキイ文芸書簡集一本　一・一〇

版芸術（七月份）一本　〇・六〇

　　　月初以后病不能作字，遂失记，此乃追补，当有遗漏矣。

　　　　　　　　　　　　　　　　　　　　六月卅日。

苏联木刻原拓七枚

北ホテル一本　一・七〇

漱石全集（五）一本　一・七〇　六月三十日　一八・三〇〇

景印大典本水经注八本　一六・二〇　七月一日

亚历舍夫木刻集一本　文尹寄来　七月二日

466

密德罗辛木刻集一本　同上

GOETHEs 36 Handzeichnungen 一本　吴朗西赠

チェーホフ全集（十八）一本　三・〇〇　七月十四日

近世錦絵世相史（八）一本　五・五〇

霧社一本　一・七〇　七月二十五日

中国艺术展览会出品图说（三）一本　三・五〇

版芸術（八月分）一本　〇・六〇　七月二十八日

女騎士エルザ一本　一・七〇　七月二十九日　　三二・二〇〇

漱石全集（十五）一本　一・七〇　八月一日

フロオベエル全集（三）一本　二・八〇　八月八日

おもちや絵集（四）一本　〇・六〇　八月十一日

南阳汉石画象六十七幅　王正朔寄来　八月十七日

おもちや絵集（五及六）二本　一・二〇　八月二十五日

版芸術（九月分）一本　〇・六〇

支那社会研究一本　五・〇〇　八月二十九日

支那思想研究一本　四・五〇　　　　　　　　一六・四〇〇

漱石全集（六）一本　一・七〇　九月二日

牧野氏植物集説（下）一本　四・二〇

庚辛壬癸录一本　〇・六三〇　九月五日

流寇陷巢记一本　〇・三五〇

雁影斋读书记一本　一・三〇

树蕙编一本　〇・四二〇

紙魚供養一本　三・三〇　九月八日

私は愛す一本　一・三〇

四部丛刊三编四期书一百五十本　豫约，讫

反逆児一本　一・七〇　九月九日

南陵无双譜一本　一・二五〇　九月十日

フロオベエル全集（五）一本　二・八〇

チェーホフ全集（十八）一本　二・八〇

文芸大辞典（3）一本　五・四〇

芸林閑歩一本　二・八〇　九月二十四日　　　　三〇・三〇〇

版芸術（十月分）一本　〇・六〇　十月二日

西方の作家たち一本　一・五〇　十月三日

越縵堂日記補十三本　八・一〇

漱石全集（十四）一本　一・八〇　十月九日

運命の丘一本　一・八〇　十月十日

おもちや絵集（七）一本　〇・六〇

新しき糧一本　一・三〇　十月十二日

西葡記一本　三・三〇　十月十三日

日记第十一（1922年）

正月

十四日　昙。……午后收去年六月分奉泉七成二百十，还季市泉百……

二十七日　晴，雪。午后收去年七月分奉泉三百。买《结一庐丛书》一部二十本，六元，从季市借《嵇中散集》一本，石印南星精舍本。许季上来，不值，留赠《庐山复教集》二部二本。旧除夕也，晚供先像。柬邀孙伏园、章士英晚餐，伏园来，章谢。夜饮酒甚多，谈甚久。

二月

一日　昙。上午得胡适之信。午后往高师讲并游厂甸。下午寄三弟信。

二日　晴。午后寄胡适之信，并《小说史》稿一束。寄何作霖信并稿一篇。下午游厂甸，买《陈茂碑》拓本一枚，七角；又买《世说新语》四册，湖南刻本也；又《书林清话》四本，又西泠印社排印本《宜禄堂金石记》一部、《枕经堂金石跋》一部各四本，共泉十二元二角；又买泥制小动物四十个，分与诸儿。

十六日　昙。夜寄宋知方信。寄宫竹心信。以南星精舍本《嵇康集》校汪刻本。

十七日　晴。下午寄马幼渔信。沈尹默寄来《游仙窟钞》一部两本。夜校《嵇康集》十卷讫。

二十六日　晴。星期休息。上午李遐卿来，未见，留赠笔十二支。王维忱卒，赙五元。

三月

六日　昙。午后收车耕南所寄《馀哀录》一本。收三弟所寄《越缦堂骈文》一部四本，即赠季市。晚得胡适之信。

十七日　晴，风。午后赠季市以《切均〔韵〕》一册。

四月、五月、六月初观俄国歌剧。

四月

三十日　昙。星期休息。……雨。译《桃色之云》起。

五月

二十二日　晴。马理入山本医院割扁桃腺，晚往视之，赠以玩具三事。

二十五日　晴。下午寄三弟信。夜风。译《桃色之云》毕。

七月

三日　晴。休假。晨 E 君启行向芬兰。

十六日　昙。星期休息。……晚往季市寓，小憩，乃同赴通商饭馆，应潘企莘之约，同席八人。夜归。

二十八日　晴，热。上午寄季市信……

三十一日　晴，热。午得季市信。

八月

七日　雨。午后校《嵇康集》起。

十日　昙……下午收商务印书馆编辑所所寄《桃色之云》稿本一卷，又印本《爱罗先珂童话集》二册，以一册赠季市。

二十七日　晴。星期休息。下午寄伏园信。夜抄《遂初堂书目》起。

二十九日　晴。上午文学研究会寄来《一个青年之梦》五册，送季市一册。

九月

三日　晴。星期休息。夜抄《遂初堂书目》讫。

十二日　晴。夜以明抄《说郛》校《桂海虞衡志》。

十四日　昙。……晚小雨。夜抄《隋遗录》。

十六日　小雨。托陶书臣买榆木圆卓一个，晚送来，其价八圆。夜订书。

十七日　昙。星期休息。仍订旧书。

二十一日　晴。……午后寄季市信。

二十三日　昙。订书至夜。

二十四日　昙。星期休息。仍订书。下午雷雨一陈即霁。

三十日　晴。……夜订旧书。

十月

五日　晴。旧历中秋，休假。……寄季市信。

十五日　晴。星期休息。上午同二弟往留黎厂，买《元曲选》一部四十八本，十三元六角；又《韦江州集》一部二本，六角。午至西吉庆午餐。

十九日　晴。晚往西单牌楼左近觅寓所。

三十日　昙。上午寄许季市信。

十一月

四日　昙。上午爱罗先珂君至。

十五日　雨。……晤季市。

十七日　晴。上午往高师讲。午后往女高师访许季市。

十八日　昙。下午得季市信，即复，并赠以片上氏著书二册。

二十日　晴。上午寄季市信。

二十二日　晴。午后往赴人艺戏剧学校开学式。下午往女子师范学校访季市。

二十四日　晴。……下午往女师校听E君讲演。夜伏园来，交去小说稿、译稿各一篇。大风。

二十九日　晴。……寄季市信。

十二月

六日　晴。下午收七月分奉泉百四十元。访季市二次，皆不值。……夜以日文译自作小说一篇写讫。

七日　晴。上午还季市泉五十，由二弟交去。

十三日　晴。……下午买太平天国玉玺印本五张，每张一角二分。夜微雪。

十九日　晴。下午访季市，赠以太平天国玺印本一枚。

二十一日　晴。下午访季市。

二十六日　晴。夜往东城观燕京女校学生演剧。

书帐　总计用泉一百九十九元，每月平均一六·四二。